复旦卓越·医学职业教育教材

YIXUE

ZHIYIE JIAOYU

JIAOCAI

（第二版）

临床护理教程

主编　钱晓路　余剑珍

复旦大学 出版社

www.fudanpress.com.cn

内容提要

　　全书分为上、中、下3篇，分别为基础护理理论与技术、专科护理理论与技术、护理管理与社区护理，共12章。全书贯穿以人为本，以健康为中心，以专业技术为主线，以临床常见病、多发病和社区人群健康为主要内容，提出了解决问题的思路和方法，并规范了各项护理操作流程和评价指标。本书结构清晰、重点突出，既是护理专业学生在校教学、临床实习的教材，又是临床带教老师的指导书，也可作为广大护理人员继续教育的参考书。

主　审　戴宝珍

主　编　钱晓路　余剑珍

秘　书　吴　明

编写者（以姓氏笔画为序）

朱瑞雯　上海交通大学附属第六人民医院

杨爱萍　上海职工医学院

吴　明　复旦大学护理学院

吴　敏　同济大学高等技术学院

吴文英　复旦大学附属妇产科医院

余剑珍　上海职工医学院

张玉侠　复旦大学附属儿科医院

张佩雯　上海公利医院

张静芬　上海医药高等专科学校

陈荣凤　上海职工医学院

周　洁　上海中医药大学

秦　薇　复旦大学附属中山医院

席淑新　复旦大学附属耳鼻喉科医院

钱晓路　复旦大学护理学院

钱爱群　上海职工医学院

徐建鸣　复旦大学附属中山医院

蒋　红　复旦大学附属华山医院

潘卫真　华东医院

戴宝珍　复旦大学护理学院

戴鸿英　上海医药高等专科学校

序　言

　　随着我国卫生事业的发展，教育应"面向现代化，面向世界，面向未来"。护理教育作为医学教育的组成部分，承担着为卫生事业发展培养护理专门人才的重任。当前，护理教育已从单纯的理论和技术传授，转变为不断提高学生的职业道德、综合分析能力和独立工作能力。护理教学改革在发展过程中构建了"突出护理，注重整体，加强人文，体现社区"的新型课程结构。教育的重点也从学校为主，发展到学校与临床教育并重、强化实践教育等多个方面。

　　《临床护理教程》再版过程中，根据护理教育的实际，在临床护理教育与见习、实习中，力求反映医学模式的转变和护理科学的发展；体现"以人为本、以健康为中心"的护理理念，在注重专业技能培养的同时，更关心健康需求；同时针对中等职业教育、高等职业教育的培养目标及护理教学中的重点和难点，以"两按照、两针对"的原则，即按照教学大纲要求，按照二、三级医院的临床常见病、多发病为主；针对临床教师带教工作的需求，针对学生临床实习工作的特点和要求，完善了其中的内容。

　　本书作为中等职业教育、高等职业教育教材，供全日制和成人教育的学生在临床教学见习、实习的教学环节上使用，也可作为各级医院临床带教老师用于教学指导。同时，为加强护理工作者的能力和素质的培养，本书可作为医院提高护理质量达标、参加国家护士执业考试的参考书。因此，在编写的过程中注意和体现了教材的科学性、实用性和创新性。希望从事护理教育的医学院校和医院同仁在教学和工作实践中进一步加以完善。

上海市卫生局科技教育处

许铁峰

2008-1-10

再 版 前 言

本书系护理专业临床护理实践的配套教材。第一版于 2003 年由复旦大学出版社出版,经过 5 年多的大专、中专护理专业临床实践教学活动,为培养学生良好的职业素质,积极引导学生理论联系实际、学以致用,不断提高学生的综合分析能力和独立工作能力起到了积极作用。同时也为临床护理教学的内容、方法、评价指标提供了规范、可操作性的模板,因此得到广大护理教师和临床护理带教老师的认可。为适应医疗卫生事业的发展和护理岗位对护理人才的知识、技能、素养的要求,本书编写组对第一版在临床护理教学的使用情况作了专题调研,并结合卫生部和上海市护理质量控制中心对临床护理质量控制的具体要求,提出了再版和修订的意见。

本书遵循护理教育不同层次的培养目标,按照教学大纲和临床护理质量控制的要求,从临床护理实际出发进行修订。全书分为上、中、下 3 篇,分别为基础护理理论与技术、专科护理理论与技术、护理管理与社区护理,共有 12 章。全书贯穿了以人为本,以健康为中心,以专业技能为主线,以临床常见病、多发病和社区人群健康为主要内容,提出了解决问题的思路和方法,并规范了各项护理操作流程和评价指标。本书既是护理专业学生临床实习的教学参考书,又是临床带教老师的指导书,也可作为广大护理人员继续教育的参考书。

本书在修订过程中,保留了第一版的框架内容,并作了如下改进:一是在护理技能的编写体裁上形成统一格式,内容包括操作目的、操作流程、注意事项、评分标准,并在操作流程中增加了评估、健康教育的内容,体现了临床护理的实际需求。二是新增临床护理的新知识、新技能,拓展了护理知识的视野。三是匹配了常用护理操作技术的 DVD 光盘,可起到自学自练的辅导作用。

本书在编写过程中得到了上海市各医院、各护理院校专家与同仁的大力支持和帮助,也得到了上海教育电视台的支持,为本书提供了护理操作技术 DVD 光盘,丰富了全书的内容,在此一并表示感谢。由于编写时间仓促和编写体裁的求新,难免有不足之处,恳请专家、同行给予批评指正。

编　者

2008 年 12 月

目　录

上篇　基础护理理论与技术

第一章　基础护理理论 …………………………………………… 3
第二章　基础护理技术 …………………………………………… 28
　　一、备用床 ……………………………………………………… 28
　　二、麻醉床 ……………………………………………………… 30
　　三、病人搬运 …………………………………………………… 32
　　四、卧床病人更换床单 ………………………………………… 34
　　五、无菌技术 …………………………………………………… 36
　　六、穿脱隔离衣 ………………………………………………… 38
　　七、口腔护理 …………………………………………………… 40
　　八、测量体温、脉搏、呼吸 …………………………………… 42
　　九、测量血压 …………………………………………………… 45
　　十、压疮的预防和护理 ………………………………………… 47
　　十一、口服给药 ………………………………………………… 49
　　十二、皮内注射 ………………………………………………… 51
　　十三、肌内注射、皮下注射 …………………………………… 53
　　十四、静脉注射 ………………………………………………… 56
　　十五、静脉输液 ………………………………………………… 58
　　十六、密闭式静脉输血 ………………………………………… 61
　　十七、静脉留置针输液 ………………………………………… 64
　　十八、动脉血标本采集 ………………………………………… 67
　　十九、静脉血标本采集 ………………………………………… 69
　　二十、鼻饲术 …………………………………………………… 71
　　二十一、导尿术(女性病人) …………………………………… 73
　　二十二、大量不保留灌肠 ……………………………………… 75
　　二十三、超声波雾化吸入疗法 ………………………………… 77
　　二十四、冰袋的使用 …………………………………………… 79
　　二十五、冷湿敷 ………………………………………………… 81
　　二十六、温水(乙醇)擦浴 ……………………………………… 83
　　二十七、痰标本采集 …………………………………………… 85
　　二十八、咽拭子标本采集 ……………………………………… 87

二十九、鼻导管吸氧 …………………………………… 89

三十、吸痰术(鼻/口) ………………………………… 91

三十一、尸体护理 ……………………………………… 93

三十二、手卫生 ………………………………………… 95

三十三、约束带的使用 ………………………………… 97

三十四、医疗文件书写 ………………………………… 99

中篇　专科护理理论与技术

第三章　内科临床护理 ……………………………… 103

第一节　内科护理理论 ………………………………… 103

第二节　内科护理技术 ………………………………… 117

一、护理病史的采集 …………………………………… 117

二、护理体格检查 ……………………………………… 119

三、心电图 ……………………………………………… 121

四、体位引流术的护理 ………………………………… 123

五、骨髓穿刺术的护理 ………………………………… 125

六、脑室引流术的护理 ………………………………… 127

七、腰椎穿刺术的护理 ………………………………… 129

八、双气囊三腔管的护理 ……………………………… 131

九、血糖检测(血糖仪) ………………………………… 134

十、尿糖检测(试纸法) ………………………………… 136

十一、腹膜透析的护理 ………………………………… 138

十二、简易呼吸器的使用 ……………………………… 141

十三、冠状动脉造影术的护理 ………………………… 143

十四、肾穿刺术的护理 ………………………………… 145

第三节　内科护理范例(肝硬化腹水) ………………… 147

第四章　外科临床护理 ……………………………… 149

第一节　外科护理理论 ………………………………… 149

第二节　外科护理技术 ………………………………… 160

一、手术区皮肤准备 …………………………………… 160

二、胃肠减压的护理 …………………………………… 162

三、T形管引流的护理 ………………………………… 164

四、胸腔闭式引流的护理 ……………………………… 166

五、负压吸引术 ………………………………………… 168

六、换药 ………………………………………………… 170

七、拆线 ………………………………………………… 172

八、膀胱冲洗 …………………………………………… 174

九、造口护理 …………………………………………… 176

第三节　外科护理范例(胆石症、急性胆囊炎) ················· 178

第五章　妇产科临床护理 ······································· 180
　第一节　妇产科护理理论 ····································· 180
　第二节　妇产科护理技术 ····································· 202
　　一、会阴擦洗 ··· 202
　　二、产科外阴消毒 ··· 204
　　三、阴道冲洗 ··· 206
　　四、阴道擦洗 ··· 208
　　五、婴儿淋浴 ··· 210
　　六、婴儿盆浴 ··· 213
　　七、婴儿抚触 ··· 216
　　八、新生儿剪脐 ··· 219
　　九、卡介苗接种 ··· 221
　　十、新生儿乙型肝炎疫苗接种 ······························· 224
　　十一、高锰酸钾坐浴 ······································· 226
　　十二、多普勒测胎心 ······································· 228
　　十三、置宫内节育器 ······································· 230
　第三节　妇产科护理范例(产褥期产妇、妊娠高血压综合征) ······· 232

第六章　儿科临床护理 ··· 236
　第一节　儿科护理理论 ······································· 236
　第二节　儿科护理技术 ······································· 250
　　一、称量婴儿体重 ··· 250
　　二、测量婴幼儿身高(长) ··································· 252
　　三、更换尿布 ··· 254
　　四、尿布皮炎的护理 ······································· 256
　　五、尿布皮炎光照疗法 ····································· 258
　　六、全身约束 ··· 260
　　七、普通全脂牛乳的配制 ··································· 262
　　八、乳瓶喂乳 ··· 264
　　九、幼儿留尿标本 ··· 266
　　十、婴幼儿口服给药 ······································· 268
　　十一、小儿头皮静脉输液 ··································· 270
　　十二、光照疗法 ··· 272
　　十三、小儿窒息的紧急处理 ································· 274
　　十四、暖箱的使用 ··· 276
　第三节　儿科护理范例(支气管肺炎) ························· 278

第七章　五官科临床护理 ······································· 280
　第一节　五官科护理理论 ····································· 280
　第二节　五官科护理技术 ····································· 287

一、远视力测定 …………………………………………… 287

二、滴眼药水 ……………………………………………… 289

三、涂眼药膏 ……………………………………………… 291

四、球旁注射 ……………………………………………… 293

五、剪眼睫毛 ……………………………………………… 295

六、结膜囊冲洗 …………………………………………… 297

七、泪道冲洗 ……………………………………………… 299

八、额镜的使用 …………………………………………… 301

九、贴发三股辫 …………………………………………… 303

十、耳部绷带加压包扎 …………………………………… 305

十一、外耳道滴药 ………………………………………… 307

十二、外耳道冲洗 ………………………………………… 309

十三、滴鼻 ………………………………………………… 311

十四、消毒气管筒 ………………………………………… 313

十五、换气管垫 …………………………………………… 315

十六、气管插管(气管切开)吸痰 ……………………… 317

第三节　五官科护理范例(鼻出血行前后鼻孔填塞) …… 320

第八章　急诊急救护理 ……………………………………… 323

第一节　急诊急救护理理论 ……………………………… 323

第二节　急诊急救护理技术 ……………………………… 329

一、电动洗胃术 …………………………………………… 329

二、止血包扎(肢体) …………………………………… 332

三、血氧饱和度监测 ……………………………………… 334

四、胸外心脏按压 ………………………………………… 336

五、除颤 …………………………………………………… 338

第三节　急诊急救护理范例(急性一氧化碳中毒) ……… 340

第九章　重症监护 …………………………………………… 343

第一节　重症监护理论 …………………………………… 343

第二节　重症监护技术 …………………………………… 350

一、经外周中心静脉置管(PICC)的护理 ……………… 350

二、监护仪的使用 ………………………………………… 353

三、呼吸机的使用 ………………………………………… 355

四、输液泵(微量输注泵)的使用 ……………………… 359

五、中心静脉压(CVP)测定 …………………………… 361

六、气管插管(气管切开)术的护理 …………………… 363

第三节　重症监护范例(急性心肌梗死) ………………… 365

第十章　手术室护理 ………………………………………… 368

第一节　手术室护理理论 ………………………………… 368

第二节　手术室护理技术 ………………………………… 376

一、洗手、穿手术衣、戴无菌手套 ……………………………………… 376

二、铺手术器械台 ……………………………………………………… 379

下篇　护理管理与社区护理

第十一章　护理管理 ………………………………………………… 383

第一节　病区的组织行政管理 ………………………………………… 383

第二节　病区的业务技术管理 ………………………………………… 385

第三节　护理质量管理 ………………………………………………… 387

第四节　人员管理 ……………………………………………………… 388

第十二章　社区护理 ………………………………………………… 393

第一节　社区护理理论 ………………………………………………… 393

一、社区健康教育的基本知识 ………………………………………… 393

二、公共卫生的基本知识 ……………………………………………… 394

三、社区护理的基本内容 ……………………………………………… 395

四、常见病的防治 ……………………………………………………… 398

第二节　社区护理技术 ………………………………………………… 402

一、个体健康状况的评价 ……………………………………………… 402

二、社区居民健康调查统计方法 ……………………………………… 404

三、建立社区居民健康档案 …………………………………………… 406

四、社区健康教育 ……………………………………………………… 408

五、社区保健服务(自我保健、特殊人群保健) ……………………… 410

六、社区护理工作程序 ………………………………………………… 412

附录一　处方用拉丁文缩略语 ……………………………………… 414

附录二　各种物品消毒灭菌方法 …………………………………… 417

主要参考资料 ………………………………………………………… 423

上篇 基础护理理论与技术

第一章 基础护理理论

1. 现代护理学的发展可分为哪 3 个阶段?

答:(1) 以疾病为中心的护理阶段。

(2) 以病人为中心的护理阶段。

(3) 以人的健康为中心的护理阶段。

2. 简述护理学的定义。

答:护理学是研究维护人类身心健康的护理理论、知识、技能及其发展规律的综合性应用学科。

3. 现代护理学发展到以人的健康为中心的护理阶段具有哪些特点?

答:护理学成为现代科学体系中一门综合性自然科学与社会科学、为人类健康服务的独立应用学科。护理工作的范畴已超出原有对病人的护理,扩展到对人的生命全过程的护理,从个体到群体的护理。护理的工作场所从医院扩展到社区和家庭。护理不仅仅要关注病人的健康恢复,而且更要关注所有人的潜在的健康问题,护士将成为向社区提供初级卫生保健的最主要力量。护理工作在预防、治疗、保健、康复、计划生育、健康教育、健康促进等多学科领域中得到快速发展。

4. 我国的护理事业在现代护理发展阶段有哪些进展?

答:(1) 护理教育体制日趋完善。

(2) 护理学术交流日益增多。

(3) 护理专业水平不断提高。

(4) 护理管理体制逐步健全。

5. 在临床护理工作中有哪些分工方法? 其基本职责是什么?

答:(1) 个案护理:一名护士专门护理一个病人,即专人负责,实施个体化护理。

(2) 功能制护理:以完成各项医嘱和常规的基础护理为主要内容进行工作分配,如"治疗护士"、"办公室护士"、"巡回护士"等,是一种片段性流水作业的工作方法。

(3) 小组护理:以小组护理的形式对病人进行整体护理。小组人员由高级、中级、初级护理人员组成,要注意充分发挥各级护士的作用。

(4) 责任制护理:由责任护士和辅助护士按护理程序对病人进行全面护理。

(5) 系统化整体护理:以现代护理观为指导,以护理程序为核心,将临床护理和护理管理的各个环节纳入到系统化的工作程序中。

6. 在临床实习中,护理的科学目标是什么?

答:护理的科学目标就是帮助公众满足人的基本需要。具体来说,就是通过"预防疾病、保存生命、减轻痛苦、促进康复"的护士基本职责来实现这一目标。

7. 简述护理程序的概念。

答:护理程序是一种护理工作方法,把各种护理活动纳入有计划、有秩序的系统框架中。

包括估计病人的健康状况、提出护理诊断(问题)、制订护理计划、实施计划及对护理效果作出评价5个步骤。

8. 在护理资料的收集中,如何与病人进行有效的交谈?

答:与病人进行有效的交谈时,要安排合适的环境,即安静、舒适、不受干扰;说明交谈的目的及需要的时间,让病人有心理准备;引导病人抓住交谈主题,从主诉、一般资料引向过去的健康状况、心理与社会情况等。

9. 如何对收集的护理资料进行记录?

答:收集的资料需及时记录,主观资料的记录应尽量用病人自己的语言,并加上引号;客观资料的记录要应用医学术语,描述的词语应确切,避免护士的主观判断和结论。

10. 怎样书写护理诊断?

答:(1) 诊断明确,书写规范,简单易懂。

(2) 一项护理诊断针对病人的一个健康问题。

(3) 护理诊断必须具有客观依据,这些资料都应在护理病历中有所记录。

(4) 应指明护理活动的方向,有利于制订护理计划。

(5) 所列护理诊断应是护理职责范畴内能够解决或部分解决的。

11. 护理计划设定优先次序排列的原则是什么?

答:(1) 优先解决危及生命的问题。

(2) 按需要层次,先解决低层次需要问题,后解决高层次需要问题,可适当调整。

(3) 在与治疗、护理原则无冲突的情况下,病人主观上迫切需要解决的问题,可优先解决。

(4) 优先处理现存的问题,同时不忽视潜在的问题。

12. 护理程序中有哪些评价内容?

答:(1) 护理过程的评价:检查护士进行护理活动的行为是否符合护理程序的要求。

(2) 护理效果的评价:为评价中最重要的部分。其核心内容是评价病人的行为和身心健康状况的改善是否达到预期目标。

13. 合格的护士应具备怎样的职业道德素质?

答:合格的护士应具有崇高的护理道德、高尚的思想情操、诚实的品格和较高的慎独修养。具有高度的责任感和同情心,兢兢业业,忠于职守,为增进人民健康、减轻人民痛苦、预防各种疾病而努力做好本职工作,全心全意为人民的健康服务。

14. 何为护理人员的审慎?其内容和作用是什么?

答:护理人员的审慎是指护理人员在为病人治疗护理过程中详细周密的思考与小心谨慎的服务,其作用在于保证病人身心健康和生命安全。

(1) 审慎的内容:①护理诊断、护理措施;②护理实践的各个环节;③护理语言。

(2) 审慎的作用:①有助于防止医疗事故的发生;②有助于一丝不苟作风的养成和护理道德水平的提高。

15. 护士作为一种社会角色,在防治疾病、护理病人的过程中可能具有哪些角色功能?

答:护理在防治疾病、护理病人的过程中可能具有的角色功能:提供照顾者、健康咨询者、健康教育者、护理计划者、病人代言人等。

16. 简述护士的仪表在护患交流中的作用。

答:护士的仪表对病人可以产生很强烈的知觉反应,整洁的服装、大方的仪表可以增加病人的安全感,同时也反映护士神圣的职业素养,可增强交流意识,得到病人的尊重。

17. 护士在为病人进行护理技术操作时,为什么应恰当而清楚地向病人解释?

答:因为病人有权知道护士将为他们进行的是何种护理操作,为什么要采取该项操作。护士有责任向病人进行有关方面的指导。有效的讲解,对于成功的护理是十分重要的。

18. 护士应如何与病人进行有效的语言交流?

答:(1) 要运用得体的称呼语,这是进行交流的良好开端。护士称呼病人可根据其身份、职业、年龄等具体情况,因人而异,力求恰当,不要直呼其名,避免用床号取代称谓。

(2) 巧避讳语,对不便直说的话题或内容用委婉方式表达。

(3) 善于使用职业性口语,包括礼貌性语言、保护性语言、治疗性语言。

(4) 注意口语的科学性,即通俗化,同时注意不生搬硬套医学术语,要通俗易懂。

19. 护士怎样才能与病人建立良好的护患关系?

答:护士应保持健康的生活方式和良好的情绪;真诚对待病人,取得病人信任;运用沟通技巧,全面了解病人需要;尊重病人权利,最大限度调动病人的积极性;不断充实自己,提高护理水准。

20. 影响护患关系的因素有哪些?

答:(1) 护士方面的因素,包括护理人员的职业道德、护理技术、形象、气质、性格、表达能力等。

(2) 病人方面的因素,包括病人的社会公德意识,病人对医疗护理期望值的过高。

(3) 医院管理方面的因素。

21. 临床诊疗活动中的基本道德原则是什么?

答:(1) 尊重病人,全心全意为病人的健康服务。

(2) 提供最佳方案、最优化的护理原则。

(3) 密切配合、协同一致的原则。

22. 处理护患关系的基本道德要求是什么?

答:(1) 有同情心与爱心。

(2) 双方平等与合作。

(3) 真诚与负责。

23. 如何在护理工作中体现对病人的尊重原则?

答:对病人的尊重应做到以下几点。

(1) 尊重病人的自主权:涉及个人的问题,如健康、生命以及结婚、生育、避孕方法的选择等由个人做决定,病人对自己的行为负责。

(2) 知情同意权:为了维护病人利益及尊重他们的自主权,在有关治疗方案上有义务取得他们的知情同意权。

(3) 保密、隐私权:医护人员有更多的机会接触病人的隐私,应为病人的隐私保密。不尊重隐私,泄漏病人身体或信息的秘密会伤害病人及其家庭,也会损害医患关系。

24. 护理道德的基本原则包括哪些内容?

答:(1) 自主原则:是指病人在接受诊疗的过程中有独立的、自愿的决定权。

（2）不伤害原则：指不将病人置于可能会受伤害的危险情况中，不使病人的身体、心灵或精神受到伤害。

（3）行善原则：即病人利益至上原则。护理人员应当以病人利益作为一切工作的出发点，尽量帮助病人，采取对病人有利的行为，不伤害病人，并积极去除各种危险因素，预防伤害的发生。

（4）公平原则：所谓公平，即对有同样需要的人给予同样的待遇。

（5）我国护理道德的基本原则：救死扶伤，防病治病，实行社会主义的人道主义，全心全意为人民的健康服务。

25. 护理立法的基本原则是什么？

答：(1) 确立《宪法》是护理立法的最高准则。

（2）要符合本国护理的实际情况。

（3）能反映科学的现代护理观。

（4）护理法条款要显示法律特征。

（5）护理立法要注意国际化趋势。

（6）要维护社会护理活动。

26. 如何在护理工作中合法地执行医嘱？

答：在护理工作中合法执行医嘱应做到以下几点。

（1）不可随意涂改医嘱或无故不执行医嘱。

（2）发现医嘱有明显的错误，则有权拒绝执行。

（3）护理人员对医嘱提出明确的质疑和申辩后，医生仍执意强制要求执行的，护理人员对由此产生的一切后果不负任何法律责任。

（4）护士机械执行医嘱，酿成严重后果的，护理人员将与医生共同承担由此引起的法律责任。

27. 如何确定护理实习生的法律身份？

答：(1) 护理实习生应在执业护士的监督和指导下，按照护理操作规程为病人实施护理。

（2）在执业护士的指导下，护理实习生因操作不当给病人造成的损害，发生医疗事故的，由护理实习生本人和带教护士共同承担法律责任。

（3）未经带教护士批准，护理实习生擅自独立操作造成病人的损害，护理实习生本人应承担法律责任。

28. 病人出院可能涉及哪些法律问题？

答：病人在出院问题上出现以下两种情况时，可能存在法律问题，护士应能正确处理。

（1）不具备出院条件而强烈要求出院者。护士应主动耐心做好解释说服工作，讲明出院对疾病康复的影响。若病人或法定监护人执意要求出院，医院则无权将其扣留，但需让病人或其家属在自动出院一栏上签字，同时如实做好记录。否则将会构成非法扣留的侵权行为。

（2）尚未付清医药费用就想出院者，医院可以暂时限制该类病人出院。但必须同时向行政、司法部门报告，尽量缩短限制出院的持续时间。

29. 如何理解临床护理记录在法律上的重要性？

答：临床护理记录在法律上有其不容忽视的作用。第一，对病人的重要病情不认真记录或漏记、错记等均可能导致误诊、误治,引起医疗纠纷,也是构成侵权行为的基础。第二,翔实的记录本身也是法庭上的重要证据。若与病人发生医疗纠纷,护理记录则成为判断医疗纠纷性质的重要依据。

30. 护士如何完成遗嘱见证人的法律角色?

答:护士应该明确以下完成此类事项的程序。

(1) 必须至少有两人同时在场。

(2) 必须亲眼目睹或聆听并记录下病人的遗嘱,当场签名证明遗嘱是该病人的。

(3) 不应过问遗嘱内容,充分体现遗嘱人的意志。

(4) 病人必须有立遗嘱的精神活动能力,要详细记录病人立遗嘱时的精神和身体状况,以备日后在发生遗嘱争执时能够提供法律证明。

(5) 特殊情况下护士本身也可能是该遗嘱的受惠者,护士应当婉拒,否则应当回避。

31. 试述健康的定义。

答:世界卫生组织对健康的定义:"健康,不但是没有躯体疾病,还要有完整的生理、心理状态和社会适应能力"。

32. 针对人的健康-疾病 5 个阶段,护士应提供哪些健康护理?

答:(1) 健康维持阶段:帮助个体尽可能达到并维持最佳健康状态。

(2) 易感阶段:保护个体,预防疾病发生。

(3) 早期检查阶段:尽早识别处于疾病早期的个体,尽快诊断和治疗,避免和减轻痛苦。

(4) 临床疾病阶段:帮助处于疾病中的个体解除痛苦和战胜疾病,对濒死者给予必要的安慰和支持。

(5) 疾病恢复阶段:帮助个体从疾病中康复,减少残疾的发生,或把残疾损害降到最低限度,达到应有的健康水平。

33. 在临床实习中,面对护理对象谈谈人有哪些基本需要(按照马斯洛的基本需要层次简述)?

答:人有 5 类基本需要:①生理需要;②安全需要;③爱与归属;④尊敬;⑤自我实现。

34. 住院期间由于生活环境、生活方式的改变,加上疾病影响,病人会产生哪些心理反应?

答:病人住院期间会产生的心理反应有:①消极悲观;②自我中心,自尊心增强;③依赖心理;④对医生的忠实性;⑤被暗示和猜疑心理;⑥自卑压抑心理;⑦挫折心理。

35. 简述奥瑞姆"自理学说"的基本精神。

答:人在健康和抵抗力下降时,需要调整自理的方法,以满足个体为保证生存、健康、幸福的需要;当人体患病或受伤后,必须调整自理的方法,建立新的自理技巧,修正自我形象,修改日常生活规律,形成新的生活方式,克服治疗中的不良影响,以满足自理的需要。

36. 叙述"行为系统模式"的主要观点。

答:人是一个行为系统,该系统由依恋、依赖、摄取、排泄、性、进取和成就 7 个次行为系统组成;每个系统有特征、倾向性、定向性、选择性和观察 4 个结构;任何一个次行为系统的失衡都是对健康的威胁。护理的作用就是帮助病人恢复平衡。

37. 人们通过哪些防卫机制抵抗压力,保护自己?

答:人们通过三道防卫机制来保护自己。

第一道防卫是生理与心理的防卫:通过完好的皮肤和健全的免疫系统抵抗病毒、细菌等的侵害,应对压力源的进攻;通过个人对付压力源的经验、智力、生活方式、支持系统及经济情况等对压力作出适当的反应。

第二道防卫是自力救助:使用自我救助的方法来对抗或控制压力反应,以减少急性、慢性疾病的演变。

第三道防卫是专业辅助:即寻求医护人员的帮助,采用各种应付技巧,如药物、物理或心理治疗等。

38. 简述对抗压力源的自力救助的内容。

答:(1) 正确处理问题:在认识压力的基础上采取处理办法,即改变环境或改变自己。

(2) 正确处理情感:承认对压力的身心反应,恰当处理自己的情绪。

(3) 利用现有的支持力量。

(4) 减少压力的生理影响:维持良好的身体状态,控制不良的生活习惯,提供体力储备,驱散压力感。

39. 护士如何帮助病人应对住院造成的压力?

答:减少有害的环境因素,增进疾病痊愈的期望;协助病人适应其实际的健康状态;协助病人保持良好的自我形象;协助病人保持情绪上的平衡;协助病人建立良好的人际关系。

40. 试用应激与适应理论说明良好的护士语言与病人康复的关系。

答:言语是一种心理刺激原。护士的言语是对病人系统的一种应激(刺激)输入,护士的礼貌、规范言语是一种建设性刺激。建设性刺激可以改善病人的情绪状态,增强护患感情,提高病人的环境适应效率和机体的抵抗力。常言道"良言一句三冬暖,恶语伤人六月寒",即说明了言语与情绪和感情的关系。

41. 在护理工作中,面对一位患有焦虑、恐惧心理障碍的病人,如何进行劝导?

答:首先要了解病人的心理特征,了解其产生焦虑、恐惧的原因,针对原因或多种诱因进行心理护理,尽量排除病人的压力,帮助病人解除各种不利于治疗和康复的心理反应,使其树立信心;其次,要真正做好心理护理还必须取得病人对护理人员的信任及配合。

42. 出院病人的病床单位应如何处理?

答:(1) 整理用物,将病人用过的被服撤下,送洗衣房清洗。

(2) 将床垫、床褥、枕芯、棉絮用紫外线照射消毒或用床单位臭氧消毒器消毒。

(3) 用消毒溶液擦拭病床、床旁桌椅。

(4) 脸盆、痰杯等用消毒溶液浸泡。

(5) 病室开门窗通风,检查病床的功能,铺好备用床,准备迎接新病人。

(6) 传染病病人用物按照终末消毒处理。

43. 简述良好的病区环境所包括的内容。

答:一个良好的病区环境包括自然环境和社会环境两个方面。

(1) 自然环境:即适应生理状态和医疗需要的空气、温度、湿度、光线、色调、音响、装饰设置和清洁卫生等。

(2) 社会环境:即良好的人际关系,如医患关系、护患关系、患患关系。

44. 家庭病床的护理工作有哪些内容?

答:家庭病床的护理工作内容包括:提供治疗及护理服务;指导与协助病人进行正确的

功能锻炼;提供健康教育;做好心理护理;及时解决病人存在或潜在的护理问题,做好效果评价的记录;根据病人情况,联系医院检查或住院治疗等。

45. 当你值班时,如何接待第一次入院的病人?

答:当接到住院处电话通知时,应准备床单位,迎接新病人。病人到达病区后应做好以下各项工作。

(1) 通知主管医生诊视病人,必要时协助体格检查、治疗和抢救。

(2) 测量体温、脉搏、呼吸、血压及体重。

(3) 填写住院病历和有关护理表格。

(4) 对病人进行入院介绍及指导常规标本的留取方法、时间和注意事项。

(5) 通知营养室准备膳食,并执行各项治疗和护理措施。

(6) 进行入院护理评估,并做好各项记录。

46. 病人行将出院时要做好哪些护理工作?

答:(1) 填写出院通知单,通知病人或家属到出院处办理出院手续,结算病人住院期间的治疗、护理等费用。

(2) 在体温单相对应的出院时间栏内,用蓝色钢笔填写出院时间。

(3) 病人出院后需继续服药时,凭医嘱处方到药房领取药物交给病人,并指导用药常识。

(4) 协助病人清理用物,收回病人住院期间所借衣物。

(5) 征求病人对医院的工作意见,以便不断地提高工作质量。

(6) 注销所有治疗、护理执行单及各种卡片。

(7) 按要求整理病历并交病案室保管。

(8) 处理床单位。

47. 铺好麻醉床的目的是什么?

答:(1) 便于接受和护理麻醉手术后的病人。

(2) 使病人安全、舒适,预防并发症。

(3) 保护被褥不被伤口渗液或呕吐物污染。

48. 铺麻醉床时需要准备哪些用物?

答:(1) 床上用物同备用床,另加橡胶中单和棉布中单。

(2) 麻醉护理盘内备有:①无菌巾内置张口器、压舌板、舌钳、牙垫、治疗碗、镊子、输氧导管、吸痰管和纱布数块;②无菌巾外放血压计、听诊器、护理记录单和笔、弯盘、棉签、胶布、手电筒、别针等。

(3) 输液架,必要时备吸痰器、氧气管、胃肠减压器,天冷时按需要准备好热水袋加布套、毛毯等。

49. 铺麻醉床时,应包括哪些评估内容?

答:(1) 病人情况:病人病情、手术部位与麻醉种类。

(2) 铺床用物:是否洁净、齐全,折叠正确。

(3) 床边设施:呼叫装置、氧气管、吸引管的性能是否完好。

(4) 病室环境:是否会影响周围病人的治疗和进餐。

50. 对病人进行健康教育应包括哪些内容?

答:(1) 制订标准宣教计划,帮助病人了解自己所患疾病的防病知识。

（2）与病人一起讨论有益和有害的卫生习惯。

（3）要求病人主动参与并找出自己现存与潜在的健康问题,必要时帮助病人订出解决的目标。

（4）出院指导。出院前要针对病人现状,提出出院后在饮食、服药、休息、功能锻炼和定期复查等方面的注意事项。

51. 用轮椅运送病人的目的是什么？

答：（1）护送不能行走但能坐起的病人入院、出院、检查、治疗或室外活动。

（2）帮助病人活动,促进血液循环及体力恢复。

52. 使用平车运送病人时应注意什么？

答：（1）保证病人安全舒适,并注意观察病情。

（2）推车不可过快,上、下坡时头在高处一端。

（3）运送输液病人应保持输液瓶的高度,并固定好穿刺部位；带有导管者应注意防止导管扭曲、受压、脱出；骨折病人应做好牵引固定。

53. 四人搬运法搬运颈椎损伤病人时应注意什么？

答：对颈椎损伤或怀疑颈椎损伤的病人,搬运时必须注意保持病人的头部处于中立位,并沿身体纵轴向上略加牵引颈部或由病人自己用双手托起头部,缓慢移至平车中央。病人取仰卧位,并在颈下垫小枕或衣物,保持头颈中立位。头颈两侧用衣物或沙袋加以固定。如果搬运不当会引起高位脊髓损伤,病人则会立即发生高位截瘫,甚至在短时间内死亡。

54. 为卧床病人更换床单时应注意哪些问题？

答：（1）盖被头端无空虚,避免病人受凉。

（2）注意扫净枕下及病人身下的碎屑。

（3）包紧床角,使之整齐、美观、不易松散。

（4）随时观察病人面色、脉搏、呼吸情况,注意保暖。

（5）对于骨折、牵引或有引流管的病人应加以保护,防止损伤或扭曲引流管及脱管。

（6）被筒不可太紧,勿使病人足部受压,以防足下垂。

55. 为卧床病人翻身时应注意哪些问题？

答：（1）一人操作时不可拖、拉,两人操作时应注意动作协调轻稳。

（2）翻身次数应视病情及局部受压情况而定,如皮肤发红或破损应及时处理,并增加翻身次数,做好交接班。

（3）如病人身上放置多种导管,操作时注意勿将导管拔出,翻身后检查各管是否安置妥当。

（4）为手术后病人翻身时,应先检查敷料是否脱落或有无分泌物。浸湿的敷料应先更换,然后翻身。颅脑手术后,头部翻动过剧可引起脑疝,故头部只能卧于健侧或仰卧。有牵引治疗的病人,在翻身时应持续牵引。石膏固定或伤口较大的病人翻身后应注意将患处放于适当位置,避免受压。

56. 保持床单位清洁的意义是什么？

答：（1）满足病人对清洁的身心需要。

（2）维持皮肤健康,减少感染机会。

（3）促进舒适、睡眠及肌肉放松。

（4）维护病人自尊和自我形象。

（5）有利于建立良好的护患关系和进行健康教育。

57. 院内感染的含义是什么?

答:院内感染是指住院病人在入院时不存在也不处于某感染性疾病的潜伏期,而在住院期间遭受病原体侵袭而引起的任何诊断明确的感染或疾病,包括住院期间的感染和在医院内获得而出院后才发病的感染。

58. 在临床实习中,化学消毒灭菌剂的使用原则是什么?

答:(1)根据物品性能及微生物的特性选择合适的消毒剂。

（2）严格掌握消毒剂的有效浓度、消毒时间和使用方法。

（3）消毒剂应定期更换,易挥发的要加密封盖,并定期检测、调整浓度。

（4）浸泡前应将消毒物品洗净擦干,浸泡在消毒液中,注意打开物品的轴节或套盖,管腔内注满消毒液。

（5）无菌物品使用前应用无菌生理盐水冲净,避免消毒剂刺激人体组织。

59. 影响消毒效果的因素有哪些?

答:(1)微生物的种类:不同类型的病原微生物对消毒剂抵抗力不同,因此,进行消毒时必须区别对待。

（2）微生物的数量:污染的微生物数量越多,需要消毒的时间就越长,剂量也越大。

（3）有机物的存在。

（4）温度:随着温度的升高,杀菌作用增强。

（5）pH 值:pH 值过高或过低对微生物的生长均有影响。在酸性条件下,阴离子型消毒剂杀菌效果好。在碱性条件下,有利于阳离子型消毒剂发挥作用。

（6）剂量与监测:保证消毒、灭菌处理的剂量,加强效果监测,防止再污染。

60. 乙醇消毒作用的原理是什么? 为什么 95% 乙醇不能用于消毒?

答:乙醇可使菌体蛋白脱水、凝固变性而达到消毒目的。乙醇对芽胞无效。95%(高浓度)乙醇使菌体表层蛋白迅速凝固,形成坚固的菌膜,影响乙醇渗透入菌体,而降低消毒效果,所以不能用于消毒。

61. 何谓无菌技术?

答:无菌技术是指在医疗、护理操作中,防止一切微生物侵入人体和防止无菌物品、无菌区域被污染的操作技术。

62. 无菌操作时应遵守哪些原则?

答:(1)环境要清洁,进行无菌操作前半小时须停止一切清扫工作,避免不必要的人群走动,防止尘埃飞扬。

（2）操作者衣帽、口罩穿戴整洁,并修剪指甲、洗手。

（3）无菌物品必须存放在无菌容器或无菌包中,置于清洁、干燥处;无菌物品应与非无菌物品分别放置,位置要固定;未经使用的无菌包(容器)一般可保存 7 天,一经打开,只限24 h 内使用,过期均应重新消毒灭菌。

（4）取用无菌物品时,必须使用无菌钳(镊)。取出的无菌物品,虽未经使用,也不可放回无菌容器中。未经消毒的手和物品不可触及或跨越无菌区。

（5）无菌物品疑有污染时即不能再使用,应予更换或重新灭菌。

63. 在护理工作中如何正确使用无菌持物钳?

答:(1) 无菌持物钳浸泡在盛有消毒溶液的大口容器内,液面应浸没钳轴节以上 2～3 cm(镊子长度的 1/2 为宜)。

(2) 取放时钳端闭合,不可触及浸泡容器口边缘及液面以上容器的内壁。使用时须将钳端向下,以免消毒液倒流,污染钳端。用后应立即放回浸泡容器中。如需夹取远处物品,应将持物钳连同浸泡容器一起搬移,就地取出无菌物品。

(3) 无菌持物钳只能接触灭菌物品,禁止夹取油纱布及挪作他用。

(4) 浸泡无菌持物钳的容器每周清洁消毒 1～2 次,消毒液每周更换 1～2 次,门诊部或使用较多的部门应每日清洁消毒。若无菌持物钳保存在无菌的干燥容器中,可保存 4～8 h,每 4～8 h 更换一次。

64. 消毒溶液中滋生微生物的常见原因有哪些?

答:(1) 容器未洗净,未经消毒处理。

(2) 配置消毒液时,消毒剂和溶剂配制比例不准确。当消毒剂浓度过低时,不能杀死或抑制细菌。

(3) 消毒溶液贮存过久,已经失效。

(4) 消毒剂中有过多的有机物质,消耗了消毒剂的有效成分而致消毒剂失去作用。

(5) 在消毒溶液中存在着各种抑制消毒作用的物质。

65. 某病人拟诊伤寒,应如何进行床边隔离?

答:(1) 有条件者应给予病人单间隔离。如条件不允许,则必须执行床边隔离。床边隔离要求有明显标记,病床放于病室一角,并有屏风隔开。门口设擦脚垫(该垫用消毒液浸湿,供出入时消毒鞋底)、泡手消毒液、擦手小毛巾(每次一巾)、衣钩、隔离衣。

(2) 床边隔离都应放置污物箱,便于病人和医务人员使用后的废物丢弃,同时应备有避污纸。

(3) 常用的医疗器械如体温计、压舌板、听诊器、血压计、隔离衣等应固定专用。

(4) 病人只能在隔离范围内活动,不得与其他病人接触。

(5) 食具、便器专用,并定时进行消毒处理。

66. 何谓生物净化(层流法)?

答:使空气通过小于 0.2 μm 孔隙的高效过滤器,以垂直或水平两种气流把微生物隔离在外,使室内空气绝对净化。常用于骨髓移植、大剂量化疗、放疗、大面积烧伤或免疫力低下的易感染者。

67. 保护性隔离有哪些对象? 其主要隔离措施是什么?

答:保护性隔离适用于抵抗力低或极易感染的病人,如严重烧伤、早产儿、白血病、器官移植及免疫功能缺陷的病人。其主要隔离措施如下:

(1) 设专用隔离室,病人住单间病室隔离。

(2) 凡进入病室内应穿戴灭菌后的隔离衣、帽子、口罩、手套及拖鞋。

(3) 接触病人前后及护理下一位病人前均应洗手。

(4) 凡患呼吸道疾病者或咽部带菌者(包括工作人员)均应避免接触病人。

(5) 探视者应采取相应措施。

(6) 未经消毒处理的物件不可带入隔离区。

（7）室内空气、地面、家具等均应严格消毒。

68. 口腔护理的目的是什么？

答：口腔护理的目的是保持病人口腔清洁，维持和改进口腔黏膜状况；观察口腔黏膜和舌苔变化、口腔气味，提供病情的动态信息。

69. 为病人做口腔护理时应注意哪些问题？

答：（1）擦洗时动作要轻，以免损伤口腔黏膜。

（2）昏迷病人禁忌漱口及口腔注洗；擦洗时，棉球蘸漱口水不可过湿，以防溶液吸入呼吸道；要夹紧棉球，防止遗留在口腔；需要使用张口器时，应从臼齿处放入。

（3）义齿应用冷开水刷洗，禁用热水，以免造成义齿龟裂或变形。

（4）传染病病人用物须按消毒隔离原则处理。

70. 简述对义齿使用者的健康指导内容。

答：（1）使用者白天应佩戴义齿，以增进咀嚼功能，并保证有良好的口腔外观。晚上将义齿取下，使牙床得到保养。

（2）义齿也会积有食物残渣和碎屑，故餐后应清洗义齿，其刷牙方法同真牙。

（3）每次取下义齿后可用温水漱口，使用质软的尼龙小牙刷或纱布刷（擦）洗口腔各处，包括舌面。

（4）义齿取下后应放于有标记的冷水杯中，以防丢失和损伤，每日换水一次。义齿不可浸入热水中，不可用乙醇等消毒液，以免变色、变形和老化。

71. 病人发生压疮的原因有哪些？

答：（1）局部长期受压、长时间不改变体位，导致局部血液循环障碍。

（2）皮肤经常受潮湿及摩擦等物理因素的刺激，如大小便失禁、床单位皱褶有碎屑、病人抵抗力降低等。

（3）全身营养不良、局部组织供血不足和防病能力下降，例如长期发热及恶病质病人。

（4）使用石膏绷带、夹板时衬垫不当，松紧不适，导致局部血液循环障碍。

72. 压疮易发生在哪些部位？

答：无肌肉包裹或肌肉层较薄、缺乏脂肪组织保护又经常受压的骨隆突处，如枕骨粗隆、肩胛部、肘部、骶尾部、内外踝、足跟等。

73. 压疮的预防应做到哪"七勤"？

答：勤翻身、勤擦洗、勤按摩、勤整理、勤更换、勤检查、勤交班。

74. 按病理过程压疮可分为哪几期？各期应如何护理？

答：压疮按病理过程可分为3期。

第一期：淤血红润期。应及时去除致病原因，加强预防措施，如增加翻身次数，局部防压、防潮。

第二期：炎性浸润期。对未破小水泡减少摩擦，防止破裂感染，让其自行吸收；大水泡用无菌注射器抽出泡内液体，涂以消毒液，并用无菌敷料包扎。

第三期：溃疡期。局部处理原则是解除压迫，清洁创面，去腐生新，促进愈合。常用生理盐水、0.02%呋喃西林，或1：5 000高锰酸钾等溶液冲洗创面，外敷药物及换药，也可用红外线、高压氧治疗等。

75. 维持病人舒适卧位有哪些基本要求?

答:(1) 卧床姿势应符合人体力学的要求,使体重平均分布于身体的各部位,关节处于正常的功能位置。

(2) 常变换体位,改变姿势,至少每2 h 1次。

(3) 病人身体各部位每天均应活动,改变卧位时,应做全关节活动。有禁忌证者除外。

(4) 加强受压部位的皮肤护理。

(5) 适当遮盖病人,保护身体隐私,促进身心舒适。

76. 不能活动、体弱、长期卧床的病人,怎样预防足下垂的发生?

答:对于下肢不能活动、体弱、长期卧床的病人应预防发生足下垂。除加强距小腿关节(踝关节)的活动外,还可使用护架支撑盖被,避免床尾被子塞得过紧。病人应保持功能位,足背屈曲90°,或在脚下放一合适的足板,也可防止发生足下垂。

77. 晨间护理后,病室进行通风换气的目的和注意事项是什么?

答:晨间护理后进行病室通风换气的目的是稀释室内空气细菌的密度,能在短时间内使大气中的新鲜空气替换室内的污浊空气。每次30 min,注意避免对流风。

78. 室内相对湿度过低或过高时,对人体有何影响?

答:当室内相对湿度低于30%时,空气过于干燥,机体水分蒸发过快,可导致呼吸道黏膜干燥、咽痛、口渴,对行气管切开或呼吸道感染的病人十分不利。相对湿度高于80%则有利于细菌繁殖,同时人体水分蒸发慢,病人会有不适感。

79. 半坐卧位有何临床意义?

答:(1) 使膈肌下降,胸腔扩大,肺活量增加,有利于呼吸,使呼吸困难得到改善。

(2) 有利于腹腔引流,使感染局限。

(3) 减轻腹部伤口的张力,减轻疼痛,有利于伤口愈合。

(4) 能减少头颈部手术后的出血。

80. 什么是治疗饮食?

答:针对营养失调及疾病的情况而调整适当的饮食和营养需求量,以达到治疗的目的,称为治疗饮食。

81. 粪便隐血标本的收集应注意哪些饮食问题?

答:嘱咐病人检查前3天禁食肉类、肝、血、含大量叶绿素的食物和含铁剂药物,3天后收集标本。

82. 为病人测量体温时应注意哪些问题?

答:(1) 测温前后应清点体温计数目,检查有无破损。

(2) 精神异常者、昏迷婴幼儿、口鼻手术、呼吸困难及不合作者不可测口温;进食,面颊部冷、热敷者,间隔30 min后再测口温。

(3) 腹泻、直肠肛门手术、心肌梗死病人不可测肛温;坐浴或灌肠后30 min再测肛温。

(4) 如病人不慎咬破体温计,首先应清除口腔内的玻璃碎屑,再口服大量蛋白类制剂或牛奶,病情许可,可食用大量韭菜等粗纤维食物。

83. 脉搏短绌的病人如何进行脉搏的测量和记录?

答:脉搏短绌的病人,应由两个护士同时测量,一个听心率,另一个测脉率,由听心率者发出"开始"、"停止"的口令,记数1 min。记录格式为心率/脉率。

84. 对呼吸异常病人应如何护理?

答:应调节室内空气,调整体位,保持呼吸道通畅;按医嘱给药,酌情给予氧气吸入或用人工呼吸机;针对性地做好心理护理,消除其恐惧与不安;加强健康教育,指导其有效咳嗽、体位更换等。

85. 何谓高血压和低血压?

答:高血压:收缩压≥140 mmHg(18.7 kPa),和(或)舒张压≥90 mmHg(12.0 kPa)。

低血压:收缩压<90 mmHg(12.0 kPa),舒张压<60 mmHg(8.0 kPa)。

86. 测量血压时应注意哪些问题?

答:对长期观察血压者,应做到"四定":定时间、定部位、定体位、定血压计。注意袖带的宽窄和松紧适宜。袖带下缘距肘窝 2~3 cm,松紧以能塞入一指为宜。过宽、过紧均可使血压值偏低,过窄、过松均可使血压值偏高。发现血压异常或听不清时,应反复测量。先将袖带内气体驱尽,汞柱降至"0"点,稍待片刻再测量。舒张压的变音和消失音之间有差异时,可记录两个读数,例如 180/90~40 mmHg(24.0/12.0~5.3 kPa)。

87. 血压测量前,应对病人进行哪些内容的评估?

答:(1) 病人的一般情况,如年龄、性别、意识以及目前的病情、治疗情况、合作程度。

(2) 30 min 内病人有无吸烟、活动、情绪波动。

(3) 病人有无偏瘫、功能障碍。

88. 鼻饲术适用于哪些病人?

答:鼻饲术适用于不能由口进食者,如昏迷、口腔疾患、某些术后或肿瘤、食管狭窄等病人;拒绝进食者、早产儿和病情危重的婴幼儿等。

89. 证实胃管在胃内有哪些方法?

答:证实胃管在胃内的方法有以下 3 种。

(1) 直接从胃管内抽出胃液。

(2) 用注射器向胃管内注入 10 ml 空气,置听诊器在胃部可听到气过水声。

(3) 胃管末端放入有水的碗中观察有无气泡逸出。

90. 鼻饲术有哪些注意事项?

答:(1) 插管前,做好解释工作,取得病人和家属的配合。

(2) 插管动作要轻稳,以防鼻腔及食管黏膜损伤。

(3) 通过鼻饲管给药时,应将药片研碎、溶解后再灌入。

(4) 每次鼻饲量不超过 200 ml,间隔时间不少于 2 h。

(5) 长期鼻饲者,应每天进行口腔护理,每周更换胃管(晚上拔出,次晨再由另一鼻孔插入)。

91. 鼻饲病人应如何正确给药?

答:首先需将药研碎及溶解,证明胃管在胃内后,用少量温开水冲洗胃管,将药物从胃管灌入,再注入少量温开水冲净。

92. 简述导尿术的目的。

答:(1) 减轻尿潴留病人的痛苦。

(2) 收集无菌尿标本做细菌培养,测量膀胱容量、压力及残余尿量。

(3) 诊断或治疗膀胱及尿道的疾病。

93. 为病人导尿时应注意什么?

答:(1) 严格执行无菌操作,预防感染。

(2) 保护病人自尊心,操作环境要遮挡。

(3) 为女性病人导尿,导尿管误入阴道时,应立即调换导尿管重新插入。

(4) 选择合适的导尿管,动作轻柔。

(5) 对膀胱高度膨胀且又极度虚弱的病人,第一次导尿不应超过 1 000 ml,以防腹腔内压突然降低,血液大量滞留腹腔血管,造成血压下降而虚脱;亦可因膀胱突然减压,导致膀胱黏膜急剧充血,引起血尿。

94. 对尿失禁病人应如何进行健康教育?

答:(1) 告诉病人白天要多饮水,入睡前限制饮水的意义。

(2) 指导病人训练膀胱功能,初起每隔 1～2 h 让病人排尿,并以手掌自膀胱上方持续向下压迫,使膀胱内尿液被动排出,以后渐渐延长排尿时间,并锻炼盆底肌肉;指导病人取立位、坐位或卧位试作排尿动作,先慢慢收紧,再慢慢放松,每次 10 s 左右,连续 10 遍。每日进行 5～10 次,以不觉疲乏为宜,促进排尿功能的恢复。

95. 留置导尿的目的是什么?

答:(1) 用于瘫痪所致尿潴留或尿失禁病人,保持会阴部清洁和干燥。

(2) 盆腔手术前留置导尿管,以防术中误伤膀胱。

(3) 某些泌尿系统疾病术后留置导尿管,以便持续引流和冲洗,有利于伤口愈合。

(4) 抢救危重、休克病人时,正确记录尿量,测尿比重,以观察病情。

96. 如何防止留置导尿的逆行感染?

答:(1) 保持尿道口清洁,用消毒溶液清洁尿道口,每日 2 次。

(2) 每日定时更换集尿袋,记录尿量。

(3) 每周更换导尿管 1 次。

(4) 无论何时,引流管及集尿袋均应低于耻骨联合,防止尿液反流。

97. 应如何护理尿潴留病人?

答:(1) 心理护理,针对不同的心态,给予解释和安慰。

(2) 提供良好的排尿环境。

(3) 调整体位和姿势,以利排尿。

(4) 热敷及按摩下腹部,以解除肌肉紧张,促进排尿。

(5) 利用条件反射诱导排尿,如听流水声、温水冲洗会阴部。

(6) 针灸治疗或按医嘱给予肌内注射卡巴胆碱。

(7) 健康教育,指导病人养成及时、定时排尿的习惯,教会病人自我放松的正确方法。

(8) 经上述措施处理无效时,可根据医嘱采用导尿术。

98. 大量不保留灌肠的目的是什么?

答:大量不保留灌肠的目的:解除便秘,降温,为某些手术、检查和分娩做准备。

99. 试述开塞露通便原理及方法。

答:开塞露具有软化粪便、润滑肠壁、刺激肠蠕动而达到通便的作用。使用时将圆弧形的顶端剪去,先挤出少许药液以润滑开口处,然后嘱病人做排便动作,以利肛门外括约肌放松。将开塞露轻轻插入肛门,把药液全部挤入直肠内,嘱病人左侧卧位,5～10 min 后再排便。

100. 在灌肠时,病人出现什么情况时应停止灌肠并通知医生进行处理?

答:当病人出现面色苍白、出冷汗、剧烈腹痛、脉速、心悸、气急等,应立即停止灌肠,并通知医生进行处理。

101. 肛管排气的目的是什么?

答:肛管排气的目的:排除肠腔积气,减轻腹胀。

102. 为何肛管排气留置时间不宜过长?

答:因为长时间留置肛管会减少肛门括约肌的反应,甚至导致肛门括约肌永久性松弛。一般肛管排气保留时间不超过 20 min,必要时可隔几小时后再重复插管排气。

103. 应如何护理肠胀气病人?

答:(1) 做好心理护理:解释肠胀气原因,消除紧张情绪。

(2) 减少产气:应为病人制订营养合理、易消化的饮食,少食或勿食豆类、糖类等产气食物,进食速度不宜过快,少饮碳酸类饮料。

(3) 促进排气:适当活动,更换卧位,下床散步,腹部热敷或按摩,行肛管排气。

104. 病人术后感到肠胀气,你可以从哪些方面给予指导和护理?

答:(1) 饮食指导:避免摄取容易发酵产气的食物。

(2) 促进排气:调节体位,辅以腹部按摩和热敷、肛管排气或灌肠通便。

(3) 遵医嘱给予促进肠蠕动的药物。

(4) 对手术病人鼓励其早期下床活动。

105. 雾化疗法的目的是什么?

答:(1) 消炎、镇咳、祛痰、解痉。

(2) 预防呼吸道感染,湿化呼吸道,用于胸部手术前后。

(3) 间歇雾化吸入药物及应用抗癌药物治疗肺癌。

106. 简述超声波雾化吸入疗法的护理目标。

答:超声波雾化波疗法的护理目标:使病人呼吸道痰液较易咳出,呼吸道痉挛缓解,咳嗽减轻;使病人感觉轻松舒适,情绪稳定;教会病人正确配合使用超声雾化吸入方法。

107. 简述超声波雾化吸入疗法的原理。

答:超声波发生器通电后输出高频电能,使水槽底部晶体换能器发生超声波声能,声能透过雾化罐底部的透声膜,作用于雾化罐内的液体,破坏药液表面的张力并惯性成为微细的雾滴,通过导管输送给病人。因雾化器可产热,对雾化液轻度加温,使病人能感到吸入温暖舒适的气雾。

108. 超声波雾化吸入疗法有哪些注意事项?

答:雾化吸入时动作要轻柔,防止机器受损;水槽和雾化罐中切忌加温水或热水;需连续使用时,应间隔 30 min。

109. 冷疗的护理目标是什么?

答:(1) 减轻局部充血或出血:常用于鼻出血、局部软组织损伤早期。

(2) 减轻疼痛:冷冻使神经末梢的敏感性降低而减轻疼痛,减轻肿胀而缓解疼痛。用于牙痛和烫伤等。

(3) 控制炎症扩散:常用于炎症早期。

(4) 降温:常用于高热、中暑病人。脑外伤、脑缺氧者可利用局部或全身降温,减少脑的需氧量,保护脑细胞。

110. 谈谈冷疗的禁忌证。

答:(1) 慢性炎症或深部化脓性病灶。

(2) 局部血液循环明显不良时。

(3) 忌用冷疗的部位:枕后、耳廓、阴囊处用冷冻疗法易引起冻伤;心前区用冷冻疗法易引起反射性心率减慢;腹部用冷冻疗法易致腹泻;足底用冷冻疗法可引起一过性冠状动脉收缩。

(4) 对冷过敏者。

111. 乙醇擦浴过程中应注意什么?

答:乙醇擦浴过程中要注意适当的乙醇浓度和温度(浓度为 25%～35%,温度为 27～37 ℃);正确使用冰袋和热水袋,头部置冰袋,足部放热水袋;以离心方向擦拭,在血管丰富处延长擦拭时间;擦浴后 30 min 测体温并记录,当体温下降到 39 ℃ 以下时,撤离头部冰袋。

112. 简述乙醇擦浴用于高热病人降温的原理。

答:乙醇擦浴主要是通过蒸发散热。

113. 请说出冰袋的使用及放置部位。

答:冰袋常使用于高热降温和预防出血,高热放置的部位是前额、头顶部或体表大血管,如颈部两侧、腋窝、腹股沟等处。扁桃体摘除术后预防出血可将冰袋置于前颈颌下。

114. 热疗的护理目标是什么?

答:(1) 促进炎症的消散和局限:炎症早期用热疗,可促进炎性渗出物的吸收和消散;炎症后期用热疗,可使炎症局限。

(2) 解除疼痛:温热可使肌肉、肌腱和韧带等组织松弛,缓解疼痛。

(3) 减轻深部组织充血:温热可使局部血管扩张,减轻该处深部组织的充血。

(4) 保暖:温热可促进血液循环,使病人感到温暖舒适。

115. 热疗的禁忌证是什么?

答:(1) 急腹症未明确诊断前,以防掩盖病情。

(2) 脸部危险三角区感染时,防止造成颅内感染和败血症。

(3) 某脏器内出血时,防止加重出血。

(4) 软组织挫伤、扭伤早期(前 3 天),防止加重出血、肿胀和疼痛。

116. 热水袋使用中如何防止烫伤?

答:热水袋内水温不可过高,成年人以 60～70 ℃ 为宜,昏迷、老人、婴幼儿、感觉迟钝及血液循环不良等病人,水温应低于 50 ℃;使用热水袋时应包一块大毛巾或放于两层毛毯之间,不可直接接触皮肤;定时检查水温及局部皮肤是否潮红,以免烫伤。

117. 为病人分发口服药时应进行哪些方面的评估?

答:(1) 目前病情、医嘱内容、所用药物性能及治疗目的。

(2) 一般心身状况,包括意识状态、活动能力、胃肠道症状、心理状态、合作程度。

(3) 健康教育的需要,如病人对病情的了解及药理知识。

118. 根据药物的性能,如何指导病人合理服药?

答:(1) 对牙齿有腐蚀作用或染色的药物如铁剂、酸性类药物,可由饮水管吸入,服用后再漱口。

(2) 止咳糖浆最后服用,服用后不要立即饮水。

(3) 磺胺类、发汗类药服用后应多饮水。

(4) 刺激食欲的健胃药应在饭前服用。

(5) 助消化、对胃有刺激的药宜饭后服用。

(6) 强心苷类药物服用前应测量脉搏,如脉搏少于 60 次/分时应停药。

119. 如何避免磺胺类药物对肾功能的损害?

答:(1) 多饮水。磺胺类药由肾排出,尿少时易析出结晶,可引起肾小管堵塞和肾功能损害。

(2) 与等量碳酸氢钠同服,以碱化尿液,减少结晶析出。

(3) 忌与酸性药物配伍。

120. 青霉素过敏反应的主要表现是什么?

答:(1) 呼吸道阻塞表现:胸闷、气急伴濒死感。

(2) 循环衰竭表现:面色苍白、冷汗、发绀、血压下降、脉搏微弱。

(3) 中枢神经系统表现:头晕、眼花、面及四肢麻木、烦躁、意识丧失、大小便失禁。

(4) 皮肤过敏表现:瘙痒、荨麻疹等。

应特别注意最早出现的呼吸道及皮肤瘙痒表现。

121. 如何判断青霉素皮试阴性或阳性?

答:阴性:皮丘大小无改变,周围无红肿,病人无自觉症状。

阳性:皮丘隆起增大并出现红晕,直径大于 1 cm,或红晕周围有伪足伴痒感,严重时可出现过敏性休克。

122. 针对青霉素过敏性休克有哪些急救措施?

答:当病人出现青霉素过敏性休克时,急救措施有以下几点。

(1) 停药,立即平卧、保暖,通知医生,此时不宜搬动病人。

(2) 按医嘱立即皮下注射 0.1%盐酸肾上腺素 0.5~1 ml。

(3) 改善病人缺氧症状,给予吸氧、口对口人工呼吸、肌内注射呼吸兴奋剂等。

(4) 根据医嘱给药,如地塞米松 5~10 mg 静脉推注或静脉滴注,以及血管活性药物、纠正酸中毒和抗组胺类药物。

(5) 心跳停止者,行胸外心脏按压及人工呼吸。

(6) 观察病情并记录,如生命体征、尿量等。

123. 静脉血采集时有哪些注意事项?

答:(1) 血标本做生化检验,应在空腹采集,因此时血液的各种化学成分处于相对恒定状态,检验结果较准确。

(2) 根据不同的检验目的选择标本容器。一般血培养标本取血 5 ml;对亚急性细菌性心内膜炎病人,为提高培养血阳性率,采血量需增至 10~15 ml。

(3) 严禁在输液、输血的针头处取血标本,以免影响检验结果,应在对侧肢体采集。同时抽取几项检验血标本,一般注入容器的顺序为血培养瓶、抗凝管、干燥试管,动作应迅速准确。

124. 简述破伤风抗毒素试验阳性病人的脱敏注射方法。

答:采用多次小剂量注射药液,每隔 20 min 注射 1 次,具体方法见表 1-1。每次注射后均需密切观察病人情况。在脱敏过程中如发现病人有全身反应,应立即停止注射,并迅速处理;如反应轻微,待症状消退后,酌情将注射的次数增加、剂量减少,以达到顺利注入所需的全量。

表 1-1　破伤风抗毒素试验阳性病人的脱敏注射方法

次数	抗毒血清(ml)	生理盐水(ml)	注射方法
1	0.1	0.9	肌内注射
2	0.2	0.8	肌内注射
3	0.3	0.7	肌内注射
4	余量	加至 1 ml	肌内注射

125. 试述碘剂过敏试验的两种方法。

答:(1) 皮内试验法:①造影剂 0.1 ml 做皮内注射,20 min 后观察结果;②结果判定,出现局部皮肤丘疹样隆起,硬块直径超过 1 cm 者为阳性;③记录结果。

(2) 静脉注射法:①造影剂(30%泛影葡胺)1 ml 静脉缓慢推注,5～10 min 后观察结果;②结果判断,有血压、脉搏、呼吸、面色等改变者为阳性;③记录结果;④在注射造影剂前备好急救药品。

126. 在大量不保留灌肠中,如何掌握溶液的量和温度?

答:在大量不保留灌肠中,成人每次用量 500～1 000 ml,溶液温度为 39～41 ℃;用于高热降温时,溶液温度为 28～32 ℃;用于中暑降温时,溶液温度为 4 ℃。

127. 如何熟练掌握无痛注射技术?

答:(1) 解除病人顾虑,分散注意力,协助病人取合适体位,使其肌肉放松,便于进针。

(2) 注射时做到"二快一慢",即进针快、拔针快、推药慢,且注药速度应均匀。

(3) 同时注射多种药物时,先注射刺激性弱的药物,再注射刺激性强的药物。注射刺激性强的药物时,针头宜粗长,进针要深。

128. 简述臀中肌、臀小肌的注射定位法。

答:(1) 在髂前上棘外侧 3 横指处(以病人自己手指宽度为标准)。

(2) 示指尖和中指尖分别置于髂前上棘和髂嵴下缘,髂嵴、示指、中指形成一个三角形,注射部位就在此三角形的内下方。

129. 试述肌内注射的几种体位。

答:(1) 侧卧位:上腿伸直,下腿稍弯曲。

(2) 俯卧位:足尖相对,足跟分开。

(3) 仰卧位:注射一侧上肢放于腹部。

(4) 坐位:坐位稍高,注射一侧的大腿稍伸直。

130. 为何 2 岁以下婴幼儿不宜选用臀大肌注射?

答:因为 2 岁以下婴幼儿尚未能独立走路,其臀部肌肉一般未发育完全,臀大肌注射有损伤坐骨神经的危险,故宜选用臀中肌和臀小肌注射。

131. 简述静脉注射失败的常见原因。

答:(1) 针头斜面一半在血管外,可有回血,部分药液溢出至皮下。

(2) 针头刺入较深,针头斜面一半穿破对侧血管壁,可有回血,部分药液溢出至深层组织。

(3) 针头刺入太深,穿破对侧血管壁,没有回血,如只推注少量药液,局部不一定隆起。药物注入深部组织,有痛感。

132. 简述静脉注射的目的。

答:(1) 注入药物,用于药物不宜口服、皮下注射、肌内注射,或需迅速发生药效时。

(2) 注入药物做某些诊断性检查。

(3) 输液或输血的前驱步骤。

(4) 静脉营养治疗。

133. 简述可进行静脉注射的常用部位。

答:(1) 四肢浅静脉:常用肘部浅静脉(贵要静脉、正中静脉、头静脉)及腕部、手背、足背浅静脉。

(2) 小儿的头皮静脉。

(3) 股静脉。

134. 如何才能保证病人液体治疗的安全性?

答:(1) 选用无菌、无致热原及含不溶性微粒量少的优质输液剂。

(2) 采用密闭式输液。

(3) 采用一次性输液管道系统。

(4) 加强输液全程的监测,以保证病人的安全。

135. 简述静脉输液的目的。

答:(1) 纠正水和电解质紊乱,维持酸碱平衡。

(2) 补充营养,供给热能。

(3) 输入药物,治疗疾病。

(4) 增加血容量,维持血压。

(5) 利尿及消肿。

136. 静脉输液时应注意哪些问题?

答:(1) 输液过程中应加强巡视,耐心听取病人的主诉。

(2) 严密观察注射部位皮肤有无肿胀,针头有无脱出、阻塞或移位,针头和输液器衔接是否紧密,输液管有无扭曲和受压,输液滴速是否适宜,以及输液瓶内溶液量等。

(3) 及时记录。

137. 静脉补钾时应注意哪些问题?

答:有尿补钾;补钾浓度为 0.1%～0.3%;滴注时间不得少于 6～8 h;禁止静脉推注。

138. 配置全静脉营养液时有哪些注意事项?

答:(1) 采用正确的混合顺序配置液体。

(2) 钙剂和磷酸盐应分别加入不同的溶液内稀释,以免发生磷酸钙沉淀。

(3) 混合液中不能加入其他药物。

(4) 电解质不应直接加入脂肪乳剂中。

(5) 最好现配现用。

139. 在巡视病房时,某静脉输液病人主诉发冷不适,应如何处理?

答:(1) 先了解病人有无其他症状,有无发热,应测量体温。

(2) 减慢滴速,报告医生,加强观察。

(3) 如症状无改善,应停止输液,并按医嘱进行处理。

(4) 保留剩余药液与输液器,必要时送检验。

140. 静脉输液过程中溶液不滴的原因有哪些?应如何处理?

答:(1) 针头滑出血管外,局部有肿胀、疼痛。应另选血管,重新穿刺。

(2) 针头斜面紧贴血管壁,妨碍液体滴入。应调整针头或肢体位置。

(3) 针头阻塞,挤压靠近针头的输液管有阻力,松手后无回血。应更换针头,重新穿刺。

(4) 压力过低,可抬高输液架。

(5) 静脉痉挛,可热敷局部血管。

141. 输血的目的是什么?

答:(1) 补充血容量,升高血压,促进血液循环,用于失血、失液引起的血容量减少或休克。

(2) 增加血红蛋白,纠正贫血。

(3) 补充各种凝血因子,有助于止血,用于治疗凝血功能障碍。

(4) 增加白蛋白,纠正低蛋白血症,维持胶体渗透压,减轻水肿。

142. 简述正常库血和变质库血的不同特点。

答:正常库血分为两层:上层为血浆,呈淡黄色、半透明;下层为血细胞,呈均匀暗红色。两者界限清楚,且无凝血块。若血浆变红或混浊,血细胞呈暗紫色,两者界限不清,或有明显凝血块等,说明血液可能已变质,不能使用。

143. 若病人发生溶血反应,应如何处理?

答:(1) 立即停止输血,并保留余血。采集病人血标本,重做血型鉴定和交叉配血试验。

(2) 安慰病人,以缓解恐惧和焦虑情绪。

(3) 维持静脉输液,以备抢救时静脉给药。

(4) 口服或静脉滴注碳酸氢钠,以碱化尿液,防止或减少血红蛋白结晶阻塞肾小管。

(5) 双侧腰部封闭,并热敷双侧肾区,防止肾血管痉挛,保护肾功能。

(6) 密切观察生命体征并记录。对少尿、无尿者,按急性肾衰竭护理。如出现休克表现,应立即配合抗休克抢救。

144. 如何做好套管留置针的护理?

答:(1) 严格执行无菌操作。

(2) 保持穿刺点无菌,覆盖透明敷料,保持敷料清洁干燥。

(3) 固定牢固,但不宜过紧,以免引起病人不适。

(4) 每次输液前及输液后应检查穿刺部位及静脉行走有无红、肿、热、痛及静脉硬化,询问病人有无不适。如发现异常,应及时拔除导管。

145. 套管针留置期间发生阻塞的原因有哪些?应如何处理?

答:(1) 原因:①封管操作不当导致血液反流;②封管后病人过度活动或局部肢体受压引起静脉压力过高,导致血液反流;③静脉痉挛,可因滴注冰冷液体或药物刺激、化学性刺激使静脉壁突然收缩,引起导管闭塞。

(2) 处理:①拔出导管,选择其他部位穿刺;②若动脉、静脉痉挛,可热敷或观察几分钟后再做其他处理。

146. 如何观察判断套管针留置期间的静脉炎?

答:早期发现静脉炎并及时处理是控制静脉炎发展的有效措施。静脉炎的表现包括滴注部位出现红、肿、热、痛及条索状静脉。按严重程度可分为以下 3 级。

1 级:穿刺点疼痛,红或肿,静脉无条索状改变,无硬结。

2 级:穿刺点疼痛,红或肿,静脉有条索状改变,无硬结。

3 级:穿刺点疼痛,红或肿,静脉有条索状改变,可触及硬结。

147. 采集动脉血标本的目的是什么?

答:采集动脉血标本的目的是进行血气分析,判断病人氧合情况,为治疗提供依据。

148. 采集动脉血时应做哪些评估?

答:(1) 询问了解病人身体状况,了解病人吸氧状况或呼吸机参数的设置。

(2) 向病人解释动脉采血的目的及穿刺方法,取得病人配合。

(3) 评估病人穿刺部位皮肤及动脉搏动情况。

149. 简述采集动脉血标本的注意事项。

答:(1) 消毒面积应较静脉穿刺面积大,严格执行无菌操作,预防感染。

(2) 病人穿刺部位应当压迫止血直至不出血。

(3) 若病人饮热水、洗澡、运动,需休息 30 min 后再取血,避免影响检查结果。

(4) 做血气分析时注射器内勿有空气。

(5) 标本应当立即送检,以免影响检查结果。

(6) 有出血倾向的病人慎用。

150. 静脉血标本有哪些种类?

答:静脉血标本包括全血标本、血清标本、血培养标本。

151. 采集血清标本和全血标本有何不同?

答:(1) 血清标本常用于测定血清酶、脂类、电解质和肝功能等。采集血清标本时,取下针头,将血液顺管壁缓慢注入干燥试管内,切勿将泡沫注入,避免震荡,以防红细胞破裂而造成溶血。

(2) 全血标本常用于测定血液中某种物质的含量,如血糖、尿素氮等。采集全血标本时,取下针头,将血液顺管壁缓慢注入盛有抗凝剂的试管内,立即轻轻摇动,使血液和抗凝剂混匀,防止血液凝固。

152. 收集尿常规标本时应注意些什么?

答:(1) 不可将粪便混入尿液中,因粪便中的微生物可使尿液变质和混淆检查结果。

(2) 昏迷或尿潴留病人可通过导尿术留取标本。

(3) 女病人在月经期不宜留取尿标本。

153. 采集 12 h 和 24 h 尿标本主要有哪些检查项目?

答:12 h 或 24 h 尿标本的主要检查项目是:尿的各种定量检查,如 17-羟类固醇、17-酮类固醇、肌酐、肌酸及尿糖定量或尿浓缩查结核杆菌等。

154. 说出尿标本常用防腐剂的用法。

答:(1) 甲醛:24 h 尿液加 40% 甲醛 1～2 ml。

(2) 浓盐酸:24 h 尿液加浓盐酸 5～10 ml。

(3) 甲苯:每 100 ml 尿液加 0.5%～1% 甲苯 2 ml。

155. 简述痰标本的种类和检查目的。

答:(1) 常规痰标本:采集痰标本并涂片,经特殊染色以检查细菌、虫卵或癌细胞等。

(2) 24 h痰标本:检查24 h的痰量,并观察痰液的性状,协助诊断。

(3) 痰培养标本:检查痰液中的致病菌。

156. 如何收集常规痰标本?

答:嘱病人晨起后漱口,以去除口腔中杂质,然后用力咳出气管深处的痰液,盛于清洁容器内送验。如找癌细胞,应立即送验,也可用95%乙醇或10%甲醛固定后送验。

157. 采集咽拭子培养标本的目的是什么?

答:取病人咽部及扁桃体分泌物做细菌培养。

158. 简述咽拭子标本采集的操作要点。

答:咽拭子标本采集主要用于咽拭子培养,即从咽部及扁桃体采取分泌物做细菌培养。其方法是:准备无菌咽拭子培养管,嘱病人张口,发"啊"音(必要时用压舌板),用长棉签蘸无菌生理盐水以敏捷而轻柔的动作,擦拭两侧腭弓及咽喉、扁桃体上分泌物。做真菌培养时,须在口腔溃疡面采集分泌物。将试管在酒精灯火焰上消毒,然后将棉签插入试管中,塞紧送验。

159. 简述采集咽拭子标本的注意事项。

答:(1) 操作过程中,应注意瓶口消毒,保持容器无菌。

(2) 最好在使用抗菌药物治疗前采集标本。

160. 常压下吸氧与高压下吸氧有什么不同?

答:吸氧压力不同;吸氧浓度不同;获得的疗效不同。

161. 给病人吸氧时应注意些什么?

答:(1) 严格遵守操作规程,注意吸氧安全,切实做好"四防"(防震、防火、防热、防油)。搬运时应避免倾倒、撞击,防止爆炸。

(2) 使用氧气时,应先调节流量而后应用;停用时先拔出导管,再关闭氧气开关;中途改变流量时,先将氧气和鼻导管分离,调节好流量后再接上。

(3) 在用氧过程中,可根据病人脉搏、血压、精神状态、皮肤颜色及湿度、呼吸方式等有无改善来衡量氧疗效果,同时可测定动脉血气分析判断疗效,从而选择适当的用氧浓度。

(4) 持续鼻导管吸氧者,每日更换鼻导管2次以上,双侧鼻孔交替插管,并及时清除鼻腔内分泌物,防止鼻导管堵塞。用鼻塞者也需每日更换。

(5) 氧气筒内氧气勿用尽,压力表上指针降至0.5 MPa(5 kg/cm²)时即不可再使用,以防灰尘进入筒内,再次充气时引起爆炸。

(6) 对未用或已用的氧气筒,应分别悬挂"满"或"空"的标志,以便及时调换,并避免急用时搬错氧气筒而影响抢救速度。

162. 氧气吸入有哪些适应证?

答:血气分析检查是用氧的指标,当病人的动脉血氧分压低于50 mmHg(6.7 kPa)时[正常值80~100 mmHg(11~13.3 kPa)],则应给予吸氧。如心肺功能不全、各种中毒引起的呼吸困难、昏迷、外科手术前后、大出血休克病人等。

163. 氧气吸入浓度应在什么范围?

答:给氧时,氧浓度低于25%无治疗价值;高于60%的氧浓度,吸氧持续时间超过1~2

天,则会发生氧中毒,表现为恶心、烦躁不安、面色苍白、进行性呼吸困难。缺氧和二氧化碳滞留同时并存者,应以低流量、低浓度持续给氧。

164. 高压氧治疗的原理是什么?

答:提高血氧张力,增加血氧含量,增加组织的氧含量和氧储量,抑制厌氧菌的生长繁殖,增强放疗和化疗对恶性肿瘤的疗效,提高血氧弥散率和增加组织内氧的有效弥散距离。

165. 高压氧舱治疗前病人需做哪些准备?

答:(1) 严禁携带易燃、易爆品。

(2) 凡进入高压氧舱的人员均应换穿棉织服装,不宜穿戴易产生静电火花的衣服入舱。

(3) 病人进舱前不宜吃得过饱,不宜吃易产气的食物和饮料,并排尽大小便。

(4) 有引流瓶的病人,入舱前应倒掉引流瓶内的引流物。

(5) 病人应了解舱内供氧装置及通信联系方式,如何正确使用面罩,怎样做调压动作等。

166. 气道内吸引不当可引起哪些后果?

答:(1) 气道黏膜损伤。

(2) 加重缺氧。

(3) 肺不张。

(4) 支气管哮喘病人,因负压引起的机械性刺激,可能诱发支气管痉挛。

167. 吸痰术有哪些注意事项?

答:(1) 严格执行无菌操作,治疗盘内吸痰用物每天更换 1~2 次,吸痰导管每次更换,勤做口腔护理。

(2) 密切观察病人,当病人喉头有痰鸣音或排痰不畅时,应及时抽吸。

(3) 电动吸引器贮液瓶的液体应及时倾倒。

168. 如何使黏稠痰液容易咳出或吸出?

答:可叩拍胸背,以振动痰液,或交替使用超声雾化吸入,还可缓慢滴入生理盐水或化痰药物使痰液稀释,便于咳出或吸出。

169. 如何为咳嗽无力的病人排出痰液?

答:(1) 辅助咳嗽:在病人咳嗽时,用双手在胸壁上加压,以加强咳嗽效果。

(2) 用手振动胸壁:当病人慢慢呼气时,用手震动胸壁,促使黏附在呼吸道上的分泌物松动,易于咳出。

(3) 叩击法:将 5 指并拢,向掌心微弯曲呈空心掌,从肺底到肺尖反复叩击背部,促使黏附于气管、支气管壁上的黏稠分泌物松动。

170. 传统的死亡概念与脑死亡概念有何不同?

答:传统的死亡概念是指呼吸、心跳的停止。但自身心肺功能停止的病人可以依靠机器来维持,因此只要大脑功能保持完整性,一切生命活动都可能恢复。脑死亡即全脑死亡,指大脑、中脑、小脑和脑干的不可逆死亡。不可逆的脑死亡是生命活动结束的象征。其标准为:①无感受性及反应性;②无运动、无呼吸;③无反射;④脑电波平坦。同时要求上述标准在 24 h 内反复复查无改变,并排除体温过低(低于 32 ℃)及中枢神经抑制剂的影响,即可做出脑死亡的诊断。

171. 为什么说护士为临终病人提供护理既是挑战,又是机会?

答:因为护士必须应用各种知识和技能,为临终病人进行身心护理。如了解病人对死亡的态度,给予针对性的心理护理;识别濒死期病人的躯体变化,提供相应的护理措施。在为临终病人护理的实践中,不断地战胜自己,克服对死亡的恐惧,完善对整体护理的认识,更好地体现人道主义精神。所以,对护士而言,进行临终护理是一次挑战与机会并存的护理实践。

172. 尸体护理的目的是什么?

答:(1) 使尸体整洁,姿势良好,易于辨认。

(2) 给家属以安慰。

173. 什么是手卫生?

答:手卫生是指用流水和皂液(或固体肥皂/香皂)彻底清洗双手,或是规范使用无水含乙醇手消毒凝胶消毒双手的专用名词。是洗手、卫生手消毒和外科手消毒的总称。

(1) 洗手:指用肥皂或皂液和流动水洗手,去除手部皮肤污垢、碎屑和部分致病菌的过程。

(2) 卫生手消毒:指用含抗菌剂肥皂(液)清洗或消毒剂擦洗手,在一般性洗手或刷手的基础上对残余手部的微生物进一步清除、除去或杀灭皮肤上致病菌的过程。

(3) 外科手消毒:指用手消毒剂清除或者杀灭手部暂居菌和减少常居菌的过程,并能降低手术过程中由于手套的刺破或破损而导致细菌侵入手术区域风险的过程。

174. 简述洗手的注意事项。

答:(1) 认真清洗指甲、指尖、指缝和指关节等易污染的部位。

(2) 手部不佩戴戒指等饰物。

(3) 应当使用一次性纸巾或者干净的小毛巾擦干双手,毛巾应当一用一消毒。

(4) 未受到病人血液、体液等物质明显污染时,可以使用速干手消毒剂消毒双手代替洗手。

175. 使用约束带时应注意什么?

答:(1) 严格掌握应用指征,注意维护病人自尊。

(2) 只宜短期使用,并经常更换卧位,注意病人的卧位舒适。

(3) 约束局部应放衬垫,松紧适宜,并处于功能位置。密切观察约束部位皮肤的颜色,并定时放松进行按摩,促进血液循环。

(4) 记录使用保护具的原因、时间、观察结果、护理措施和解除约束的时间。

176. 医疗文件书写有何要求?

答:(1) 及时:医疗护理记录必须及时,不得拖延或提早,更不能漏记。

(2) 准确:记录内容必须真实、明确,以作为法律证明文件。记录内容应为客观事实,对病人的主述和行为应据实描述。按要求分别使用红、蓝色钢笔书写。字体清楚端正,保持表格整洁,不得涂改、剪贴,或滥用简化字。有书写错误时,应在错误处画线删除并签名。

(3) 完整:医疗、护理记录文件不得丢失,不得随意拆散、外借、损坏。眉栏、页码必须逐页、逐项填写完整,每项记录后不留空白,以防添加。记录者签全名,以示负责。如果病人出现病危、拒绝接受治疗护理、自杀倾向、意外、请假外出等特殊情况,应进行详细记录,并及时汇报、交接班等。

(4)简明扼要:记录内容应尽量简洁、流畅、重点突出,使用规范医学术语和缩写,避免笼统、含糊不清或过多修辞,以方便医护人员快速获取所需信息。

177.简述处理医嘱的原则。

答:(1)先执行,后转抄:即处理医嘱时,无论是长期医嘱还是临时医嘱,应先执行,后转抄到医嘱单上。

(2)先急后缓:处理多次医嘱时,应首先判断需执行医嘱的轻重缓急,合理、及时地安排执行顺序。

(3)先临时后长期:临时需即刻执行的医嘱,应立即安排执行。

(4)医嘱执行者签全名:医嘱执行者须在医嘱本、医嘱单上签全名。

178.简述病室报告的书写顺序。

答:(1)用蓝色钢笔填写眉栏各项:病室、日期、时间、病人总数、入院、出院、转出、转入、手术、分娩、病危、死亡人数。

(2)根据下列顺序按床号先后书写报告:先写离开病室的病人(出院、转出、死亡),再写进入病室的病人(入院、转入),最后写本次值班的重点病人(手术、分娩、危重及有异常情况的病人)。

第二章 基础护理技术

一、备用床

【目的】

1. 保持病室清洁、整齐、美观。

2. 准备迎接新病人。

【操作流程图】

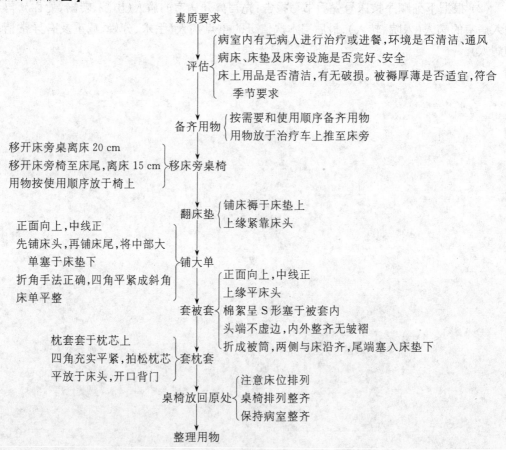

```
                        素质要求
                          │
                          │┌ 病室内有无病人进行治疗或进餐,环境是否清洁、通风
                       评估┤  病床、床垫及床旁设施是否完好、安全
                          │└ 床上用品是否清洁,有无破损。被褥厚薄是否适宜,符合
                          │     季节要求
                          │
                          │┌ 按需要和使用顺序备齐用物
                     备齐用物┤
                          │└ 用物放于治疗车上推至床旁
                          │
移开床旁桌离床 20 cm       ┐
                          │
移开床旁椅至床尾,离床 15 cm ├ 移床旁桌椅
                          │
用物按使用顺序放于椅上      ┘
                          │
                          │┌ 铺床褥于床垫上
                     翻床垫 ┤
                          │└ 上缘紧靠床头
                          │
正面向上,中线正            ┐
先铺床头,再铺床尾,将中部大  │
   单塞于床垫下            ├ 铺大单
折角手法正确,四角平紧成斜角  │
床单平整                  ┘
                          │┌ 正面向上,中线正
                          │  上缘平床头
                          │  棉絮呈 S 形塞于被套内
                     套被套┤  头端不虚边,内外整齐无皱褶
                          │  折成被筒,两侧与床沿齐,尾端塞入床垫下
枕套套于枕芯上             ┐
四角充实平紧,拍松枕芯      ├ 套枕套
平放于床头,开口背门       ┘
                          │┌ 注意床位排列
                          │
                     桌椅放回原处┤ 桌椅排列整齐
                          │
                          │└ 保持病室整齐
                          │
                        整理用物
```

【注意事项】

1. 病室内有病人进餐或治疗时应暂停铺床。

2. 用物备齐,折叠正确,放置有序,省时省力。

3. 动作轻稳,避免尘埃扬起。

4. 操作中应遵循节力原则。

备用床评分标准

项 目	项目总分	要 求	标准分	得分	备注
素质要求	5	服装、鞋帽整洁	1		
		仪表大方,举止端庄	2		
		语言柔和恰当,态度和蔼可亲	2		
操作前准备	10	评估	2		
		洗手,戴口罩	2		
		备齐用物	2		
		折叠整齐,按顺序摆放于床尾	2		
		移开床旁桌椅,桌离床 20 cm,椅离床 15 cm	2		
操作过程	铺大单 26	翻床垫	2		
		大单放置正确(正面向上)	4		
		中线正	4		
		床头、床尾包紧	8		
		折角手法正确,四角平紧成斜角	8		
	套被套 20	中线正	4		
		头端与床头平	4		
		头端不虚边	4		
		被套内外整齐,无皱褶	8		
	8	折成被筒,两侧与床沿齐	4		
		尾端塞入床垫下整齐	4		
	套枕套 8	四角充实平紧	4		
		拍松枕芯	2		
		平放于床头,开口背门	2		
操作后处理	10	桌椅放回原处	4		
		床单位整齐划一	4		
		洗手,脱口罩	2		
熟练程度	13	操作时间<5 min	8		
		动作轻巧、准确、稳重,注意节力,应变力强	5		
总 分	100				

注:中线偏斜<5 cm 扣 1 分,>5 cm 扣 2 分;时间超过每 30 s 扣 1 分,超过 8 min 该项得分全部扣除。

二、麻醉床

【目的】

1. 便于接受和护理手术后病人。
2. 使病人安全、舒适,预防并发症。
3. 保护被褥不被污染,便于更换。

【操作流程图】

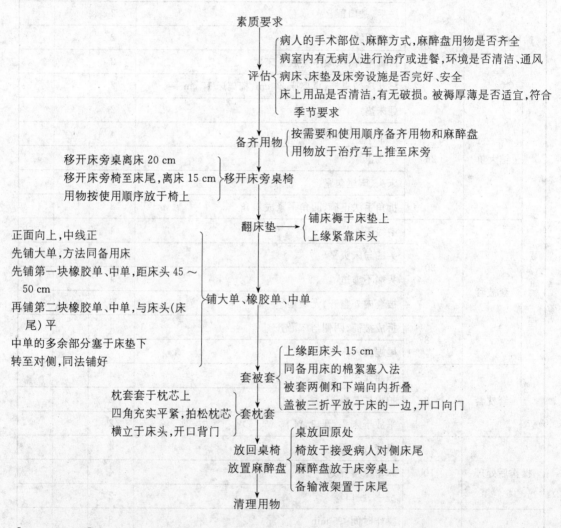

【注意事项】

1. 病室内有病人进餐或治疗时应暂停铺床。
2. 用物备齐,折叠正确,放置有序,省时省力。
3. 动作轻稳,避免尘埃扬起。
4. 操作中应遵循节力原则。

麻醉床评分标准

项　　目	项目总分	要　　求	标准分	得分	备注
素质要求	5	服装、鞋帽整洁	1		
		仪表大方,举止端庄	2		
		语言柔和恰当,态度和蔼可亲	2		
操作前准备	10	评估	2		
		洗手,戴口罩	2		
		备齐用物	4		
		折叠整齐,按顺序摆放丁床尾	2		
操作过程	铺大单橡胶单中单 30	移开床旁桌椅,桌离床 20 cm,椅离床 15 cm	2		
		用物放置于床旁椅上,整齐、安全	2		
		翻床垫	2		
		大单放置正确,中线正	4		
		床头、床尾包紧	4		
		折角手法正确,四角平紧成斜角	8		
		两块橡胶单、中单铺法正确	8		
	套被套 24	中线正	4		
		上缘距床头 15 cm,头端不虚边	4		
		被套内外整齐,无皱褶	4		
		折成被筒,两侧与床沿齐	4		
		床尾整齐	4		
		盖被三折平放于床一边,开口向门	4		
	套枕套 8	四角充实平紧	4		
		枕芯拍松	2		
		开口背门,横立于床头	2		
操作后处理	10	桌放回原处,椅放于接受病人对侧床尾	4		
		备齐抢救物品,放置合理	4		
		洗手,脱口罩	2		
熟练程度	13	操作时间<8 min	8		
		动作轻巧、准确、稳重,注意节力	5		
总　　分	100				

注:中线偏斜<5 cm 扣 1 分,>5 cm 扣 2 分;时间超过每 30 s 扣 1 分,超过 10 min 该项得分全部扣除。

三、病人搬运

【目的】

运送不能起床的病人入院、做各种特殊检查、治疗、手术等。

【操作流程图】

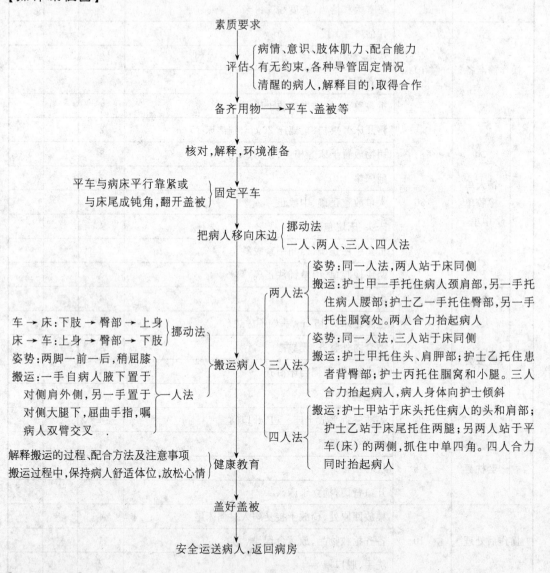

素质要求

评估 { 病情、意识、肢体肌力、配合能力
有无约束,各种导管固定情况
清醒的病人,解释目的,取得合作 }

备齐用物——平车、盖被等

核对,解释,环境准备

固定平车 { 平车与病床平行靠紧或
与床尾成钝角,翻开盖被 }

把病人移向床边 { 挪动法
一人、两人、三人、四人法 }

搬运病人

挪动法 { 车→床:下肢→臀部→上身
床→车:上身→臀部→下肢 }

一人法 { 姿势:两脚一前一后,稍屈膝
搬运:一手自病人腋下置于
对侧肩外侧,另一手置于
对侧大腿下,屈曲手指,嘱
病人双臂交叉 }

两人法 { 姿势:同一人法,两人站于床同侧
搬运:护士甲一手托住病人颈肩部,另一手托
住病人腰部;护士乙一手托住臀部,另一手
托住腘窝处。两人合力抬起病人 }

三人法 { 姿势:同一人法,三人站于床同侧
搬运:护士甲托住头、肩胛部;护士乙托住患
者背臀部;护士丙托住腘窝和小腿。三人
合力抬起病人,病人身体向护士倾斜 }

四人法 { 搬运:护士甲站于床头托住病人的头和肩部;
护士乙站于床尾托住两腿;另两人站于平
车(床)的两侧,抓住中单四角。四人合力
同时抬起病人 }

健康教育 { 解释搬运的过程、配合方法及注意事项
搬运过程中,保持病人舒适体位,放松心情 }

盖好盖被

安全运送病人,返回病房

【注意事项】

1. 正确运用人体力学原理,操作者注意节力。

2. 动作轻稳,避免对病人拖、拉、拽等动作,防止关节脱位,保证病人舒适、安全。

3. 搬运过程中,密切观察病情,若病人出现不适,应及时处理。

病人搬运评分标准

项　目	项目总分	要　求	标准分	得分	备注
素质要求	5	服装、鞋帽整洁	1		
		仪表大方,举止端庄	2		
		语言柔和恰当,态度和蔼可亲	2		
操作前准备	10	评估	3		
		洗手,戴口罩	2		
		备齐物品,放置合理	3		
		检查平车性能	2		
搬运过程	搬运前准备 30	核对	4		
		正确安置病人相关导管	4		
		移开床旁桌椅	2		
		翻开床尾盖被,取合适体位	4		
		移动病人方法正确、安全	8		
		平车放置合理	4		
		固定平车	4		
	搬运 35	搬运者站立位置正确	5		
		搬运者姿势、手托放部位正确	10		
		多人合力同时抬起病人(一人叫口令),将病人轻放于平车上	10		
		安全运送病人,返回病床	10		
健康教育	5	告知配合方法及注意事项	5		
操作后处理	5	盖好盖被,放回桌椅,整理床单位	3		
		洗手,脱口罩	2		
熟练程度	10	动作轻巧、稳重、准确、安全	5		
		注意爱伤观念	5		
总　分	100				

四、卧床病人更换床单

【目的】

1. 保持病床平整,病人睡卧舒适,病室整洁美观。
2. 观察病情,协助病人变换体位,预防压疮和坠积性肺炎。

【操作流程图】

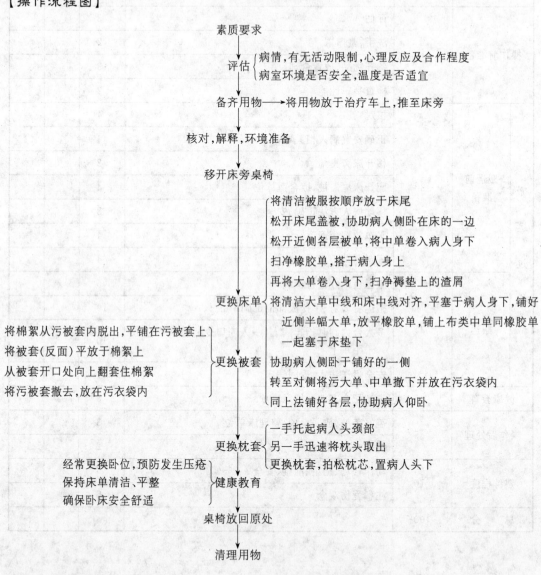

【注意事项】

1. 注意清扫病人身下及枕下渣屑。
2. 观察病人面色、脉搏、呼吸,并询问病人有无不适。
3. 污单不可随意扔在地上。

卧床病人更换床单评分标准

项 目	项目总分	要 求	标准分	得分	备注
素质要求	5	服装、鞋帽整洁	1		
		仪表大方,举止端庄	2		
		语言柔和恰当,态度和蔼可亲	2		
操作前准备	10	评估,解释	2		
		洗手,戴口罩	2		
		备齐物品,放置合理	4		
		环境准备	2		
操作过程	更换床单 24	移开床旁桌椅	2		
		松开床尾盖被,移动病人方法正确,注意安全	6		
		松开大单	4		
		清扫床褥方法正确、有效	4		
		大单放置正确(正反面、位置)	2		
		中线正	2		
		床角整齐美观	4		
	更换被套 30	更换方法正确,内外无皱褶,棉絮不接触病人	10		
		头端不虚边	2		
		被筒对称,中线正	4		
		两侧被筒齐床沿	4		
		被尾整齐	2		
		外观平整美观	4		
		关心病人,注意保暖	4		
	更换枕套 4	四角充实,拍松枕芯	2		
		枕头放置正确,开口背门	2		
健康教育	7	经常更换卧位,预防发生压疮	4		
		保持床单位清洁、平整	3		
操作后处理	10	放回桌椅,整理床单位	5		
		污单处理正确	3		
		洗手,脱口罩	2		
熟练程度	10	动作轻巧、稳重、准确	5		
		注意节力原则,时间不超过 15 min	5		
总 分	100				

五、无菌技术

【目的】

1. 保持无菌溶液及已灭菌物品的无菌状态。
2. 将无菌巾铺在清洁干燥的治疗盘内,形成无菌区,放置无菌物品,供实施治疗时使用。
3. 保护病人,预防感染。

【操作流程图】

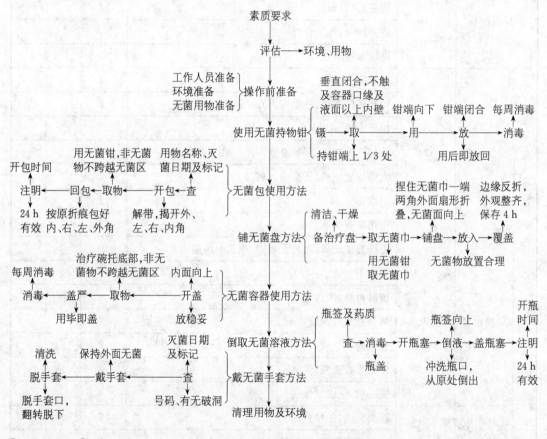

【注意事项】

1. 无菌持物钳不能夹取未灭菌的物品,也不能夹取油纱布。
2. 取远处物品时,应当连同容器一起搬移到物品旁使用。
3. 戴手套时应当注意未戴手套的手不可触及手套外面,戴手套的手不可触及戴手套的手或另一手套的里面。
4. 不可将无菌物品或者非无菌物品深入无菌溶液内蘸取或者直接接触瓶口倒液。
5. 使用无菌容器时,不可污染盖内面、容器边缘及内面。
6. 无菌容器打开后,记录开启的日期、时间,有效使用时间为 24 h。
7. 铺无菌盘区域必须清洁干燥,无菌巾避免潮湿。
8. 注明铺无菌盘的日期、时间,无菌盘有效期为 4 h。

无菌技术评分标准

项　目	项目总分	要　求	标准分	得分	备注
素质要求	5	服装、鞋帽整洁	1		
		仪表大方、举止端庄	2		
		语言柔和恰当,态度和蔼可亲	2		
操作前准备	10	评估	4		
		洗手,戴口罩	2		
		检查备齐无菌物品	4		
操作过程　66分	使用无菌持物钳 9	取放钳:垂直闭合	1		
		不触及容器口缘	2		
		不触及液面以上内壁	2		
		用钳:钳端向下夹取无菌物	2		
		用后即放回	1		
		每周消毒	1		
	无菌包使用方法 15	检查:用物名称、灭菌日期及标记	3		
		开包:解带,揭开外、左、右、内角	3		
		取物用无菌钳,非无菌物不跨越无菌区	4		
		回包:按原折痕包好内、右、左、外角	3		
		注明开包时间,24 h内有效	2		
	铺无菌盘方法 14	治疗盘清洁、干燥	2		
		用无菌钳夹取无菌巾	2		
		捏住无菌巾一端两角外面	2		
		扇形折叠,无菌面向上	3		
		无菌物品放置合理,不跨越无菌区	3		
		边缘反折,折边外观整齐,保存4 h	2		
	无菌容器使用方法 8	开盖内面向上,放稳妥	2		
		取无菌治疗碗托底部	2		
		非无菌物不跨越无菌区	2		
		用毕即盖严,每周消毒	2		
	倒取无菌溶液方法 12	检查瓶签及药质	3		
		消毒、开瓶塞方法正确	2		
		倒液标签向上	1		
		冲洗瓶口,从原处倒出	2		
		盖瓶塞方法正确	2		
		注明开瓶时间,24 h有效	2		
	戴无菌手套方法 8	检查无菌日期及标记、号码、有无破洞	4		
		戴手套,保持外面无菌	2		
		脱手套口,翻转脱下	2		
操作后处理	5	清理用物及环境	3		
		洗手,脱口罩	2		
熟练程度	14	动作轻巧、稳重、准确、无污染	8		
		注意节力原则	2		
		掌握无菌原则,疑似污染即更换	4		
总　　分	100				

六、穿脱隔离衣

【目的】

1. 防止病原微生物的传播,减少感染和交叉感染的发生。
2. 保护病人和工作人员。

【操作流程图】

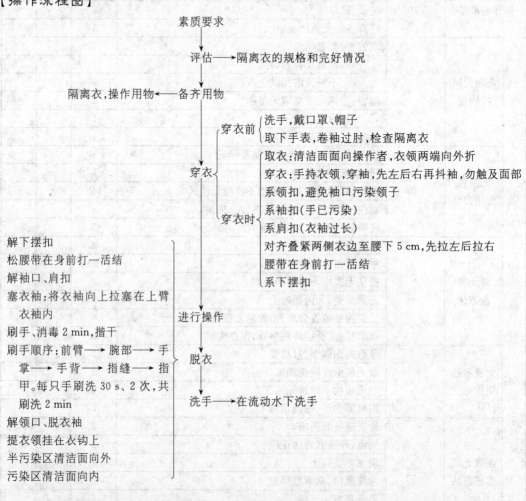

素质要求

评估——→隔离衣的规格和完好情况

隔离衣,操作用物←——备齐用物

穿衣前 { 洗手,戴口罩、帽子
取下手表,卷袖过肘,检查隔离衣 }

穿衣 { 取衣:清洁面面向操作者,衣领两端向外折
穿衣:手持衣领,穿袖,先左后右再抖袖,勿触及面部
系领扣,避免袖口污染领子 }

穿衣时 { 系袖扣(手已污染)
系肩扣(衣袖过长)
对齐叠紧两侧衣边至腰下 5 cm,先拉左后拉右
腰带在身前打一活结
系下摆扣 }

进行操作

解下摆扣
松腰带在身前打一活结
解袖口、肩扣
塞衣袖:将衣袖向上拉塞在上臂
　　衣袖内
刷手、消毒 2 min,揩干
刷手顺序:前臂——→腕部——→手
　　掌——→手背——→指缝——→指
　　甲。每只手刷洗 30 s、2 次,共
　　刷洗 2 min
解领口、脱衣袖
提衣领挂在衣钩上
半污染区清洁面向外
污染区清洁面向内

脱衣

洗手——→在流动水下洗手

【注意事项】

1. 隔离衣的长短要合适,须全部遮盖工作服。如有破洞,应补好后再穿。
2. 隔离衣每日更换,如有潮湿或污染,应立即更换。
3. 穿、脱隔离衣的过程中要始终保持衣领的清洁。
4. 穿好隔离衣后,不得进入清洁区,避免接触清洁物品。
5. 消毒手时不能沾湿隔离衣,隔离衣也不可触及其他物品。
6. 脱下的隔离衣,如挂在半污染区,清洁面向外;如挂在污染区,则污染面向外。
7. 穿上隔离衣后的相关操作,临床上多采用戴手套后操作,因脱隔离衣过程中不必过分强调由前臂至指甲的刷手。

穿脱隔离衣评分标准

项 目	项目总分	要 求	标准分	得分	备注
素质要求	5	服装、鞋帽整洁	1		
		仪表大方,举止端庄	2		
		语言柔和恰当,态度和蔼可亲	2		
操作前准备	10	评估	3		
		洗手,戴口罩、帽子	2		
		取下手表,卷袖过肘	2		
		检查隔离衣	3		
操作过程	穿 26	持衣	2		
		穿袖(一左、二右、三伸手)	8		
		系领扣,系袖口	8		
		系腰带,系下扣	8		
	脱 15	解下扣	3		
		松腰带,打结	4		
		解袖口及肩扣	4		
		塞袖	4		
	刷手 12	范围、方法、时间正确	12		
	脱 12	解领口	2		
		脱袖包手	4		
		双手退出	2		
		挂好备用	4		
操作后处理	5	隔离衣备洗	2		
		洗手,脱口罩	3		
熟练程度	15	动作轻巧、稳重、准确	5		
		操作时间 5 min(包括洗手 2 min)	5		
		整体效果:衣领平整,穿着利索	5		
总 分	100				

七、口腔护理

【目的】

1. 保持口腔清洁、湿润,预防口腔感染等并发症。
2. 预防或减轻口腔异味,清除牙垢,增进食欲,促进舒适。
3. 观察口腔黏膜、舌苔的变化,提供病情变化的信息。

【操作流程图】

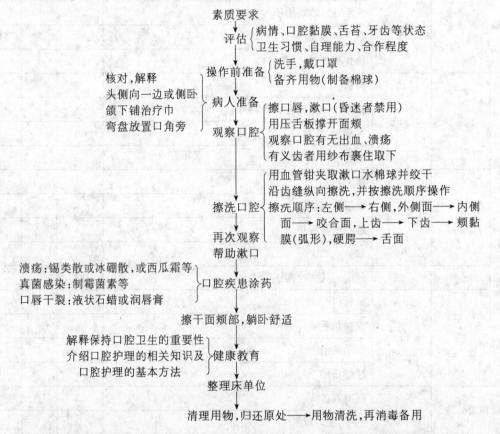

【注意事项】

1. 操作时动作要轻柔,尤其是凝血功能差的病人,以免损伤口腔黏膜和牙龈。
2. 昏迷病人棉球不宜过湿,禁忌漱口。
3. 擦洗时棉球夹紧,不能遗留在口腔内;1 只棉球擦洗一个面。
4. 使用开口器时,应从白齿处放入。
5. 有活动性义齿者应取下,浸泡在冷开水中。
6. 对长期应用抗生素者,应观察口腔黏膜有无真菌感染。
7. 根据病情选择漱口溶液。
8. 一般口腔护理时,至少用 16 只棉球。如病人全口牙齿脱落或牙垢较多,口腔有溃疡者,应根据具体情况增减备用棉球。
9. 操作前后应当清点棉球数量。

口腔护理评分标准

项	目	项目总分	要 求	标准分	得分	备注
素质要求		5	服装、鞋帽整洁	1		
			仪表大方,举止端庄	2		
			语言柔和恰当,态度和蔼可亲	2		
操作前准备		12	评估	3		
			洗手,戴口罩	2		
			备齐用物	2		
			制备棉球数量、干湿适宜	5		
操作过程	病人准备	8	核对,解释	2		
			头侧向一边或侧卧	2		
			颌下铺巾,放弯盘	4		
	观察口腔	10	擦口唇,漱口	2		
			正确使用压舌板、张口器	4		
			观察口腔	2		
			有义齿者应取下	2		
	擦洗口腔	30	夹取及绞干棉球方法正确	8		
			棉球湿度适宜	4		
			擦洗方法及顺序正确,观察口腔	18		
	再次观察	6	清点污棉球	2		
			漱口	2		
			再次观察口腔	2		
	口腔疾患涂药	5	溃疡涂药	2		
			真菌感染涂药	2		
			口唇干裂涂药	1		
健康教育		6	介绍口腔护理的相关知识及基本方法	6		
操作后处理		8	整理床单位,协助病人躺卧舒适	2		
			擦干面颊部	2		
			用物处理恰当	2		
			洗手,脱口罩	2		
熟练程度		10	操作时间<15 min	2		
			动作轻巧、稳重、准确、安全	5		
			口腔清洁、无臭、无垢	3		
总 分		100				

八、测量体温、脉搏、呼吸

【目的】

1. 测量、记录病人体温,判断有无异常;监测体温变化,分析热型及伴随症状。

2. 测量、记录病人脉搏,判断有无异常;监测脉搏变化,间接了解心脏的情况。

3. 测量、记录病人呼吸,判断有无异常;监测呼吸变化,了解病人呼吸功能情况。

【操作流程图】

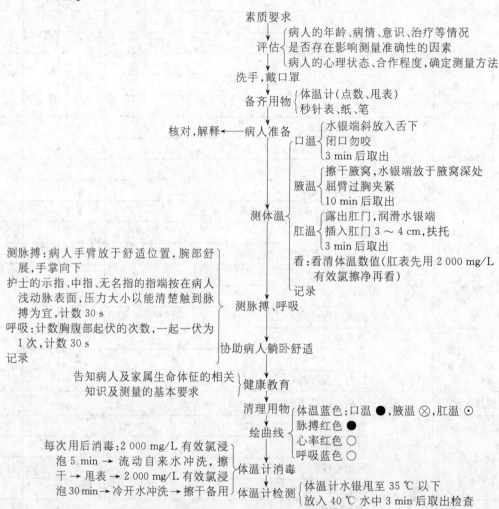

【注意事项】

1. 婴幼儿、精神异常、昏迷、口腔疾患、口鼻手术及张口呼吸病人不宜采用口腔测体温。

2. 直肠或肛门手术、腹泻者禁测肛温;心肌梗死病人慎用肛温,以免刺激肛门引起迷走神经反射而致心动过缓。

3. 若病人不慎咬破体温计;应立即清除玻璃碎屑,以免损伤唇、舌以及口腔、食管、胃肠道黏膜,然后口服蛋清液或牛奶,以延缓汞的吸收。病情允许可服纤维丰富的食物,促进汞的排泄。

4. 进食、饮水、面颊部冷热敷、坐浴或灌肠、沐浴等情况时,应间隔 30 min 后再测相应部位的体温。

5. 发现体温和病情不相符时,应在床旁重新监测,必要时做肛温和口温对照复查。

6. 不可用拇指诊脉,因拇指小动脉搏动较强,易与病人的脉搏混淆。

7. 由于呼吸受意识控制,所以测呼吸时应不使病人察觉。

8. 异常呼吸者或婴儿应测呼吸 1 min。

9. 呼吸微弱或危重病人,可用少许棉花置于病人鼻孔前,观察棉花被吹动的次数,计数 1 min,以得到准确的结果。

10. 测脉搏每次计数 30 s,将计数的脉率×2;异常脉率测 1 min;脉搏短绌时,应两人同时测量,一人听心率,另一人测脉率,两人同时开始计数 1 min,以分数式记录(心率/脉率)。

11. 原则上用色笔绘制体温、脉搏、呼吸曲线,点与点之间用相应颜色笔作连线。

测量体温、脉搏、呼吸评分标准

项　目	项目总分	要　求	标准分	得分	备注
素质要求	5	服装、鞋帽整洁	1		
		仪表大方,举止端庄	2		
		语言柔和恰当、态度和蔼可亲	2		
操作前准备	11	评估	3		
		洗手,戴口罩	2		
		备齐物品,放置合理	2		
		体温计点数、甩表、检查(备秒针表、纸、笔)	4		
操作过程	测体温	15	核对,解释	3		
		口温:水银端斜放于舌下,闭口 3 min 取出,用纱布擦净,看表	4		
		腋温:擦干腋窝,水银端置于腋窝深处,屈臂过胸夹紧 10 min(口述)	4		
		肛温:润滑水银端并插入肛门,置 3 min(口述)	4		
	测脉搏	18	测脉搏用示指、中指、无名指,部位正确	6		
		时间正确(计数 30 s)	6		
		误差不超过 4 次/分	6		
	测呼吸	6	方法、时间准确(计数 30 s)	3		
		误差不超过 2 次/分	3		
	绘曲线	17	记录:T ℃,P 次/分,R 次/分	7		
		绘制:点圆、线直,位置、颜色、符号正确	10		
健康教育	8	介绍测量体温、脉搏、呼吸相关知识及测量时的注意事项	8		
操作后消毒检测	12	每次使用后消毒	6		
		体温计检测方法(口述)	3		
		洗手,脱口罩	3		
熟练程度	8	操作时间 3 人<10 min	5		
		动作轻巧、稳重、准确、安全	3		
总　分	100				

注:(1) 测体温时,允许度数误差 0.2 ℃;若误差>0.4 ℃者应扣去该项总分。测脉搏时,数值误差 4 次/分者扣 2 分;若误差>4 次/分,应扣去该项总分。测呼吸时,数值误差 2 次/分者扣 2 分;若误差>2 次/分,应扣去该项总分。

（2）测体温、脉搏、呼吸均有误差者,体温>0.4 ℃、脉搏>4 次/分、呼吸>2 次/分,应视为不及格。

九、测量血压

【目的】

1. 判断血压有无异常。
2. 动态监测血压的变化,评估病人循环系统的功能状况。
3. 协助诊断,为预防、治疗、康复、护理提供依据。

【操作流程图】

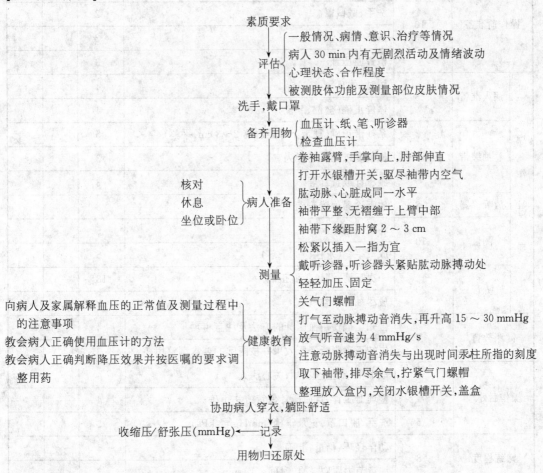

【注意事项】

1. 密切监测血压者:做到"四定",即定时间、定部位、定体位、定血压计。有助于测定的准确性和对照的可比性。
2. 偏瘫、一侧肢体外伤或手术者:应选择健侧肢体测血压,因患肢肌张力减低,血液循环障碍,不能真实反应血压的变化。
3. 按要求选择合适袖带。
4. 如测得血压异常或动脉搏动音听不清时,应重复测量。先将袖带内空气驱尽,使汞柱降至"0"点,稍等片刻再测,一般连测2~3次,取其最低值。
5. 舒张压的变音和消失音之间有差异时,可记录两个读数,如180/90~40 mmHg。

测量血压评分标准

项 目	项目总分	要 求	标准分	得分	备注
素质要求	5	服装、鞋帽整洁	1		
		仪表大方,举止端庄	2		
		语言柔和恰当,态度和蔼可亲	2		
操作前准备	10	评估	3		
		洗手,戴口罩	2		
		备齐物品	2		
		检查血压计	3		
操作过程 病人准备	8	核对,休息	4		
		体位正确(坐位、卧位)	4		
卷袖缠带	11	系袖带正确(袖带下缘距肘窝2～3 cm,平整)	5		
		松紧度以插入一指为宜	3		
		血压计放置合理	3		
放听诊器	8	放听诊器位置正确	8		
测量	10	注气平稳	5		
		放气平稳(汞柱徐徐下落)	5		
听音	20	一次听清,测量数值正确	18		
		放尽袖带内空气	2		
健康教育	7	告知正确使用血压计的方法及注意事项	4		
		告知正确判断降压效果并按医嘱的要求调整用药	3		
操作后处理	8	取下袖带,整理衣袖,关心病人	4		
		整理血压计,且血压计保管方法正确	4		
	5	洗手,脱口罩,记录正确(mmHg 或 kPa)	5		
熟练程度	8	动作轻巧、稳重、准确	5		
		注意节力原则,操作时间<10 min	3		
总 分	100				

注:(1) 2 次听准扣 5 分;3 次听准扣 10 分。

(2) 血压数值:误差 10 mmHg 扣 4 分;误差 15 mmHg 扣 10 分;误差 20 mmHg 视为不及格。

十、压疮的预防和护理

【目的】

1. 避免局部组织长期受压,促进皮肤的血液循环。
2. 保护病人的皮肤,防止溃烂、坏死,保持其正常功能。

【操作流程图】

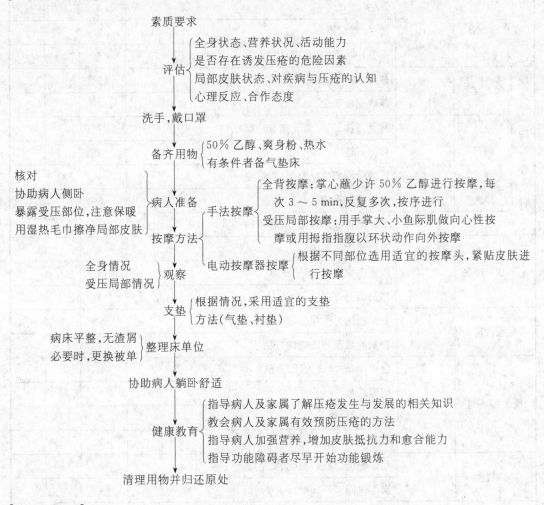

【注意事项】

1. 协助病人翻身、变换体位时,避免拖、拉、推等动作,以免形成摩擦力而损伤皮肤。
2. 对反应性充血的皮肤组织不主张按摩。
3. 清洁皮肤时应避免使用肥皂、乙醇等,以免干燥。
4. 不使用损坏的便盆,应协助病人抬高臀部,不可硬塞、硬拉。
5. 保护病人的隐私,防止着凉,保证安全。

压疮的预防和护理评分标准

项 目	项目总分	要 求	标准分	得分	备注
素质要求	5	服装、鞋帽整洁	1		
		仪表大方,举止端庄	2		
		语言柔和恰当,态度和蔼可亲	2		
操作前准备	10	评估	3		
		洗手,戴口罩	2		
		备齐用物,放置合理	5		
操作过程	病人准备 6	核对,解释	3		
		观察受压部位,处理恰当	3		
	翻身 15	翻身方法正确(避免拖、拉、推)	7		
		体位舒适	4		
		暴露受压部位或背部,防受凉	4		
	擦洗 6	擦洗方法正确	6		
	按摩 20	受压部位按摩方法、顺序正确	20		
	预防措施 12	合理使用气垫床	4		
		放置部位恰当,方法正确	4		
		预防措施齐全	4		
健康教育	10	告知压疮发生与发展的相关知识	5		
		告知有效预防压疮的方法	5		
操作后处理	8	整理床单位,病人卧位舒适	2		
		清理用物	2		
		洗手,脱口罩	2		
		做好交班和翻身记录	2		
熟练程度	8	动作轻巧、稳重、准确、安全	4		
		操作时间<15 min	4		
总 分	100				

十一、口服给药

【目的】

1. 协助病人按照医嘱正确、安全有效地服药,以减轻症状、治疗疾病、维持正常生理功能。

2. 协助诊断,预防疾病。

【操作流程图】

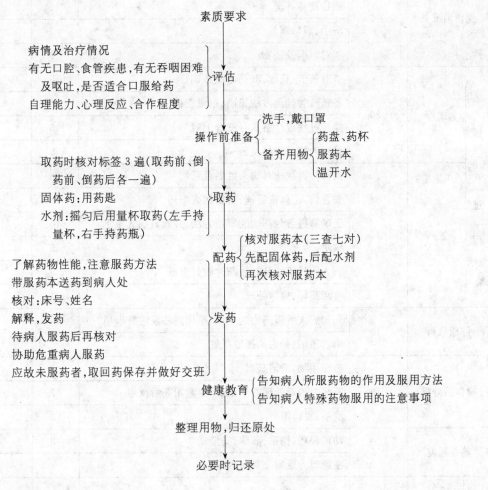

【注意事项】

1. 严格执行查对制度。

2. 发药时,病人如提出疑问,应虚心听取,重新核对,确认无误后给予解释,再给病人服药。

3. 掌握药物的作用、不良反应及某些药物服用的特殊要求。

4. 对服用强心苷类药物的患者,服药前应先测脉搏、心率,注意心律变化。如脉率低于60 次/分或心律不齐时,应停止服用。

口服给药评分标准

项 目	项目总分	要 求	标准分	得分	备注
素质要求	5	服装、鞋帽整洁	1		
		仪表大方,举止端庄	2		
		语言柔和恰当,态度和蔼可亲	2		
操作前准备	10	评估	3		
		用物准备齐全	2		
		洗手,戴口罩	2		
		核对医嘱及药物	3		
操作过程	摆药 20	查对药卡、药物,取药方法正确	5		
		备药液时倾倒方法正确,剂量正确	5		
		摆药过程应严格执行三查七对	5		
		经两人核对方可发药	5		
	发药 40	发药时再次核对病人姓名及药物	8		
		安置病人,体位舒适,协助病人服药	8		
		正确掌握各种药物的服用方法,并看着病人服下	10		
		核对	5		
		病人因故不能及时服药时做好交班	5		
		收回药杯,集中处理	4		
健康教育	10	先知病人所服药物的作用、服用方法及注意事项	5		
		语言通俗,护患沟通效果好	5		
操作后处理	10	整理用物,清洁药盘	5		
		药杯的消毒处理方法正确,注意用药后反应	3		
		洗手,脱口罩	2		
熟练程度	5	动作轻巧、稳重、准确、安全	3		
		注意节力原则	2		
总 分	100				

十二、皮内注射

【目的】

1. 药物过敏试验。
2. 预防接种。
3. 局部麻醉起始步骤。

【操作流程图】

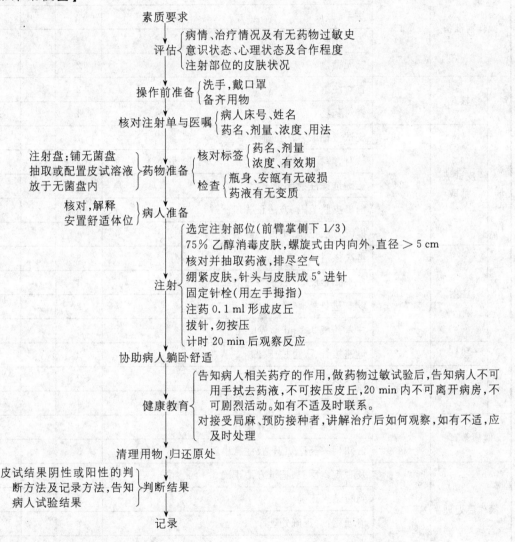

素质要求

评估 ⎰ 病情、治疗情况及有无药物过敏史
　　 ⎱ 意识状态、心理状态及合作程度
　　 ⎱ 注射部位的皮肤状况

操作前准备 ⎰ 洗手,戴口罩
　　　　　 ⎱ 备齐用物

核对注射单与医嘱 ⎰ 病人床号、姓名
　　　　　　　　 ⎱ 药名、剂量、浓度、用法

注射盘:铺无菌盘
抽取或配置皮试溶液 ⎱ 药物准备 ⎰ 核对标签 ⎰ 药名、剂量
放于无菌盘内 ⎱　　　　　 ⎱　　　　 ⎱ 浓度、有效期
　　　　　　　　　　　　　 检查 ⎰ 瓶身、安瓿有无破损
　　　　　　　　　　　　　　　 ⎱ 药液有无变质

核对,解释
安置舒适体位 ⎱ 病人准备

注射 ⎧ 选定注射部位(前臂掌侧下 1/3)
　　 ⎪ 75% 乙醇消毒皮肤,螺旋式由内向外,直径 > 5 cm
　　 ⎪ 核对并抽取药液,排尽空气
　　 ⎨ 绷紧皮肤,针头与皮肤成 5° 进针
　　 ⎪ 固定针栓(用左手拇指)
　　 ⎪ 注药 0.1 ml 形成皮丘
　　 ⎪ 拔针,勿按压
　　 ⎩ 计时 20 min 后观察反应

协助病人躺卧舒适

健康教育 ⎧ 告知病人相关药疗的作用,做药物过敏试验后,告知病人不可
　　　　 ⎪ 用手拭去药液,不可按压皮丘,20 min 内不可离开病房,不
　　　　 ⎨ 可剧烈活动。如有不适及时联系
　　　　 ⎪ 对接受局麻、预防接种者,讲解治疗后如何观察,如有不适,应
　　　　 ⎩ 及时处理

清理用物,归还原处

皮试结果阴性或阳性的判
　断方法及记录方法,告知 ⎱ 判断结果
病人试验结果

记录

【注意事项】

1. 贯彻无菌操作原则,保持用物和药液无菌,避免交叉感染。
2. 为病人做药物过敏试验前,要备好急救药品。
3. 做皮试忌用碘酊消毒,以免因脱碘不彻底影响局部反应的观察,且易与碘过敏反应相混淆。
4. 若怀疑假阳性时,应做对照试验。

皮内注射评分标准

项　　目	项目总分	要　　求	标准分	得分	备注
素质要求	5	服装、鞋帽整洁	1		
		仪表大方,举止端庄	2		
		语言柔和恰当,态度和蔼可亲	2		
操作前准备	13	评估,问三史	5		
		洗手,戴口罩	2		
		备齐用物	4		
		铺无菌盘	2		
操作过程	核对 6	查对注射卡	2		
		查对药物	4		
	皮试液抽取 24	皮试液抽取方法正确	7		
		核对,解释	3		
		正确选择注射部位	4		
		消毒皮肤范围、方法正确	6		
		排气方法正确,不浪费药液	4		
	注射 15	再次核对	3		
		左手绷紧皮肤,右手持注射器	4		
		以5°进针	2		
		注入药液0.1 ml形成皮丘	6		
	拔针 2	迅速拔针,不可按压	2		
	观察 6	再次核对	2		
		用药反应	4		
健康教育	7	针对性强,护患沟通效果好	4		
		告知相关药疗知识,及注意事项	3		
操作后处理	12	及时观察反应,记录方法正确	2		
		判断结果正确	6		
		清理用物,正确处理	2		
		洗手,脱口罩	2		
熟练程度	10	动作轻巧、准确、稳重、安全	4		
		无菌观念强	4		
		注意节力原则,操作时间<10 min	2		
总　　分	100				

十三、肌内注射、皮下注射

【目的】

1. 肌内注射:注射不宜、不能口服和静脉注射的药物。

2. 皮下注射

   (1) 不宜口服给药,需在一定时间内发生药效。

   (2) 预防接种。

   (3) 局部麻醉用药。

【操作流程图】

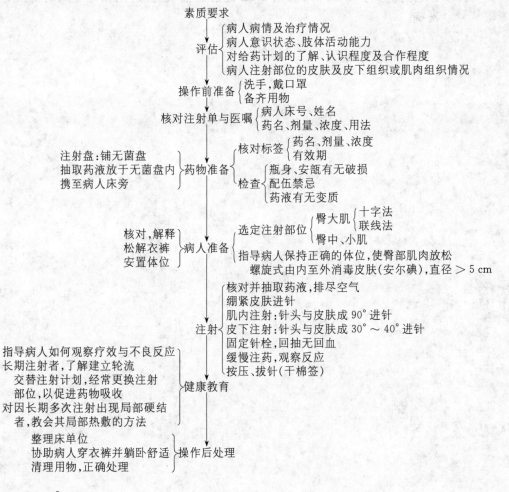

【注意事项】

1. 肌内注射

   (1) 注射时注意避免损伤坐骨神经。

   (2) 2种药液同时注射时,应注意配伍禁忌。

   (3) 2岁以下婴幼儿不宜选用臀大肌注射,因幼儿在未能独立行走前,其臀部肌肉发育不完善,臀大肌注射有损伤坐骨神经的危险,应选用臀中肌或臀小肌注射。

（4）为使臀部肌肉放松、减轻疼痛与不适,可采用以下姿势。

侧卧位:上腿伸直,放松,下腿稍弯曲。

俯卧位:足尖相对,足跟分开,头偏向一侧。

仰卧位:用于臀中肌、臀小肌注射。

坐位:为门诊病人的常用体位。

2. 皮下注射

（1）注射时针头角度不易超过 45°,以免刺入肌肉层。

（2）避免应用对皮肤有刺激作用的药物做皮下注射。

（3）经常注射者应更换注射部位,建立轮流交替注射的计划。

（4）注射药量少于 1 ml 时,需用 1 ml 注射器抽吸药液,以保证注入的药液计量
准确。

<h1 align="center">肌内注射、皮下注射评分标准</h1>

项　　目		项目总分	要　　求	标准分	得分	备注
素质要求		5	服装、鞋帽整洁	1		
			仪表大方，举止端庄	2		
			语言柔和恰当，态度和蔼可亲	2		
操作前准备		10	评估	3		
			洗手，戴口罩	2		
			备齐用物	3		
			铺无菌盘	2		
操作过程	核对	6	查对注射卡	2		
			查对药物	4		
	抽液	14	锯安瓿，开瓶一次完成	2		
			抽液方法准确（安瓿、密封瓶）	6		
			不余、不漏、不污染	6		
	病人准备	12	核对，解释	2		
			卧位安置	2		
			正确选择注射部位（2种定位方法）	8		
	消毒皮肤	6	消毒皮肤范围、方法正确	6		
	排气	6	排气方法正确，不浪费药液	4		
			再次核对	2		
	注射	10	绷紧皮肤	2		
			进针角度、深度适宜	4		
			抽回血	2		
			注药速度适宜	2		
	拔针	2	迅速拔针，用棉签按压进针点	2		
	观察	6	核对	2		
			注药后反应	4		
健康教育		7	针对性强，护患沟通效果好	3		
			告知药物的作用、不良反应、处理方法及相关知识	4		
操作后处理		8	整理床单位，合理安置病人	2		
			清理用物，正确处理	4		
			洗手，脱口罩	2		
熟练程度		8	动作轻巧、准确、稳重、安全	2		
			无菌观念强	4		
			注意节力原则，操作时间<10 min	2		
总　　分		100				

十四、静脉注射

【目的】

1. 注射不宜口服、皮下注射、肌内注射而需要迅速发挥药效的药物。
2. 诊断性检查。
3. 补充溶液或输血。
4. 静脉营养治疗。

【操作流程图】

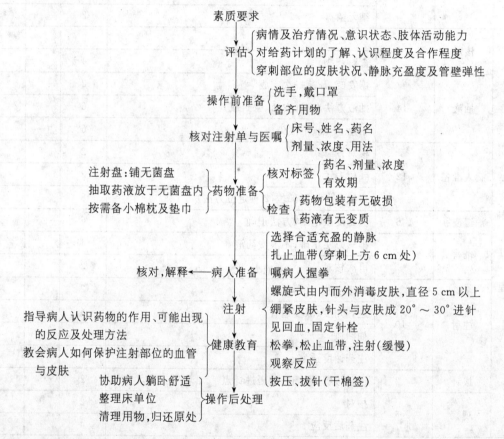

【注意事项】

1. 严格执行查对制度和无菌操作原则。
2. 需长期静脉给药者,应由远心端到近心端选择血管。
3. 注射过程中随时观察病人反应。
4. 静脉注射强烈刺激性药物时,应防止因药物外渗而发生局部组织坏死。
5. 头皮静脉注射过程中要约束患儿,防止抓拽注射局部。
6. 股静脉注射时如抽回血为鲜红色,提示针头进入股动脉,应立即拔出针头,用无菌纱布加压穿刺处5～10 min,直至无出血为止。

静脉注射评分标准

项　目	项目总分	要　　求	标准分	得分	备注
素质要求	5	服装、鞋帽整洁	1		
		仪表大方,举止端庄	2		
		语言柔和恰当,态度和蔼可亲	2		
操作前准备	10	评估	2		
		洗手,戴口罩	2		
		备齐用物	2		
		铺无菌盘(铺无菌巾或无菌纱布)	4		
操作过程	药物准备 15	查对药液	4		
		消毒安瓿(两次消毒)	2		
		抽吸药液,排气	6		
		安瓿套针头放妥	3		
	病人准备 10	核对,解释	4		
		选择合适静脉	2		
		距进针点上方 6 cm 处扎止血带	4		
	消毒皮肤 4	常规消毒皮肤(范围、方法正确)	4		
	进针 20	排气方法正确,不浪费药液,再次核对	4		
		嘱病人握拳,进针角度及深度适宜	4		
		见回血后再进针少许	4		
		放松止血带,松拳,固定注射器与针头	6		
		缓慢注入药物	2		
	拔针 8	注射完毕,以干棉签按压穿刺点并迅速拔针	4		
		核对	2		
		密切观察用药后反应(局部、全身)	2		
健康教育	6	告知药物的作用、可能出现的反应及处理方法	4		
		告知如何保护注射部位的血管和皮肤	2		
操作后处理	10	整理床单位,合理安置病人	4		
		清理用物,正确浸泡注射器及针头	4		
		洗手,脱口罩	2		
熟练程度	12	动作轻巧、准确、稳重、安全	4		
		无菌观念强	5		
		注意节力原则,操作时间<10 min	3		
总　　分	100				

十五、静脉输液

【目的】

1. 补充水分及电解质。
2. 补充营养,供给热量。
3. 输入药物,治疗疾病。

【操作流程图】

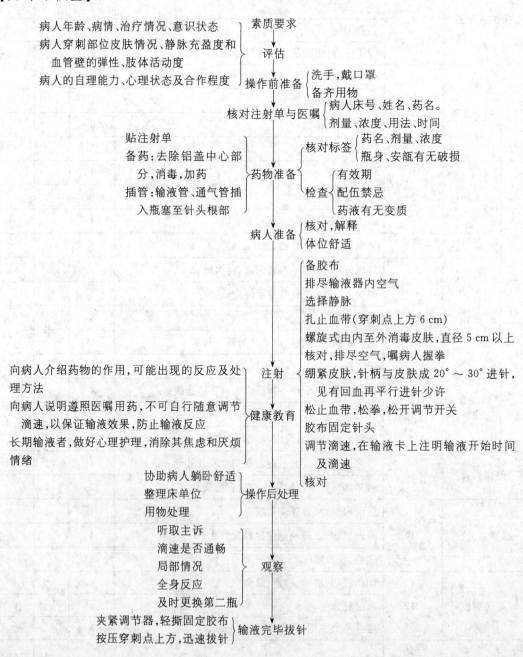

【注意事项】

1. 严格执行查对制度和无菌操作原则。
2. 合理安排静脉输液顺序,合理分配药物。
3. 长期静脉输液的病人,注意保护和合理使用静脉。
4. 2种以上药物混合使用时,注意药物的配伍禁忌。
5. 静脉输液前要注意排尽输液管及针头内的空气,输液中及时更换输液瓶,输液完毕后及时拔针,严防造成空气栓塞。
6. 根据病情和药物性质调节输液的速度。
7. 静脉输液过程中应加强巡视,密切观察输液反应。病人发生输液反应时应当及时处理。

静脉输液评分标准

项　　目	项目总分	要　　　求	标准分	得分	备注
素质要求	5	服装、鞋帽整洁	1		
		仪表大方,举止端庄	2		
		语言柔和恰当,态度和蔼可亲	2		
操作前准备	10	评估	4		
		洗手,戴口罩	2		
		备齐用物,放置合理	4		
操作过程	药物准备 16	核对、检查药物方法正确	4		
		贴注射单(倒贴)	2		
		消毒瓶盖	2		
		插一次性输液器	4		
		加药(吸药方法正确)	4		
	病人准备 4	核对,解释	2		
		体位舒适	2		
	注射 37	备胶布	2		
		一次排气成功	6		
		选静脉,扎止血带	4		
		消毒皮肤,再次核对	4		
		握拳,进针见回血	6		
		松止血带,松调节器,松拳	3		
		正确固定针头	4		
		调节滴速,观察	4		
		输液记录书写正确	2		
		核对,关心病人	2		
健康教育	6	告知药物的作用、不良反应及输液反应等相关知识	6		
操作后处理	12	整理床单位,合理安置病人	2		
		清理用物,正确处理	4		
		洗手,脱口罩	2		
		观察输液反应,及时处理故障	4		
熟练程度	10	动作轻巧、准确、稳重、安全	3		
		无菌观念强	4		
		注意节力原则,操作时间<15 min	3		
总　　分	100				

十六、密闭式静脉输血

【目的】

1. 补充血容量,增加有效循环血量,提高血压,增加心输出量。
2. 补充凝血因子和血小板,改善凝血功能。
3. 纠正贫血和低蛋白血症,改善组织器官的缺氧情况。
4. 补充抗体和补体,增加机体抵抗力。
5. 补充血浆蛋白,维持胶体渗透压,减少组织渗出和水肿,保持有效循环血量。

【操作流程图】

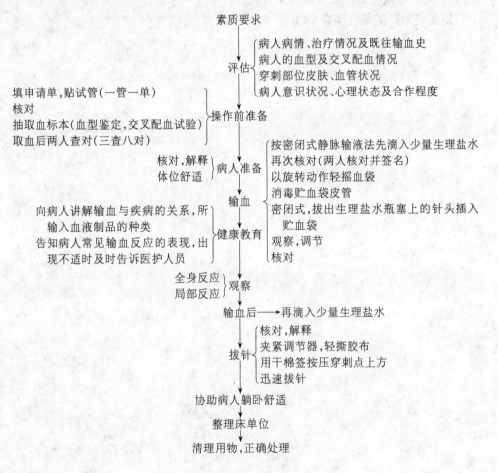

【注意事项】

1. 严格遵守无菌操作原则,输血前必须经两人核对无误方可输入。
2. 三查:①装置;②血液质量;③有效期。
3. 八对:①床号;②姓名;③住院号;④血型;⑤交叉配血单;⑥血液种类;⑦血袋号;⑧输血剂量。
4. 血液避免剧烈震荡和加温,防止血液成分破坏引起不良反应。
5. 输注两个以上供血者的血液时,应间隔输入少量等渗盐水,避免发生反应。

6. 输入血液中不可加入其他药品和高渗性或低渗性溶液,以防血液凝集或溶血。

7. 输血过程中密切观察输血反应,尤其是输血开始 15 min,速度宜慢。无不良反应后,将速度调至要求速度。

8. 加压输血时应有专人守护,避免发生空气栓塞。

9. 若成分输血,还应注意:

(1) 除红细胞外须在 24 h 内输完(从采血开始计时)。

(2) 除血浆、白蛋白制剂外均需做交叉配血试验。

(3) 一次输入多个供血者的成分血时,按医嘱给予抗过敏药物,以防发生过敏反应。

(4) 如全血与成分血同时输注,应先输成分血后输全血,保证成分血新鲜输入。

(5) 应严密监护输注成分血的全过程。

10. 输血袋用后需低温保存 24 h。

密闭式静脉输血评分标准

项 目	项目总分	要 求	标准分	得分	备注
素质要求	5	服装、鞋帽整洁	1		
		仪表大方,举止端庄	2		
		语言柔和恰当,态度和蔼可亲	2		
操作前准备	10	评估	4		
		洗手,戴口罩	2		
		备齐用物,放置合理	4		
操作过程	58	**核对** 填申请单,贴试管(一管一单)	4		
		两人核对,抽取血标本(血型鉴定,交叉配血试验)	6		
		输血前认真核对(三查八对)	8		
		两人核对并签名	4		
		按密闭式静脉输液法先输少量生理盐水	6		
		病人准备 核对,解释	2		
		体位舒适	2		
		输血 再次核对	2		
		将血液轻轻摇匀,消毒贮血袋上的橡胶管	6		
		将针头插入贮血袋(平放)	4		
		调节滴速,观察	4		
		输血完毕,再滴入少量生理盐水	2		
		拔针 夹紧调节器,轻撕胶布	4		
		用干棉签按压穿刺点上方	2		
		迅速拔针	2		
健康教育	8	针对性强,护患沟通效果好	2		
		告知输血的目的及相关知识注意事项	6		
操作后处理	10	协助病人躺卧舒适	2		
		整理床单位,清理用物	2		
		洗手,脱口罩,记录	2		
		注意观察	4		
熟练程度	9	动作轻巧、准确、稳重,无菌观念强	6		
		注意节力原则	3		
总 分	100				

十七、静脉留置针输液

【目的】

1. 为病人建立静脉通路,便于抢救,适用于长期输液病人。
2. 补充电解质,维持酸碱平衡,增加血容量,维持血压,改善微循环。
3. 输入药液,达到控制感染、利尿等治疗疾病的目的。
4. 补充营养,供给能量,促进组织修复,增加体重,获得正氮平衡。

【操作流程图】

素质要求

病人年龄、病情、治疗情况、意识状态
病人穿刺部位皮肤情况、静脉充盈度和血
　　管壁弹性、肢体活动度　　　　　　　} 评估
病人的自理能力、心理状态及合作程度

操作前准备 { 洗手,戴口罩
　　　　　　备齐用物

核对注射单与医嘱 { 病人床号、姓名、药名
　　　　　　　　　剂量、浓度、用法、时间

贴注射单
备药:去除铝盖中心部分并消毒,加药
插管:输液管、通气管插入瓶塞至针头根部　} 药物准备
注射盘、静脉留置针包、肝素帽、固定贴膜、
　　无菌手套
携至病人床边

核对标签 { 药名、剂量、浓度
　　　　　瓶身、安瓿有无破损

检查 { 有效期
　　　配伍禁忌
　　　药液有无变质

病人准备 { 核对
　　　　　协助病人排尿、体位舒适

备胶布
排尽输液器内空气
由下而上、由远而近选择静脉
检查并打开静脉留置针包
扎止血带(穿刺点上方 10 cm),消毒皮肤
嘱病人握拳
注射 { 戴无菌手套,取出留置针,连接输液器,排气
绷紧皮肤,针头与皮肤成 15°～30°进针,
　　见有回血再进针少许
一手稍退针芯,另一手将套管往前送入血
　　管,再退出针芯

清理用物, { 松止血带,松拳,打开调节开关
归还原处 　覆盖透明敷料

脱手套,调节滴速,在注射单上注明输液开
　　始时间及滴速
核对

听取病人主诉
滴速是否通畅 } 观察
局部情况
全身反应

指导病人认识使用静脉留置针的目的和作用
告知注意保护使用留置针的肢体及局部皮肤
不输液时,也尽量避免下肢下垂姿势,避免由于重力 }健康教育
　作用造成回血堵塞导管

暂停输液时,先拔出部分静脉输液针,仅剩针尖斜面在
　肝素帽内。缓慢推注 2～5 ml 封管液,使导管及肝素 }封管
　帽充满封管液。当封管液剩下 0.5～1 ml 时,采取边
　推注边拔针的方法拔出输液针头

常规消毒肝素帽,再将静脉输液针插入肝素帽内,进 }再次输液
　行输液

停止输液时,先撕下小胶布,再揭开输液固定贴膜,将
　无菌棉签置于穿刺点前方,迅速拔出套管针,按压穿 }拔管
　刺点

病人躺卧舒适,整理床单位

清理用物,正确处理

【注意事项】

1. 更换透明贴膜后,要记录穿刺日期。

2. 静脉套管针保留时间可参照使用说明。

3. 每次输液前、后应当检查病人穿刺部位及静脉走向有无红、肿,询问病人有关情况。
　发现异常,应及时拔除导管,给予处理。

4. 封管液可用生理盐水、肝素液等。

静脉留置针输液评分标准

项　目	项目总分	要　求	标准分	得分	备注
素质要求	5	服装、鞋帽整洁	1		
		仪表大方，举止端庄	2		
		语言柔和恰当，态度和蔼可亲	2		
操作前准备	8	评估	4		
		洗手，戴口罩	2		
		备齐用物，放置合理	2		
操作过程	核对加药　8	查对输液卡、药物，做到三查七对	3		
		贴注射单(倒贴)	1		
		开瓶盖，常规消毒瓶盖	2		
		加药(吸药方法正确)	2		
	病人准备　9	核对(七项)，解释	7		
		解释，嘱病人排尿	2		
	注射　35	备胶布	2		
		插输液管(针头插至根部)，一次排气成功	8		
		选静脉，扎止血带，消毒皮肤	3		
		戴手套，连接留置针，排气	3		
		嘱病人握拳，进针见回血	4		
		固定留置针，拔出针芯	2		
		松止血带，松调节器，松拳	3		
		正确固定留置针头和针管	4		
		记录时间，再次查对	2		
		脱手套，调节滴速，观察，记录	4		
	封管　4	抽取封管液	2		
		边推注边退针	2		
	再次输液　4	消毒肝素帽	2		
		插入输液针	2		
	拔针　4	撕下胶布，揭开输液固定贴膜	2		
		拔针，按压穿刺点	2		
	观察　3	滴速是否通畅	1		
		局部情况	1		
		全身反应	1		
健康教育	6	告知使用目的、观察方法及注意事项	6		
操作后处理	8	整理床单位，合理安置病人	2		
		清理用物，正确浸泡注射器及针头	2		
		洗手，脱口罩，记录	2		
		观察输液反应，及时处理故障	2		
熟练程度	6	动作轻巧、准确、稳重，无菌观念强	3		
		注意节力原则	3		
总　　分	100				

十八、动脉血标本采集

【目的】

采集动脉血,进行血气分析,了解病人氧合情况,为治疗提供依据。

【操作流程图】

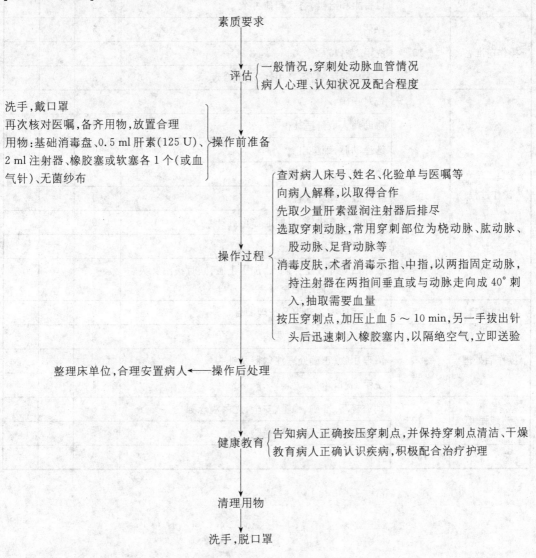

【注意事项】

1. 消毒面积应较静脉穿刺大,严格执行无菌操作技术,预防感染。

2. 病人穿刺部位应当压迫止血直至不出血为止。

3. 若病人饮热水、洗澡、运动,须休息 30 min 后再取血,避免影响检查结果。

4. 做血气分析时注意注射器内勿有空气。

5. 标本应当立即送检,以免影响检查结果。

6. 有出血倾向的病人慎用此法。

动脉血标本采集评分标准

项　　目	项目总分	考　核　要　点	标准分	得分	备注
素质要求	5	服装、鞋帽整洁	1		
		仪表大方,举止端庄	2		
		语言柔和恰当,态度和蔼可亲	2		
操作前准备	15	评估	5		
		洗手,戴口罩	2		
		再次核对医嘱,备齐用物,放置合理	8		
操作过程	60	查对正确	6		
		协助病人取舒适体位	7		
		选择动脉,铺垫巾	10		
		消毒皮肤,再次核对	7		
		正确固定动脉位置	9		
		在动脉上方进针,见回血停止进针	9		
		采血量准确	6		
		拔针后立即按压穿刺点,加压止血,同时拔出针头刺入橡胶塞内隔绝空气	6		
健康教育	5	告知疾病相关知识及护理配合	5		
操作后处理	5	整理床单位,合理安置病人	2		
		清理用物,正确处理注射器及针头	2		
		洗手,脱口罩	1		
熟练程度	10	动作轻巧、准确、稳重、安全,无菌观念强	5		
		血标本处理正确,及时送验	5		
总　　分	100				

十九、静脉血标本采集

【目的】

协助临床诊断,为治疗提供依据。

【操作流程图】

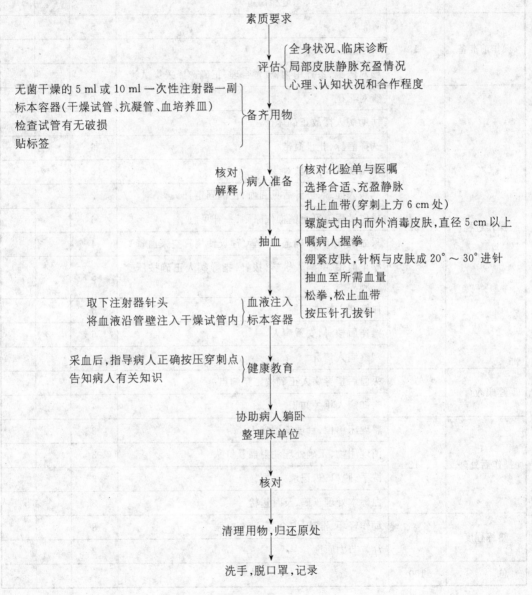

【注意事项】

1. 若病人正在进行静脉输液、输血,不宜在同侧手臂采血。

2. 在采血过程中,应当避免导致溶血的因素。

3. 需要抗凝的血标本,应将血液与抗凝剂混匀。

4. 目前采用一次性真空采血器采血。

静脉血标本采集评分标准

项　　目	项目总分	要　　求	标准分	得分	备注
素质要求	5	服装、鞋帽整洁	1		
		仪表端庄,举止大方	2		
		语言柔和恰当,态度和蔼可亲	2		
操作前准备	13	评估	5		
		洗手,戴口罩	3		
		核对医嘱,备齐用物,放置合理,正确选择采集试管	5		
操作过程	52	查对正确	6		
		协助病人摆放正确体位	4		
		选择静脉,扎止血带	6		
		消毒皮肤,再次核对	6		
		嘱病人握拳,进针后见回血,正确固定针头	2		
		操作过程遵循无菌操作原则,一针见血	6		
		采血量准确,正确选择试管(建议使用真空采血管)	4		
		松止血带,嘱病人松拳,拔针,指导病人正确按压穿刺点	5		
		血液注入标本容器	3		
		操作后核对,安置病人	6		
		观察病人情况	4		
健康教育	8	采血后指导病人正确按压穿刺点	4		
		告知病人相关知识	4		
操作后处理	12	整理床单位,合理安置病人	3		
		清理用物,正确处理注射器及针头	3		
		洗手,脱口罩,记录	3		
		血标本处理正确,及时送检	3		
熟练程度	10	动作轻巧、准确、安全,无菌观念强	8		
		注意节力原则	2		
总　　分	100				

注:查对不严、发生差错或违反无菌操作者,视为不及格。

二十、鼻饲术

【目的】

对不能经口进食的病人,从胃管灌入流质食物,保证病人摄入足够的营养、水分和药物,以利早日康复。

【操作流程图】

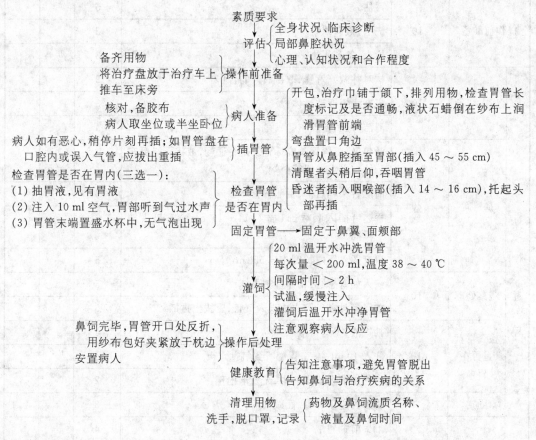

【注意事项】

1. 插管过程中病人出现呛咳、呼吸困难、发绀等,表示误入气管,应立即拔出,休息片刻重插。

2. 昏迷病人插管时,应将病人头向后仰,当胃管插入会厌部时约 15 cm,左手托起头部,使下颌靠近胸骨柄,加大咽部通道的弧度,使管端沿后壁滑行。

3. 每天检查胃管插入的深度,鼻饲前检查胃管是否在胃内,并检查病人有无胃潴留。胃内容物超过 150 ml 时,应当通知医生减量或者暂停鼻饲。

4. 鼻饲给药时应先研碎并溶解后注入,鼻饲前、后均应用 20 ml 温开水冲洗胃管,防止管道堵塞。

5. 鼻饲混合流质时应当间接加温,以免蛋白质凝固。

6. 对长期鼻饲的病人,应当定期更换胃管。

<h1>鼻饲术评分标准</h1>

项目		项目总分	要求	标准分	得分	备注
素质要求		5	服装、鞋帽整洁	1		
			仪表大方,举止端庄	2		
			语言柔和恰当,态度和蔼可亲	2		
操作前准备		10	评估	5		
			洗手,戴口罩	2		
			检查,备齐用物	3		
操作过程	病人准备	10	核对并做好解释,取得病人的合作	3		
			根据病情取适当体位	3		
			清洁鼻腔,备胶布	4		
	插胃管	20	开包,检查胃管长度标记及是否通畅,液状石蜡倒在纱布上润滑胃管前端	5		
			清醒者头稍后仰,吞咽胃管	5		
			昏迷者插入咽喉部(插入 14～16 cm),托起头部再插	5		
			胃管插入胃内长度 45～55 cm	5		
	观察处理	10	病人如有恶心,稍停片刻再插	5		
			如胃管盘在口腔内或误入气管,应拔出重插	5		
	检查胃管是否在胃内	10	抽胃液,见有胃液	4		
			注入 10 ml 空气,胃部听到气过水声	4		
			胃管末端置盛水杯中,无气泡出现	2		
	固定	3	胃管固定于鼻翼、面颊部	3		
	灌饲	12	灌饲前抽胃液	4		
			鼻饲前、后应用 20 ml 温开水冲洗胃管	4		
			鼻饲完毕,胃管开口处反折,用纱布包好夹紧	4		
健康教育		8	告知注意事项,防止胃管滑脱	4		
			告知鼻饲与疾病的相关知识	4		
操作后处理		7	拔管方法正确,安置病人,整理床单位	4		
			正确用物处理,洗手,脱口罩,记录	3		
熟练程度		5	动作轻巧、稳重、安全,操作时间<15 min	5		
总　分		100				

二十一、导尿术（女性病人）

【目的】

1. 采集病人尿标本做细菌培养。
2. 为尿潴留病人引流尿液，减轻痛苦。
3. 用于病人术前膀胱减压以及下腹、盆腔器官手术中持续排空膀胱，避免术中误伤。
4. 病人尿道损伤早期或者手术后作为支架引流，经导尿管对膀胱进行药物灌注治疗。
5. 病人昏迷、尿失禁或者会阴部有损伤时，留置导尿管以保持局部干燥、清洁，避免尿液的刺激。
6. 抢救休克或者危重病人，准确记录尿量、尿比重，为病情变化提供依据。
7. 为病人测定膀胱容量、压力及残余尿量，向膀胱注入造影剂或气体等以协助诊断。

【操作流程图】

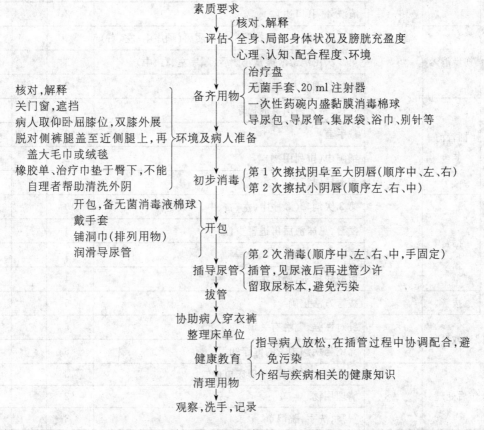

【注意事项】

1. 病人留置导尿管期间，导尿管要定时夹闭。
2. 尿潴留病人一次导出尿量不超过 1 000 ml，以防出现虚脱和血尿。
3. 病人导尿管拔除后，观察病人排尿时的异常表现。
4. 为男性病人插导尿管时遇有阻力，特别是导尿管经尿道内口、膜部、尿道外口的狭窄部、耻骨联合下方和前下方的弯曲部时，嘱病人缓慢深呼吸，慢慢插入导尿管。

导尿术(女性病人)评分标准

项 目	总分	要 求	标准分	得分	备注
素质要求	5	服装、鞋帽整洁	1		
		仪表大方,举止端庄	2		
		语言柔和恰当,态度和蔼可亲	2		
操作前准备	15	评估	5		
		洗手,戴口罩	2		
		备齐用物,放置合理	8		
操作过程	57	病人准备 核对,解释,取得病人合作	4		
		遮挡,保暖,放置体位,对侧裤腿盖至近侧腿上	4		
		橡胶单、治疗巾或一次性尿垫垫于臀下	2		
		清洗外阴(口述)	2		
		初步消毒 第1次用消毒液擦拭阴阜至大阴唇(顺序中、左、右)	3		
		第2次用消毒液擦拭小阴唇(顺序左、右、中)	3		
		擦拭范围及方法正确	2		
		插管前准备 开包,备无菌消毒液棉球	4		
		戴手套	2		
		铺洞巾(排列用物)	2		
		润滑导尿管	2		
		插管 第2次消毒(顺序中、左、右、中,手固定)	10		
		插管,见尿液后再进管少许	4		
		放尿方法正确	4		
		留取尿标本,避免污染	4		
		拔管 拔管方法正确	5		
健康教育	10	针对性强,嘱咐有关事项	5		
		介绍与疾病相关的健康知识	5		
操作后处理	8	协助病人穿衣裤,整理床单位	3		
		清理用物	2		
		观察,洗手,脱口罩,记录	3		
熟练程度	5	动作轻巧、准确、稳重,无菌观念强	3		
		注意节力原则,操作时间<20 min	2		
总 分	100				

注:若导尿管插入阴道或严重污染则视为不及格。

二十二、大量不保留灌肠

【目的】

1. 为手术、分娩或者检查的病人进行肠道准备。
2. 刺激病人肠蠕动,软化粪便,解除便秘,减轻腹胀。
3. 稀释和清除肠道内有害物质,减轻中毒。
4. 灌入低温液体,为高热病人降温。

【操作流程图】

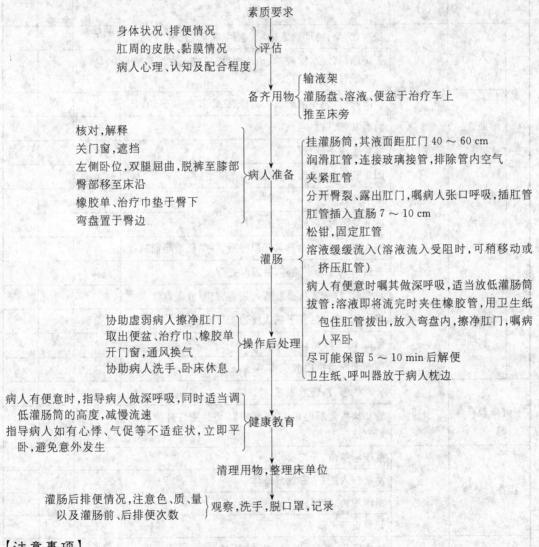

【注意事项】

1. 对急腹症、妊娠早期、消化道出血的病人禁止灌肠;肝性脑病病人禁用肥皂水灌肠;伤寒病人灌肠量不能超过 500 ml,液面距肛门不得超过 30 cm。
2. 对病人进行降温灌肠,灌肠后保留 30 min 后再排便,排便后 30 min 再测体温。

大量不保留灌肠评分标准

项 目		总分	要 求	标准分	得分	备注
素质要求		5	服装、鞋帽整洁	1		
			仪表大方,举止端庄	2		
			语言柔和恰当,态度和蔼可亲	2		
操作前准备		15	评估	5		
			洗手,戴口罩	2		
			备齐用物,根据医嘱备灌肠溶液,调节温度,加强核对	8		
操作过程	病人准备	62	核对,解释,协助病人排尿,遮挡,关闭门窗	5		
			正确选择体位,橡胶单、治疗巾(横单或一次性尿垫)垫于臀下,露肛门	5		
	插管		挂灌肠筒,调节灌肠压力,其液面距肛门 40～60 cm	5		
			润滑肛管,排尽空气	4		
			插管手法正确,深度适宜	6		
	灌液		固定肛管,勿脱出,勿漏液	6		
			观察流速	4		
			溶液受阻时移动或挤压肛管	5		
			病人有便意时,指导其张口呼吸,并降低灌肠筒高度	5		
			观察病人有无不适感,并及时处理	5		
	拔管及处理		拔管时,捏紧或折叠肛管无回流,肛管放入弯盘	5		
			卫生纸、呼叫器放于病人枕边	2		
			保留 10～20 min 后解便	2		
			观察灌肠后排便情况	3		
健康教育		5	针对性强,沟通效果好	2		
			告知病人灌肠时的注意事项以及避免意外发生的方法	3		
操作后处理		8	整理床单位,开门窗	2		
			协助病人洗手,安置舒适体位	2		
			清理用物,整理床单位	2		
			记录正确	2		
熟练程度		5	动作轻巧、准确、稳重、安全	3		
			注意节力原则,操作时间＜15 min	2		
总 分		100				

注:若查对不严、配错灌肠溶液、肛管插入阴道者应视为不及格。

二十三、超声波雾化吸入疗法

【目的】

1. 消炎、镇咳、祛痰。
2. 解除支气管痉挛,改善通气功能。
3. 预防、治疗病人发生呼吸道感染。

【操作流程图】

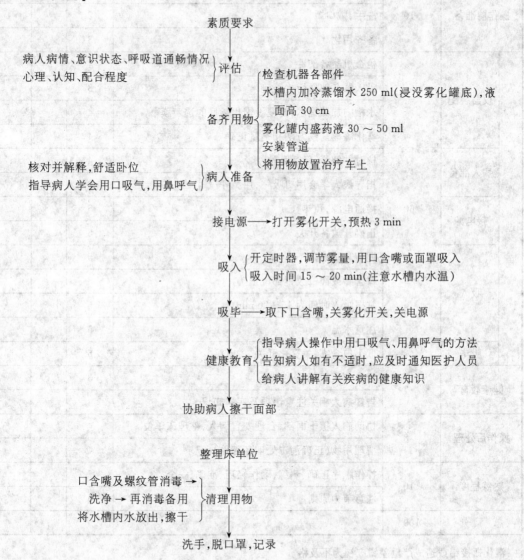

素质要求

病人病情、意识状态、呼吸道通畅情况 ⎫
心理、认知、配合程度　　　　　　　 ⎭ 评估

检查机器各部件
水槽内加冷蒸馏水 250 ml(浸没雾化罐底),液
　　面高 30 cm
雾化罐内盛药液 30 ~ 50 ml
安装管道
将用物放置治疗车上

备齐用物

核对并解释,舒适卧位 ⎫
指导病人学会用口吸气,用鼻呼气 ⎭ 病人准备

接电源——打开雾化开关,预热 3 min

吸入 ⎧ 开定时器,调节雾量,用口含嘴或面罩吸入
　　 ⎩ 吸入时间 15 ~ 20 min(注意水槽内水温)

吸毕——取下口含嘴,关雾化开关,关电源

健康教育 ⎧ 指导病人操作中用口吸气、用鼻呼气的方法
　　　　 ⎨ 告知病人如有不适时,应及时通知医护人员
　　　　 ⎩ 给病人讲解有关疾病的健康知识

协助病人擦干面部

整理床单位

口含嘴及螺纹管消毒 → ⎫
洗净 → 再消毒备用　　 ⎬ 清理用物
将水槽内水放出,擦干　 ⎭

洗手,脱口罩,记录

【注意事项】

1. 水槽和雾化罐中切忌加温水或者热水。
2. 水温超过 60 ℃时应停机,调换冷蒸馏水。
3. 水槽内无足够的冷水及雾化罐内无液体的情况下不能开机。

超声波雾化吸入疗法评分标准

项 目		总分	要 求	标准分	得分	备注
素质要求		5	服装、鞋帽整洁	1		
			仪表大方,举止端庄	2		
			语言柔和恰当,态度和蔼可亲	2		
操作前准备		10	评估	5		
			洗手,戴口罩	2		
			备齐用物	3		
操作过程	仪器装配	60	检查机器各部件	4		
			吸入器各部件衔接正确	3		
			水槽内加蒸馏水,要浸没雾化罐底的透声膜	4		
			雾化罐盛药物方法和剂量正确	4		
	病人准备		核对并解释,舒适卧位	4		
			指导病人学会用口吸气,用鼻呼气	6		
	接电源		接通电源,预热	5		
			正确开放各开关	5		
	吸入		调节雾量准确	5		
			口含嘴或面罩放置部位正确	5		
			掌握吸入时间为 15～20 min	5		
			注意水温	5		
	吸毕		取下口含嘴,关雾化开关,关电源	5		
健康教育		7	指导病人正确吸入方法	3		
			告知病人相关注意事项及疾病知识	4		
操作后处理		8	协助病人擦干面部,合理安置病人,整理床单位	4		
			清理用物(正确消毒处理各部件),记录	4		
熟练程度		10	操作顺序正确、熟练,动作轻巧、准确、安全	5		
			注意节力原则	5		
总 分		100				

注:湿化瓶接错或造成严重差错应视为不及格。

二十四、冰袋的使用

【目的】

降温、局部消肿,减轻充血和出血,限制炎症扩散,减轻疼痛。

【操作流程图】

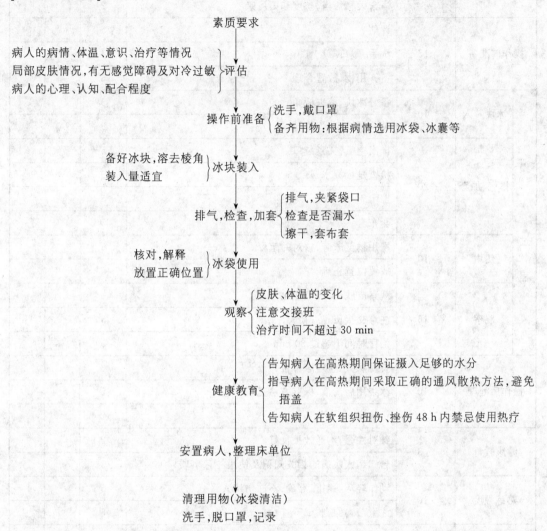

【注意事项】

1. 注意随时观察冰袋、冰囊有无漏水,布套浸湿后应立即更换。

2. 如病人局部皮肤苍白、青紫或有麻木感,应立即停止使用。

3. 使用时间一般为 10～30 min 或遵医嘱执行。

4. 冰袋压力不宜过大,以免影响血液循环。

5. 如用以降温,冰袋使用 30 min 后需测体温,并做好记录。

6. 禁用部位为枕后、耳廓、心前区、腹部、阴囊及足底。

冰袋的使用评分标准

项　　目	项目总分	要　　　求	标准分	得分	备注
素质要求	5	服装、鞋帽整洁	1		
		仪表大方,举止端庄	2		
		语言柔和恰当,态度和蔼可亲	2		
操作前准备	15	评估	5		
		洗手,戴口罩	4		
		备齐用物,放置合理	6		
操作过程	冰块装入 10	备好冰块,溶去棱角	5		
		装入量适宜	5		
	排气、加套 20	排出空气,夹紧袋口	5		
		检查是否漏水	5		
		擦干	5		
		套布套	5		
	使用 10	携用物至床旁,核对并解释	5		
		放置位置正确	5		
	观察 15	观察皮肤、体温等变化	5		
		注意交接班	5		
		治疗时间不超过 30 min	5		
操作后处理	10	安置病人,整理床单位	3		
		冰袋用后清洁、保存方法正确	5		
		记录	2		
健康教育	5	针对性强,沟通效果良好	2		
		告知病人疾病的相关知识及使用注意事项	3		
熟练程度	10	动作轻巧、稳重、准确,不冻伤病人	5		
		注意节力原则	5		
总　　分	100				

注:根据病情选用冰帽、冰囊、超级冰袋等。

二十五、冷湿敷

【目的】

降温、止血、止痛、消炎。

【操作流程图】

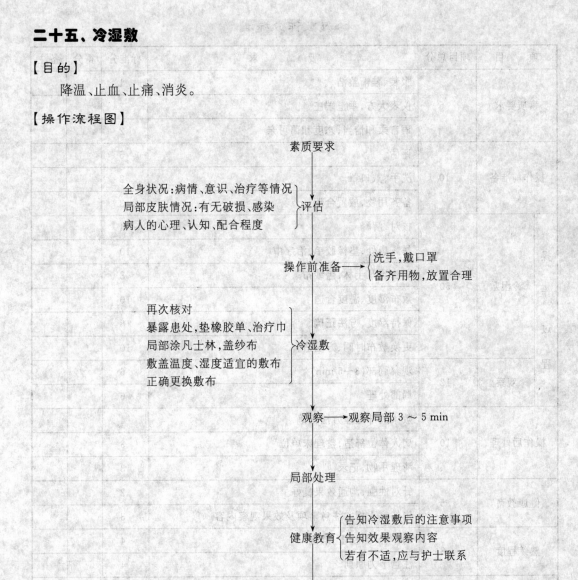

素质要求

全身状况:病情、意识、治疗等情况
局部皮肤情况:有无破损、感染 〉评估
病人的心理、认知、配合程度

操作前准备 →洗手,戴口罩
备齐用物,放置合理

再次核对
暴露患处,垫橡胶单、治疗巾
局部涂凡士林,盖纱布 〉冷湿敷
敷盖温度、湿度适宜的敷布
正确更换敷布

观察 →观察局部 3～5 min

局部处理

健康教育 告知冷湿敷后的注意事项
告知效果观察内容
若有不适,应与护士联系

安置病人,整理床单位

清理用物,记录

【注意事项】

1. 冷湿敷前,局部应涂凡士林,保护皮肤。
2. 冷湿敷时注意观察局部皮肤的颜色及病人的主诉,以免发生冻伤。

冷湿敷评分标准

项　目	项目总分	要　　　求	标准分	得分	备注
素质要求	5	服装、鞋帽整洁	1		
		仪表大方,举止端庄	2		
		语言柔和恰当,态度和蔼可亲	2		
操作前准备	10	评估	5		
		洗手,戴口罩	2		
		备齐用物,放置合理	3		
操作过程 冷湿敷	50	核对,解释	4		
		暴露患处,垫橡胶单、治疗巾	10		
		局部涂凡士林,盖纱布	8		
		敷布湿度、温度合适	10		
		保持湿度,方法正确	8		
		更换敷布时间、方法适宜	10		
观察	12	观察局部(3～5 min)	6		
		局部处理	6		
操作后处理	10	敷毕局部处理方法正确	4		
		病人体位舒适,整理床单位	3		
		清理用物,记录	3		
健康教育	5	针对性强,沟通效果良好	2		
		告知病人相关注意事项及效果观察内容	3		
熟练程度	8	动作轻巧、稳重、准确	4		
		注意节力原则	4		
总　　分	100				

二十六、温水(乙醇)擦浴

【目的】

1. 为高热病人降温。
2. 为病人实施局部消肿,减轻充血和出血,限制炎症扩散,减轻疼痛。
3. 为病人实施头部降温,防止脑水肿,降低脑细胞的代谢和耗氧量,提高脑细胞对缺氧的耐受性。

【操作流程图】

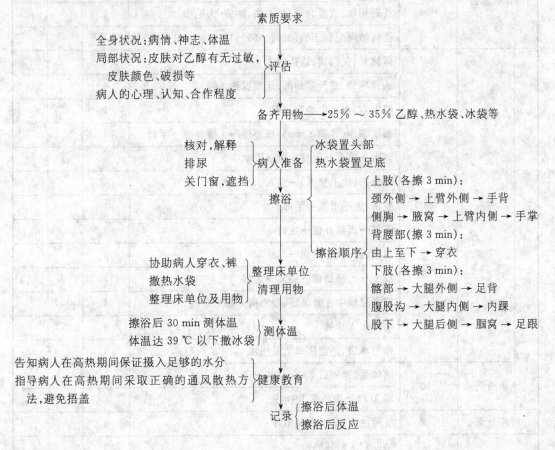

【注意事项】

1. 随时观察病人的病情变化及体温变化。
2. 随时检查冰袋、冰囊、化学制冷袋有无破损、漏水现象,布套潮湿后应立即更换,冰融化后应立即更换。
3. 边擦边按摩,浅表大血管处稍停留,擦毕用大毛巾擦干擦浴部位。
4. 观察病人皮肤状况,严格交接班制度,如病人发生局部皮肤苍白、青紫或有麻木感时,应立即停止使用,防止冻伤发生。
5. 物理降温时,应当避开病人的枕后、耳廓、心前区、腹部、阴囊及足底。

温水(乙醇)擦浴评分标准

项　目		项目总分	要　求	标准分	得分	备注
素质要求		5	服装、鞋帽整齐	1		
			仪表大方,举止端庄	2		
			语言柔和恰当,态度和蔼可亲	2		
操作前准备		15	评估	5		
			洗手,戴口罩	2		
			备齐用物,放置合理(热水袋、冰袋、大毛巾)	4		
			乙醇浓度配制正确(25%～35%)	4		
操作过程	擦浴	50	再核对,关门窗,遮挡病人	6		
			头置冰袋,避开后颈部,足底置热水袋	6		
			脱上衣,大毛巾盖胸腹部	4		
			擦拭顺序(各擦3 min):颈外侧→上臂外侧→手背	3		
			侧胸→腋窝→上臂内侧→手掌	4		
			腰背部(由上至下)→穿衣	3		
			脱裤,大毛巾盖会阴部	3		
			髂部→大腿外侧→足背	3		
			腹股沟→大腿内侧→内踝	3		
			股下→大腿后侧→腘窝→足跟	4		
			擦浴过程中注意保暖,观察病人有无寒战	4		
			协助病人穿裤	4		
			撤热水袋,整理床单位及用物	3		
	测温记录	10	测体温(擦浴后30 min)并记录	5		
			39 ℃以下撤冰袋、热水袋	5		
健康教育		8	针对性强,嘱咐有关事项	8		
操作后处理		8	协助病人舒适卧位	3		
			整理床单位	3		
			清理用物	2		
熟练程度		4	动作轻巧、稳重、正确	2		
			注意节力原则	2		
总　　分		100				

注:(1)冰袋、热水袋位置放错,应视为不及格;(2)擦拭胸腹部、足底、颈后部位或致病人寒战,应视为不及格。

二十七、痰标本采集

【目的】

采集病人痰标本,进行临床检验,为诊断和治疗提供依据。

【操作流程图】

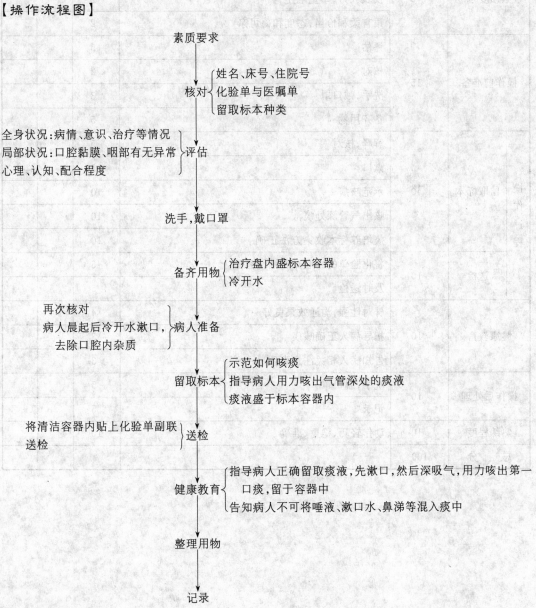

素质要求

核对 { 姓名、床号、住院号
化验单与医嘱单
留取标本种类

全身状况:病情、意识、治疗等情况
局部状况:口腔黏膜、咽部有无异常 } 评估
心理、认知、配合程度

洗手,戴口罩

备齐用物 { 治疗盘内盛标本容器
冷开水

再次核对
病人晨起后冷开水漱口, } 病人准备
　去除口腔内杂质

留取标本 { 示范如何咳痰
指导病人用力咳出气管深处的痰液
痰液盛于标本容器内

将清洁容器内贴上化验单副联 } 送检
送检

健康教育 { 指导病人正确留取痰液,先漱口,然后深吸气,用力咳出第一
　口痰,留于容器中
告知病人不可将唾液、漱口水、鼻涕等混入痰中

整理用物

记录

【注意事项】

1. 护士在采集过程中要注意根据检查目的选择正确的容器。

2. 病人做痰培养及痰找癌细胞检查时,应及时送验。

3. 留取 24 h 痰液时,要注明起止时间。

痰标本采集评分标准

项　目	项目总分	要　求	标准分	得分	备注
素质要求	5	服装、鞋帽整洁	1		
		仪表大方,举止端庄	2		
		语言柔和恰当,态度和蔼可亲	2		
操作前准备	15	评估	5		
		核对	2		
		洗手,戴口罩	3		
		备齐用物	5		
操作过程	留取标本 40	解释,核对	5		
		漱口	5		
		示范咳痰	10		
		咳出气管深处痰液	10		
		痰培养标本收集方法正确	10		
	送检 10	将化验单的副联贴在清洁容器上	5		
		及时送检	5		
健康教育	10	针对性强,沟通效果良好	4		
		指导病人正确咳痰	3		
		告知病人相关注意事项	3		
操作后处理	10	洗手,脱口罩	5		
		记录	5		
熟练程度	10	动作轻巧、稳重、准确	10		
总　分	100				

二十八、咽拭子标本采集

【目的】

取病人咽部及扁桃体分泌物做细菌培养。

【操作流程图】

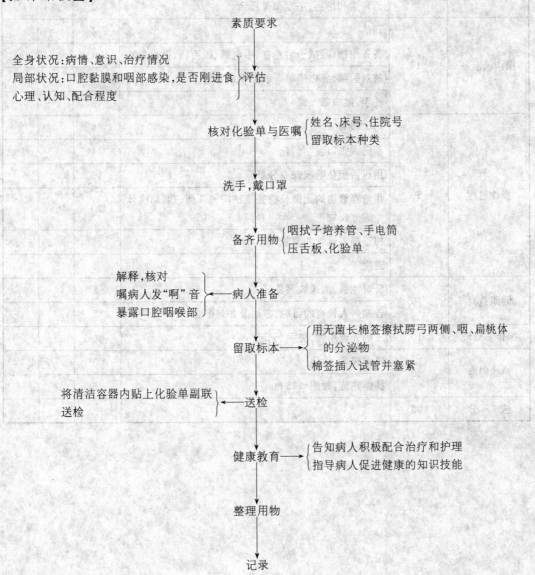

素质要求

全身状况:病情、意识、治疗情况
局部状况:口腔黏膜和咽部感染,是否刚进食 } 评估
心理、认知、配合程度

核对化验单与医嘱 { 姓名、床号、住院号
留取标本种类

洗手,戴口罩

备齐用物 { 咽拭子培养管、手电筒
压舌板、化验单

解释,核对
嘱病人发"啊"音 } 病人准备
暴露口腔咽喉部

留取标本 { 用无菌长棉签擦拭腭弓两侧、咽、扁桃体
的分泌物
棉签插入试管并塞紧

将清洁容器内贴上化验单副联 } 送检
送检

健康教育 { 告知病人积极配合治疗和护理
指导病人促进健康的知识技能

整理用物

记录

【注意事项】

1. 操作过程中,应注意瓶口消毒,保持容器无菌。

2. 最好在使用抗菌药物治疗前采集标本。如已用抗菌药物,请写明用药名称、时间。

咽拭子标本采集评分标准

项　目	项目总分	要　求	标准分	得分	备注
素质要求	5	服装、鞋帽整洁	1		
		仪表大方，举止端庄	2		
		语言柔和恰当，态度和蔼可亲	2		
操作前准备	15	评估	5		
		备齐用物(咽拭子培养管、手电筒、压舌板、化验单)	4		
		核对医嘱，将化验单副联贴于培养管上	3		
		洗手，戴口罩	3		
操作过程	50	再次核对	6		
		嘱病人张口发"啊"音	4		
		用压舌板使咽喉部充分暴露	10		
		用培养管内的无菌长棉签擦拭腭弓两侧、咽、扁桃体的分泌物	20		
		棉签插入试管并塞紧	5		
		送检	5		
健康教育	10	针对性强，沟通效果良好	5		
		告知病人检查的目的、方法及如何配合	5		
操作后处理	10	正确处理用物，洗手，记录	10		
熟练程度	10	动作轻柔、敏捷	5		
		操作熟练，时间＜15 min	5		
总　　分	100				

二十九、鼻导管吸氧

【目的】

　　提高病人血氧含量及动脉血氧饱和度,纠正缺氧。

【操作流程图】

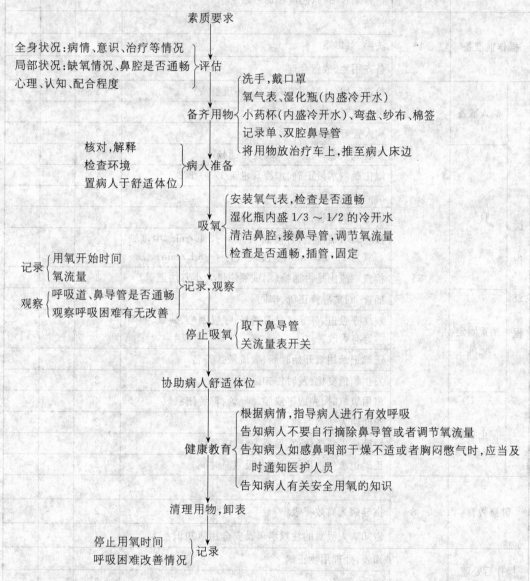

素质要求

全身状况:病情、意识、治疗等情况
局部状况:缺氧情况、鼻腔是否通畅 〉评估
心理、认知、配合程度

备齐用物〈
洗手,戴口罩
氧气表、湿化瓶(内盛冷开水)
小药杯(内盛冷开水)、弯盘、纱布、棉签
记录单、双腔鼻导管
将用物放治疗车上,推至病人床边

核对,解释
检查环境 〉病人准备
置病人于舒适体位

吸氧〈
安装氧气表,检查是否通畅
湿化瓶内盛 1/3 ～ 1/2 的冷开水
清洁鼻腔,接鼻导管,调节氧流量
检查是否通畅,插管,固定

记录〈用氧开始时间
氧流量
观察〈呼吸道、鼻导管是否通畅
观察呼吸困难有无改善 〉记录,观察

停止吸氧〈取下鼻导管
关流量表开关

协助病人舒适体位

健康教育〈
根据病情,指导病人进行有效呼吸
告知病人不要自行摘除鼻导管或者调节氧流量
告知病人如感鼻咽部干燥不适或者胸闷憋气时,应当及
时通知医护人员
告知病人有关安全用氧的知识

清理用物,卸表

停止用氧时间 〉记录
呼吸困难改善情况

【注意事项】

　　1. 病人吸氧过程中,需要调节氧流量时,应当先将病人鼻导管取下,调节好氧流量后再
　　　与病人连接;停止吸氧时,先取下鼻导管,再关闭氧气。

　　2. 持续吸氧的病人,应当保持管道通畅,必要时更换。

　　3. 注意观察、评估病人吸氧效果。

项　目	项目总分	要　求	标准分	得分	备注
素质要求	5	服装、鞋帽整洁	1		
		仪表大方,举止端庄	2		
		语言柔和恰当,态度和蔼可亲	2		
操作前准备	15	评估	5		
		洗手,戴口罩	4		
		备齐用物,放置合理	6		
操作过程	55	病人准备 检查环境(注意用氧的安全,环境整洁)	3		
		再次核对(病人姓名、床头卡、手表带)	3		
		病人置舒适体位	2		
		吸氧 安装氧气表,检查氧气表是否通畅	4		
		湿化瓶内水量正确,加冷开水至1/3~1/2	4		
		清洁病人双侧鼻腔	3		
		取出吸氧导管,连接双腔鼻导管	3		
		按需调节氧流量(轻度缺氧为1~2 L/min,中度缺氧为2~4 L/min,重度缺氧为4~6 L/min)	5		
		检查氧流出是否通畅(测试氧流量大小方法正确)	3		
		插管固定记录 插管、固定导管正确、牢固	6		
		观察呼吸道、鼻导管是否通畅,呼吸困难、缺氧、胸闷等有否改善	4		
		正确记录用氧开始时间、氧流量并签名	3		
		发生病情变化,及时告知医生	2		
		停止吸氧 停用氧气时,先取下双腔鼻导管,再关闭氧气	4		
		帮助病人清洁面部	2		
		协助病人舒适体位,保暖,整理床单位	2		
		正确记录停止用氧时间及吸氧总时间	2		
健康教育	8	针对性强,沟通效果良好	2		
		指导病人有效呼吸	2		
		告知病人吸氧的注意事项及安全用氧知识	4		
操作后处理	7	卸表,处理用物正确	4		
		洗手,签字	3		
熟练程度	10	操作顺序正确、熟练,动作轻巧、准确、安全	5		
		注意节力原则,操作时间<6 min	5		
总　分	100				

注:(1)湿化瓶接错,造成严重差错,应视为不及格;(2)氧流量调节错误,应视为不及格;(3)给氧、停氧时顺序错误,应视为不及格。

三十、吸痰术（鼻/口）

【目的】

清除病人呼吸道分泌物,保持呼吸道通畅。

【操作流程图】

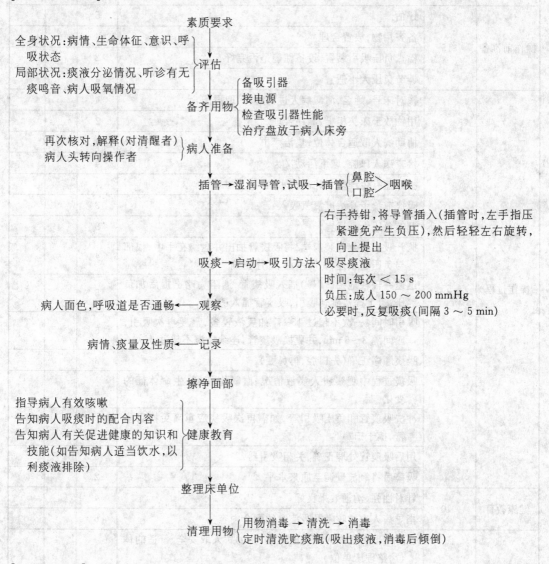

【注意事项】

1. 按照无菌操作原则,插管动作轻柔、敏捷。

2. 吸痰前后应给予高流量吸氧,吸痰时间不宜超过 15 s。如痰液过多,需要再次吸引,应间隔 3～5 min,病人耐受后再进行。一根吸痰管只能使用一次。

3. 如病人痰稠,可以配合翻身叩背、雾化吸入;病人发生缺氧的症状如发绀、心率下降等表现时,应当立即停止吸痰,休息后再吸。

4. 注意观察病人痰液性状、颜色、量。

吸痰术(鼻/口)评分标准

项　　目	项目总分	要　　求	标准分	得分	备注
素质要求	5	服装、鞋帽整洁	1		
		仪表大方,举止端庄	2		
		语言柔和恰当,态度和蔼可亲	2		
操作前准备	15	评估	5		
		备齐用物,放置合理	4		
		检查负压吸引装置,设备性能是否完好	2		
		调节负压大小适宜	4		
操作过程	55	核对床号、姓名,清醒病人进行解释,取得配合	4		
		用物放于床头柜上,顺序合理	2		
		协助病人取适合体位,垫治疗巾	4		
		检查病人口腔,取下活动义齿	4		
		打开盛有生理盐水的冲洗水罐	4		
		吸痰前给予高浓度氧气吸入	3		
		调节负压大小适宜	3		
		撕开吸痰管外包装前端,将吸痰管抽出并盘绕在手中,根部与负压管相连,试吸手法、顺序正确	4		
		迅速并轻轻地经口(鼻)插入吸痰管,遇阻力略上提后加负压,边上提边旋转吸引,吸痰管插入适宜	5		
		吸引时间:一次不超过 15 s。如痰液较多,需要再次吸引,应间隔 3～5 min,并更换吸痰管,连续吸痰不超过 3 次	5		
		吸痰顺序正确(先口腔,再鼻腔)	3		
		吸痰过程中观察病人痰液情况、血氧饱和度、生命体征的变化	5		
		冲洗吸痰管和负压吸引管,如需再次吸痰应重新更换吸痰管,擦干口鼻	4		
		用后吸痰管处理正确,关闭吸引器	3		
		吸痰后将氧流量调至原来水平	2		
健康教育	10	针对性强,沟通效果良好	4		
		指导病人有效咳嗽及吸痰时的配合内容	6		
操作后处理	10	及时清理留在病人面部的污物,协助病人取安全、舒适的体位,整理床单位	3		
		洗手,脱口罩,记录	2		
		判断准确,操作轻柔、节力、无菌	5		
用物处理	5	金属物品送供应室消毒;一次性用物、敷料类物品集中放置,统一处理;玻璃接头试管、吸引瓶及吸痰皮管,每天更换	5		
总　　分	100				

注:(1)吸痰前试吸要在无菌盖罐中进行,吸痰结束后冲洗导管的无菌盖罐不能混淆,违反者扣 20 分;
　　(2)违反无菌操作原则,扣 20 分;(3)无菌盖罐必须注明标识,无菌液与冲洗液标识清晰,违反者扣 20 分。

三十一、尸体护理

【目的】

1. 保持尸体的清洁、适宜的姿态,以维持良好的尸体外观。
2. 使尸体易于辨认,并做移尸太平间的准备。

【操作流程图】

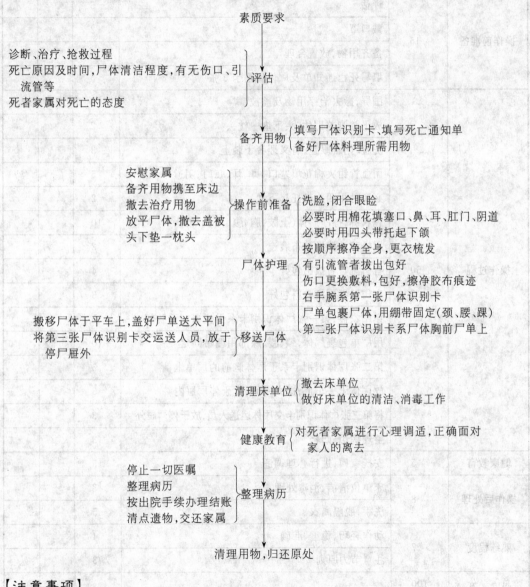

素质要求

诊断、治疗、抢救过程
死亡原因及时间,尸体清洁程度,有无伤口、引 ── 评估
　流管等
死者家属对死亡的态度

备齐用物 { 填写尸体识别卡、填写死亡通知单
　　　　　　备好尸体料理所需用物

安慰家属
备齐用物携至床边
撤去治疗用物 ── 操作前准备
放平尸体,撤去盖被
头下垫一枕头

洗脸,闭合眼睑
必要时用棉花填塞口、鼻、耳、肛门、阴道
必要时用四头带托起下颌
尸体护理 { 按顺序擦净全身,更衣梳发
有引流管者拔出包好
伤口更换敷料,包好,擦净胶布痕迹
右手腕系第一张尸体识别卡
尸单包裹尸体,用绷带固定(颈、腰、踝)
第二张尸体识别卡系尸体胸前尸单上

搬移尸体于平车上,盖好尸单送太平间
将第三张尸体识别卡交运送人员,放于 ── 移送尸体
　停尸屉外

清理床单位 { 撤去床单位
　　　　　　做好床单位的清洁、消毒工作

健康教育 { 对死者家属进行心理调适,正确面对
　　　　　　家人的离去

停止一切医嘱
整理病历
按出院手续办理结账 ── 整理病历
清点遗物,交还家属

清理用物,归还原处

【注意事项】

1. 必要时用绷带制成四头带托住下颌,使嘴紧闭。
2. 如无家属在场,应由 2 名护士清点死者遗物并列单交护士长妥善保管,以便日后交还家属或死者所在单位。

尸体护理评分标准

项　　目	项目总分	要　　　求	标准分	得分	备注
素质要求	5	服装、鞋帽整洁	1		
		仪表大方,举止端庄	2		
		语言柔和恰当,态度和蔼可亲	2		
操作前准备	15	评估	5		
		戴口罩	2		
		备齐用物,放置合理	3		
		填写死亡通知单及尸体识别卡3张	5		
操作过程	60	围屏,撤去治疗用物及盖被	2		
		放平并遮盖尸体,头下垫一枕头	2		
		洗脸,闭合眼睑,有义牙者予装上	3		
		用血管钳夹棉花填塞口、鼻、耳、肛门、阴道	5		
		必要时用四头带托起下颌	2		
		脱衣裤,擦净尸体(上肢、胸、腹、背、下肢)	10		
		用松节油擦净胶布痕迹	2		
		有引流管者拔出包好	4		
		有伤口者更换敷料包好	3		
		穿尸衣裤,第一张尸体识别卡系于死者右手腕部	5		
		用尸单包裹尸体,颈、腰、踝部用绷带固定	10		
		第二张尸体识别卡系于尸体胸前的尸单上	3		
		放尸体于平车上,送太平间,置于停尸屉内	3		
		将第三张尸体识别卡交尸体运送人员,放于停尸屉外	3		
		整理病历、归档	3		
健康教育	5	安抚家属,进行心理调适	5		
操作后处理	8	床单位清洁、消毒处理	3		
		洗手,脱隔离衣	5		
熟练程度	7	动作轻巧、稳重、准确	4		
		注意节力原则	3		
总　　分	100				

三十二、手卫生

【目的】

去除手部皮肤污垢、碎屑和部分致病菌。

【操作流程图】

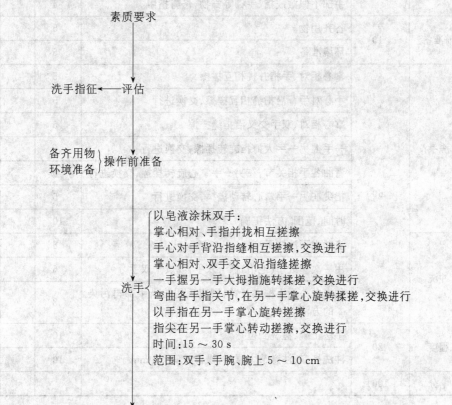

素质要求

洗手指征←——评估

备齐用物
环境准备｝操作前准备

洗手｛
以皂液涂抹双手：
掌心相对、手指并拢相互搓擦
手心对手背沿指缝相互搓擦，交换进行
掌心相对、双手交叉沿指缝搓擦
一手握另一手大拇指施转揉搓，交换进行
弯曲各手指关节，在另一手掌心旋转揉搓，交换进行
以手指在另一手掌心旋转搓擦
指尖在另一手掌心转动搓擦，交换进行
时间：15～30 s
范围：双手、手腕、腕上 5～10 cm

流动水下冲洗干净
用纸巾或毛巾擦干双手，或烘干双手

【注意事项】

1. 认真清洗指甲、指间、指缝和指关节等易污染部位。

2. 手指不佩戴戒指等饰物。

3. 应当使用一次性纸巾或干净的小毛巾擦干双手，毛巾应当一用一消毒。

4. 手未受到病人血液、体液等明显污染时，可以使用速干手消毒剂消毒双手。

5. 洗手指征：①直接接触病人前后；②无菌操作前后；③处理清洁或者无菌物品之前；④穿脱隔离衣前后；⑤接触不同病人之间或者从病人身体的污染部位移动到清洁部位时；⑥处理污染物品后；⑦接触病人的血液、体液、分泌物、排泄物、皮肤黏膜或伤口敷料后。

手卫生评分标准

项目		项目总分	要求	标准分	得分	备注
素质要求		10	服装、鞋帽整洁	3		
			仪表大方,举止端庄	3		
			手部不佩戴戒指、手镯等饰物,修剪指甲	4		
操作前准备		10	备齐用物	5		
			环境准备	5		
操作过程	洗手	60	掌心相对、手指并拢相互搓擦	5		
			手心对手背沿指缝相互搓擦,交换进行	5		
			掌心相对、双手交叉沿指缝搓擦	5		
			一手握另一手大拇指旋转揉擦,交换进行	5		
			弯曲各手指关节,在另一手掌心旋转揉搓,交换进行	5		
			指尖在另一手掌心转动搓擦,交换进行	5		
			时间、范围、方法正确	10		
	冲洗		流动水下冲洗干净	6		
			用一次性纸巾(毛巾)擦干双手,或烘干双手	6		
			如水龙头为手拧式开关,则应采用防止手部再污染的方法	8		
熟练程度		20	手法正确,搓洗到位	10		
			冲洗彻底,注意节力原则,操作时间<5 min	10		
总　分		100				

三十三、约束带的使用

【目的】

1. 控制病人危险行为的发生(如自杀、自伤、极度兴奋冲动、有明显的攻击行为),避免病人伤害他人或自伤。
2. 防止意识障碍、谵妄躁动病人坠床。
3. 对治疗、护理不合作的病人保证治疗得以实施。

【操作流程图】

全身状况:病情、意识状态 —— 素质要求

局部状况:肢体活动度、约束部位皮肤色泽、温度及完整性等 —— 评估

需要使用保护具的种类和时间
病人及家属的心理、认知、配合程度 —— 操作前准备 —— 根据约束部位准备好棉垫、保护带或大单、绷带等

肢体约束:
　暴露病人腕部或踝部
　用棉垫包裹腕部或踝部
　将保护带打成双套结套在棉垫外,稍拉紧,使之不松脱
　将保护带系于两侧床沿
　为病人盖好盖被,整理床单位及用物

全身约束:
　将大单折成自患儿肩部至踝部的长度,将患儿放于中间
　用靠近护士一侧的大单紧包同侧患儿的手足至对侧,自患儿腋窝于身下,再将大单的另一侧包裹手臂及身体后,紧塞压于靠护士一侧身下
　如患儿过分活动,可用绷带系好

操作过程

肩部约束:
　暴露病人双肩
　将病人双肩侧腋下垫棉垫
　将保护带置于病人双肩下,双侧分别穿过病人腋下,在背部交叉后分别固定于床头
　为病人盖好盖被,整理床单位及用物

操作后处理 —— 病人肢体处于功能位,注意保暖
整理、记录

健康教育 ——
　告知病人及家属实施约束的目的、方法、持续时间,使病人和家属理解使用保护具的重要性、安全性,征得其同意方可使用
　告知病人和家属实施约束过程中,护士将随时观察约束局部皮肤有无损伤、皮肤颜色、温度、约束肢体末梢循环状况,定时松解
　指导病人和家属在约束期间保证肢体处于功能位,保持适当的活动度

【注意事项】

1. 约束病人要非常谨慎,符合约束病人的适应证。使用时必须得到主管医生、护士长或值班护士的同意方可执行。
2. 正确使用约束带是防止病人发生意外、确保病人生命安全而采取的必要手段,不论病人是否接受约束,使用前都应向病人解释清楚。
3. 保护性约束属制动措施,故使用时间不宜过长,病情稳定或治疗结束后应及时解除约束。需较长时间约束者应定时更换约束肢体或 2 h 活动肢体 1 次。
4. 约束只能作为保护病人安全、保证治疗的方法,不可作为惩罚病人的手段。
5. 约束病人时,病人平卧,四肢舒展,卧位舒适。约束带的打结处及约束带的另一端不得让病人的双手触及,也不能只约束单侧肢体,以免病人解开套结发生意外。
6. 做好被约束病人的生活护理,保证入液量,协助病人大小便,保证床单位的清洁干燥。经常检查约束部位的血液循环情况及约束的松紧程度,并及时调整。
7. 约束带的使用一定要在护士的监护之下,并保证被约束病人不受其他病人的伤害,更应防止病人挣脱约束带而发生危险。
8. 做好记录,包括约束的原因和时间、约束带的数目、约束部位、解除约束时间、执行人等,并做好交接班。

<h1 align="center">约束带的使用评分标准</h1>

项　目	项目总分	考　核　要　点	标准分	得分	备注
素质要求	5	服装、鞋帽整洁	1		
		仪表大方,举止端庄	2		
		语言柔和恰当,态度和蔼可亲	2		
操作前准备	10	评估	5		
		根据约束部位准备好棉垫、保护带或大单、绷带等	5		
操作过程	60	肢体约束　暴露病人腕部或踝部	4		
		用棉垫包裹腕部或踝部	4		
		将保护带打成双套结套在棉垫外,稍拉紧,使之不松脱	4		
		将保护带系于两侧床沿	4		
		为病人盖好盖被,整理床单位及用物	4		
		肩部约束　暴露病人双肩	5		
		将病人双肩侧腋下垫棉垫	5		
		将保护带置于病人双肩下,双侧分别穿过病人腋下,在背部交叉后分别固定于床头	5		
		为病人盖好盖被,整理床单位及用物	5		
		全身约束　将大单折成自患儿肩部至踝部的长度,将患儿放于中间	10		
		用靠近护士一侧的大单紧包同侧患儿的手足至对侧,自患儿腋窝于身下,再将大单的另一侧包裹手臂及身体后,紧塞压于靠护士一侧身下	10		
健康教育	10	针对性强,沟通效果良好	2		
		告知病人及家属实施约束的目的、方法、重要性,征得同意	4		
		告知病人及家属实施约束的注意事项	4		
操作后处理	5	病人肢体处于功能位,注意保暖	2		
		整理、记录	3		
熟练程度	10	动作准确、熟练、规范、安全	10		
总　　分	100				

三十四、医疗文件书写

【目的】

1. 便于医护人员通过阅读评估病人的需要,了解病人的治疗护理全貌,达到彼此沟通的目的。
2. 临床医疗护理行为的法律凭证。
3. 临床教学和科研的重要资料。

【操作流程图】

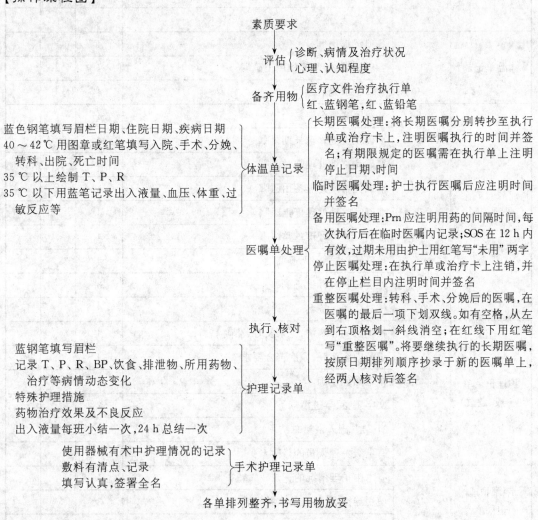

素质要求

评估 { 诊断、病情及治疗状况
心理、认知程度

备齐用物 { 医疗文件治疗执行单
红、蓝钢笔,红、蓝铅笔

体温单记录
蓝色钢笔填写眉栏日期、住院日期、疾病日期
40~42℃用图章或红笔填写入院、手术、分娩、转科、出院、死亡时间
35℃以上绘制 T、P、R
35℃以下用蓝笔记录出入液量、血压、体重、过敏反应等

长期医嘱处理:将长期医嘱分别转抄至执行单或治疗卡上,注明医嘱执行的时间并签名;有期限规定的医嘱需在执行单上注明停止日期、时间

临时医嘱处理:护士执行医嘱后应注明时间并签名

医嘱单处理
备用医嘱处理:Prn应注明用药的间隔时间,每次执行后在临时医嘱内记录;SOS在12 h内有效,过期未用由护士用红笔写"未用"两字

停止医嘱处理:在执行单或治疗卡上注销,并在停止栏目内注明时间并签名

重整医嘱处理:转科、手术、分娩后的医嘱,在医嘱的最后一项下划双线。如有空格,从左到右顶格划一斜线消空;在红线下用红笔写"重整医嘱"。将要继续执行的长期医嘱,按原日期排列顺序抄录于新的医嘱单上,经两人核对后签名

执行、核对

护理记录单
蓝钢笔填写眉栏
记录 T、P、R、BP、饮食、排泄物、所用药物、治疗等病情动态变化
特殊护理措施
药物治疗效果及不良反应
出入液量每班小结一次,24 h总结一次

手术护理记录单
使用器械有术中护理情况的记录
敷料有清点、记录
填写认真,签署全名

各单排列整齐,书写用物放妥

【注意事项】

1. 书写应当客观、真实、准确、及时、完整,字迹清晰,严禁刮、黏、涂等。
2. 书写中若出现错字,应当按书写标准要求进行正确修改。
3. 各种记录除体温单用红笔外均用碳素笔或蓝黑笔。
4. 上级护理人员有审查修改下级护理人员书写病历的责任,修改时,应注明修改日期并签名,保持原记录清楚、可辨。

医疗文件书写评分标准

项　　目	项目总分	考　核　要　点	标准分	得分	备注
素质要求	5	服装、鞋帽整洁	1		
		仪表大方,举止端庄	2		
		语言柔和恰当,态度和蔼可亲	2		
操作前准备	9	评估	5		
		备齐用物(笔、本、尺等)	2		
		放置合理,不零乱	2		
体温单记录	12	各项记录正确	4		
		各项记录红、蓝笔使用正确	4		
		各项记录无遗漏	4		
处理医嘱	34	各类医嘱概念清楚	4		
		准确完整地处理长期医嘱	4		
		准确完整地处理临时医嘱	4		
		准确完整地处理备用医嘱	4		
		准确完整地处理停止医嘱	4		
		准确完整地处理重整医嘱	4		
		准确转抄医嘱,无遗漏	4		
		处理后各种标记正确	3		
		核对后两人签名	3		
护理记录单 (一般、危重)	20	根据医嘱和病情,记录及时、准确	4		
		记录内容客观,频次符合要求	4		
		用笔颜色正确	4		
		文字工整,字迹清晰	2		
		有 24 h 出入液量总结	2		
		有上级护理人员的修改意见	4		
手术护理 记录单	10	有术中护理情况的记录	4		
		使用器械、敷料有清点并记录	3		
		填写认真,签署全名	3		
操作后处理	5	各单排列整齐,书写用物放妥	5		
熟练程度	5	动作正确、熟练、规范	5		
总　　分	100				

中篇　专科护理理论与技术

第三章 内科临床护理

第一节 内科护理理论

1. 简要护理病史包括哪些内容?

答:(1) 本次起病情况。

(2) 有无诱发因素。

(3) 主诉的描述(部位、性质、时间、程度,导致加剧或缓解的因素)。

(4) 病情的演变。

(5) 有无伴随症状。

(6) 诊疗经过,曾在何时何地就诊,做何检查及治疗。

2. 护理病史采集时应注意什么?

答:(1) 语言修养,正确应用沟通技巧,避免医学术语。

(2) 详简分明,重点突出。

(3) 直接询问病人,意识障碍者由家属或陪同者代诉。

(4) 入院后 24 h 内完成。

(5) 对病人错误观点不直接批评,尊重病人的隐私权。

3. 如何区别意识障碍的程度?

答:(1) 嗜睡:病理性倦睡,可被唤醒并正确回答问题,但反应迟钝。一旦刺激消除,则迅速入睡。

(2) 意识模糊:有定向障碍,思维、语言不连贯,可有错觉、幻觉、躁动等。

(3) 昏睡:熟睡且不易唤醒,强刺激勉强可醒,答非所问并很快入睡。

(4) 浅昏迷:意识大部分丧失,无自主运动,对声、光等刺激无反应,而对强烈的疼痛刺激可出现痛苦表情。瞳孔对光反射、角膜反射以及吞咽、咳嗽和各种防御反射仍存在。呼吸、血压、脉搏一般无改变,大、小便失禁或尿潴留。

(5) 深昏迷:意识全部丧失,对强烈刺激也全无反应。瞳孔散大,一切反射均消失,全身肌肉松弛,呼吸不规则,血压可下降,大、小便失禁。

4. 叙述心脏瓣膜听诊区的位置。

答:(1) 二尖瓣区:位于心尖部,即左锁骨中线内侧 0.5~1.0 cm 第 5 肋间处。

(2) 主动脉瓣第一听诊区:胸骨右缘第 2 肋间处。

(3) 主动脉瓣第二听诊区:胸骨左缘第 3、4 肋间处。

(4) 肺动脉瓣区:胸骨左缘第 2 肋间处。

(5) 三尖瓣区:胸骨体下端稍偏左或稍偏右处。

5. 排痰不畅时可采取哪些护理措施?

答:湿化呼吸道,指导有效咳痰,胸部叩击和胸壁震荡,体位引流,机械吸痰。

6. 白细胞计数及分类计数的正常参考值及其临床意义是什么?

答:(1) 正常参考值:白细胞总数 $(4 \sim 10) \times 10^9/L$,中性粒细胞 $50\% \sim 70\%$,淋巴细胞 $20\% \sim 40\%$,嗜酸性粒细胞 $0.5\% \sim 5\%$,嗜碱性粒细胞 $0\% \sim 1\%$,单核细胞 $3\% \sim 8\%$。

(2) 临床意义:白细胞总数增多常提示急性细菌感染。①中性粒细胞:增多见于新生儿、妊娠、急性化脓性感染、败血症、白血病、组织损伤等;减少见于伤寒等某些革兰阴性杆菌感染、病毒感染、化疗及再生障碍性贫血等。②嗜酸性粒细胞:增多常见于过敏性疾病、寄生虫病、慢性粒细胞白血病、器官移植排异反应等;减少常见于伤寒、副伤寒及长期使用糖皮质激素等。③嗜碱性粒细胞:增多主要见于慢性粒细胞白血病。④淋巴细胞:增多见于肝炎、百日咳、结核、慢性淋巴细胞白血病。⑤单核细胞:增多见于疟疾、活动性结核、感染恢复期、结缔组织病及单核细胞白血病等。

7. 对老年病人主要有哪些护理措施?

答:(1) 加强心理护理,多关心、多接近、多观察询问,给予耐心细致的疏导解释。

(2) 保持生理需要,合理营养摄入,少食多餐。保证足够睡眠,活动时注意运动量、内容和安全。

(3) 加强安全,做好各种防范措施,动作要慢,必要时专人看护。

(4) 做好晨、晚间护理,如口腔护理、皮肤护理等,注意保暖,防止组织受压与受伤。

(5) 加强病情观察,及时记录生命体征,做好家庭保健指导。

8. 使用氨茶碱时应注意什么?

答:口服氨茶碱时,由于该药会引起恶心、呕吐等不良反应,故宜饭后服。静脉用氨茶碱时,由于其有效浓度和中毒浓度接近,安全范围窄,故需稀释后缓慢静脉推注。如快速静脉推注可出现心律失常、血压骤降,甚至导致死亡。

9. 如何指导病人进行腹式呼吸的训练?

答:腹式呼吸的指导要领如下。

(1) 体位:取立位,体弱者取坐位或仰卧位。

(2) 两手放置部位:一手放胸部,一手放腹部。

(3) 吸气时挺腹,胸部不动;呼气时腹内陷,尽量将气呼出。

(4) 吸与呼之比为 $1:2$ 或 $1:3$。

(5) 用鼻吸气,用口呼气(深吸缓呼)。

(6) 呼吸频率:每分钟保持 $7 \sim 8$ 次。

(7) 每次锻炼时间(10~20 min)。

(8) 记录锻炼日期、时间及效果评价。

10. 怎样配合医生抢救休克型肺炎病人?

答:医生在抢救休克型肺炎病人时,护理人员应做好以下配合工作。

(1) 迅速为病人建立静脉通路。

(2) 病人应采取去枕平卧位。

(3) 为病人保暖,但忌用热水袋。

(4) 给予氧气吸入。

(5) 按医嘱应用抗休克及抗感染药物。

(6) 密切观察病人生命体征、尿量以及药物治疗情况。

（7）详细、准确记录护理记录单。

11. 对缺氧伴有二氧化碳潴留的病人为什么要采用低流量、低浓度持续给氧？

答：因为慢性呼吸衰竭病人呼吸中枢对二氧化碳的刺激已不敏感，主要依靠缺氧刺激颈动脉窦和主动脉体的化学感应器，通过反射维持呼吸。所以采用低流量（1~2 L/min）、低浓度（25%~29%）持续吸氧既可纠正缺氧，又可使颈动脉窦和主动脉体化学感受器保持刺激作用。若给予高浓度氧气吸入，缺氧骤然解除，反而使病人呼吸变浅甚至暂停，使肺泡通气量减少，加重二氧化碳潴留。

12. 给危重病人吸痰时应注意什么？

答：（1）对于吸氧病人，吸痰前应先给予 2 min 高浓度吸氧。

（2）严格执行无菌操作技术，每次需更换吸痰导管。

（3）动作要轻柔，从深部向上提拉，左右旋转，一次插入气道吸痰时间不超过 15 s。

（4）导管退出后应放入等渗盐水内抽吸，以保持导管通畅。

（5）吸痰过程中随时擦净喷出的分泌物，观察呼吸频率、节律、深浅、音调的变化以及呼吸困难是否改善，以判断吸痰效果。

13. 某肺结核病人，突然发生喷射性大咯血，继而突然中断，出现表情恐怖、张口瞪目、两手乱抓、大汗淋漓，此时可能发生什么情况？ 对此护士应如何配合医生采取抢救措施。

答：考虑该病人发生了咯血窒息的可能，应立即采取以下抢救措施。

（1）立即取头低脚高位，轻拍背部。

（2）尽快用吸引器吸出或用手指裹上纱布清除口、咽、喉、鼻部血块。

（3）必要时行气管插管或气管镜直视下吸取血块。

（4）气道通畅后，若病人自主呼吸未恢复，应行人工呼吸。

（5）给予高流量吸氧。

（6）按医嘱应用呼吸中枢兴奋剂。

（7）密切观察病情变化，警惕再次发生窒息的可能。

14. 马先生，63 岁，因寒战、高热、咳嗽、右侧胸骨痛 1 天而入院，初步诊断为"肺炎链球菌性肺炎"。次日，病人体温骤降，伴四肢厥冷、大汗淋漓及意识模糊。此时该病人可能发生什么情况？ 护士应从哪些方面进行病情观察？

答：目前该病人有休克型肺炎的可能，应从以下几个方面进行病情观察。

（1）定时测血压、体温、脉搏和呼吸。

（2）观察精神症状，是否有神志模糊、昏睡和烦躁等。

（3）观察有无休克早期症状，如精神紧张、烦躁不安、反应迟钝、尿量减少等。

（4）注意痰的色、质、量变化。

（5）密切观察各种药物作用和不良反应。

15. 某支气管哮喘病人病情缓解，近日将出院，护士应如何对其进行健康指导？

答：（1）介绍哮喘的基本常识。

（2）避免接触致敏原、某些药物及食品：①避免接触粉尘、花粉、煤气、油烟、花草、地毯、油漆、尘螨、真菌，以及家庭中饲养的猫、狗、鸟类等；②避免进食可能诱发哮喘的食物，如鱼、虾、蛋等；③避免摄入某些过敏药物。

（3）避免情绪紧张、过度劳累、气温突变、呼吸道感染等诱发因素。

(4) 缓解期重视自我护理,有计划地进行体育锻炼。

(5) 发病季节前按医嘱进行预防性治疗。

(6) 吸烟、嗜酒者应戒除烟酒。

16. 心前区疼痛有哪些常见原因?

答:(1) 心绞痛、急性心肌梗死:因冠状动脉血供不足,心肌暂时或持久性缺血所致。

(2) 急性心包炎、胸膜炎:因炎症累及心包或胸膜壁层引起。

(3) 心血管神经官能症:与精神刺激、环境因素有关,无器质性病变。

17. 何谓心力衰竭?

答:心力衰竭是指在有适量静脉血回流的情况下,由于心肌收缩力减弱,心室舒张功能受损或排血功能受损,使心排血量不足以维持机体代谢需要的一种综合征。临床上以肺循环和(或)体循环淤血及组织血液灌注不足为主要特征,又称充血性心力衰竭或心功能不全。

18. 何谓心源性水肿?

答:心源性水肿是指由于右心功能不全引起体循环静脉淤血,使机体组织间隙内过多的液体积聚。其特点为:水肿从身体下垂部位开始,以脚、踝内侧、胫前部明显,呈凹陷性,逐渐延及全身,发展较缓慢,久病卧床者骶部及会阴部水肿,水肿部位因长期受压皮肤溃烂可形成压疮。

19. 如何评估病人的心功能状态?

答:根据临床表现及对活动的耐受力评估心功能状态。通常分为4级:心功能Ⅰ级(代偿期),体力活动不受限;心功能Ⅱ级(轻度心力衰竭),体力活动轻度受限,日常活动可出现乏力、心悸、气急;心功能Ⅲ级(中度心力衰竭),体力活动明显受限,轻度活动即可出现乏力、心悸、气急;心功能Ⅳ级(重度心力衰竭),不能从事任何体力活动,休息时会有乏力、心悸、气急。

20. 如何根据心电图计算心率?

答:心率测定的计算方法有以下两种。

(1) 心室率(次/分)=60(s)÷R-R间隔时间(s)。

(2) 心律不规则时R-R间隔时间取其平均值,即取3 s内的QRS波群数乘以20。

21. 如何预防和观察常用降压药物的不良反应?

答:(1) 药物宜从小剂量开始应用,按医嘱调整剂量,不可自行增减或突然撤换药物,血压稳定后继续用维持量。

(2) 注意降压速度不宜过快、过低,尤其是老年病人。

(3) 某些药物有直立性低血压反应,如硝普钠等,故劝导病人改变体位时动作宜缓慢。

(4) 洗浴时水温不宜过高或过低,以防血管过度扩张或收缩。

(5) 预防便秘,以防发生脑血管意外。

(6) 密切观察病人有无头晕、眼花、恶心、头痛等情况,若因直立性低血压而晕厥时,应立即平躺并抬高下肢,以增加回心血量。

22. 左心衰竭为何会引起夜间阵发性呼吸困难?

答:左心衰竭病人因肺循环淤血而导致呼吸困难。由于夜间睡眠时迷走神经兴奋,使冠状动脉收缩,心肌氧供减少,心肌收缩力下降及小支气管平滑肌痉挛,肺通气量减少,加上卧位时回心血量增加,肺充血加重,膈上升,肺活量减少,故易在夜间睡眠时发生阵发性呼吸困难。

23. 典型心绞痛的临床特征是什么?

答:其临床特征为发作性胸痛或胸部不适。

(1) 部位:主要在胸骨体上段或中段之后,可波及心前区手掌大小范围,并放射至左肩、左臂内侧达环指和小指或至颈、咽、下颌部。

(2) 性质:呈压迫或紧缩性,常迫使病人停止原来的活动,直至症状缓解。

(3) 持续时间:疼痛逐步加重,一般持续 3~5 min。

(4) 诱发因素:体力劳动、情绪激动、饱食、受寒、吸烟、心动过速等。

(5) 缓解方式:消除诱因,经休息和舌下含服硝酸甘油在几分钟内症状可缓解。

24. 原发性高血压的健康教育有哪些内容?

答:(1) 教育病人保持良好的身心状态:合理安排休息和活动,避免各种刺激,使身心得到良好的休息。

(2) 指导病人合理地选择食谱,坚持食用低脂肪、低胆固醇、低盐、清淡、易消化的食物,少量多餐,避免一切刺激性食物与饮料,多食蔬菜、水果,保持大便通畅。

(3) 避免各种诱发因素,如紧张焦虑、情绪波动、过度劳累、严寒刺激、用力咳嗽、剧烈运动与高分贝噪声等。

(4) 对吸烟、嗜酒者应戒除烟酒。

(5) 教会病人观察病情变化,若发现血压持续升高,有头晕、恶心、视力异常、心动过速等情况时应及时就医。

(6) 指导病人规则用药,以减少不良反应;定期随访血压,随时调整治疗方案。

25. 简述乙醇湿化给氧的机制。

答:乙醇湿化给氧机制是降低肺泡内泡沫的表面张力,使泡沫破裂,从而降低肺毛细血管通透性,改善通气。

26. 什么是心脏复律术?

答:心脏复律术是电学治疗心律失常的一种方法,利用除颤器发出高能量短时限脉冲电流,使所有心肌纤维瞬间同时除极,因而消除折返激动,抑制异位心律,恢复窦性心律。心脏复律术是心肺复苏的关键技术,是治疗快速心律失常的方法。

27. 某慢性心力衰竭病人在输液 1 h 后,突然面色苍白,极度呼吸困难,咯血性泡沫痰,两肺满布湿啰音,应考虑发生什么情况? 如何采取抢救措施?

答:根据上述表现考虑该病人发生急性肺水肿的可能,其抢救措施如下。

(1) 应立即减慢滴速(每分钟 12~15 滴),同时通知医生。

(2) 安慰病人,消除紧张心理。

(3) 安置半卧位或两下肢下垂坐位。

(4) 50%乙醇湿化高流量(6~8 L/min)给氧。

(5) 按医嘱有顺序地给予强心、利尿、血管扩张、镇静以及氨茶碱、激素等药物治疗。

(6) 密切观察病人的面色、脉搏、呼吸、血压、心率与心律、神志、尿量、痰液、药物反应情况。

28. 某护士巡视时发现某冠心病病人突然出现抽搐,意识丧失,触诊颈动脉无搏动。此时护士应立即采取什么急救措施?

答:应立即进行心脏停搏的抢救,具体措施如下。

（1）叩击心前区,进行胸外心脏按压,通知医生,并备齐各种抢救药物及用品。

（2）保证给氧,保持呼吸道通畅,必要时配合医生行气管插管及辅助呼吸机,并做好护理。

（3）建立静脉通道,准确、迅速、及时地遵医嘱给药。

（4）脑缺氧时间较长者,头部可置冰袋或冰帽。

（5）注意保暖,防止并发症。

（6）监测记录 24 h 出入液量,必要时留置导尿。

（7）严密观察病情变化,及时填写护理记录单。

29．丁先生,男性,54 岁。约 40 min 前进餐后突然感到剑突处压榨样闷痛,并向左臂放射,伴呕吐、冷汗及濒死感。心电图提示"急性心肌梗死"。对此应从哪些方面加强病情观察?

答:急性心肌梗死的主要观察内容如下。

（1）急性心肌梗死的先兆表现:包括病人症状、药物疗效、心电图观察。

（2）"三大"并发症观察:心律失常、心源性休克、心力衰竭。

30．洋地黄类药物治疗时,应如何注意用药护理?

答:（1）观察洋地黄类药物的疗效,有效指标为心率减慢、呼吸困难减轻、水肿消退、尿量增加等。

（2）观察毒性反应:①胃肠道反应,如食欲减退、恶心、呕吐;②心脏毒性反应,如室性期前收缩二联律或三联律、阵发性心动过速、房室传导阻滞、心房颤动等;③神经系统反应,如头晕、头痛、视力模糊、黄视等。

（3）给药前应观察有无毒性反应,心率低于 60 次/分或节律发生变化,须考虑洋地黄中毒的可能,应立即停药并报告医生。

31．叙述消化性溃疡的常见并发症及护理措施。

答:（1）出血:发现出血,应立即通知医生,病人平卧并建立静脉通道,做好输液、输血准备,严密观察出血情况,按医嘱用止血药,准确书写护理记录等。

（2）穿孔:一旦确定穿孔应立即禁食,插胃管做胃肠减压,可稍抬高床头,有利于引流及减轻腹痛,减少有毒物质的吸收,并迅速建立静脉通路、输液和备血,做好各项术前准备。

（3）幽门梗阻:轻者可进食流质,重者则需禁食并胃肠减压。观察病人呕吐物的色、质、量、气味,准确记录出入液量,并注意电解质变化,必要时做好手术准备。

32．溃疡病的健康指导有哪些内容?

答:（1）合理安排休息时间,生活有规律,避免过度劳累、过度紧张。

（2）饮食要合理,定时进餐,戒烟酒,避免粗糙、难消化、刺激性强的食物。

（3）慎用可能导致溃疡发生和复发的药物,如阿司匹林、咖啡因、泼尼松、利舍平等。

（4）按医嘱服药,必要时行胃镜检查。

（5）疼痛节律发生变化或加剧,出现呕吐、黑便时,应立即就医。

33．如何判断上消化道出血病人有否继续出血或再出血?

答:以下征象提示有继续出血或再出血的可能。

（1）反复呕血或黑便次数增加,伴肠鸣音亢进。

（2）经足量补充血容量后血压未见明显上升,心率有明显增加。

（3）红细胞计数、血红蛋白含量、血细胞比容继续下降,网织红细胞及血尿素氮持续升高等。

34. 肝硬化腹水形成的机制是什么?

答:(1)门静脉压力增高,组织液回流吸收减少。

（2）血浆白蛋白减少,血浆胶体渗透压降低。

（3）肝淋巴液增加和回流障碍。

（4）肾小管重吸收钠增加。

（5）醛固酮增多及抗利尿激素增多。

35. 肝硬化有哪些主要并发症?

答:(1)上消化道出血:是最常见的并发症。

（2）肝性脑病:是晚期肝硬化最严重的并发症。

（3）感染:易并发细菌感染。

（4）肝肾综合征:大量腹水,少尿或无尿,氮质血症。

（5）原发性肝癌:表现为持续肝区疼痛、血性腹水、不明原因发热等。

（6）电解质和酸碱平衡紊乱。

36. 何谓肝性脑病?

答:肝性脑病又称肝昏迷,是严重肝病引起的以代谢紊乱为基础的中枢神经系统功能失调的综合征,以意识障碍、行为失常和昏迷为主要临床表现。

37. 肝性脑病有哪些常见诱因?

答:肝性脑病的常见诱因有:摄入过多高蛋白饮食、服用含氮药物、便秘、长期应用排钾利尿剂、大量放腹水、上消化道出血、感染、手术、麻醉、催眠药和饮酒等。

38. 病人,男性,56 岁。昨晚饱餐后 2 h 出现中上腹剧烈的刀割样疼痛,并向腰背部放射,伴恶心、呕吐,来院时有高热、脸色苍白。体格检查:全腹疼痛,腹肌强直。拟诊为"急性坏死性胰腺炎"。请问:应如何加强观察及护理?

答:(1)密切观察腹痛的程度、部位、范围、性质有无改变;病人应绝对卧床休息,取屈膝侧卧位,防止坠床,注意保暖;按医嘱应用止痛剂,给予氧气吸入。

（2）密切观察有无肠麻痹、手足抽搐、剧烈头痛、出血倾向等情况,注意生命体征、尿量、神志、面色、皮肤黏膜等变化。

（3）密切观察血淀粉酶、尿淀粉酶、血钾、血钙变化情况。

（4）禁食及胃肠减压,做好口腔护理。尽快建立静脉通路,避免发生水、电解质紊乱。

（5）遵医嘱应用抑肽酶、生长激素、抗菌药物,或中药大黄鼻饲等,并准备好抢救用品,如静脉切开包、人工呼吸器、气管切开包等。

（6）必要时做好手术前准备,如皮试、备皮、配血等。

（7）准确书写护理记录。

39. 病人,男性,64 岁。5 年前曾患乙型肝炎,1 年前出现肝功能异常。近 1 个月来体重明显增加,近日更出现尿少伴明显腹胀。诊断为"肝硬化腹水"。此时应如何做好护理?

答:护理要点如下。

（1）取半卧位,使膈下降,减轻呼吸困难。

（2）遵医嘱严格限制水和盐的摄入量,一般食盐每日不超过 2 g,进水量限制在每日 1 000 ml。

(3) 遵医嘱给予利尿剂和输入白蛋白。

(4) 加强皮肤护理,防止发生压疮,如保持床铺干燥、平整,定时变换体位,局部热敷或按摩等。

(5) 准确记录每日出入液量,定期测量腹围和体重,准确书写护理记录。

(6) 协助腹腔放液或腹水浓缩回输。

(7) 注意观察电解质变化。

40. 怎样采集清洁中段尿培养标本?

答:(1) 留取标本前用肥皂水清洗外阴部,不宜使用消毒液。

(2) 宜在用抗生素前或停药 5 天后收集标本,不宜多饮水,并保证尿液在膀胱内停留 6~8 h,以提高阳性率。

(3) 指导病人排尿并留取中段尿置于无菌容器内,于 1 h 内做培养和菌落计数,以免杂菌污染。

41. 何谓膀胱刺激征?

答:由于膀胱颈和膀胱三角区受到炎症或理化因素刺激,而发生膀胱痉挛,引起尿急、尿痛和排尿不尽感等,称为膀胱刺激征。

42. 对尿路感染病人应如何进行健康指导?

答:(1) 加强体质锻炼,提高机体抵抗力;避免劳累、便秘和不必要的导尿;平时多饮水,勤排尿,以冲洗膀胱和尿道,排尿应彻底。

(2) 保持外阴部清洁,女性病人忌盆浴;注意经期、妊娠期、产褥期卫生,性生活后宜立即排尿和行高锰酸钾坐浴;女性婴儿应勤换尿布,避免粪便污染尿道;育龄女性病人,急性期治愈后 1 年内避免妊娠。

(3) 疗效判断:用药后 24 h 症状即可好转;如经 48 h 治疗仍无效,应换药或联合用药。

(4) 规范应用抗生素。

43. 肾病综合征有哪些特征?

答:肾病综合征的特征为"三高一低",即有大量蛋白尿、高度水肿、高血脂及低蛋白血症。

44. 肾性水肿有哪些护理措施?

答:(1) 准确记录出入液量,限制水和盐的摄入量。

(2) 卧床休息,注意观察血压变化。

(3) 做好皮肤护理,预防皮肤损伤和感染。

(4) 用利尿药时,注意观察尿量的变化、药物不良反应和水、电解质的情况。

45. 尿毒症病人的饮食护理原则是什么?

答:尽早采用优质蛋白质饮食,如瘦肉、鸡蛋和牛奶等,尽可能少食富含植物蛋白的食物,如大豆类制品。但要保证足够热量的供应,以使低蛋白饮食的氮得到充分利用,减少自体蛋白质的分解。每日热量 125 kJ/kg,糖类占总热量的 2/3,其余由脂肪(植物油)供给。对伴有高分解代谢或长期热量摄入不足的病人,需经胃肠道外补充热量。

46. 尿毒症病人血肌酐水平明显升高,近 1 周来夜尿量增加,晨起时恶心、呕吐,为减轻晨间呕吐及上述症状,最有效的护理措施是什么?

答:应指导病人学会以下自我护理方法。

（1）恶心时张口呼吸,减轻恶心感受。

（2）少量多餐,晚间睡前饮水1~2次。以免夜间脱水使血尿素氮相对增高,而致早晨醒后发生恶心、呕吐。

（3）保持口腔清洁,每日早晚刷牙,饭后漱口,避免异味刺激。

47. 何谓血液透析?

答:血液透析即人工肾透析,是最常用、最重要的血液净化方式。血液透析疗法是利用半透膜原理,将病人血液与透析液同时引进透析器(人工肾)。通过扩散、对流、吸附清除毒素,通过超滤和渗透清除体内潴留过多的水分,同时可补充需要的物质,纠正电解质和酸碱平衡紊乱。

48. 腹膜透析的原理是什么?

答:腹膜透析是以脏层腹膜为半透膜,利用半透膜的弥散和渗透作用,将2 000 ml腹透液由腹透管注入腹腔并留在腹内,与血液通过腹膜,将能够通过半透膜的中、小分子物质由高浓度向低浓度一方移动,直至达到膜两侧平衡,从而清除体内的氮质及其代谢产物。

49. 口服铁剂治疗时应注意什么?

答:(1)最好是空腹时服用,因为此时吸收较好。但有消化道疾病或有消化道反应时最好是进餐时或饭后服用。

（2）禁饮浓茶,以免茶叶中鞣酸与铁结合成不溶性铁。

（3）避免与咖啡、牛奶同服,因牛奶含磷较高,影响铁的吸收。

（4）液体铁剂需用吸管服用,以免将牙染黑。

（5）同时加服维生素C,以利于铁的吸收。

（6）疗效观察,口服铁剂1周后血红蛋白开始上升,网织红细胞数可增加。

（7）告诉病人大便出现黑色属正常现象。

50. 何谓骨髓移植?

答:将供体正常骨髓中的造血干细胞移植到病人骨髓中,以取代病人异常造血干细胞,称为骨髓移植。根据供髓者的不同,可分为以下3类。

（1）以同基因的孪生同胞作为供髓者,称为同基因骨髓移植。

（2）采用HLA相一致的近亲骨髓,称为同种异基因骨髓移植。

（3）病人自己是骨髓的供者,称为自身骨髓移植。

51. 常用化疗药物有哪些不良反应?

答:(1)局部血管反应:对组织刺激性大的化疗药物有柔红霉素、氮芥、多柔比星(阿霉素)、长春新碱等,多次注射可引起静脉炎症,严重者可有血管闭锁、局部组织坏死等。

（2）骨髓造血功能抑制。

（3）消化道反应。

（4）肝、肾功能损害:甲氨蝶呤、门冬酰胺酶等对肝功能有损害。

（5）其他不良反应:长春新碱可引起末梢神经炎而出现手足麻木感,停药后可逐渐消失;柔红霉素、多柔比星、高三尖杉酯碱类药物可引起心肌及心脏传导系统损害(要缓慢静脉滴注,滴速不超过每分钟40滴),注意观察面色和心率;环磷酰胺、顺铂等可引起脱发。

52. 护士在病房巡视时发现一名急性白血病病人出现喷射性呕吐,病人主诉头晕、视物模糊。请问:该病人可能发生什么情况? 此时应如何护理?

答:该病人可能发生颅内出血,应立即采取以下护理措施。

(1) 取平卧位,给予高流量吸氧。

(2) 呕吐时头偏向一侧,注意保持呼吸道通畅。

(3) 头部置冰帽或冰袋。

(4) 迅速建立静脉通路,按医嘱及时给予止血药、脱水剂等。

(5) 加强病情观察,密切注意生命体征、神志变化,随时报告医生。

(6) 准确书写护理记录。

(7) 一旦出现昏迷,按昏迷常规护理。

53. 病人,女性,23 岁。发热 2 周余,体温最高可达 40℃,伴有头晕、乏力,曾用安乃近、青霉素治疗,体温有所下降后又回升。3 天前出现双下肢皮肤散在瘀点,伴牙龈出血。拟诊为"急性白血病"。请问:应如何指导病人预防感染及出血?

答:(1) 保持室内清洁,定时消毒,避免接触感染者。

(2) 注意保持口腔、皮肤、会阴部清洁。

(3) 饮食宜高蛋白、高热量、高维生素、易消化,多饮水,避免坚果、硬壳类食物。

(4) 按医嘱使用抗生素、免疫增强剂。

(5) 注意安全,平时动作轻柔,避免碰伤;严重出血时,卧床休息。

(6) 教会病人一些简单的止血方法,如鼻腔填塞、冷开水漱口、局部压迫、抬高肢体等。

54. 贫血有哪些常见临床表现?

答:轻度贫血可无症状,中、重度贫血表现如下。

(1) 皮肤、黏膜苍白:以甲床、口唇及睑结膜苍白多见。

(2) 神经、肌肉系统表现:乏力、头晕、耳鸣、头痛、记忆力减退、注意力不集中等,重者可有晕厥、神志模糊、感觉障碍。

(3) 呼吸、循环系统表现:活动后心悸、气急,重度贫血不活动也可有呼吸困难。

(4) 消化系统表现:食欲减退、恶心、呕吐、腹胀、腹泻或便秘。

(5) 泌尿系统表现:多尿、低比重尿、低蛋白尿。

(6) 内分泌紊乱表现:性功能减退,女性病人月经不调或闭经。

55. 甲状腺功能亢进(简称"甲亢")有哪些临床表现?

答:(1) 甲状腺激素分泌过多,表现为高代谢症候群,如多汗、皮肤温暖、低热、易疲乏、体重锐减;精神、神经系统改变,神经过敏、多语、多动、失眠、紧张、易怒、注意力分散、记忆力下降,甚至有幻觉等精神异常的表现;心悸、气促、期前收缩(早搏)、心房颤动等心律失常,甚至心力衰竭;收缩压升高,脉压增宽;食欲亢进、消化吸收不良、腹泻等;肌无力、肌萎缩,常感下蹲、坐位和起立困难;女性月经失调、闭经,男性阳痿;白细胞计数偏低,血小板减少,出现紫癜、轻度贫血。

(2) 甲状腺肿大。

(3) 突眼征:分为单纯性和浸润性突眼两种。

(4) 特殊临床表现:甲亢危象、甲亢性心脏病、淡漠型甲亢、妊娠期甲亢等。

56. 甲亢危象有哪些诱因及临床表现?

答:甲亢病人可因治疗不当、感染、手术准备不充分、碘治疗反应、精神创伤等因素诱发甲亢危象。临床表现为高热、脉搏增快(120~240 次/分),伴心房颤动、厌食、恶心、呕吐、腹泻、大汗淋漓,甚至因失水而休克,可危及生命。

57. 如何对甲亢病人进行健康指导?

答:(1) 保持精神愉快、心情开朗,正确对待疾病。

(2) 做好眼部护理,采取保护措施,预防眼睛受到刺激和伤害。可戴有色眼镜或眼罩;经常以眼药水湿润眼睛;睡前涂抗生素眼膏,用无菌生理盐水纱布覆盖双眼;睡觉或休息时,抬高头部;当眼睛有异物感、刺痛或流泪时,勿用手直接揉眼睛。

(3) 饮食宜高热量、高维生素、富含钾与钙,限制高纤维素食物(粗粮、豆类、蔬菜等),避免吃含碘丰富的食物(海带、紫菜等)。忌浓茶、咖啡等饮料,限制钠盐摄入。

(4) 坚持在医生的指导下服药,遵医嘱使用利尿剂,注意药物的不良反应,定期检查白细胞计数、血电解质等,如有异常应及时就医。

(5) 定期眼科角膜检查,以防角膜溃疡。

(6) 一旦出现高热、大汗、呕吐、腹泻、心动过速等,应立即来院急诊。

58. 何谓糖尿病?

答:糖尿病是因胰岛素分泌绝对或相对不足而引起的糖、脂肪、蛋白质、水及电解质等一系列代谢紊乱的临床综合征。临床主要分为 1 型(胰岛素依赖型)和 2 型(非胰岛素依赖型),其他还有特殊类型糖尿病、妊娠期糖尿病。

59. 糖尿病病人为什么会出现"三多一少"?

答:(1) 糖尿病病人尿内含有糖,使尿的渗透压增高,阻碍肾小管对水的重吸收,大量水分随糖排出,形成多尿。

(2) 因尿量增多,体内失水,故口渴多饮。

(3) 葡萄糖是体内能量的主要来源。由于胰岛素不足,使摄入的大量葡萄糖不能被利用,机体处于半饥饿状态,从而导致食欲亢进而多食。

(4) 糖利用减少,需动用蛋白质和脂肪来供能,故脂肪消耗增加,加上水分丢失,以致病人体重减轻。

60. 糖尿病酮症酸中毒有哪些常见诱因?

答:其常见诱因包括:感染、胰岛素剂量不足或治疗中断、饮食不当、妊娠和分娩、创伤、手术、麻醉、急性心肌梗死、心力衰竭、精神紧张、应激状态等,有时亦可无明显诱因。

61. 糖尿病的三大基本疗法是什么?

答:糖尿病的三大基本疗法是指控制饮食、药物治疗与运动疗法。

62. 糖尿病有哪些慢性并发症?

答:(1) 大血管病变:导致冠心病、心肌梗死、出血或缺血性脑血管病,四肢动脉硬化导致肢端坏疽。

(2) 微血管病变:导致糖尿病肾病、视网膜血管病变、糖尿病心肌病。

(3) 神经病变:表现为肢端感觉异常,如手套、袜套感,针刺、烧灼感或蚁行感,还可有痛觉过敏、胃肠功能失调及体位性低血压。

(4) 眼部病变:表现为视网膜出血、水肿,甚至视网膜脱离,严重者可失明。还可有白内障、青光眼。

(5) 糖尿病足:由神经及血管病变导致足部感染、溃疡,甚至坏死。

63. 有哪些常用胰岛素的制剂类型和常规注射时间?

答:胰岛素制剂分为 3 种,即速效、中效和长效类。常用的主要是速效类(胰岛素)和长效类(鱼精蛋白锌胰岛素)。注射时间:胰岛素餐前30 min,鱼精蛋白锌胰岛素早餐前1 h。

64. 使用胰岛素时有哪些注意事项?

答:(1) 注意保存:中效与长效胰岛素在5 ℃环境下可放置3年。胰岛素在5 ℃环境中放量3个月后效价稍减。3类制剂均不宜冷冻保存,使用期间的室温宜在20 ℃以下。

(2) 计量准确:必须弄清1 ml注射液中含多少单位(40 U或80 U)胰岛素,采用1 ml注射器准确抽吸,避免振荡。

(3) 注射时间:注射前查看有效期,速效胰岛素(RI)在餐前30 min皮下注射,长效胰岛素(PZI)在早餐前1 h皮下注射。若两种胰岛素合用,要先抽RI再抽PZI,以免影响其速效特性。

(4) 注射部位严格消毒,经常更换,以防注射部位组织硬化、脂肪萎缩、胰岛素吸收不良及发生感染。

(5) 注射反应:注射后要观察有无低血糖反应与过敏反应,及时与医生联系,迅速作出处理。

65. 如何对糖尿病病人进行健康指导?

答:(1) 向病人及家属介绍糖尿病的基本知识,使他们充分认识到糖尿病是一种需终身治疗的疾病,必须加强日常自我保健,如保持情绪稳定,适当运动,坚持控制饮食,戒除烟酒,预防感染,定期监测血糖、尿糖、血压、血脂与体重,保持有规律的生活。

(2) 指导病人学会血糖测试方法。

(3) 教会病人及家属进行胰岛素剂量的换算与注射技术(包括消毒方法)。

(4) 指导病人识别胰岛素的不良反应,如低血糖反应、过敏反应。

(5) 按医嘱服用降糖药。

(6) 告诫病人和家属观察病情,定期门诊复查。

66. 糖尿病饮食护理指导有哪些内容?

答:(1) 严格定时进食,注射胰岛素后30 min必须进食。

(2) 控制总热量。饥饿时可增加蔬菜、豆制品等副食。忌吃油炸、油煎食物,限制饮酒。

(3) 一般情况下,严格限制各种甜食及含糖饮料。必要时,可用食用糖精、木糖醇或其他代糖品。若发生低血糖时,可立即饮用易于吸收的果汁、糖水或吃少量糖果。

(4) 进行锻炼时不宜空腹,应补充少量食物,防止发生低血糖。

(5) 保持大便通畅,多食含纤维素高的食物,包括豆类、蔬菜、粗谷物等。

(6) 每周定期测量体重一次,如果体重改变>2 kg,应报告医生。

67. 病人,女性,30 岁。18 岁时被诊断为糖尿病。长期口服苯乙双胍及皮下注射速效胰岛素,1 个月前因血糖正常、尿糖阴性,自行减量注射胰岛素,昨晚应邀参加婚宴,席间进餐较多并饮酒一杯,今晨起出现极度疲乏与口渴,之后有恶心、呕吐、四肢厥冷、呼吸加速。测血糖21 mmol/L,尿糖(++++)。体格检查:嗜睡,呼气有烂苹果味,皮肤干燥,眼球下陷,四肢湿冷。请问:该病人可能发生了什么情况? 应如何护理?

答:该病人可能发生了酮症酸中毒,应采取以下护理措施。

(1) 立即通知医生,抽取各类标本并送验。

(2) 迅速建立静脉通路。

(3) 按医嘱立即静脉滴注胰岛素,在病人正常排尿后及时补钾。

（4）绝对卧床休息，专人看护，并给予氧气吸入，避免其他诱因。

（5）严密观察病情，包括血糖、血酮、二氧化碳结合力、生命体征、神志、面色、胃肠道症状、心率和心律等。

（6）准确书写护理记录。

68. 何谓脑卒中？

答：脑卒中（急性脑血管病）是一组由于脑部血管病变或全身血液循环紊乱所致的脑组织供血障碍性疾病，又称"中风"。按病变性质可分为出血性和缺血性脑血管病两大类。临床主要表现为偏瘫、语言障碍或意识障碍等。

69. 何谓"三偏症"？

答：内囊出血病人可出现典型的"三偏症"：①偏瘫，出血灶对侧肢体瘫痪；②偏身感觉障碍，出血灶对侧偏身感觉障碍；③偏盲，出血灶对侧同向偏盲。

70. 脑出血引起高热为何头部可用冰袋降温，而脑梗死为何头部禁用冰袋？

答：因为脑出血病人一旦出现中枢性高热会加重脑耗氧量，且使用解热剂效果差。通过头部置冰袋或冰帽，使体温降低，减少脑耗氧量，降低代谢率，增加脑组织对缺氧的耐受力，减轻脑水肿，降低颅内压，保护脑细胞。而脑梗死病人高热时用冰袋及冷敷头部可使脑血管收缩，血流减少而加重梗死，故应禁用冰袋或冷敷头部。

71. 某癫痫病人，某日突然出现阵发性抽搐，表现为意识丧失、眼球上翻、瞳孔散大、口唇青紫、全身抽搐，有舌咬伤及尿失禁。此时应采取什么护理措施？

答：该病人为癫痫发作，应采取以下护理措施。

（1）如是强直阵挛发作，迅速将病人就地平卧，解松领扣、裤带，用软物垫在头下；移走身边危险物，以免抽搐时碰撞造成外伤；抽搐发作时床前加栏杆，护士守护床边保护病人；用牙垫或厚纱布包裹压舌板垫于病人上、下磨牙之间，防咬伤舌颊；抽搐肢体不可用力按压，以免骨折或关节脱位。精神运动兴奋性发作，应保护病人防其自伤或伤人，防止发作时发生意外。

（2）密切观察病情，评估癫痫类型，一旦发展成癫痫持续状态，应立即按医嘱缓慢静脉滴注抗惊厥药；如呼吸变浅、昏迷加深、血压下降，按医嘱快速静脉滴注脱水剂及吸氧，以防脑水肿。

（3）保持室内环境安静。

（4）一般生活护理，间歇期可下床活动，清淡饮食，少进辛辣食物，禁烟酒，避免过饱，用肛表或腋下测量体温。

72. 叙述应用人工呼吸机时护理的注意事项。

答：（1）严密观察呼吸机运转情况，根据病情随时调整呼吸机工作参数，发现异常及时处理。一般成人常用参数：通气量 $500\sim800$ ml，压力 $11\sim22$ mmHg（$1.5\sim2.9$ kPa），频率 $16\sim20$ 次/分，呼吸时间比例为 $1.5\sim2:1$，氧浓度 $30\%\sim40\%$。

（2）专人护理，严格遵守操作规程，密切观察生命体征的变化，及时分析处理。

（3）注意观察呼吸机压力表的变化。

（4）保持呼吸道通畅，做好气道湿化和吸痰等护理工作。

（5）气管插管必须固定牢靠，防止脱落，外套固定正确。

（6）及时做好各项记录。

73. 胸腔穿刺术中遇到何种情况应停止抽液?

答:抽液中遇到病人有头痛、面色苍白、出冷汗、心悸、胸部剧痛、刺激性咳嗽等情况应停止抽液。

74. 为什么胸腔穿刺时一次抽液量不宜过多?

答:因一次抽液量过多可引起纵隔复位太快,导致循环障碍,故每次抽液量应<1 000 ml。

75. 腹腔穿刺术后有哪些护理措施?

答:(1) 继续注意观察血压、脉搏、神志、尿量及不良反应(大量放腹水可引起水、电解质紊乱,造成休克、昏迷)。

(2) 术后病人至少卧床休息 12 h。

(3) 记录放液量、性质、时间,标本及时送检。

(4) 观察穿刺部位敷料有无渗出,渗出液的量和色,及时更换浸湿敷料、腹带。

76. 简述腹腔穿刺术的部位。

答:腹腔穿刺术的部位一般是左下腹脐与髂前上棘连线的中 1/3 与外 1/3 相交处;侧卧位取脐的水平线与腋前线或腋中线交界处,或取脐与耻骨联合连线的中点上方 1 cm 偏左或偏右 1.0～1.5 cm 处进针;也可经超声检查协助定位。

77. 简述骨髓穿刺术的部位。

答:常用的骨髓穿刺部位有髂前上棘和胸骨;其次有髂后上棘和脊椎棘突。小儿可选用胫骨粗隆。

第二节 内科护理技术

一、护理病史的采集

【目的】

1. 了解并记录病人身体及心理等情况。
2. 分析病人护理问题,制订护理计划。

【操作流程图】

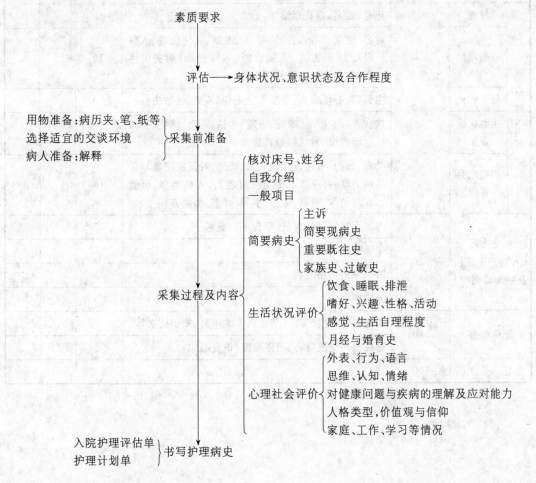

【注意事项】

1. 有语言修养,正确应用沟通技巧,避免使用医学术语。

2. 详简分明,重点突出。

3. 直接询问病人,意识不清者由家属或陪同代述。

4. 病史采集应在入院 24 h 内完成。

5. 对病人的错误观点不直接批评,尊重病人的隐私权。

护理病史的采集评分标准

项 目		项目总分	要 求	标准分	得分	备注
素质要求		5	服装、鞋帽整洁	1		
			仪表大方,举止端庄·	2		
			语言柔和恰当,态度和蔼可亲	2		
采集前准备	评估	15	评估病人身体状况、意识状态及合作程度	5		
	解释		向病人解释,取得配合	5		
	用物		备齐用物,选择适宜的交谈环境	5		
采集过程及内容	核对	50	床号、姓名,自我介绍	10		
	一般项目		姓名、性别、年龄、民族、职业、婚姻、文化程度、入院日期、入院方式、入院诊断、入院介绍、病史供述人、收集资料的时间等	10		
	简要病史		主诉、简要现病史、重要既往史、家族史、过敏史	10		
	生活状况评价		饮食、睡眠、排泄、嗜好、兴趣、性格、活动、感觉、生活自理程度、月经与婚育史	10		
	心理社会评价		外表、行为、语言、思维、认知、情绪,对健康问题与疾病的理解,应激水平与应对能力,人格类型,价值观与信仰、家庭、工作、学习、经济、生活方式	10		
病史书写(入院护理评估及护理计划单)		20	内容完整、正确、规范,符合书写要求	5		
			文字通顺、简洁	5		
			医学术语使用准确	5		
			无错别字	5		
熟练程度		10	沟通自然,符合实际(结合病人的年龄、知识层次等)	5		
			熟练应用交流技巧(通俗易懂、语言温柔)	5		
总 分		100				

二、护理体格检查

【目的】

1. 了解病人的身体状况。

2. 了解病人可能发生的护理问题。

【操作流程图】

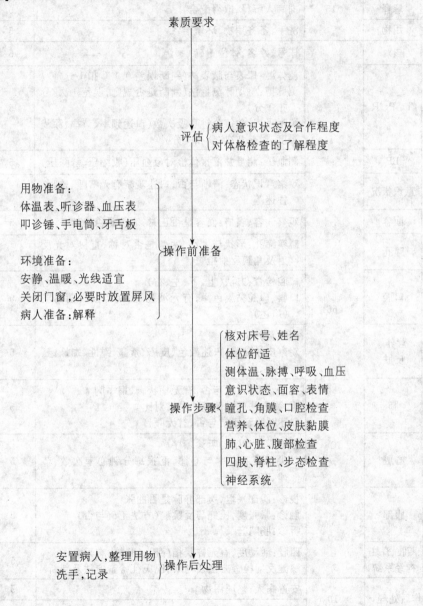

素质要求

评估 { 病人意识状态及合作程度
对体格检查的了解程度

用物准备：
体温表、听诊器、血压表
叩诊锤、手电筒、牙舌板

操作前准备

环境准备：
安静、温暖、光线适宜
关闭门窗，必要时放置屏风
病人准备：解释

操作步骤 { 核对床号、姓名
体位舒适
测体温、脉搏、呼吸、血压
意识状态、面容、表情
瞳孔、角膜、口腔检查
营养、体位、皮肤黏膜
肺、心脏、腹部检查
四肢、脊柱、步态检查
神经系统

安置病人，整理用物
洗手，记录 } 操作后处理

【注意事项】

1. 护理体格检查需于入院 24 h 内完成。

2. 有爱伤观念，注意保暖及保护病人隐私。

3. 解释工作到位，以取得病人配合。

护理体格检查评分标准

项 目		项目总分	要 求	标准分	得分	备注
素质要求		5	服装、鞋帽整洁	1		
			仪表大方,举止端庄	2		
			语言柔和恰当,态度和蔼可亲	2		
操作前准备	评估	15	评估病人意识状态及合作程度	5		
	解释		向病人解释,取得配合	5		
	用物		洗手,备齐用物,环境准备	5		
操作过程	核对	60	床号、姓名,体位正确	5		
	T、P、R		测体温:口表与腋表法(判断误差 0.1 ℃扣 1 分) 测脉搏:桡动脉测量法(判断是否规则,误差 4 次/分扣 1 分) 测呼吸:计数每分钟呼吸次数(口述频率、节律、深浅度,误差 2 次/分扣 1 分)	5		
	BP		测血压:测量并汇报体检对象血压(收缩压、舒张压)	5		
	意识状况		观察意识状态:清晰与否,口述观察有无嗜睡、昏睡、昏迷等	5		
	面容		观察面容、表情:面容是否正常,表情是否自然	5		
	瞳孔		观察瞳孔:形状与大小,两侧是否对称,直接对光反射及角膜反射检查	5		
	口腔		口腔检查:方法(上、下、左、右) 口唇、口腔黏膜色泽,有无溃疡、出血点及真菌感染(口述)	5		
	营养、皮肤		判断营养、体位 观察皮肤黏膜:口述颜色、皮疹、紫癜、弹性、蜘蛛痣、温度、水肿	5		
	肺		视诊:胸部正常与否,有无桶状胸、扁平胸 听诊:方法(前、侧、后、左右对比) 口述呼吸音正常与否,有无啰音	5		
	心脏		各瓣膜听诊区与听诊顺序 二尖瓣区听心率与心律,汇报每分钟心率次数、节律、有无杂音	5		
	腹部		视诊:腹部平坦,腹部静脉是否曲张 触诊:紧张度,压痛与反跳痛(方法正确与否) 听诊:肠鸣音	5		
	四肢、脊柱神经系统		四肢:活动度,有无杵状指(趾)。脊柱:有无畸形。膝健反射检查方法及判断,巴氏征检查方法及判断	5		
操作后处理		10	安置病人,整理用物	5		
			洗手,记录	5		
熟练程度		10	动作轻柔、敏捷,注意保暖	5		
			操作时间<20 min	5		
总 分		100				

三、心电图

【目的】

　　1. 了解病人心率、心律情况。

【操作流程图】

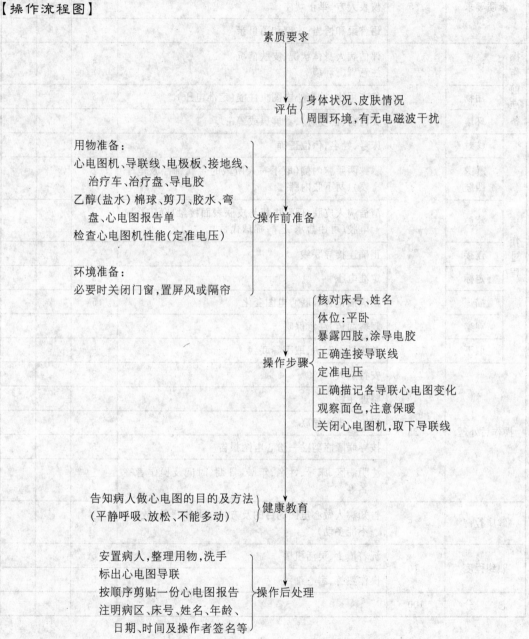

素质要求

评估 { 身体状况、皮肤情况
　　　 周围环境,有无电磁波干扰

用物准备:
心电图机、导联线、电极板、接地线、
　治疗车、治疗盘、导电胶
乙醇(盐水)棉球、剪刀、胶水、弯
　盘、心电图报告单
检查心电图机性能(定准电压)

操作前准备

环境准备:
必要时关闭门窗,置屏风或隔帘

操作步骤 { 核对床号、姓名
体位:平卧
暴露四肢,涂导电胶
正确连接导联线
定准电压
正确描记各导联心电图变化
观察面色,注意保暖
关闭心电图机,取下导联线

告知病人做心电图的目的及方法
(平静呼吸、放松、不能多动)

健康教育

安置病人,整理用物,洗手
标出心电图导联
按顺序剪贴一份心电图报告
注明病区、床号、姓名、年龄、
　日期、时间及操作者签名等

操作后处理

【注意事项】

　　1. 注意保暖,保护隐私。

　　2. 协助病人摘除佩戴的金属首饰及手表。

　　3. 操作中注意观察病人的面色,并嘱其平静呼吸、放松、不能多动。

心电图评分标准

项 目		项目总分	要 求	标准分	得分	备注
素质要求		5	服装、鞋帽整洁	1		
			仪表大方,举止端庄	2		
			语言柔和恰当,态度和蔼可亲	2		
操作前准备	评估	15	评估病人身体状况、皮肤情况 注意周围环境	5		
	用物		备齐用物,检查心电图机性能(定准电压)	5		
	环境		关门窗(必要时),置屏风或隔帘	5		
操作过程	核对	40	床号、姓名,体位正确	5		
	暴露四肢		暴露两手腕内侧(取下病人所戴的金属饰品及电子表)、两下肢内踝	5		
	涂胶		清洁病人皮肤,保证电极与皮肤表面接触良好,涂导电胶(可用盐水、乙醇棉球代替)	5		
	连接		正确连接导联线	5		
	定标		定准电压	5		
	描记		正确描记各导联心电图变化	5		
	观察		观察面色,注意保暖	5		
	取下		关闭心电图机,取下导联线	5		
操作后处理		25	安置病人	5		
			整理用物	5		
			标出心电图导联	5		
			按导联顺序剪贴一份心电图报告	5		
			注明病区、床号、姓名、年龄、日期、时间及操作者签名等	5		
健康教育		5	告知病人做心电图的目的及方法(平静呼吸、放松、不能多动)	5		
熟练程度		10	沉着慎重,灵活机警	5		
			操作熟练,耐心细致	5		
总 分		100				

四、体位引流术的护理

【目的】

1. 按病灶部位采取适当体位,使支气管内痰液流入气管而咳出。
2. 常用于支气管扩张症、肺脓肿病人或支气管碘油造影前后。

【操作流程图】

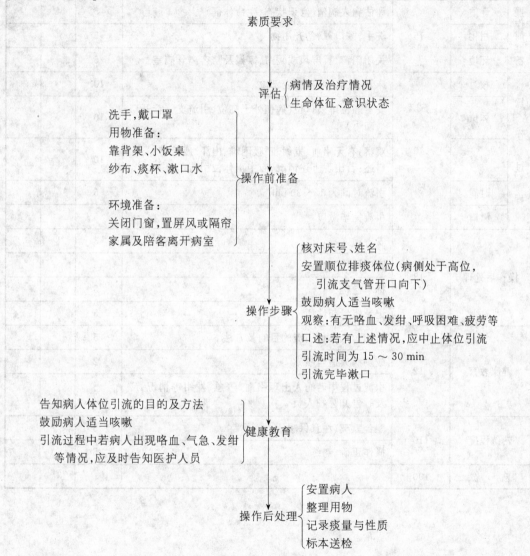

素质要求

评估 { 病情及治疗情况
       生命体征、意识状态

洗手,戴口罩
用物准备:
靠背架、小饭桌
纱布、痰杯、漱口水

操作前准备

环境准备:
关闭门窗,置屏风或隔帘
家属及陪客离开病室

核对床号、姓名
安置顺位排痰体位(病侧处于高位,
    引流支气管开口向下)
鼓励病人适当咳嗽
观察:有无咯血、发绀、呼吸困难、疲劳等
口述:若有上述情况,应中止体位引流
引流时间为 15 ～ 30 min
引流完毕漱口

操作步骤

告知病人体位引流的目的及方法
鼓励病人适当咳嗽
引流过程中若病人出现咯血、气急、发绀
    等情况,应及时告知医护人员

健康教育

安置病人
整理用物
记录痰量与性质
标本送检

操作后处理

【注意事项】

1. 体位引流宜餐前进行,以免呕吐。
2. 鼓励病人适当咳嗽,痰黏稠时用0.9％氯化钠溶液超声波雾化吸入或用祛痰药,以稀释痰液,提高引流效果。
3. 引流过程中密切观察有无咯血、气急、发绀、疲劳等情况,若出现这些情况应中止引流。
4. 体位安置必须采用病人能接受又易于排痰的体位。

体位引流术的护理评分标准

项目		项目总分	要求	标准分	得分	备注
素质要求		5	服装、鞋帽整洁	1		
			仪表大方,举止端庄	2		
			语言柔和恰当,态度和蔼可亲	2		
操作前准备	评估	15	评估病人病情、意识状态、生命体征	5		
	用物		洗手,戴口罩,备齐用物	5		
	环境		关闭门窗,置屏风或隔帘,家属及陪客离开病室	5		
操作过程	核对	40	床号、姓名,明确病变部位	10		
	体位		安置顺位排痰体位(病侧处于高位,引流支气管开口向下)	10		
	观察		观察:有无咯血、发绀、呼吸困难、出汗、疲劳等 口述:若出现上述情况,应中止体位引流	10		
	时间		引流时间为 15~30 min	5		
	漱口		引流完毕漱口	5		
操作后处理		18	安置病人	3		
			整理用物	5		
			标本送检	5		
			记录痰量与性质	5		
健康教育		12	告知病人体位引流的目的及方法	5		
			鼓励病人适当咳嗽	2		
			引流过程中若病人出现咯血、气急、发绀等情况,应及时告知医护人员	5		
熟练程度		10	配合默契,注意保暖	5		
			操作正确、熟练	5		
总　分		100				

五、骨髓穿刺术的护理

【目的】

    1. 协助诊断血液病、传染病和寄生虫病。

    2. 了解骨髓造血情况,以指导化疗和免疫抑制剂的应用。

    3. 行骨髓腔输液、输血、给药或骨髓移植。

【操作流程图】

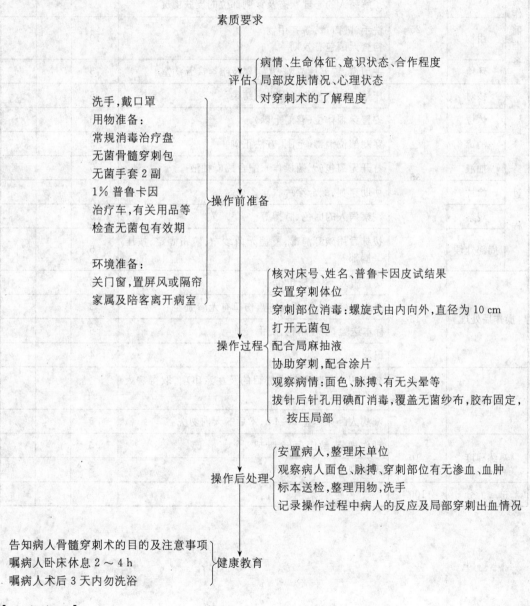

【注意事项】

    1. 术后一般静卧 2～4 h,无变化即可照常活动。

    2. 术后 24 h 内观察穿刺部位有无出血、血肿。

骨髓穿刺术的护理评分标准

项　　目		项目总分	要　　　　求	标准分	得分	备注
素质要求		5	服装、鞋帽整洁	1		
			仪表大方,举止端庄	2		
			语言柔和恰当,态度和蔼可亲	2		
操作前准备	评估	25	评估病人病情、生命体征、意识状态及合作程度　了解病人的心理状态及穿刺部位的皮肤情况	10		
	用物		洗手,戴口罩,备齐用物　检查无菌包有效期	10		
	环境		关门窗,置屏风或隔帘,家属及陪客离开病室	5		
操作过程	核对	35	床号、姓名、普鲁卡因皮试结果	5		
	体位		安置穿刺体位(髂前上棘)	5		
	消毒		穿刺部位消毒(范围、方法正确)	5		
	抽液		打开无菌包(无菌操作),配合局麻抽液	5		
	涂片		协助穿刺,配合涂片	5		
	观察		观察病人的面色、脉搏等	5		
	局部处理		拔针后用碘酊消毒,覆盖无菌纱布,胶布固定,按压局部	5		
操作后处理		15	安置病人,整理床单位	3		
			继续观察病人面色、脉搏、伤口有无渗血等	2		
			标本送验,整理用物,洗手	6		
			记录	4		
健康教育		10	告知病人骨髓穿刺术的目的及注意事项,取得病人合作	5		
			嘱病人卧床休息2～4 h,术后3天内勿洗浴	5		
熟练程度		10	动作规范、敏捷,配合默契	5		
			无菌观念强	5		
总　　分		100				

六、脑室引流术的护理

【目的】

1. 保持引流通畅。

2. 防止逆行感染。

3. 便于观察脑室引流液性状、颜色及量。

【操作流程图】

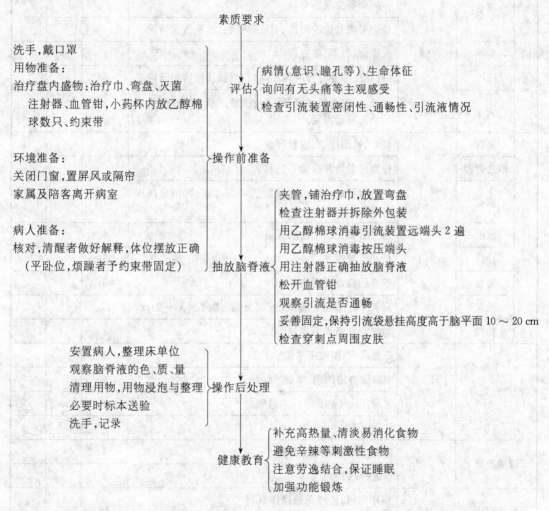

素质要求

洗手,戴口罩
用物准备:
治疗盘内盛物:治疗巾、弯盘、灭菌
　　注射器、血管钳,小药杯内放乙醇棉
　　球数只、约束带

评估
{
病情(意识、瞳孔等)、生命体征
询问有无头痛等主观感受
检查引流装置密闭性、通畅性、引流液情况
}

环境准备:
关闭门窗,置屏风或隔帘
家属及陪客离开病室

操作前准备

病人准备:
核对,清醒者做好解释,体位摆放正确
　　(平卧位,烦躁者予约束带固定)

抽放脑脊液
{
夹管,铺治疗巾,放置弯盘
检查注射器并拆除外包装
用乙醇棉球消毒引流装置远端头2遍
用乙醇棉球消毒按压端头
用注射器正确抽放脑脊液
松开血管钳
观察引流是否通畅
妥善固定,保持引流袋悬挂高度高于脑平面10~20 cm
检查穿刺点周围皮肤
}

安置病人,整理床单位
观察脑脊液的色、质、量
清理用物,用物浸泡与整理
必要时标本送验
洗手,记录

操作后处理

健康教育
{
补充高热量、清淡易消化食物
避免辛辣等刺激性食物
注意劳逸结合,保证睡眠
加强功能锻炼
}

【注意事项】

1. 严格保持整个引流装置及管路的清洁和无菌,病人头部放置无菌巾,保持头部创口
　　或穿刺点敷料干燥,如有潮湿,应及时更换。

2. 对意识不清、烦躁不安、有精神症状或患儿,应予以约束,防止拔出引流管。

3. 引流过程中,引流装置应高出床头10~15 cm,防止颅内压变化过快。

4. 保持引流管通畅,翻身时避免引流管牵拉、滑脱、扭曲、受压。搬动时须先夹管,安置
　　妥善后再打开引流管。

脑室引流术的护理评分标准

项 目		项目总分	要 求	标准分	得分	备注
素质要求		5	服装、鞋帽整洁	1		
			仪表大方,举止端庄	2		
			语言柔和恰当,态度和蔼可亲	2		
操作前准备	评估	25	评估病人病情(意识、瞳孔等)、生命体征,询问有无头痛等主观感受	5		
			检查引流装置密闭性、引流管通畅性、引流液情况	5		
	用物		洗手,戴口罩,备齐用物	5		
	环境		关门窗,必要时置屏风或隔帘,家属及陪客离开病室	5		
	病人		核对,清醒者做好解释,体位摆放正确、安全(烦躁者予约束带固定)	5		
操作过程	夹管	37	夹管,铺治疗巾,放置弯盘	5		
	取注射器		检查注射器并拆除外包装	5		
	消毒		用乙醇棉球消毒引流装置远端头2遍,再消毒按压端头	5		
	放液		用注射器正确抽放脑脊液	5		
	松管		松开血管钳	5		
	观察		观察引流是否通畅	5		
	固定		妥善固定,保持引流袋悬挂高度高于脑平面10~20 cm	5		
	检查		检查穿刺点周围皮肤	2		
操作后处理		15	安置病人,整理床单位	3		
			观察脑脊液的色、质、量	4		
			清理用物(必要时标本送验)	4		
			洗手,记录	4		
健康教育		8	避免辛辣等刺激性食物	4		
			保证睡眠,加强功能锻炼	4		
熟练程度		10	操作熟练,注意无菌操作原则	5		
			操作时间为10~15 min	5		
总 分		100				

七、腰椎穿刺术的护理

【目的】

1. 测定脑脊液压力，留取脑脊液检查，以协助诊断。

2. 做造影或放射性核素等辅助检查，如核素脑池扫描和脑室成像检查等。

3. 做腰椎麻醉或注入药物进行治疗。

【操作流程图】

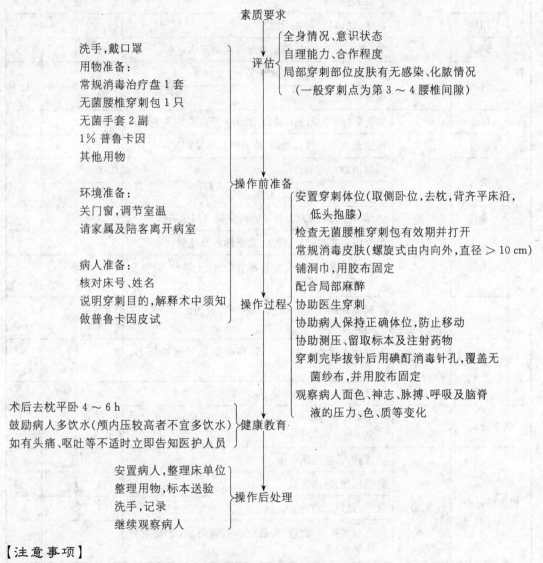

【注意事项】

1. 穿刺部位如有皮肤或软组织感染者不宜做腰椎穿刺术。

2. 颅内压增高者不宜进行腰椎穿刺术，以免诱发脑疝。

3. 术后应去枕平卧 4～6 h，防止出现低压性头痛。

4. 在穿刺过程中，如病人出现呼吸、脉搏、血压异常时应停止穿刺并做相应处理。

腰椎穿刺术的护理评分标准

项 目		项目总分	要 求	标准分	得分	备注
素质要求		5	服装、鞋帽整洁	1		
			仪表大方,举止端庄	2		
			语言柔和恰当,态度和蔼可亲	2		
操作前准备	评估	20	评估病人全心情况、意识状态、局部皮肤情况、自理能力等	5		
	用物		洗手,戴口罩,备齐用物	9		
	环境		关门窗,调节室温,请家属及陪客离开病室	2		
	病人		核对床号、姓名,做好解释	2		
			做普鲁卡因皮试	2		
操作过程	体位	55	安置穿刺体位(取侧卧位,去枕,背齐平床沿,低头抱膝)	6		
	检查		检查无菌穿刺包有效期,按无菌操作原则逐一打开	8		
	消毒		常规消毒穿刺部位	5		
			待医生铺上洞巾时,以胶布固定	3		
	局麻		协助医生抽吸1‰普鲁卡因做穿刺点局部麻醉	8		
	穿刺		配合医生穿刺进针、测压、留取标本及注射药物	5		
			协助病人保持腰椎穿刺正确体位,防止移动,避免发生断针	5		
	拔针		穿刺完毕拔针后用碘酊消毒针孔,覆盖无菌纱布,并用胶布固定	8		
	观察		观察病人面色、神志、脉搏、呼吸及脑脊液的压力、色、质等变化	4		
			注意病人有无剧烈头痛、呕吐等症状	3		
健康教育		5	告知病人腰椎穿刺术后的注意事项,并给予相关知识指导	5		
操作后处理		10	安置病人,整理床单位	2		
			整理用物,标本送验	3		
			洗手,做好记录	3		
			继续观察病人(面色、瞳孔、头痛、恶心、呕吐及生命体征等)	2		
熟练程度		5	动作熟练、规范,节力	3		
			沟通自然,语言通俗,配合默契	2		
总 分		100				

八、双气囊三腔管的护理

【目的】

通过对胃气囊和食管气囊注气加压,达到对胃底和食管静脉曲张破裂出血压迫止血的目的。

【操作流程图】

素质要求

洗手,戴口罩
用物准备:
治疗车、治疗盘、血压计、听诊器、弯盘(胃肠减压器备用)、生理盐水
三腔管、纱布、50 ml注射器、药碗、盐水、镊子、血管钳、棉垫、液状石蜡、棉签(检查三腔管,测试有无漏气,并作标记)
滑轮牵引架、牵引绳、小纱绳、重量物网袋、绷带1根、弹簧夹、胶布等
特别护理记录单

评估 ─ 全身情况、意识状态
自理能力、合作程度
口腔、鼻腔黏膜情况

操作前准备

环境准备:
关门窗,安静,置屏风遮挡
请家属及陪客离开病室

病人准备:
核对床号、姓名
安抚病人,稳定情绪
解释插管目的和配合要求

操作过程 ─ 再次核对医嘱、床号、姓名
选择正确、舒适体位
垫鼻垫,清洁鼻腔,颌下垫棉垫
协助局麻,将润滑后的三腔管递给医生
嘱病人做吞咽或深呼吸动作,协助医生经鼻缓慢插管至胃内(约65 cm)
证实在胃内后配合向胃气囊注气
封闭管口,缓慢向外提拉三腔管(必要时再向食管气囊注气)
正确牵引三腔管,并做标记:以绷带连接牵引物,经牵引架做持续牵引。牵引角度40°,牵引物重量0.5 kg,牵引物离地面30 cm
妥善固定三腔管,按医嘱胃管内注药或抽液
观察病人情况,观察引流物的色、质、量
必要时将食管引流管、胃管连接负压吸引器

保持口腔、鼻腔清洁,避免鼻孔处因三腔管牵引压迫导致溃疡
不可擅自拔出三腔管
如有异常情况,应及时告知医护人员

健康教育

操作后处理 ─ 安置舒适体位,整理病人床单位
整理用物,洗手,记录
做禁食记号,加强生命体征监测
妥善固定导管,观察三腔管的刻度,判断有无移位
定时气囊测压并抽胃液,观察胃内容物的色、质、量,判断有无继续出血情况

【注意事项】

1. 三腔管插入胃内后(约 65 cm)应先向胃气囊注气(或注水)200~300 ml,压力维持在 40~50 mmHg;必要时再向食管气囊注气(或注水)100~150 ml,压力维持在 30~40 mmHg;每 4 h 气囊测压 1 次,完毕后夹管。

2. 三腔管压迫一般不宜超过 72 h。置管期间,应每日 2 次向鼻腔滴入少量液状石蜡,以防三腔管与鼻黏膜黏着。每 2 h 抽取 1 次胃液,观察引流物的色、质、量,判断有无继续出血情况。

3. 置管期间,每隔 12~24 h 应放松食管气囊,以缓解牵引压力,每次放气时间为 30 min。出血停止后可放去食管气囊内气体,并放松牵引。如 12 h 后未再出血,可将胃气囊内气体抽尽后拔管。在放气或拔管前都要吞服液状石蜡 20~30 ml,以防囊壁与鼻黏膜黏着。

4. 对压迫无效者,应及时检查气囊内压力。偏低者需再注气,注气后仍低者提示囊壁已破裂。若病人出现气急、心悸、恶心等考虑有无气囊压迫心脏情况,应立即给予调整。若提拉不慎,可将胃气囊拉出而堵塞于咽喉引起窒息,此时应立刻把气囊口放开或剪断三腔管放出气体(床旁应备剪刀)。

双气囊三腔管的护理评分标准

项　　目		项目总分	要　　求	标准分	得分	备注
素质要求		5	服装、鞋帽整洁	1		
			仪表大方,举止端庄	2		
			语言柔和恰当,态度和蔼可亲	2		
操作前准备	评估	20	评估病人身心状况、生命体征、口腔和鼻腔黏膜情况等	5		
	用物		洗手,戴口罩,备齐用物	10		
	环境		关门窗,安静,置屏风遮挡,请家属及陪客离开病室	2		
	病人		核对床号、姓名,安抚病人,稳定情绪,解释插管目的和配合要求	3		
操作过程	体位	55	选择正确、舒适体位	2		
			垫鼻垫,用棉签清洁鼻腔,颌下垫棉垫	8		
	局麻		协助局麻,将润滑后的三腔管递给医生	8		
	插管		嘱病人做吞咽或深呼吸动作,协助医生经鼻缓慢插入三腔管至胃内(约 65 cm)	10		
	注气		证实在胃内后向胃气囊注气,封闭管口,缓慢向外提拉三腔管。必要时再向食管气囊注气	10		
	牵引		正确牵引三腔管,并做标记	8		
	引流		妥善固定三腔管,按医嘱胃管内注药或抽液	6		
	观察		观察病人反应以及面色、血压、脉搏 观察胃内容物色、质、量,判断有无继续出血情况	3		
健康教育		5	告知病人置管期间的注意事项,并给予相关知识指导	5		
操作后处理		10	保持床单整洁,安置舒适体位,做禁食记号	2		
			整理用物,洗手,记录	2		
			注意病人面色、意识,加强生命体征监测 判断出血是否停止,并记录引流物的色、质、量等	2		
			观察三腔管的刻度,判断有无移位,妥善固定,防止脱落	2		
			做好口腔、鼻腔护理,定时气囊测压并抽胃液,完毕后夹管	2		
熟练程度		5	动作熟练、轻柔,步骤正确	3		
			沟通自然,语言通俗,配合默契	2		
总　　分		100				

九、血糖检测（血糖仪）

【目的】

通过监测病人的血糖水平,评价代谢指标,为临床治疗提供依据。

【操作流程图】

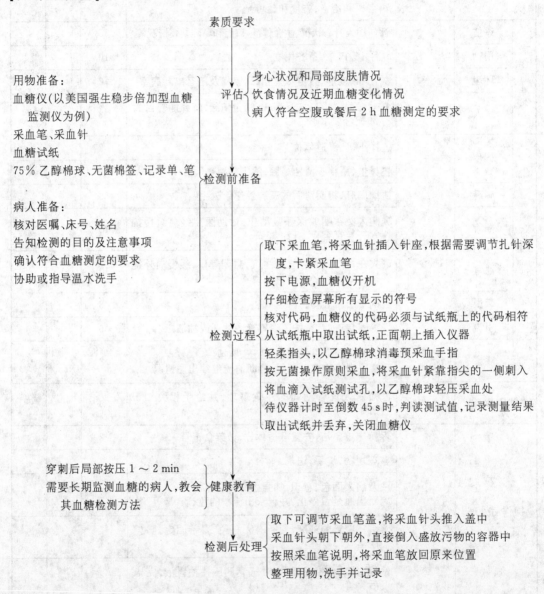

【注意事项】

1. 检测血糖前要仔细查看血糖试纸有效期和代码,确认血糖仪上的代码与试纸代码一致。

2. 为避免试纸污染,不可反复滴入血液,否则将影响测试结果。

3. 必须确认血滴完全覆盖测试区,否则说明血量太少,将影响结果的准确性,需重新测试。

4. 待病人手指乙醇干透后方可实施采血。采血针不可重复使用,以免引起感染。

血糖检测(血糖仪)评分标准

项目		项目总分	要求	标准分	得分	备注
素质要求		5	服装、鞋帽整洁	1		
			仪表大方,举止端庄	2		
			语言柔和恰当,态度和蔼可亲	2		
检测前准备	评估	20	评估病人身心状况、局部皮肤、饮食及近期血糖情况等	5		
	用物		备齐用物	7		
	病人		核对医嘱、床号、姓名	2		
			告知检测的目的及注意事项	2		
			确认符合血糖测定的要求	2		
			协助或指导温水洗手	2		
检测过程	安装针具	55	取下采血笔,将采血针插入针座并固定	4		
			取下保护盖(可根据需要调节扎针深度),卡紧采血笔	4		
	开机检查		按下电源,血糖仪开机	3		
			仔细检查屏幕所有显示的符号	3		
	核对代码		血糖仪的代码必须与试纸瓶上的代码相符,如不一致,需调节直至两者相符	7		
	插入试纸		从试纸瓶中取出试纸,盖好瓶盖	3		
			将试纸正面朝上插入血糖仪	3		
	局部消毒		轻柔预采血指头	4		
			以乙醇棉球消毒预采血手指	4		
	采血测试		按无菌操作原则采血,将采血针紧靠指尖的一侧刺入	5		
			将血滴入试纸测试孔,以乙醇棉球轻压采血处	5		
	判断结果		待仪器计时至倒数 45 s 时,判读测试值	4		
			将测量结果记在血糖记录单上,并再次进行查对	4		
			取出试纸并丢弃,关闭血糖仪	2		
健康教育		5	告知病人血糖检测的注意事项,并给予相关指导	5		
检测后处理		10	取下可调节采血笔盖,将采血针头推入盖中	3		
			采血针头朝下朝外,直接倒入盛放污物的容器中	2		
			按照采血笔说明,将采血笔放回原来位置	2		
			整理用物,洗手,记录	3		
熟练程度		5	动作熟练,程序规范	3		
			沟通自然,配合默契	2		
总分		100				

十、尿糖检测（试纸法）

【目的】

用于尿液中的葡萄糖、酮体定性和定量检测。

【操作流程图】

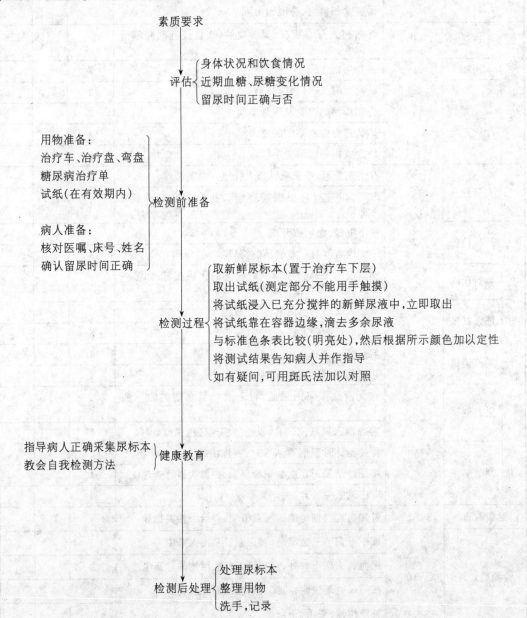

素质要求

评估 { 身体状况和饮食情况
近期血糖、尿糖变化情况
留尿时间正确与否 }

用物准备：
治疗车、治疗盘、弯盘
糖尿病治疗单
试纸（在有效期内）

检测前准备

病人准备：
核对医嘱、床号、姓名
确认留尿时间正确

检测过程 { 取新鲜尿标本（置于治疗车下层）
取出试纸（测定部分不能用手触摸）
将试纸浸入已充分搅拌的新鲜尿液中，立即取出
将试纸靠在容器边缘，滴去多余尿液
与标准色条表比较（明亮处），然后根据所示颜色加以定性
将测试结果告知病人并作指导
如有疑问，可用斑氏法加以对照 }

指导病人正确采集尿标本
教会自我检测方法

健康教育

检测后处理 { 处理尿标本
整理用物
洗手，记录 }

【注意事项】

1. 尿糖试纸应放于密闭干燥处，测定部分不能用手触摸，以免影响检测。

2. 检查时应将新鲜尿液充分搅拌，试纸从尿液中取出后滴去多余尿液，以免影响结果。

3. 应注意在明亮处判断结果并记录。

尿糖检测(试纸法)评分标准

项 目		项目总分	要 求	标准分	得分	备注
素质要求		5	服装、鞋帽整洁	1		
			仪表大方,举止端庄	2		
			语言柔和恰当,态度和蔼可亲	2		
检测前准备	评估	20	评估	5		
	用物		备齐用物	6		
	病人		核对床号、姓名	3		
			确认留尿时间正确	3		
			留取新鲜尿标本	3		
检测过程	取标本	55	将新鲜尿液置治疗车下层	5		
	测试		取出试纸(测定部分不能用手触摸)	10		
			将试纸浸入已充分搅拌的新鲜尿液中,立即取出	10		
			将试纸靠在容器的边缘,滴去多余尿液	5		
	比对		与标准色条表比较(明亮处),然后根据所示颜色加以定性	15		
	判断		判断反应结果	10		
健康教育		5	告知病人尿糖检测的注意事项,并给予指导	5		
检测后处理		10	处理尿标本	3		
			整理用物	3		
			洗手,记录	4		
熟练程度		5	操作熟练,程序规范	2		
			沟通自然,配合默契	3		
总 分		100				

十一、腹膜透析的护理

【目的】

　　腹膜透析是以脏层腹膜为半透膜,将 2 000 ml 腹透液由腹透管注入腹腔,留在腹内与血液通过腹膜起透析作用,以达到清除毒素,纠正酸中毒、电解质紊乱的目的。

【操作流程图】

素质要求

评估 {
身心状况、饮食情况和体重
局部皮肤情况
生命体征的变化
}

环境准备:
操作室每日用紫外线消毒 2 次
用消毒液擦洗台面、地面
用物准备:
按医嘱配好药液,严格无菌操作
检查透析液有效期,药液有无混浊、絮状物
透析液加温至 37 ~ 38 ℃
消毒腹透液口袋,封口牢固、紧密,打开外袋取出双联系统;检查接口拉环管路、出口塞和透析液袋是否完好
其他用品如无菌手套、治疗盘、皮肤消毒液、无菌纱布、无菌碗、胶布、一次性透析管、弯盘、记录单等
病人准备:
核对医嘱、床号、姓名
情绪稳定,透析前排空膀胱
解释相关知识及注意事项

操作前准备

操作过程 {
取平卧位或半卧位,注意保暖
连接导管与透析袋:取出病人身上短管,打开包扎纱布用乙醇消毒,拉开接口拉环,取下短管的碘伏帽迅速连接
引流:悬挂透析液袋,将引流袋放低位;夹住入液管路,打开短管旋扭开关;开始引流,观察引流液是否混浊;引流完毕后关闭短管
冲洗:打开入液管路夹子,慢数到 5 s,观察透析液流入引流袋,再用夹子关闭出液管路
灌注:开放控制器,让透析液在 15 min 内流入腹腔;灌注后关闭短管,并夹紧入液管口
分离:撕开碘伏帽的外包装,检查帽盖内海绵是否浸润碘伏;将短管与双联系统分离,封管,用无菌纱布包裹接头处
观察:透析管是否脱出、阻塞或断裂,透出液的颜色、性状、引流情况,病人有无不适、腹痛、腹膜出血等
}

病情许可,鼓励病人下床活动
注意个人卫生,保持创口周围皮肤清洁,如有轻度炎症可用乙醇湿敷或涂抗生素油膏
注意睡姿,不使透析管道扭曲、受压
避免剧烈活动,防止透析管移位或断裂
饮食中增加优质蛋白质和维生素
教会病人及家属腹膜透析的操作方法,学会观察腹透管周围情况

健康教育

安置病人,注意保暖
透析液袋的处理,整理用物,洗手
正确记录每天出入液量、更换次数及透析时间,生命体征、体重等
观察局部有无渗血、渗液,每日更换敷料

操作后处理

【注意事项】

1. 在腹膜透析之前,先要进行腹腔插管(在成人脐下中上 1/3 交界处,通过手术将小号硅化塑料管的一端放入腹腔最低处的膀胱直肠窝内,另一端通过皮下隧道引出,以备透析)。置管后要观察管口有无漏液、出血。每日消毒外口皮肤,更换无菌敷料。敷料保持干燥,发现潮湿应立即更换。如有轻度炎症,可用乙醇湿敷或涂抗生素油膏。

2. 保持病人的皮肤清洁,每次操作按无菌操作原则进行。注意透析管保持密闭,防止逆行感染。禁止在透析管上做任何注射、穿刺、抽液,防止渗漏。

3. 注意保暖,气温低时,在对置管周围皮肤消毒、更换敷料、更换腹透液前,将盛有透析液的透析袋放入 37 ℃ 恒温槽内加温预热。

4. 保留腹透液期间,鼓励病人咳嗽、翻身。根据病人情况做好饮食指导,如高营养、易消化、优质蛋白饮食。

5. 观察病人全身状况及透析液性状,透析管出口皮肤有无渗血、漏液、红肿,有无腹痛、发热、出入不畅等,若发现异常,应及时报告医生。

6. 引流液袋处理包括剪开旧袋,将引流液倒入污水池内。根据要求,将使用过的物品丢弃。

腹膜透析的护理评分标准

项 目		项目总分	要 求	标准分	得分	备注
素质要求		5	服装、鞋帽整洁	1		
			仪表大方,举止端庄	2		
			语言柔和恰当,态度和蔼可亲	2		
操作前准备	评估	24	评估	5		
	环境		操作室每日用紫外线消毒2次,用消毒液擦洗台面、地面	2		
	用物		按医嘱配好药液,严格无菌操作	2		
			消毒腹透液口袋,封口牢固、紧密,打开外袋取出双联系统;检查接口拉环管路、出口塞和透析液袋是否完好	2		
			检查透析液有无混浊,有无絮状物,有无漏气,有效期	2		
			透析液加温至37～38 ℃	2		
			备其他用品	2		
	病人		核对床号、姓名、医嘱	2		
			情绪稳定,消除心理顾虑,取得合作	2		
			透析前排空膀胱	1		
			解释相关知识及注意事项	2		
操作过程	体位	51	取平卧位或半卧位,注意保暖	4		
	连接		取出病人身上的短管,打开包扎纱布用乙醇消毒	4		
			拉开接口拉环,取下短管的碘伏帽(连接时短管应朝下),迅速连接导管与透析袋(连接各种管道前要注意消毒和严格无菌操作)	6		
	引流		悬挂透析液袋,将引流袋放低位	2		
			夹住入液管路,打开短管旋扭开关	2		
			开始引流,观察引流液是否混浊	2		
			引流完毕后关闭短管	2		
	冲洗		打开入液管路夹子,慢数到5 s,观察透析液流入引流袋	4		
			再用夹子关闭出液管路	2		
	灌注		开放控制器,让透析液在15 min内流入腹腔	4		
			灌注后关闭短管,并夹紧入液管口	2		
	分离		撕开碘伏帽的外包装,检查帽盖内海绵是否浸润碘伏	4		
			将短管与双联系统分离,用无菌纱布包裹接头处	4		
	观察		透析管是否脱出、阻塞或断裂	3		
			透出液的颜色、性状、引流情况	3		
			病人有无不适、腹痛、腹膜出血等	3		
健康教育		5	告知病人腹膜透析的注意事项,并给予指导	5		
操作后处理		10	安置病人,注意保暖	2		
			透析液袋的处理,整理用物,洗手	4		
			观察局部有无渗血、渗液,每日更换敷料	2		
			正确记录每天出入液量、更换次数、透析时间、生命体征、体重等	2		
熟练程度		5	动作熟练、轻巧、规范,严格无菌操作	3		
			沟通自然,语言通俗,配合默契	2		
总 分		100				

十二、简易呼吸器的使用

【目的】

紧急情况下保证机体重要脏器氧的供给,为进一步抢救争取时间。

【操作流程图】

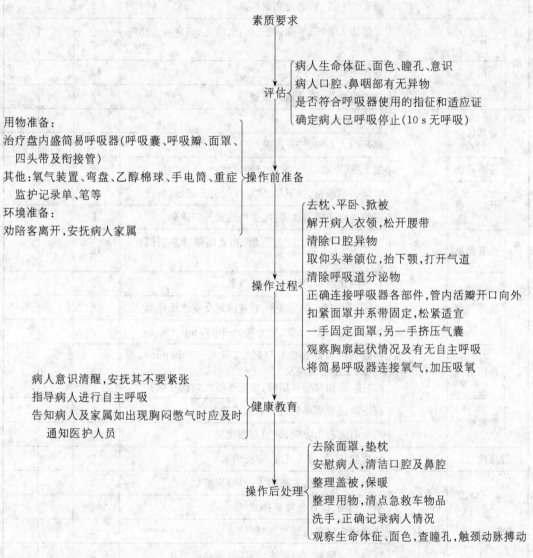

素质要求

评估
- 病人生命体征、面色、瞳孔、意识
- 病人口腔、鼻咽部有无异物
- 是否符合呼吸器使用的指征和适应证
- 确定病人已呼吸停止(10 s无呼吸)

操作前准备
- 用物准备:
  治疗盘内盛简易呼吸器(呼吸囊、呼吸瓣、面罩、四头带及衔接管)
  其他:氧气装置、弯盘、乙醇棉球、手电筒、重症监护记录单、笔等
- 环境准备:
  劝陪客离开,安抚病人家属

操作过程
- 去枕、平卧、掀被
- 解开病人衣领,松开腰带
- 清除口腔异物
- 取仰头举颌位,抬下颌,打开气道
- 清除呼吸道分泌物
- 正确连接呼吸器各部件,管内活瓣开口向外
- 扣紧面罩并系带固定,松紧适宜
- 一手固定面罩,另一手挤压气囊
- 观察胸廓起伏情况及有无自主呼吸
- 将简易呼吸器连接氧气,加压吸氧

健康教育
- 病人意识清醒,安抚其不要紧张
- 指导病人进行自主呼吸
- 告知病人及家属如出现胸闷憋气时应及时通知医护人员

操作后处理
- 去除面罩,垫枕
- 安慰病人,清洁口腔及鼻腔
- 整理盖被,保暖
- 整理用物,清点急救车物品
- 洗手,正确记录病人情况
- 观察生命体征、面色,查瞳孔,触颈动脉搏动

【注意事项】

1. 挤压气囊时,一手固定面罩,另一手挤压气囊,手掌一前一后有规律地挤压,将气体送入肺内,提供足够的吸(呼)时间。挤压次数和力量依年龄而定,捏皮球时各手指用力要得当。

2. 送气量不宜过大,以免引起病人胃部胀气。

3. 面罩加压给氧时,氧流量为 8~10 L/min,挤压球囊 1/2,潮气量为 400~600 ml;无氧源时应去除氧气储气袋,挤压球囊 2/3,潮气量为 700~1 000 ml。

简易呼吸器的使用评分标准

项　目		项目总分	要　求	标准分	得分	备注
素质要求		5	服装、鞋帽整洁	1		
			仪表大方,举止端庄	2		
			语言柔和恰当,态度和蔼可亲	2		
操作前准备	评估	20	评估病人意识、生命体征、面色、瞳孔,确定病人已呼吸停止	5		
	用物		备齐用物	13		
	环境		劝陪客离开,安抚病人家属	2		
操作过程	复苏体位	55	去枕、平卧、掀被	3		
			解开病人衣领,松开腰带	2		
	清除异物		抬下颚,查看口腔,清除口腔异物	6		
	开放气道		取仰头举颌位,抬下颚,清除呼吸道分泌物	5		
			正确连接呼吸器各部件,管内活瓣开口向外	5		
	扣紧面罩		放置面罩固定带,托起下颌,扣紧面罩并系带固定,松紧适宜	10		
	挤压气囊		一手固定面罩,另一手挤压气囊	3		
			按压频率16~20次/分,有规律地反复挤压球囊	4		
			按压深度1/2~1/3,充气500~1 000 ml	3		
	加压给氧		将简易呼吸器连接氧气(氧流量8~10 L/min),捏气囊,加压给氧两次 (口述:通知麻醉科插管,使用呼吸机辅助呼吸)	8		
	观察病情		按压时注意观察病人胸廓起伏情况	3		
			判断有无自主呼吸,评价复苏效果	3		
健康教育		5	根据病情,如病人清醒,安抚病人	5		
操作后处理		10	去除面罩,垫枕,安慰病人,整理床单位	2		
			整理用物,清点急救车物品	2		
			注意病人口鼻清洁和保暖	2		
			观察生命体征、面色,查瞳孔,触颈动脉搏动	2		
			洗手,做好记录(病人情况及抢救过程)	2		
熟练程度		5	操作熟练,手法正确,程序规范,动作迅速	5		
总　分		100				

十三、冠状动脉造影术的护理

【目的】

1. 确定诊断:临床怀疑冠心病者,了解冠状动脉病变情况,如病变狭窄的部位、程度、范围等,以确定病变类型,明确诊断。

2. 指导治疗:急性心肌梗死须急诊介入治疗或心脏外科手术前,了解冠状动脉情况。

3. 评价疗效:血管重建术后疗效随访。

【操作流程图】

环境准备:
导管室空气定期消毒
用物准备:
注射器、测血氧含量装置、沙袋、消毒用碘伏、
　1% 利多卡因、肝素、造影剂、抢救药品及抢
　救设备
病人准备:
完成必要的实验室检查
术区备皮,做青霉素皮试及造影剂碘过敏试验,
　并记录
术前 6 h 禁食、禁水
术前 30 min 肌内注射地西泮

素质要求

评估 ┤ 全身情况、意识状态
　　　　自理能力、合作程度
　　　　足背动脉搏动情况

操作前准备

操作过程 ┤
核对医嘱、床号、姓名
协助病人仰卧于造影诊断床上,脱去衣服后
　盖好毛毯
连接监护电极胶并固定,防止电极或导线出
　现在造影视野内
建立静脉通路,测量并记录血压、心率、呼吸
协助医生进行皮肤消毒、铺无菌巾、穿手术衣
在无菌操作下及时递送所需的器械、导管和
　药液
协助医生连接压力换能器、测压管、注射器,
　采集血氧标本
检查结束后,拔出动脉鞘管,局部沙袋压迫
　止血(通常需 20 ～ 25 min),加压包扎

健康教育 ┤
术后绝对卧床 8 ～ 12 h, 12 h 后鼓励病人
　下床活动(左心导管 24 h 后方可下床活
　动)。若为股动脉、股静脉穿刺者,术侧肢
　体制动 24 h
如出现胸痛、剧烈咳嗽、呼吸困难,应立即
　告知医护人员

安慰病人,整理床单位,保暖
整理用物,洗手,记录
监测生命体征和心电图变化等
术后沙袋压迫伤口 6 h,术侧肢体制动 24 h
注意观察穿刺部位有无出血、血肿,检查足背动
　脉情况

操作后处理

【注意事项】

1. 严密观察穿刺局部有无出血、血肿,观察生命体征及心电图变化。

2. 术后按医嘱常规给予抗生素预防感染。

3. 术后动脉穿刺部位按压 15～20 min,加压包扎,以彻底止血。术后 6～8 h 可去除沙袋压迫,并松解胶带,严密观察局部皮下出血情况,随时加压包扎。

4. 术后尽量避免咳嗽、伸懒腰、打喷嚏等增加腹压、振动躯体的动作。

5. 触摸双侧足背动脉搏动情况,并加以比较,触摸双手、双下肢的皮肤温度,观察其颜色并记录。

6. 术侧肢体制动 24 h。股动脉穿刺在制动时间内床上排尿困难者可行导尿,禁止取半卧位休息。

冠状动脉造影术的护理评分标准

项 目		项目总分	要　　求	标准分	得分	备注
素质要求		5	服装、鞋帽整洁	1		
			仪表大方、举止端庄	2		
			语言柔和恰当,态度和蔼可亲	2		
操作前准备	评估	25	评估病人身心状况、生命体征、足背动脉搏动情况等	5		
	环境		导管室空气定期消毒,保证手术在无菌操作下进行	2		
	用物		备齐用物	6		
	病人		核对床号、姓名,做青霉素及碘过敏试验	4		
			向病人说明术中需与医生配合的事项,消除顾虑	2		
			术前1天确定插管部位及备皮	2		
			术前6 h禁食、禁水	2		
			术前30 min肌内注射地西泮	2		
操作过程	体位	50	协助病人仰卧于造影诊断床上,脱去衣服后盖好毛毯	2		
	连接监护		连接监护电极胶并固定,防止电极或导线出现在造影视野内	4		
	输液监测		建立静脉通路	5		
			测量并记录血压、心率、呼吸	5		
			整个过程持续进行心电及压力监测	5		
	消毒铺巾		协助医生进行皮肤消毒、铺无菌巾、穿手术衣、戴无菌手套	8		
	递送器械		在无菌操作下及时递送所需的器械、导管和药液(肝素等)	6		
	协助医生		协助医生连接压力换能器、测压管、注射器,采集血氧标本	5		
	拔管压迫		检查结束后,拔出动脉鞘管,局部沙袋(1 kg)压迫止血,通常需要压迫20~25 min,加压包扎	6		
	观察记录		密切观察病人的血压、心率、心律,记录术中肝素用量和时间	4		
健康教育		5	告知病人冠状动脉造影的注意事项,并给予指导	5		
操作后处理		10	安慰病人,整理床单位,保暖	2		
			整理用物,洗手,记录	2		
			监测生命体征和心电图变化等	2		
			沙袋压迫伤口6 h,观察穿刺部位有无出血等	2		
			检查足背动脉情况,比较两侧肢端的颜色、感觉、温度、微血管的充盈情况	2		
熟练程度		5	动作熟练、规范,无菌观念强	3		
			沟通自然,语言通俗,配合默契	2		
总　　分		100				

十四、肾穿刺术的护理

【目的】

    1. 肾活检可确定肾脏病的病理类型,有助于疾病的诊断、治疗和估计预后。

    2. 通过活检还可确定肾移植术后排异的处理方法。

【操作流程图】

素质要求

评估 { 全身情况、意识状态
      自理能力、合作程度 }

用物准备:
清洁治疗盘 1 套
无菌肾穿刺包
药品准备(1% 利多卡因、无菌生理盐水、1%
  甲紫、乙醇、碘酊及造影剂等)
其他(多头腹带、小沙袋、小剪刀、标本瓶等)

环境准备:同腰椎穿刺

操作前准备

病人准备:
说明操作目的和意义,取得病人合作
学会屏气及床上排尿
术前 12 ～ 24 h 排便
做普鲁卡因皮试
查血型、备血
手术前晚可酌情口服镇静药

操作过程 {
核对床号、姓名,嘱病人排空膀胱
穿刺体位:俯卧位,腹部下放置腹带及厚枕
协助医生以超声波扫描定位穿刺点并做记号
协助消毒皮肤,戴无菌手套,铺巾
协助医生戴上无菌手套,打开穿刺包放于医
  生易取处
当穿刺针至肾被膜时,嘱病人于吸气末屏气
配合医生在负压下快速刺入并吸取肾活组织
拔除穿刺针后用无菌纱布紧压穿刺点 5 min,
  胶布固定
局部加小沙袋,用胶带加压包扎协助医生冲
  洗肾活组织并置于标本瓶内
}

健康教育 {
术后大量饮水,一般不少于 1 000 ml
给予易消化食物,防止腹胀和呕吐
术后平卧 24 h,3 天内勿洗浴
7 ～ 10 天内避免较强体力活动
如有腹痛、胸痛、气急、腰痛等及时
  通知医护人员
}

整理病人衣服,平车推入病房,保暖
整理用物,洗手,记录,标本及时送检
术后穿刺部位沙袋压迫 6 h,平卧 24 h
注意术后有无腹痛、腰痛,定期观察血压、脉搏、
  体温及尿的颜色,并做好记录
按医嘱术后使用止血药及抗生素

操作后处理

【注意事项】

    1. 术后应注意压迫穿刺部位,严格卧床 24 h,最初 3 h 内每隔 30 min 测量血压、脉搏 1 次。

    2. 术后嘱病人多饮水,以免血块阻塞尿路。术后 8 h 可移去沙袋,24 h 取下腹带。

    3. 协助病人于床上使用尿壶或便盆。

    4. 术后 24 h 内观察穿刺部位有无出血、血肿,病人排尿情况(有无血尿)、生命体征变
化,以及病人有无腹痛、腹胀、腰痛及腰部不适,发现异常应及时与医生联系。

项 目		项目总分	要 求	标准分	得分	备注
素质要求		5	服装、鞋帽整洁	1		
			仪表大方,举止端庄	2		
			语言柔和恰当,态度和蔼可亲	2		
操作前准备	评估	25	全身情况、意识状态、局部皮肤情况等	5		
	用物		备齐用物	8		
	环境		同腰椎穿刺	2		
	病人		说明目的和意义,消除顾虑,取得病人合作	2		
			教会病人练习屏气及床上排尿	2		
			做普鲁卡因皮试	2		
			查血型,备血	2		
			手术前晚可酌情口服镇静药	2		
操作过程	核对	45	核对病人床号、姓名,嘱病人排空膀胱	3		
	体位		病人取俯卧位,腹部垫一枕头,充分暴露手术野	5		
	穿刺定位		协助医生定位穿刺点,以甲紫标记	3		
			铺上洞巾后以胶布固定	3		
	皮肤消毒		消毒皮肤,铺无菌单	4		
			检查无菌穿刺包,逐一打开	4		
	局麻		协助医生抽吸 1% 普鲁卡因做穿刺点局部麻醉,并将皮肤切一小口后进针	4		
	穿刺		当穿刺针至肾被膜时,嘱病人于吸气末屏气	4		
			配合医生在负压下快速刺入并吸取肾活组织	4		
	压迫止血		拔除穿刺针后用无菌纱布紧压穿刺点 5 min,胶布固定	3		
			局部加小沙袋,用腹带加压包扎	4		
	取标本		协助医生冲洗肾活组织并置于标本瓶内	4		
健康教育		7	告知病人肾穿刺术的注意事项,并给予指导	7		
操作后处理		13	整理病人衣服,平车推入病房,保暖	4		
			整理用物,洗手,记录,标本及时送检	4		
			注意术后有无腹痛、腰痛,定期观察血压、脉搏、体温及尿的颜色,并做好记录	3		
			按医嘱术后使用止血药及抗生素	2		
熟练程度		5	动作熟练,程序规范	3		
			沟通自然,语言通俗,配合默契	2		
总 分		100				

第三节　内科护理范例(肝硬化腹水)

病人,男性,58 岁。10 余年前曾患病毒性肝炎。3 年前因出现全身乏力、食欲减退、右上腹不适等症状,被诊断为"肝硬化"而入院,经治疗后症状缓解出院。近半年来,体重增长明显,伴腹围增加,但未引起重视,1 周前病人出现明显腹胀、下肢水肿、尿量减少。今日因高热、咳嗽 2 天来院就诊。临床以"肝硬化失代偿期伴继发感染"收入住院。病人无过敏史,否认手术外伤史,否认家族性遗传病。

(一) 护理评估

1. 简要护理体格检查

(1) 生命体征:T 39.8 ℃, P 104 次/分,R 25 次/分,血压 120/80 mmHg。

(2) 神志清。

(3) 根据病情检查

口腔:红润,无溃疡、出血点及真菌感染。

皮肤黏膜:颈部有一个蜘蛛痣,两手肝掌明显,双下肢有凹陷性水肿(+)。

肺部:两肺呼吸音稍粗。

心脏:心率 104 次/分,节律规则。

腹部:腹部明显膨隆,有脐疝,腹壁见轻度静脉曲张。肝肋下未及,脾肋下 4 cm,质硬无压痛。移动性浊音阳性。

重要阳性体征及相关体征(提出与本病有关的体征):面色黝黑,颈部有一个蜘蛛痣,两手肝掌明显。腹部明显膨隆,有脐疝,腹壁可见轻度静脉曲张,脾大,移动性浊音阳性。双下肢有凹陷性水肿(+)。

2. 主要辅助检查(提出与本病有关的实验室检查)

血常规:红细胞 3.1×10^{12}/L,白细胞 1.3×10^{9}/L,血小板 55×10^{9}/L。

肝功能检查:丙氨酸转氨酶(ALT)160 U/L,血清白蛋白 25 g/L ,球蛋白 3 g/L。

血清 HBV 感染标记:HBsAg(+), HBeAg(+), HBcAb(+)。

B 超:脾静脉和门静脉增宽,肝缩小且质硬,脾大,有腹水。

3. 目前治疗情况

限制水钠摄入。

利尿剂:氢氯噻嗪(双氢克尿塞)、氨苯蝶啶。

静脉补液:5%葡萄糖、头孢拉定。

其他:定期输注血浆、白蛋白。

4. 生活习惯

环境:安静。

饮食:普食(高蛋白、低盐)。

睡眠:安好,7~8 h/d。

排泄:大、小便正常。

性格:较开朗。

以往住院情况:曾两次因本病住院。

5. 心理社会反应

（1）对住院的心理反应：入院初的焦虑与疾病预后、知识缺乏有关，病人表情紧张。经过入院环境介绍，与护士建立了较好的心理沟通，能适应病区环境，心理反应良好。

（2）家属对护理的要求：家属希望医护人员多关心、照顾病人，态度和蔼，操作仔细，并且能经常讲解一些与疾病有关的知识。

（二）护理诊断

1. 体液过多：与肝功能减退、门静脉高压引起的水、钠潴留有关。

2. 体温过高：与机体抵抗力低下有关。

3. 营养失调（低于机体需要量）：与肝功能减退、门静脉高压引起食欲减退有关。

4. 焦虑：与疾病预后、知识缺乏有关。

（三）护理目标

1. 住院期间腹水及水肿有所减轻，身体舒适感增加。

2. 3天内体温恢复至正常范围，感染症状减轻。

3. 1周内食欲有所改善，并能遵循饮食计划。

4. 5天内基本了解本病相关的注意事项，并能配合医务人员治疗疾病。

（四）护理措施

1. 卧床休息（取平卧位），限制活动。大量腹水者可取半卧位。

2. 保持病室清洁整齐，空气流畅，注意保暖。

3. 进行心理疏导，正确对待疾病。讲解疾病相关知识，介绍用药情况等。

4. 给予高蛋白、易消化的食物，避免粗糙食物。遵医嘱严格限制水、盐摄入，一般以食盐每日不超过 2 g 为宜，进水量限制在每日约 1 000 ml。

5. 每 4 h 测 1 次体温、脉搏和呼吸，做好记录。注意观察电解质变化，防止肝性脑病、功能性肾衰竭的发生。

6. 加强皮肤护理，防止发生压疮，如保持床铺干燥、平整，定时变换体位，局部热敷或按摩等。

7. 按医嘱正确使用抗生素、利尿剂和白蛋白等。

8. 观察腹水和水肿的消长，准确记录每日出入液量，定期测量腹围和体重。准确书写护理记录。

9. 协助腹腔放液或腹水浓缩回输，做好有关护理。

（五）护理评价

1. 病人体温恢复正常，感染得到控制。

2. 病人情绪稳定，配合医务人员治疗疾病。

3. 病人对健康的有关知识有所了解。

4. 病人腹水及下肢水肿减轻，身体舒适感增加。

5. 病人食欲改善，并能遵循饮食计划。

第四章 外科临床护理

第一节 外科护理理论

1. 试述甲状腺功能亢进(简称"甲亢")的分类及基础代谢率的测定和计算方法。

答:(1) 甲亢分为原发性、继发性和高功能腺瘤 3 类。

(2) 基础代谢率%＝(脉率＋脉压)－111。

2. 甲亢病人术前宣教中除介绍一般检查的意义以外,还有哪些特殊检查方法?

答:颈部透视或摄片、心电图、喉镜检查、血钙和血磷测定。

3. 简述甲亢病人术前不同药物准备的原理、方法及手术指征。

答:(1) 术前药物准备包括:①硫氧嘧啶类药物,能有效抑制甲状腺素的合成,使甲亢症状基本控制。但可使甲状腺组织肿大、充血,不利于手术。②碘剂,抑制蛋白水解酶,减少甲状腺素的释放;减轻腺体充血,使之缩小变硬,有利于手术。常用的碘剂是复方碘化钾溶液,每日 3 次口服,第 1 天每次 3 滴,第 2 天每次 4 滴,依次逐日每次增加 1 滴,至 16 滴为止,然后维持,直至手术。③普萘洛尔(心得安)。对上述药物不能耐受或不起作用的病例,可单用普萘洛尔或与碘剂合用。

(2) 当病人情绪稳定,睡眠良好,体重增加,脉率稳定在 90 次/分以下,基础代谢率＜＋20%,腺体缩小变硬,此时表明准备就绪,应及时手术。

4. 甲状腺术后 1～2 天如何安置病人体位及饮食指导?

答:当病人麻醉作用消失且血压平稳后,即改为半坐卧位。术后 6 h 如无呕吐,可进温热或凉的流质饮食,少食慢咽,第 2 天开始进半流质饮食。

5. 甲亢术后应如何发现各种并发症,其中哪一种并发症最严重?

答:(1) 呼吸困难和窒息:多发生于术后 48 h 内,表现为进行性呼吸困难、烦躁、发绀,甚至窒息。窒息为最严重的并发症。

(2) 声音嘶哑和失音:鼓励病人麻醉清醒后大声讲几句话,了解发音情况。

(3) 误咽:观察病人进食特别是饮水时,是否容易发生误咽、呛咳。

(4) 甲状腺危象:术后 12～36 h 内如病人出现高热、脉快而弱(＞120 次/分)、大汗、谵妄,甚至昏迷,有时伴有呕吐、水泻,可诊断为甲状腺危象。

(5) 手足抽搐:多发生在术后 1～2 天,出现面部、唇或手足部针刺感、麻木感或强直感。

6. 乳腺癌的首发症状是什么? 肿瘤多发生于乳房哪一部位?

答:无痛性单发乳房肿块是最早和最常见的症状。多数乳腺癌发生于乳房外上象限。

7. 简述临床对乳腺癌分期的方法。什么是 TNM 分期?

答:乳腺癌的临床分期。第一期:癌肿直径不超过 3 cm,与皮肤无粘连、无腋窝淋巴结肿大。第二期:癌肿直径不超过 5 cm,与皮肤粘连,尚能推动,同侧腋窝数个散在、活动的淋巴结。第三期:癌肿直径超过 5 cm,与皮肤或胸肌粘连,同侧腋窝淋巴结融合成团,但尚能推动。第四期:癌肿广泛扩散,或与胸肌、胸壁粘连固定,同侧腋窝淋巴结已融合固定,或锁骨上淋巴结肿大,或远处转移。

TNM 分期:T 表示原发肿瘤的大小;N 表示区域淋巴结转移情况;M 表示远处转移。

8. 乳腺癌病程中常伴有哪些乳房外形改变?

答:随着肿块体积的增大,侵及周围组织可引起:①肿块表面皮肤凹陷呈"酒窝"样;②乳头方向改变或乳头内陷;③"橘皮"样改变。

9. 术前对乳腺癌病人怎样进行宣教和指导?

答:鼓励病人诉说对癌症、手术、乳房缺失的心理感受,给予心理支持;让病人相信切除一侧乳房不会影响日常生活,并告知手术方案;请乳腺癌术后恢复期的病友讲解亲身感受,促进病人的适应性反应;告知病人及家属术前、术后的注意事项,让病人了解咳嗽排痰的重要性,教会病人有效咳嗽及排痰方法。

10. 怎样指导乳腺癌术后病人进行患侧上肢康复训练? 出院前的健康教育主要包括哪些内容?

答:(1) 术后 24 h 鼓励病人做腕部、肘部的屈曲和伸展运动,但避免外展上臂;48 h 可下床,但肩关节制动;术后 1 周开始做肩部活动;10~12 天鼓励病人用术侧的手进行自我照顾,并开始进行肩关节全方位活动,如爬墙运动、举杠运动、滑绳运动。

(2) 出院前健康教育:①讲解对侧乳房自我检查的意义并指导正确的检查方法;②保护患侧上肢,避免静脉穿刺、搬动或提拉重物,继续坚持功能锻炼;③按医嘱继续放疗或化疗,解释放疗或化疗期间的注意事项,并定期到医院复查;④术后 5 年内避免妊娠;⑤宣传胸部形体矫正的可行性方法。

11. 何谓腹外疝? 有哪些常见的腹外疝?

答:(1) 腹外疝是腹腔内脏器或组织离开原来的部位,经腹壁或盆壁的薄弱点或缺损处向体表突出而成。

(2) 腹股沟疝(斜疝、直疝)、股疝、脐疝、切口疝。

12. 为什么说防止腹内压增高是腹外疝手术前后重要的护理措施? 具体措施有哪些?

答:外科手术进行疝囊高位结扎、疝修补术或疝成形术,其目的是增强腹壁强度,消除存在于腹壁或盆壁的疝环。如果术后腹内压增高因素依然存在,可使切口张力增大而影响愈合,导致切口疝发生。

具体措施:①术前治疗导致腹内压增高的原发疾病,如支气管炎、习惯性便秘、前列腺增生等;②吸烟者,术前两周开始戒烟;③术后早期取平卧位并在膝下垫软枕,使髋关节微屈;④咳嗽时应协助病人用手按压切口部位;⑤一般在术后 3~5 天开始起床活动。

13. 腹膜炎病人在非手术治疗期间,应如何进行护理?

答:①关心和同情病人,解除病人恐惧心理,促进病人适应性反应,向病人及家属说明治疗措施的重要性;②严密观察生命体征、腹痛及腹部体征,准确记录 24 h 出入液量;③维持有效的半坐卧位;④保持胃肠减压引流的通畅,并观察引流液的色、质、量;⑤禁食;⑥禁用止痛剂;⑦保持水、电解质平衡;⑧抗感染。

14. 胃穿孔伴腹膜炎病人取半卧位的临床意义以及胃肠减压的目的是什么?

答:腹膜炎病人取半卧位,可使腹腔炎性液体积于盆腔陷窝,不但能防止膈下感染、减少毒素吸收,而且便于诊断和治疗。

对胃穿孔者进行胃肠减压,可减少胃肠道内容物流入腹腔。

15. 何谓胃大部切除? 有哪些手术方式? 并解释各种手术方式的特点。

答:胃大部切除是指切除胃的远侧 2/3～3/4,包括胃体的大部、整个胃窦部、幽门和部分十二指肠球部。常用的手术方式:

(1) 毕氏Ⅰ式:胃大部切除后,将胃直接与十二指肠吻合。重建后的胃肠道接近于十二指肠解剖生理状态,术后并发症较少。多用于治疗胃溃疡。

(2) 毕氏Ⅱ式:胃大部切除后,将残胃与上段空肠吻合,而将十二指肠残端自行吻合。术后溃疡复发率较低,食物与胃液不再经过十二指肠而直接进入空肠。但由于胃空肠吻合改变了正常解剖生理关系,术后易发生胃肠道功能紊乱。适用于各种情况的胃十二指肠溃疡,特别适用于十二指肠溃疡。

16. 胃大部切除术后常见哪些并发症? 如何观察?

答:(1) 术后胃出血:术后 24 h 内从胃管可引流出 100～300 ml 暗红或咖啡色胃液,属于术后正常现象。如果胃管内流出的鲜血达每小时 100 ml 以上,甚至呕血或黑便,持续不止,并趋向休克,应考虑术后胃出血。

(2) 十二指肠残端破裂:多发生于术后 3～6 天,右上腹突发剧痛和局部明显压痛、腹肌紧张等急性弥漫性腹膜炎的表现。

(3) 术后梗阻

1) 输入段梗阻:急性完全性输入段梗阻的典型症状是上腹部突发性剧烈疼痛,频繁呕吐,呕吐量少不含胆汁;慢性不完全性输入段梗阻,表现为进食后 15～30 min,上腹阵发性胀痛,大量喷射状呕吐胆汁,而不含食物,呕吐后症状缓解。

2) 吻合口梗阻:主要有上腹部饱胀、呕吐,呕吐物为食物,不含胆汁。

3) 输出段梗阻:表现为上腹饱胀,呕吐食物和胆汁。

(4) 倾倒综合征与低血糖综合征:倾倒综合征表现为进食,特别进食大量流质后 10～20 min,病人突感剑突下不适、心悸、乏力、出汗、头晕、恶心、呕吐,甚至虚脱,并伴有肠鸣和腹泻,平卧数分钟可缓解。低血糖综合征多发生在进食后 2～4 h,表现为心悸、无力、眩晕、出汗、嗜睡,也可导致虚脱。

17. 腹腔镜胆囊切除术有哪些适应证?

答:主要适应于胆囊结石、慢性结石性胆囊炎、胆囊隆起样病变等胆囊的良性病变,对于胆囊的急性炎症及化脓,坏疽性胆囊炎,结石嵌顿,胆囊积液、积脓,胆囊萎缩和严重粘连等,在良好的麻醉、充分显露和内照明系统的配合下,加之手术医生的经验、技巧,均能较为顺利地完成手术。

18. 胆汁组成中除水以外还有哪些主要成分? 请简述胆汁从生成至排出的过程,以及胆汁的主要生理作用。

答:胆汁主要成分包括:胆盐、胆色素、胆固醇和卵磷脂等。肝细胞每日分泌 600～1 000 ml 胆汁,经肝总管进入胆囊。胆囊黏膜将稀薄的肝胆汁浓缩 5～10 倍后转变为黏稠的胆囊胆汁,并贮存于胆囊中。当脂质食物和酸性胃液进入十二指肠后,刺激胆囊收缩、胆道括约肌开放,大量胆汁从胆囊经胆总管排空进入十二指肠。胆汁主要的生理作用是乳化食物中的脂肪,使其溶解度增加,分解成小分子而被肠黏膜吸收。

19. 胆囊炎病人为何常伴有右肩部疼痛？

答：胆道由腹腔神经丛的肝丛支配，因肝丛神经中含有来自右侧膈神经的纤维，故胆囊炎病人常可出现右肩部放射性疼痛。

20. 何谓夏科（Charcot）三联征和雷诺（Reynolds）五联征？

答：腹痛、寒战、高热和黄疸三者并存称为夏科三联征，是结石阻塞胆总管继发胆道感染的典型表现。

急性梗阻性化脓性胆管炎（AOSC）除具有一般胆道感染的夏科三联征外，还可出现休克、中枢神经系统受抑制表现，即雷诺五联征。

21. 急性梗阻性化脓性胆管炎引起感染性休克的原因是什么？

答：胆道梗阻发生严重感染后，胆道内充满脓性胆汁，使压力不断增高，造成大量细菌和毒素沿胆道系统逆行扩散进入肝窦，并经肝静脉进入体循环引起感染性休克。

22. 黄疸病人为什么常出现皮肤瘙痒？如何护理？

答：当胆道疾病发生阻塞性黄疸，由于胆汁中胆盐沉积刺激引起皮肤瘙痒。病人往往难以忍受而抓痒，易导致皮肤破损而继发感染。应告知病人瘙痒的原因以及抓痒的危害，为病人修剪指甲；瘙痒难受时可用手掌轻轻按摩，帮助病人用温水擦洗，也可外用止痒药物。

23. 何谓 PTC？术前需做哪些准备？

答：PTC 为经皮肝穿刺胆道造影术。

术前准备包括：

(1) 检查出凝血时间、血小板计数及凝血酶原时间。

(2) 碘过敏试验。

(3) 检查前 3 天开始肌内注射维生素 K 120 mg，每日 2 次。

(4) 检查前禁食、禁水 1 餐，无需术前用药。

(5) 向病人说明检查的要求，取得病人合作。

(6) 准备消毒穿刺包（包括孔巾、PTC 细针及注射器）。

(7) 准备泛影葡胺造影剂、局麻药及必要的抢救用药。

24. 何谓 ERCP？术前需做哪些准备？

答：ERCP 为经内镜逆行胰胆管造影。

术前准备包括：

(1) 术前检测血或尿淀粉酶、凝血酶原时间，阻塞性黄疸及怀疑胆管梗阻或结石，应注意体温和白细胞计数及分类的改变，胰胆管存在活动性感染或炎症时，禁做 ERCP 术。

(2) 术前应对患者详细说明 ERCP 的过程，以取得患者的主动合作。

(3) 术前用药：术前应空腹 4～6 h，一般以上午为宜，用润滑止痛凝胶做咽部麻醉，应用少量镇静剂及解痉剂，如地西泮、山莨菪碱或阿托品。

25. 胆总管探查手术后为什么要安置 T 形管引流？其目的是什么？

答：胆总管经过探查创伤后，可造成胆总管下端暂时性水肿不畅。因此，置入 T 形管引流可减低胆道内压力，防止胆汁外漏、感染及胆道狭窄，并可经 T 形管行胆道造影。

26. 病人在 T 形管引流期间应如何护理？

答：(1) 妥善固定：防止因翻身、搬动或起床活动时牵拉而脱落。

(2) 保持引流通畅：避免受压、折叠、扭曲。

（3）严格执行无菌操作,病人活动时引流袋位置应低于腹部切口高度,防止胆汁反流逆行感染。

（4）观察与记录:胆汁色、质、量,大小便颜色以及有无发热和严重腹痛。

（5）拔管:T形管放置 $10 \sim 14$ 天,如体温正常,黄疸消退,引流胆汁量逐渐减少,可考虑拔管。拔管前先在饭前、饭后各夹管 $1\,h$,$1 \sim 2$ 天后病人未主诉不适,可全日夹管。术后第14天行 T 形管造影,造影后开放引流造影剂 $1 \sim 2$ 天后拔管。

27. 胆道手术病人出院前,主要包括哪些健康教育内容?

答:①向病人及家属宣传胆道疾病的基本知识;②让病人理解低脂饮食的意义,少食多餐,多饮水;③告诉病人胆囊切除后大便次数改变的规律;④带 T 形管出院者,指导病人学会自我护理,定期复查。

28. 病人,女性,70 岁,间歇性便血 6 个月,经乙状结肠镜检查发现距肛缘 4 cm 处有一直径为 1 cm 的肿块,病理诊断为腺癌。请问何谓 Miles 手术?

答:Miles 手术是指癌肿距肛缘近的直肠癌,采用切除乙状结肠下部及其系膜和直肠全部、所属淋巴结及被侵犯的周围组织,乙状结肠近端在左下腹壁做永久性人工肛门。

29. 术前应怎样帮助 Miles 手术病人克服恐惧心理?

答:了解病人产生恐惧心理的原因和程度,与病人和家属讨论他们关心的问题,给予心理支持。有计划向病人介绍有关治疗、手术方式及结肠造口的知识,使之从态度上接受手术后身体形象和排便方式的改变。告知家属对病人多关心、多鼓励。允诺术后采取有效措施,帮助病人从身体上、心理上适应社会交往或公共场所活动的能力。

30. 术后会阴部切口和结肠造瘘口应怎样进行护理?

答:(1) 会阴部切口的护理:①保持切口外层敷料的清洁干燥;②保持骶前引流管通畅,观察引流液的量和性质;③术后 $7 \sim 10$ 天起,用 $1 : 5\,000$ 高锰酸钾溶液做温水坐浴,每天2次。

(2) 结肠造瘘口的护理:①造瘘口开放前注意肠段有无回缩、出血和坏死等;②当术后 $2 \sim 3$ 天肠蠕动恢复开放造口时,粪便稀薄,排便次数多,应取左侧卧位,注意将腹部切口与造口隔开;③由于粪便流出对腹壁皮肤刺激大,每次排便后应清洗消毒造口周围皮肤,并涂以复方氧化锌软膏保护,以凡士林纱布覆盖外翻的肠黏膜;④为防止造口狭窄,术后 1 周开始用手指扩张造口,动作宜轻柔,忌用暴力;⑤术后 1 周,应下床活动,锻炼定时排便。

31. Miles 术后病人出院前如何进行健康宣教?

答:(1) 继续锻炼定时排便的习惯,指导病人学会使用人工肛门袋。

(2) 提供饮食方面知识:告知摄取营养均衡的饮食,避免生冷、辛辣等刺激性食物,避免易引起便秘的食物(芹菜、玉米、核桃及油煎食物),避免粗纤维等刺激肠蠕动的食物以及产气的食物(洋葱、豆类)。

(3) 指导病人学会造口扩张方法,如发现排便不畅,应及时来医院检查。

(4) 增进病人在日常社交活动中的知识:克服胆怯心理,鼓励病人敢于实践,逐步适应造口排便方式,以恢复正常生活。

32. 结肠癌主要有哪些表现?

答:(1) 排便习惯与粪便性状的改变,常为最早出现的症状。

(2) 腹部肿块。

（3）肠梗阻表现。

33. 简述左半结肠癌与右半结肠癌的临床特征。

答：右半结肠肠腔较大，肠内容物多为液体，一般不易发生肠梗阻，但因吸收能力较强，因此，以全身表现如贫血、消瘦、全身乏力及腹部肿块为主要表现。而左半结肠肠腔较小，内容物为半固体状，加之肿瘤浸润，极易引起肠梗阻。

34. 急性胰腺炎的发病原因是什么？

答：①胆道疾病；②胆管梗阻；③酗酒和暴饮暴食；④手术和外伤等。

35. 急性出血坏死型胰腺炎术后如何做好引流管的护理？

答：急性出血坏死型胰腺炎术后放置引流管较多，包括胃肠减压管、腹腔引流管、双腔管引流管、T形管等。分别标明每根导管的名称、放置部位及其作用，将各种导管与相应引流袋连接，妥善固定，防止滑脱，保持引流通畅。定时更换引流袋，注意严格无菌操作，观察引流液的色、质、量，及时准确记录。保护引流管周围皮肤，局部涂氧化锌软膏，防止胰液腐蚀。

36. 胰腺炎术后病人如何做好腹腔双套管冲洗的护理？

答：重症胰腺炎愈合病程缓慢，吸收时间长，对残留的坏死组织若不及时引流，可导致腹腔脓肿，因此术后病人应常规给予腹腔双套管冲洗。根据医嘱选择冲洗液，边冲洗边吸引，冲至引流液转清为止，冲洗时注意流出量和灌入量要基本相符，如出现腹痛、腹胀等表现时应调节冲洗速度。冲洗用的生理盐水（或其中加用抗生素）应现配现用，外接的消毒引流管、滴注瓶和导管应每日更换。

37. 如何做好急性胰腺炎的健康教育？

答：（1）饮食管理：急性期绝对禁食，待可进食后，先饮水或进少量碳水化合物流质，如米汤、稀藕粉等；观察无不适，可逐渐加量加稠，并逐步过渡到纯素半流质、纯素软饭。

（2）出院指导：指导患者出院后注意休息，劳逸结合，戒烟酒，饮食宜清淡，忌过饱、油腻，指导家属积极配合，防止胰腺炎的反复发作。预防并积极治疗胆道疾病。

38. 对实施放疗和化疗的恶性肿瘤病人应怎样进行护理？

答：（1）放疗病人护理：①做好照射野的护理，照射前做好定位标记，并保持局部皮肤清洁干燥；②每次照射后应安置病人静卧 30 min，鼓励多饮水，大量补充 B 族维生素，每周检查血常规 1～2 次；③及时观察局部出现的皮肤反应、黏膜反应或放射性器官炎症。

（2）化疗病人护理：①化疗药物应准确注入静脉血管内，如有外渗应立即停止给药，局部注入解毒剂和施以冷敷或注射普鲁卡因等；②药物应按要求稀释，并在规定的时间内用完；③准确选择静脉穿刺部位，一旦出现血栓性静脉炎，应停止该静脉给药，并给予局部热敷、硫酸镁湿敷或理疗；④遵医嘱每周检查血常规 1～2 次，如白细胞计数$<3\times10^9$/L，血小板$<80\times10^9$/L，及时向医生汇报；⑤当出现恶心、呕吐、食欲减退、口腔炎等消化道反应或出现皮肤干燥、瘙痒等皮肤反应时，应及时对症处理；⑥密切观察有无肝、肾毒性反应，鼓励多饮水。

39. 下肢静脉有哪些解剖特点？哪些因素可促使下肢静脉血液克服重力向心回流？

答：（1）下肢静脉有深、浅两组静脉，位于皮下的浅静脉（大隐静脉、小隐静脉）不断上行或者通过交通静脉汇流入位于肌肉中间的深静脉（胫静脉、腘静脉、股静脉），最后注入髂外静脉。

（2）下肢静脉血向心回流的因素有：①下肢肌群收缩时的挤压作用；②胸腔的负压吸引作用；③下肢静脉瓣的单向关闭功能。

40. 下肢静脉曲张有哪些发病因素？该疾病可导致哪些并发症？

答:(1) 发病因素:①静脉壁薄弱或静脉瓣膜缺陷;②从事长时间站立工作,下肢浅静脉内压力持久增高,影响了血液回流。

(2) 并发症:湿疹和慢性溃疡、血栓性静脉炎、急性出血、溃疡癌变。

41. 试述下肢静脉曲张病人术前皮肤准备范围,术后主要的护理措施。

答:(1) 备皮范围:整个患肢、腹股沟及会阴部。

(2) 主要护理措施:①观察有无切口或皮下渗血,保持弹性绷带合适的松紧度,弹性绷带一般需要维持两周方可拆除;②卧床时抬高下肢 30°,同时做足背伸曲运动;③术后 24～48 h 鼓励病人起床活动。

42. 何谓闭塞性脉管炎？临床分期中有哪些典型表现？术前护理中哪些措施可以改善周边组织血液循环？

答:(1) 闭塞性脉管炎是一种中小动脉和静脉的非化脓性炎症。

(2) 临床可分为 3 期:①局部缺血期,典型表现是间隙性跛行,动脉搏动明显减弱;②营养障碍期,病人表现为静息痛,出现典型的体位,动脉搏动消失;③组织坏死期,动脉完全闭塞,导致干性坏死,如继发感染可转变为湿性坏疽。

(3) 改善周边组织血液循环措施:①绝对戒烟;②肢体保暖,但避免局部直接加温;③卧床时取头高脚低位,避免长时间维持同一姿势;④采取有效措施缓解疼痛。

43. 如何做好脑脊液漏的护理？

答:脑脊液外漏护理措施:①取头高位,床头抬高 15°～20°;②及时清除鼻内血迹和污垢,鼻孔处放置干棉球,浸透后及时更换,以便估计脑脊液漏出量;③禁忌做鼻道填塞、冲洗、滴药,严禁经鼻插胃管或鼻导管,禁忌做腰椎穿刺;④避免擤鼻涕、打喷嚏、剧烈咳嗽或用力排便;⑤按时应用抗生素。

44. 何谓脑震荡？与脑挫裂伤有哪些区别？

答:脑震荡是指头部受暴力作用后,立即出现短暂的大脑功能障碍,无脑组织器质性损害。

脑挫裂伤是指暴力作用于头部后立即引起大脑皮质器质性损害。

45. 脑损伤最常见的继发性损伤是什么？怎样根据出血部位进行分类？

答:脑损伤最常见的继发性损伤是颅内血肿。分类有:①硬脑膜外血肿,常因骨折造成硬脑膜动脉或静脉窦破裂,血液积聚于颅骨与硬脑膜之间。典型表现是出现"中间清醒期"或"中间好转期"。②硬脑膜下血肿,是指出血积聚于硬脑膜下腔,是颅内血肿中最常见的。出血来源可为脑挫裂伤所致的大脑皮质动脉或静脉破裂。③脑内血肿,出血可来自于脑挫裂伤灶或脑组织深部。

46. 哪些因素可引起颅内压增高？颅内压增高时有哪些主要表现以及代偿阶段生命体征的改变？

答:(1) 颅内容物体积增加是导致颅内压增高的主要原因:①脑组织体积增加,如各种原因引起的脑水肿;②脑脊液分泌和吸收失调,如脑积水;③脑血流量或静脉压持续增加,如颅内动静脉畸形、恶性高血压;④颅内占位病变,如颅内血肿、肿瘤及脓肿等。

(2) 颅内压增高后可出现头痛、呕吐及视神经乳头水肿 3 项主要表现。在生命体征变化中出现血压升高、脉搏缓慢有力和呼吸加深变慢,是颅内压增高的早期代偿表现。

47. 何谓格拉斯哥(Glasgow)昏迷分级评分？如何判断病情？

答:意识障碍是脑损伤病人最常见的变化之一,格拉斯哥评分是国际通用的对是否存在意识障碍、发生障碍的程度以及病情变化的评判标准。主要依据睁眼反应、言语反应和运动反应 3 个方面所得的总分表示意识状态:最高为 15 分,表示意识清楚;13～14 分为轻度意识障碍;9～12 分为中度意识障碍;8 分以下为昏迷;最低 3 分。

48. 硬脑膜下血肿手术后出现高热应采取哪些护理措施？

答:应采用物理降温,必要时用冬眠低温疗法。护理措施包括:①病人安置单人房,降低室温;②给冬眠药物 30 min 后,加用物理降温,降温以每小时下降 1 ℃,并且保持肛温 32～34 ℃较为合适;③冬眠过程中必须观察意识、瞳孔、生命体征和神经系统征象;④液体输入量每日不宜超过 1 500 ml;⑤预防肺和泌尿系统感染,防止冻伤与压疮;⑥停止冬眠低温治疗时,应先停止物理降温,然后停用冬眠药物。

49. 常见的颅内肿瘤有哪些？首选的治疗手段是什么？哪些肿瘤对放疗敏感？

答:(1) 来自神经上皮的肿瘤,如胶质瘤;起源自脑膜的肿瘤,如脑膜瘤;起源自神经鞘膜的肿瘤,如听神经鞘瘤;来自神经体的肿瘤,如各种垂体瘤;来自血管组织的肿瘤,如血管瘤;先天性肿瘤,如颅咽管瘤、皮样及上皮样囊肿;来自颅骨的肿瘤,如纤维瘤、巨细胞瘤;颅内肉芽肿,如由细菌、真菌、寄生虫所致的各种肉芽肿;继发性颅内肿瘤等。

(2) 颅内肿瘤应以手术切除为首选治疗方法。

(3) 对放疗最敏感的是脑胶质瘤,其次是垂体瘤、颅咽管瘤。

50. 开放性气胸首选哪项急救措施？

答:立即用凡士林纱布加厚辅料封闭伤口。

51. 开放性气胸可导致哪些病理改变？其严重性何在？

答:主要可发生的病理改变有:①患侧胸膜腔内负压消失,肺被压缩;②由于呼气与吸气时两侧胸膜腔压力交替变化,出现纵隔左右扑动;③含氧量低的气体在两侧肺内重复交换,发生积气对流。这些病理改变如不能及时纠正,可严重影响静脉血液回流心脏,以及重度缺氧,导致生命垂危。

52. 简述胸腔引流原理、目的、方法和护理要点。

答:(1) 原理:胸腔内插入引流管,管的下方置于引流瓶水中,利用水的作用,维持引流单一方向,避免逆流,以重建胸膜腔负压。

(2) 目的:排除胸膜腔内液体、气体,恢复和保持胸膜腔负压,维持纵隔的正常位置,促使术侧肺迅速膨胀,防止感染。主要用于气胸、血胸、脓胸和各种胸部手术后。

(3) 方法:病人取坐位或半卧位,引流气体一般选在锁骨中线第 2 肋间插管;引流液体选在腋中线和腋后线之间的第 6～8 肋间。引流管应选择管径为 1.5～2 cm 的硅胶或橡胶管。

(4) 护理要点:①引流装置固定,要求水封瓶内长管应插至水平面下 3～4 cm,另一端与病人的胸腔引流管连接。引流管的长度约 100 cm,引流瓶放置应低于胸腔引流出口 60 cm以上。搬运病人前,先用血管钳夹住引流管。②维持引流通畅,注意观察水封瓶长管内水柱随呼吸上下波动,注意引流管是否受压、折曲、阻塞和漏气。③保持引流装置无菌,更换引流瓶时应严格无菌操作。④定时观察引流液量、性状,并及时记录。⑤保持有效的半坐卧位,鼓励病人经常深呼吸与咳嗽。一旦发生引流管脱落等意外情况,应立即将胸侧引流管折曲,或用血管钳夹住胸侧引流管。

53. 胸腔闭式引流发生堵塞首先考虑的原因是什么? 如何紧急处置?

答:首先考虑的是引流管因引流液过于黏稠或块状物引起堵塞。可立即用双手向外挤压引流管,以排除阻塞物,直至恢复水柱波动出现。

54. 何时可考虑拔除胸腔闭式引流管?

答:手术后 2～3 天,引流量逐渐减少至 24 h < 50 ml,颜色转淡;病人无呼吸困难,听诊呼吸音恢复;X 线检查肺膨胀良好。

55. 食管癌早期和进展期分别有哪些表现?

答:食管癌早期可有咽下食物哽噎感、胸骨后针刺样疼痛或烧灼感,以及食管内异物感。而进行性吞咽困难是进展期的典型表现。

56. 食管癌病人术后应怎样进行饮食护理?

答:因食管吻合口愈合需较长时间,一般术后需要禁食 7 天左右。开始进食时先以流质饮食,以每 2 h 1 次,每次 60～100 ml 为宜;术后第 8～10 天起可进半流质,2～3 周后病人无不适可进普食。

57. 食管癌术后最严重的并发症是什么? 原因何在? 如何观察和护理?

答:(1) 吻合口瘘是食管癌术后最严重的并发症。原因主要与手术有关,其次是吻合口周围感染、低蛋白血症、进食不当等。

(2) 在术后 5～10 天期间,如病人出现寒战、高热、胸部剧痛和呼吸困难,可考虑有该并发症发生。主要护理措施有:①矫正低蛋白血症;②保证胃肠减压通畅;③立即禁食水,行胸腔引流;④抗感染及营养支持。

58. 肺癌按组织学分为哪几类? 有何特点?

答:(1) 鳞状上皮癌:是最常见的肺癌,多为中央型,男性占多数。通常先淋巴转移,血行转移较晚。

(2) 腺癌:多为周围型,女性多见,一般生长较慢,但有时较早发生血行转移。

(3) 未分化小细胞癌:大多为中央型,恶性程度高,生长快,较早出现淋巴和血行转移,预后最差。

(4) 大细胞癌:临床少见,多为中央型,分化程度低,预后差。

59. 如何评估肺癌早期的身心状况? 有哪些主要的检查方法?

答:(1) 早期中央型肺癌起源于较大支气管,病人可出现间断性咳嗽,痰中带血丝。

(2) 主要检查手段:①胸部 X 线检查,是诊断肺癌的重要手段;②CT 与 MRI 检查;③痰细胞学检查,对中央型肺癌尤其伴有血痰者,痰中易发现癌细胞;④纤维支气管镜检查,对中央型肺癌的诊断非常有价值。

60. 肺癌病人术前护理时应怎样对其进行健康宣教?

答:健康宣教的内容主要包括:①戒烟;②抗感染措施;③稳定病人情绪;④训练腹式呼吸与有效咳嗽。

61. 肺癌手术后如何安置合适的体位?

答:麻醉未清醒时取仰卧位,头偏向一侧。待清醒、血压平稳后改为半卧位。如病人是肺叶切除术,可向健侧卧位。而一侧全肺切除,可采取 1/4 侧卧位。

62. 肺癌术后怎样预防并发症的发生?

答:(1) 肺不张与肺部感染:多发生于手术后 48 h 内。应在术后早期协助病人深呼吸、咳嗽及床上运动,避免限制呼吸的固定和绑扎,同时应用抗生素。

(2) 急性肺水肿:对肺叶切除术的病人应避免补液过快、过多。

(3) 心律失常:对高龄、冠心病病人胸部手术后心律失常发病率较高,对这样的病人术后要密切观察心律、血压等变化,及时去除并发心律失常的诱因。

63. 肾损伤临床分为哪几类?

答:肾损伤分为肾挫伤、肾部分裂伤、肾全层裂伤、肾蒂断裂。

64. 如何对肾损伤病人及家属开展健康宣教?

答:①告诉病人绝对卧床休息,宣传卧床休息的重要意义;②注意饮食及适当多喝水;③介绍疾病恢复过程;④出院后 2～3 个月避免重体力劳动。

65. 男性尿道损伤后有哪些特点?

答:男性尿道损伤在泌尿系统损伤中最常见,其特点如下。

(1) 骑跨伤:可造成前尿道球部挫伤、裂伤或完全断裂。主要表现为尿道滴血或流血,阴茎或阴囊出现血肿,尿液外渗于会阴、阴囊、阴茎和下腹部。

(2) 骨盆骨折:由于骨折断端易刺破尿道,引起后尿道膜部损伤。主要表现有血尿,血肿常发生在前列腺及膀胱周围,尿液外渗至膀胱周围、耻骨后和腹膜外间隙。

66. 泌尿系结石非手术治疗期间应如何护理?

答:在应用解痉镇痛药解除疼痛以后,常应用排石药物,以促使结石自行排除。此时,应鼓励病人大量饮水,日饮水量 3 000 ml 以上。在体力能承受的情况下,适当增加体育活动,有利于结石排出,同时应观察尿液中碎石排出情况。指导病人调节饮食,应限制含钙、草酸丰富的食物,避免高动物蛋白、高糖和高动物脂肪饮食。

67. 泌尿系统恶性肿瘤最主要的表现是什么?有哪些常用的辅助检查?

(1) 间歇性无痛性全程肉眼血尿是泌尿系统恶性肿瘤的最主要表现。

(2) 常用的检查方法:膀胱镜、B超、X线、CT 和肾动脉造影等。

68. 膀胱镜检查有何意义?膀胱镜检查后出现血尿和疼痛,应采取哪些护理措施?

答:膀胱镜检查是泌尿科重要的检查方法,不但可以直观膀胱、前列腺和尿道病变,钳取活组织,电灼肿瘤,还能通过双侧输尿管插管,进行双侧肾盂输尿管造影检查。

膀胱镜为有创性检查,可能引起局部损伤、出血或感染等并发症。应告知病人所发生的情况,减轻恐惧心理。指导病人卧床休息,多饮水以达到冲洗尿道的目的。注意观察血尿变化,适当服用止痛药物,常规服用抗生素。

69. 泌尿系统疾病中为何要鼓励病人增加饮水量?

答:泌尿系统炎症、结石或做各种造口引流尿液的病人,都应鼓励多饮水,使泌尿与排泄增多,可起到冲洗尿道、稀释尿液、减轻炎症和减少结石形成的因素。成人应保持尿量在 1 500 ml 以上。

70. 施行经尿道前列腺电切术(TUR-P)后,应采取哪些护理措施?

答:护理措施包括:①注意观察病人的生命体征;②保持三腔气囊导尿管的有效性;③维持膀胱冲洗通畅;④观察尿量,准确记录出入液量;⑤观察有无 TUR-P 并发症以及有无感染发生;⑥加强老年病人的基础护理及生活护理。

71. 骨折的特殊临床表现是什么?

答:骨折的特殊临床表现是畸形、反常活动和骨摩擦音。只要在 3 项体征中发现其中之一,即可确诊。

72. 肱骨髁上骨折可出现哪些骨折早期并发症?

答:因肱骨髁上骨折可伤及肱动脉,影响肢体远端的血液供应,也可造成上肢神经损伤。所以,应注意观察患肢远端的血液循环以及肢端的感觉功能。

73. 骨折的治疗原则是什么? 骨折行石膏外固定后应怎样进行护理?

答:(1) 治疗原则:复位、固定、功能锻炼。

(2) 护理:①对未干石膏不可轻易搬动,需要搬动时只能用手掌托起;②注意石膏边缘皮肤,远端有无"4P"征出现,不能滥用止痛剂;③保持石膏的清洁干燥;④及时功能锻炼。

74. 何谓"4P"征?

答:多发生于四肢受伤石膏固定早期,肢体远端因受压而发生血液循环及神经感觉异常的现象:①无痛(painless);②苍白(pallor);③感觉异常(paresthesia);④无脉(pulselessness)。

75. 骨折后肌肉锻炼有哪些方式? 如何指导病人锻炼?

答:(1) 肌肉运动方式有:①等张运动,是一种对抗固定阻力的运动。肌肉的长度、速度改变,阻力不变,如举杠铃。②等长运动,是一种肌肉对抗无限阻力收缩的运动。其肢体相对位置及肌肉长度不变,产生力量改变,如被石膏固定的下肢肌肉,用力收缩股四头肌及腓肠肌。③等动运动,由计算机程序控制装置提供一个相应阻力,维持关节肌肉在设定速度下进行运动。

(2) 骨折后的功能锻炼必须循序渐进,分为 3 个阶段:①伤后 1～2 周内,骨折上、下关节暂不活动,指导病人进行肌肉自主收缩和放松的等长运动,但身体其他关节均需要锻炼;②伤后 3～6 周,逐渐活动患肢的上、下关节;③骨折临床愈合后,应加强患肢关节的主动活动锻炼。

76. 骨折牵引主要有哪些目的? 骨牵引的护理要点是什么?

(1) 目的:①可使骨折或脱位的关节复位,并维持复位后的位置;②牵拉及固定关节,以减轻关节面所承受的压力,缓解疼痛,使局部休息;③矫正和预防关节挛缩畸形。

(2) 护理要点:①保持牵引的有效性;②穿针处皮肤应保持清洁,预防感染;③定时测量肢体的长度;④牵引重量一般为体重的 1/12～1/7;⑤预防并发症,如足下垂、皮肤水疱、溃疡、压创、肺炎、感染、便秘、血栓性静脉炎等。

77. 何谓骨筋膜室综合征? 如不及时治疗可产生哪些后果?

答:骨筋膜室综合征是指由骨、骨间膜、肌间隔和深筋膜形成的骨筋膜室内肌肉和神经因急性缺血而产生的一系列早期症候群,常见于前臂掌侧和小腿。如不及时处理,可导致缺血性肌挛缩以及肢体坏疽。

78. 脊髓损伤病人在康复期护理中,哪些措施可增强自理能力? 脊髓损伤后常见的有哪些并发症? 如何预防?

答:(1) 增强自理能力的护理措施:①评估病人肌力情况及自理生活能力;②按时协助病人翻身、活动,保持双足呈功能位;③帮助病人进行康复锻炼;④制订合理目标,增强病人康复信心,尽可能恢复生活自理;⑤教会病人掌握拐杖和轮椅使用的技巧。

(2) 常见的并发症有:①压疮,应加强骨隆突处皮肤护理;②泌尿系统感染,做好留置导尿的护理和膀胱冲洗护理,保持会阴清洁,鼓励多饮水,体外按摩膀胱排尿等;③肺部感染,定时深呼吸及有效咳嗽、翻身拍背,痰液黏稠时及时雾化吸入,对分泌物多不易排出,应早期气管切开。

第二节　外科护理技术

一、手术区皮肤准备

【目的】

1. 去除手术区毛发和污垢。

2. 为手术时皮肤消毒做准备。

3. 预防手术后切口感染。

【操作流程图】

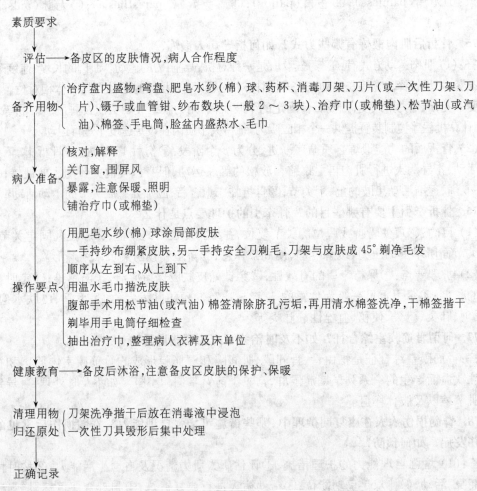

素质要求

评估——备皮区的皮肤情况,病人合作程度

备齐用物——治疗盘内盛物:弯盘、肥皂水纱(棉)球、药杯、消毒刀架、刀片(或一次性刀架、刀片)、镊子或血管钳、纱布数块(一般 2～3 块)、治疗巾(或棉垫)、松节油(或汽油)、棉签、手电筒,脸盆内盛热水、毛巾

病人准备——核对,解释
关门窗,围屏风
暴露,注意保暖、照明
铺治疗巾(或棉垫)

操作要点——用肥皂水纱(棉)球涂局部皮肤
一手持纱布绷紧皮肤,另一手持安全刀剃毛,刀架与皮肤成 45°剃净毛发
顺序从左到右,从上到下
用温水毛巾揩洗皮肤
腹部手术用松节油(或汽油)棉签清除脐孔污垢,再用清水棉签洗净,干棉签揩干
剃毕用手电筒仔细检查
抽出治疗巾,整理病人衣裤及床单位

健康教育——备皮后沐浴,注意备皮区皮肤的保护、保暖

清理用物——刀架洗净揩干后放在消毒液中浸泡
归还原处——一次性刀具毁形后集中处理

正确记录

【注意事项】

1. 皮肤准备范围不可少于手术切口周围 15～20 cm。

2. 动作轻柔,勿剃破皮肤。

3. 若发现手术区皮肤有湿疹、疖等,通知医生。

4. 注意保暖。

手术区皮肤准备评分标准

项 目	项目总分	要 求	标准分	得分	备注
素质要求	5	服装、鞋帽整洁	1		
		仪表大方,举止端庄	2		
		语言柔和恰当,态度和蔼可亲	2		
操作前准备	15	评估	5		
		洗手,戴口罩	4		
		备齐用物	4		
		盆内倒热水	2		
操作过程	病人准备	核对,解释	4		
		关门窗、围屏风	3		
		暴露,注意保暖	5		
		铺治疗巾(或棉垫)	3		
	操作要点 55	用肥皂水纱(棉)球涂局部皮肤	5		
		一手持纱布绷紧皮肤,另一手持安全刀剃毛,刀架与皮肤成45°剃净毛发	10		
		顺序从左到右、从上到下	8		
		用温水毛巾揩洗皮肤	2		
		腹部手术用松节油(或汽油)棉签清除脐孔污垢,再用清水棉签洗净、干棉签揩干	5		
		剃毕用手电筒仔细检查	5		
		抽出治疗巾(或棉尿垫),整理病人衣裤及床单位	5		
健康教育	10	告知相关事项	10		
操作后处理(按医院处理方式正确处理)	10	刀架处理	2		
		药杯、弯盘、血管钳处理	2		
		处理其他污物	2		
		处理其他用物	2		
		洗手,脱口罩,记录	2		
熟练程度	5	动作轻巧、稳当、准确,无皮肤破损			
		顺序清晰,操作时间为15 min	3		
总 分	100				

二、胃肠减压的护理

【目的】

1. 解除或者缓解肠梗阻所致的症状。

2. 对胃肠道穿孔者可减少胃肠道内容物流入腹腔。

3. 进行胃肠道手术的术前准备,以减少胃肠胀气。

4. 术后吸出胃肠内气体和胃内容物,减轻腹胀,减少缝线张力。

5. 通过对胃肠减压吸出物的判断,可观察病情变化和协助诊断。

【操作流程图】

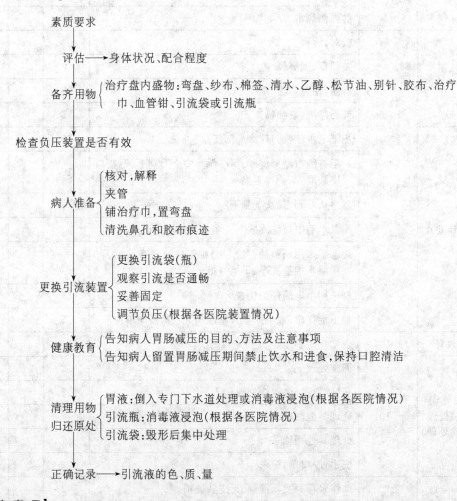

素质要求

评估——身体状况、配合程度

备齐用物 { 治疗盘内盛物:弯盘、纱布、棉签、清水、乙醇、松节油、别针、胶布、治疗
巾、血管钳、引流袋或引流瓶

检查负压装置是否有效

病人准备 { 核对,解释
夹管
铺治疗巾,置弯盘
清洗鼻孔和胶布痕迹

更换引流装置 { 更换引流袋(瓶)
观察引流是否通畅
妥善固定
调节负压(根据各医院装置情况)

健康教育 { 告知病人胃肠减压的目的、方法及注意事项
告知病人留置胃肠减压期间禁止饮水和进食,保持口腔清洁

清理用物
归还原处 { 胃液:倒入专门下水道处理或消毒液浸泡(根据各医院情况)
引流瓶:消毒液浸泡(根据各医院情况)
引流袋:毁形后集中处理

正确记录——引流液的色、质、量

【注意事项】

1. 妥善固定胃肠减压装置,防止变换体位时加重对咽部的刺激,以及受压、脱出影响减压效果。

2. 观察引流物的色、质、量,并记录 24 h 引流总量。

3. 留置胃管期间应加强病人的口腔护理。

4. 胃肠减压期间,注意观察病人水、电解质及胃肠功能恢复情况。

胃肠减压的护理评分标准

项 目	项目总分	要 求	标准分	得分	备注
素质要求	5	服装、鞋帽整洁	1		
		仪表大方,举止端庄	2		
		语言柔和恰当,态度和蔼可亲	2		
操作前准备	15	评估	5		
		抄对医嘱,擦治疗车	2		
		洗手,戴口罩	2		
		备齐用物	3		
		检查负压装置(拆外袋,查负压、有效期)	3		
操作过程	病人准备	核对,解释	4		
	51	夹管	3		
		铺治疗巾,置弯盘	3		
		撕旧胶布(由远至近)	3		
		必要时扶持胃管,防止脱出	3		
		需要时用汽油、乙醇棉签擦胶布痕迹	3		
		清水棉签清洁鼻孔	3		
		滴液状石蜡,贴胶布(由近至远)	3		
	操作要点	更换引流装置	8		
		调节负压	8		
		放松血管钳,观察引流是否通畅	5		
		固定妥当,以防滑脱	5		
健康教育	10	告知胃肠减压的目的、方法及注意事项	10		
操作后处理 (按医院处理 方式正确处理)	14	清理用物,整理床单位	4		
		观察、测定胃液	2		
		处理引流袋	2		
		处理其他污物	2		
		处理其他用物	2		
		洗手,脱口罩,记录	2		
熟练程度	5	动作轻巧、稳当、准确	2		
		顺序清晰,操作时间为 10～15 min	3		
总 分	100				

三、T形管引流的护理

【目的】

1. 减低胆管内压力,防止胆汁外漏、感染及胆管狭窄。

2. 通过日常护理保证引流的有效性。

3. 观察胆汁的量、颜色、性质。

4. 经 T 形管行胆道造影。

5. 通过其形成的窦道处理胆道内残余结石等。

【操作流程图】

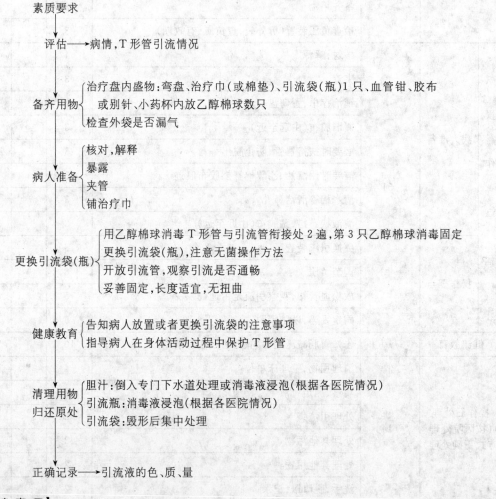

【注意事项】

1. 严格执行无菌操作,保持胆道引流管通畅。

2. 妥善固定好管路,操作时防止牵拉,以防 T 形管脱落。

3. 保护病人引流口周围皮肤,局部涂氧化锌软膏,防止胆汁浸渍引起局部皮肤破溃和感染。

T形管引流的护理评分标准

项 目	项目总分	要 求	标准分	得分	备注
素质要求	5	服装、鞋帽整洁	1		
		仪表大方,举止端庄	2		
		语言柔和恰当,态度和蔼可亲	2		
操作前准备	15	评估	5		
		抄对医嘱,擦治疗车	2		
		洗手,戴口罩	2		
		备齐用物	3		
		检查外袋是否漏气	3		
操作过程 病人准备	20	核对,解释(请病人右上臂抬高并侧卧位)	6		
		暴露,松固定	4		
		夹管	4		
		铺治疗巾,放置用物,打开外袋检查引流袋	6		
操作要点	31	用乙醇棉球消毒T形管与引流管衔接处2遍,第3只乙醇棉球消毒固定	10		
		更换引流袋,注意无菌操作方法	10		
		开放引流管,观察引流是否通畅,检查引流管周围皮肤	6		
		固定引流管,长度适宜,无扭曲	5		
健康教育	10	告知病人放置或更换引流袋的注意事项	5		
		指导病人在身体活动过程中保护T形管	5		
操作后处理 (按医院处理方式正确处理)	14	清理用物,整理床单位	4		
		观察,测定胆汁,处理胆汁	2		
		处理引流袋	2		
		处理其他污物	2		
		处理其他用物	2		
		洗手,脱口罩,记录	2		
熟练程度	5	动作轻巧、稳当、准确	2		
		注意无菌操作,操作时间为10 min	3		
总 分	100				

四、胸腔闭式引流的护理

【目的】

1. 排除胸腔内液体、气体,恢复和保持胸膜腔负压。
2. 维持纵隔的正常位置,促使术侧肺迅速膨胀。
3. 消灭死腔,防止胸膜腔感染。
4. 观察胸腔引流液的色、质、量。

【操作流程图】

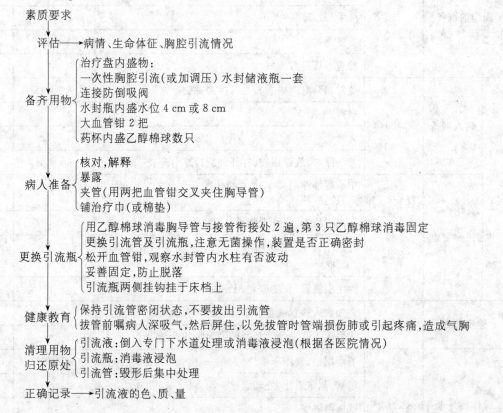

素质要求

评估——病情、生命体征、胸腔引流情况

备齐用物
- 治疗盘内盛物:
- 一次性胸腔引流(或加调压)水封储液瓶一套
- 连接防倒吸阀
- 水封瓶内盛水位 4 cm 或 8 cm
- 大血管钳 2 把
- 药杯内盛乙醇棉球数只

病人准备
- 核对,解释
- 暴露
- 夹管(用两把血管钳交叉夹住胸导管)
- 铺治疗巾(或棉垫)

更换引流瓶
- 用乙醇棉球消毒胸导管与接管衔接处 2 遍,第 3 只乙醇棉球消毒固定
- 更换引流管及引流瓶,注意无菌操作,装置是否正确密封
- 松开血管钳,观察水封管内水柱有否波动
- 妥善固定,防止脱落
- 引流瓶两侧挂钩挂于床档上

健康教育
- 保持引流管密闭状态,不要拔出引流管
- 拔管前嘱病人深吸气,然后屏住,以免拔管时管端损伤肺或引起疼痛,造成气胸

清理用物
归还原处
- 引流液:倒入专门下水道处理或消毒液浸泡(根据各医院情况)
- 引流瓶:消毒液浸泡
- 引流管:毁形后集中处理

正确记录——引流液的色、质、量

【注意事项】

1. 术后病人若血压平稳,应取半卧位以利引流。
2. 水封瓶应位于胸部以下,不可倒转,维持引流系统密闭,接头牢固固定。
3. 保持引流管长度适宜,翻身活动时防止受压、打折、扭曲、脱出。
4. 保持引流管通畅,注意观察引流液的量、颜色、性质,并做好记录。如引流液量增多,及时通知医生。
5. 更换引流瓶时,应用止血钳夹闭引流管防止空气进入。注意保证引流管与引流瓶的连接牢固紧密,切勿漏气。操作时严格无菌操作。
6. 搬动病人时,应注意保持引流瓶低于胸膜腔。
7. 拔除引流管后 24 h 内应密切观察病人有无胸闷、憋气、呼吸困难、气胸、皮下气肿等。观察局部有无渗血、渗液,如有变化,要及时报告医生处理。

胸腔闭式引流的护理评分标准

项 目	项目总分	要 求	标准分	得分	备注
素质要求	5	服装、鞋帽整洁	1		
		仪表大方、举止端庄	2		
		语言柔和恰当,态度和蔼可亲	2		
操作前准备	15	评估	5		
		抄对医嘱,擦治疗车	2		
		洗手,戴口罩	2		
		备齐用物	3		
		检查水封瓶装置是否正确有效	3		
操作过程 / 病人准备	15	核对,解释	5		
		暴露	3		
		夹管	5		
		铺治疗巾(或棉垫)	2		
操作过程 / 操作要点	40	用乙醇棉球消毒胸导管与接管衔接处2遍,第3只乙醇棉球消毒固定	10		
		更换引流管、引流瓶	10		
		检查装置是否正确密封	6		
		松开血管钳,观察水封管内水柱有否波动	5		
		妥善固定,防止脱落	4		
		引流瓶挂钩挂在床档上	5		
健康教育	10	告知胸腔闭式引流的目的及注意事项	10		
操作后处理(按医院处理方式正确处理)	10	观察、测定引流液,处理引流液	2		
		处理引流瓶、引流管	2		
		处理其他污物	2		
		处理其他用物	2		
		洗手,脱口罩,记录	2		
熟练程度	5	动作轻巧、稳当、准确	2		
		注意无菌操作,操作时间为10 min	3		
总 分	100				

五、负压吸引术

【目的】

1. 持续吸出创口内积聚的淋巴液或血液。
2. 避免创口内积液、积血。

【操作流程图】

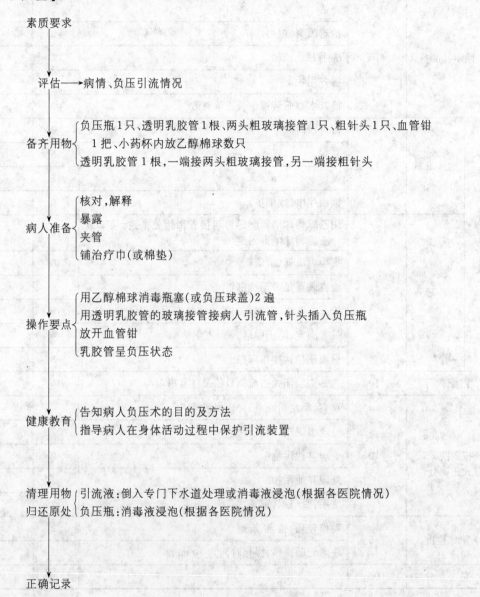

素质要求

评估──→病情、负压引流情况

备齐用物 ┤ 负压瓶1只、透明乳胶管1根、两头粗玻璃接管1只、粗针头1只、血管钳 1把、小药杯内放乙醇棉球数只
透明乳胶管1根,一端接两头粗玻璃接管,另一端接粗针头

病人准备 ┤ 核对,解释
暴露
夹管
铺治疗巾(或棉垫)

操作要点 ┤ 用乙醇棉球消毒瓶塞(或负压球盖)2遍
用透明乳胶管的玻璃接管接病人引流管,针头插入负压瓶
放开血管钳
乳胶管呈负压状态

健康教育 ┤ 告知病人负压术的目的及方法
指导病人在身体活动过程中保护引流装置

清理用物 归还原处 ┤ 引流液:倒入专门下水道处理或消毒液浸泡(根据各医院情况)
负压瓶:消毒液浸泡(根据各医院情况)

正确记录

【注意事项】

1. 保持引流通畅,注意观察引流液的量、颜色、性质,并做好记录。
2. 保持引流装置呈负压状态,引流物增多或负压状态消失,应及时报告医生。

负压吸引术评分标准

项　目		项目总分	要　求	标准分	得分	备注
素质要求		5	服装、鞋帽整洁	1		
			仪表大方,举止端庄	2		
			语言柔和恰当,态度和蔼可亲	2		
操作前准备		15	评估	5		
			洗手,戴口罩	3		
			备齐用物	3		
			透明乳胶管1根,一端接两头粗玻璃接管,另一端接粗针头	4		
操作过程	病人准备	10	核对,解释	4		
			暴露	2		
			铺治疗巾	2		
			血管钳夹住引流管	2		
	操作要点	40	用乙醇棉球消毒瓶塞(或负压球盖)2遍	10		
			用透明乳胶管的玻璃接管接病人引流管,针头插入负压瓶	10		
			放开血管钳	10		
			乳胶管呈负压状态	10		
健康教育		10	告知负压吸引术的目的、方法及注意事项	10		
操作后处理(按医院处理方式正确处理)		15	清理用物,整理床单位	5		
			观察、测定引流液	3		
			处理引流液	2		
			处理负压瓶(球)	2		
			洗手,脱口罩,记录	3		
熟练程度		5	动作轻巧、稳当、准确	2		
			注意无菌操作,时间为5~10 min	3		
总　分		100				

六、换药

【目的】

1. 观察伤口:观察肉芽是否新鲜,有无渗出,有无脓性分泌等。
2. 了解伤口愈合情况,清除伤口分泌物、脓液、坏死组织和异物,保持伤口清洁。
3. 保护伤口肉芽组织和新生上皮,用药物促使坏死组织脱落,刺激肉芽组织生长,促进伤口愈合。

【操作流程图】

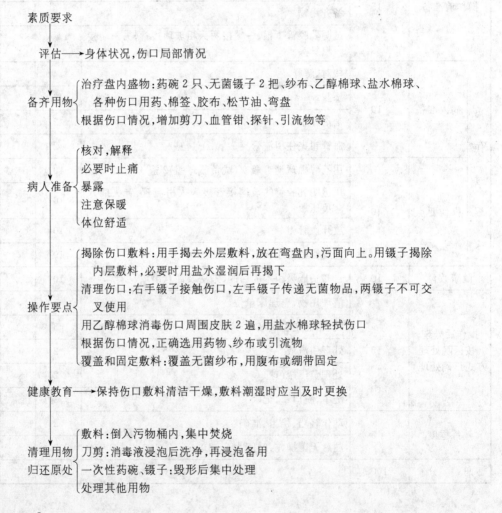

素质要求

评估──→身体状况,伤口局部情况

备齐用物 ┤治疗盘内盛物:药碗 2 只、无菌镊子 2 把、纱布、乙醇棉球、盐水棉球、
　　　　　各种伤口用药、棉签、胶布、松节油、弯盘
　　　　　根据伤口情况,增加剪刀、血管钳、探针、引流物等

病人准备 ┤核对,解释
　　　　　必要时止痛
　　　　　暴露
　　　　　注意保暖
　　　　　体位舒适

操作要点 ┤揭除伤口敷料:用手揭去外层敷料,放在弯盘内,污面向上。用镊子揭除
　　　　　　内层敷料,必要时用盐水湿润后再揭下
　　　　　清理伤口:右手镊子接触伤口,左手镊子传递无菌物品,两镊子不可交
　　　　　　叉使用
　　　　　用乙醇棉球消毒伤口周围皮肤 2 遍,用盐水棉球轻拭伤口
　　　　　根据伤口情况,正确选用药物、纱布或引流物
　　　　　覆盖和固定敷料:覆盖无菌纱布,用腹布或绷带固定

健康教育──→保持伤口敷料清洁干燥,敷料潮湿时应当及时更换

清理用物 ┤敷料:倒入污物桶内,集中焚烧
归还原处 ┤刀剪:消毒液浸泡后洗净,再浸泡备用
　　　　　一次性药碗、镊子:毁形后集中处理
　　　　　处理其他用物

【注意事项】

1. 严格执行无菌操作原则。
2. 包扎伤口时要保持良好的血液循环,不可固定太紧。包扎肢体时应从身体远端到近端,促进静脉回流。
3. 换药原则:先换清洁伤口──→污染伤口──→感染伤口;避免异物残留于伤口内;传染伤口必须执行床边隔离。

换药评分标准

项 目		项目总分	要 求	标准分	得分	备注
素质要求		5	服装、鞋帽整洁	1		
			仪表大方,举止端庄	2		
			语言柔和恰当,态度和蔼可亲	2		
操作前准备		15	评估	5		
			洗手,戴口罩	3		
			备齐用物	4		
			环境(温度、光线)、时间合适	3		
操作过程	病人准备	10	核对,解释(必要时镇静、止痛)	4		
			充分暴露,注意保暖	3		
			体位舒适	3		
	操作要点	45	揭除伤口敷料:用手揭去外层敷料,放在弯盘内,污面向上,用镊子揭除内层敷料,必要时用盐水湿润后再揭下	10		
			清理伤口:右手镊子接触伤口,左手镊子传递无菌物品,两镊子不可交叉使用	10		
			用乙醇棉球消毒伤口周围皮肤2遍,顺序正确	5		
			用盐水棉球轻拭伤口	5		
			根据伤口情况,正确选用药物、纱布或引流物	10		
			覆盖和固定敷料:覆盖无菌纱布,用胶布或绷带固定,注意胶布粘贴方向	5		
健康教育		10	保持伤口敷料清洗干燥	10		
操作后处理(按医院处理方式正确处理)		10	敷料:倒入污物桶内,集中焚毁	2		
			刀剪:消毒液浸泡后洗净,再浸泡备用	2		
			一次性药碗、镊子:毁形后集中处理	2		
			处理其他用物	2		
			洗手,脱口罩	2		
熟练程度		5	动作轻巧、稳当、准确	2		
			注意无菌操作	3		
总 分		100				

七、拆线

【目的】

1. 一切皮肤缝线均为异物,不论愈合伤口或感染伤口均需拆线。
2. 缝合的皮肤切口愈合以后或手术切口发生某些并发症时(如切口化脓性感染、皮下血肿压迫重要器官等)需拆除缝线,以利伤口愈合和治疗并发症。

【操作流程图】

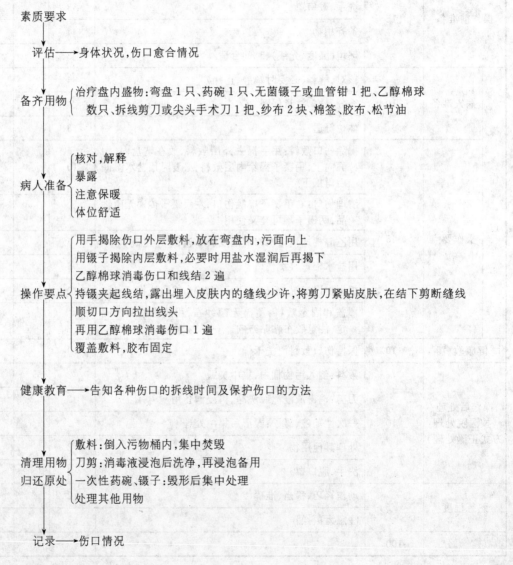

素质要求

评估——身体状况,伤口愈合情况

备齐用物 { 治疗盘内盛物:弯盘 1 只、药碗 1 只、无菌镊子或血管钳 1 把、乙醇棉球
数只、拆线剪刀或尖头手术刀 1 把、纱布 2 块、棉签、胶布、松节油

病人准备 { 核对,解释
暴露
注意保暖
体位舒适

操作要点 { 用手揭除伤口外层敷料,放在弯盘内,污面向上
用镊子揭除内层敷料,必要时用盐水湿润后再揭下
乙醇棉球消毒伤口和线结 2 遍
持镊夹起线结,露出埋入皮肤内的缝线少许,将剪刀紧贴皮肤,在结下剪断缝线
顺切口方向拉出线头
再用乙醇棉球消毒伤口 1 遍
覆盖敷料,胶布固定

健康教育——告知各种伤口的拆线时间及保护伤口的方法

清理用物 { 敷料:倒入污物桶内,集中焚毁
归还原处 { 刀剪:消毒液浸泡后洗净,再浸泡备用
一次性药碗、镊子:毁形后集中处理
处理其他用物

记录——伤口情况

【注意事项】

1. 操作中严格遵守无菌操作原则。
2. 术后如无特殊情况,一般不必特殊处理,局部敷料酌情保留适当时间即可揭除。
3. 如有浅层伤口裂开,用蝶形胶布拉拢。如有深层或全层伤口裂开,需再次缝合。

<h1 style="text-align:center">拆线评分标准</h1>

项 目		项目总分	要 求	标准分	得分	备注
素质要求		5	服装、鞋帽整洁	1		
			仪表大方,举止端庄	2		
			语言柔和恰当,态度和蔼可亲	2		
操作前准备		15	评估	5		
			洗手,戴口罩	3		
			备齐用物	4		
			环境(温度、光线),时间合适	3		
操作过程	病人准备	10	核对,解释	4		
			充分暴露,注意保暖	3		
			体位舒适	3		
	操作要点	45	用手揭去伤口外层敷料,放在弯盘内,污面向上	5		
			用镊子揭除内层敷料,必要时用盐水湿润后再揭下	5		
			用乙醇棉球消毒切口周围及线结外露部分2遍	5		
			持镊(或血管钳)将线结夹住提起,露出缝线少许,将剪刀紧贴皮肤,在结下剪断缝线	15		
			顺切口方向拉出线头	5		
			再用乙醇棉球消毒伤口1遍	2		
			覆盖无菌纱布,胶布固定	4		
			如有浅层伤口裂开,用蝶形胶布拉拢(口述)	2		
			如有深层或全层伤口裂开,需再次缝合(口述)	2		
健康教育		10	告知各种伤口的拆线时间及保护伤口的方法	10		
操作后处理(按医院处理方式正确处理)		10	敷料:倒入污物桶内,集中焚毁	2		
			刀剪:消毒液浸泡后洗净,再浸泡备用	2		
			一次性药碗、镊子:毁形后集中处理	2		
			处理其他用物	1		
			洗手,脱口罩,记录	3		
熟练程度		5	动作轻巧、稳当、准确	2		
			注意无菌操作	3		
总 分		100				

八、膀胱冲洗

【目的】

1. 使尿液引流通畅。

2. 治疗某些膀胱疾病。

3. 清除膀胱内的血凝块、黏液、细菌等异物,预防膀胱感染。

4. 前列腺及膀胱手术后预防血块形成。

【操作流程图】

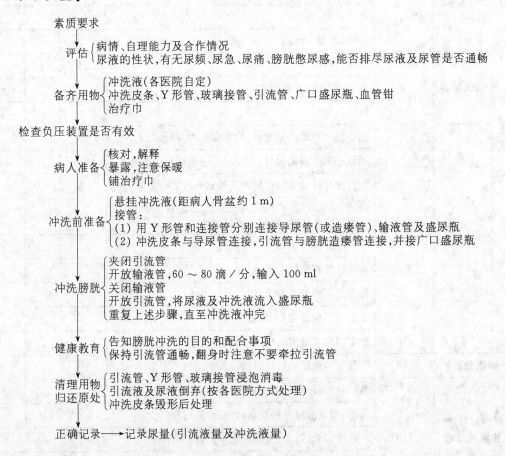

素质要求

评估 { 病情、自理能力及合作情况
尿液的性状,有无尿频、尿急、尿痛、膀胱憋尿感,能否排尽尿液及尿管是否通畅

备齐用物 { 冲洗液(各医院自定)
冲洗皮条、Y形管、玻璃接管、引流管、广口盛尿瓶、血管钳
治疗巾

检查负压装置是否有效

病人准备 { 核对,解释
暴露,注意保暖
铺治疗巾

冲洗前准备 { 悬挂冲洗液(距病人骨盆约1 m)
接管:
(1) 用Y形管和连接管分别连接导尿管(或造瘘管)、输液管及盛尿瓶
(2) 冲洗皮条与导尿管连接,引流管与膀胱造瘘管连接,并接广口盛尿瓶

冲洗膀胱 { 夹闭引流管
开放输液管,60～80滴／分,输入100 ml
关闭输液管
开放引流管,将尿液及冲洗液流入盛尿瓶
重复上述步骤,直至冲洗液冲完

健康教育 { 告知膀胱冲洗的目的和配合事项
保持引流管通畅,翻身时注意不要牵拉引流管

清理用物
归还原处 { 引流管、Y形管、玻璃接管浸泡消毒
引流液及尿液倒弃(按各医院方式处理)
冲洗皮条毁形后处理

正确记录 —→ 记录尿量(引流液量及冲洗液量)

【注意事项】

1. 严格执行无菌操作,防止医源性感染。

2. 冲洗时若病人感觉不适,应减缓冲洗速度及量,必要时停止冲洗,密切观察。若病人感到剧痛或引流液中有鲜血时,应停止冲洗,通知医生处理。

3. 冲洗时,冲洗液瓶内液面距床面约60 cm,以便产生一定的压力,利于液体流入。冲洗速度应根据流出液的颜色进行调节。一般为80～100滴／分;如果滴入药液,须在膀胱内保留15～30 min后再引流出体外,或根据需要,延长保留时间。

4. 寒冷季节,冲洗液应加温至35 ℃左右,以防冷水刺激膀胱,引起膀胱痉挛。

5. 冲洗过程中注意观察引流管是否通畅。

膀胱冲洗评分标准

项 目		项目总分	要 求	标准分	得分	备注
素质要求		5	服装、鞋帽整洁	1		
			仪表大方,举止端庄	2		
			语言柔和恰当,态度和蔼可亲	2		
操作前准备		10	评估	5		
			洗手,戴口罩	2		
			备齐用物,检查负压装置	3		
操作过程	冲洗前准备	25	核对,解释	4		
			铺治疗巾	2		
			悬挂冲洗液(距病人骨盆约1 m)	4		
			接管: (1) 用 Y 形管和连接管分别连接导尿管(或造瘘管)、输液管及盛尿瓶 (2) 冲洗皮条与导尿管连接,引流管与膀胱造瘘管连接,并接广口盛尿瓶	15		
	冲洗膀胱	35	夹闭引流管	5		
			开放输液管,60~80滴/分,输入100 ml	10		
			关闭输液管	5		
			开放引流管,将尿液及冲洗液流入盛尿瓶	5		
			重复上述步骤,直至冲洗液冲完	10		
健康教育		10	告知膀胱冲洗的目的和配合事项	10		
操作后处理 (按医院处理 方式正确处理)		10	引流管、Y 形管、玻璃接管浸泡消毒	2		
			引流液及尿液倒弃(按各医院方式处理)	2		
			冲洗皮条毁形后处理	2		
			洗手,脱口罩,记录	4		
熟练程度		5	动作轻巧、稳当、准确	2		
			顺序清晰	3		
总 分		100				

九、造口护理

【目的】
1. 保持造口周围皮肤的清洁。
2. 帮助病人掌握护理造口的方法。

【操作流程图】

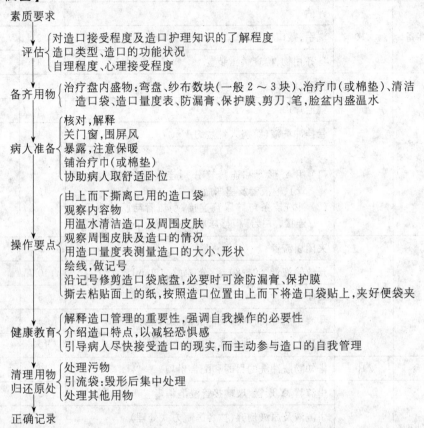

素质要求

评估 { 对造口接受程度及造口护理知识的了解程度
造口类型、造口的功能状况
自理程度、心理接受程度 }

备齐用物 { 治疗盘内盛物:弯盘、纱布数块(一般2～3块)、治疗巾(或棉垫)、清洁
造口袋、造口量度表、防漏膏、保护膜、剪刀、笔,脸盆内盛温水 }

病人准备 { 核对,解释
关门窗,围屏风
暴露,注意保暖
铺治疗巾(或棉垫)
协助病人取舒适卧位 }

操作要点 { 由上而下撕离已用的造口袋
观察内容物
用温水清洁造口及周围皮肤
观察周围皮肤及造口的情况
用造口量度表测量造口的大小、形状
绘线,做记号
沿记号修剪造口袋底盘,必要时可涂防漏膏、保护膜
撕去粘贴面上的纸,按照造口位置由上而下将造口袋贴上,夹好便袋夹 }

健康教育 { 解释造口管理的重要性,强调自我操作的必要性
介绍造口特点,以减轻恐惧感
引导病人尽快接受造口的现实,而主动参与造口的自我管理 }

清理用物
归还原处 { 处理污物
引流袋:毁形后集中处理
处理其他用物 }

正确记录

【注意事项】
1. 护理过程中注意向病人详细讲解操作步骤。
2. 更换造口袋时应当防止袋内容物排出污染伤口。
3. 撕离造口袋时注意保护皮肤,防止皮肤损伤。
4. 注意造口与伤口距离,保护伤口,防止污染伤口。
5. 贴造口袋前一定要保证造口周围皮肤干燥。
6. 造口袋裁剪时与实际造口方向相反,不规则造口要注意裁剪方向。
7. 造口袋底盘与造口黏膜之间保持适当空隙(1～2 mm)。缝隙过大,粪便可刺激皮肤引起皮炎;缝隙过小,底盘边缘与黏膜摩擦将会导致不适,甚至出血。
8. 如使用造口辅助用品,应当在使用前认真阅读产品说明书。如使用防漏膏,应当按压底盘15～20 min。
9. 教会病人观察造口周围皮肤的血运情况,并定期手扩造口,防止造口狭窄。

造口护理评分标准

项 目		项目总分	要 求	标准分	得分	备注
素质要求		5	服装、鞋帽整洁	1		
			仪表大方,举止端庄	2		
			语言柔和恰当,态度和蔼可亲	2		
操作前准备		10	评估	5		
			洗手,戴口罩	2		
			备齐用物	3		
操作过程	病人准备	15	核对,解释	4		
			关门窗,围屏风	2		
			暴露,注意保暖	3		
			铺治疗巾(或棉垫)	3		
			协助病人取舒适卧位	3		
	操作要点	45	由上而下撕离已用的造口袋	2		
			观察内容物	5		
			用温水清洁造口及周围皮肤	5		
			观察周围皮肤及造口的情况	5		
			用造口量度表测量造口的大小、形状	5		
			绘线,做记号	3		
			沿记号修剪造口袋底盘,必要时可涂防漏膏、保护膜	10		
			撕去粘贴面上的纸,按照造口位置由上而下将造口袋贴上,夹好便袋夹	10		
健康教育		10	解释造口重要性,强调自我操作的必要性	5		
			介绍造口特点,以减轻恐惧感	5		
操作后处理		10	处理污物	2		
			引流袋:毁形后集中处理	3		
			处理其他用物	2		
			洗手,脱口罩,记录	3		
熟练程度		5	动作轻巧、稳当、准确	2		
			无皮肤破损,无伤口污染	3		
总 分		100				

第三节 外科护理范例(胆石症、急性胆囊炎)

病人,男性,56岁,因转移性右下腹痛3天而入院。病人于3天前在无明显诱因下感到右上腹绞痛,向右肩背部放射,伴恶心,未呕吐。病程中病人无黄疸史,大小便正常。既往无溃疡史。体格检查:T 37.3 ℃,P 92次/分,R 20次/分,BP 90/60 mmHg(12/8 kPa),神清,痛苦表情,皮肤黏膜无黄染,心肺正常,腹平软,未见胃肠蠕动波及肠型,腹式呼吸正常。肝、脾肋下未扪及,未扪及肿大胆囊,墨菲征(+),肠鸣音正常。血、尿常规均正常。B超提示:胆囊结石。腹部X线平片检查膈下无游离气体。诊断:胆囊结石。治疗:在全身麻醉下行胆囊切除术,手术顺利,安返病区。病人术后康复良好,无并发症发生。

(一) 护理评估

1. 简要护理体格检查

(1) 生命体征:T 37.3 ℃,P 92次/分,R 20次/分,BP 90/60 mmHg(12/8 kPa)。

(2) 神志清,痛苦表情。

(3) 根据病情检查:皮肤、黏膜无黄染;未见胃肠蠕动波及肠型,腹式呼吸正常;肝、脾肋下未扪及,右上腹轻度压痛及肌紧张,墨菲征(+);肠鸣音正常。

(4) 重要阳性体征及相关体征:右上腹绞痛,右肩背部放射痛,墨菲征阳性。

2. 主要辅助检查

(1) B超:提示"胆囊结石"。

(2) 血常规:白细胞计数为 $4.5×10^9$/L。

3. 目前治疗情况

(1) 术前:禁食,静脉补液(5%葡萄糖、头孢拉定、山莨菪碱)。

(2) 手术:在全身麻醉下行胆囊切除术。

(3) 术后:胃肠道功能未恢复时禁食,静脉补液、抗炎、止血治疗,有伤口引流管和导尿管。

4. 生活习惯

(1) 环境:安静。

(2) 饮食:禁食。

(3) 睡眠:好,每日6 h。

(4) 排泄:大小便正常。

(5) 性格:开朗。

(6) 以往住院情况:无住院经历。

5. 心理反应

(1) 由于疼痛,情绪较为紧张。经过医生的治疗和护士的护理后,病情基本稳定,与护士建立了较好的心理沟通,能适应病区环境。

(2) 由于初次手术,病人较为担忧手术的安全性,经过术前宣教后有所缓解,心理反应良好。

(二) 护理诊断

1. 疼痛:与胆囊炎、胆结石及手术切口有关。

2. 知识缺乏:缺乏胆囊炎、胆结石及手术相关知识。

3. 有体液不足的危险：与禁食、腹腔引流、术中出血有关。

4. 有感染的危险：与腹部切口和留置导尿管、引流管有关。

（三）护理目标

1. 病人病痛减轻，舒适感改善。

2. 病人积极配合术前准备，并能说出术后康复的有关知识。

3. 病人保持体液平衡，表现为血压、心率平稳，尿量正常。

4. 病人未发生感染，体温正常，伤口愈合良好。

（四）护理措施

1. 术前护理

（1）心理护理，做好术前准备和宣教。

（2）明确疾病诊断后，遵医嘱给予解痉止痛剂，并观察腹痛的部位、性质、持续时间及诱因。

（3）观察生命体征及腹部体征。

（4）禁食。

（5）注意卧床休息。

（6）积极保肝，提高手术耐受力。

（7）遵医嘱使用抗生素。

2. 术后护理

（1）麻醉清醒后半卧位。

（2）观察生命体征、尿量、皮肤弹性、伤口情况及腹部体征。

（3）向病人解释术后疼痛是正常反应，并安慰病人。遵医嘱给病人使用止痛剂，或使用非药物措施减轻疼痛(如分散注意力)；妥善固定引流管，防止引流管移动所引起疼痛；协助病人采取舒适体位，并用腹带固定伤口。

（4）术后肛门排气后进流质，后逐渐改为半流质，术后 5～7 天可给低脂普食。

（5）静脉输液，遵医嘱继续使用抗生素。

（6）做好伤口换药，保持病人皮肤清洁。

（7）继续采取保肝措施。

（8）引流管、导尿管护理，保持固定、无菌、通畅，并做好观察记录。

（9）康复指导。

（五）护理评价

1. 病人主诉疼痛减轻。

2. 病人已了解有关手术知识，并能积极配合手术前准备；病人已掌握术后康复知识。

3. 病人保持体液平衡，生命体征稳定。

4. 病人体温正常，伤口引流通畅，伤口愈合良好。

第五章 妇产科临床护理

第一节 妇产科护理理论

1. 受精卵完成着床过程必须具备哪些条件?

答:必须具备的条件有:①孕卵在输卵管内正常运行;②透明带准时溶解消失;③子宫内膜与胚泡在发育上的精确同步化;④正常的子宫内环境等。

2. 胎盘由哪些组织组成?

答:由羊膜、叶状绒毛膜、底蜕膜组成。

3. 简述胎盘的功能。

答:(1) 气体交换:在胎盘中通过扩散作用进行气体交换,以保证胎儿氧气需要。

(2) 供应营养:将营养物质输送入胎儿血中,同时改变物质结构适合胎儿需要。

(3) 排出代谢产物:胎儿的代谢产物,经胎盘渗入母血,然后排出。

(4) 防御功能:胎盘有一定的屏障作用,但功能特别有限。

(5) 免疫功能:胎盘起到一定的屏障作用,同时产生一些物质,避免免疫排斥。

(6) 合成功能:胎盘可合成蛋白激素、甾体激素和某些酶。

4. 胎盘进行物质交换有哪些方式?

答:进行物质交换及转运方式有简单扩散、易化扩散、主动运输及特殊运输等。

5. 胎盘具有合成功能,常合成的激素有哪些?

答:①绒毛膜促性腺激素;②胎盘泌乳素;③雌激素;④孕激素。

6. 简述羊水的功能。

答:羊水的功能是保护胎儿和母体。妊娠期:使胎儿有一定活动度,防止胎儿与羊膜粘连,保持子宫腔内温度恒定,使宫腔内压力均匀分布,减少母体因胎动引起的不适,有利于胎儿体液平衡。临产时:传导子宫收缩的压力,同时形成前羊水囊,有利于扩张子宫颈口。破膜后:润滑产道,同时冲洗阴道,减少感染的发生。

7. 胎儿循环系统有哪 3 个特殊的通道?

答:①卵圆孔;②静脉导管;③动脉导管。

8. 简述预产期的推算。

答:从末次月经第一天算起月份减 3 或加 9,日数加 7。如:末次月经为今年 8 月 20 日,预产期为明年 5 月 27 日。

9. 何谓仰卧位低血压综合征? 如何预防与护理?

答:仰卧位低血压综合征见于妊娠末期,若孕妇较长时间取仰卧位姿势,由于增大的子宫压迫下腔静脉,使回心血量减少及心排出量突然减少,出现低血压,孕妇会突感头晕、胸闷、心悸等。

预防与护理:①改侧卧位后,使下腔静脉血流通畅,血压迅速恢复正常;②妊娠末期,孕妇宜取左侧卧位。

10. 简述孕妇左侧卧位的重要性。

答:(1) 减少增大子宫对腹主动脉及下腔静脉的压迫。

(2) 促进子宫胎盘的血液循环。

(3) 改善全身循环状况。

(4) 减轻下肢水肿。

11. 孕妇,李某,G1P0,妊娠 36 周,你如何指导其做好自我监护(列举两种,如何判断)?

答:(1) 指导孕妇自行测胎动,在每天早、中、晚固定的时间各测 1 次胎动,每次 1 h。静坐或侧卧,思想集中,每次胎动均记录,每日 3 次胎动的次数的总和乘以 4,即得 12 h 胎动计数。将 3 次胎动数相加乘以 4 即得 12 h 的胎动数。正常胎动持续在 30 次/12 小时,每小时 3~5 次。如胎动少于 10 次/12 小时,连续记录胎动每小时小于 3 次,提示胎儿缺氧,必须立即去医院就诊,采取措施进行处理。

(2) 如有条件,则可以教会家属听胎心的方法,每日定时听胎心并记录,正常胎心为 120~160 次/分。过快、过慢均属异常,应随时去医院就诊。

12. 叙述腹部四步触诊的方法和步骤。

答:运用四步触诊法确定胎方位,了解胎儿大小、子宫底的高度等。具体方法如下。

第一步手法:检查者面向孕妇头部,摸清子宫底高度,估计子宫底是胎体的哪个部位。

第二步手法:检查者的双手分别平放在孕妇腹部两侧,仔细分辨胎背与胎儿四肢,明确各在哪一侧。

第三步手法:检查者将右手拇指与其他 4 指分开,放在孕妇耻骨联合上方,鉴别胎头与胎臀,再确定先露是否入盆。

第四步手法:检查者面对孕妇足部,复核对先露部的诊断是否正确,并确定先露部入盆的程度。

13. 简述测量子宫长度及腹围的方法。

答:用软尺测量子宫底长度及腹围。子宫长度是指从宫底到耻骨联合上端的距离。腹围是指绕脐一周的数值。

14. 妊娠期应做好哪些健康指导?

答:①妊娠期异常症状的判断;②妊娠期营养指导;③妊娠期活动与休息;④妊娠期个人卫生与舒适;⑤胎教;⑥妊娠期自我监护;⑦性生活指导;⑧妊娠期用药指导;⑨如何正确识别产兆。

15. 妊娠期易诱发便秘的原因是什么? 如何做好健康指导?

答:便秘是孕妇常见症状,与妊娠期胃肠蠕动减弱,排空时间延长,加之孕妇运动量减少,增大的子宫及胎先露部对肠道的压迫,常会引起便秘。

健康指导:(1) 养成每日定时排便的习惯,建立适当的胃结肠反射。

(2) 多吃易消化、含纤维素多的新鲜蔬菜及水果,补充足够的水分。

(3) 每日进行适当的运动。

(4) 必要时按医嘱给缓泻剂(如开塞露),但注意切勿养成依赖药物的习惯。

16. 有哪些杂音可能会干扰听取胎心音?

答:①子宫动脉杂音;②腹主动脉音;③脐带杂音;④胎动音。

17. 试述分娩机制中促进胎头下降的因素。

答：①宫缩时，羊水传导的压力，使之下降。②宫缩时，宫底直接压迫胎臀。③胎体伸直伸长。④腹肌收缩。

18. 有哪些因素影响分娩？

答：①产力；②产道；③胎儿；④产妇的心理状态。

19. 何谓产力？产力包括哪些内容？

答：产力指将胎儿及其附属物从子宫内逼出的力量。

产力包括子宫收缩力(简称"宫缩")、腹壁肌和膈肌收缩力及肛提肌收缩力。

20. 先兆临产有哪些症状？

答：不规则宫缩、胎先露进入骨盆入口、阴道口出现血性分泌物(俗称"见红")。

21. 临产的主要标志是什么？

答：有规律且逐渐增强的子宫收缩，伴有进行性子宫颈管消失，宫颈扩张和胎先露下降。

22. 正常的子宫收缩具有哪些特性？

答：节律性、对称性和极性、缩复作用。

23. 何谓3个产程？各产程所需的平均时间为多少？

答：第一产程：又称宫颈扩张期，从有规律宫缩开始到宫口开全。初产妇需 $11 \sim 12$ h，经产妇 $6 \sim 8$ h。

第二产程：又称胎儿娩出期，从宫口开全到胎儿娩出。初产妇 $1 \sim 2$ h，经产妇 1 h 或数分钟。

第三产程：又称胎盘娩出期，从胎儿娩出到胎盘娩出。$5 \sim 15$ min，不超过 30 min。

24. 产妇入院应怎样进行护理评估？

答：(1) 查阅产前检查记录，询问目前症状、妊娠情况、有无合并症及有关的过去史。

(2) 身体评估，腹部检查了解子宫大小、胎产式、胎先露、胎方位及先露是否衔接。听胎心音，观察宫缩，测 BP、T、P、R。

(3) 心理社会评估，热情接待产妇，做好宣教及解释，使产妇安心待产。

(4) 更换清洁衣裤，贵重物品交由家属带回。

(5) 做好入院病史记录。

25. 第一产程的观察与护理有哪些要点？

答：(1) 观察产程

1) 观察宫缩强弱、间隔及持续时间，一般连续观察 3 次宫缩后记录。

2) 正确记录潜伏期及临产开始时间。

3) 听胎心。

4) 测血压，常规每 2 h 测量 1 次。

5) 宫口开大至 2 cm、8 cm 时需常规做宫缩应激试验(CST)。

6) 胎膜已破者，立即听胎心，观察羊水性状、颜色和流出量并记录。预防感染，保持外阴清洁，外阴用无菌巾，每 4 h 测体温。

7) 阴(肛)查：宫口<3 cm，每 $2 \sim 4$ h 做 1 次阴道(肛门)检查；宫口>3 cm，每 $1 \sim 2$ h 做 1 次阴道(肛门)检查，每次检查不得超过 2 人。

8) 观察阴道流血量。

9) 初产妇宫口开全,经产妇宫口开到 3～4 cm 时送产房。

（2）活动与休息:临产后若产妇宫缩不强,未破膜,可在室内适当活动。若初产妇宫口开到 5 cm 以上,经产妇宫口开到 3 cm 时,应卧床休息,尽量取侧卧位。

（3）鼓励进食:给予易消化有营养食物,并注意摄入足够的水分。

（4）注意排空膀胱:临产后鼓励 2～4 h 排尿 1 次,以免膀胱充盈影响宫缩与胎头下降。

（5）提供安静、放松的环境:床单位保持整洁干燥,使产妇感到舒适而促进产程进展。

（6）心理支持:关心产妇,提供信息,适当抚触,护理支持。

26. 第二产程有哪些护理要点?

答:（1）产妇护理:观察一般情况,测量血压,指导产妇在宫缩时屏气,以增加腹压协助子宫收缩。

（2）胎儿观察:每 15 min 听 1 次胎心音。若发现异常,及时与医生联系,尽快结束分娩。

（3）准备接生。

（4）胎儿娩出及护理:①胎头娩出,挤出口鼻内的黏液和羊水;②肩及躯干娩出;③脐带结扎;④新生儿即时护理。

27. 持续性枕后位、枕横位者有哪些预防及护理措施?

答:（1）产程中及时发现产妇过早有排便感的主诉,宫口开大 5 cm,手转胎头后包腹固定,指导孕妇不要过早屏气,以免宫颈水肿。

（2）产妇朝胎背的对侧方向侧卧,以利胎头向前转。

（3）严密观察产程,看宫口扩张及胎头下降的情况。

（4）关心产妇及时进食,注意休息,避免膀胱充盈,影响宫缩。

（5）宫口开全 1 h 未分娩者,做好阴道助产的准备,胎头在坐骨棘以下 2 cm 方可助产。如先露不下降,仅宫口开全,则需剖宫产,以免助产困难,造成胎儿损伤。

（6）第三产程注意产后出血,检查阴道是否裂伤,给予抗生素预防感染。

28. 何谓潜伏期延长?

答:宫口开大 3 cm 以前为潜伏期。规律宫缩>16 h 宫口开大未达到 3 cm,为潜伏期延长。正常初产妇需 8 h。

29. 何谓活跃期延长?

答:宫口开大 3～10 cm 为活跃期,正常初产妇需 4 h。超过 8 h 为活跃期延长。

30. 何谓急产、滞产及第二产程延长?

答:急产:总产程不超过 3 h。

滞产:总产程超过 24 h。

第二产程延长:第二产程超过 2 h。

31. 产后 2 h 观察的主要内容有哪些?

答:一般每 30 min 观察记录 1 次,观察内容为:生命体征、子宫收缩情况、宫底高度、阴道出血量、会阴切口情况、有无血肿、膀胱是否充盈,同时观察新生儿的心率、呼吸、面色及脐带有无渗血等,并关心产妇饮食、饮水,做好保暖与心理护理。

32. 脐带结扎的目的及注意点是什么?

答:目的:止血,使残存脐带脱落,减少脐带感染的机会。

注意点:①结扎时,必须扎紧以防出血,但不能用力过猛,以防扎断脐带,尤其是胶质多或水肿的脐带,用力要适当。②在处理脐带过程中应用毛巾盖好新生儿胸部以保暖。

33. 胎盘剥离有哪些征兆?

答:(1) 子宫底变硬呈球形,宫底升高达脐上。

(2) 阴道有少量流血。

(3) 阴道口外露的脐带自行下降、变长。

(4) 压耻骨联合上方,外露脐带不回缩。

34. 常用的子宫收缩剂有哪些?

答:子宫收缩剂有:缩宫素、麦角新碱、前列腺素、米索前列醇、卡前列甲酯等,还有中药益母草(但作用不够强)。

35. 何谓新生儿 Apgar 评分及其意义?

答:新生儿 Apgar 评分是一种评估新生儿情况的评分法。在新生儿出生后 1 min 内根据其每分钟心率、呼吸、肌张力、喉反射及皮肤颜色 5 项体征进行评分,用以判断新生儿有无窒息及窒息的程度。每项为 0~2 分,得 10 分为满分,8~10 分属正常新生儿,4~7 分属轻度窒息(又称青紫窒息),0~3 分属重度窒息(又称苍白窒息)。

36. 何谓分娩、早产、足月产、过期产?

答:分娩:妊娠满 28 周及以后的胎儿及其附属物,从母体全部娩出的过程。

早产:妊娠满 28 周至不满 37 足周的分娩。

足月产:妊娠满 37 周至不满 42 足周的分娩。

过期产:妊娠满 42 周及以后的分娩。

37. 何谓产后出血及产后出血主要原因是什么?

答:(1) 胎儿娩出后 24 h 内阴道流血量达到或超过 500 ml 者,称为产后出血。

(2) 子宫收缩乏力、软产道损伤、胎盘因素(胎盘滞留、胎盘粘连或植入、胎盘或胎膜残留)、凝血功能障碍为产后出血的主要原因。

38. 依据临床表现如何判断不同原因引起的产后出血?

答:(1) 胎儿娩出后立即出现持续性鲜红的阴道流血,应考虑软产道损伤所致。

(2) 胎儿娩出后数分钟出现间歇性暗红性的阴道流血,应考虑胎盘因素所致。

(3) 胎盘娩出后出现间歇性暗红性的阴道流血,应考虑子宫收缩乏力、胎盘或胎膜残留所致。

(4) 出现持续性、无血凝块的阴道流血,应考虑凝血功能障碍所致。

(5) 阴道流血不多,但产妇失血表现明显伴阴道疼痛,应考虑隐匿性软产道损伤(如阴道血肿)所致。

39. 简述产后出血病人的护理要点。

答:(1) 根据产后出血原因,配合医生进行必要处理。

(2) 出现休克时,取平卧位,给氧,建立静脉通路,配血、备血。

(3) 产后应定时观察体温、脉搏、呼吸、血压、子宫收缩、阴道出血情况,了解出血情况及有无感染。

(4) 使产妇安静休息、保暖。

(5) 产后注意营养以利恢复。

40. 产后膀胱充盈有哪些危害?

答:影响子宫收缩,使胎盘剥离面血窦开放,引起产后出血。

41. 何谓胎儿窘迫?

答:胎儿在宫内因缺氧和酸中毒危及胎儿健康和生命的综合表现,称为胎儿窘迫。

42. 急性胎儿窘迫有哪些主要临床表现?

答:(1) 胎心改变:早期或轻微缺氧时胎心率加快>160 次/分,长时间或严重缺氧时胎心率减慢<120 次/分。

(2) 胎动改变:早期缺氧时胎动过频,缺氧未纠正或严重时胎动转弱且次数减少<30 次/12 小时,进而胎动消失。

(3) 观察羊水性状:羊水被胎粪污染。

(4) 胎心监护:宫缩时可见胎心频繁重度变异减速或晚期减速。

43. 急性胎儿窘迫应采取哪些应急的护理措施?

答:(1) 立即给产妇吸氧。

(2) 嘱产妇取左侧卧位。

(3) 遵医嘱静脉给予高渗葡萄糖及维生素 C。

(4) 胎心监护。

(5) 分娩时准备新生儿窒息抢救物品。

44. 孕妇间歇吸氧的意义是什么?

答:通过提高母体血氧含量来改善胎儿氧的供应,但在胎儿血氧分压低时即使血流量增多,也只能使氧分压上升 5 mmHg,况且长时间连续吸氧会使子宫血管发生收缩,导致胎盘血液循环量减少,反而妨碍胎儿供养。因此采用间断性吸氧。

45. 为什么过期妊娠会出现胎儿窘迫?

答:(1) 胎盘老化,供应胎儿的氧和营养逐渐减少。

(2) 胎儿越成熟,对缺氧耐受力越低。

(3) 妊娠过期后,羊膜分泌功能降低,羊水减少,胎儿经受不了强烈宫缩。

46. 简述无应激试验(NST)。

答:NST:在无宫缩、无外界负荷刺激的情况下,观察胎动时伴有胎心率的变化,了解胎儿的储备能力。

方法:在胎动时开始连续监护 20 min。

结果:有反应为正常,至少有 3 次以上胎动伴胎心率加速>15 次/分,持续时间>15 s。无反应为异常胎动,少于 3 次或胎动后不伴有胎心率加速或胎心率加速<15 次/分。

47. 简述缩宫素激惹试验(OCT)与宫缩应激试验(CST)。

答:OCT:用缩宫素诱导宫缩并用胎儿监护仪记录胎心率的变化。通过测定胎盘在宫缩时一过性缺氧的负荷试验了解胎儿的储备能力。方法:观察孕妇 10 min 无宫缩后,给予稀释缩宫素静脉滴注至有效宫缩 3 次/10 分钟,观察 20 min 内宫缩时胎心率的变化。监护胎心率与宫缩的关系。结果:阴性为宫缩后无晚期减速,胎心率基线变异正常,胎动后胎心率加快,提示胎盘功能良好。阳性为多次宫缩后连续出现晚期减速,胎心率基线变异减少,胎动后无胎心率加快,提示胎盘功能减退。

CST:在自然宫缩下用胎儿监护仪记录胎心率的变化,监护胎心率与宫缩的关系,结果判断同 OCT。

48. 何谓胎膜早破？胎膜早破有哪些护理措施？

答:临产前胎膜破裂,称为胎膜早破。护理措施如下。

(1) 卧床休息:胎先露未入盆者绝对卧床休息,取侧卧位,预防脐带脱垂。

(2) 定时观察:观察羊水性状、颜色、气味、量,听胎心,测体温、脉搏,并记录。

(3) 保持外阴清洁:置消毒的会阴垫并勤换会阴垫,每天用消毒液擦洗会阴,预防感染。

(4) 破膜 12 h 以上者查血常规。

(5) 遵医嘱用抗生素预防感染。

49. 胎膜早破有哪些危害性？

答:①早产;②脐带脱垂;③感染。

50. 简述产褥期的定义。

答:从胎盘娩出至母体全身各器官除乳腺外恢复至正常未孕状态的一段时间,为 6～8 周。

51. 产褥期产妇的主要护理诊断有哪些？

答:(1) 便秘或尿潴留:与产时的损伤及活动减少有关。

(2) 舒适改变:与产后宫缩、会阴伤口、产褥多汗、多尿等有关。

(3) 知识缺乏:缺乏产褥期保健的有关知识。

(4) 母乳喂养无效:与母亲焦虑、知识缺乏及喂养技术不熟练有关。

52. 说出产褥期感染常见的护理诊断。

答:(1) 体温过高:与产褥期感染有关。

(2) 舒适的改变:如疼痛,与产褥感染、高热有关。

(3) 营养失调:与发热消耗增多、摄入降低有关。

(4) 体液不足:与发热消耗增多、摄入降低有关。

(5) 焦虑:与担心自身健康和婴儿喂养有关。

53. 简述产褥感染的预防措施。

答:(1) 加强妊娠期宣教,包括加强妊娠期营养,纠正贫血,积极治疗泌尿系统感染和各种阴道炎、宫颈炎,妊娠晚期避免盆浴及性交,预防胎膜早破等诱因。

(2) 待产时或分娩时工作人员均需严格遵守无菌操作规程。避免不必要的阴道检查和肛检,以减少感染的机会。防止产道损伤及产后出血,失血过多时需立即输血,并给予预防性抗生素。

(3) 产后做好会阴护理,预防感染,促进伤口愈合。每日用消毒纱球擦洗会阴两次。指导产妇勤换会阴垫及正确的放置方法;排尿排便后正确的擦拭方向,防止污染,并彻底洗净。

(4) 强调洗手的重要性。工作人员和探视人员、产妇本人均需常洗手,必要时控制探视人数。

54. 如何做好产妇会阴护理？

答:(1) 仔细评估会阴切口,有无渗血、血肿、水肿等。

(2) 每天 2 次用消毒纱球擦洗会阴,擦洗原则为由上至下,由内向外,会阴伤口要重点擦洗,擦过肛门的棉球和镊子应弃之。会阴水肿者,用 95% 乙醇或 50% 硫酸镁湿热敷。

(3) 血肿者,小的可用湿敷或远红外灯照射,大的需配合医生切开处理。

（4）有硬结者用大黄、芒硝外敷。嘱产妇取健侧卧位。

（5）如产妇切口疼痛剧烈或有肛门坠胀感,应及时排除外阴、阴道壁及会阴部切口血肿。

（6）如遇切口感染或愈合不佳,可在产后 7～10 天起给予消毒溶液坐浴。

55. 产后会阴伤口硬结或水肿如何进行治疗与护理?

答:(1) 硬结:大黄、芒硝局敷。

（2）水肿:95％乙醇湿敷,50％硫酸镁湿热敷或用红外线照射会阴部。

（3）每日用消毒纱球擦洗外阴 2 次。

56. 简述产后排尿困难及尿潴留常见的原因。如何做好相应的护理?

答:原因:妊娠期体内潴留的过多水分在产后主要由肾脏排出,故产后数日尿量增多。分娩过程中膀胱受压造成黏膜水肿、充血,肌张力降低,以及会阴伤口疼痛,不习惯卧床排尿等原因,均可造成尿潴留。

护理措施:①鼓励和帮助产妇下床排尿;②诱导法如让产妇听流水声,用温开水冲洗外阴部;③热敷法,用热水袋置于下腹部;④针刺法;⑤药物法;⑥导尿法。

57. 产后如何观察子宫复旧情况?

答:(1) 分娩后由于子宫收缩和缩复作用,体积逐渐缩小,分娩后子宫下降到平脐,以后每天下降一横指,约 10 天下降到盆腔内,6～8 周恢复到正常大小。

（2）观察恶露:主要观察恶露量、色、气味等。产后第 1 周应为红色恶露,即色红、量多。产后第 2 周为浆液性恶露,即量减少,色较淡。产后 3～4 周为白色恶露,量更少,为白色或淡黄色。

58. 对焦虑产妇应采取哪些护理措施?

答:①正确评估;②建立良好的护患关系;③提供信息;④减少对感官的刺激;⑤发挥支持系统作用;⑥提高护理人员自信心。

59. 何谓早接触、早吸吮?

答:即在产后 30 min 内,亲子间皮肤与皮肤接触,新生儿吸吮母亲乳头。

60. 简述母乳喂养的优点。

答:(1) 新生儿

1) 母乳是新生儿最理想的天然食品,其所含的各种营养素最适合新生儿的消化吸收及生长发育的需要。

2) 母乳中含有丰富的免疫物质,有抗细菌、病毒、真菌的作用,避免致病菌的侵袭,预防呼吸道和肠道疾病。

3) 母乳喂养不易引起新生儿过敏,还可避免奶瓶、奶头污染带来的感染。

（2）母亲

1) 母乳喂养有利于子宫收缩,可预防产后出血并促进子宫恢复。

2) 降低患乳腺癌、卵巢癌的危险性。

（3）其他

1) 母乳喂养温度适宜,母乳无菌,喂养方便。

2) 母乳喂养经济,比人工喂养的花费少。

3) 母乳喂养新生儿由于频繁地与母亲接触,可增进母子间的情感。

61. 如何指导产妇进行正确的母乳喂养?

答:(1) 时间与次数:产后 30 min 内开始哺乳,哺乳持续时间开始时为 5~10 min,以后逐渐延长至 15~20 min。两侧乳房交替哺乳,要求按需哺乳。

(2) 哺乳前,母儿均应选择舒适位置,采取正确的姿势,即婴儿身体转向母亲,紧贴母亲身体,下颌接触乳房(胸贴胸,腹贴腹,下颌贴乳房,鼻对乳头)。

(3) 哺乳时,婴儿张开嘴,嘴唇凸起,乳头放在新生儿舌头上方,吸入大部分乳晕,用一手托扶并挤压乳房,吸吮时面颊鼓起有节奏的吸吮和吞咽,协助乳汁外溢。

(4) 哺乳中注意使婴儿将部分乳晕吸吮住,并防止婴儿鼻部被乳房压迫,以及头部与颈部过度伸展造成吞咽困难。

(5) 哺乳结束时,用示指轻轻向下按压婴儿下颌,避免在口腔负压情况下拉出乳头而引起局部疼痛或皮肤损伤。

(6) 哺乳后,将新生儿抱起,轻拍背部 1~2 min,排出胃内空气,防止吐奶。

62. 影响乳汁分泌量的因素有哪些?

答:(1) 没有做到充分有效的吸吮。

(2) 产妇的身体情况、情绪、睡眠、营养状况等。

63. 简述母乳喂养适当的标准。

答:①喂奶时听见婴儿吞咽声;②尿布 24 h 湿 6 次及以上;③每天有少量多次或大量 1 次的软大便;④两次哺乳之间婴儿很满足及安静;⑤婴儿眼睛亮反应灵敏,体重增加理想;⑥喂奶前乳房丰满,喂奶后乳房较柔软。

64. 简述乳房胀痛及乳腺炎的护理。

答:(1) 尽早哺乳,促进乳汁畅流。

(2) 哺乳前热敷乳房,使乳腺管畅通。但在两次哺乳之间可以冷敷乳房以减少局部充血、肿胀。

(3) 按摩乳房,促进乳汁排出,使乳腺管通畅,减轻疼痛。用生面饼外敷乳房也可促进乳腺管通畅,减轻疼痛。

(4) 佩戴乳罩,扶托乳房,减少胀痛。

65. 何谓足月新生儿、早产儿、低体重儿和极低体重儿?

答:妊娠达到 37 周至不足 42 周,出生体重≥2 500 g 的新生儿称为足月新生儿。

早产儿:妊娠超过 28 周而未满 37 周出生的新生儿,也称未成熟儿。

低体重儿:出生体重在 2 500 g 以下者。

极低体重儿:出生体重在 1 500 g 以下者。

66. 简述新生儿室、早产儿室、母婴同室的室温及相对湿度以及婴儿沐浴水温要求。

答:正常新生儿室的室温为 20~22 ℃,相对湿度为 55%~65%;早产儿室的室温为24~26 ℃,相对湿度为 55%~65%;母婴同室的温度为 20~24 ℃,相对湿度为 55%~65%。

新生儿沐浴室的室温为 26~28 ℃,水温为 38~42 ℃;新生儿抚触室的室温为 26~28 ℃,相对湿度为 55%~65%。

67. 新生儿护理要点及新生儿脐带护理要点是什么?

答:护理要点:喂养,保暖,预防感染。

脐带护理要点:保持局部清洁干燥,观察有无出血,注意无菌操作。

68. 正常新生儿心率、呼吸次数是多少？

答：心率 100～160 次/分，呼吸 40～60 次/分，2 天后降至 20～40 次/分。

69. 何谓生理性跌磅？

答：新生儿出生后由于非显性失水增加，胎粪排出，摄入量少，故出生后 1～3 天可出现体重下跌，3～5 天体重回升，5～7 天一般可恢复到出生体重。一般体重下跌不超过出生体重的 10%。

70. 简述新生儿生理性黄疸发生的原因和临床表现。

答：(1) 原因：①胎儿期红细胞因含氧量少而代偿性增加；②出生后肺呼吸建立，体内过剩的红细胞被迅速破坏而产生大量胆红素；③新生儿肝脏酶系统发育不完善，不能在短期内使胆红素完全排出，致使皮肤、黏膜、巩膜逐渐发黄，为生理性黄疸。

(2) 表现：一般足月儿 30%～60%、早产儿 70% 于出生后 2～3 天出现生理性黄疸，第 4～5 天达高峰，持续 1 周左右可自然消退。

71. 何谓新生儿鹅口疮？

答：鹅口疮为白色念珠菌感染所致。症状有：口腔黏膜及舌表面有似雪片样苔，不像奶块易被棉签擦掉，用力擦会引起出血。

72. 新生儿出生后主要有哪些反射？

答：①吸吮反射；②吞咽反射；③觅食反射；④握持反射；⑤拥抱翻身。

73. 简述新生儿消化系统的特点。

答：新生儿由于胃容量较小，胃呈水平位，肠道容量相对较大，胃肠蠕动较快，以适应较大量流质食物的消化；新生儿吞咽功能完善，但食管无蠕动，胃贲门括约肌不发达，在母乳后容易发生溢乳，尤其是早产儿更容易发生呕吐。

74. 母乳喂养的新生儿腹泻发生率为什么较低？

答：(1) 母乳所含蛋白质以乳蛋白为主，凝块小。母乳的乳脂肪球小，又含有大量脂肪酸，因而易于消化。

(2) 母乳中含乙型乳糖多，能促进肠内双歧杆菌大量繁殖，从而抑制大肠埃希菌的生长。

(3) 母乳的初乳中含有大量分泌型 IgA 抗体，能保护肠黏膜不被病毒或细菌侵入。

(4) 母乳所含乳铁蛋白较牛奶高，能抑制大肠埃希菌和白色念珠菌的生长。

(5) 母乳基本无菌并有广泛的抗细菌、病毒和真菌的抗体，具有抗细菌和病毒的作用。

鉴于母乳具有以上优点，故母乳喂养新生儿腹泻发生率较低。

75. 简述卡介苗与乙型肝炎疫苗接种的时间、部位、注射方法、剂量的区别。

答：见表 5-1。

表 5-1　卡介苗与乙型肝炎疫苗接种的区别

特　征	卡介苗	乙肝疫苗
时　间	出生 24 h 后	出生 24 h 内
方　法	皮内注射	肌内注射
部　位	左上臂三角肌下端外缘	大腿前外侧
剂　量	50 μg	5 μg

76. 简述新生儿胎头水肿与头颅血肿的鉴别和护理要点。

答:见表 5-2。

表 5-2　新生儿头颅血肿与胎头水肿的鉴别

特　征	头颅血肿	胎头水肿
部　位	骨膜下出血	先露部皮下组织
范　围	不超过骨缝	不受骨缝限制
局部特点	波动感	凹陷性水肿
出现时间	产后 2~3 天	娩出时即存在
消失时间	产后 3~8 周	产后 2~3 天

护理要点:①头颅血肿需注意不按摩、不受压、不热敷、不做穿刺,并应特别注意黄疸的加重;②胎头水肿注意更换卧位。

77. 应从哪几个方面做好产妇的出院健康宣教?

答:(1) 介绍新生儿情况:体温、体重、脐部护理等。

(2) 发给出生证、预防接种等各种证明并做解释。

(3) 育儿知识:母乳喂养指导,婴儿沐浴、婴儿抚触,脐部、臀部护理,新生儿常见的症状识别与处理,优育知识等。

(4) 提倡 4 个月内纯母乳喂养,母乳喂养可持续 1 年左右,告知母乳喂养咨询方法。

(5) 一般指导:营养、活动(产褥期保健操)、休息、个人卫生、心理辅导等。

(6) 计划生育指导:产褥期禁止性生活,产后 42 天采取避孕措施,指导产妇选择适当避孕方法。

(7) 产后复查:产后 42 天,母亲与婴儿一起到分娩所在的医院进行产后检查。

78. 何谓高危妊娠?

答:凡此次妊娠对孕妇、胎儿、新生儿有较高危险性的妊娠称为高危妊娠。

79. 简述妊娠期高血压疾病的主要临床表现及分类。

答:(1) 主要临床表现:高血压、蛋白尿、水肿等。

(2) 分类

1) 妊娠期高血压:血压≥140/90 mmHg,妊娠期首次症状,产后 12 周恢复正常;尿蛋白(一);可伴有上腹部不适或血小板减少。

2) 子痫前期

轻度:血压≥140/90 mmHg;妊娠 20 周以后出现;尿蛋白量≥300 mg/24 h 或尿蛋白(+);伴有上腹部不适、头痛等症状。

重度:血压 ≥160/110 mmHg;尿蛋白≥2.0 g/24 h 或尿蛋白(++);血肌酐>106 μmol/L;血小板<100×10^9/L;持续性头痛或其他脑神经或视神经障碍,持续性上腹部不适。

3) 子痫:子痫前期的孕产妇发生抽搐不能用其他原因解释。

4) 慢性高血压并发子痫前期:高血压孕妇妊娠 20 周以前无尿蛋白,若出现尿蛋白≥300 mg/24 h;高血压孕妇妊娠 20 周前突然蛋白量增加,血压进一步升高或血小板<100×10^9/L。

5) 妊娠合并慢性高血压:血压≥140/90 mmHg;妊娠前或妊娠 20 周前或妊娠 20 周后首次诊断高血压并持续到产后 12 周。

80. 妊娠高血压综合征的基本病理变化是什么? 有哪些临床表现?

答:妊娠高血压综合征的基本病理变化是全身小动脉痉挛。由于小动脉痉挛造成管腔狭窄,周围阻力加大,内皮细胞损伤,通透性增加,体液及蛋白质渗漏,表现为高血压、蛋白尿和水肿三大主要症状。

81. 妊娠高血压综合征对孕产妇有哪些影响?

答:妊娠高血压综合征时,子宫血管痉挛引起胎盘供血不足、胎盘功能减退,可导致胎儿窘迫、胎儿宫内发育迟缓、死胎、死产或新生儿死亡。

82. 简述应用硫酸镁治疗妊娠期高血压疾病的静脉给药方法、注意事项及毒性反应。

答:(1) 静脉给药:首次负荷剂量 25% 硫酸镁 20 ml+10% 葡萄糖 20 ml,缓慢静脉注射 5~10 min 推完。继之 25% 硫酸镁 60 ml+5% 葡萄糖 1 000 ml 静脉滴注,滴速为 1~2 g/h 为宜。

(2) 注意事项

1) 每次使用硫酸镁治疗前先检查膝反射、呼吸、尿量。膝反射存在、呼吸不少于 16 次/分、尿量不少于 600 ml/24 h 或不少于 25 ml/h,才能使用硫酸镁。

2) 备 10% 葡萄糖酸钙 10 ml,一旦出现中毒反应立即静脉注射,以对抗毒性作用。

3) 每日的总量为 25~30 g,用药过程中监测血清镁离子浓度。

(3) 毒性反应:首先表现为膝反射减弱或消失,继之出现全身肌张力减退、呼吸抑制,严重时出现心跳骤停。

83. 妊娠晚期出现阴道流血常由哪些异常妊娠引起?

答:前置胎盘、胎盘早剥。

84. 简述前置胎盘的分类及主要临床表现。

答:分类:完全性前置胎盘、部分性前置胎盘、边缘性前置胎盘。

临床表现:无痛性反复的阴道流血;贫血,其程度与出血量呈正比;出血严重者可发生休克,还可导致胎儿缺氧、窘迫,甚至死亡。B 超能明确诊断。

85. 简述妊娠合并糖尿病对孕妇、胎儿及新生儿的影响。

答:对孕妇的影响:易并发妊娠期高血压疾病,易合并感染、羊水过多、手术产率高、酮症酸中毒。

对胎儿及新生儿的影响:巨大儿、畸形儿等发生率明显增加;新生儿易发生低血糖、高胆红素血症、呼吸窘迫综合征等;围生儿死亡率升高。

86. 简述妊娠合并糖尿病的护理。

答:(1) 妊娠期护理

1) 指导孕妇认识饮食治疗的重要意义,与孕妇及其家属共同讨论制订合理的膳食计划。

2) 指导病人认识控制血糖的重要性,正确合理的使用胰岛素,控制血糖。

3) 指导孕妇自测血糖,并判断结果。

4) 注意监测孕妇和胎儿的健康状况。

5) 维持孕妇适当的活动与休息。

6）为孕妇及其家属提供支持。

（2）分娩期护理：分娩期因宫缩引起的疼痛和不适，会使产妇食物的摄取量减少，密切观察血糖变化，监测胎心，提供心理支持。

（3）产褥期护理

1）产后注意监测血糖。

2）帮助产妇护理新生儿。

3）提供机会，促进母子感情。

4）出院时为产妇提供出院指导。

87. 简述前置胎盘的主要症状阴道流血的特点。

答：妊娠晚期或临产时出现无诱因无痛性反复阴道流血。阴道流血常因子宫下段不断伸展而引起，且流血量越来越多。阴道首次流血发生时间的早晚、反复阴道流血的次数以及流血量多少，均与前置胎盘类型密切相关。完全性前置胎盘初次流血时间早（在妊娠 28 周左右），流血次数频繁，量也较多。边缘性前置胎盘首次流血多在妊娠 37～40 周或临产后，量较少。部分性前置胎盘首次流血时间和流血量介于上述两者之间。

88. 胎盘早剥的轻、重型各有何临床特点？

答：轻型：以外出血为主，胎盘剥离面不超过胎盘的 1/3，多见于分娩期。主要症状为阴道流血，出血量一般较多，色暗红，伴轻微腹痛或无腹痛，贫血体征不显著。腹部检查：子宫软，宫缩有间歇，子宫大小符合妊娠月份，胎位清，胎心率多正常，腹部压痛不明显或仅有局部轻压痛。

重型：以内出血和混合性出血为主，胎盘剥离面超过胎盘的 1/3，多见于重度妊娠高血压综合征。主要症状为突然发生的持续性腹部疼痛和（或）腰酸、腰背痛，严重时可出现脉弱及血压下降等休克征象。腹部检查：子宫硬如板状，有压痛，子宫比妊娠周数大，子宫多处于高张状态，宫缩间歇期不能放松，因此胎位触不清楚。

89. 对胎盘早剥的病人应采取哪些护理措施？

答：（1）纠正休克，改善病人一般情况。护士应迅速开放静脉，积极补充血容量。及时输入新鲜血液，同时密切监测胎儿状态。

（2）严密观察病情变化，及时发现并发症，如凝血功能障碍、急性肾衰竭等。

（3）为终止妊娠做好准备。一旦确诊，应及时终止妊娠，依具体状态决定分娩方式，护士需为此做好相应的准备。

（4）预防产后出血：胎盘早剥娩出后易发生产后出血，因此分娩后应及时给予宫缩剂，并配合按摩子宫。必要时按医嘱做切除子宫的术前准备。

（5）产褥期护理：病人在产褥期应注意加强营养，纠正贫血，防止感染。根据孕妇身体情况给予母乳喂养指导，死产者及时给予退乳措施。

90. 如何预防胎盘早剥的发生？

答：加强产前检查，及早发现并及时治疗妊娠高血压综合征；加强对高血压病、慢性肾炎孕妇的管理；妊娠晚期避免腹部外伤；行外倒转术纠正胎位操作时动作应轻柔；处理羊水过多或双胎分娩时避免宫腔内压急骤降低。

91. 羊水过多可发生哪些并发症？在放水减压时有哪些注意事项？

答：（1）在破膜放羊水过程中应当注意血压、脉搏及阴道流血情况。严格无菌操作，防止感染。放羊水后，腹部放置沙袋或加腹带包扎，以防血压骤降，甚至发生休克，同时应当给予抗感染的药物。酌情用镇静保胎药,以防早产。

(2) 注意放羊水的速度和量,不宜过快过多,以免宫腔内压骤减导致胎盘早剥或早产,一次放出羊水量不超过 1 500 ml。

(3) 放羊水应在 B 超指导下进行,防止造成胎盘及胎儿的损伤。

(4) 放羊水时应从腹部固定胎儿为纵产式,严密观察宫缩,重视病人的症状,监测胎心。

92. 早产时应采取哪些护理措施?

答:(1) 心理护理。

(2) 卧床休息,取左侧卧位,保持大便通畅。

(3) 注意观察抑制子宫收缩药物应用的种类、剂量和效果。

(4) 早产已不可避免时,可在分娩前给予孕妇糖皮质激素,以促进胎儿肺部成熟,减少新生儿呼吸窘迫综合征的发生。

(5) 分娩期护理:宫缩规律,宫口已开,即按常规的临产及分娩期处理,并给予氧气吸入。临产及分娩时,要注意监测胎儿情况,尽量减少分娩的创伤。做好早产婴儿抢救的一切准备。胎儿娩出后立即清除呼吸道内的黏液,早产儿冬天需置暖箱,防止肺炎、硬皮症、肺出血等并发症。

93. 妊娠合并心脏病孕妇有哪 3 个危险期?

答:①妊娠 32~34 周;②分娩期第 2 产程;③产褥期产后 24~72 h。

94. 心力衰竭有哪些诱因?

答:①心房颤动;②上呼吸道感染;③妊娠高血压综合征;④重度贫血;⑤产后发热;⑥过度劳累。

95. 妊娠合并心脏病的孕妇分娩期应如何防止心力衰竭的发生?

答:(1) 第一产程

1) 产程中有专人守候、观察,给予精神上的安慰,尽量解除病人思想顾虑与紧张情绪,使病人保持安静。对宫缩疼痛较重者,在宫口开至 3 cm 后,可使用镇静剂(如地西泮10 mg,或哌替啶 100 mg),使产妇充分休息。

2) 严密观察产妇的心率、脉搏、呼吸变化。注意心功能变化,必要时吸氧,或根据医嘱给予强心治疗,同时观察用药后的反应。

3) 根据医嘱,在产程中及产后给以抗生素预防感染。

4) 凡产程进展不顺利或心功能不全有进一步恶化者,应立即采取剖宫产。

(2) 第二产程

1) 宫口开全后应行阴道助产术,尽量缩短第二产程,不要让产妇屏气用力,以减轻心脏负担。

2) 严密观察产妇的心率、脉搏、呼吸变化。注意心功能变化,必要时吸氧,或根据医嘱给予强心治疗,同时观察用药后的反应。

(3) 第三产程

1) 胎儿娩出后,腹部置 1~2 kg 的沙袋加压,防止腹压骤降,周围血液涌向内脏,增加心脏负担。

2) 胎儿娩出后,立即按医嘱给产妇注射哌替啶,以镇静、减慢心率。

3) 产后子宫收缩不良者,可使用缩宫素 10~20 U,肌内注射,预防产后大出血。避免使用麦角新碱。产后出血过多者应遵医嘱输血,注意输血速度,预防心力衰竭。

96. 简述心脏病孕妇在分娩期的护理要点。

答:(1) 抗生素预防感染,测 T、P、R,每日 4 次,有助于及时发现心力衰竭。

(2) 安静休息,吸氧,预防心力衰竭及胎儿宫内缺氧。

(3) 心力衰竭时除以上处理外,必须由内科医护人员同时监护。如需剖宫产,术前应控制心力衰竭。

(4) 以阴道分娩为宜,缩短第二产程。

(5) 产后立即腹部置沙袋加压,按医嘱肌内注射吗啡 100 mg 或哌替啶 100 mg。不应常规使用宫缩剂。产后出血多时,可静脉滴注缩宫素 10 U,应注意输液速度。

97. 心脏病产妇产褥期应注意哪些问题?

答:(1) 观察病情,产褥早期易发生心力衰竭,应卧床休息,严密观察心率、血压、呼吸等变化。

(2) 保证产妇充分休息,保持安静;心功能Ⅰ、Ⅱ级者,可在床上哺乳;心功能Ⅲ、Ⅳ级者不宜哺乳,不宜再育,建议采用合适的避孕方法。

(3) 指导产妇合理饮食,给予小剂量镇静剂,分娩后至少卧床休息并观察 2 周。

98. 子宫破裂有哪些临床表现?

答:子宫收缩强烈,出现病理性缩复环。子宫收缩呈葫芦状,环状凹陷部位逐渐上升达平脐或脐以上。子宫下段压痛明显。产妇烦躁不安,呼吸急促,脉搏加速,可出现血尿。胎动频繁,胎心音快而不规则。

99. 先兆子宫破裂有哪些护理要点?

答:(1) 停止使用缩宫素。

(2) 立即抑制宫缩,注射镇静剂或乙醚麻醉。

(3) 切不可从阴道娩出胎儿,以免加重病情。

(4) 迅速做好输液、输血、吸氧和手术准备,必要时纠正酸中毒。

(5) 如有血尿,术后应留置导尿管。

(6) 制订预防和控制感染的护理措施。

100. 何谓羊水栓塞?

答:羊水栓塞是指在分娩过程中、中期妊娠引产或钳刮术时,羊水进入母体血液循环,引起栓塞、休克、弥散性血管内凝血、急性肾衰竭等一系列严重症状的综合征,是产妇死亡的主要原因之一。

101. 简述羊水栓塞的护理原则。

答:对于羊水栓塞,关键在于早期发现,根据病人各个阶段的主要环节,迅速抢救生命。

(1) 纠正呼吸功能衰竭:加压给氧气,必要时行气管插管或气管切开,同时遵医嘱给予阿托品或氨茶碱等药物静脉滴注,以解除气管痉挛。

(2) 抗过敏:及早使用大剂量肾上腺皮质激素如氢化可的松等抗过敏治疗。

(3) 抗休克:纠正缺氧后,还要进行强心治疗,并及时补充血容量。

(4) 积极纠正弥散性血管内凝血及继发性纤溶。

102. 流产可分为哪几种?

答:流产分为先兆流产、难免流产、不全流产、完全流产、过期流产和习惯性流产。

103. 何谓先兆流产？先兆流产有哪些护理要点？

答:先兆流产是指妊娠 28 周以前,出现少量阴道流血或伴下腹痛,宫颈口未开,妊娠物尚未排出。

护理要点:

(1) 卧床休息,禁止性生活,保持大便通畅,禁止灌肠,避免阴道检查。

(2) 做好饮食指导及会阴护理。

(3) 根据医嘱,及时给予治疗。

(4) 加强心理护理,稳定产妇情绪,增强保胎信心。

(5) 观察阴道流血与腹痛情况(如有阴道排出物,应保留并送病理检查)。

104. 何谓稽留流产？稽留流产有哪些护理要点？

答:稽留流产是指胚胎或胎儿已死亡滞留在宫腔内尚未自然排出者。胚胎或胎儿死亡后子宫不再增大反而缩小,早孕反应消失。

护理要点:

(1) 稽留流产处理前,应检查血常规、出凝血时间、血小板计数、血纤维蛋白原、凝血酶原时间等。

(2) 做好输血准备。

(3) 提高子宫对缩宫素的敏感性。口服炔雌醇,子宫大于妊娠 12 周者,应静脉滴注缩宫素,促使胎儿、胎盘排出。

(4) 术后注意观察子宫收缩情况,应用缩宫剂防止子宫出血,应用抗生素预防感染。

105. 何谓习惯性流产？

答:习惯性流产是指连续自然流产超过 3 次或以上者。

106. 异位妊娠有哪些主要临床表现及非手术治疗的护理要点？

答:(1) 主要临床表现

1) 停经:大多数发生在 6 周左右。

2) 腹痛:开始在下腹部局限于盆腔一侧隐痛或酸胀感,当输卵管破裂时出现撕裂样疼痛。

3) 阴道流血:不规则的阴道流血,色深褐,量少,一般不超过月经量。

4) 昏厥与休克:其严重程度与腹腔内出血量呈正比,但与阴道出血量不呈正比。

5) 体征:如腹腔内出血,可表现腹膜刺激征、宫颈举痛、阴道后穹窿穿刺阳性等。

(2) 非手术治疗的护理要点:心理护理,绝对卧床休息,密切观察生命体征与病情变化,保持大便通畅,禁用止痛剂与灌肠,会阴护理,指导饮食,给药护理,出院健康宣教与指导。

107. 异位妊娠急性腹痛、内出血病人有哪些护理要点？

答:(1) 病人平卧位,氧气吸入,保暖。

(2) 严密观察生命体征,每 10～15 min 测量 1 次血压、脉搏、呼吸并记录。

(3) 立即开放静脉,交叉配血,做好输血准备。

(4) 保持静脉通畅,按医嘱输液、输血、补充血容量。

(5) 迅速准确地做好急诊腹部手术前的一切准备工作。

(6) 注意病人的尿量,以协助判断组织灌注量。

(7) 复查血常规,观察血红蛋白及红细胞计数,判断贫血有无改善。

108. 阴道后穹窿穿刺对评估输卵管妊娠有哪些重要性?

答:阴道后穹窿部穿刺对疑有腹腔内出血的病人很重要。因腹腔内出血最易积聚在直肠子宫陷凹处,即使血量不多也能经阴道穿后部穿刺抽出血液。一旦抽出暗红色不凝固血液,即可判断为血腹症。陈旧性异位妊娠时可抽出小血块或不凝固陈旧血液。若穿刺误入静脉,则放置 10 min 后可见血液凝固。缺点是穿刺阴性不能完全排除输卵管妊娠。

109. 妇科有哪些急腹症?

答:妇科急腹症主要有异位妊娠、流产、卵巢囊肿蒂扭转、黄体破裂等。

110. 试述女性生殖器的自然防御功能。

答:(1) 两侧大阴唇自然合拢,遮掩阴道口。

(2) 阴道口闭合、阴道前后壁紧贴,可防止外源性感染。

(3) 阴道上皮的糖原在阴道杆菌作用下分解为乳酸,维持阴道内的酸性环境。

(4) 宫颈黏液栓堵塞宫颈管,宫颈内口平时紧闭。

(5) 子宫内膜周期性剥脱,可及时消除宫腔的感染。

(6) 输卵管黏膜上皮的纤毛向子宫腔方向摆动以及输卵管向宫腔方向蠕动。

111. 简述阴道出血的评估要点。

答:阴道出血是女性生殖器疾患最常见的症状。

(1) 出血的部位:来自于子宫、子宫颈、阴道、处女膜及卵巢功能失调。

(2) 出血的形式:可表现为月经过多、经期延长、不规则出血、接触性出血、大出血、少量淋漓不净的出血。有时尽管阴道出血很少,却是内生殖器肿瘤的早期症状。

(3) 出血的原因:①与妊娠有关的疾病。早期妊娠出血主要有流产、异位妊娠、滋养细胞疾病。妊娠晚期主要有前置胎盘、胎盘早剥。分娩期阴道出血主要有子宫破裂、羊水栓塞、产后出血。产褥期阴道出血主要见于胎盘残留、副胎盘残留、胎盘附着面的修复不全。②与生殖器肿瘤有关的疾病,常见的有子宫肌瘤、子宫颈癌、子宫内膜癌、卵巢肿瘤(如颗粒细胞瘤、卵泡膜细胞瘤)。③与炎症有关的疾病,如子宫颈糜烂、子宫颈息肉。④与卵巢功能失调有关的疾病,如青春期、更年期妇女的无排卵型功能性子宫出血,生育年龄妇女的黄体发育不良、黄体萎缩不全的排卵型功能性子宫出血。

112. 测定基础体温的目的是什么?

答:①了解有否排卵;②判断黄体功能;③高温相持续 3 周以上不下降者可能为妊娠;④葡萄胎排除后随访。

113. 排卵型功能性子宫出血有何临床特征?

答:排卵型月经失调的特点是有排卵功能,但黄体功能异常。一种表现为黄体功能不全(有排卵,黄体分泌的孕激素不足或黄体过早衰退),不能支持分泌期子宫内膜。另一种表现为子宫内膜不规则脱落(有排卵,黄体发育良好,但萎缩过程延长),导致不规则出血。

114. 无排卵型功能性子宫出血有何临床特征?

答:主要表现为不规则的阴道流血,其特征为周期紊乱、经期长短不一、出血量增多,往往先有短暂的停经,然后发生大量出血。也可表现为长时间少量出血。失血多者可出现贫血。多见于青春期和更年期妇女。

115. 如何指导功能性子宫出血病人正确合理地使用性激素?

答:(1) 按时按量服用激素,保持药物在血中稳定浓度,并告知病人使用激素药物的剂型、剂量、给药途径。

(2) 服药期间可能出现恶心、食欲减退等消化道症状，可对症处理，不得随意停药，更不能漏服药物，否则将会造成再次出血。

(3) 应用雌激素止血时，必须遵循减量原则，即止血后每 3 天递减 1 次，每次减量不得超过原剂量的 1/3。

(4) 指导病人在治疗期间如出现不规则阴道出血，应及时就诊。

116. 简述子宫肌瘤的分类及主要临床表现。

答：(1) 分类：肌壁间肌瘤、浆膜下肌瘤、黏膜下肌瘤。

(2) 主要临床表现：①月经量改变，经量增多、经期延长、不规则阴道出血。②腹部肿块及压迫症状。③腰酸、下腹坠胀及腹痛，可表现为阵发性下腹痛、痛经。浆膜下肌瘤蒂扭可发生急性剧烈腹痛，肌瘤红色变性腹痛较剧烈伴有发热。④白带增多。⑤继发性贫血。⑥不孕或流产。

117. 简述子宫肌瘤的处理原则及手术后出院指导。

答：(1) 处理原则：根据病人的年龄、症状、肌瘤大小、肌瘤生长部位、生育要求、全身情况考虑，可采取保守治疗(随访观察、药物治疗)、手术治疗(肌瘤摘出术、全子宫切除术、次全子宫切除术)。

(2) 出院指导：①出院 1 个月后应到医院复查，有阴道流血及异常情况应及时到医院就诊。②注意外阴清洁，术后 1 周可沐浴，术后 3 个月内禁止性生活。③注意保暖，防止感冒，避免增加腹压动作。④加强营养，注意营养均衡，多吃新鲜水果和蔬菜。⑤第 1 个月以休息为主，第 2 个月参加轻微家务劳动和适当户外活动，3 个月后能参加正常工作。⑥肌瘤摘除术后需怀孕者，根据手术情况避孕 6 个月至 1 年，之后可怀孕。

118. 简述子宫颈癌的临床表现、宫颈刮片细胞学检查巴氏 V 级分类法以及确诊宫颈癌的常用方法。

答：(1) 临床表现

1) 阴道流血：早期接触性出血，月经间期、绝经后少量不规则出血；晚期出血量增多，甚至大出血。

2) 阴道排液：早期量不多，呈黄水样或浆液样；晚期量多，呈米汤样，合并感染呈脓血性伴恶臭。

3) 晚期症状：尿频、尿急、尿痛、血尿、便秘、便血、疼痛、下肢肿胀、恶病质等。

(2) 巴氏 V 级分类：Ⅰ级正常，Ⅱ级炎症，Ⅲ级可疑癌，Ⅳ级高度可疑癌，Ⅴ级癌。巴氏Ⅲ级或Ⅲ级以上为异常涂片，也称宫颈刮片阳性。

(3) 确诊宫颈癌常用方法：宫颈及宫颈管活体组织检查。

119. 子宫内膜癌有哪些主要临床表现及最常用的确诊方法？

答：(1) 临床表现

1) 阴道流血：绝经后表现为持续或间歇性阴道流血，更年期经量过多、经期延长、月经间期出血。

2) 阴道排液：同子宫颈癌表现，但量更多。

3) 晚期症状：腰骶部、下腹部疼痛，并向下肢放射。宫腔积脓时出现下腹部胀痛、痉挛性子宫收缩痛。

(2) 最常用的确诊方法:分段性刮宫。

120. 卵巢肿瘤有哪些并发症? 卵巢肿瘤蒂扭转有哪些主要临床表现?

答:(1) 并发症

1) 蒂扭转:常发生于妊娠期、产褥期及体位改变时。中等大小的卵巢肿瘤蒂较长,如皮样囊肿(良性囊性畸胎瘤)。

2) 囊肿破裂:可分为自发性及外伤性破裂。自发破裂多因肿瘤恶变穿破。由于挤压、穿刺、盆腔检查等导致外伤破裂。

3) 感染:多因肿瘤扭转或破裂后与肠管粘连所引起,也可来源于邻近器官感染。

4) 恶性变:在短期内肿瘤迅速增大,或出现难以解释的腹胀等。

(2) 卵巢肿瘤蒂扭转的临床表现:突然出现一侧下腹部剧烈疼痛,伴有恶心、呕吐,严重时可休克,有不同程度的腹肌紧张和压痛。

121. 卵巢非赘生性肌瘤有哪几种?

答:卵巢肿瘤种类很多,有一类属卵巢瘤样病变(非赘生性肿瘤)。

(1) 卵巢滤泡囊肿:由于卵泡不排卵造成囊肿。

(2) 黄体囊肿:常与妊娠有关,黄体持续存在所致。

(3) 黄素囊肿:与葡萄胎有关,由于大量 HCG 刺激所致,葡萄胎排出后可消退。

(4) 多囊卵巢:卵泡不排卵,卵巢上可见许多不成熟囊状卵泡。

122. 简述滋养细胞疾病的分类及临床特征。

答:(1) 葡萄胎:停经后出现不规则阴道流血,子宫异常增大、极软,B 超可诊断葡萄胎。病变局限于子宫腔内膜层,肉眼可见子宫腔内大小不等的水泡。镜下见滋养细胞不同程度的增生,绒毛间质水肿,绒毛间质内血管消失。

(2) 侵蚀性葡萄胎:只继发于葡萄胎,发病多在葡萄胎排出后半年内。葡萄胎组织侵入肌层或转移至子宫以外,肉眼可见子宫肌层有大小不等水泡状物。镜下见滋养细胞增生和分化不良,伴明显的出血及坏死,但仍可见变性的或完好的绒毛结构。

(3) 绒毛膜癌:50%继发于葡萄胎,其他发生于足月产、流产及异位妊娠后。是滋养细胞疾病中恶性程度最高的一种,早期就通过血行转移至其他脏器。肉眼见子宫壁内形成单个或多个癌肿。镜下见滋养细胞极度不规则增生,伴大片组织出血、坏死,绒毛结构消失。

123. 如何做好葡萄胎病人出院健康宣教及随访指导?

答:健康宣教:饮食指导(高蛋白、高维生素、易消化食物),适当运动,充足睡眠,正确留置尿标本,保持外阴清洁。

随访指导:定期随访。随访内容:①HCG 定量测定。葡萄胎排出后每周复查 1 次,直至连续 3 次正常。然后每月复查 1 次,持续至少半年,此后可每半年 1 次,共随访 2 年。②在随访 HCG 的同时,观察有无阴道异常流血、咳嗽、咯血、胸痛等症状。妇科检查阴道有无转移结节,子宫大小,卵巢有无黄素囊肿及大小。必要时做盆腔 B 超、X 线胸片检查等,了解阴道和肺部有无异常。③在随访的 2 年时间中做好避孕,首选避孕套,避免用宫内节育器及避孕药物,以免混淆子宫出血的原因。

124. 简述化疗病人的用药护理。

答:(1) 正确溶解和稀释药物,并做到现配现用,一般在常温下不超过 1 h。

(2) 联合用药时应根据药物的性质排出先后顺序。需要避光的药物,使用时要用避光罩或黑布包好。

(3) 保护血管,防止药液外漏,有计划合理地使用血管(从远端开始)。熟练静脉穿刺技术,提高一次穿刺成功率。

(4) 避免药液对血管的刺激。用药前先输入生理盐水,再注入化疗药物,化疗结束再输入生理盐水,防止药液漏溢,引起组织坏死和静脉炎。

(5) 药液外渗的护理。发现药液外渗应立即停止滴入,局部冷敷,并用生理盐水或普鲁卡因局部封闭,以后可用金黄散、氢化可的松油膏外敷。

125. 对化疗病人应怎样合理的使用和保护静脉血管?

答:(1) 注意保护静脉,尽量做到一针见血,用药前先注入等渗盐水,确定针头在静脉内后,再加入药物。药物注射结束,再注入等渗盐水,以减少局部药物刺激。

(2) 拔针后轻压静脉穿刺点数分钟,防药液外渗。

(3) 滴注过程中如药液外漏,立即停药,用生理盐水或硫代硫酸钠做局部皮下注射,并用冰袋冷敷,亦可用普鲁卡因局部封闭。

126. 简述化疗药常用的给药途径。

答:①静脉给药;②肌内注射;③口服给药;④腔内注射;⑤动脉插管;⑥瘤内注射。

127. 简述妇科手术前的皮肤准备范围。

答:(1) 腹部手术:上起剑突弓,下至耻骨联合及大腿内侧上 1/3,双侧至腋中线。

(2) 阴道手术:上起耻骨联合以上 10 cm 左右,包括腹股沟大腿内侧上 1/3,下至肛门以下 5 cm,两侧至腋中线。

128. 妇科手术为何须留置导尿管?

答:(1) 因女性生殖器前为膀胱,后为直肠,其膀胱充盈则手术操作不便,且易损伤膀胱。因此整个手术过程中需留置导尿管,开放排尿。

(2) 手术后,为防止充盈的膀胱挤压手术部位,引起疼痛、出血等,也需留置导尿管。

(3) 便于手术后观察尿量。

129. 妇科腹部手术前后有哪些饮食护理?

答:手术前增加蛋白质和维生素的摄入量,术前晚餐应进易消化的食物,午夜后禁食。术后 12 h 可以开始进少量流质饮食,但忌牛奶及高糖饮食,避免术后胀气。病人自行排气后可进半流质,3~4 天后普通饮食。

130. 如何做好妇科手术前的肠道准备?

答:(1) 一般手术

饮食:术前 1 天吃软质、易消化食物,术前晚餐进半流质,术前晚 10 点以后禁食。

灌肠:术前 1 天清洁灌肠 2 次或口服缓泻剂,如番泻叶泡饮或服用蓖麻油等。

(2) 可能涉及肠道的手术

饮食:术前进无渣半流质 1 天,双份流质 2 天,术前晚 10 点以后禁食禁饮。

药物:术前 3 天按医嘱给肠道抗生素、番泻叶泡饮。

灌肠:术前 1 天给予清洁灌肠。

131. 妇科腹部手术后怎样做好护理观察?

答:病人回病室后,要了解其手术情况及处理,观察生命体征,包括每 30 min 测 BP、P、R 直至平稳,每 4 h 测 T、P、R 至少 3 天;同时观察腹部切口敷料有无松散、有无渗血,有无腹腔内出血症状,如腹膜刺激征,有无阴道出血等异常情况。如发现异常,应及时通知医生并处理。术后要保持导尿管的通畅,避免受压和滑出,观察和正确记录尿量。

132. 手术后病人半卧位的目的是什么?

答:术后第 2 天可取半卧位,以减低腹壁肌肉张力,减轻疼痛,有利于深呼吸,减少肺部并发症,还有利于炎症渗出液积蓄于盆腔,利于引流。

133. 简述腹部手术后的留置导尿管护理。

答:(1) 观察尿量和尿色。术后因常规补液致尿液分泌较快,注意保持导尿管的通畅,避免受压和滑出,观察并记录尿量及尿色。

(2) 导尿管保留时间:①一般手术需留置导尿管 1～2 天;②阴道全子宫切除术和阴道前后壁修补术留置导尿管 5～7 天;③广泛性全子宫切除术和盆腔淋巴结清除术留置导尿管 7～14 天。

(3) 保持外阴清洁,每日擦洗外阴 2 次,每日更换集尿袋,防止发生泌尿道感染。

(4) 拔除留置导尿管,注意夹管定时开放,以训练膀胱恢复收缩力,并鼓励病人多饮水以利尿路通畅。

134. 简述腹部手术后不适的护理。

答:(1) 疼痛的护理:①保持室内安静,提供舒适环境,帮助选择舒适体位,帮助病人床上翻身及小便。②必要时可遵医嘱给予镇静止痛剂。③恶心、呕吐时用弯盘盛接,给温水漱口,同时扶住切口两侧的腹部以减轻疼痛。

(2) 腹胀的护理:如果术后 48 h 肠蠕动仍未恢复正常,应排除麻痹性肠梗阻、机械性肠梗阻的可能。刺激肠蠕动、缓解腹胀的措施很多:①生理盐水低位灌肠;②热敷下腹部;③肠蠕动已恢复但尚不能排气时可针刺足三里或皮下注射新斯的明;④肛管排气;⑤术后早期下床活动,改善胃肠功能,减轻腹胀。

135. 何谓子宫内膜异位症和子宫腺肌病?

答:子宫内膜生长在子宫腔以外的部位称为子宫内膜异位症。

子宫内膜侵入子宫肌层时称为子宫腺肌病。

136. 子宫内膜异位症有哪些主要临床表现?

答:(1) 痛经和持续下腹痛:痛经是子宫内膜异位症的典型症状,痛经特征为继发性痛经并渐进性加重。

(2) 月经失调:经量增多、经期延长或经前点滴出血。

(3) 不孕。

(4) 性交痛。

(5) 其他:腹痛、腹泻、便秘等。

137. 简述药物避孕的原理。

答:①抑制排卵;②改变宫颈黏液性状;③改变子宫内膜形态与功能。

138. 简述计划生育的内容及常用的避孕方法及其原理。

答:(1) 晚婚、晚育、节育、优生优育。

(2) 避孕的方法与原理

1) 阴茎套、阴道隔膜:阻止精子与卵子结合。

2) 宫内节育器:阻止受精卵在子宫内膜着床。

3) 口服避孕药、避孕针、皮下埋植避孕药:抑制排卵。

4) 避孕栓、避孕膏、避孕薄膜:杀死精子。

5) 安全期避孕:避开排卵期性交。

139. 口服短效避孕药有哪些不良反应? 如何服用?

答:(1) 不良反应:①类早孕反应;②月经规则,经期缩短,经量减少,痛经减轻或消失,也可发生闭经和突破性出血;③体重增加;④色素沉着。

(2) 服用方法:自月经第 5 天起,每晚 1 片,连服 22 天。若漏服,必须于次晨补服 1 片。

第二节　妇产科护理技术

一、会阴擦洗

【目的】

    1. 清洁会阴,保持舒适。

    2. 预防感染。

    3. 观察了解恶露及会阴伤口愈合情况。

【操作流程图】

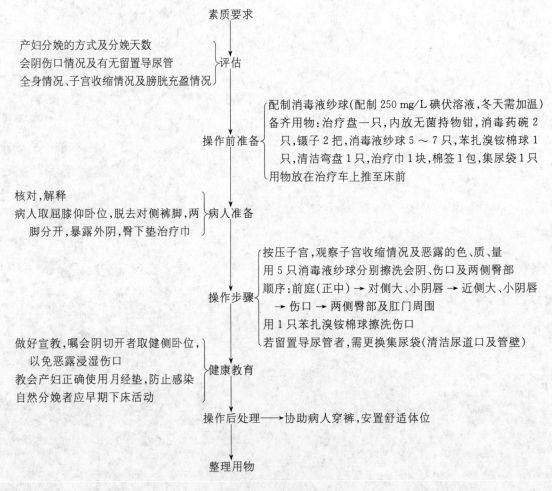

【注意事项】

    1. 天冷时注意保暖,纱球需加温,擦洗时动作轻柔,凡有血迹的地方都要擦洗干净。

    2. 注意膀胱充盈及伤口情况,如有水肿,可用50%硫酸镁湿热敷,或用95%乙醇湿敷,并及时报告医生进行处理。

    3. 擦洗的顺序是自上而下,擦过肛门的纱球及镊子均不可再用。

会阴擦洗评分标准

项 目	项目分数	要 求	标准分	得分	备注
素质要求	5	服装、鞋帽整洁	1		
		仪表大方,举止端庄	2		
		语言柔和恰当,态度和蔼可亲	2		
操作前准备	15	评估	5		
		洗手,戴口罩	2		
		配制溶液,测水温	4		
		备齐用物	4		
操作过程	病人准备 10	核对,做好解释工作,取得配合,保护病人隐私	4		
		病人取屈膝仰卧位,脱去对侧裤脚,两脚分开,暴露外阴,臀下垫治疗巾	4		
		臀部垫治疗巾	2		
	操作步骤 40	按压子宫,了解子宫收缩情况,观察恶露的色、质、量	5		
		用5只消毒液纱球分别擦洗会阴、伤口及两侧臀部。顺序:前庭(正中)→对侧大、小阴唇→近侧大、小阴唇→伤口→两侧臀部及肛门周围	20		
		用1只苯扎溴铵棉球擦洗伤口	10		
		若留置导尿管者,需更换集尿袋(清洁尿道口及管壁)	5		
健康教育	10	嘱会阴切开者取健侧卧位,以免恶露浸湿伤口	4		
		教会产妇正确使用月经垫,防止感染	4		
		自然分娩者应早期下床活动	2		
操作后处理	10	协助病人穿裤,安置舒适体位	4		
		整理用物,正确浸泡	3		
		洗手,脱口罩	3		
熟练程度	10	动作轻巧、准确、稳重,注意节力,应变能力强	5		
		关爱病人,会阴部清洁无血迹,遵守无菌操作原则	5		
总 分	100				

二、产科外阴消毒

【目的】

1. 为阴道操作、自然分娩、妇产科手术前做准备。

2. 清洁外阴,避免产时污染,预防感染。

【操作流程图】

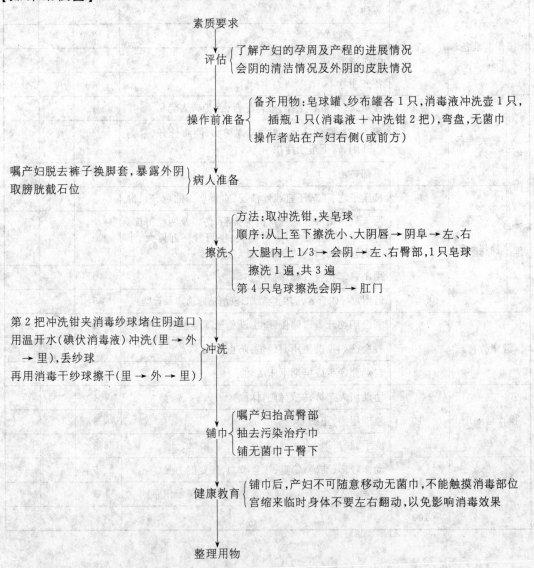

素质要求

评估 { 了解产妇的孕周及产程的进展情况
会阴的清洁情况及外阴的皮肤情况

操作前准备 { 备齐用物:皂球罐、纱布罐各1只,消毒液冲洗壶1只,
插瓶1只(消毒液＋冲洗钳2把),弯盘,无菌巾
操作者站在产妇右侧(或前方)

嘱产妇脱去裤子换脚套,暴露外阴
取膀胱截石位 } 病人准备

擦洗 { 方法:取冲洗钳,夹皂球
顺序:从上至下擦洗小、大阴唇 → 阴阜 → 左、右
大腿内上1/3 → 会阴 → 左、右臀部,1只皂球
擦洗1遍,共3遍
第4只皂球擦洗会阴 → 肛门

第2把冲洗钳夹消毒纱球堵住阴道口
用温开水(碘伏消毒液)冲洗(里 → 外
→ 里),丢纱球 } 冲洗
再用消毒干纱球擦干(里 → 外 → 里)

铺巾 { 嘱产妇抬高臀部
抽去污染治疗巾
铺无菌巾于臀下

健康教育 { 铺巾后,产妇不可随意移动无菌巾,不能触摸消毒部位
宫缩来临时身体不要左右翻动,以免影响消毒效果

整理用物

【注意事项】

1. 天冷时注意保暖,避免受凉。操作过程中注意遮挡产妇。

2. 冲洗时应自上而下、由内向外。

3. 消毒纱球消毒时范围应逐次缩小。

4. 会阴部需加强擦洗及消毒。

产科外阴消毒评分标准

项　　目	项目总分	要　　　　求	标准分	得分	备注
素质要求	5	服装、鞋帽整洁	1		
		仪表大方,举止端庄	2		
		语言柔和恰当,态度和蔼可亲	2		
操作前准备	10	评估	3		
		洗手,戴口罩	2		
		备齐用物	5		
操作过程 病人准备	10	暴露外阴良好,且注意保暖	4		
		产妇呈膀胱截石位	6		
擦洗	50	正确钳夹皂球	5		
		顺序:小、大阴唇→阴阜→左、右大腿内上 1/3→会阴→左、右臀部,第4只皂球擦洗会阴→肛门	15		
		3遍擦洗范围依次缩小,控制每个棉球擦洗时间	5		
冲洗		第2把冲洗钳夹消毒纱球堵住阴道口 冲洗:温开水(碘伏消毒液)冲洗(里→外→里),丢纱球,再用消毒干纱球擦干	20		
铺巾		抽去污染治疗巾,铺无菌巾于臀下	5		
健康教育	10	铺巾后,产妇不可随意移动无菌巾,不能触摸消毒部位	10		
操作后处理	5	整理用物,正确浸泡	2		
		洗手,脱口罩	3		
熟练程度	10	动作轻巧、准确、稳重,注意节力,应变能力强	5		
		遵守无菌操作原则,操作时间 3 min	5		
总　　分	100				

三、阴道冲洗

【目的】

1. 清洁阴道,减少阴道内分泌物,减轻局部组织充血,治疗局部炎症。
2. 妇科手术前准备。

【操作流程图】

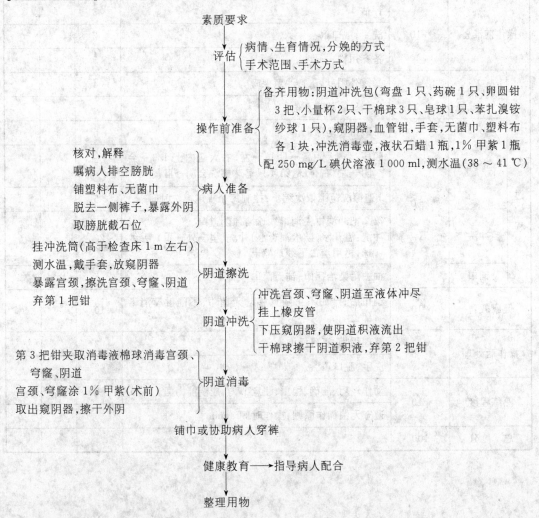

【注意事项】

1. 注意保暖,冲洗过程中动作应轻柔,避免病人疼痛及擦伤阴道黏膜或宫颈组织。
2. 冲洗桶不宜挂得过高,以免压力过大。
3. 注意窥阴器使用方法,减轻病人痛苦。
4. 冲洗液温度应在 38～41 ℃,注意溶液配制方法。
5. 经期、孕期、产褥期、阴道出血及人工流产者,容易引起上行感染,此时一般禁止阴道冲洗。
6. 未婚妇女不作阴道冲洗,必要时用小号灌洗头或导尿管代替。

阴道冲洗评分标准

项 目	项目总分	要 求	标准分	得分	备注
素质要求	5	服装、鞋帽整洁	1		
		仪表大方、举止端庄	2		
		语言柔和恰当,态度和蔼可亲	2		
操作前准备	15	评估	3		
		洗手,戴口罩	2		
		备齐用物	5		
		配 250 mg/L 碘伏溶液 1 000 ml,测水温(38~41 ℃)	5		
操作过程	病人准备	核对,做解释工作	3		
	10	嘱病人排空膀胱,铺巾	4		
		病人取膀胱截石位,脱去一侧裤子,暴露外阴	3		
	阴道擦洗	挂冲洗筒(高于检查床 1 m 左右)	2		
		戴手套,润滑窥阴器并轻轻放入阴道	4		
		暴露宫颈,用皂球擦洗宫颈、穹窿、阴道,弃第 1 把钳	4		
	阴道冲洗	装上冲洗头,冲洗阴道(注意穹窿)	6		
	45	冲完液体,挂上橡皮管	3		
		下压窥阴器,使阴道积液流出	3		
		干棉球擦干阴道积液,弃第 2 把钳	3		
	消毒	第 3 把钳夹取苯扎溴铵纱球消毒宫颈、穹窿、阴道	6		
		宫颈、穹窿涂 1% 甲紫(术前)	4		
		取出窥阴器,擦干外阴	5		
	铺巾	铺无菌巾或协助病人穿裤	5		
健康教育	5	指导病人配合	5		
操作后处理	10	整理用物,正确浸泡	5		
		洗手,脱口罩	5		
熟练程度	10	动作轻巧、准确、稳重,注意节力,应变能力强	5		
		遵守无菌操作原则,操作时间 10 min	5		
总 分	100				

四、阴道擦洗

【目的】

1. 清洁阴道,减少阴道内分泌物,减轻局部组织充血,治疗局部炎症。

2. 妇科手术前准备。

【操作流程图】

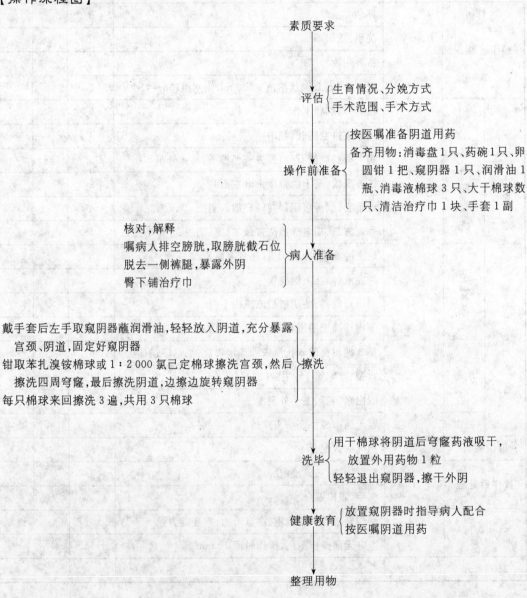

素质要求

↓

评估 { 生育情况、分娩方式
手术范围、手术方式

操作前准备 { 按医嘱准备阴道用药
备齐用物:消毒盘1只、药碗1只、卵
圆钳1把、窥阴器1只、润滑油1
瓶、消毒液棉球3只、大干棉球数
只、清洁治疗巾1块、手套1副

病人准备 { 核对,解释
嘱病人排空膀胱,取膀胱截石位
脱去一侧裤腿,暴露外阴
臀下铺治疗巾

擦洗 { 戴手套后左手取窥阴器蘸润滑油,轻轻放入阴道,充分暴露
宫颈、阴道,固定好窥阴器
钳取苯扎溴铵棉球或1:2 000氯己定棉球擦洗宫颈,然后
擦洗四周穹窿,最后擦洗阴道,边擦边旋转窥阴器
每只棉球来回擦洗3遍,共用3只棉球

洗毕 { 用干棉球将阴道后穹窿药液吸干,
放置外用药物1粒
轻轻退出窥阴器,擦干外阴

健康教育 { 放置窥阴器时指导病人配合
按医嘱阴道用药

↓

整理用物

【注意事项】

1. 注意保暖,擦洗过程中动作应轻柔,避免病人疼痛及擦伤阴道黏膜或宫颈组织。

2. 注意窥阴器使用方法,减轻病人痛苦。

3. 未婚妇女不做阴道擦洗。

阴道擦洗评分标准

项　　目	项目总分	要　　　　求	标准分	得分	备注
素质要求	5	服装、鞋帽整洁	1		
		仪表大方,举止端庄	2		
		语言柔和恰当,态度和蔼可亲	2		
操作前准备	15	评估	5		
		按医嘱准备阴道用药	2		
		备齐用物	8		
操作过程 病人准备	10	核对,解释	3		
		嘱病人排空膀胱,取膀胱截石位,脱去一侧裤腿,暴露外阴	4		
		臀下铺治疗巾	3		
擦洗	45	戴手套后左手取窥阴器蘸润滑油,轻轻放入阴道,充分暴露宫颈、阴道,固定好窥阴器	10		
		钳取消毒液棉球先擦宫颈,后擦四周穹窿,最后擦洗阴道,边擦边旋转窥阴器,每只棉球来回擦洗3遍	20		
洗毕		用干棉球将阴道后穹窿药液吸干	5		
		放置外用药物1粒	5		
		轻轻退出窥阴器,擦干外阴	5		
健康教育	10	放置窥阴器时指导病人配合,按医嘱阴道用药	10		
操作后处理	5	整理用物,正确浸泡	3		
		洗手,脱口罩	2		
熟练程度	10	动作轻巧、准确、稳重,注意节力,应变能力强	5		
		遵守无菌操作原则	5		
总　　分	100				

五、婴儿淋浴

【目的】

1. 清洁皮肤,促进血液循环,增进身体舒适。
2. 预防尿布皮炎和脐部感染。
3. 淋浴期间可以促使婴儿四肢活动,为婴儿做全身体格评估。

【操作流程图】

素质要求

评估 { 婴儿分娩方式,Apgar 评分,生命体征
全身情况,脐部、臀部有无皮肤感染等

环境准备:关门窗,调节室温至 26 ～
28 ℃,水温 38 ～ 42 ℃
洗手,戴口罩
备齐用物:衣物(预先套好)、尿布、大 } 操作前准备
毛巾、温湿小毛巾 1 块、无菌纱布、
沐浴露、棉签、扑粉、75％ 乙醇、脐
带粉、鞣酸软膏、塑料布 1 块

整理衣物
向产妇解释
核对(手圈、脚圈、胸牌、外生殖器)
将胸牌放在操作者工作衣上口袋内 } 淋浴前准备
磅体重并记录(一人一张塑料纸)
解松脐绷带

测水温,温暖床垫,然后将婴儿置于淋浴床垫上
洗头:冲湿头发 → 涂婴儿沐浴露洗头发 → 冲净头发上
的沐浴露

洗躯干、四肢 {
冲湿躯干、四肢 → 涂婴儿沐浴露
洗躯干、四肢 → 冲净躯干、四肢上的沐浴露
顺序:颈部 → 对侧上肢 → 近侧上肢 →
胸、腹部 → 背部 → 对侧下肢 → 近侧
下肢 → 臀部

淋浴 {

抱婴儿到大毛巾上,并用婴儿巾包裹

洗脸 {
用消毒小毛巾
顺序:对侧眼睛由内眦至外眦(或从眼屎少
到眼屎多) → 近侧眼睛由内眦至外眦 →
鼻、口 → 面颊

全身擦干

脐部处理 {
用 75％ 乙醇棉签消毒脐部
覆盖纱布
绷带包扎

淋浴后 {
扑粉
臀部涂鞣酸软膏,再次核对,垫尿布
抽去大毛巾,穿好婴儿连衣裤,将胸牌系于婴儿连衣裤上
耳、鼻处理:用 2 根棉签清洁鼻孔,另 2 根棉签清洁外耳道
抱婴儿至母婴同室母亲身边,核对床号、姓名

指导家长安全淋浴方法,防止着凉
教会家长与婴儿进行亲子沟通,促进婴 ⎱健康教育
　儿心理健康及神经系统发育 ⎰

整理用物 ⎰ 物品归类并放于原处
　　　　　 用物处理:婴儿巾、衣服统一送被服间处理
　　　　　 小毛巾清洗干净送高压灭菌处理
　　　　　 用过的塑料布、尿布、棉签弃于污物桶

洗手,脱口罩,记录

【注意事项】

1. 环境准备:温度适宜(室温 26～28 ℃,水温 38～42 ℃)。

2. 顺序准确,动作迅速、轻柔,注意保暖。

3. 注意安全,防止烫伤和跌伤,操作者中途不得离开婴儿。

4. 脐孔、五官不得进水。若水进入外耳道,应用棉签擦干。避免扑粉进入眼内和呼吸道。

5. 淋浴时注意观察皮肤和全身情况,如有异常,应及时处理。

6. 宜选用中性肥皂或沐浴露,清洗脸部时不能使用肥皂。

7. 婴儿淋浴后的脐部护理:保持脐部清洁,预防新生儿脐炎的发生;脐部护理时,应严密观察脐带有无特殊气味及脓性分泌物,发现异常应及时报告医生;脐带未脱落前,勿强行剥落;脐带应每日护理 1 次,直至愈合。

婴儿淋浴评分标准

项 目		项目总分	要 求	标准分	得分	备注
素质要求		5	服装、鞋帽整洁	1		
			仪表大方,举止端庄	2		
			语言柔和恰当,态度和蔼可亲	2		
操作前准备		15	评估	5		
			环境要求:室温 28 ℃,水温 40 ℃左右	2		
			备齐用物	8		
操作过程	淋浴	38	核对(手圈、脚圈、胸牌、外生殖器)	2		
			铺设大毛巾,脱去婴儿衣裤尿布,解松脐绷带,磅体重并记录	4		
			用手腕内侧或手背测水温,并温热淋浴床垫	4		
			把婴儿放在淋浴床垫上,冲湿头部→沐浴露涂在手上洗头和耳后→冲净(注意保护眼、耳、鼻)	6		
			冲湿躯干、四肢:颈部→对侧上肢→近侧上肢→胸、腹部→背部→对侧下肢→近侧下肢→臀部(保护脐部)	6		
			沐浴露涂擦顺序同上(重点:颈下、腋下、腹股沟,最后臀部)	6		
			冲净顺序同上	4		
			抱婴儿到大毛巾上,用消毒小毛巾擦面 顺序:对侧眼睛内眦至外眦→近侧眼睛内眦至外眦→打开消毒小毛巾擦面、头部(注意小毛巾3个消毒面的使用)	6		
	淋浴后	24	擦干全身	2		
			脐部处理:充分暴露脐部→用75%乙醇棉签由内到外消毒2次→无菌纱布覆盖脐部→绷带包扎	8		
			扑粉(皮肤皱褶下均匀扑粉),臀部涂5%鞣酸软膏	4		
			再次核对,兜尿布,穿连衣裤,固定四肢	4		
			耳、鼻处理:用2根棉签清洁鼻孔,另2根棉签清洁外耳道	4		
			记录(体重、脐部情况)	2		
健康教育		8	指导家长安全淋浴方法,防止着凉	4		
			教会家长与婴儿进行亲子沟通,促进婴儿心理健康及神经系统发育	4		
操作后处理		5	整理用物,正确浸泡	2		
			洗手,脱口罩	3		
熟练程度		5	动作轻柔、到位、准确、稳重,应变能力强	2		
			顺序合适,遵守无菌操作原则,操作时间 15 min	3		
总 分		100				

六、婴儿盆浴

【目的】

1. 清洁皮肤,促进血液循环,增进身体舒适。
2. 预防尿布皮炎和脐部感染。
3. 盆浴期间可以促使婴儿四肢活动,为婴儿做全身体格评估。

【操作流程图】

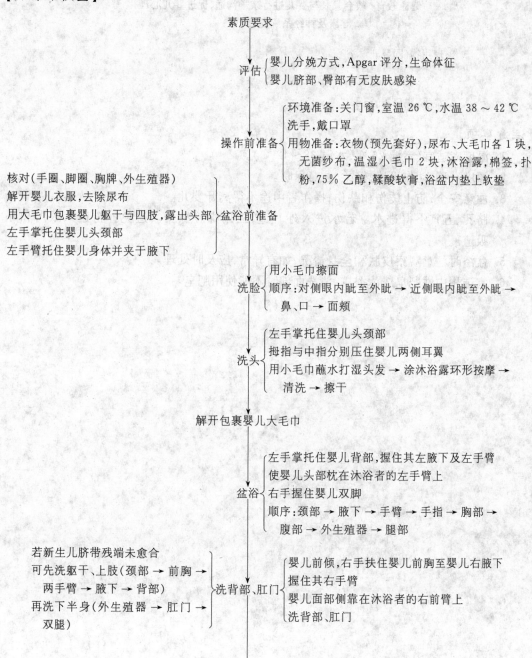

素质要求

评估 { 婴儿分娩方式,Apgar 评分,生命体征
婴儿脐部、臀部有无皮肤感染

操作前准备 { 环境准备:关门窗,室温 26 ℃,水温 38～42 ℃
洗手,戴口罩
用物准备:衣物(预先套好),尿布、大毛巾各 1 块,
无菌纱布,温湿小毛巾 2 块,沐浴露,棉签,扑
粉,75% 乙醇,鞣酸软膏,浴盆内垫上软垫

核对(手圈、脚圈、胸牌、外生殖器)
解开婴儿衣服,去除尿布
用大毛巾包裹婴儿躯干与四肢,露出头部 } 盆浴前准备
左手掌托住婴儿头颈部
左手臂托住婴儿身体并夹于腋下

洗脸 { 用小毛巾擦面
顺序:对侧眼内眦至外眦 → 近侧眼内眦至外眦 →
鼻、口 → 面颊

洗头 { 左手掌托住婴儿头颈部
拇指与中指分别压住婴儿两侧耳翼
用小毛巾蘸水打湿头发 → 涂沐浴露环形按摩 →
清洗 → 擦干

解开包裹婴儿大毛巾

盆浴 { 左手掌托住婴儿背部,握住其左腋下及左手臂
使婴儿头部枕在沐浴者的左手臂上
右手握住婴儿双脚
顺序:颈部 → 腋下 → 手臂 → 手指 → 胸部 →
腹部 → 外生殖器 → 腿部

若新生儿脐带残端未愈合
可先洗躯干、上肢(颈部 → 前胸 →
两手臂 → 腋下 → 背部) } 洗背部、肛门
再洗下半身(外生殖器 → 肛门 →
双腿) } { 婴儿前倾,右手扶住婴儿前胸至婴儿右腋下
握住其右手臂
婴儿面部侧靠在沐浴者的右前臂上
洗背部、肛门

盆浴后 { 用大毛巾擦干全身
脐部处理(用 75% 乙醇消毒脐孔)
扑粉,臀部涂 5% 鞣酸软膏
兜尿布,穿连衣裤
耳、鼻处理:用 2 根棉签清洁鼻孔,另 2 根棉签清洁外耳道

健康教育 { 指导家长安全盆浴方法,防止着凉
教会家长与婴儿进行亲子沟通,促进婴儿心理
健康及神经系统发育

整理用物(同婴儿淋浴)

洗手,脱口罩,记录

【注意事项】

1. 温度应适宜(室温 26 ℃,水温 38～42 ℃)。

2. 顺序准确,动作迅速、轻柔,注意保暖。

3. 注意安全,防止烫伤和跌伤,操作者中途不得离开婴儿。

4. 脐孔、五官不得进水。若水进入外耳道,应用棉签擦干。避免扑粉进入眼内和呼吸道。

5. 盆浴时注意观察皮肤和全身情况,如有异常,应及时处理。

6. 宜选用中性肥皂或沐浴露,清洗面部时不能使用肥皂。

婴儿盆浴评分标准

项 目		项目总分	要 求	标准分	得分	备注
素质要求		5	服装、鞋帽整洁	1		
			仪表大方,举止端庄	2		
			语言柔和恰当,态度和蔼可亲	2		
操作前准备		15	评估	5		
			环境要求:室温 26 ℃,水温 38～42 ℃	2		
			备齐用物	8		
操作过程	盆浴前准备	55	核对(手圈、脚圈、胸牌、外生殖器)	2		
			铺设大毛巾,脱去婴儿衣裤及尿布	2		
			用大毛巾包裹婴儿躯干与四肢,露出头部	2		
			用手腕内侧或手背测水温,38～42 ℃	2		
	洗脸		洗脸:对侧眼睛内眦至外眦→近侧眼睛内眦至外眦→鼻、口→面颊(注意小毛巾 3 个消毒面的使用)	6		
	洗头		淋湿头部→涂沐浴露→环形按摩→清洗→擦干	6		
	盆浴		将婴儿抱入水中(坐姿),洗躯干、四肢	2		
			顺序:颈部→腋下→手臂→手指→胸部→腹部→外生殖器→腿部	4		
			洗背部→肛门	2		
	盆浴后		抱婴儿到大毛巾上,全身擦干	2		
			脐部处理:充分暴露脐部→用 75%乙醇由内到外消毒 2 次→无菌纱布覆盖→绷带包扎	8		
			扑粉(皮肤皱褶下均匀扑粉)	3		
			臀部涂 5%鞣酸软膏,兜尿布	4		
			穿婴儿连衣裤(动作轻巧),固定四肢	5		
			耳、鼻处理:用 2 根棉签清洁鼻孔,另 2 根棉签清洁外耳道	5		
健康教育		10	指导家长安全盆浴方法,防止着凉	5		
			教会家长与孩子进行亲子沟通,促进婴儿心理健康及神经系统发育	5		
操作后处理		5	整理用物	2		
			洗手,脱口罩,记录	3		
熟练程度		10	动作轻柔、到位、准确、稳重,应变能力强	5		
			顺序合适,遵守无菌操作原则,操作时间 15 min	5		
总 分		100				

七、婴儿抚触

【目的】

1. 有助于增加婴儿体重,改变睡眠节律,有助于应激能力的提高。
2. 促进婴儿神经系统的发育,有益于婴儿的心理健康发育。
3. 提高了母亲的良性反馈,促进母乳的增加,有助于母乳喂养。
4. 抚触有助于增强婴儿机体的免疫力,有助于疾病的康复。

【操作流程图】

素质要求

评估 {
全身体格检查
婴儿反应
}

操作前准备 {
环境准备:选择温暖安静的房间,可以播放一些柔和的音乐
婴儿准备:在婴儿状态较好时及婴儿两餐之间进行抚触
抚触者准备:洗手,温暖双手
用物准备:毛毯、婴儿润肤油、尿布
}

操作过程 {
头部 {
用两手拇指从下颌部中央向两侧以上滑动,让上、下唇形成微笑状
两手拇指从前额两眉之间向外侧至太阳穴
两手掌面从前额发际抚向脑后,止于两耳后乳突处,轻轻按压
注意避开囟门
}
胸部 {
两手分别从胸部的外下侧向对侧的外上方交叉推进,在胸部形成一个大的
交叉(注意避开乳头)
}
腹部 {
两手分别从腹部的右下侧经中上腹滑向左上腹
右手指腹自右上腹推向右下腹,划 I 形动作
右手指腹自右上腹经左上腹推向左下腹,划倒的 L 形动作
右手指腹自右下腹经右上腹、左上腹推向左下腹,划倒 U 形动作
抚触腹部时注意避开脐部
}
四肢 { 双手抓住上肢近端,边挤边滑向远端,然后从上到下搓揉大肌群及关节(上下肢相同)
手足 → 两手拇指指腹从手掌腕侧(跟侧)依次推向并提捏各手指(脚趾)关节
背部 {
婴儿呈俯卧位
两手掌分别于脊柱两侧由中央向两侧滑动
以脊柱为中分线,双手与脊柱成直角,往相反方向重复移动双手
从背部上端开始滑向臀部,再回肩膀
}
}

抚触后——→再次核对(手圈、脚圈、胸牌、外生殖器),婴儿穿好衣服,抱回产妇身边

健康教育 {
教育家长注意与婴儿有目光的接触
注意脸部表情,并与婴儿有言语的交流
}

整理用物——→物品归类并放于原处,用过的尿布及污物弃于污物桶

洗手,记录

【注意事项】

1. 抚触房间温暖,室温应在 28 ℃左右。

2. 抚触时间的选择,最好在沐浴后、午睡及晚上就寝前,婴儿清醒,不疲倦,不饥饿,不烦躁,两次进食中间,或喂奶 30 min 后。

3. 婴儿觉得疲劳、饥渴或哭吵时都不宜抚触。

4. 抚触前需洗净双手,温暖双手,指甲短于指端,将准备好的婴儿润肤油、润肤霜或爽身粉涂在抚触者双手,以保证抚触时润滑。抚触是抚摸和接触,新生儿皮肤娇嫩,禁忌用力。开始时轻触,随后逐渐增加压力,以使婴儿适应。

5. 密切观察新生儿反应,如出现哭吵、肌张力提高、肤色发生变化时应暂停,好转后才能继续,否则停止抚触。

6. 出生后第 1 天开始对婴儿进行抚触,每个部位抚触 4～6 次。根据小儿的反应决定抚触全程时间(10～15 min)。哭吵超过 1 min,应停止抚触。

7. 抚触时,注意与婴儿进行感情交流,语言柔和。可播放一些轻音乐,使母婴保持愉快的心情。

8. 抚触时应避开囟门、乳头和脐部。

婴儿抚触评分标准

项　目	项目总分	要　求	标准分	得分	备注
素质要求	5	服装、鞋帽整洁	1		
		仪表大方,举止端庄	2		
		语言柔和恰当,态度和蔼可亲	2		
操作前准备	10	评估,洗手(温暖双手),核对	5		
		环境要求:温暖、安静	2		
		备齐用物	3		
操作过程	65	头部:从下颌部中央→两侧滑动	5		
		从下额中央→外侧向上推进	5		
		从前额发际→脑后→耳后乳突处按压	5		
		胸部:从胸部的外下侧→对侧的外上方交叉推进	5		
		腹部:腹部的右下腹→中上腹→左上腹	5		
		右上腹→右下腹,划 I 形动作	5		
		右上腹→左上腹→左下腹,划倒 L 形动作	5		
		右下腹→右上腹→左上腹→左下腹,划倒 U 形动作	5		
		四肢:上肢近端→远端,从上到下搓揉大肌群及关节(上下肢相同)	5		
		手足:从手掌腕侧(跟侧)依次推向指(趾)侧,并提捏各手指(脚趾)关节	10		
		背部:从脊柱两侧由中央向两侧滑动 从脊柱的中分线往相反的方向重复移动双手 从背部上端→滑向臀部→再回肩膀	10		
健康教育	10	教育家长注意与婴儿有日光的接触	5		
		注意脸部表情,并与婴儿有言语的交流	5		
操作后处理	5	整理归类用物,记录特殊情况	5		
熟练程度	5	动作轻柔到位,应变能力强	3		
		新生儿安静、舒适	2		
总　分	100				

八、新生儿剪脐

【目的】

去处脐带残端,防止出血和感染。

【操作流程图】

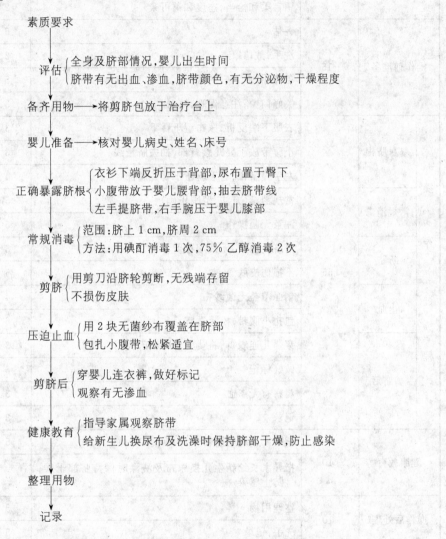

素质要求

评估 { 全身及脐部情况,婴儿出生时间
脐带有无出血、渗血,脐带颜色,有无分泌物,干燥程度

备齐用物——将剪脐包放于治疗台上

婴儿准备——核对婴儿病史、姓名、床号

正确暴露脐根 { 衣衫下端反折压于背部,尿布置于臀下
小腹带放于婴儿腰背部,抽去脐带线
左手提脐带,右手腕压于婴儿膝部

常规消毒 { 范围:脐上 1 cm,脐周 2 cm
方法:用碘酊消毒 1 次,75% 乙醇消毒 2 次

剪脐 { 用剪刀沿脐轮剪断,无残端存留
不损伤皮肤

压迫止血 { 用 2 块无菌纱布覆盖在脐部
包扎小腹带,松紧适宜

剪脐后 { 穿婴儿连衣裤,做好标记
观察有无渗血

健康教育 { 指导家属观察脐带
给新生儿换尿布及洗澡时保持脐部干燥,防止感染

整理用物

记录

【注意事项】

1. 婴儿出生 16～24 h 后可以剪脐。

2. 操作时注意保暖,动作要轻柔、正确、稳重,不损伤皮肤。

3. 剪脐带后有出血,应即刻加压止血,或用盐酸肾上腺素和吸收性明胶海绵止血,出血停止后再包扎。如出血不止,立即做好缝合手术准备,并通知医生。对这些婴儿要严密观察出血情况,并做好记录。

4. 按时观察并记录断脐后的情况,每 10 min 观察 1 次,共 3 次,以后每 30 min 观察 1 次,共 6 次。换尿布时应注意观察有无出血现象。

新生儿剪脐评分标准

项目		项目总分	要求	标准分	得分	备注
素质要求		5	服装、鞋帽整洁	1		
			仪表大方，举止端庄	2		
			语言柔和恰当，态度和蔼可亲	2		
操作前准备		15	评估	5		
			洗手，戴口罩	2		
			备齐用物	5		
			关好门窗，注意保暖，核对	3		
操作过程	暴露脐根	55	衣服下端反折，尿布置于臀下	3		
			小腹带放于婴儿腰背部，抽去脐带线	3		
			左手提脐带，右手腕压于婴儿膝部	4		
	常规消毒		常规消毒(方法、范围正确)	5		
			注意无菌操作	5		
	断脐		沿脐轮剪断，无残端存留	8		
			不损伤皮肤	5		
	止血		创面覆盖无菌纱布	4		
			包扎小腹带，松紧适宜	6		
	剪脐后		穿婴儿连衣裤，将婴儿放回小床	3		
			做好标记	3		
			观察有无渗血	3		
			记录	3		
健康教育		10	指导家属观察脐带	5		
			指导家长给新生儿换尿布及洗澡时保持脐部干燥，防止感染	5		
操作后处理		10	整理用物	5		
			洗手，记录	5		
熟练程度		5	动作轻巧、正确、稳重	2		
			操作时间正确，注意节力原则	3		
总分		100				

九、卡介苗接种

【目的】

1. 预防结核。
2. 增强新生儿对结核杆菌的免疫力。

【操作流程图】

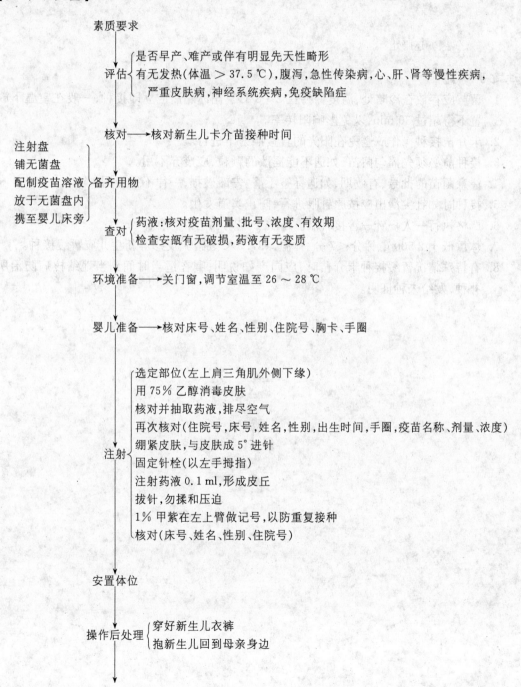

素质要求

评估 $\left\{\begin{array}{l}\text{是否早产、难产或伴有明显先天性畸形}\\\text{有无发热(体温} > 37.5\ ℃),腹泻,急性传染病,心、肝、肾等慢性疾病,\\\text{严重皮肤病,神经系统疾病,免疫缺陷症}\end{array}\right.$

核对 —→ 核对新生儿卡介苗接种时间

$\left.\begin{array}{l}注射盘\\铺无菌盘\\配制疫苗溶液\\放于无菌盘内\\携至婴儿床旁\end{array}\right\}$ 备齐用物

查对 $\left\{\begin{array}{l}药液:核对疫苗剂量、批号、浓度、有效期\\检查安瓿有无破损,药液有无变质\end{array}\right.$

环境准备 —→ 关门窗,调节室温至 26 ~ 28 ℃

婴儿准备 —→ 核对床号、姓名、性别、住院号、胸卡、手圈

注射 $\left\{\begin{array}{l}选定部位(左上肩三角肌外侧下缘)\\用 75\% 乙醇消毒皮肤\\核对并抽取药液,排尽空气\\再次核对(住院号,床号,姓名,性别,出生时间,手圈,疫苗名称、剂量、浓度)\\绷紧皮肤,与皮肤成 5° 进针\\固定针栓(以左手拇指)\\注射药液 0.1\ ml,形成皮丘\\拔针,勿揉和压迫\\1\% 甲紫在左上臂做记号,以防重复接种\\核对(床号、姓名、性别、住院号)\end{array}\right.$

安置体位

操作后处理 $\left\{\begin{array}{l}穿好新生儿衣裤\\抱新生儿回到母亲身边\end{array}\right.$

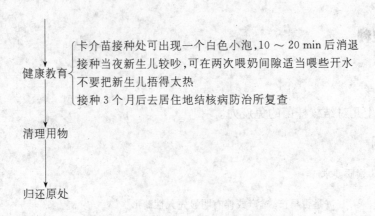

健康教育 ⎰ 卡介苗接种处可出现一个白色小泡,10 ～ 20 min 后消退
接种当夜新生儿较吵,可在两次喂奶间隙适当喂些开水
不要把新生儿捂得太热
接种 3 个月后去居住地结核病防治所复查

清理用物

归还原处

【注意事项】

1. 菌苗应存放在冷暗处,温度保持在 2～8 ℃。出冰箱后应立即接种,一般在室温下放置不得超过 30 min,以免影响阳转率。

2. 卡介苗接种操作应避免在阳光的直接照射下进行。

3. 接种前必须先摇匀菌苗,如遇不能摇散的颗粒,应废弃不用。

4. 注意菌苗的批号、有效期,如遇标签不清、安瓿破损,一律不得使用。

5. 接种时如针尖滑出应按原针眼进行,防止窦道发生。

6. 严格执行一人一针一管接种制。

7. 体重低于 2 500 g、评分＜7 分、体温＞37.5 ℃、腹泻、皮疹等新生儿应暂缓接种。

8. 有特殊情况暂缓接种卡介苗时,应向产妇说明,嘱在适当时间到当地结核病防治所补种,发给未种证明。

卡介苗接种评分标准

项　目	项目总分	要　求	标准分	得分	备注
素质要求	5	服装、鞋帽整洁	1		
		仪表大方，举止端庄	2		
		语言柔和恰当，态度和蔼可亲	2		
操作前准备	15	评估	5		
		洗手，戴口罩	2		
		备齐用物(注射盘、药物)	5		
		铺无菌盘(铺无菌巾或无菌纱布)	3		
操作过程	60	疫苗配制　疫苗配制	10		
		婴儿准备　核对婴儿病历，查对药物	5		
		正确选择注射部位	3		
		消毒皮肤范围、方法正确	2		
		注射　排气方法正确，不浪费药液	5		
		再次核对	5		
		左手绷紧皮肤，右手持注射器	6		
		与皮肤成5°进针	4		
		注射药液0.1 ml，形成皮丘	10		
		拔针　迅速拔针，不可按压	6		
		做好标记(1%甲紫在左上臂做记号)	4		
健康教育	10	卡介苗接种处可出现一个白色小泡，10～20 min后消退。接种当夜新生儿较吵	3		
		可在两次喂奶间隙适当喂些开水，不要把新生儿捂得太热	3		
		接种3个月后去居住地结核病防治所复查	4		
操作后处理	5	为婴儿穿好衣裤	2		
		清理用物	2		
		洗手	1		
熟练程度	5	动作轻巧、准确、稳重	3		
		注意节力原则，操作时间<15 min	2		
总　　分	100				

十、新生儿乙型肝炎疫苗接种

【目的】

1. 增强新生儿对乙型肝炎病毒的免疫力。
2. 预防乙型肝炎。

【操作流程图】

素质要求

评估
{
全身情况,有无接种禁忌证,婴儿出生时间
是否早产、难产或伴有明显先天性畸形
有无发热(体温 > 37.5 ℃),腹泻,急性传染病,
心、肝、肾等慢性疾病,严重皮肤病,神经系统
疾病,免疫缺陷症
}

↓

备齐用物:注射盘、注射器、重组乙型肝炎疫苗

↓

查对
{
药液:核对疫苗剂量、批号、浓度、有效期
检查安瓿有无破损,药液有无变质
}

↓

环境准备 ← 关门窗,调节室温至 26 ～ 28 ℃

↓

婴儿准备 ← 核对床号、姓名、性别、住院号、胸卡、手圈

↓

注射
{
排尽空气
选定部位(大腿前外侧或右上臂三角肌中部)
用 75% 乙醇消毒皮肤
再次核对(住院号、床号、姓名、性别、出生
时间、手圈、疫苗名称、剂量、浓度)
绷紧皮肤,与皮肤成 90° 进针,固定针头
抽回血,注药 0.5 ml
按压针眼拔针,不要揉
注射后再次核对:药名、住院号、床号、母亲
姓名、新生儿性别
观察用药后反应
}

↓

健康教育 ← 告知家长乙型肝炎疫苗接种全程需
要 3 次接种,并详告地点、时间

↓

操作后处理 ← 为新生儿穿好衣裤,抱新生儿回到母亲身边

↓

清理用物,归还原处

【注意事项】

1. 乙型肝炎疫苗应存放在 2～8 ℃冰箱内,出冰箱后应立即接种。
2. 乙型肝炎疫苗安瓿破裂、容量不足、变质、有摇不散的凝块、超过有效期,均不得使用。
3. 乙型肝炎疫苗不得冻结,冻融后的疫苗不得使用。
4. 接种前摇匀乙型肝炎疫苗,使疫苗中的佐剂完全悬浮,避免接种效果降低或完全无效。
5. 严禁将乙型肝炎疫苗与其他疫苗放在一个注射器内混合接种。
6. 严格执行"一人一针一管"接种制。
7. 体重低于 2 500 g、新生儿窒息(评分<7 分)、脏器畸形、免疫缺陷、早产儿、黄疸、急性严重疾病等新生儿暂缓接种。
8. 有特殊情况暂缓接种乙型肝炎疫苗者,应向产妇说明,嘱在适当时间到户口所在地补接种。

新生儿乙型肝炎疫苗接种评分标准

项　　目	项目总分	要　　　　求	标准分	得分	备注
素质要求	5	服装、鞋帽整洁	1		
		仪表大方,举止端庄	2		
		语言柔和恰当,态度和蔼可亲	2		
操作前准备	15	评估	5		
		洗手,戴口罩	2		
		备齐用物(注射盘、药物)	5		
		铺无菌盘(铺无菌巾或无菌纱布)	3		
操作过程 核对		婴儿病历,查对药物	6		
抽液		锯安瓿,开瓶一次完成	4		
		抽液方法正确	3		
		不余、不漏、不污染	3		
婴儿准备		核对	5		
		卧位,暴露注射部位	4		
注射	60	正确选择注射部位(大腿前部外侧)	6		
		消毒皮肤的方法、范围正确	4		
		排气方法正确,不浪费药液	2		
		再次核对	2		
		左手绷紧皮肤,右手持注射器	4		
		与皮肤成90°进针,进针深度适宜	4		
		抽回血	2		
		注药速度适宜	3		
拔针		迅速拔针,用干棉球按压	2		
观察		再次核对	2		
		注意用药后反应	4		
健康教育	10	告知家长乙型肝炎疫苗接种全程需要3次接种,并详告地点、时间	10		
操作后处理	5	为新生儿穿好衣裤	2		
		整理用物	2		
		洗手	1		
熟练程度	5	动作轻巧、准确、稳重,无菌观念强	3		
		注意节力原则,操作时间<5 min	2		
总　　分	100				

十一、高锰酸钾坐浴

【目的】

1. 清洁局部,促进血液循环。
2. 消除炎症,有利于组织修复。
3. 适用于会阴部伤口炎症,以及外阴瘙痒、尿道炎、外阴感染等。

【操作流程图】

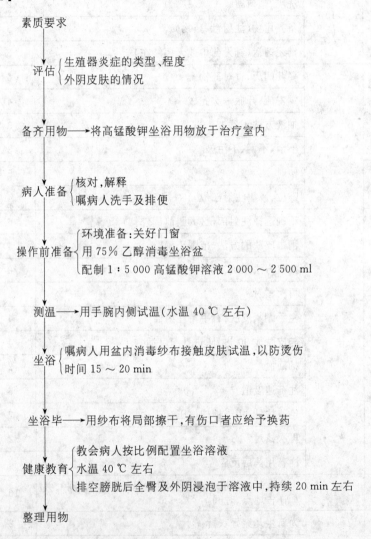

素质要求

评估 { 生殖器炎症的类型、程度
       外阴皮肤的情况

备齐用物——将高锰酸钾坐浴用物放于治疗室内

病人准备 { 核对,解释
          嘱病人洗手及排便

操作前准备 { 环境准备:关好门窗
            用 75% 乙醇消毒坐浴盆
            配制 1:5 000 高锰酸钾溶液 2 000 ~ 2 500 ml

测温——用手腕内侧试温(水温 40 ℃ 左右)

坐浴 { 嘱病人用盆内消毒纱布接触皮肤试温,以防烫伤
      时间 15 ~ 20 min

坐浴毕——用纱布将局部擦干,有伤口者应给予换药

健康教育 { 教会病人按比例配置坐浴溶液
          水温 40 ℃ 左右
          排空膀胱后全臀及外阴浸泡于溶液中,持续 20 min 左右

整理用物

【注意事项】

1. 注意水温(40 ℃左右),防止烫伤。
2. 坐浴溶液的浓度严格按比例配置,以免灼伤。
3. 月经期、阴道出血、孕妇产后 7 天内、盆腔有急性炎症者禁止坐浴。
4. 坐浴时必须将整个臀部和外阴浸泡于药液中。
5. 子宫脱垂者术前准备,应嘱病人将子宫进出后坐浴。

高锰酸钾坐浴评分标准

项　目	项目总分	要　　求	标准分	得分	备注
素质要求	5	服装、鞋帽整洁	1		
		仪表大方,举止端庄	2		
		语言柔和恰当,态度和蔼可亲	2		
操作前准备	15	评估	5		
		备齐用物	5		
		向病人做解释,嘱病人排便及洗手	3		
		环境准备:关好门窗	2		
操作过程	55	用 75％乙醇消毒坐浴盆	10		
		在盆内配制 1:5 000 高锰酸钾溶液 2 000～2 500 ml,水温 40 ℃左右(可用手腕内侧试温)	25		
		坐浴开始时嘱病人用盆内一块消毒纱布接触皮肤试温,以防烫伤	10		
		一般坐浴 15～20 min,坐浴毕用纱布将局部擦干,有伤口者应给予换药	10		
健康教育	10	教会病人按比例配置坐浴溶液,水温 40 ℃左右	5		
		排空膀胱后全臀及外阴浸泡于溶液中,持续 20 min 左右	5		
操作后处理	7	整理用物,清洁后备用	5		
		洗手	2		
熟练程度	8	动作轻巧、稳重,溶液调匀,浓度准确,不烫伤病人	8		
总　分	100				

十二、多普勒测胎心

【目的】

　　了解胎心音是否正常,了解胎儿在子宫内的情况。

【操作流程图】

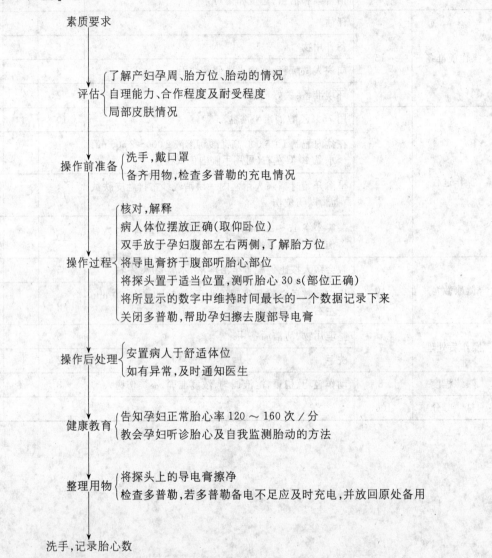

素质要求

评估
- 了解产妇孕周、胎方位、胎动的情况
- 自理能力、合作程度及耐受程度
- 局部皮肤情况

操作前准备
- 洗手,戴口罩
- 备齐用物,检查多普勒的充电情况

操作过程
- 核对,解释
- 病人体位摆放正确(取仰卧位)
- 双手放于孕妇腹部左右两侧,了解胎方位
- 将导电膏挤于腹部听胎心部位
- 将探头置于适当位置,测听胎心 30 s(部位正确)
- 将所显示的数字中维持时间最长的一个数据记录下来
- 关闭多普勒,帮助孕妇擦去腹部导电膏

操作后处理
- 安置病人于舒适体位
- 如有异常,及时通知医生

健康教育
- 告知孕妇正常胎心率 120 ～ 160 次/分
- 教会孕妇听诊胎心及自我监测胎动的方法

整理用物
- 将探头上的导电膏擦净
- 检查多普勒,若多普勒备电不足应及时充电,并放回原处备用

洗手,记录胎心数

【注意事项】

　　1. 注意保持环境安静,必要时屏风遮挡,保护孕妇隐私。

　　2. 孕妇轻松配合,合理暴露腹部,判断胎背位置。

　　3. 选择宫缩后间隙期听诊,听到胎心音需与子宫杂音、腹主动脉音、胎动音及脐带杂音相鉴别。

　　4. 若胎心变化<120 次/分或>160 次/分,需立即触诊孕妇的脉搏做对比鉴别,必要时给孕妇吸氧,侧卧位,继续胎心监护。

多普勒测胎心评分标准

项 目	项目总分	要 求	标准分	得分	备注
素质要求	5	服装、鞋帽整洁	1		
		仪表大方,举止端庄	2		
		语言柔和恰当,态度和蔼可亲	2		
操作前准备	10	评估	5		
		洗手,戴口罩	2		
		备齐用物,放置合理	3		
操作过程 听胎心	50	核对,解释	4		
		病人体位摆放正确(取仰卧位)	5		
		双手放于孕妇腹部左右两侧,了解胎方位	10		
		将导电膏挤于腹部听胎心部位	8		
		将探头置于适当位置,测听胎心 30 s(部位正确)	10		
		将所显示的数字中维持时间最长的一个数据记录下来	8		
		关闭多普勒,帮助孕妇擦去腹部导电膏	5		
操作后处理	15	安置病人于舒适体位,洗手	5		
		整理用物,若多普勒备电不足应及时充电	5		
		如有异常,及时通知医生	5		
健康教育	10	教会孕妇自我监测胎心、胎动的方法	10		
熟练程度	10	动作轻巧、熟练	5		
		测胎心的顺序正确	5		
总 分	100				

十三、置宫内节育器

【目的】

放置宫内节育器,阻碍受精卵着床。

【操作流程图】

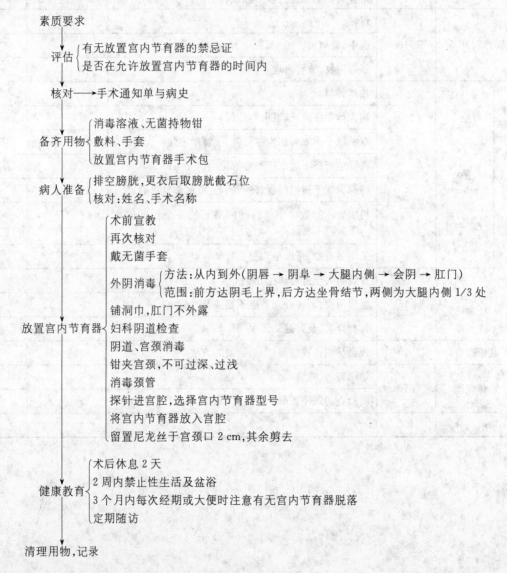

素质要求

评估 { 有无放置宫内节育器的禁忌证
是否在允许放置宫内节育器的时间内

核对——手术通知单与病史

备齐用物 { 消毒溶液、无菌持物钳
敷料、手套
放置宫内节育器手术包

病人准备 { 排空膀胱,更衣后取膀胱截石位
核对:姓名、手术名称

放置宫内节育器 {
术前宣教
再次核对
戴无菌手套
外阴消毒 { 方法:从内到外(阴唇 → 阴阜 → 大腿内侧 → 会阴 → 肛门)
范围:前方达阴毛上界,后方达坐骨结节,两侧为大腿内侧 1/3 处
铺洞巾,肛门不外露
妇科阴道检查
阴道、宫颈消毒
钳夹宫颈,不可过深、过浅
消毒颈管
探针进宫腔,选择宫内节育器型号
将宫内节育器放入宫腔
留置尼龙丝于宫颈口 2 cm,其余剪去

健康教育 {
术后休息 2 天
2 周内禁止性生活及盆浴
3 个月内每次经期或大便时注意有无宫内节育器脱落
定期随访

清理用物,记录

【注意事项】

1. 注意有如下禁忌证者不能放置宫内节育器:①月经过多、过频;②生殖道急性炎症;③生殖器官肿瘤;④严重全身性疾患;⑤宫颈过松,重度陈旧性宫颈裂伤或子宫脱垂;⑥子宫畸形。
2. 严格按照宫内节育器放置的时间进行放置。
3. 放置宫内节育器的手术过程中严格执行无菌操作。

置宫内节育器评分标准

项 目		项目总分	要 求	标准分	得分	备注
素质要求		5	服装、鞋帽整洁	1		
			仪表大方,举止端庄	2		
			语言柔和恰当,态度和蔼可亲	2		
操作前准备		15	评估	5		
			洗手,戴口罩	2		
			备齐用物	5		
			打开无菌手术包	3		
操作过程	核 对	4	核对病史(手术名称、体温、姓名、地址)	4		
	病人准备	6	排空膀胱,换鞋、更衣	2		
			清洁手术巾铺在手术床上	2		
			取膀胱截石位	2		
	放置宫内节育器	46	解除病人恐惧顾虑,争取合作	3		
			戴无菌手套方法正确,双合诊另加一只手套	2		
			从内到外消毒外阴,范围正确	5		
			铺洞巾,肛门不外露	2		
			查子宫的位置、大小及两侧附件,姿势正确	5		
			查毕脱去一只手套	1		
			阴道、宫颈消毒,整个宫颈、阴道内无积液	4		
			钳夹宫颈,不可过深、过浅	2		
			消毒颈管,必须将黏液拭净	2		
			握探针及进宫腔的姿势正确	4		
			选择宫内节育器型号合适(不可过大或过小)	3		
			按要求将宫内节育器放入宫腔,宫内节育器不可接触阴道壁	5		
			退出放置器,剪尾丝	3		
			器械台上无血迹,器械摆放整齐,脏、净分开	5		
健康教育		8	术后休息2天	2		
			2周内禁止性生活及盆浴	2		
			3个月内每次经期或大便时注意有无宫内节育器脱落	2		
			定期随访	2		
操作后处理		8	整理手术床,清理用物	3		
			填写手术记录	3		
			洗手	2		
熟练程度		8	动作轻巧、稳准、熟练	4		
			注意节力原则	4		
总 分		100				

第三节　妇产科护理范例
（产褥期产妇、妊娠高血压综合征）

【范例1】　产褥期产妇的护理

产妇,李女士,30岁,G1P1,妊娠39周,因臀位在连续性硬膜外麻醉下施行子宫下段剖宫产,娩出一男婴,体重3 400 g,Apgar评分为10分。胎盘娩出完整,子宫收缩良好,术后安然返回母婴同室。术后第3天,产妇因伤口疼痛一直拒绝给新生儿哺乳,目前产妇感觉乳房胀痛,婴儿不愿吸吮母乳。产妇担心母乳不足,影响婴儿发育。

（一）护理评估

1. 全身情况:T 37.8 ℃, P 88次/分,BP 120/80 mmHg。

2. 产科检查:腹部伤口无渗血、红肿;子宫收缩良好,质地硬,宫底脐下二横指;恶露量中等、色红,无臭味。

3. 乳房检查:乳房正常,乳头无凹陷,乳房静脉充盈,乳房肿胀,挤压乳晕有乳汁分泌,但分泌不畅。

4. 心理反应:产妇有焦虑情绪。因乳房胀痛,乳汁量少,不能满足新生儿的喂养需要,而担心影响婴儿的营养吸收。

5. 新生儿情况:新生儿体重3 200 g,新生儿面部皮肤淡黄色,各方面反应良好。

（二）护理诊断

1. 母乳喂养无效:与母亲焦虑、知识缺乏及技能不熟练有关。

2. 情绪性自我贬低:与喂哺困难、缺乏经验有关。

3. 营养失调:与母亲缺乏哺乳期营养知识有关。

（三）护理目标

1. 婴儿获得足够的营养,体重增长理想。

2. 母亲愿意喂哺自己的孩子。

3. 母亲能正确叙述喂养知识,表现出有效的喂养行动。

（四）护理措施

1. 指导母乳喂养技术,做好产妇乳房护理

（1）鼓励早吸吮、多吸吮、按需哺乳。

（2）产妇腹部有伤口,活动时疼痛不便,应协助产妇柔和按摩乳房,热敷乳房,刺激排乳反射,疏通乳腺。

（3）指导正确的哺乳方法和姿势,为产妇选择舒适的哺乳姿势,帮助产妇选择侧卧位哺乳或怀抱式哺乳,以减轻腹部伤口疼痛。坚持哺乳,哺乳时将乳头及大部分乳晕送至婴儿舌上,防止发生乳腺炎并发症。

（4）每次哺乳后,尽可能将剩余的乳汁吸空。哺乳后在离乳头两横指处,围绕乳头依次挤压乳晕,排空乳房内的乳汁,有利于乳汁的再分泌。

2. 宣教母乳喂养的优点

（1）母乳是新生儿最理想的天然食品,其所含各种营养素的比例,最适合新生儿的消化能力及身体需要。

(2) 母乳有免疫作用。母乳中含有免疫活性细胞,有吞噬、对抗、抑制病毒、细菌和真菌的作用。能保护新生儿呼吸道及肠黏膜免受细菌和病毒的侵袭。

(3) 初乳中有丰富的免疫物质,且有轻泻作用,促进胎粪的排出。

(4) 直接哺喂母乳及时方便,温度适宜,避免污染。

(5) 新生儿吸吮母乳可刺激神经垂体释放催产素,使子宫收缩,有利于恶露排出及子宫收缩。

(6) 母乳喂养可增进母子感情。

3. 健康指导

(1) 保证营养的摄入,按产后胃肠功能恢复的生理调适规律指导进食。保证摄取足够的营养,以产生乳汁和维持产妇的自身健康。

(2) 心理调适,帮助产妇迅速从分娩的疲劳中恢复,鼓励和增强产妇喂哺的自信心。

(3) 合理安排休息与睡眠,教会产妇与婴儿同步休息。

(五) 护理评价

1. 新生儿体重增长理想。

2. 母亲乳汁分泌通畅,新生儿吸吮好。

3. 母亲表现为安静、喜悦、亲密孩子。

【范例 2】 妊娠高血压综合征病人的护理

孕妇,陈女士,G1P0,妊娠 27.3 周。门诊检查发现尿蛋白(＋＋),血压 150/110 mmHg,收治入院。诊断:重度子痫前期,臀位,胎儿宫内生长受限。入院后加强母儿监护,监测生命体征,每日测体重。给予解痉、镇静、降压等积极治疗。

(一) 护理评估

1. 简要护理体格检查

(1) 生命体征:T 37 ℃, P 102 次/分,R 25 次/分,两肺(－)。

(2) 产科检查:腹部无压痛,宫底剑突下三横指,胎位 LSA,胎心音 140 次/分。

(3) 根据病情检查:BP 160/110 mmHg,下肢凹陷性水肿(＋＋),体重 73 kg(上周体重 72 kg)。

2. 主要辅助检查

(1) 尿蛋白测定:定性(＋＋), 24 h 尿蛋白定量 5 g。

(2) 眼底检查:视网膜动静脉管径比例 1∶2,无水肿。

3. 目前治疗情况

(1) 卧床休息(左侧卧位)。

(2) 氧气吸入(间歇氧气吸入)。

(3) 药物治疗(硫酸镁、地西泮)

(4) 记录 24 h 出入液量,监测体重。

4. 心理反应

焦虑:担心高血压、蛋白尿对胎儿的影响,担心高血压对自己的产后留下后遗症。

(二) 护理诊断

1. 疼痛:表现的头痛、头晕,与全身小动脉痉挛有关。

2. 体液过多:表现为下肢凹陷性水肿(＋＋),与水、钠潴留及妊娠子宫压迫下肢静脉有关。

3. 焦虑:与担心疾病对母儿的影响有关。

4. 知识缺乏:缺乏对妊娠高血压综合征处理的相关知识(如饮食、卧床休息、治疗等)。

5. 有产妇受伤的危险:与子痫发作时病人意识丧失,可能咬伤舌头、坠床及应用硫酸镁治疗等有关。

6. 有胎儿受伤的危险:与胎儿宫内窘迫、胎儿宫内发育迟缓有关。

7. 潜在并发症:胎盘早剥。

(三) 护理目标

1. 产妇能有效应对高危状态,并对其预后具有思想准备。

2. 产妇的病情尽快得到控制,不发生抽搐、坠床、咬伤舌头、药物毒性反应。

3. 胎儿在宫内没有发生缺氧情况,胎心音在正常范围。

4. 头痛、头晕不适减轻,水肿减轻或消失。

(四) 护理措施

1. 减轻不适,预防子痫

(1) 按一级护理:环境应安静,避免噪声刺激,以保证休息与睡眠。以侧卧位为宜,可改善子宫、胎盘的血液供应。

(2) 严密观察血压、脉搏、呼吸、腹痛、阴道出血、出入液量等情况,认真做好各项记录,预防并发症,及时评估病情的严重程度。

(3) 关心孕妇的生活起居及精神状况,做好生活护理及心理护理,使孕妇安心治疗。

(4) 遵医嘱给予解痉、镇静药治疗时应注意药物的作用、剂量、给药途径、疗效及不良反应。①硫酸镁给药时应注意监测膝腱反射,呼吸每分钟不少于 16 次,尿量每小时不少于 25 ml 或 600 ml/24 h。并注意备好 10％葡萄糖酸钙 10 ml,以对抗毒性作用。②给予镇静药物时应严密观察血压、脉搏、呼吸等情况,同时注意观察胎心音。

2. 减轻水肿

(1) 评估水肿程度,每日监测体重及观察水肿的变化。

(2) 做好皮肤护理,保持床单位的平整、清洁,以防皮肤受损。

(3) 饮食指导,应给予足够高蛋白、维生素、清淡无刺激性食物。蛋白质的饮食能提高血浆蛋白含量,以提高血浆胶体渗透压,补充蛋白的丢失量,有利于消除组织的水肿。

3. 减轻焦虑

(1) 评估焦虑的程度,对病人说出的焦虑感受要表示理解,并亲切、热情地给予所需的帮助和心理支持。向病人说明及时认真治疗可以取得较好的效果,且在产后多数能恢复正常。

(2) 指导病人保持精神愉快、乐观,嘱病人听轻音乐、与家人交谈,减轻紧张、忧虑的情绪。尽可能地介绍本病室治疗成功的病例,让其分享治愈的快乐,使病人保持平静,并积极配合治疗和参与护理活动。

4. 预防胎儿缺氧,防止并发症的发生

(1) 给予氧气吸入,每次 30 min,每日 2 次,或遵医嘱给予 10％葡萄糖溶液和维生素 C,以增加胎儿对缺氧的耐受性,必要时做胎心监护。

（2）严密观察胎心音及胎动，观察有无腹痛和阴道出血，观察有无主诉症状的出现和加重，以便早期发现并发症。

5. 做好防跌倒宣教及护理

6. 健康指导

（1）预防和宣教，向病人讲述有关预防本病的知识、对母儿的影响及有关病程的发展。病程自轻度发展到重度是一个缓慢的过程，是可以预防的，并说明定期孕期检查的重要性。

（2）避免劳累、紧张、长时间站立，注意休息时抬高下肢以增加静脉回流，宣教左侧卧位的重要性。

（3）指导孕妇进行自我监护，尤其是并发症的先兆症状、胎动计数与胎心音计数。如有异常，应立即就诊。

（五）护理评价

1. 产妇未发生子痫。

2. 产妇未出现硫酸镁中毒。

3. 产妇能有效应对焦虑。

4. 胎儿无缺氧症状出现。

第六章 儿科临床护理

第一节 儿科护理理论

1. 简述儿科护士的角色功能。

答:(1) 护理者:儿科护士对患儿提供直接的、个体化的整体护理,满足患儿的健康需要。

(2) 健康教育者:儿科护士帮助儿童及其家长认识自身对健康负有责任,增进健康意识,改变不良行为。

(3) 咨询与支持者:儿科护士帮助患儿及其家长掌握应付压力的方法,并通过多种方式为他们提供心理支持,如触摸、陪伴、言语和非言语的沟通。

(4) 合作与协调者:儿科护士应与其他医护人员有效的分工合作,以完成高质量的健康服务。

(5) 研究者:儿科护士应不断总结经验,积极开展护理科研工作,提高护理工作水平。

2. 小儿时期各年龄阶段如何划分?

答:小儿时期各年龄阶段可划分为以下 7 期。

(1) 胎儿期:从精卵细胞结合至小儿出生前。

(2) 新生儿期:自胎儿娩出、脐带结扎时至出生后满 28 天。

(3) 婴儿期:出生到满 1 周岁之前。

(4) 幼儿期:1 周岁到满 3 周岁前。

(5) 学龄前期:3 周岁到入小学前(6～7 周岁)。

(6) 学龄期:6～7 周岁至青春期(12～14 周岁)开始之前。

(7) 青春期:从第二性征出现到生殖功能基本发育成熟、身高停止增长的时期。一般女孩从 11～12 岁到 17～18 岁,男孩从 13～14 岁到 18～20 岁。

3. 叙述小儿体重、乳牙的计算公式。

答:(1) 1～6 个月:体重(kg) ＝ 出生时体重(kg) ＋ 月龄×0.7(kg)。

(2) 7～12 个月:体重(kg) ＝ 6(kg) ＋ 月龄×0.25(kg)。

(3) 2 岁至青春期前期:体重(kg) ＝ 年龄×2＋8(kg)。

(4) 2 岁以内小儿的乳牙数目约等于月龄减 4～6(颗)。

4. 小儿前囟应在何时闭合? 简述前囟检查在临床护理中的意义。

答:小儿前囟应至 1～1.5 岁时闭合。

前囟早闭或过小见于头小畸形;迟闭或过大见于佝偻病、先天性甲状腺功能减退症等;前囟饱满提示颅内压增高,是脑膜炎、脑炎的重要体征;前囟凹陷常见于极度消瘦或脱水的患儿。

5. 简述小儿各时期心理发展的主要特征。

答:婴儿期的心理特征是与母亲及其照顾者之间建立良好的信赖感;幼儿期的心理特征

表现出明显的自主性;学龄前期的心理特征是具有进取精神及丰富的想象力;学龄期的心理特征是发展勤奋的个性及克服自卑感;少年期的心理特征是确立自我认同感。

6. 小儿每日膳食中蛋白质、脂肪和糖类(碳水化合物)占总能量的百分比各为多少?

答:小儿蛋白质所提供的能量占每日总能量的 10%～15%;脂肪所提供的能量占每日总能量的 25%～30%;糖类(碳水化合物)所提供的能量占每日总能量的 50%～60%。

7. 母乳的成分有哪几种? 何谓初乳?

答:母乳随泌乳期不同而异,产后 4 天以内的乳汁称为初乳;5～10 天的乳汁为过渡乳;11 天至 9 个月的乳汁为成熟乳;10 个月以后的乳汁为晚乳。

初乳量较少,质略稠,色嫩黄,含脂肪少而蛋白质多,又富含微量元素锌、免疫活性物质(分泌型 IgA)及生长调节因子(如牛磺酸)等,特别适合新生儿的需要,应尽量让新生儿得到宝贵的初乳。

8. 阐述母乳喂养的优点。

答:(1) 营养丰富,适合婴儿的需要。蛋白质、脂肪和糖类(碳水化合物)的比例适当;蛋白质以乳清蛋白为主,在胃内形成的凝块小,易被消化吸收;脂肪含不饱和脂肪酸多,有较多的脂肪酶,易消化与吸收;乳糖含量多,且以乙型乳糖为主,能促进肠道乳酸杆菌生长,抑制大肠埃希菌繁殖,减少腹泻的发生;钙磷比例适宜,铁的吸收率高于牛乳的 5 倍。

(2) 增加婴儿免疫力,母乳中含有丰富的抗感染物质,如分泌型 IgA 等。

(3) 良好的心理社会反应,增进母婴感情,有利于婴儿心理和智能的发育。

(4) 其他如母乳温度适宜,经济方便,促进母亲产后恢复,有一定的避孕作用,减少母亲发生乳腺癌和卵巢癌等。

9. 牛乳有哪些缺点? 可通过哪些方法予以纠正?

答:牛乳成分中其蛋白质含量以酪蛋白为主,入胃后形成的凝块较大,不易消化;含不饱和脂肪酸少,脂肪滴大,缺乏脂肪酶,故不易消化吸收;含乳糖量少,且以甲型乳糖为主,可促进大肠埃希菌生长,易患腹泻等。

在应用牛乳时可通过稀释(加水或加米汤),使酪蛋白含量降低;加糖可提高能量(每100 ml 牛乳加糖 5～8 g);煮沸 3～4 min 能达到灭菌,同时使凝块变小,有利于消化。

10. 一位母亲怀抱一足月顺产的 2 个月男婴来院就诊,采集护理病史得知该婴儿每次喂乳后都易吐乳,而经检查又未发现器质性病变。请指导这位母亲正确的喂乳方法,并向这位母亲宣教如何给婴儿添加辅助食品。

答:(1) 鼓励母亲坚持母乳喂养,同时告诉母亲授乳时应取坐位,喂乳一侧的脚稍搁高(可置一小凳于脚下),抱婴儿于斜坐位,让婴儿的头、肩枕于哺乳侧的肘弯,用另一手的示指、中指轻夹乳晕两旁,手掌托住乳房,使婴儿含住大部分乳晕及乳头,并能自由地用鼻呼吸。哺乳结束后应将婴儿竖抱,头部紧靠在母亲的肩上,用手掌轻拍背部,以帮助空气排除。然后应将婴儿保持于右侧卧位,以防止呕吐造成窒息。

(2) 向母亲宣教添加辅食的目的:补充乳类营养素的不足,为断奶做准备,逐步培养婴儿良好的饮食习惯。原则:应遵循由少到多、由稀到稠、由粗到细、由一种到多种的原则,根据婴儿的消化情况而定。添加辅助食品的顺序如下。

1～3 个月:鱼肝油制剂、鲜果汁、青菜汤。

4～6 个月:乳儿糕、稀粥、蛋黄、鱼泥、豆腐、菜泥。

7～9个月:烂面、饼干、蛋、鱼、肝泥、肉末。

10～12个月:稠粥、软饭、面条、豆制品、碎菜、碎肉等。

11. 小儿急诊有哪些特点?其护理管理有哪些要点?

答:(1) 小儿急诊的特点:①情况紧急,需立即处理;②要根据病情轻重决定就诊顺序;③按照小儿疾病发展的规律性准备用物等。

(2) 小儿急诊的护理管理要点:重视五大要素(人、医疗技术、药品、仪器及时间),确保抢救质量,建立小儿各科常见急诊的抢救护理常规,应有完善的病案记录。

12. 简述 1 岁以内小儿的计划免疫程序。

答:见表 6-1。

表 6-1　儿童计划免疫程序实施表

免疫原	初种年龄	预防疾病
卡介苗(减毒活结核菌混悬液)	生后 2～3 天至 2 个月内	结核
脊髓灰质炎减毒活疫苗糖丸	2 个月以上	脊髓灰质炎
百日咳菌液	3 个月以上	百日咳
白喉类毒素 ⎬混合制剂		白喉
破伤风类毒素		破伤风
麻疹减毒活疫苗	8 个月以上	麻疹
乙肝疫苗	生后 24 h 内、1 个月、6 个月	乙型肝炎

13. 与患儿沟通有哪些技巧?

答:(1) 言语沟通:适当的初次介绍,采用患儿能理解的方式进行交流,注意交谈的语调、声调、音量和速度等。

(2) 非言语交流:包括面部表情、姿态、手势、动作、抚摸等。

(3) 游戏:适当的游戏可缩短护士与患儿之间的距离。治疗性游戏可帮助患儿应对恐怖和忧虑,使护士能评估患儿对疾病的了解与认识,以及对患儿进行护理干预。

(4) 与患儿父母沟通。

14. 一位母亲怀抱 9 个月患肺炎的女婴来儿科病房住院(第 1 天)。护士按常规进行入院护理评估,该病孩哭闹不停,母亲非常焦急。请为患儿及其母亲做心理评估,此时应采取哪些护理措施?

答:6 个月以后的婴儿开始认生,当患儿住院时,尤其是第 1 天,因疾病、陌生环境等诸多因素的影响,可表现出明显的分离性焦虑的心理反应,如哭闹、情绪不稳定等,母亲也可出现同样的身心反应。此时,护士应采取的护理措施如下。

(1) 做好母爱替代工作,护士首次接触患儿时,不要突然从父母怀抱中将其强行抱走,应在家长在场的情况下,先与其父母交谈,使护士对患儿有一个熟悉的过程,以减轻其陌生和恐惧心理。

(2) 护士要尽量固定、连续为患儿提供护理,以满足患儿情感上及其他方面的需要。

(3) 向父母了解患儿住院前的习惯,尽量满足患儿的需要,如允许将其喜爱的玩具带到医院里,以减轻患儿的焦虑。

(4) 保持患儿与父母的密切联系等。

15. 简述儿科病房预防交叉感染的护理要点。

答：(1) 儿科病房应有消毒隔离措施，要严格执行清洁、消毒、隔离、探视、喂乳及陪住等制度。

(2) 不同病种的急性期与恢复期也应尽量分开，患儿用过的物品经消毒后才能使用。

(3) 医护人员应注意个人卫生、衣帽整洁，特别是护理患儿前后均应洗手，有感冒者不宜护理新生儿及早产儿。

(4) 积极开展健康教育，家长患感染性疾病时应暂禁探望。

16. 简述对呕吐患儿的护理。

答：(1) 患儿呕吐时应立即松解衣扣，给予侧卧位，床旁备吸痰器及抢救用物，迅速清除口腔、鼻腔呕吐物，严防呕吐物被吸入气管而引起窒息。

(2) 记录呕吐的次数、量及性状，必要时留标本化验。

(3) 患儿喂乳、喂药后竖抱拍背，并给予右侧卧位休息。

(4) 呕吐后应清洗口腔，及时更换被污染衣物，尽量让患儿舒适。

(5) 若发现有窒息，应将患儿头朝下，拍其背部，用吸引器吸去口腔、鼻腔内呕吐物、分泌物，保持呼吸道通畅，然后给予吸氧。

17. 简述静脉营养的护理要点。

答：严格遵守无菌操作，穿刺局部皮肤应保持干燥，每日用碘酊、乙醇消毒，并定期更换敷料，剩余液体不能再用。输液速度要均匀。实施中心静脉营养时应有专人护理，注意固定导管及针头连接紧密。一般情况下，不经此血管输血、注射药物及采血标本。发现感染等异常情况，应及时处理。

18. 小儿惊厥有哪些常见原因？

答：小儿惊厥分感染性和非感染性两大类。感染性主要有颅内感染(各种病原体引起的脑膜炎、脑炎及脑脓肿等)和颅外感染(各种感染造成的高热惊厥和中毒性脑病等)所致；非感染性主要由颅内疾病(如占位性病变、颅脑损伤、畸形、原发性癫痫等)和颅外疾病(如低血钙和低血糖、药物或植物中毒、阿-斯综合征、脑栓塞、高血压脑病等)所致。

19. 小亮，男，9 个月。发热、咳嗽 2 天。30 min 之前突然发生头向后仰，双目凝视，面部及两上肢有强直性抽搐。体温 39.5 ℃，呼吸 35 次/分，脉搏 130 次/分，咽红，营养发育中等。以往有高热惊厥史。临床诊断为高热惊厥。请列出首优和次优的护理诊断，并简述护理要点。

答：(1) 护理诊断：有窒息的危险，与呼吸肌痉挛有关。

有外伤的危险，与意识丧失有关。

(2) 护理要点：

1) 惊厥发作时应就地抢救，立即松解患儿衣服领口，使其去枕仰卧位，头偏向一侧。可将舌轻轻向外牵拉，防止舌后坠阻塞呼吸道引起呼吸不畅，及时清除呼吸道分泌物及口腔呕吐物，保持气道通畅。

2) 可针刺(或指压)人中、合谷穴止惊，无效时按医嘱应用止惊药如地西泮、苯巴比妥钠等，同时观察患儿用药后的反应并记录。

3) 备好急救用品，如开口器、吸痰器、气管插管用具等。对有可能发生皮肤损伤的患儿，应将纱布放在患儿的手中或腋下，防止皮肤摩擦受损。已出牙的患儿，应注意用纱布包裹压舌板置于患儿上、下磨牙之间,防止舌咬伤。惊厥发作时,切勿用力强行牵拉或按压肢体,以免骨折或脱臼。

4)由于抽搐时呼吸暂停,造成缺氧,故应及时吸氧,减轻脑损伤。持续抽搐者可按医嘱使用脱水剂,同时保持安静,避免声、光及触动等刺激。

5)密切观察患儿的生命体征、意识及瞳孔等变化。

20. 何谓风湿热? 有哪些临床表现? 临床诊断心肌炎的标准是什么?

答:风湿热是 A 群乙型溶血性链球菌感染后发生的,具有反复发作倾向的一种自身免疫病。本病发作前 1～4 周常有上呼吸道感染史,主要表现有心肌炎、关节炎、舞蹈病、皮下小结、环形红斑等。临床诊断心肌炎的标准:①以往未出现的器质性心脏杂音;②心脏扩大;③充血性心力衰竭;④心包摩擦音或心包积液的体征等。

21. 简述过敏性紫癜患儿的皮肤表现。

答:过敏性紫癜多见于儿童及青年,病前 1～3 周常有上呼吸道感染史。皮肤紫癜常为首发症状,皮疹全身可见,但多见于下肢及臀部身体负重的部位,呈对称性分批出现。紫癜的特征为大小不等、形态不一、高出皮面、呈紫红色、带有水肿和出血(压之不褪色)的皮疹。少数重症紫癜可融合成大疱,导致出血性坏死。

22. 何谓皮肤黏膜淋巴结综合征? 并简述其护理要点。

答:本病是一种以变态反应性全身小血管炎为主要病理改变的结缔组织病。主要表现为急性发热、皮疹、皮肤黏膜病损和淋巴结肿大。其护理要点如下。

(1)发热护理:卧床休息,监测体温,观察热型及伴随症状,给予清淡的高热量、高维生素、高蛋白的流质或半流质饮食,鼓励多饮水,观察药物的疗效和不良反应。

(2)黏膜护理:口腔护理,禁食生、辛、硬的食物,保证足够的营养摄入,保持眼部清洁,预防感染等。

(3)皮肤护理:保持皮肤清洁,剪短指甲,对半脱的痂皮应用干净剪刀剪除,切勿强行撕脱,防止出血和继发感染等。

(4)病情观察:观察心血管损害的表现等。

(5)健康教育:解释病情、精神安慰、心理支持等。

23. 麻疹患儿出疹期有哪些皮疹表现? 并简述预防麻疹并发症的护理要点。

答:① 麻疹患儿多在发热后 3～4 天出现皮疹,皮疹初现于耳后发际,渐延及面部、颈部、躯干、四肢及手心足底。皮疹开始为稀疏不规则的淡红色斑丘疹,压之褪色,散在分布,后融合成暗红色斑疹,疹间皮肤正常。②患儿在初疹期若透疹不畅,持续高热、咳嗽、发绀等,应警惕并发肺炎;若患儿出现声嘶、犬吠样咳、吸气性呼吸困难及"三凹征",应警惕并发喉炎;当患儿出现嗜睡、惊厥、昏迷等为脑炎表现,应立即通知医生,并做好相应护理。

24. 简述水痘患儿皮肤护理要点。

答:对水痘患儿应加强皮肤护理,患儿衣被舒适,勤换内衣,保持皮肤清洁;剪短指甲,婴幼儿戴并指手套,以免抓伤皮肤;皮肤出现瘙痒时,可用温水洗浴,局部涂 0.25%冰片炉石洗剂,也可按医嘱口服抗组胺药物;疱疹破溃时涂 1%甲紫;继发感染者局部用抗生素软膏,或按医嘱给予口服抗生素,以控制感染。

25. 如何做好百日咳患儿痉挛性咳嗽的护理?

答:要保持室内空气新鲜;提供适宜的室温和湿度,避免烟雾、灰尘等各种诱发痉挛性咳嗽的刺激因素。保证患儿充分休息,夜间痉挛性咳嗽影响睡眠时可按医嘱给予镇静剂,并在白天给予适当休息。患儿痉挛性咳嗽发作时,协助侧卧、坐起或抱起,轻拍背部助痰排出。痉挛性咳嗽频繁发作伴窒息或抽搐的婴幼儿,应由专人看护,适时采取吸痰、给氧、人工呼吸等急救措施。

26. 李华,女,8岁,上小学2年级,于2月8日来院就诊。主诉发热2天,体温38.5℃,伴头痛、食欲减退1天。今晨发现右侧耳下部肿大,有触痛感,表面不红,边缘不清,张口咀嚼时胀痛明显。1周前同班学生中发现1例流行性腮腺炎。临床诊断为流行性腮腺炎。请问患儿何时可返校?并简述护理要点。

答:患儿应隔离至腮腺肿胀完全消退时,儿童集体机构中的易感儿应检疫3周。其护理要点如下。

(1) 提供适宜的室温和湿度,室内空气流通、新鲜,病人应卧床休息,鼓励患儿多饮水,以利出汗散热。监测患儿体温,体温过高时可采用头部冷敷、温水擦浴等物理降温,或服用适量退热剂,防止高热惊厥;在发热早期按医嘱服用板蓝根、干扰素等进行抗病毒治疗。

(2) 保持口腔清洁,用温盐水漱口或多饮水,以预防继发感染;应给予患儿富有营养、易消化、清淡的半流质或软食,避免酸、辣、硬等有刺激性的食物,以免腮腺疼痛加剧。

(3) 肿大的腮腺可采用局部冷敷,并可用中药如意金黄散调茶水或食醋敷于患处等,以减轻炎症充血程度及疼痛。

(4) 密切观察病情,早期发现并发症。若患儿出现持续高热、剧烈疼痛、嗜睡、呕吐、颈项强直、惊厥等表现,应警惕脑膜脑炎的发生,并给予相应护理。

27. 张燕,女,5岁。昨日突然发热39℃,咽痛。今发现躯干部、四肢有密集细小的红色丘疹,有痒感,面部潮红无疹。心肺正常,腹软,肝肋下未及,神经系统检查正常。临床初步诊断为猩红热。请简述皮肤黏膜的护理要点,如何做好用药护理?

答:(1) 皮肤黏膜护理要点

1) 给予患儿充足的水分和营养,饮食宜清淡富含营养的半流质或软食,鼓励患儿多饮水,保持口腔清洁,减轻咽部疼痛。

2) 保持床单清洁、整齐,剪短病人的指甲,避免抓伤皮肤。

3) 出疹期禁用肥皂擦洗皮肤;脱皮时任其自然脱落或用消毒剪刀修剪,切勿撕剥脱皮,以免撕破皮肤而导致感染。

4) 皮肤瘙痒可按医嘱给予炉甘石洗剂涂抹或口服抗组胺药物。

(2) 认真做好用药护理:本病由A群乙型溶血性链球菌所致,可按医嘱给予患儿抗感染治疗,首选的药物是青霉素,每日3万～5万U/kg,分2次肌内注射,疗程7～10天。病人若对青霉素过敏可选用红霉素、头孢菌素类等药物。同时密切观察病情变化,防止变态反应性疾病(肾炎、风湿热等)的发生。

28. 新生儿有哪几种常见的特殊生理状态?

答:生理性黄疸、生理性体重下降、乳腺肿大及假月经等。

29. 何谓适中温度?

答:适中温度又称中性温度,指能维持正常体温和皮肤温度的最适宜环境温度。在此温度下,耗氧量最少,新陈代谢最低,蒸发散热最少。

30. 新生儿颅内出血有哪些表现？如何护理？

答：患儿可有烦躁不安，脑性尖叫或抽搐等兴奋症状，或表现为嗜睡、昏迷、肌张力下降、拥抱反射消失的抑制症状，呼吸不规则或呼吸暂停，颅内压增高者有前囟紧张或隆起，瞳孔可不等大，对光反射消失。一般先出现兴奋症状，随后进入抑制状态。其护理要点如下。

(1) 保持安静，为防止出血加重应把头肩抬高，尽量少搬动患儿头部，避免引起患儿烦躁，必要时根据医嘱给予镇静剂。

(2) 保暖及给氧。

(3) 保证供给热量及液量。每日总液量应在 24 h 内均匀滴入，防止快速扩容加重出血。病情稳定后先喂糖水，再喂奶。

(4) 为避免交叉感染，应与感染性疾病患儿分室安置护理。室内保持空气新鲜，温度和相对湿度适宜。

(5) 有肢体瘫痪的患儿，应将肢体保持在功能位，待病情稳定后，有计划地进行功能锻炼。

(6) 严密观察病情，如呼吸、神志、瞳孔、呕吐、前囟及有无斜视或瘫痪等。

31. 如何区分生理性与病理性黄疸？

答：生理性黄疸的特征：

(1) 黄疸出现时间：于出生后 2～3 天出现黄疸，第 4～6 天最明显。

(2) 消退时间：一般于出生后 10～14 天黄疸退尽（足月儿），早产儿可延迟至 1 个月退尽。

(3) 程度轻：足月儿血清胆红素总量 < 205 μmol/L，早产儿血清胆红素总量 < 256.5 μmol/L。

(4) 一般情况好，不伴有其他临床症状。

病理性黄疸的特征：

(1) 出现过早：黄疸于出生后 24 h 内出现。

(2) 程度过重：血清胆红素值超过生理性黄疸高限值或每日上升超过 85.6 μmol/L。

(3) 持续时间长：足月儿超过 2 周，早产儿超过 4 周。

(4) 进行性加重或退而复现。

(5) 血清结合胆红素 > 26 μmol/L。

32. 新生儿败血症有哪些感染途径？如何护理？

答：(1) 感染途径

1) 宫内感染：母亲有感染，或羊水早破超过 12 h 者，细菌可经血行或直接感染胎儿。

2) 出生时感染：因产程延长或因急产的助产过程中消毒不严而引起感染。

3) 出生后感染：主要因脐部或皮肤化脓性感染使病原菌得以侵入，病原菌也可经呼吸道、消化道、泌尿道黏膜侵入。

(2) 护理

1) 应争取在静脉给药前做好血培养以提高阳性率，并准确采取各种化验标本。

2) 密切观察病情，及时发现如化脓性脑膜炎、肺炎等早期症状，争取早期治疗。

3) 静脉给药时，应注意药物配伍禁忌，保护好患儿血管，有计划地更换穿刺部位。

4) 清除病灶。若脐部有感染，应予 75% 乙醇涂擦。脐部分泌物多时先予 3% 过氧化氢清洗,再予75%乙醇涂擦,覆盖消毒纱布。皮肤小脓疱,可用75%乙醇消毒,再用无菌针头刺破,拭去脓液,然后涂抗生素软膏。

5) 做好消毒隔离工作。工作人员在护理患儿前后要注意手的消毒,患儿所用的器械、用具、衣物、床褥等应高压消毒处理,有皮肤感染者应予隔离。

33. 简述新生儿硬肿症的发病机制、硬肿特点及复温原则。

答:(1) 发病机制

1) 新生儿体温调节中枢不成熟,体表面积相对较大,血管丰富,皮下脂肪层薄,易散热,造成低体温,尤其是早产儿更易发生。

2) 新生儿在受寒时主要靠棕色脂肪产热,而早产儿棕色脂肪储存量少,在感染、窒息和缺氧时,棕色脂肪产热不足,致体温过低。

3) 新生儿皮下脂肪中饱和脂肪含量大,其熔点高,寒冷时易凝固。

4) 新生儿红细胞及血红蛋白含量高,血液黏稠,血流缓慢,易引起微循环障碍而损伤毛细血管,使其渗透性增加而水肿,重症者可导致 DIC。

(2) 硬结特点:硬结发生在全身皮下脂肪积聚的部位,其特点为皮肤发硬、水肿,紧贴皮下组织,不能移动,有水肿者压之有轻度凹陷。硬结发生顺序是:小腿→大腿外侧→整个下肢→臀部→面颊→上肢→全身。

(3) 复温原则:轻症患儿可置于预热至适中温度的暖箱内,一般经过 6～12 h 即可恢复正常体温。重症患儿可先置于 26～28 ℃室温中 1 h,然后再置入比肛温高 1～2 ℃暖箱中,每小时提高箱温 1 ℃,直至 30～32 ℃,有望在 12～24 h 内恢复正常。

34. 简述婴幼儿营养不良的临床分度。

答:见表 6-2。

表 6-2　婴幼儿营养不良的分度

分度	体重低于正常平均值	腹壁皮下脂肪厚度	身　长	皮肤颜色及弹性	肌张力	精神状态
轻度（Ⅰ度）	15%～25%	0.8～0.4 cm	无影响	正常或稍苍白	基本正常	正　常
中度（Ⅱ度）	25%～40%	<0.4 cm	稍低于正常	苍白、弹性差	松弛	情绪不稳定,睡眠不安
重度（Ⅲ度）	>40%	消失	明显低于正常	多皱眉,弹性消失	肌肉萎缩	委靡、呆滞,烦躁与抑制交替出现

35. 叙述维生素 D 缺乏性佝偻病的病因、早期临床表现及预防措施。

答:(1) 病因:阳光照射不足、维生素 D 摄入不足、食物中钙磷比例不当、生长过速、维生素 D 需要量增加等。

(2) 早期临床表现:神经精神症状,如小儿易激惹、烦躁、睡眠不安、夜惊、多汗、枕部秃发等。

(3) 预防措施:①多晒太阳,小儿、孕妇、哺乳期妇女均应多晒太阳。②及时添加含维生素 D 丰富的辅食及维生素 D 制剂,双胞胎及早产儿应提早至第 2 周开始给予维生素 D 制剂,孕妇及哺乳期妇女也应补充维生素 D 制剂等。

36. 维生素 D 缺乏性手足抽搐症有哪些临床表现? 静脉补液时有哪些护理要点?

答:(1) 临床表现:惊厥、手足抽搐,喉痉挛,常可突发窒息而死亡。

(2) 护理措施:应按医嘱尽快给予镇静剂、钙剂。静脉注射钙剂时可用 10% 葡萄糖酸钙 5～10 ml 加 10%～25% 葡萄糖液 10～20 ml,缓慢静脉注射或静脉滴注,时间不得少于 10 min。以免因血钙骤升,发生呕吐,甚至心跳骤停。同时应避免药液外渗,防止局部组织坏死。

37. 健康小儿的粪便有哪几种?

答:(1) 胎粪:新生儿出生后 12 h 内开始排便,胎粪颜色为深墨绿色,黏稠无臭味,持续 2～3 天后逐渐过渡到正常粪便。

(2) 母乳喂养儿的粪便:呈金黄色,多为均匀糊状,偶有小乳凝块,有酸味,每日 2～4 次。

(3) 牛、羊乳喂养儿的粪便:呈淡黄色,较干,多成形,乳凝块较多,呈碱性或中性,量多较臭,每日 1～2 次。

(4) 混合喂养儿的粪便:与喂牛乳者相似,但质地较软,颜色较黄。

38. 叙述鹅口疮的病因、临床表现及治疗。

答:(1) 病因:本病为白念珠菌感染所致,多见于新生儿,以及营养不良、腹泻、长期应用广谱抗生素或激素的患儿。使用污染的乳具哺乳时也可导致感染。

(2) 临床表现:口腔黏膜表面出现白色或灰白色乳凝块状物,略高于黏膜表面,不易拭去。常见于颊黏膜,其次为舌、牙龈、上颚,甚至蔓延至咽部。

(3) 治疗措施:保持口腔清洁,哺乳前后用 2% 碳酸氢钠溶液清洁局部,涂抹制霉菌素溶液,每日 2～3 次。

39. 如何观察补液效果?

答:如果补液合理,一般于补液后 3～4 h 排尿,这表明血容量开始恢复。在补液后 8～10 h 内,皮肤弹性恢复和眼窝凹陷消失,这表明脱水已矫正。若补液后眼睑出现水肿,可能是钠盐补入过多。相反,补液后尿量多而脱水未纠正,可能是葡萄糖输入过多,宜提高电解质比例。

40. 简述婴儿腹泻补液的原则,如何控制补液速度。

答:(1) 脱水表现:①前囟、眼眶凹陷;②排尿少,泪水少;③皮肤黏膜干燥,皮肤弹性减退;④重度脱水患儿可出现低血容量性休克,患儿出现皮肤花纹,脉细数,血压下降,四肢厥冷,尿量极少或无尿。

(2) 酸中毒表现:精神委靡、嗜睡、呼吸深长、婴儿口唇樱红等。

(3) 低血钾表现:精神委靡、肌张力低下、四肢乏力、腹胀、心音低钝及心律失常等。

41. 何谓肠套叠? 有哪些临床表现?

答:肠套叠是指某部分肠管及其肠系膜套入邻近肠腔内造成的一种绞窄性肠梗阻。为婴幼儿时期常见的急腹症,以 4～10 个月婴儿最为多见。其临床表现如下。

(1) 腹痛:为最早症状,患儿突然发生剧烈的阵发性肠绞痛,哭闹不安,双腿卷缩,两臂乱动,或以手抓按腹部,面色苍白,出汗,拒食。持续数分钟后腹痛消失,间歇 10～20 min 又反复发作。

(2) 呕吐:在腹痛后数小时发生,早期为反射性呕吐。因肠系膜受牵拉所致,呕吐物为胃内容物,有时伴有胆汁,晚期为梗阻性呕吐,可呕吐粪样物。

（3）便血：为婴儿肠套叠的特征，多发生于发病后10～12 h，呈黏液果酱样血便。小肠型肠套叠和儿童肠套叠便血率较低，出现也较晚。

（4）腹部肿块：多数病例上腹部或右上腹部触及腊肠样肿块，表面光滑，中等硬度，略有弹性，稍可移动。

（5）全身情况：早期患儿一般状况尚好，体温正常，但有面色苍白、食欲减退或拒乳等。

42. 肠套叠有哪些治疗方法？

答：（1）非手术治疗

1）首选空气灌肠，即通过肛门注入空气，以空气压力将肠管复位。适用于病程在48 h以内，全身状况好，无腹胀、高热、中毒症状者。

2）钡剂灌肠复位，目前已很少使用。

（2）手术治疗：用于灌肠不能复位的失败病例，肠套叠超过48～72 h以及怀疑有肠坏死、腹膜炎的晚期病例。手术方法包括单纯手法复位、肠切除吻合、肠造瘘等。

43. 巨结肠是怎样发生的？

答：在胚胎发育过程中，可能受到病毒感染、药物及遗传等因素的作用，使形成肠壁神经丛的神经节细胞发育停滞，导致局部肠壁肌间神经丛和黏膜下神经丛缺乏神经节细胞。病变通常发生在结肠远端，由于肠壁神经节细胞缺乏，该段肠管收缩狭窄，呈持续痉挛状态，形成功能性肠梗阻。痉挛肠管的近端因肠内容物堆积而扩张、肥大形成巨结肠。

44. 如何为巨结肠患儿做灌肠？

答：用生理盐水进行清洁灌肠，每日1次，每次注入量为50～100 ml，然后反复抽出，直到积粪排尽为止，通常需10～14天。为确保灌洗有效，尽可能减少不良反应，应注意以下几个问题。

（1）灌肠前先在钡剂灌肠摄片上理解病变范围及肠曲走向，以便确定肛管插入深度及方向。

（2）选择软硬粗细适宜的肛管，插管时应以轻柔手法按肠曲方向缓慢推进，遇阻力时应退回或改变体位、方向后再前进。若粗暴操作，有导致结肠穿孔的危险。如肛管内有血液或液体只进不出时，应高度怀疑是否有穿孔的危险。如患儿诉腹痛剧烈，应急诊行腹部X线摄片检查，腹腔内若出现游离气体，表示已有肠穿孔。

（3）肛管插入深度要超过狭窄段肠管，以便达到扩张的结肠内，使气体及粪便排出。

（4）忌用清水灌肠，以免发生水中毒。应以等渗盐水多次反复冲洗，每次抽出量与注入量相等或稍多，同时手法按摩腹部帮助大便排出。

（5）有流出液不畅时，可能是肛管口被大便阻塞，肛管捏转或插入深度不够，应做相应处理，以刺激排便。

45. 如何对巨结肠患儿及家人进行健康教育？

答：耐心向家长和患儿做好解释工作，加强排便自控能力的训练，力争清除粪便。如发现大便变细时，应想到吻合口狭窄的可能，可试行手指扩肛。若无效并伴有腹胀、便秘时，应去医院做进一步检查，以明确是否需要再次手术治疗。

46. 如何保持肺炎患儿的呼吸道通畅？

答：清除呼吸道分泌物和鼻垢，拍背，鼓励咳嗽，必要时于喂乳、喂药前使用吸引器吸出口、鼻及喉部分泌物；湿化呼吸道使分泌物稀薄，痰液易咳出，有助于呼吸道通畅，如超声雾化等。

47. 重症肺炎并发心力衰竭时有哪些临床表现?

答:心力衰竭时心率突然增快＞180次/分,呼吸突然加快＞60次/分,患儿突然极度烦躁不安,明显发绀,面色苍白,指(趾)甲微血管充盈时间延长,心音低钝,有奔马律,颈静脉怒张,肝迅速增大,尿少或无尿,颜面或下肢水肿等。

48. 如何预防上呼吸道感染?

答:增加营养和加强体格锻炼,加强护理,避免受凉;在上呼吸道感染的高发季节避免到人多的公共场所;有上呼吸道感染流行趋势时,可采用食醋熏蒸法进行居室空气消毒,或给易感儿服用板蓝根等中药预防。对反复发生上呼吸道感染的小儿应积极治疗原发病如营养不良等,必要时可按医嘱使用左旋咪唑等增强免疫功能的药物。

49. 如何对呼吸系统疾病的患儿及家长进行健康教育?

答:(1) 让患儿多饮水,促进代谢及体内毒素的排泄。饮食要清淡,少食多餐,给予高蛋白、高热量、高维生素的流质或半流质饮食。

(2) 注意休息,避免剧烈活动,以减少氧和能量的消耗,防止咳嗽加重。

(3) 患儿鼻塞时出现呼吸不畅,可在喂乳及临睡前用 0.5% 麻黄碱溶液滴鼻,每次 1～2 滴,可使鼻腔黏膜血管收缩,鼻腔通畅。但不能用药过频,以免引起心悸等不良反应。

(4) 学会预防并发症的方法,如切勿捏住患儿双侧鼻孔用力擤鼻涕,以免鼻咽腔压力增加使炎症经咽鼓管向中耳侵犯引起中耳炎,或侵犯鼻窦引起鼻窦炎。介绍如何观察并发症的早期表现,如高热持续不退或退而复发、淋巴结肿大、耳痛或外耳道流脓、咳嗽加重、呼吸困难等,应及时去医院就诊。

50. 叙述儿童时期的血压计算方法及脉搏的正常值。

答:1 岁以内小儿收缩压为 70～80 mmHg(9.33～10.67 kPa)。1 岁以后的收缩压可用公式推算,即收缩压 = 年龄×2＋80(mmHg),舒张压 = 收缩压×2/3(mmHg)。

脉搏:新生儿平均 120～140 次/分,1 岁以内平均 110～130 次/分,2～3 岁平均 100～120 次/分,4～7 岁平均 80～100 次/分,8～14 岁平均 70～90 次/分。

51. 先天性心脏病有哪几种分类? 各类包括哪些先天性心脏病?

答:(1) 左向右分流型(潜伏青紫型):室间隔缺损,房间隔缺损,动脉导管未闭。

(2) 右向左分流型(青紫型):法洛四联症,大血管错位。

(3) 无分流型(无青紫型):主动脉缩窄,右位心。

52. 法洛四联症有哪些畸形组成? 常见的并发症是什么?

答:有肺动脉狭窄、主动脉骑跨、右心室肥厚及室间隔缺损。常见的并发症是心功能不全、亚急性感染性心内膜炎、脑血栓及脑脓肿等。

53. 法洛四联症患儿为何出现蹲踞现象?

答:法洛四联症患儿在游戏或走路时,常出现蹲踞现象,是机体耐受力低的表现,即患儿为缓解缺氧所采取的一种被动体位和自我保护性动作。蹲踞时下肢屈曲,压迫静脉使静脉回心血量减少,右心向主动脉分流的血量亦相应减少;同时下肢动脉受压,体循环阻力增加,使血液右向左分流量减少,动脉血氧含量增高,从而使缺氧症状得以暂时缓解。故当患儿蹲踞时不要强行拉起,应该让患儿自然蹲踞和起立,可劝其休息。

54. 叙述用洋地黄类药物治疗时的护理要点。

答:(1) 严格按时间及剂量给药,用洋地黄类药物前须听心率及心律 1 min,并做好记录。如年长儿心率低于 60 次/分,婴幼儿低于 100 次/分,新生儿低于 120 次/分,应与医生联系后再决定是否用药。

(2) 洋地黄类药物达到疗效的主要指标:心率减慢,气促改善,肝缩小,尿量增加,患儿安静及情绪稳定。

(3) 洋地黄类药物的毒性反应:食欲减低、恶心、呕吐等胃肠道症状,年长儿主诉有头痛、乏力、绿视、黄视和视力模糊等神经系统症状,以及期前收缩(早搏)、心动过缓等心律失常,应及时报告医生。如在使用洋地黄类药物的同时需用钙剂时,应间隔 4～6 h。

55. 何谓少尿? 何谓无尿?

答:一昼夜尿量学龄儿童 < 400 ml,学龄前儿童 < 300 ml,婴幼儿 < 200 ml 为少尿,一昼夜尿量 < 50 ml 为无尿。

56. 急性肾炎与肾病综合征的临床表现有何不同?

答:急性肾炎临床表现有水肿、少尿、血尿、高血压。肾病综合征临床表现有高度水肿、大量蛋白尿、低蛋白血症、高胆固醇血症等。

57. 如何护理急性肾炎的患儿?

答:(1) 休息:急性期应卧床休息 2 周,待尿量增加、水肿消退、血压平稳后患儿可逐渐增加活动;红细胞沉降率(血沉)接近正常时患儿可上学,但应避免劳累和剧烈活动;尿埃迪计数正常后患儿可恢复正常活动。

(2) 饮食:水肿明显、高血压时给无盐或少盐饮食,水肿消退、血压正常时恢复正常饮食,急性期还应当适当限制水及蛋白质。

(3) 准确记录 24 h 出入液量,每周测体重 2 次,以了解水肿增减情况。

(4) 急性期 1～2 周内,一般每日测血压 2 次,血压过高者应增加测量次数。每周取晨尿送常规检查 1～2 次。

(5) 注意观察病情,若患儿出现高血压脑病、心力衰竭及急性肾功能不全的早期症状,应及时报告医生。

(6) 高血压或心力衰竭者,应保证绝对卧床休息,护理人员应完成喂食,协助坐盆、翻身等活动,避免患儿劳累。

(7) 健康教育:出院后 1～2 个月适当限制活动,定期查尿常规,随访时间一般为半年。若尿常规不正常,应延长随访时间。

58. 肾病综合征有哪些并发症?

答:(1) 感染:如上呼吸道感染、皮肤化脓性感染、肺炎、尿路感染、原发性腹膜炎等。

(2) 电解质紊乱:低钠血症、低钾血症、低钙血症。

(3) 血栓形成:以肾静脉血栓最常见。

59. 肾病综合征患儿水肿部位应如何护理?

答:保持皮肤清洁、干燥,避免擦伤和受压,经常翻身,床褥应松软,臀部及四周可垫上橡皮圈或棉圈,或用气垫床。水肿的阴囊可用棉垫或吊带托起,表皮破裂处应盖上消毒敷料,以防感染。严重水肿者应避免肌内注射药物,因严重水肿常致药物滞留、吸收不良或注射后针孔药液外渗,导致局部潮湿、糜烂或感染。水肿期及利尿期应记录出入液量,每周测体重 1～2 次。

60. 如何对肾病综合征患儿及其家长进行健康教育?

答:(1) 向患儿及家属讲解激素治疗的重要性,由药物引起的体态改变等不良反应是暂时的,按时服用激素,不能随便停药,要按医嘱缓慢减量及最后停药。

(2) 本病病程较长,出院后定期来院随访复查。

(3) 预防感染,在激素治疗期间,尤其要减少与外界的接触,避免到人多的公共场所,以防交叉感染。

(4) 避免劳累,病情缓解后患儿虽可上学,但不能参加剧烈活动,因感染和劳累是造成复发的主要诱因。

(5) 预防接种可引起复发,应尽量推迟到疾病缓解停药 1 年以后进行。

61. 什么是生理性贫血?

答:出生后 2~3 个月,婴儿因生长迅速,循环血量增长较快,而此时促红细胞生成素分泌不足,骨髓生成红细胞功能下降,红细胞数可降至 3×10^{12}/L 左右,血红蛋白降至 110 g/L以下,出现轻度贫血,称为生理性贫血。

62. 何谓骨髓外造血?

答:小儿出生后骨髓造血储备力差,当遇到应激情况时如严重感染、溶血性贫血等,需要增加造血时,小儿又恢复到胎儿时期的造血状态,肝、脾、淋巴结呈现造血功能,临床出现肝、脾、淋巴结肿大,此时称为骨髓外造血。

63. 营养性缺铁性贫血有哪些临床表现?

答:多见于 6 个月至 2 岁小儿,起病缓慢;皮肤、黏膜进行性苍白,肝、脾、淋巴结肿大;有口腔炎、舌炎、异食癖;神经系统表现为注意力不集中,理解力降低;当血红蛋白 < 70 g/L时,出现心脏扩大,甚至是心功能不全等。

64. 应用铁剂治疗时应注意哪些问题?

答:(1) 临床多采用口服铁剂,因其经济、安全、不良反应小,最易吸收的是二价铁。

(2) 为了减轻胃黏膜的刺激,口服铁剂从小剂量开始,并在两餐之间服用;应加服维生素 C 或果汁,能帮助铁的吸收;铁剂不宜与牛奶、茶、钙片、咖啡同服,以免影响铁的吸收。

(3) 服用铁剂时,排出的大便呈黑色,是因为未能吸收的一部分铁随大便排出之故。同时可出现牙齿黑染,可使用吸管服药加以预防。

(4) 缺铁性贫血对铁剂治疗反应灵敏,3~4 天后血红细胞升高,7~10 天达高峰。治疗2 周后,血红蛋白相应增加,临床症状也随之好转。

(5) 血红蛋白达正常水平后,铁剂应继续服用 6~8 周,以补充铁的储存量。

(6) 患儿不能口服时,可选用右旋糖酐铁做深部肌内注射,注射部位宜经常更换,避免硬结形成。注射右旋糖酐铁可有过敏现象,故首次注射时应严密观察。

65. 何谓脑膜刺激征?

答:脑膜刺激征见于脑膜炎、脑炎及各种原因引起的颅内压增高、脑疝等疾病时,表现为:颈项强直,克匿格(Kerning)征阳性,布鲁律斯基(Brudzinski)征阳性。但因为婴儿生理性肌张力紧张,故发生后 3~4 个月内克匿格征和布鲁律斯基征阳性无病理意义。

66. 化脓性脑膜炎有哪些临床表现?

答:(1) 感染:除有前驱呼吸道感染表现外,主要症状为突起的高热。

(2) 颅内压增高:头痛、呕吐,婴儿前囟饱满,骨缝增宽,表情淡漠,意识改变,严重者甚至昏迷、惊厥。

(3) 脑膜刺激征:年长儿表现典型。2 岁以下的婴儿因前囟未闭,骨缝可有裂开,颅内压高时有缓冲的余地,故临床表现较隐匿而不典型。新生儿除囟门未闭外,因机体反应性差,神经系统的功能不健全,故临床表现极不典型。

67. 如何对化脓性脑膜炎患儿进行护理观察?

答:严密观察病情,如体温、脉搏、呼吸、血压、神志、囟门、瞳孔、呕吐等情况,并及时记录。四肢肌张力增高常为惊厥的先兆症状;若呼吸节律不规则,深而慢,瞳孔两侧不等大、对光反应迟钝,血压升高,应注意是否出现脑疝及呼吸衰竭,要及时报告医生。患儿做腰椎穿刺后,应去枕平卧 6 h,避免发生头痛。

68. 化脓性脑膜炎与病毒性脑膜炎的脑脊液改变有何不同?

答:见表 6-3。

表 6-3　化脓性脑膜炎与病毒性脑膜炎的脑脊液改变

疾　病	外　观	潘氏试验	白细胞计数	蛋白(g/L)	糖(mol/L)	其　他
化脓性脑膜炎	混浊	(＋＋)～(＋＋＋)	数百至数万,常数千,中性粒细胞为主	1～5,偶尔＞10	明显降低(＜2.2)	涂片培养可发现细菌
病毒性脑膜炎	多数清晰	(±)～(＋＋)	正常或数百,淋巴细胞为主	正常或稍高(＜1)	正常	病毒抗体阳性,病毒培养有时阳性

第二节　儿科护理技术

一、称量婴儿体重

【目的】

    1. 正确称量体重，评价小儿体格发育和营养状况。若患病，应了解患儿的病情变化。

    2. 为临床输液、给药、乳量计算提供依据。

【操作流程图】

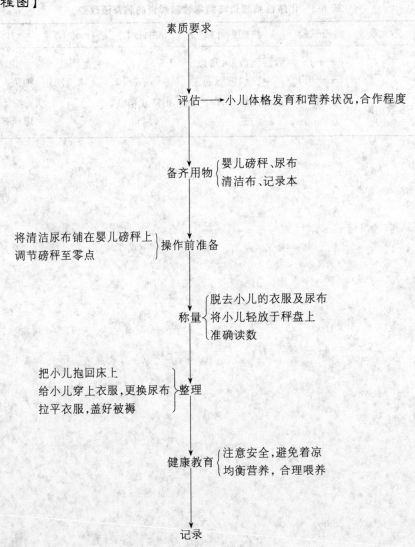

【注意事项】

    1. 称量小儿体重的读数应精确到 0.01 kg，测量结果告知家长。

    2. 称量小儿体重时应调节室内环境温度至 27～28 ℃。

称量婴儿体重评分标准

项　　目	项目总分	要　　求	标准分	得分	备注
素质要求	5	服装、鞋帽整洁	1		
		仪表大方，举止端庄	2		
		语言柔和恰当，态度和蔼可亲	2		
操作前准备	15	评估	5		
		备齐用物	4		
		将清洁尿布铺在婴儿磅秤上	2		
		调节磅秤至零点	4		
操作过程	50	脱去小儿的衣服及尿布	10		
		将小儿轻放于秤盘上	10		
		准确读数	10		
		把小儿抱回床上	5		
		给小儿穿上衣服，更换尿布	10		
		拉平衣服，盖好被褥	5		
健康教育	10	告知家长测量结果	5		
		针对性进行营养、喂养指导	5		
操作后处理	10	记录	5		
		整理用物，用物归还原处	5		
熟练程度	10	动作轻巧、稳重、准确	5		
		记录正确	5		
总　　分	100				

二、测量婴幼儿身高（长）

【目的】

1. 正确测量身高（长），可评价小儿体格发育和营养状况。
2. 若患病，应了解患儿的病情变化。

【操作流程图】

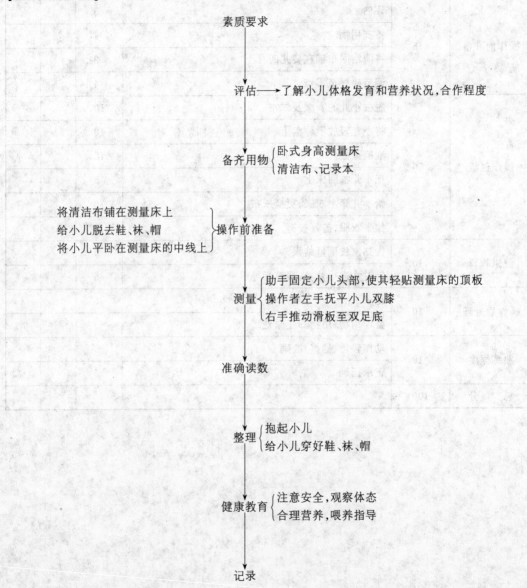

素质要求

评估——了解小儿体格发育和营养状况，合作程度

备齐用物 { 卧式身高测量床
清洁布、记录本 }

将清洁布铺在测量床上
给小儿脱去鞋、袜、帽   操作前准备
将小儿平卧在测量床的中线上

测量 { 助手固定小儿头部，使其轻贴测量床的顶板
操作者左手抚平小儿双膝
右手推动滑板至双足底 }

准确读数

整理 { 抱起小儿
给小儿穿好鞋、袜、帽 }

健康教育 { 注意安全，观察体态
合理营养，喂养指导 }

记录

【注意事项】

1. 测量小儿身高（长）的读数应精确到 0.1 cm。测量结果告知家长。
2. 无论是躺着还是站着测量身高（长），小儿应保持从头部到足底的自然体位。
3. 测量身高（长）时应注意使小儿的枕部、肩胛部、骶尾部及足跟部紧贴量板或量杆。

测量婴幼儿身高(长)评分标准

项　目	项目总分	要　求	标准分	得分	备注
素质要求	5	服装、鞋帽整洁	1		
		仪表大方,举止端庄	2		
		语言温柔和恰当,态度和蔼可亲	2		
操作前准备	15	评估	3		
		备齐用物	3		
		将清洁尿布铺在测量床上	4		
		给小儿脱去鞋、袜、帽	2		
		将小儿平卧在测量床的中线上	3		
操作过程	50	助手固定小儿头部,使其轻贴测量床的顶板	10		
		操作者左手抚平小儿双膝	15		
		右手推动滑板至双足底	15		
		准确读数	10		
健康教育	10	注意安全,观察体态	5		
		合理营养,喂养指导	5		
操作后处理	10	抱起小儿	3		
		给小儿穿好鞋、袜、帽	3		
		记录	4		
熟练程度	10	动作轻巧、稳重、准确	5		
		记录正确	5		
总　　分	100				

三、更换尿布

【目的】

1. 保持小儿皮肤清洁、舒适,预防臀部发生尿布皮炎。
2. 保持病室床铺整洁。

【操作流程图】

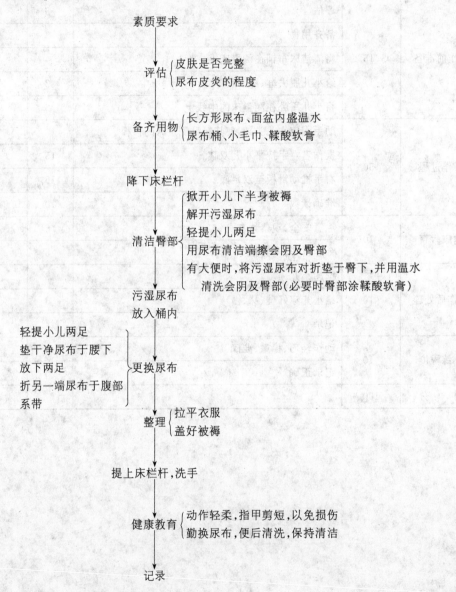

素质要求

评估 ⎰ 皮肤是否完整
　　 ⎱ 尿布皮炎的程度

备齐用物 ⎰ 长方形尿布、面盆内盛温水
　　　　 ⎱ 尿布桶、小毛巾、鞣酸软膏

降下床栏杆

清洁臀部 ⎧ 掀开小儿下半身被褥
　　　　 ⎪ 解开污湿尿布
　　　　 ⎨ 轻提小儿两足
　　　　 ⎪ 用尿布清洁端擦会阴及臀部
　　　　 ⎩ 有大便时,将污湿尿布对折垫于臀下,并用温水
　　　　　　　　清洗会阴及臀部(必要时臀部涂鞣酸软膏)

污湿尿布
放入桶内

轻提小儿两足 ⎫
垫干净尿布于腰下 ⎪
放下两足 ⎬ 更换尿布
折另一端尿布于腹部 ⎪
系带 ⎭

整理 ⎰ 拉平衣服
　　 ⎱ 盖好被褥

提上床栏杆,洗手

健康教育 ⎰ 动作轻柔,指甲剪短,以免损伤
　　　　 ⎱ 勤换尿布,便后清洗,保持清洁

记录

【注意事项】

1. 尿布的长短和系带松紧应适宜。过短过紧,易擦伤外生殖器;过长过松,大小便易溢出。
2. 更换尿布时,动作要轻快,尽量少暴露小儿身体,注意保暖。

更换尿布评分标准

项 目	项目总分	要 求	标准分	得分	备注
素质要求	5	服装、鞋帽整洁	1		
		仪表大方,举止端庄	2		
		语言柔和恰当,态度和蔼可亲	2		
操作前准备	15	评估	5		
		备齐用物	10		
操作过程	50	降下床栏杆	2		
		掀开小儿下半身被褥,解开污湿尿布	4		
		轻提小儿两足	3		
		用尿布清洁端擦会阴及臀部	10		
		有大便时,将污湿尿布对折垫于臀下,并用温水清洗会阴及臀部(必要时臀部涂鞣酸软膏)	10		
		污湿尿布放入桶内	2		
		轻提小儿两足	3		
		垫干净尿布于腰下	5		
		放下两足	5		
		折另一端尿布于腹部	3		
		系带	3		
健康教育	10	动作轻柔,指甲剪短,以免损伤	5		
		勤换尿布,便后清洗,保持清洁	5		
操作后处理	10	拉平衣服,盖好被褥	2		
		拉上床栏杆	2		
		洗手	2		
		记录	4		
熟练程度	10	动作轻巧、稳重、准确	5		
		记录正确	5		
总 分	100				

四、尿布皮炎的护理

【目的】

促进尿布皮炎恢复。

【操作流程图】

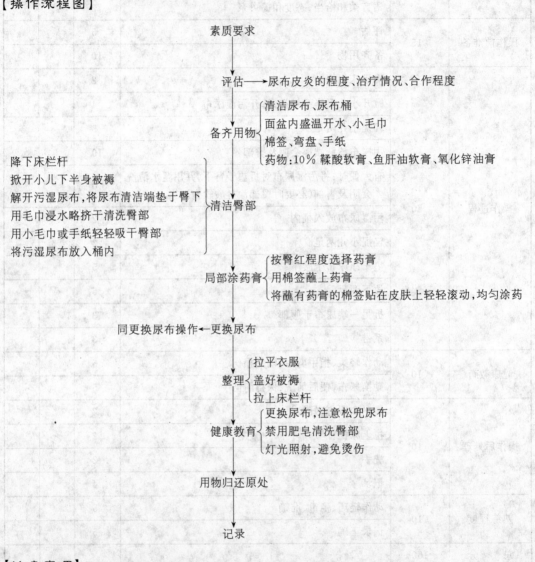

素质要求

评估 ──→ 尿布皮炎的程度、治疗情况、合作程度

备齐用物 ⎰ 清洁尿布、尿布桶
    面盆内盛温开水、小毛巾
    棉签、弯盘、手纸
    药物:10%鞣酸软膏、鱼肝油软膏、氧化锌油膏

清洁臀部 ⎰ 降下床栏杆
    掀开小儿下半身被褥
    解开污湿尿布,将尿布清洁端垫于臀下
    用毛巾浸水略挤干清洗臀部
    用小毛巾或手纸轻轻吸干臀部
    将污湿尿布放入桶内

局部涂药膏 ⎰ 按臀红程度选择药膏
    用棉签蘸上药膏
    将蘸有药膏的棉签贴在皮肤上轻轻滚动,均匀涂药

同更换尿布操作 ←─ 更换尿布

整理 ⎰ 拉平衣服
    盖好被褥
    拉上床栏杆

健康教育 ⎰ 更换尿布,注意松兜尿布
    禁用肥皂清洗臀部
    灯光照射,避免烫伤

用物归还原处

记录

【注意事项】

1. 避免用小毛巾直接擦洗臀部皮肤。
2. 涂抹药膏时,不可用棉签上下涂刷,以免加剧疼痛和导致脱皮。
3. 根据臀部皮肤受损程度选择药膏:轻度尿布皮炎,涂紫草油或鞣酸软膏;重Ⅰ、Ⅱ度尿布皮炎,涂鱼肝油软膏及1%甲紫;重Ⅲ度尿布皮炎,涂鱼肝油软膏或康复新溶液(中药),每日3～4次。继发细菌或真菌感染时,可用0.02%高锰酸钾溶液冲洗吸干,然后涂1%～2%甲紫或硝酸咪康唑霜(达克宁霜),每日2次。

尿布皮炎的护理评分标准

项 目	项目总分	要 求	标准分	得分	备注
素质要求	5	服装、鞋帽整洁	1		
		仪表大方,举止端庄	2		
		语言柔和恰当,态度和蔼可亲	2		
操作前准备	15	评估	5		
		备齐用物	5		
		10%鞣酸软膏、鱼肝油软膏、氧化锌油膏	5		
操作过程	50	降下床栏杆	2		
		掀开小儿下半身被褥,解开污湿尿布(若有大便同更换尿布操作),将尿布清洁端垫于臀下	10		
		用小毛巾浸水略挤干清洗臀部	8		
		用小毛巾或手纸轻轻吸干臀部	6		
		将污湿尿布放入桶内	2		
		按臀红程度选择药膏	8		
		打开油膏盖,用棉签蘸上药膏,盖好油膏盖	4		
		将蘸有药膏的棉签贴在皮肤上轻轻滚动,均匀涂药	10		
健康教育	10	更换尿布,注意松兜尿布	5		
		禁用肥皂清洗臀部	3		
		灯光照射,避免烫伤	2		
操作后处理	10	更换尿布	4		
		拉平衣服,盖好被褥	3		
		拉上床栏杆	1		
		用物归还原处	2		
熟练程度	10	动作轻巧、稳重、准确	5		
		记录正确	5		
总 分	100				

五、尿布皮炎光照疗法

【目的】

减轻患儿疼痛,促进受损皮肤康复。

【操作流程图】

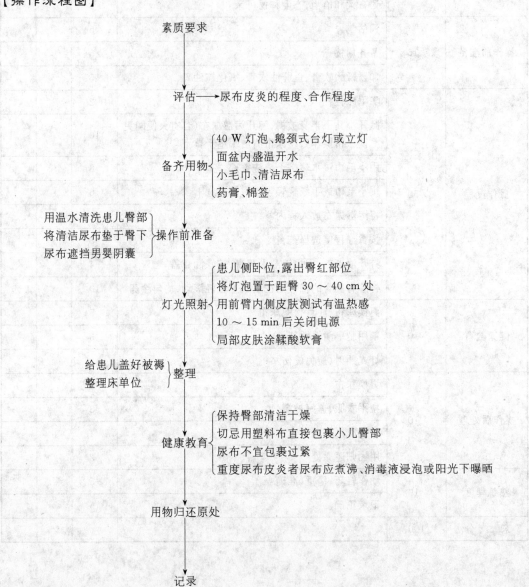

素质要求

评估——→尿布皮炎的程度、合作程度

备齐用物：40 W 灯泡、鹅颈式台灯或立灯
面盆内盛温开水
小毛巾、清洁尿布
药膏、棉签

用温水清洗患儿臀部
将清洁尿布垫于臀下 }操作前准备
尿布遮挡男婴阴囊

灯光照射：患儿侧卧位,露出臀红部位
将灯泡置于距臀 30 ～ 40 cm 处
用前臂内侧皮肤测试有温热感
10 ～ 15 min 后关闭电源
局部皮肤涂鞣酸软膏

给患儿盖好被褥 }整理
整理床单位

健康教育：保持臀部清洁干燥
切忌用塑料布直接包裹小儿臀部
尿布不宜包裹过紧
重度尿布皮炎者尿布应煮沸、消毒液浸泡或阳光下曝晒

用物归还原处

记录

【注意事项】

1. 臀部皮肤溃烂时禁用肥皂水清洗。清洗时避免用小毛巾直接擦洗。涂抹药膏时,应使棉签贴在皮肤上轻轻滚动,不可上下涂擦,以免加剧疼痛和导致脱皮。

2. 暴露时应注意保暖,避免受凉。

3. 照射时应有护士守护患儿,避免烫伤。光照疗法一般每日 2 次。

尿布皮炎光照疗法评分标准

项　　目	项目总分	要　　求	标准分	得分	备注
素质要求	5	服装、鞋帽整洁	1		
		仪表大方，举止端庄	2		
		语言柔和恰当，态度和蔼可亲	2		
操作前准备	15	评估	5		
		备齐用物	10		
操作过程	50	用温水清洗患儿臀部	10		
		将清洁尿布垫于臀下	4		
		尿布遮挡男婴阴囊	3		
		患儿侧卧位，露出臀红部位	5		
		将灯泡置于距臀 30～40 cm 处	6		
		用前臂内侧皮肤测试有温热感	6		
		10～15 min 后关闭电源	6		
		局部皮肤涂鞣酸软膏(滚动式涂药)	10		
健康教育	10	保持臀部清洁干燥	2		
		切忌用塑料布直接包裹小儿臀部	3		
		尿布不宜包裹过紧	3		
		重度尿布皮炎者尿布应煮沸、消毒液浸泡或阳光下曝晒	2		
操作后处理	10	给患儿盖好被褥	2		
		整理床单位	2		
		用物归还原处	2		
		记录臀部皮肤状况	4		
熟练程度	10	动作轻巧、稳重、准确	6		
		记录正确	4		
总　　分	100				

六、全身约束

【目的】

1. 便于对患儿进行诊疗、护理操作。
2. 保护患儿安全,防止发生意外事故。

【操作流程图】

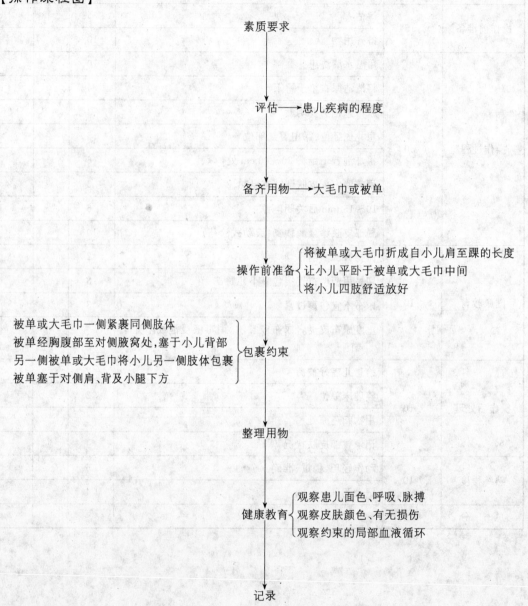

素质要求

评估——患儿疾病的程度

备齐用物——大毛巾或被单

操作前准备 ⎧ 将被单或大毛巾折成自小儿肩至踝的长度
⎨ 让小儿平卧于被单或大毛巾中间
⎩ 将小儿四肢舒适放好

被单或大毛巾一侧紧裹同侧肢体
被单经胸腹部至对侧腋窝处,塞于小儿背部
另一侧被单或大毛巾将小儿另一侧肢体包裹 包裹约束
被单塞于对侧肩、背及小腿下方

整理用物

健康教育 ⎧ 观察患儿面色、呼吸、脉搏
⎨ 观察皮肤颜色、有无损伤
⎩ 观察约束的局部血液循环

记录

【注意事项】

1. 保持患儿姿势舒适。
2. 系带或包裹松紧适宜,切勿损伤皮肤。

全身约束评分标准

项　目	项目总分	要　　求	标准分	得分	备注
素质要求	5	服装、鞋帽整洁	1		
		仪表大方,举止端庄	2		
		语言柔和恰当,态度和蔼可亲	2		
操作前准备	15	评估	5		
		备齐用物:大毛巾或被单	3		
		将被单或大毛巾折成自小儿肩至踝的长度	7		
操作过程	50	让小儿平卧于被单或大毛巾中间	5		
		将小儿四肢舒适放好	5		
		被单或大毛巾一侧紧裹同侧肢体	10		
		被单经胸腹部至对侧腋窝处并塞于小儿后背	10		
		另一侧被单或大毛巾将小儿另侧肢体包裹	10		
		被单塞于对侧肩、背及小腿下方	10		
健康教育	10	观察患儿面色、呼吸、脉搏	4		
		观察皮肤颜色、有无损伤	4		
		观察约束的局部血液循环	2		
操作后处理	10	整理用物,并归还原处	5		
		记录	5		
熟练程度	10	动作轻巧、稳重、准确	5		
		记录准确	5		
总　　分	100				

七、普通全脂牛乳的配制

【目的】

根据小儿生长发育的需要,配置有利于小儿消化吸收的乳液。

【操作流程图】

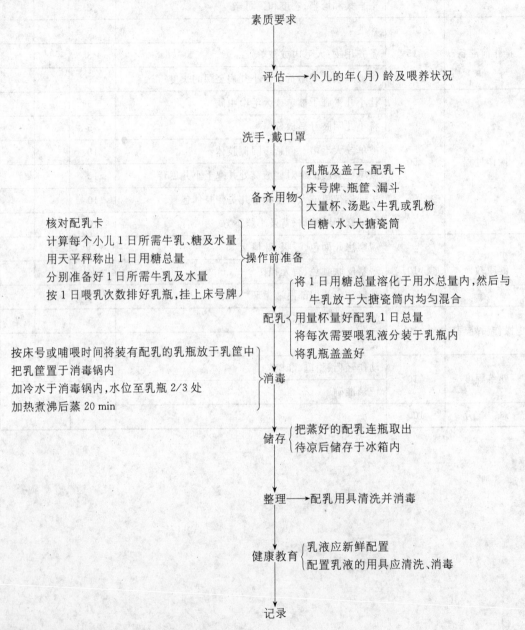

【注意事项】

1. 认真、准确地核对配乳卡上的各项内容。
2. 配乳全过程应遵守无菌操作制度。

普通全脂牛乳的配制评分标准

项　目	项目总分	要　求	标准分	得分	备注
素质要求	5	服装、鞋帽整洁	1		
		仪表大方,举止端庄	2		
		语言柔和恰当,态度和蔼可亲	2		
操作前准备	23	评估	5		
		洗手,戴口罩	2		
		备齐用物	8		
		核对配乳卡	1		
		计算每个小儿1日所需牛乳、糖及水量	3		
		用天平秤称出1日所需糖总量	1		
		分别准备好1日所需牛乳及水量	2		
		按1日喂乳次数排好乳瓶,挂上床号牌	1		
操作过程	配乳	将1日用糖总量溶化于用水总量内,然后与牛乳放于大搪瓷筒内均匀混合	8		
		用量杯量好配乳1日总量	4		
		将每次需要喂乳液分装于乳瓶内	3		
		将瓶盖盖于乳瓶口上	2		
	消毒	按床号或哺喂时间将装有配乳的乳瓶放于乳筐中	5		
		把乳筐置于消毒锅内	5		
		加冷水于消毒锅内,水位至乳瓶2/3处	5		
		加热煮沸后蒸20 min	5		
	储存	把蒸好的配乳连瓶取出	2		
		待凉后储存于冰箱内	3		
健康教育	10	乳液应新鲜配置	5		
		配置乳液的用具应清洗、消毒	5		
操作后处理	10	配乳用具清洗并消毒	5		
		整理用物	5		
熟练程度	10	动作轻巧、稳重、准确,遵守无菌操作制度	5		
		计算准确	5		
总　分	100				

八、乳瓶喂乳

【目的】

1. 满足小儿营养需要。
2. 促进小儿正常生长发育。

【操作流程图】

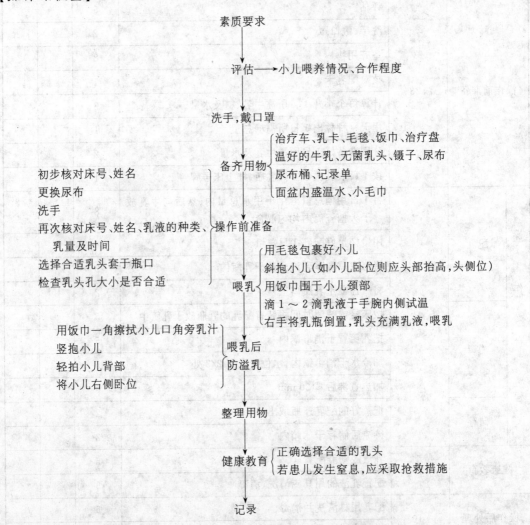

【注意事项】

1. 喂乳时,乳瓶颈不应压在患儿唇上。乳液始终充满乳头。若遇乳头孔堵塞时,应按无菌操作规则重新更换乳头。

2. 喂乳过程中,仔细观察患儿吸吮能力及进乳情况,对生活能力差的未成熟儿,应耐心少量、多次哺喂。

3. 患儿吸吮过急、有呛咳及呕吐时,应暂停喂乳,及时侧卧,并轻拍患儿背部,稍休息后再喂。

乳瓶喂乳评分标准

项 目	项目总分	要 求	标准分	得分	备注
素质要求	5	服装、鞋帽整洁	1		
		仪表大方,举止端庄	2		
		语言柔和恰当,态度和蔼可亲	2		
操作前准备	15	评估	5		
		洗手,戴口罩	2		
		备齐用物	8		
操作过程	60	喂乳前 初步核对床号、姓名	1		
		更换尿布	3		
		洗手	1		
		再次核对床号、姓名、乳液的种类、乳量及时间	5		
		选择合适乳头	5		
		按无菌操作将乳头套上瓶口	3		
		检查乳头孔大小是否合适	2		
		喂乳时 用毛毯包裹好并斜抱小儿,或将卧位小儿头部抬高,头侧位	6		
		用饭巾围于小儿颈部	2		
		滴1～2滴乳液于手腕内侧试温	4		
		右手将乳瓶倒置,乳头充满乳液,喂乳	8		
		喂乳过程中应注意观察小儿吸吮情况	5		
		喂乳后 喂乳完毕,用饭巾一角擦拭小儿口角旁乳汁	4		
		竖抱小儿,轻拍小儿背部,将小儿右侧卧位	6		
		整理用物	2		
		记录进乳量及进乳情况	3		
健康教育	10	正确选择合适的乳头	5		
		若患儿发生窒息,应采取抢救措施	5		
熟练程度	10	动作轻巧、稳重、准确	5		
		计算准确	5		
总 分	100				

注:学生在喂乳操作中,因喂乳而引起小儿呛咳或呕吐,则本操作为不及格。

九、幼儿留尿标本

【目的】

    1. 收集患儿尿液送检,以协助诊断疾病。

    2. 了解病情变化,及时为治疗提供依据。

【操作流程图】

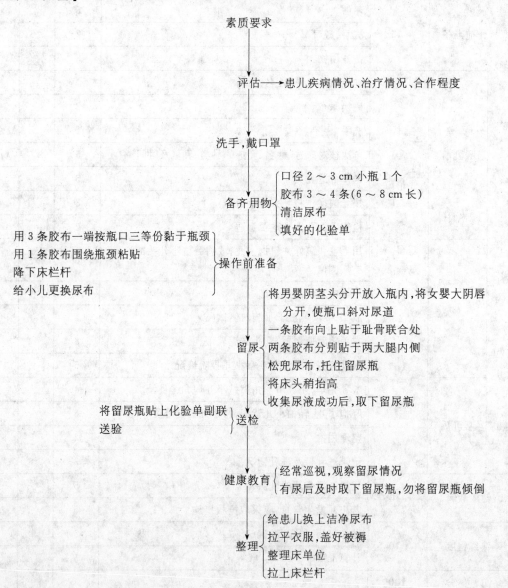

【注意事项】

    1. 准备用物时,应仔细检查留尿瓶有无裂纹,瓶口要完整而光滑。

    2. 固定于大腿内侧的两条胶布,要避免贴在阴唇及腹股沟处。取下胶布时切勿损伤患
儿皮肤。

幼儿留尿标本评分标准

项 目		项目总分	要 求	标准分	得分	备注
素质要求		5	服装、鞋帽整洁	1		
			仪表大方,举止端庄	2		
			语言柔和恰当,态度和蔼可亲	2		
操作前准备		27	评估	5		
			洗手,戴口罩	2		
			备齐用物	8		
			用3条胶布一端按瓶口三等份黏于瓶颈	3		
			用1条胶布围绕瓶颈粘贴	2		
			降下床栏杆	2		
			给小儿更换尿布	5		
操作过程	留尿	38	将男婴阴茎头分开放入瓶内,将女婴大阴唇分开,使瓶口斜对尿道	5		
			1条胶布向上贴于耻骨联合处	3		
			两条胶布分别贴于两大腿内侧	5		
			松兜尿布,托住留尿瓶	5		
			将床头稍抬高	5		
			收集尿液成功后,取下留尿瓶	5		
	送验		将留尿瓶贴上化验单副联	5		
			送验	5		
健康教育		10	经常巡视,观察留尿情况	5		
			有尿后及时取下留尿瓶,勿将留尿瓶倾倒	5		
操作后处理		10	给小儿换上洁净尿布	4		
			拉平衣服,盖好被褥	3		
			整理床单位,拉上床栏杆	3		
熟练程度		10	动作轻巧、稳重、准确	10		
总 分		100				

十、婴幼儿口服给药

【目的】

1. 根据医嘱,帮助不会自行服药的婴幼儿服下应服剂量的药物。
2. 治疗疾病,促进患儿康复

【操作流程图】

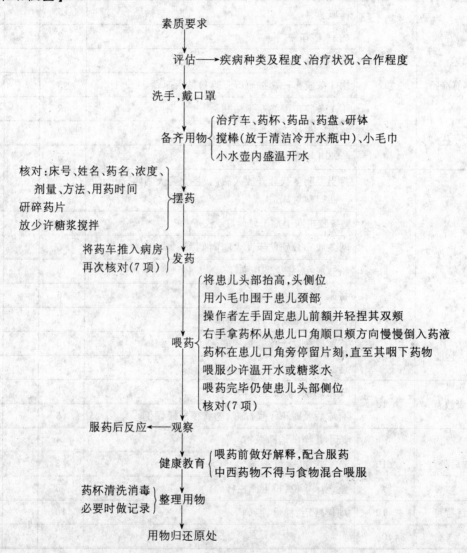

【注意事项】

1. 严格执行查对制度,根据医嘱做好"三查"、"七对"。
2. 油类药物用滴管(管尖应加橡皮管套)直接滴入口中。
3. 切勿捏住患儿双侧鼻孔喂药。
4. 若遇患儿恶心,应暂停给药,可轻拍患儿背部,转移其注意力,待好转后再喂。如患儿将药物吐出,应立即清除呕吐物,并使患儿安静,必要时报告医生,酌情补给药物。

婴幼儿口服给药评分标准

项　目	项目总分	要　求	标准分	得分	备注
素质要求	5	服装、鞋帽整洁	1		
		仪表大方,举止端庄	2		
		语言柔和恰当,态度和蔼可亲	2		
操作前准备	15	评估	5		
		洗手,戴口罩	3		
		备齐用物	7		
操作过程	50	**摆药** 核对床号、姓名、药名、浓度、剂量、方法、用药时间	7		
		研碎药片后放入糖浆搅拌	3		
		发药 将药车推入病房	3		
		再次核对床号、姓名、药名、浓度、剂量、方法、用药时间	7		
		喂药 将患儿头部抬高,头侧位	8		
		用小毛巾围于患儿颈部	2		
		操作者左手固定患儿前额并轻捏其双颊	2		
		右手拿药杯从患儿口角顺口颊方向慢慢倒入药液	8		
		药杯在患儿口角旁停留片刻,直至其咽下药物	3		
		顺利服药者喂服少许温开水或糖浆水	2		
		喂药完毕仍使患儿头部侧位	5		
健康教育	10	喂药前做好解释,配合服药	5		
		中西药物不得与食物混合喂服	5		
操作后处理	10	核对床号、姓名、药名、浓度、剂量、方法、用药时间	7		
		观察服药后反应	2		
		整理用物及床单位(必要时做记录)	1		
熟练程度	10	动作轻巧、稳重、正确	5		
		记录	5		
总　分	100				

十一、小儿头皮静脉输液

【目的】

婴幼儿静脉输液常采用头皮静脉。小儿头皮静脉表浅易固定,不影响其他诊疗及护理工作,便于保暖,且患儿体位舒适。

【操作流程图】

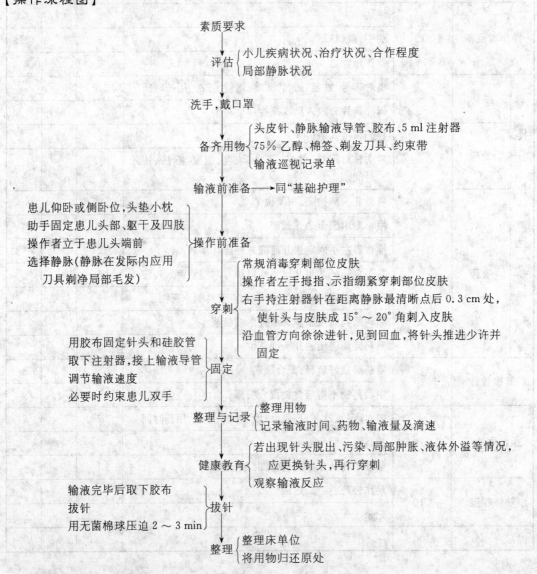

【注意事项】

1. 严格执行查对制度,操作过程必须遵守无菌操作原则。
2. 根据病情、药物性质和输液总量掌握输液速度。
3. 用刀片剃毛发时,须动作轻巧,切勿刮破皮肤。
4. 对局部组织有损伤、药液外渗明显时,应及时报告医生,做适当处理。

小儿头皮静脉输液评分标准

项　　　目	项目总分	要　　　求	标准分	得分	备注
素质要求	5	服装、鞋帽整洁	1		
		仪表大方,举止端庄	2		
		语言柔和恰当,态度和蔼可亲	2		
操作前准备	30	评估	5		
		洗手,戴口罩	2		
		备齐用物	3		
		输液前准备(同"基础护理")	5		
		患儿头垫小枕取仰卧位或侧卧位	4		
		助手固定患儿头部、躯干及四肢	4		
		操作者立于患儿头端	2		
		选择静脉(静脉在发际内应用刀具剃净局部毛发)	5		
操作过程	进针	35	常规消毒穿刺部位皮肤	6	
			操作者左手拇指、示指绷紧穿刺部位皮肤	4	
			右手持注射器针在距静脉最清晰点后 0.3 cm 处,使针头与皮肤成 15°~20°刺入皮肤	6	
			沿血管方向徐徐进针,见回血后固定针头	4	
	固定		用胶布固定针头和硅胶管	3	
			取下注射器,接上输液导管	3	
			调节输液速度,必要时约束患儿双手	4	
	整理与记录		整理用物	2	
			记录输液时间、药物、输液量及滴速	3	
健康教育	10	若出现针头脱出、污染、局部肿胀、液体外溢等情况,应更换针头,再行穿刺	5		
		观察输液反应	5		
操作后处理	10	输液完毕取下胶布,拔针	4		
		用无菌棉球压迫 2~3 min	3		
		整理床单位,用物归还原处	3		
熟练程度	10	动作轻巧、稳重、正确	5		
		注意节力原则	5		
总　　分	100				

十二、光照疗法

【目的】

　　以波长 420～470 nm 的光线照射新生儿皮肤,使照射部位皮肤及血清内未结合胆红素转化成异构体,后者为水溶性,可经胆汁及尿排出体外,以减少血清内未结合胆红素含量。

【操作流程图】

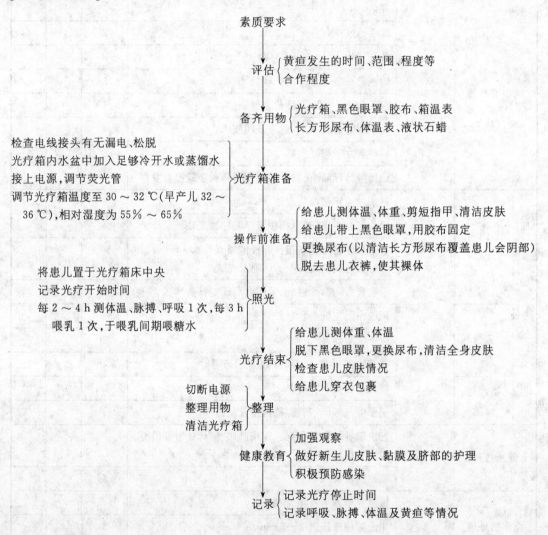

素质要求

评估 { 黄疸发生的时间、范围、程度等
　　　合作程度

备齐用物 { 光疗箱、黑色眼罩、胶布、箱温表
　　　　　长方形尿布、体温表、液状石蜡

光疗箱准备
检查电线接头有无漏电、松脱
光疗箱内水盆中加入足够冷开水或蒸馏水
接上电源,调节荧光管
调节光疗箱温度至 30～32 ℃(早产儿 32～36 ℃),相对湿度为 55%～65%

操作前准备 { 给患儿测体温、体重、剪短指甲、清洁皮肤
　　　　　　给患儿带上黑色眼罩,用胶布固定
　　　　　　更换尿布(以清洁长方形尿布覆盖患儿会阴部)
　　　　　　脱去患儿衣裤,使其裸体

照光
将患儿置于光疗箱床中央
记录光疗开始时间
每 2～4 h 测体温、脉搏、呼吸 1 次,每 3 h 喂乳 1 次,于喂乳间期喂糖水

光疗结束 { 给患儿测体重、体温
　　　　　脱下黑色眼罩,更换尿布,清洁全身皮肤
　　　　　检查患儿皮肤情况
　　　　　给患儿穿衣包裹

整理
切断电源
整理用物
清洁光疗箱

健康教育 { 加强观察
　　　　　做好新生儿皮肤、黏膜及脐部的护理
　　　　　积极预防感染

记录 { 记录光疗停止时间
　　　记录呼吸、脉搏、体温及黄疸等情况

【注意事项】

　　1. 定时检查并保持光疗箱温度和相对湿度。

　　2. 光疗过程中,要保证患儿水分及营养的供给。

　　3. 保持患儿皮肤清洁。若有呕吐物及排泄物应及时清除,以免影响光疗效果。

　　4. 光疗期间,患儿可能出现低热、皮疹及排绿色稀便等现象。若发现患儿烦躁或嗜睡、高热、拒乳、呕吐、脱水、抽搐、呼吸暂停、青紫等异常情况,应及时通知医生处理。

　　5. 进行光疗操作的人员应戴墨镜,以免损伤视网膜。

光照疗法评分标准

项　　目	项目总分	要　　求	标准分	得分	备注
素质要求	5	服装、鞋帽整洁	1		
		仪表大方，举止端庄	2		
		语言柔和恰当，态度和蔼可亲	2		
操作前准备	15	评估	5		
		备齐用物	10		
操作过程	50	检查电线接头有无漏电、松脱	5		
		光疗箱内水盆中加入足够冷开水或蒸馏水	5		
		接上电源，调节荧光管	5		
		调节光疗箱温度至 30～32 ℃（早产儿 32～36 ℃），相对湿度为 55%～65%	5		
		给患儿测体温、体重，剪短指甲及清洁皮肤	5		
		戴黑色眼罩，用胶布固定	3		
		更换尿布(以清洁长方形尿布覆盖患儿会阴部)	2		
		脱去患儿衣裤，使其裸体	5		
		将患儿置于光疗箱床中央	5		
		记录光疗开始时间	5		
		每 2～4 h 测体温、脉搏、呼吸 1 次，每 3 h 喂乳 1 次，于喂乳间期喂糖水	5		
健康教育	10	加强观察	3		
		做好新生儿皮肤、黏膜及脐部的护理	4		
		积极预防感染	3		
操作后处理	10	给患儿测体重、体温	2		
		脱下黑色眼罩，更换尿布，清洁全身皮肤	2		
		检查患儿皮肤情况，给患儿穿衣包裹	2		
		切断电源，整理用物	1		
		清洁光疗箱	1		
		记录光疗停止时间、呼吸、脉搏、体温及黄疸情况	2		
熟练程度	10	动作轻巧、稳重、正确	5		
		注意节力原则	5		
总　　分	100				

十三、小儿窒息的紧急处理

【目的】

恢复小儿呼吸功能常态,促进疾病康复。

【操作流程图】

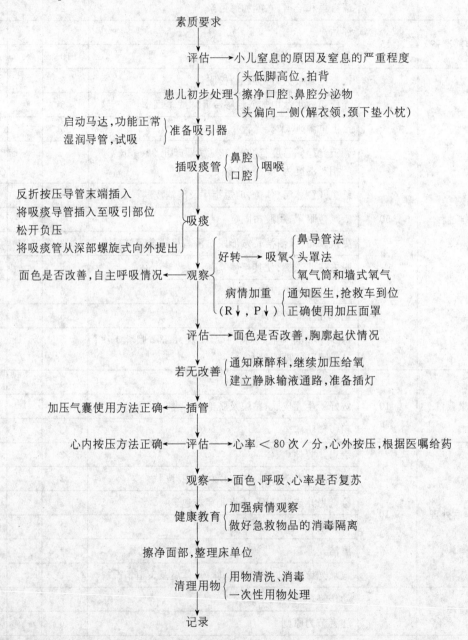

素质要求

评估——小儿窒息的原因及窒息的严重程度

患儿初步处理 ｛ 头低脚高位,拍背
擦净口腔、鼻腔分泌物
头偏向一侧(解衣领,颈下垫小枕)

启动马达,功能正常
湿润导管,试吸 ｝ 准备吸引器

插吸痰管 ｛ 鼻腔
口腔 ｝ 咽喉

反折按压导管末端插入
将吸痰导管插入至吸引部位 ｝ 吸痰
松开负压
将吸痰管从深部螺旋式向外提出

好转——吸氧 ｛ 鼻导管法
头罩法
氧气筒和墙式氧气

面色是否改善,自主呼吸情况←——观察

病情加重 ｛ 通知医生,抢救车到位
(R↓,P↓) 正确使用加压面罩

评估——面色是否改善,胸廓起伏情况

若无改善 ｛ 通知麻醉科,继续加压给氧
建立静脉输液通路,准备插灯

加压气囊使用方法正确←——插管

心内按压方法正确←——评估——心率＜80次／分,心外按压,根据医嘱给药

观察——面色、呼吸、心率是否复苏

健康教育 ｛ 加强病情观察
做好急救物品的消毒隔离

擦净面部,整理床单位

清理用物 ｛ 用物清洗、消毒
一次性用物处理

记录

【注意事项】

1. 发现小儿窒息要分秒必争,迅速配合医生进行急救。

2. 急救时应动作轻巧、敏捷,急救过程应随时做好记录。

小儿窒息的紧急处理评分标准

项　　目	项目总分	要　　求	标准分	得分	备注
素质要求	5	服装、鞋帽整洁	1		
		仪表大方,举止端庄	2		
		语言柔和恰当,态度和蔼可亲	2		
患儿初步处理	15	评估	5		
		头低脚高位,拍背	5		
		清除口腔、鼻腔分泌物,体位放置正确	5		
操作过程	50	吸引器功能正常,吸痰管大小合适,试吸	2		
		插管手法正确(鼻或口腔→咽喉)	8		
		吸痰手法正确,时间适宜(< 15 s)	10		
		吸氧方法正确	10		
		注意观察气道通畅情况	1		
		患儿症状是否缓解	1		
		若病情加重,通知医生及麻醉科,抢救车到位	2		
		加压面罩使用正确	4		
		用物准备妥当(插灯、静脉通路)	2		
		加压气囊方法正确	4		
		心内按压方法正确	4		
		注意观察患儿复苏情况	2		
健康教育	10	加强病情观察	5		
		做好急救物品的消毒隔离	5		
操作后处理	10	擦净面部	3		
		整理床单位	3		
		用物处理正确	4		
熟练程度	10	动作轻巧、稳重、准确	5		
		做好记录	5		
总　　分	100				

十四、暖箱的使用

【目的】

为早产儿、患病新生儿提供保暖护理。

【操作流程图】

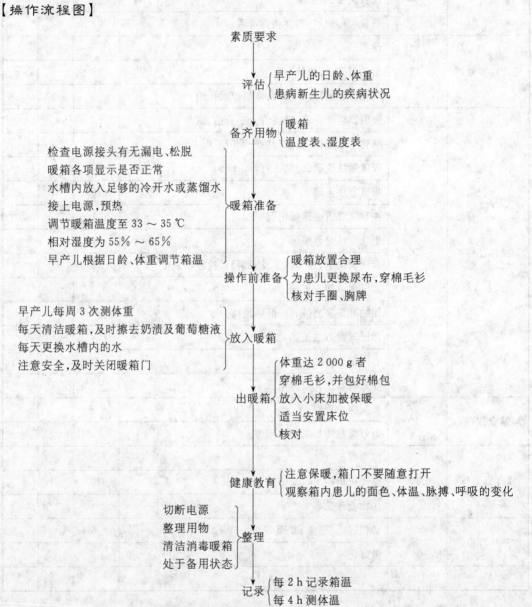

素质要求

评估 ⎰ 早产儿的日龄、体重
　　 ⎱ 患病新生儿的疾病状况

备齐用物 ⎰ 暖箱
　　　　 ⎱ 温度表、湿度表

检查电源接头有无漏电、松脱
暖箱各项显示是否正常
水槽内放入足够的冷开水或蒸馏水
接上电源,预热　　　　　　　　　　　暖箱准备
调节暖箱温度至 33 ~ 35 ℃
相对湿度为 55% ~ 65%
早产儿根据日龄、体重调节箱温

操作前准备 ⎰ 暖箱放置合理
　　　　　 ⎨ 为患儿更换尿布,穿棉毛衫
　　　　　 ⎱ 核对手圈、胸牌

早产儿每周 3 次测体重
每天清洁暖箱,及时擦去奶渍及葡萄糖液
每天更换水槽内的水　　　　　　　放入暖箱
注意安全,及时关闭暖箱门

出暖箱 ⎰ 体重达 2 000 g 者
　　　 ⎪ 穿棉毛衫,并包好棉包
　　　 ⎨ 放入小床加被保暖
　　　 ⎪ 适当安置床位
　　　 ⎱ 核对

健康教育 ⎰ 注意保暖,箱门不要随意打开
　　　　 ⎱ 观察箱内患儿的面色、体温、脉搏、呼吸的变化

切断电源
整理用物　　　　整理
清洁消毒暖箱
处于备用状态

记录 ⎰ 每 2 h 记录箱温
　　 ⎱ 每 4 h 测体温

【注意事项】

1. 做好暖箱的清洁消毒及平时的维修保养工作。

2. 按医嘱设定暖箱的温度与湿度。

3. 暖箱使用时要加强巡视,防止箱温在短时间内急剧升高或降低。同时,应观察水管内的水量是否达到使用要求。

暖箱的使用评分标准

项　　目	项目总分	要　　　　求	标准分	得分	备注
素质要求	5	服装、鞋帽整洁	1		
		仪表大方，举止端庄	2		
		语言柔和恰当，态度和蔼可亲	2		
操作前准备	27	评估	5		
		备齐用物	2		
		检查暖箱电源接头有无漏电、松脱	2		
		暖箱各项指标正常	1		
		水槽内放入足够的冷开水或蒸馏水	1		
		接上电源，预热	2		
		调节暖箱温度	2		
		暖箱放置合理	4		
		更换尿布，穿棉毛衫	4		
		核对手圈、胸牌	4		
操作过程	38	将患儿放入暖箱中	2		
		每天清洁暖箱	3		
		每天更换水槽内的水	5		
		注意安全，及时关闭暖箱门	4		
		测体重(早产儿3次/周)	6		
		患儿(体重大于 2 000 g)出暖箱时，穿棉毛衫，包好棉睡袋放入小床	8		
		注意保暖(加被)	5		
		核对手圈、胸牌	5		
健康教育	10	注意保暖，箱门不要随意打开	5		
		观察箱内患儿的面色、体温、脉搏、呼吸的变化	5		
操作后处理	10	切断电源	2		
		整理用物	2		
		清洁消毒暖箱，处于备用状态	2		
		每2 h记录箱温	2		
		每4 h测体温	2		
熟练程度	10	动作轻巧、稳重、准确	10		
总　　分	100				

第三节　儿科护理范例（支气管肺炎）

李红,女性,6 岁。2 周前因受凉后出现阵发性咳嗽,每阵 3～5 声,间隔时间长,伴喉部痰鸣音,无痰咳出,食欲尚可。入院前 1 天出现咳喘,无气促,晨起较剧,伴发热,T 38.5 ℃。来院就诊给予青霉素、丁胺卡那霉素静脉滴注,临床诊断为"支气管肺炎"收住入院。否认手术外伤史,无喘息发作史,无传染病史,出生至今有湿疹。过敏史:海鲜类食物。否认家族性遗传病。

(一) 护理评估

1. 简要护理体格检查

(1) 生命体征:T 38.5 ℃, P 108 次/分, R 29 次/分, BP 90/68 mmHg。

(2) 神志清。

(3) 根据病情检查

心率:108 次/分,节律规则。

腹部:柔软,对称,无压痛、反跳痛及肌紧张。

口腔:红润,无溃疡,无出血点及真菌感染。

皮肤黏膜:完整,无皮疹、紫癜及蜘蛛痣。

其他检查:肺部听诊闻及两肺呼吸音粗,以及有中等量的细湿啰音。

(4) 重要阳性体征及相关体征(提出与本病有关的 2 个体征):①出现阵发性咳嗽,伴痰鸣音,喘咳,晨起为剧。②两肺呼吸音粗,可闻及细湿啰音。

2. 主要辅助检查(提出与本病有关的 2 个实验室检查)

(1) X 线胸部摄片:肺纹理增粗伴斑片状渗出。

(2) 血常规:白细胞计数为 18.2×10^9/L。

3. 目前治疗情况

(1) 静脉补液:5％葡萄糖溶液加头孢拉定。

(2) 氧气吸入(流量及管道情况):无

(3) 其他:止咳糖浆。

4. 生活习惯

(1) 环境:安静。

(2) 饮食:普食(忌海鲜)。

(3) 睡眠:安好,9～10 h/d

(4) 排泄:大、小便正常。

(5) 性格:较开朗。

(6) 以往住院情况:无住院经历。

5. 心理反应

(1) 对住院的心理反应:因害怕离开父母,出现明显的分离焦虑,情绪表现为紧张。现经过入院环境介绍,与护士建立了较好的护患沟通。能适应病区环境,表现为心理反应良好。

(2) 家长对护理的要求:家长希望医护人员多关心、照顾患儿,态度和蔼,操作仔细,并且能经常讲解一些与疾病有关的知识。

（二）护理诊断

1. 气体交换受损：与肺部感染、痰液积聚有关。

2. 体温过高：与肺部感染有关。

3. 焦虑：与陌生环境有关。

（三）护理目标

1. 患儿能及时排出痰液，呼吸平稳，呼吸音清。

2. 患儿体温恢复正常。

3. 患儿能配合医务人员治疗疾病。

（四）护理措施

1. 卧床休息，限制活动。

2. 保持病室清洁整齐，空气流畅。每日通风 2 次，每次 30 min。

3. 每 4 h 测 1 次体温、脉搏和呼吸，并做好记录。

4. 指导患儿有效咳嗽，帮助翻身、拍背（方法是在背部从下而上、由外向内）。

5. 鼓励多饮水，以稀释痰液。

6. 按医嘱合理使用抗生素，均衡滴入。

7. 给予高蛋白、易消化的食物，避免粗糙食物。

8. 按医嘱给予退热剂、止咳去痰剂，出汗后及时更衣。

9. 密切观察患儿病情变化，若有头痛、烦躁不安及脉搏细速等，应及时报告医生。

10. 患儿住院期间尽量多抽时间陪伴患儿说话，态度和蔼，详细回答患儿提出的问题，解除陌生感。

（五）护理评价

1. 患儿呼吸平稳，肺部感染得到控制。

2. 患儿体温恢复正常。

3. 患儿情绪稳定，配合医务人员治疗疾病。

4. 患儿及家长对健康的有关知识有所了解。

第七章 五官科临床护理

第一节 五官科护理理论

1. 眼球由哪几部分组成？

答：眼球由眼球壁和眼球内容物组成。

2. 简述眼球壁的结构及其功能。

答：眼球壁分为 3 层，外层为纤维膜，中层为葡萄膜，内层为视网膜。纤维膜由前 1/6 透明的角膜和后 5/6 瓷白色的巩膜共同构成，使眼球外壁完整、封闭，起到保护眼内组织、维持眼球形状的作用。葡萄膜又称血管膜或色素膜，富含色素和血管。由前到后依次为虹膜、睫状体和脉络膜，主要作用为遮光和营养眼内组织。视网膜由色素上皮层和神经感觉层组成，主要作用是感光及传递视觉神经冲动至大脑皮质。

3. 试述眼球内容物的组成及其功能。

答：眼球内容物包括房水、晶状体和玻璃体，为无血管和神经的透明物质，和角膜一起称为眼的屈光介质，是光线进入眼内到达视网膜的通路。房水的主要功能为营养角膜、晶状体和玻璃体，维持一定眼内压。晶状体是眼球屈光间质的重要组成部分，对进入眼内的光线起到折射功能，且可滤去部分紫外线，对视网膜具有保护作用。眼的调节功能也主要靠晶状体完成。玻璃体是透明的胶质体，除具有屈光功能外，主要对视网膜和眼球壁起支撑作用。

4. 请叙述房水的循环途径。

答：房水由睫状突上皮细胞产生后进入后房，大部分房水经瞳孔到前房，再从前房角小梁网进入 Schlemm 管，然后经集液管和房水静脉进入巩膜表层的睫状前静脉而回到血液循环；少部分房水从房角的睫状肌间隙流入睫状体和脉络膜上腔，经由葡萄膜巩膜途径引流(占 10%～20%)；约 5% 的房水经虹膜表面隐窝被吸收；还有很少量经玻璃体和视网膜排出。

5. 眼压升高的发生机制是什么？

答：眼压的高低主要取决于房水循环中的 3 个因素：睫状突生成房水的速率、房水通过小梁网流出的阻力和上巩膜静脉压。如果房水生成量不变，则房水循环途径中任何一环发生阻碍，不能顺利流通，眼压即可升高。

6. 何谓睑腺炎(麦粒肿)？

答：睑腺炎又称麦粒肿，俗称"挑针眼"。是一种常见的眼睑腺体化脓性炎症。如为睑板腺感染，称为内睑腺炎或内麦粒肿；如为睫毛毛囊或其附属腺体 Moll 腺或 Zeis 腺感染，称为外睑腺炎或外麦粒肿。

7. 睑腺炎应如何处理及处理过程中应特别注意什么？

答：(1) 处理：初期局部热敷可促进血液循环，缓解症状，帮助炎症消散。脓肿形成后，如未破溃应切开排脓。

（2）特别注意：内睑腺炎在结膜面切开，切口应与睑缘垂直，以免过多损伤睑板腺管。外睑腺炎在皮肤面切开，切口应与睑缘平行，避免损伤眼轮匝肌，同时切口与眼睑的皮肤纹理一致，使瘢痕不明显而不影响美观。如脓肿较大，还需放置引流条。

8. 如何通过泪道冲洗的结果判断泪道阻塞和狭窄的部位？

答：根据泪道冲洗结果可能有以下几种情况：

（1）液体顺利从前鼻孔或咽喉部流出，表明泪道通畅。

（2）液体部分从上泪小点溢出，鼻腔及咽喉部也有液体流出，表明鼻泪道部分阻塞，即鼻泪管狭窄。

（3）针头可触及骨壁，但冲洗液全部从上泪小点溢出，鼻腔及咽喉部无液体流出，表明鼻泪管阻塞。

（4）液体从原泪小点逆流出来，表明原泪小管或泪总管阻塞。

（5）若有大量黏液或脓液从上、下泪小点流出，表明鼻泪管阻塞伴慢性泪囊炎。

（6）冲洗时如发现下睑肿胀，提示发生假道，必须立即停止注水。

9. 急性细菌性结膜炎有哪些临床表现？处理要点是什么？

答：（1）临床表现：发病急，常双眼同时发病或间隔 1～2 天。自觉流泪、异物感、灼热感。检查可见眼睑肿胀，显著的结膜充血，脓性分泌物明显增多。

（2）处理要点：勤点抗生素眼药水，急性发作期时可 10～15 min 滴 1 次；睡前涂抗生素眼药膏；分泌物较多时宜用生理盐水或 3% 的硼酸溶液冲洗结膜囊。

10. 急性细菌性结膜炎有哪些预防措施？

答：（1）严格搞好个人卫生和集体卫生。提倡勤洗手，不用手或衣袖擦眼。

（2）急性期病人需隔离，以避免传染引起流行。

（3）医护人员接触过病人之后，必须洗手消毒，防止交叉感染。

（4）严格消毒病人使用过的洗脸用具、手帕或医疗器械。

（5）一眼患病时应防止另眼感染。

（6）滴眼之前洗净双手，患眼和健眼的眼药水应分开使用，并做好标记，先滴健眼，再滴患眼。

（7）提倡滴眼时使用一次性棉签或面巾纸，且两眼分开，用后即弃去，不可重复使用。

11. 何谓白内障？目前白内障手术治疗及术后视力矫正有哪些方法？

答：（1）晶状体混浊称为白内障。

（2）手术治疗方法：白内障囊内摘除术、白内障囊外摘除术、超声乳化白内障吸除术以及激光乳化白内障吸除术。囊内摘除术是指将包括囊膜在内的混浊晶状体完整摘除；囊外摘除术是指摘除混浊晶状体，但保留晶状体后囊膜；超声乳化和激光乳化是应用超声能量或激光将混浊晶状体核和皮质粉碎成乳糜状后吸除。

（3）术后视力矫正方法主要有：佩戴高度数正球面镜眼镜（凸透镜）、角膜接触镜、人工晶体植入术。

超声乳化白内障吸除术联合人工晶体植入术是目前最常用的白内障治疗方法和视力矫正方法。

12. 正常人的眼压范围是多少？双眼眼压差以及 24 h 眼压正常波动范围是多少？

答：正常人眼压范围为 10～21 mmHg。

双眼眼压差正常范围:不大于 5 mmHg。

24 h眼压正常波动范围:不大于 8 mmHg。

13. 原发性闭角型青光眼急性发作期有哪些临床表现?

答:主要表现为剧烈头痛、眼痛、畏光、流泪,视力严重减退,常降到数指或手动,可伴有恶心、呕吐等全身症状。体征有眼睑水肿,混合性充血或球结膜水肿,角膜上皮水肿,瞳孔中等散大,呈竖椭圆形,对光反射迟钝或消失,眼压升高,可突然升至 50 mmHg 以上,眼球可坚硬如石。裂隙灯下可见前房极浅,周边部前房几乎完全消失,房角完全关闭。

14. 请简述急性闭角型青光眼的临床分期。

答:可分为临床前期、先兆期、急性发作期、间歇期、慢性期和绝对期6期。

15. 简述常用的降眼压药的分类及其作用机制。

答:(1) 缩瞳剂:缩小瞳孔,增加虹膜张力,解除周边虹膜对小梁网的阻塞,使房角重新开放,减少房水流出阻力;同时可刺激睫状肌收缩,牵引巩膜突和小梁网,减少房水流出的阻力,以降低眼压。

(2) β受体阻滞剂:通过抑制房水生成降低眼压。

(3) 碳酸酐酶抑制剂:抑制房水生成。

(4) α受体兴奋剂:减少房水生成。

(5) 高渗脱水剂:可短期内提高血浆渗透压,使眼组织特别是玻璃体中的水分进入血液,从而减少眼内容量,降低眼压。

16. 阿托品滴眼液的作用是什么? 为什么滴用阿托品眼液时要用棉球压迫泪囊数分钟?

答:1%的阿托品滴眼液(眼药膏)有较强而持久的散瞳和麻痹睫状肌的作用,常用于虹膜睫状体炎、角巩膜炎、儿童扩瞳验光等。阿托品点眼可造成全身毒性反应,包括皮肤、黏膜干燥,发热,激动和谵妄,心动过速以及脸部潮红。滴眼后压迫泪囊部 5 min 以上,可减少药物从鼻泪管吸收,避免或减少全身毒性反应。

17. 何谓视网膜脱离? 可分为哪几类?

答:视网膜色素上皮层与神经上皮层发生分离,称为视网膜脱离。

可分为孔源性(原发性)、牵引性及渗出性(继发性)3 类。

18. 现代视网膜玻璃体手术选择向玻璃体腔内注入气体或硅油使视网膜复位,其原理是什么? 术后采取什么体位? 为什么?

答:利用气体和硅油的比重较水轻的原理,向玻璃腔内注入气体或硅油时,气体或硅油总是处于腔内最高点,因此,术后应采取裂孔部位处于眼球最高点的体位,使气体或硅油顶住脱离的视网膜,从而增强手术效果,使视网膜复位。

19. 视网膜中央动脉阻塞的主要临床表现是什么? 简述其处理原则。

答:(1) 主要表现为突然发生一眼无痛性完全失明,眼底检查可见典型的"樱桃红斑"。

(2) 该病在 1 h 内若能得到适当治疗,视力可恢复。所以应争分夺秒,在短时间内急诊处理,迅速降低眼压,扩张血管,溶解栓子,吸氧,最大限度争取视力恢复。

20. 什么是近视? 有哪些治疗方法? 其中最常用的矫正方法是什么?

答:近视是指在眼调节静止状态下,外界平行光线经过眼的屈光系统后,聚焦于视网膜之前的一种屈光状态。近视病人远点移近,所以远视力降低。

治疗方法包括框架眼镜、角膜接触镜、药物治疗及屈光手术等。其中框架眼镜是矫正近视最常用的方法,镜片为凹透镜。矫正近视的度数原则上以矫正视力达到 1.0 的最低度数为准。

21. 什么是远视? 有哪些治疗方法? 其中最常用的矫正方法是什么?

答:远视是指在眼调节静止状态下,外界平行光线经过眼的屈光系统后,聚焦于视网膜之后的一种屈光状态。远视病人远点位于视网膜之后,所以远视力和近视力均降低。

治疗方法包括框架眼镜、角膜接触镜、屈光手术等。框架眼镜是矫正远视最常用的方法,镜片为凸透镜。

22. 何谓弱视? 按其程度不同如何分类? 影响弱视治疗效果的关键因素是什么?

答:弱视是指眼本身无器质性改变,矫正远视力在 0.8 或以下者。

按程度不同分为:①轻度弱视,矫正视力 0.6～0.8;②中度弱视,矫正视力 0.2～0.5;③重度弱视,矫正视力≤0.1。

影响弱视治疗效果的关键因素包括:病人开始治疗的年龄、弱视程度和对治疗的依从性。

23. 请简述眼化学伤的急救原则。

答:急救原则:争分夺秒,就地取材,彻底冲洗受伤眼。眼化学伤发生后,立即现场急救,就地取水,用大量清水反复冲洗眼部 15 min 以上。送到医院后,继续用生理盐水冲洗眼部,然后,进一步治疗。

24. 耳分为哪几部分?

答:耳由外向内分为外耳、中耳和内耳。

25. 简述耳的生理功能。

答:耳具有听觉和平衡功能。听觉功能通过声音的空气传导和骨传导完成。在正常生理状态下,以空气传导为主。平衡功能通过内耳前庭系统与视觉和本体感觉系统共同协调来完成。

26. 何谓"危险三角区"?

答:鼻尖、鼻翼及鼻前庭皮肤富有皮脂腺、汗腺和毛囊,为鼻疖、痤疮、酒糟鼻的好发部位。外鼻的静脉主要经内眦静脉和面静脉汇入颈内静脉,内眦静脉又可经眼上、下静脉与海绵窦相连通。面部静脉无瓣膜,血液可双向流动,所以当挤压鼻疖或上唇疖肿时,有引起海绵窦血栓性静脉炎的危险。因此,临床上将鼻根部与上唇三角形区域称为"危险三角区"。

27. 鼻旁窦有哪几对,各开口于何处?

答:鼻旁窦有上颌窦、筛窦、额窦和蝶窦 4 对。上颌窦开口于中鼻道;前组筛窦开口于中鼻道,后组筛窦开口于上鼻道;额窦开口于中鼻道;蝶窦开口于蝶筛隐窝。

28. 简述鼻腔和鼻旁窦的生理功能。

答:鼻腔生理功能:呼吸功能,即清洁、加温、加湿吸入的空气,嗅觉功能和共鸣功能。

鼻旁窦生理功能:鼻旁窦对鼻腔的共鸣功能有辅助作用,并可减轻头颅重量,缓冲外界冲击力,对重要器官有一定的保护作用。

29. 喉腔分为哪几个区?

答:喉腔上界为喉入口,下界相当于环状软骨下缘。被声带分隔成声门上区(即声带以上的喉腔)、声门区(即两侧声带之间的区域)、声门下区(即声带下缘和环状软骨下缘之间的区域)。

30. 喉有哪些生理功能?

答:喉有四大生理功能,即呼吸功能、发声功能、保护功能和屏气功能。

31. 为什么婴幼儿好发中耳炎?

答:因为婴幼儿的咽鼓管较软且短,管腔较宽,位置较为水平,鼻咽部开口与鼓室开口几乎在同一个水平面,狭窄部不明显,因此,鼻腔和鼻旁窦的各种炎症极易通过咽鼓管引起中耳炎。

32. 急性化脓性中耳炎有哪些临床表现?

答:(1) 局部症状:①耳痛,可向咽部放射,流脓后耳痛即缓解;②听力障碍,可伴耳鸣;③鼓膜紧张部膨出或穿孔。

(2) 全身症状:发热、头痛及周身不适等。

33. 急性化脓性中耳炎的治疗原则是什么?

答:治疗原则包括控制感染、通畅引流、去除病因。

34. 什么叫梅尼埃病?

答:梅尼埃病又称膜迷路积水。主要是由于自主神经功能失调导致内耳血管痉挛,膜迷路微循环障碍,致使耳蜗供血不足,膜迷路内渗透压增高,形成膜迷路积水,刺激及损伤耳蜗产生耳鸣、耳聋。刺激前庭可出现眩晕、眼球震颤、平衡失调等症状。

35. 什么叫耳聋? 简述耳聋的分级。

答:耳聋是听觉传导通路发生病变致听力障碍或听力减退,为人耳听觉功能损失的总称。

耳聋的分级以单耳听力损失为准,共分为以下 5 级。

(1) 轻度耳聋:听低声谈话有困难,语频听阈 <40 dB。

(2) 中度耳聋:听一般谈话有困难,语频听阈 41~55 dB。

(3) 中重度耳聋:要大声说话才能听清,语频听阈 56~70 dB。

(4) 重度耳聋:需要耳旁大声说话才能听到,语频听阈 71~90 dB。

(5) 极重度耳聋:耳旁大声呼唤仍听不清,语频听阈 >90 dB。

36. 何谓传导性聋?

答:传导性聋是指经空气路径传导的声波,受到外耳、中耳病变的阻碍,到达内耳的声能减弱,导致不同程度的听力减退。

37. 何谓感音神经性聋?

答:感音神经性聋是指由于内耳听毛细胞、血管纹、螺旋神经节、听神经或听觉中枢的器质性病变阻碍了声音的感受与分析或影响声音信息的传递,导致听力减退或听力丧失。

38. 慢性鼻窦炎有哪些临床表现?

答:全身表现:精神不振、易疲倦、头痛、头昏、记忆力减退、注意力不集中等。

局部表现:①流脓涕,牙源性上颌窦炎的鼻涕常有腐臭味;②鼻塞;③嗅觉减退或消失;④严重者可出现眶内并发症,引起视功能障碍。

39. 鼻出血有哪些局部止血方法?

答:(1) 压迫法:用手指紧捏两侧鼻翼 10~15 min,或用干棉片或止血剂棉片压迫出血点。

(2) 烧灼法:用 30%~50% 硝酸银或 30% 三氯醋酸烧灼封闭出血点。

(3) 填塞法:用于出血较多、压迫法无效者,包括鼻腔纱条填塞、后鼻孔填塞、气囊或水囊填塞。

（4）鼻内镜下电灼止血。

40. 鼻恶性肿瘤与鼻息肉和鼻囊肿的鉴别。

答：鼻恶性肿瘤与鼻息肉和鼻囊肿的鉴别见表 7-1。

表 7-1　鼻恶性肿瘤与鼻息肉和鼻囊肿的鉴别

特　征	鼻恶性肿瘤	鼻息肉和鼻囊肿
发病年龄	相对较大，多在 45 岁以上	相对较小，多在 45 岁以下
病变范围	几乎都是单侧，双侧十分罕见	鼻息肉双侧多见；鼻囊肿双侧少见
早期症状	经常涕血或少量鼻出血	鼻息肉：鼻塞，无涕血
		鼻囊肿：可有周期性流黄水或血涕
肿物外形	多呈红褐色，表面粗糙不规则，常有溃烂坏死	灰白色或半透明，表面光滑，圆形或半圆形
X 线摄片	鼻窦肿瘤多有骨壁及邻近结构骨破坏，边缘不整齐，鼠咬样	鼻息肉：一般无骨破坏
		鼻囊肿：大囊肿可使周围骨质受压变形、变薄与破坏
治疗方法	手术或放疗，手术＋放疗	手术为主

41. 简述扁桃体切除术后的护理要点。

答：防止出血、减轻疼痛、预防感染、饮食护理。

42. 怎样预防扁桃体切除术后出血？

答：(1) 术后取半卧位。

(2) 少说话，避免咳嗽，轻轻吐出口腔分泌物。

(3) 术后 2 h 可进冷流质饮食，次日改为半流质饮食，3 日后可进软食，2 周内忌吃硬食、粗糙或带刺的食物。

(4) 勿触动创面的白膜。

43. 何谓 OSAHS?

答：OSAHS 是阻塞性睡眠呼吸暂停低通气综合征（obstructive sleep apnea-hypopnea syndrome）的英文缩写，简称"鼾症"。是指睡眠时上气道塌陷堵塞呼吸道引起的呼吸暂停和通气不足，伴有打鼾、睡眠结构紊乱，频繁发生血氧饱和度下降以及白天嗜睡等症状。具体指成人 7 h 的夜间睡眠时间内，至少有 30 次呼吸暂停，每次呼吸暂停时间至少 10 s 以上；睡眠过程中呼吸气流强度较基础水平降低 50％ 以上，并伴动脉血氧饱和度下降≥4％；或呼吸暂停低通气指数（即平均每小时睡眠中呼吸暂停和低通气的次数）＞5。

44. 鼻咽癌有哪些临床表现？

答：早期有易出血倾向，常出现晨起回缩涕血或擤出血性涕，但量少且会自行停止，故容易被忽视。随着肿瘤的增大，逐渐出现鼻塞、耳鸣及听力减退、颈淋巴结肿大、头痛、复视等临床表现。

45. 何谓喉阻塞？简述喉阻塞的主要临床表现和分度及处理原则。

答：因喉部或其临近组织的病变，使喉部通道发生阻塞或狭窄引起呼吸困难，称为喉阻塞，严重者可窒息死亡。

主要临床表现：吸气性呼吸困难、吸气性喉喘鸣、吸气性软组织凹陷、声音嘶哑和发绀。

根据病情轻重，喉阻塞分为 4 度，相应处理原则见表 7-2。

表 7-2　喉阻塞的分度及处理原则

分度	吸气性呼吸困难 吸气性喉喘鸣 吸气性软组织凹陷	全身表现	处理原则
1度	安静时无,活动或哭闹时有轻度	无	病因治疗,观察呼吸
2度	安静时有轻度,活动或哭闹时加重	无	积极治疗病因,给氧,严密观察呼吸,做好气管切开准备
3度	安静时明显	烦躁不安,不易入睡	给氧,立即去除病因,严密观察呼吸,必要时立即气管切开
4度	同3度	坐卧不安,手足乱动,出冷汗,面色苍白或发绀,可窒息死亡	紧急气管切开

46. 何谓"四凹征"?

答:喉阻塞时,因病人吸气困难,吸入气体不易进入肺部,所以胸腹部辅助呼吸肌均加强运动,扩张胸部,以辅助呼吸,但肺叶因气体量不足不能相应膨胀,故胸腔内负压增高,使胸壁及其周围软组织凹陷,包括胸骨上窝、锁骨上窝、胸骨剑突下以及肋间隙,临床上称为"四凹征"。凹陷程度与呼吸困难程度成正比,儿童因肌张力较弱,"四凹征"尤为明显。

47. 气管切开的正确部位在哪里?

答:在颈前安全三角区内,即以胸骨上窝为顶点,两侧胸锁乳突肌的前缘为两边构成的三角区域,一般在 3～4 气管环处切开气管。

48. 气管切开后病人再次发生呼吸困难的原因及处理原则是什么?

答:(1) 内套管阻塞:拔出内套管,湿化吸痰。

(2) 下呼吸道阻塞:应深部湿化吸痰。

(3) 外套管脱出于皮下:应立即通知医生,将套管放回气管内。

49. 怎样预防气管切开后套管脱出?

答:从以下几个方面预防:①气管套管系带应打 3 个外科结,松紧以能容纳 1 个手指为宜。②经常检查系带松紧度和牢固性,告诉病人和家属不得随意解开或调整系带。③注意调整系带松紧,手术后 1～2 天可能有皮下气肿,消退后系带会变松,必须重新系紧。④吸痰时动作要轻。⑤告知病人勿用力剧咳。

50. 气道异物为什么容易进入右侧支气管?

答:气道在隆突下方分为左右两支,右支气管粗而短,与正中线约成 25°,左支气管细而长,与中线成 45°～75°角,因此,异物易落入右侧支气管。

51. 不同部位气道异物的症状如何观察?

答:(1) 喉异物:常有呛咳、喉鸣、声嘶和吸气性呼吸困难。如异物较大阻塞声门,可出现发绀,甚至窒息。

(2) 气管异物:易发生痉挛性咳嗽,伴有呼吸困难。当异物被呼出的气流冲出,撞击声门时,可发出拍击声,同时在颈部可扪及撞击感。当异物静止时,咳嗽消失。

(3) 支气管异物:常有高热、咳嗽和脓痰等急性支气管炎症状。根据异物造成支气管腔阻塞程度的不同可分为:①不完全性阻塞。异物似单向活瓣状,患侧远端肺叶出现阻塞性肺气肿。听诊患侧呼吸音降低,叩诊呈鼓音,胸部 X 线检查发现纵隔随呼吸左右摆动。②完全性阻塞。患侧造成阻塞性肺不张,呼吸时,胸部运动受限,听诊呼吸音消失,叩诊呈浊音,胸部 X 线检查心脏和纵隔向患侧移位。

第二节　五官科护理技术

一、远视力测定

【目的】

测定黄斑中心凹处的视力,作为眼病的诊断依据。

【操作流程图】

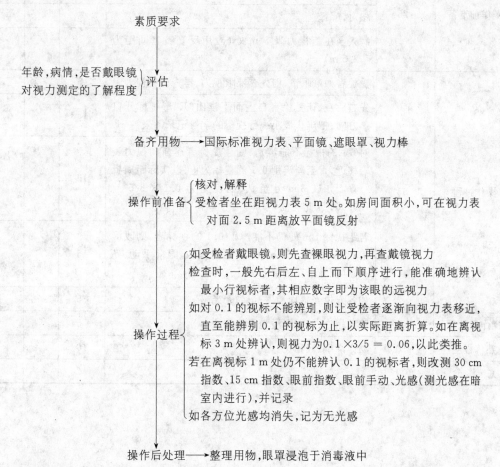

素质要求

年龄,病情,是否戴眼镜 } 评估
对视力测定的了解程度

备齐用物——→国际标准视力表、平面镜、遮眼罩、视力棒

操作前准备 { 核对,解释
受检者坐在距视力表5 m处。如房间面积小,可在视力表
　对面2.5 m距离放平面镜反射

操作过程 { 如受检者戴眼镜,则先查裸眼视力,再查戴镜视力
检查时,一般先右后左、自上而下顺序进行,能准确地辨认
　最小行视标者,其相应数字即为该眼的远视力
如对0.1的视标不能辨别,则让受检者逐渐向视力表移近,
　直至能辨别0.1的视标为止,以实际距离折算。如在离视
　标3 m处辨认,则视力为0.1×3/5 = 0.06,以此类推。
若在离视标1 m处仍不能辨认0.1的视标者,则改测30 cm
　指数、15 cm 指数、眼前指数、眼前手动、光感(测光感在暗
　室内进行),并记录
如各方位光感均消失,记为无光感

操作后处理——→整理用物,眼罩浸泡于消毒液中

【注意事项】

1. 视力表置于受检者的右上方,悬挂的高度应以5.0(1.0)行与受检眼同一高度。视力表的照明要均匀无眩光,光线要充足。
2. 先右后左。检查一眼时,对侧眼一定要遮盖严密。遮眼时勿压迫眼球,一人一遮眼罩。
3. 嘱被检者正视前方,不要歪头、斜眼、眯眼或偷看等。
4. 检查后要认真记录,左、右眼不能混淆。
5. 外伤或眼疾时,应先测健眼,再测患眼。
6. 戴镜者先检查裸眼视力,再检查戴镜视力。

远视力测定评分标准

项　目	项目总分	要　求	标准分	得分	备注
素质要求	5	服装、鞋帽整洁	1		
		仪表大方,举止端庄	2		
		语言柔和恰当,态度和蔼可亲	2		
操作前准备	25	评估	10		
		备齐物品	2		
		核对,解释	5		
		病人坐在距视力表 5 m 处(应用反光镜者间距为 2.5 m)	8		
操作过程	55	受检者如戴眼镜,则先查裸眼视力,再查戴镜视力	5		
		先右后左,让受检者自上而下读出"E"形视标开口方向,把辨认最小一行视标的字号记录下来	15		
		对0.1 的视标不能辨别,则让受检者逐渐向视力表移近,直至能辨别 0.1 的视标为止,以实际距离折算。如在 3 m 处辨认,则视力为 0.1 × 3/5 = 0.06,以此类推	15		
		若距视标 1 m 处仍不能辨别 0.1 的视标者,则改测 30 cm 指数、15 cm 指数、眼前指数、眼前手动、光感(测光感在暗室内进行),并记录	15		
		如各方位光感均消失,记为无光感	5		
操作后处理	5	整理用物,遮眼罩浸泡于消毒液中	5		
熟练程度	10	动作准确、轻巧、稳重	10		
总　分	100				

二、滴眼药水

【目的】

用于各种眼科检查、诊断及治疗。

【操作流程图】

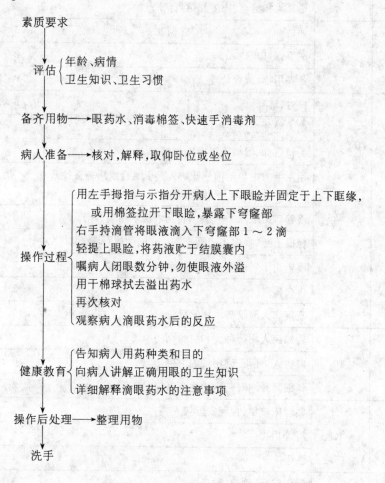

【注意事项】

1. 滴眼药水前应洗净双手,防止交叉感染。

2. 严格核对制度,尤其是左右眼别、扩瞳与缩瞳剂、药物有效期等。

3. 操作时动作轻柔,对穿孔伤和角膜溃疡者尤应注意,勿对眼球施加压力,药液勿直接滴在角膜上。

4. 同时滴用几种眼药水时,间隔时间 5～10 min。注意先滴眼药水后涂眼药膏;先滴刺激性弱的药物,后滴刺激性强的药物;滴混悬药液时,应摇匀后再使用。

5. 滴眼药水,应注意药物过敏及药物之间的化学反应。滴毒性药物时,注意压迫泪囊 5～10 min,以防止药液经泪道、鼻腔吸收而引起中毒反应。

6. 滴管勿倒置,勿碰到睫毛、眼睑、手指、药物瓶口等。

7. 滴用表面麻醉剂后,嘱病人 2 h 内切忌揉眼。

滴眼药水评分标准

项　目	项目总分	要　求	标准分	得分	备注
素质要求	5	服装、鞋帽整洁	1		
		仪表大方,举止端庄	2		
		语言柔和恰当,态度和蔼可亲	2		
操作前准备	15	评估	5		
		洗手,戴口罩	2		
		备齐用物,放置合理	8		
操作过程	48	核对,解释	6		
		病人取仰卧位或坐位	4		
		头稍后仰,嘱病人眼向上注视	3		
		用左手拇指与示指分开病人上下眼睑或用棉签拉开下眼睑,暴露下穹窿部	10		
		滴管口距眼球 2～3 cm,将药液滴于结膜囊内	10		
		轻提上睑,嘱病人闭眼 5～10 min,勿使眼液外溢	5		
		滴毕用干棉球擦去外溢药水	3		
		再次核对	2		
		观察病人滴眼药水后的反应	5		
健康教育	10	告知病人用药种类和目的	5		
		向病人讲解正确用眼的卫生知识	3		
		详细解释滴眼药水的注意事项	2		
操作后处理	12	整理床单位,合理安置病人	4		
		清理用物	4		
		洗手	4		
熟练程度	10	动作轻巧、稳重、准确	5		
		注意节力原则	5		
总　分	100				

三、涂眼药膏

【目的】

1. 使药物停留结膜囊内时间较长,延长药效。
2. 眼睑闭合不全、绷带加压包扎前保护角膜。
3. 预防睑球粘连及做睑球分离时使用。

【操作流程图】

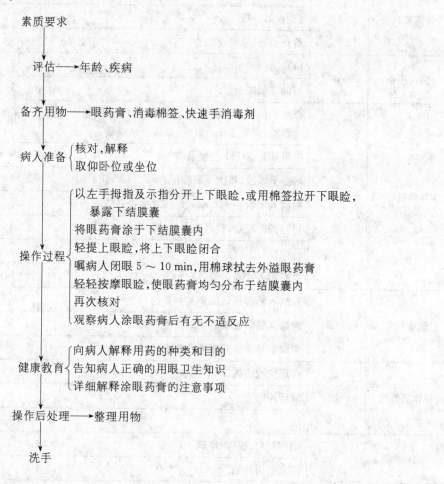

【注意事项】

1. 涂眼药膏时其管口应距眼部适当距离,防止触及睑缘或睫毛而造成污染。
2. 眼药膏的用量每次不宜过多。但用于预防睑球粘连时,应涂大量眼药膏于结膜囊内。
3. 用于治疗睑缘炎时,应将眼药膏涂于睑缘。
4. 眼药膏使用后,可轻轻按摩眼睑 2~3 min 以促进吸收。如系外伤、角膜溃疡、内眼手术后,涂眼药膏后禁止按摩。
5. 如果使用玻璃棒涂眼药膏,应先检查玻璃棒有无破损,如有破损应弃去。玻璃棒使用后应及时消毒。涂药过程中不要将睫毛连同玻璃棒一同卷入结膜囊内,以免刺伤角膜。

涂眼药膏评分标准

项　目	项目总分	要　　求	标准分	得分	备注
素质要求	5	服装、鞋帽整洁	1		
		仪表大方,举止端庄	2		
		语言柔和恰当,态度和蔼可亲	2		
操作前准备	10	评估	5		
		洗手,戴口罩	2		
		备齐用物,放置合理	3		
病人准备	10	核对,解释	5		
		取仰卧位或坐位	5		
操作过程	45	以左手拇指及示指分开上下眼睑,或用棉签拉开下眼睑,固定于上下眶缘,暴露下结膜囊	10		
		将眼药膏涂于下结膜囊内	10		
		轻提上眼睑,将上下眼睑闭合	7		
		嘱病人闭眼 5～10 min,用棉球拭去外溢眼药膏	7		
		轻轻按摩眼睑,使眼药膏均匀分布于结膜囊内	3		
		再次核对	3		
		观察病人涂眼药膏后有无不适反应	5		
健康教育	10	向病人解释用药的种类和目的	5		
		向病人讲解正确的用眼卫生知识	3		
		详细解释涂眼药膏的注意事项	2		
操作后处理	10	合理安置病人	3		
		清理用物	3		
		洗手	4		
熟练程度	10	动作轻巧、稳重、准确	5		
		注意节力原则	5		
总　　分	100				

四、球旁注射

【目的】

1. 用于内眼手术后,预防感染,提高手术疗效及减轻术后反应。
2. 治疗眼底病,提高药物疗效。

【操作流程图】

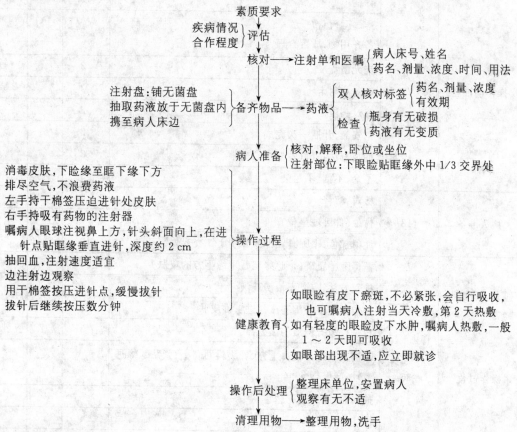

【注意事项】

1. 注射前,请向病人说明球旁注射的意义及注意事项。
2. 固定病人的头部,嘱病人眼球向鼻上方注视,勿转动眼球,进针、注射、拔针时注意"三慢"。
3. 进针过程中如有明显阻力,不得强行进针,以防刺伤眼球,进针深度不可超过2 cm,以防刺入颅内,并正确掌握进针方向。
4. 注射时,操作者应注意观察病人眼球有无异常表现,听取病人主诉。有时伤及球后血管会引起球后出血,注射时病人突然出现眼睑绷紧、眼球突出,则为球后出血。此时应立即停止注射,并迅速拔针,用绷带加压包扎止血,一般数日后出血即可吸收。
5. 注射完毕,用干棉签在进针点处按压数分钟,直到不出血为止,以防止皮下瘀斑。如有瘀斑则当天冷敷,第2天热敷,3～4天后可吸收。
6. 严禁使用一次性针头。

球旁注射评分标准

项　目	项目总分	要　　　求	标准分	得分	备注
素质要求	5	服装、鞋帽整洁	1		
		仪表大方,举止端庄	2		
		语言柔和恰当,态度和蔼可亲	2		
操作前准备	22	评估	5		
		洗手,戴口罩 备齐用物,放置合理	2		
		铺无菌盘	3		
		查对注射卡	2		
		查对药液	2		
		锯安瓿,开瓶一次完成	2		
		抽吸方法正确(安瓿或封瓶)	3		
		不余、不漏、不污染	3		
病人准备	18	核对,解释	4		
		体位(仰卧或坐位)	4		
		注射部位(下眼睑贴眶缘外中 1/3 交界处)	10		
操作过程	35	消毒范围正确(下睑缘至眶下缘下方的皮肤)	4		
		排气方法正确,不浪费药液	4		
		操作者左手持棉签压住进针处皮肤	3		
		右手持吸有药液的注射器	3		
		嘱病人眼球注视鼻上方,针头斜面向上,紧贴眶缘进针,深度约 2 cm	5		
		抽回血,注射速度适宜	5		
		边注射边观察	4		
		用干棉签按压进针点,缓慢拔针	2		
		拔针后继续按压数分钟	3		
		注药后反应	2		
健康教育	10	告知相关知识	5		
		告知处理方法	5		
操作后处理	5	整理床单位,合理安置病人	2		
		清理用物,正确处理注射器与针头	2		
		洗手	1		
熟练程度	5	动作轻巧、稳重、准确	3		
		操作时间<10 min,注意节力原则	2		
总　分	100				

五、剪眼睫毛

【目的】

内眼手术前常规准备,使手术野清洁,预防感染。

【操作流程图】

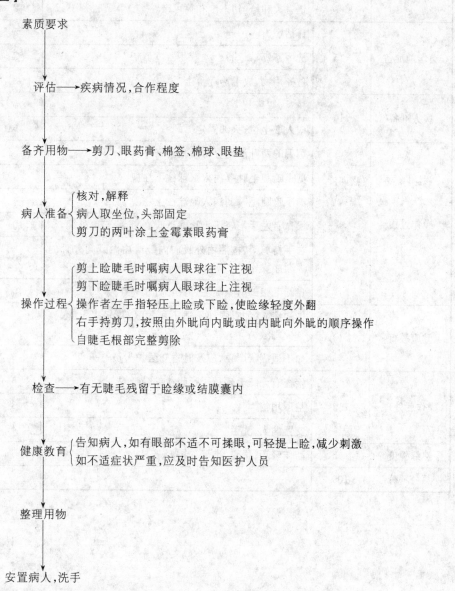

素质要求

评估——疾病情况,合作程度

备齐用物——剪刀、眼药膏、棉签、棉球、眼垫

病人准备
- 核对,解释
- 病人取坐位,头部固定
- 剪刀的两叶涂上金霉素眼药膏

操作过程
- 剪上睑睫毛时嘱病人眼球往下注视
- 剪下睑睫毛时嘱病人眼球往上注视
- 操作者左手指轻压上睑或下睑,使睑缘轻度外翻
- 右手持剪刀,按照由外眦向内眦或由内眦向外眦的顺序操作
- 自睫毛根部完整剪除

检查——有无睫毛残留于睑缘或结膜囊内

健康教育
- 告知病人,如有眼部不适不可揉眼,可轻提上睑,减少刺激
- 如不适症状严重,应及时告知医护人员

整理用物

安置病人,洗手

【注意事项】

1. 做好核对、解释工作,并告知病人眼睫毛剪除后可能有轻度不适感。
2. 将剪刀两叶上涂以少许眼药膏,以黏住剪下的睫毛,不使其落入结膜囊内。
3. 操作时剪刀弯头朝向操作者,注意勿伤及睑缘皮肤。
4. 上睑下垂、内翻倒睫矫正术的病人,以及不能配合的儿童,禁忌剪眼睫毛。

剪眼睫毛评分标准

项　　目	项目总分	要　　　求	标准分	得分	备注
素质要求	5	服装、鞋帽整洁	1		
		仪表大方,举止端庄	2		
		语言柔和恰当,态度和蔼可亲	2		
操作前准备	15	评估	5		
		洗手,戴口罩	2		
		备齐用物,放于治疗台上	8		
病人准备	10	核对,解释	5		
		病人取坐位,头部固定	5		
操作过程	43	剪刀的两叶涂上金霉素眼药膏	5		
		剪上睑睫毛时嘱病人眼球往下注视	4		
		剪下睑睫毛时嘱病人眼球往上注视	4		
		操作者左手指轻压上睑或下睑,使睑缘轻度外翻	10		
		右手持剪刀,按照由外眦向内眦或由内眦向外眦的顺序操作	10		
		自睫毛根部剪除睫毛,剪净为止	10		
健康教育	10	告知病人,如有眼部不适不可揉眼,可轻提上睑,减少刺激	5		
		如不适症状严重,应及时告知医护人员	5		
操作后处理	12	检查有无睫毛残留于睑缘或结膜囊内	5		
		整理用物	3		
		安置病人,洗手	4		
熟练程度	5	动作轻巧、稳重、准确	5		
总　　分	100				

六、结膜囊冲洗

【目的】

1. 冲洗结膜囊内分泌物、异物。
2. 眼化学伤后冲洗。
3. 手术前常规冲洗。

【操作流程图】

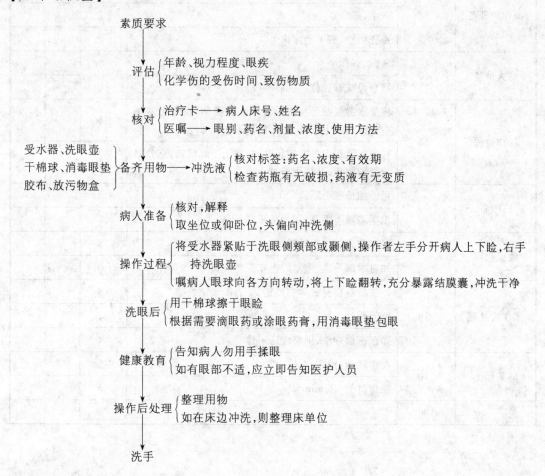

【注意事项】

1. 冲洗前应向病人解释结膜囊冲洗的目的和方法。
2. 冲洗液要适当加温,水温适中。
3. 冲洗时,洗眼壶不宜过高或过低,壶嘴距眼 3～5 cm。冲洗时液体不可直接对着角膜冲洗。
4. 眼球穿孔或接近穿孔的角膜溃疡禁忌冲洗。
5. 如在冲洗时固体物仍不易冲净,可用棉签轻轻擦去,但勿损伤角膜。
6. 冲洗传染性眼病时,勿让冲洗液流向健眼,以防交叉感染。
7. 化学伤病人冲洗时应反复多次,冲洗液不少于 1 000 ml,冲洗时间不少于 15 min。

结膜囊冲洗评分标准

项 目	项目总分	要 求	标准分	得分	备注
素质要求	5	服装、鞋帽整洁	1		
		仪表大方,举止端庄	2		
		语言柔和恰当,态度和蔼可亲	2		
操作前准备	15	评估	5		
		洗手,戴口罩	2		
		备齐用物,放于治疗桌上	8		
病人准备	10	核对,解释	4		
		取坐位或仰卧位,头偏向冲洗侧	6		
操作过程	30	将受水器紧贴于待洗眼侧颊部或颞侧,操作者左手分开病人上下睑,右手持洗眼壶	15		
		嘱病人眼球向各方向转动,并将上下睑翻转,充分暴露结膜囊,冲洗干净	15		
洗眼后	10	用干棉球擦干眼睑	5		
		根据需要上眼药,用消毒眼垫包眼	5		
健康教育	10	告知病人勿用手揉眼	5		
		如有眼部不适,应立即告知医护人员	5		
操作后处理	10	冲洗后观察有否异物残留,如有应设法去除	3		
		整理用物	3		
		如在床边冲洗,则整理床单位	4		
熟练程度	10	动作轻巧、稳重、准确	5		
		操作时间<5 min	5		
总 分	100				

七、泪道冲洗

【目的】

1. 检查泪道有无狭窄或阻塞。
2. 清除泪囊内分泌物,注入药液,治疗慢性泪囊炎。
3. 眼内手术前准备。

【操作流程图】

素质要求

评估 { 年龄、合作程度、眼疾
泪点大小

备齐用物——→注射器、泪道冲洗针头、丁卡因、消毒棉签、冲洗液

病人准备 { 核对,解释
病人取坐位,头部稍后仰并固定
小儿不能配合,可强行固定头部
用蘸有 1% 丁卡因的棉签置于上、下泪小点之间,嘱病人轻轻闭眼夹持 3～5 min

操作过程 { 冲洗前用手压迫泪囊部,排除脓性黏液
用 5 ml 空针抽吸冲洗液,连接泪道冲洗针头
左手轻轻向下拉开眼睑,暴露泪小点,右手持注射器,将针头垂直插入泪小点约 1.5 mm
若泪小点太小,可用 7 号针头或泪点扩张器扩张
将针头向内眦方向转为水平插入泪小管 5～6 mm
一手固定针头,另一手慢慢推注冲洗液
询问病人有无液体流入鼻腔或咽喉部
观察上、下泪小点有无冲洗液逆流或脓液流出,分析阻塞部位
冲洗完毕,用棉球擦干面部和眼部
根据冲洗结果,做好正确记录,签上全名

健康教育 { 讲解用眼卫生知识
有泪道疾病者应坚持治疗

整理用物,洗手

【注意事项】

1. 做好解释工作,取得病人配合。
2. 有慢性泪囊炎者,冲洗前应挤压泪囊部,排出分泌物。
3. 泪囊部有急性炎症或有急性结膜炎者禁忌冲洗。
4. 冲洗时注意针头不要顶住泪小管内侧壁,以免推入液体时不易流出而误认为泪道阻塞。
5. 进针时要顺着泪小管方向前进,以免刺破泪小管壁而致假道。
6. 泪道冲洗针头要光滑,操作要细致、轻巧,避免人为损伤泪道。

泪道冲洗评分标准

项　目	项目总分	要　　求	标准分	得分	备注
素质要求	5	服装、鞋帽整洁	1		
		仪表大方,举止端庄	2		
		语言柔和恰当,态度和蔼可亲	2		
操作前准备	12	评估	5		
		洗手,戴口罩	2		
		备齐用物,放置合理	5		
病人准备	10	核对,解释	4		
		病人取坐位,头部稍后仰并固定	2		
		用蘸有1%丁卡因的棉签置于上、下泪小点之间,嘱病人轻轻闭眼夹持3~5 min	4		
操作过程	48	冲洗前用手压迫泪囊部,排除脓性黏液	5		
		用5 ml空针抽吸冲洗液,并连接泪道冲洗针头	3		
		操作者用左手轻轻向下拉开眼睑,暴露泪小点,右手持注射器,将针头垂直插入泪小点约1.5 mm。若泪小点太小,可用7号针头或泪点扩张器扩张	15		
		将针头转为水平方向插入泪小管5~6 mm	5		
		一手固定针头,另一手慢慢推注冲洗液	5		
		冲洗过程中询问病人有无液体流入鼻腔或咽喉部	4		
		观察上、下泪小点有无冲洗液逆流或脓液流出,分析阻塞部位	5		
		冲洗完毕,用棉球擦干面部和眼部	3		
		根据冲洗结果,做好正确记录,签上全名	3		
健康教育	10	讲解用眼卫生知识	5		
		有泪道疾病者应坚持治疗	5		
操作后处理	7	整理用物,洗手	7		
熟练程度	8	动作轻巧、准确、稳重	8		
总　　分	100				

八、额镜的使用

【目的】

利用额镜反射光源,便于检查耳、鼻、咽、喉的狭小通道。

【操作流程图】

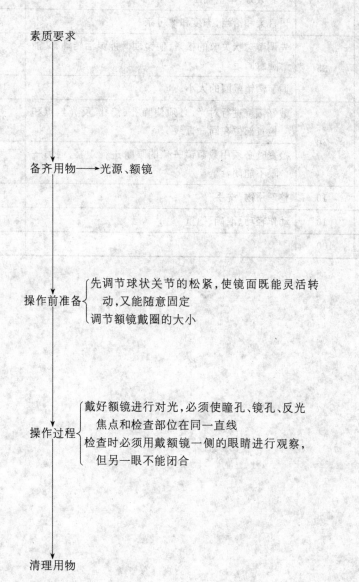

素质要求

备齐用物──→光源、额镜

操作前准备 ── 先调节球状关节的松紧,使镜面既能灵活转
动,又能随意固定
调节额镜戴圈的大小

操作过程 ── 戴好额镜进行对光,必须使瞳孔、镜孔、反光
焦点和检查部位在同一直线
检查时必须用戴额镜一侧的眼睛进行观察,
但另一眼不能闭合

清理用物

【注意事项】

1. 随时保持瞳孔、镜孔、反光焦点和检查部位成一直线,并能看清照明部位。
2. 养成"单眼视"的习惯(但另一眼不闭合)。
3. 在练习中保持姿势端正、舒适,不要扭颈、弯腰、转头来迁就光源和反射光线,须仔细调整光源光线的最亮点(即焦点光)准确照射到受检部位。

额镜的使用评分标准

项　　目	项目总分	要　　　　求	标准分	得分	备注
素质要求	5	服装、鞋帽整洁	1		
		仪表大方,举止端庄	2		
		语言柔和恰当,态度和蔼可亲	2		
操作前准备	35	先调节球状关节的松紧,使镜面既能灵活转动,又能随意固定	25		
		调节额镜戴圈的大小	10		
操作过程	40	戴好额镜进行对光,必须使瞳孔、镜孔、反光焦点和检查部位在同一直线	25		
		检查时必须用戴额镜一侧的眼睛进行观察,但另一眼不能闭合	15		
操作后处理	10	整理用物,洗手	10		
熟练程度	10	动作轻巧、准确、稳重	10		
总　　分	100				

九、贴发三股辫

【目的】

使耳部手术区皮肤清洁,有利于手术顺利进行,预防切口感染。

【操作流程图】

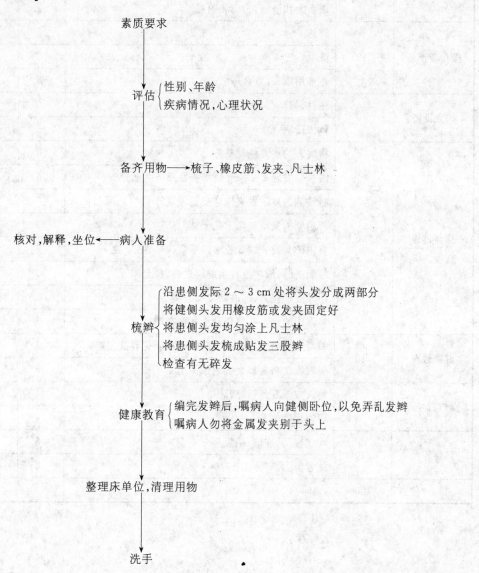

素质要求

评估 { 性别、年龄
疾病情况,心理状况

备齐用物——梳子、橡皮筋、发夹、凡士林

核对,解释,坐位 ←—— 病人准备

梳辫 { 沿患侧发际 2～3 cm 处将头发分成两部分
将健侧头发用橡皮筋或发夹固定好
将患侧头发均匀涂上凡士林
将患侧头发梳成贴发三股辫
检查有无碎发

健康教育 { 编完发辫后,嘱病人向健侧卧位,以免弄乱发辫
嘱病人勿将金属发夹别于头上

整理床单位,清理用物

洗手

【注意事项】

1. 若为耳部手术,须将患侧耳廓周围的头发剃除 5～6 cm。若为侧颅底手术,须将患侧耳廓周围的头发剃除 9～10 cm;若为前颅底手术,应将头发剃光。

2. 长发病人须将患侧发际梳成贴发三股辫,余发则应梳理整齐。

3. 发辫尽量编紧,防止松脱。

4. 切忌将金属发夹留于头部。

贴发三股辫评分标准

项　　目	项目总分	要　　　求	标准分	得分	备注
素质要求	5	服装、鞋帽整洁	1		
		仪表大方,举止端庄	2		
		语言柔和恰当,态度和蔼可亲	2		
操作前准备	12	评估	5		
		洗手	2		
		备齐用物,放置合理	5		
病人准备	10	核对,解释	5		
		体位正确	5		
操作过程	45	将病人的头发梳理整齐	5		
		沿患侧发际 2～3 cm 处将头发分成两部分	5		
		将健侧头发用发夹或橡皮筋固定好	5		
		将患侧头发均匀涂上凡士林	5		
		将患侧头发分成 3 股编辫子	5		
		每编一股,应尽量将余发编进去,直至编完	10		
		用橡皮筋扎紧,即成贴发三股辫	5		
		将露出的短小头发用凡士林黏在辫子上	5		
健康教育	10	编完发辫后,嘱病人向健侧卧位,以免弄乱发辫	5		
		嘱病人勿将金属发夹别于头上	5		
操作后处理	8	病人安置妥当,整理床单位	4		
		清理用物	4		
熟练程度	10	动作轻巧、准确、稳重	5		
		注意节力原则	5		
总　　分	100				

十、耳部绷带加压包扎

【目的】

耳部手术或外伤后,用于固定敷料,保护创口,以利于局部压迫止血和防止感染。

【操作流程图】

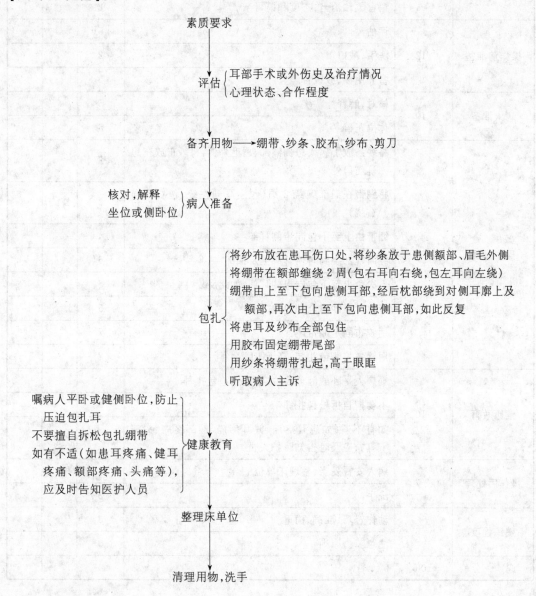

素质要求

评估 { 耳部手术或外伤史及治疗情况
心理状态、合作程度 }

备齐用物——绷带、纱条、胶布、纱布、剪刀

核对,解释
坐位或侧卧位 } 病人准备

包扎 {
将纱布放在患耳伤口处,将纱条放于患侧额部、眉毛外侧
将绷带在额部缠绕 2 周(包右耳向右绕,包左耳向左绕)
绷带由上至下包向患侧耳部,经后枕部绕到对侧耳廓上及
　额部,再次由上至下包向患侧耳部,如此反复
将患耳及纱布全部包住
用胶布固定绷带尾部
用纱条将绷带扎起,高于眼眶
听取病人主诉
}

嘱病人平卧或健侧卧位,防止
　压迫包扎耳
不要擅自拆松包扎绷带
如有不适(如患耳疼痛、健耳
　疼痛、额部疼痛、头痛等),
　应及时告知医护人员 } 健康教育

整理床单位

清理用物,洗手

【注意事项】

1. 固定额部的绷带须高于眉毛,以免压迫眼球,影响视线。

2. 绷带的松紧应适度,太松绷带和敷料可能脱落,过紧则会使病人感到头痛。

3. 单耳包扎时,绷带应高于健侧耳廓,避免压迫健耳引起不适。

4. 包扎时要注意保持患耳的正常形态。

耳部绷带加压包扎评分标准

项　　目	项目总分	要　　　求	标准分	得分	备注
素质要求	5	服装、鞋帽整洁	1		
		仪表大方,举止端庄	2		
		语言柔和恰当,态度和蔼可亲	2		
操作前准备	12	评估	5		
		洗手,戴口罩	2		
		备齐用物,放置合理	5		
病人准备	10	核对,解释	5		
		体位正确	5		
操作过程	50	将纱条放于病人患侧额部、眉毛外侧,将纱布放在患耳伤口处	8		
		将绷带在额部缠绕 2 周(包左耳向左绕,包右耳向右绕)	7		
		绷带由上至下包向患侧耳部	4		
		经后枕部绕到对侧耳廓上及额部	6		
		再次由上至下包向患侧耳部,如此反复	5		
		将患耳及纱布全部包住	5		
		用胶布固定绷带尾部	7		
		用纱条将绷带扎起,高于眼眶	8		
健康教育	10	嘱病人平卧或健侧卧位,防止压迫包扎耳	4		
		不要擅自拆松包扎绷带	3		
		如有不适(如患耳疼痛、健耳疼痛、额部疼痛、头痛等),应及时告知医护人员	3		
操作后处理	7	病人安置妥当,整理床单位	4		
		洗手	3		
熟练程度	6	动作轻巧、准确、稳重	3		
		注意节力原则	3		
总　　分	100				

十一、外耳道滴药

【目的】

1. 软化耵聍。
2. 治疗耳道及中耳疾病。

【操作流程图】

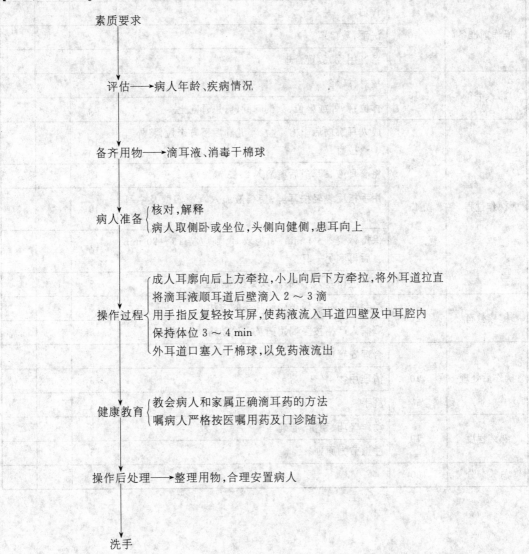

素质要求

评估——→病人年龄、疾病情况

备齐用物——→滴耳液、消毒干棉球

病人准备{ 核对,解释
病人取侧卧或坐位,头侧向健侧,患耳向上

操作过程{ 成人耳廓向后上方牵拉,小儿向后下方牵拉,将外耳道拉直
将滴耳液顺耳道后壁滴入2～3滴
用手指反复轻按耳屏,使药液流入耳道四壁及中耳腔内
保持体位3～4 min
外耳道口塞入干棉球,以免药液流出

健康教育{ 教会病人和家属正确滴耳药的方法
嘱病人严格按医嘱用药及门诊随访

操作后处理——→整理用物,合理安置病人

洗手

【注意事项】

1. 滴药前,必须将外耳道脓液洗净。
2. 药液温度以接近体温为宜,不宜太热或太凉,以免刺激迷路,引起眩晕、恶心等不适感。
3. 如滴耵聍软化液,应事先告知病人滴入药液量要多,滴药后可能有耳塞、闷胀感,以免病人不安。

外耳道滴药评分标准

项　　目	项目总分	要　　　　求	标准分	得分	备注
素质要求	5	服装、鞋帽整洁	1		
		仪表大方,举止端庄	2		
		语言柔和恰当,态度和蔼可亲	2		
操作前准备	10	评估	5		
		洗手,戴口罩	2		
		备齐用物,放置合理	3		
病人准备	10	核对,解释	5		
		体位:侧卧或坐位,头侧向健侧,患耳向上	5		
操作过程	45	成人耳廓向后上方牵拉,小儿向后下方牵拉,将外耳道拉直	10		
		将滴耳液顺耳道后壁滴入 2～3 滴	10		
		用手指反复轻按耳屏,使药液流入耳道四壁及中耳腔内	10		
		保持体位 3～4 min,如为双耳,则应待 15～20 min 后再滴另一耳	10		
		外耳道口塞入干棉球,以免药液流出	5		
健康教育	10	教会病人和家属正确滴耳药的方法	5		
		嘱病人严格按医嘱用药及门诊随访	5		
操作后处理	10	合理安置病人	3		
		清理用物	3		
		洗手	4		
熟练程度	10	动作轻巧、稳重、准确	5		
		注意节力原则	5		
总　　分	100				

十二、外耳道冲洗

【目的】

1. 冲洗出阻塞外耳道的耵聍和表皮栓,保持外耳道清洁。
2. 冲洗出外耳道小异物,如小珠、小虫等。

【操作流程图】

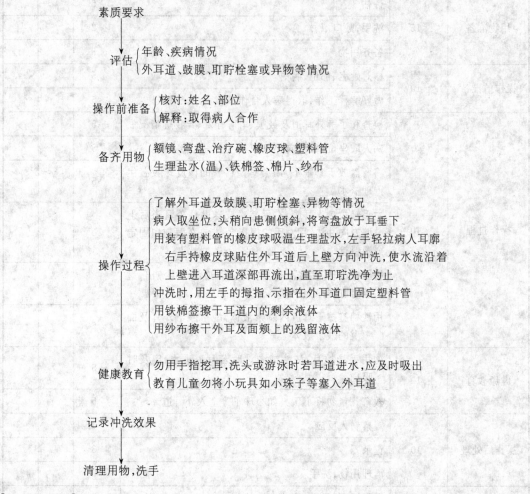

素质要求

评估 { 年龄、疾病情况
外耳道、鼓膜、耵聍栓塞或异物等情况

操作前准备 { 核对:姓名、部位
解释:取得病人合作

备齐用物 { 额镜、弯盘、治疗碗、橡皮球、塑料管
生理盐水(温)、铁棉签、棉片、纱布

操作过程 { 了解外耳道及鼓膜、耵聍栓塞、异物等情况
病人取坐位,头稍向患侧倾斜,将弯盘放于耳垂下
用装有塑料管的橡皮球吸温生理盐水,左手轻拉病人耳廓
右手持橡皮球贴住外耳道后上壁方向冲洗,使水流沿着
上壁进入耳道深部再流出,直至耵聍洗净为止
冲洗时,用左手的拇指、示指在外耳道口固定塑料管
用铁棉签擦干耳道内的剩余液体
用纱布擦干外耳及面颊上的残留液体

健康教育 { 勿用手指挖耳,洗头或游泳时若耳道进水,应及时吸出
教育儿童勿将小玩具如小珠子等塞入外耳道

记录冲洗效果

清理用物,洗手

【注意事项】

1. 坚硬而大的耵聍、尖锐的异物、中耳炎鼓膜穿孔、急性中耳炎、急性外耳道炎者不宜作外耳道冲洗。
2. 冲洗液应接近体温,不应过热或过冷,以免引起迷路刺激症状。
3. 冲洗时不可对准鼓膜,用力不宜过大,以免损伤鼓膜;也不可对准耵聍或异物,以免将其冲至外耳道深部,更不利于取出。
4. 若耵聍未软化,可用耵聍钩钩出,或嘱病人再滴3%碳酸氢钠溶液2~3天后再冲洗。
5. 若冲洗过程中病人出现头晕、恶心、呕吐或突然耳部疼痛,应立即停止冲洗并检查外耳道,必要时请医生共同处理。

外耳道冲洗评分标准

项　　目	项目总分	要　　求	标准分	得分	备注
素质要求	5	服装、鞋帽整洁	1		
		仪表大方,举止端庄	2		
		语言柔和恰当,态度和蔼可亲	2		
用物准备	15	评估	5		
		洗手,戴口罩	2		
		备齐用物	8		
操作前准备	10	核对姓名、部位、病史	5		
		做好解释工作,取得病人合作	5		
操作过程	40	检查和了解外耳道及鼓膜、耵聍栓塞、异物等情况	5		
		病人取坐位,头稍向患侧倾斜	5		
		将弯盘放于耳垂下,用装有塑料管的橡皮球吸温生理盐水	5		
		左手轻拉病人耳廓,右手持橡皮球贴住外耳道后上壁方向冲洗,用左手的拇指、示指在外耳道口固定塑料管	10		
		挤压橡皮球,使水沿着上壁进入耳道深部再流出,直至耵聍洗净为止	10		
		用铁棉签擦干耳道内剩余液体,纱布擦干外耳及面颊上的残余液体	5		
健康教育	10	勿用手指挖耳,洗头或游泳时若耳道进水,应及时吸出	5		
		教育儿童勿将小玩具如小珠子等塞入外耳道	5		
操作后处理	10	观察病人反应	4		
		记录	3		
		清理用物,洗手	3		
熟练程度	10	动作轻巧、稳重、正确	5		
		注意节力原则	5		
总　　分	100				

十三、滴鼻

【目的】

使药物直接作用于鼻腔黏膜,以达到检查与治疗的目的。

【操作流程图】

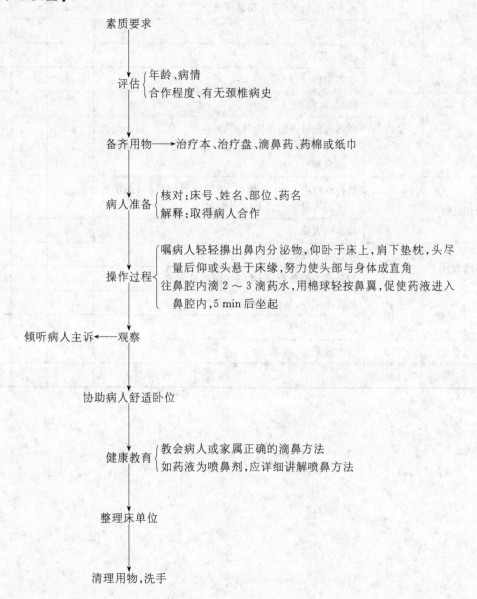

素质要求

评估 { 年龄、病情
      合作程度、有无颈椎病史

备齐用物——治疗本、治疗盘、滴鼻药、药棉或纸巾

病人准备 { 核对:床号、姓名、部位、药名
          解释:取得病人合作

操作过程 { 嘱病人轻轻擤出鼻内分泌物,仰卧于床上,肩下垫枕,头尽
              量后仰或头悬于床缘,努力使头部与身体成直角
          往鼻腔内滴2~3滴药水,用棉球轻按鼻翼,促使药液进入
              鼻腔内,5 min后坐起

倾听病人主诉——观察

协助病人舒适卧位

健康教育 { 教会病人或家属正确的滴鼻方法
          如药液为喷鼻剂,应详细讲解喷鼻方法

整理床单位

清理用物,洗手

【注意事项】

1. 滴鼻时,滴管应置于鼻孔上方,不可触及鼻孔,以免污染药液。

2. 体位正确,滴药时勿吞咽,以免将药液吞入咽部。

3. 喷雾瓶放松时应离开鼻孔,以免将分泌物吸入瓶内,污染药液。

4. 如用喷雾器,使用后应将喷雾头洗涤煮沸消毒,或用乙醇清洁消毒后方可再用。

滴鼻评分标准

项　　目	项目总分	要　　　求	标准分	得分	备注
素质要求	5	服装、鞋帽整洁	1		
		仪表大方,举止端庄	2		
		语言柔和恰当,态度和蔼可亲	2		
操作前准备	15	评估	5		
		洗手,戴口罩	2		
		备齐用物	8		
病人准备	25	核对,解释	5		
		嘱病人轻轻擤出鼻内分泌物,仰卧于床上,肩下垫枕头,头尽量后仰或头悬于床缘,努力使头部与身体成直角	20		
操作过程	25	往鼻腔内滴 2～3 滴药水,用棉球轻按鼻翼,促使药液进入鼻腔内,5 min 后坐起	20		
		观察病人反应	5		
健康教育	10	教会病人或家属正确的滴鼻方法	5		
		如药液为喷鼻剂,应详细讲解喷鼻方法	5		
操作后处理	10	整理床单位,助病人躺卧舒适	5		
		用物处理恰当	5		
熟练程度	10	动作轻巧、正确、稳重	10		
总　　分	100				

十四、消毒气管筒

【目的】

保持气管套管通畅，消毒气管套管。

【操作流程图】

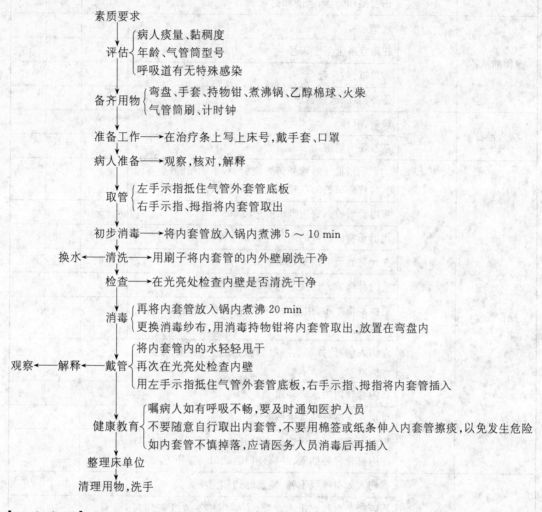

素质要求

评估 { 病人痰量、黏稠度 / 年龄、气管筒型号 / 呼吸道有无特殊感染

备齐用物 { 弯盘、手套、持物钳、煮沸锅、乙醇棉球、火柴 / 气管筒刷、计时钟

准备工作 —— 在治疗条上写上床号，戴手套、口罩

病人准备 —— 观察，核对，解释

取管 { 左手示指抵住气管外套管底板 / 右手示指、拇指将内套管取出

初步消毒 —— 将内套管放入锅内煮沸 5～10 min

换水 ←— 清洗 —— 用刷子将内套管的内外壁刷洗干净

检查 —— 在光亮处检查内壁是否清洗干净

消毒 { 再将内套管放入锅内煮沸 20 min / 更换消毒纱布，用消毒持物钳将内套管取出，放置在弯盘内

观察 ←— 解释 ←— 戴管 { 将内套管内的水轻轻甩干 / 再次在光亮处检查内壁 / 用左手示指抵住气管外套管底板，右手示指、拇指将内套管插入

健康教育 { 嘱病人如有呼吸不畅，要及时通知医护人员 / 不要随意自行取出内套管，不要用棉签或纸条伸入内套管擦痰，以免发生危险 / 如内套管不慎掉落，应请医务人员消毒后再插入

整理床单位

清理用物，洗手

【注意事项】

1. 取出、放入气管内套管时切忌单手操作。

2. 在弯盘内应铺消毒纱布，并在清洗后更换。

3. 冲刷内套管时，一定要管内、管外清洁。持物钳在钳取消毒内套管前应用乙醇棉球擦拭消毒。

4. 管腔内千万不可遗留棉絮等异物。

5. 刷子的粗细应与内套管型号相似，以免损坏管壁。

6. 内套管放回时，应将水甩干，管壁冷却，防止烫伤气管黏膜或引起呛咳。

7. 多个套管同时清洗消毒时，必须依床号放置，切忌搞错。

消毒气管筒评分标准

项 目	项目总分	要 求	标准分	得分	备注
素质要求	5	服装、鞋帽整洁	1		
		仪表大方,举止端庄	2		
		语言柔和恰当,态度和蔼可亲	2		
操作前准备	15	评估	5		
		在治疗条上写上床号	3		
		戴口罩,戴手套	2		
		备齐用物,放置合理	5		
病人准备	5	核对,解释	2		
		观察呼吸情况	3		
操作过程	55	左手示指抵住气管外套管底板,右手示指、拇指将内套管外口的缺口转至上方,轻轻取出内套管	10		
		将内套管放入锅内煮沸 5～10 min	5		
		用刷子将内套管的内外壁刷洗干净	8		
		在光亮处检查内壁是否清洗干净	6		
		将内套管放入已换水的锅内煮沸 20 min	5		
		更换消毒纱布,用消毒持物钳将内套管取出,放置在弯盘内	3		
		向病人解释,并观察呼吸情况,如病人痰多,要吸除痰液	5		
		将内套管内的水轻轻甩干	2		
		再次在光亮处检查内壁	3		
		用左手示指抵住气管外套管底板,右手示指、拇指将内套管轻轻插入,并将外口的缺口转至下方	8		
健康教育	10	嘱病人如有呼吸不畅,要及时通知医护人员	3		
		不要随意自行取出内套管,不要用棉签或纸条伸入内套管擦痰,以免发生危险	4		
		如内套管不慎掉落,应请医务人员消毒后再插入	3		
操作后处理	5	整理床单位,清理用物	5		
熟练程度	5	动作轻巧、稳重、准确	5		
总 分	100				

十五、换气管垫

【目的】

1. 保持切口清洁,防止感染。
2. 局部清洁,使病人感到舒适。
3. 及时更换,便于观察。

【操作流程图】

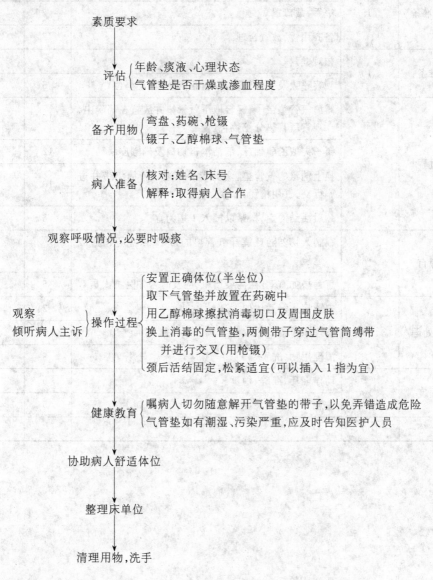

素质要求

↓

评估 { 年龄、痰液、心理状态
气管垫是否干燥或渗血程度

备齐用物 { 弯盘、药碗、枪镊
镊子、乙醇棉球、气管垫

病人准备 { 核对:姓名、床号
解释:取得病人合作

观察呼吸情况,必要时吸痰

观察
倾听病人主诉 } 操作过程 { 安置正确体位(半坐位)
取下气管垫并放置在药碗中
用乙醇棉球擦拭消毒切口及周围皮肤
换上消毒的气管垫,两侧带子穿过气管筒缚带
并进行交叉(用枪镊)
颈后活结固定,松紧适宜(可以插入1指为宜)

健康教育 { 嘱病人切勿随意解开气管垫的带子,以免弄错造成危险
气管垫如有潮湿、污染严重,应及时告知医护人员

协助病人舒适体位

整理床单位

清理用物,洗手

【注意事项】

1. 解气管垫带子时要与气管筒缚带区分,避免因操作不当而危及病人生命。
2. 消毒切口时,动作要轻柔,乙醇棉球避免过湿。
3. 气管垫带子应于颈后活结固定,便于识别与更换。

换气管垫评分标准

项　目	项目总分	要　　　求	标准分	得分	备注
素质要求	5	服饰、鞋帽整洁	1		
		仪表大方,举止端庄	2		
		语言柔和恰当,态度和蔼可亲	2		
操作前准备	15	评估	5		
		洗手,戴口罩	2		
		备齐用物,放置合理	8		
病人准备	10	核对,解释	5		
		观察呼吸及切口情况,安置正确体位(半坐位)	5		
操作过程	42	辨清气管垫带子,轻轻取下气管垫并放置在药碗中,观察气管垫分泌物色、量	12		
		镊子夹取乙醇棉球,清洁消毒切口及周围皮肤	12		
		换上消毒的气管垫,两侧带子穿过气管筒缚带并进行交叉(用枪镊)	10		
		颈后活结固定,松紧以插入 1 指为宜	8		
健康教育	10	嘱病人切勿随意解开气管垫的带子,以免弄错造成危险	5		
		气管垫如有潮湿、污染严重,应及时告知医护人员	5		
操作后处理	8	安置病人舒适体位	3		
		整理床单位	2		
		清理用物,洗手	3		
熟练程度	10	动作轻巧、准确、稳重	5		
		注意节力原则	5		
总　　分	100				

十六、气管插管(气管切开)吸痰

【目的】

保持病人呼吸道通畅,保证有效通气。

【操作流程图】

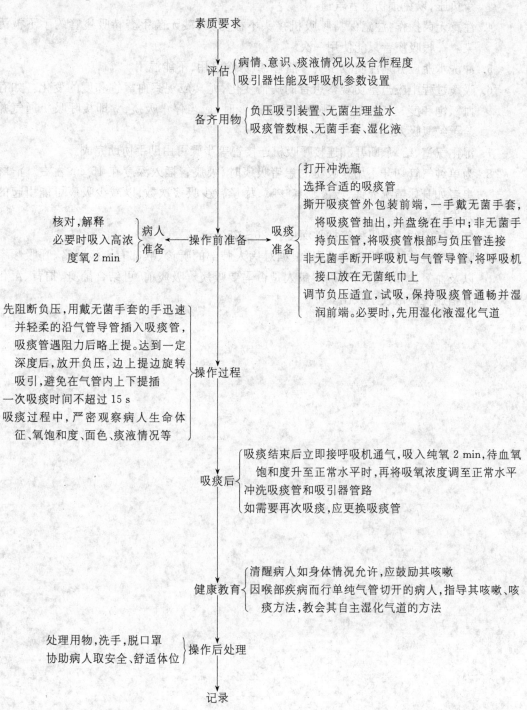

素质要求

评估 {病情、意识、痰液情况以及合作程度
吸引器性能及呼吸机参数设置

备齐用物 {负压吸引装置、无菌生理盐水
吸痰管数根、无菌手套、湿化液

核对,解释
必要时吸入高浓
度氧 2 min } 病人
准备 ← 操作前准备 → 吸痰
准备 {
打开冲洗瓶
选择合适的吸痰管
撕开吸痰管外包装前端,一手戴无菌手套,
将吸痰管抽出,并盘绕在手中;非无菌手
持负压管,将吸痰管根部与负压管连接
非无菌手断开呼吸机与气管导管,将呼吸机
接口放在无菌纸巾上
调节负压适宜,试吸,保持吸痰管通畅并湿
润前端。必要时,先用湿化液湿化气道

先阻断负压,用戴无菌手套的手迅速
并轻柔的沿气管导管插入吸痰管,
吸痰管遇阻力后略上提。达到一定
深度后,放开负压,边上提边旋转
吸引,避免在气管内上下提插
一次吸痰时间不超过 15 s
吸痰过程中,严密观察病人生命体
征、氧饱和度、面色、痰液情况等 } 操作过程

吸痰后 {吸痰结束后立即接呼吸机通气,吸入纯氧 2 min,待血氧
饱和度升至正常水平时,再将吸氧浓度调至正常水平
冲洗吸痰管和吸引器管路
如需要再次吸痰,应更换吸痰管

健康教育 {清醒病人如身体情况允许,应鼓励其咳嗽
因喉部疾病而行单纯气管切开的病人,指导其咳嗽、咳
痰方法,教会其自主湿化气道的方法

处理用物,洗手,脱口罩
协助病人取安全、舒适体位 } 操作后处理

记录

【注意事项】

1. 操作动作应轻柔、准确、快速,每次吸痰时间不超过 15 s,连续吸痰不得超过 3 次,吸痰间歇予以纯氧吸入。

2. 注意吸痰管插入是否顺利,遇到阻力时应分析原因,不可粗暴盲插。

3. 吸痰管最大外径不能超过气管导管内径的 1/2,负压不可过大,进吸痰管时不可给予负压,以免损伤患者气道。

4. 注意无菌操作,注意保持呼吸机接头不被污染,戴无菌手套持吸痰管的手不被污染。一根吸痰管只能使用一次。

5. 冲洗水瓶应分别注明吸引气管插管、口鼻腔之用,不能混用。

6. 吸痰过程中应当密切观察患者的病情变化,尤其应观察血氧饱和度的变化。如有血氧饱和度、心率、血压、呼吸的明显改变时,应当停止吸痰,立即接呼吸机通气并给予纯氧吸入。

7. 湿化气道、给氧、断开和连接呼吸机连接管等步骤可由助手协助完成。

8. 为单纯气管切开不用呼吸机的患者吸痰时,吸痰管插入深度在 15 cm 左右。清醒患者如身体情况允许,应鼓励其咳嗽,尽量减少吸痰次数,以减少吸痰可能引起的并发症。

9. 气管插管的患者吸痰管插入深度在 20~25 cm。

10. 吸痰应遵循按需吸痰的原则,根据对病人肺部的听诊、喉部有无痰鸣音、呼吸频率以及血氧饱和度的情况确定病人是否需要吸痰。吸痰前,可结合翻身、拍背、湿化等措施使痰液便于吸出。

气管插管(气管切开)吸痰评分标准

项 目	项目总分	要 求	标准分	得分	备注
素质要求	5	服装、鞋帽整洁	1		
		仪表大方,举止端庄	2		
		语言柔和恰当,态度和蔼可亲	2		
操作前准备	10	评估	5		
		洗手,戴口罩	2		
		用物准备齐全,放置合理	3		
操作过程	60	核对,解释,清醒者协助安置舒适、正确的体位	5		
		吸入高浓度氧,深度、时间正确	5		
		打开冲洗水瓶或将生理盐水倒入一次性水杯中适量	5		
		选择合适的吸痰管,连接吸痰管的方法正确,注意无菌操作	5		
		松解呼吸机与气管插管(气管切开)的管道,方法正确	5		
		调节负压适宜,试吸,保持吸痰管通畅并湿润前端	5		
		吸痰方法正确、规范,插入深度适宜	10		
		一次吸痰时间不超过15 s,连续吸痰时间、方法正确	5		
		吸痰结束后立即接呼吸机通气,给予纯氧,时间、浓度正确,待血氧饱和度正常后将吸氧浓度调至原来水平	5		
		密切观察生命体征、血氧饱和度、面色、痰液情况	5		
		保持负压吸引管路的清洁。如需再次吸痰,应更换吸痰管	5		
健康教育	7	清醒病人如身体情况允许,应鼓励其咳嗽	3		
		因喉部疾病而行单纯气管切开的病人,指导其咳嗽、咳痰方法,教会其自主湿化气道的方法	4		
操作后处理	10	物品处理正确,洗手,脱口罩	3		
		协助病人取安全、舒适体位,床单位整洁	4		
		记录吸痰时间、痰量、性状、生命体征等	3		
熟练程度	8	判断准确,操作轻巧、节力、无菌、快速	5		
		病人无特殊不适	3		
总 分	100				

第三节　五官科护理范例(鼻出血行前后鼻孔填塞)

病人,男性,62岁。病人反复右鼻出血20天,每次几十毫升,无心悸、胸闷、头痛。在当地医院诊治,但右鼻出血仍反复发作。于2天前突然大量出血,伴头昏、乏力、心跳加快,来院急诊行"右前后鼻孔填塞",诊断为"右鼻出血"收治入院。测T 37 ℃,P 96次/分,R 24次/分,BP 150/100 mmHg。化验结果:血红蛋白96 g/L,白细胞计数10.5×10⁹/L。心电图示:ST段降低。根据医嘱给予5%葡萄糖溶液500 ml+克林霉素1.2 g+氨甲环酸0.4 g静脉滴注,必要时吸氧,口泰漱口液漱口,半流质饮食。

（一）护理评估

1. 简要护理体格检查

(1) 生命体征:T 37 ℃,P 96次/分,R 24次/分,BP 150/100 mmHg。

(2) 神志:清。

(3) 结膜:轻度苍白。

(4) 鼻部:呈前后鼻孔填塞状态。

(5) 口腔:张口呼吸,嘴唇干裂,黏膜完整。

(6) 其他:呈痛苦面容,主诉头痛、头胀。进食量少,不愿进食。

2. 主要辅助检查

(1) 血常规:血红蛋白99 g/L,白细胞计数10.5×10⁹/L。

(2) 心电图:ST段降低。

3. 目前治疗情况

(1) 静脉补液:5%葡萄糖溶液、克林霉素、氨甲环酸

(2) 氧气吸入:必要时吸氧。

(3) 其他:口泰漱口液漱口。

4. 生活习惯

无特殊嗜好,饮食起居均正常。

5. 心理反应

(1) 对出血较多的反应:病人突然大量出血,内心充满恐惧,前后鼻孔填塞过程非常痛苦,所以病人虽出血暂时停止,但仍心有余悸,担心再次出血。

(2) 前后鼻孔填塞后,因只能张口呼吸,所以非常痛苦。而且鼻腔内塞满纱条,会引起鼻部及头部胀痛,导致病人心情烦躁。

(3) 病人文化层次为小学,男性,家庭地位较高,性格固执,平时体健,不认为自己身体不好,对自己患高血压无明确认识,对相关的保健知识也没有正确的了解。

（二）护理诊断

1. 有血容量不足的危险:与鼻腔反复大量出血有关。

2. 口腔黏膜改变:与张口呼吸有关。

3. 营养摄入不足:与进食不适、不愿进食有关。

4. 舒适改变:与鼻腔填塞、活动受限有关。

5. 有再次出血的可能:与高血压有关。

6. 恐惧:与突然大量出血、鼻腔填塞过程较痛苦有关。

7. 潜在并发症:鼻腔感染、中耳炎等,与血块和分泌物堆积,鼻腔填塞时间过长、堵塞咽鼓管、自身抵抗力下降、进食不足等有关。

8. 知识缺乏:缺乏高血压的防治知识、自我保健知识及鼻出血的防治知识。

（三）护理目标

1. 病人鼻出血停止,无头昏、心率加快等临床表现。

2. 口腔黏膜正常,嘴唇无干裂。

3. 进食量能满足机体需要。

4. 主诉不适减轻,可以耐受。

5. 无再次出血。

6. 情绪稳定,积极配合治疗。

7. 无并发症发生。

8. 对高血压有正确的认识,并具备一定的防治知识,对如何预防再次鼻出血有一定了解。

（四）护理措施

1. 注意观察丝线是否固定,防止前后鼻孔填塞松动。

2. 按医嘱使用止血药物,补充液体。

3. 观察生命体征的变化,若发现血压异常升高,应及时报告医生处理。

4. 病人采取半卧位或坐位,用冰袋敷前额,减轻头部充血,减少出血机会。

5. 进食温度宜温冷。

6. 活动幅度宜小、缓慢,尽量卧床休息。

7. 保持大便通畅,禁止用力屏气。

8. 每日口腔护理两次,嘴唇可涂液状石蜡或润唇膏,协助病人每次进食后用口泰漱口。

9. 多饮水,保证液体摄入。增加空气湿度,减轻干燥空气对口咽和气道的刺激。

10. 鼓励病人进食,少量多餐,前后鼻孔填塞期间进营养丰富的流质或半流质饮食。

11. 告知病人头痛不适因填塞引起,如无再次出血,1周左右可拔除,使病人树立信心。

12. 保持病室整洁安静,有条件的可以播放轻松柔和的音乐,使病人放松,减轻不适。

13. 保持床单位平整干燥,衣裤整洁,体位尽量安置舒适。

14. 告知病人出血的可能原因及如何预防,防止再次出血。

15. 嘱病人后鼻孔流下的液体要吐出,不要咽下,以便观察有无再次出血,同时防止血液进入胃内刺激胃黏膜造成恶心、呕吐。

16. 在病人床旁备好鼻止血包和插灯,如有再次出血,应立即处理。

17. 每日在填塞鼻腔内滴液状石蜡数次,润滑鼻腔纱条,防止抽出纱条时损伤鼻黏膜,造成再次出血。

18. 选择适当时机分次向病人讲解高血压和鼻出血的有关防治知识及主要危害,语言通俗易懂,帮助病人认识这些疾病并愿意采取相关的预防措施。

（五）护理评价

1. 病人鼻出血得到有效控制,住院期间无再次鼻出血发生。

2. 口腔黏膜正常,嘴唇干裂恢复正常。

3. 进食量能满足机体需要,血红蛋白升高至正常范围。

4. 填塞期间主诉不适减轻,可以耐受。

5. 情绪稳定,积极配合治疗。

6. 体温正常,无并发症发生。

7. 对高血压和鼻出血的防治知识有一定了解。

第八章 急诊急救护理

第一节 急诊急救护理理论

1. 急诊科的工作特点是什么?

答:急诊科的工作特点是急诊病人就诊时间、数量、病种及危害程度的随机性大,疾病谱广,大多具有病情复杂、疑难及危重的特点,常需要多个科室和医护人员之间的高度协作,才能救治成功;护理操作要求高,技术复杂;社会性强,影响面广。

2. 请结合临床,谈谈如何做好急诊分诊工作?

答:(1) 掌握急诊就诊的范围。

(2) 对就诊病人进行临床评估,运用诊断(视、触、叩、听、嗅)检查的方法,收集病人的生命体征、意识、精神状况等资料,根据病情需要,做必要的血、尿常规,血糖等的检查。

(3) 按照病人的资料,进行分类,指导就诊。

(4) 遇有群体突发事件的伤病员,应立即启动应急预案组织抢救,并通知有关部门。

(5) 因交通事故、服毒、自杀等涉及公安、司法的急诊病人,应立即通知有关部门。

3. 腹痛病人就诊,您该如何进行临床评估?

答:(1) 收集资料:了解病人的现病史、既往病史,有无诱发因素,发病过程与饮食、排便关系等。

(2) 体检:腹痛的部位及起始时间、性质、程度以及有无放射痛;腹部是否膨隆,有无压痛、肌紧张等。

(3) 腹痛伴随的症状:有无便血、呕吐、发热、腹泻、血尿等。

(4) 必要的实验室检查:血、尿、粪常规以及血清淀粉酶、血糖等。

(5) 辅助检查:肠镜、B超、X线、CT等检查。

4. 在医生到达之前,护士应如何开展危重急诊病人的抢救工作?

答:护士应根据病情迅速作出直觉判断,酌情给予急救处理,如测血压、给氧、止血、配血、吸痰、建立静脉通路;心跳、呼吸停止者,给予胸外心脏按压术和口对口人工呼吸;亦可请其他科值班医生进行初步救治。

5. 请结合临床,谈谈如何与病人建立良好的护患关系?

答:(1) 分诊护士应对就诊的急诊病人进行快速、准确的分诊、分流,使他们尽快就诊,暂时不能满足的,应做好解释工作。

(2) 主动向病人及家属介绍环境及就诊流程。

(3) 对待病人热情、真诚,技术操作熟练、准确。

(4) 检查、治疗和护理操作尽量相对集中,使病人尽可能得到安静、舒适的状态。

(5) 尊重病人的知情权和隐私权。

(6) 对病人及家属提供心理安抚。

（7）对抢救无效死亡的病人，尊重死者并做好家属的心理疏导。

6. 急诊当班时遇到突发事件，应如何处理？

答：（1）立即通知相关人员，启动医院突发事件处理预案。

（2）根据病人的病情，按先重后轻、先急后缓的急救原则，进行抢救。

（3）准备急救设备和场所。

（4）根据病人情况进行分诊、分流。

（5）抢救工作完毕，及时做好相关记录和统计。

7. 如何做好抢救过程中的书写记录和医嘱执行？

答：抢救记录做到字迹清晰，病情描述确切，记录及时准确、完整，包括病人和医生到达时间、抢救开始时间、抢救措施落实时间、停止抢救时间等；在抢救过程中可执行口头医嘱，但须重述无误后方可执行，并在抢救结束后及时补记。

8. 如何做好急救物品的管理工作？

答：对急救物品做到"五定"：定品种数量、定点放置、定人保管、定期消毒灭菌和定时清点，急救仪器设备应每班检查，确保功能完好，呈备用状态。

9. 心脏骤停有哪几种类型？哪种类型最常见？

答：心脏骤停有心室颤动、心脏停搏以及心电-机械分离3种类型，其中以心室颤动最为常见。

10. 简述人工呼吸及心脏按压时的注意事项。

答：（1）成人病人的人工循环与人工呼吸两者的比例为30∶2，即心脏按压30次，吹气2次。

（2）操作时用力要适当，胸骨下陷4～5 cm，避免用力过猛引起肋骨骨折。

（3）对小儿心肺复苏，心脏按压用单手掌根按压胸骨中端，胸骨下陷2～3 cm；对新生儿，双手环抱胸廓，两拇指按压胸骨中点，下压1～2 cm。

（4）复苏操作不可轻易间断，要组织好人力，并积极准备二期复苏。

11. 为什么早期除颤对于抢救心脏骤停病人至关重要？

答：早期除颤对抢救心脏骤停病人至关重要，这是因为：①心脏骤停最常见和最初发生的心律失常是心室颤动；②电除颤是目前最为有效的终止心室颤动的方法；③随着时间的推移，除颤成功的概率迅速下降；④短时间的心室颤动可迅速发展到心脏骤停。

12. 有哪些因素影响除颤效果？

答：影响除颤效果的因素主要有病人因素和操作因素。病人因素包括：电除颤前心室颤动持续的时间、是否进行了心肺复苏、病人原发的心脏疾病、缺氧情况以及有无使用抗心律失常的药物等；操作因素包括：除颤波形、除颤的能量、电极的位置以及胸壁阻抗等，而胸壁阻抗的大小与电极板的大小、位置及与皮肤接触的紧密程度等有关。

13. 心肺复苏过程包括哪3期？

答：（1）初期复苏：气道开放、人工呼吸和人工循环。

（2）二期复苏：使用药物与器械复苏。

（3）后期复苏：脑复苏和复苏后处理。

14. 为什么心跳骤停要立即复苏？

答：因为心跳停止在4～6 min内，由于血液循环停止，导致中枢神经系统缺血、缺氧，但此时脑细胞仍然进行微弱代谢,若及时采取有效措施,大多数病人可以恢复。若心跳停止6 min以上,脑组织严重缺血、缺氧,发生不可逆损伤,即使复苏成功,病人也可能出现不同程度的脑损伤后遗症。因此,抢救心跳停止必须分秒必争。

15. 胸外心脏按压术的有效指征是什么?

答:(1) 能扪及大动脉搏动。

(2) 面色、口唇、甲床以及皮肤色泽转红。

(3) 呼吸改善或出现自主呼吸。

(4) 散大的瞳孔缩小。

(5) 出现睫毛反射、对光反射等。

16. 如何判断使用简易呼吸器时病人是否处于正常的通气中?

答:(1) 病人胸部上升与下降是否随着球体的挤压而起伏。

(2) 经面罩透明部分观察病人的唇色与面色是否有改善。

(3) 观察简易呼吸器的送气阀门是否正常工作。

(4) 呼气时观察面罩内是否有气雾。

17. 心肺脑复苏后的病人,应如何提供支持性护理?

答:(1) 严密观察生命体征、意识、瞳孔等。

(2) 呼吸道的管理,观察自主呼吸有无恢复及节律、频率变化,及时吸出呼吸道分泌物,保持呼吸道通畅。

(3) 保持水、电解质和酸碱代谢的平衡。

(4) 脑功能的保护,如降温、脱水剂的应用。

(5) 预防呼吸道、口腔、泌尿系统等感染。

(6) 加强口腔、皮肤等基础护理和导管的护理。

(7) 做好心理护理,用贴切的语言、和蔼的态度和娴熟的技术,给病人以信赖感和安全感。

18. 为服毒病人洗胃,应如何正确选择洗胃溶液?

答:根据病人服毒药物的种类,选择合适的洗胃液:①牛奶、蛋清水,适用于酸性、碱性、酚类以及苯酚中毒的病人。②高锰酸钾,适用于氰化物、敌敌畏、美曲膦酯(敌百虫)、苯酚、巴比妥类、异烟肼和灭鼠药(磷化锌)中毒病人。③2%～4%碳酸氢钠,适用于乐果、敌敌畏、1059、1605等中毒病人。④0.9%生理盐水或清水,适用于中毒物质不明的病人以及敌敌畏、美曲膦酯、DDT(灭害灵)中毒的病人。

19. 用电动洗胃机洗胃时,每次的灌入量以多少为宜? 为什么?

答:用电动洗胃机洗胃时,每次以灌入300～500 ml为宜,不宜超过500 ml。灌入过多可导致灌洗液自口腔、鼻腔涌出而导致窒息,易发生急性胃扩张,迷走神经兴奋引起心跳停止;胃内压升高,促使毒物进入肠道,增加毒物吸收。灌入过少则灌洗液无法和胃内容物充分混合,不利于彻底洗胃,且延长洗胃时间。应保持每次灌入量基本和吸出量相等。

20. 洗胃不彻底的原因及应对措施是什么?

答:(1) 胃管因素:胃管过细时易被食物残渣堵塞。插入胃管的深度不适宜,过深易发生扭曲,致引流不畅;过浅则不能将洗胃液完全吸出。应对措施:抽取少量液体脉冲式冲洗胃管。

（2）洗胃时间和用液量不足：是最为常见的原因。洗胃时间过短或洗胃液少于 10 000 ml，易造成洗胃不彻底。应严格按护理常规操作，直至洗出液澄清为止。

（3）胃内食物过多：在未催吐或催吐不彻底的情况下，使大量的食物残留在胃内。应对措施：应尽可能的采取催吐方法，将胃内食物残渣排出。

（4）胃内液体充盈不足：洗胃液不能完全与胃黏膜接触，产生"死角"。应对措施：加大洗胃液的每次灌入量和洗出量，可稍稍变换病人体位，使洗胃液与胃黏膜充分接触。

21. 请简述洗胃的适应证和禁忌证。

答：适应证：①非腐蚀性毒物中毒，如有机磷、安眠药、重金属类及生物碱等中毒，服毒后 6 h 内洗胃最为有效。②手术前或检查前的准备。

禁忌证：①服用强腐蚀性毒物（强酸、强碱）或油性物质。②食管阻塞、肝硬化伴食管-胃底静脉曲张、胸主动脉瘤。③近期有上消化道出血及胃穿孔、胃癌。④抽搐病人，插管可以因刺激而加重抽搐。

22. 简述有机磷农药中毒病人的护理要点。

答：（1）评估病人的中毒情况，包括中毒的时间、剂量和途径等，每 15～30 min 观察生命体征和意识的变化。

（2）终止毒物的吸收，尽早洗胃，洗出液澄清为止。

（3）保持呼吸道通畅，吸氧。

（4）建立静脉通路，遵医嘱给予阿托品、解磷定等药物。

（5）昏迷、烦躁者给予护理安全措施。

（6）防治并发症，如胃穿孔、迟延性神经病变等。

（7）做好抢救记录、基础护理及病人心理护理。

23. 阿托品用于治疗急性有机磷农药中毒，请问阿托品化的指征是什么？

答：阿托品化的指征是：瞳孔较前散大、颜面潮红、皮肤干燥、口干、心率加快、肺湿啰音消失。

24. 用止血带止血的注意事项是什么？

答：（1）止血带扎在伤口的近心端，尽量靠近伤口，避开神经。

（2）松紧适宜，以刚好使远端动脉搏动消失为度。

（3）止血带下加衬垫，严禁用绳索、电线等物代替止血带。

（4）使用止血带后，必须立即记录使用时间及部位。

（5）扎止血带时间不宜超过 3 h，并应每 30 min～1 h 松止血带 1 次，每次放松 2～3 min。再次扎止血带时需在稍高的平面，不可在同一平面上反复缚扎。松解止血带前，要先补充血容量，做好纠正休克和止血器材的准备。松解时，如果患者出血，可用指压法止血。

（6）放松止血带时需动作缓慢。

25. 在搬运脊柱损伤病人时应注意什么？

答：在搬运疑有脊柱、脊髓损伤的病人时，应由 3～4 人平托起病人，动作协调一致，平起平放。搬运过程中应将病人放在硬板担架上，如有颈椎损伤者，应避免颈部活动。

26. 请结合临床，谈谈对因车祸而颅脑损伤的昏迷病人该如何配合抢救？

答：①安置病人头高体位，头置冰袋，以减轻脑水肿。②给氧。③维持呼吸道通畅。④建立有效的静脉通道。⑤伤后 24 h 内，每 15～30 min 监测 P、R、BP、神志以及瞳孔大小和对光反射。⑥抗休克,如有血压下降、脉搏增快、肢端湿冷等,立即给予平卧位,保暖,准备输血、输液。⑦对耳鼻流血或脑脊液耳鼻漏者,切勿填塞或冲洗。⑧根据病情做好手术前准备工作。

27. 简述胸部外伤病人的治疗配合。

答:(1) 保持呼吸道通畅:清除呼吸道异物,必要时给予气管插管或气管切开。

(2) 纠正缺氧:鼻导管给氧,有气急者给予 6～8 L/min 氧气吸入。

(3) 防治休克:迅速建立大口径静脉通道,遵医嘱给予输液、输血,维持水、电解质平衡,控制输液量和速度。

(4) 张力性气胸者,应于锁骨中线第 2 肋间行穿刺减压。

(5) 有开放性气胸时,应迅速封闭伤口,变开放性为闭合性,并尽早给予清创缝合。

(6) 有反常呼吸者,应对胸部加压包扎,减轻反常呼吸运动。

(7) 抗感染和减轻疼痛。

(8) 做好备血、配血等术前准备工作。

28. 一位因建筑事故受伤被送至急诊的病人,您如何配合医生投入抢救?

答:立即安置好病人并做到:①判断心跳、呼吸情况,心跳、呼吸停止者立即实施胸外心脏按压术;②止血、包扎;③固定伤肢;④测 T、P、R、BP;⑤开放静脉通道,快速补充血容量;⑥给氧;⑦准备抢救器械和物品;⑧抗休克;⑨做好术前准备。

29. 多发伤病人应最先重视哪些临床表现?

答:①急性呼吸困难,尤其是合并发绀与喘鸣音者;②有抽搐发作者,可能存在颅脑损伤等;③昏迷;④严重出血;⑤休克;⑥高热或低温。

30. 简述多发伤和复合伤的概念。

答:多发伤是指在同一伤因打击下,人体同时或相继两个以上的解剖部位或内脏受到严重损伤。复合伤是指两种以上的致伤因素,同时或相继作用于人体而导致的损伤。

31. 简述呕血病人的紧急救护措施。

答:(1) 头侧向一边,保持呼吸道通畅,防止窒息和误吸。

(2) 密切观察病情变化,注意休克早期症状,一旦发现异常,立即报告医生。

(3) 建立静脉通路,遵医嘱给予输液、止血药物,配血型,做好输血准备。

(4) 对食管-胃底静脉曲张破裂出血的病人,配合医生施行双气囊三腔管压迫止血或内镜直视下止血。

(5) 关爱病人,给予心理护理。

(6) 严密观察呕血的性质、量、次数、生命体征及意识状态。

32. 夜间一病人因呼吸困难,不能平卧,大汗淋漓,并咳粉红色泡沫样痰而来院急诊。请问您如何配合治疗?

答:病人可能发生急性左心衰竭,应立即通知医生,配合抢救:①安置病人坐位,双下肢下垂,必要时轮流捆扎四肢,减少回心血量。②给予氧疗,氧流量 6～8 L/min,氧气经 30％～50％乙醇溶液湿化,症状缓解后停用,必要时加压给氧。③保持呼吸道通畅,清除呼吸道分泌物。④建立静脉通路,遵医嘱给予镇静剂、利尿剂、血管扩张药等,控制输液滴速及输液量。⑤观察病情,观察呼吸频率、节律、深度,观察咳嗽情况以及痰的色、量等。⑥心理护理。

33. 给予急性左心衰竭病人呼气末正压通气(PEEP)的作用是什么?

答:呼气末正压通气可减少毛细血管的渗漏,从而减轻肺水肿,改善通气和肺弥散功能,阻止呼气末肺泡萎缩,提高氧分压。但应注意不可压力过高,否则会阻碍静脉回流,导致心排血量减少和血压下降。

34. 简述血氧饱和度监测的正常值及其临床意义。

答:血氧饱和度监测的正常值为95%～100%。其临床意义为:通过血氧饱和度的监测,间接了解病人的氧分压,从而了解机体组织的缺氧情况。

35. 影响血氧饱和度监测正确性的有哪些外部因素?

答:影响血氧饱和度监测正确性的外部因素有:①病人躁动、传感器脱落或接触不良。②监测部位血液循环不良,如传感器放置在血压袖带或静脉输液的同一部位或同侧,血压袖带充气时,造成局部血液循环不良,局部皮肤温度过低。③病人涂指甲油、假指甲、指甲病变(如灰指甲)等。④周围环境太阳光照过强。

36. 如何处置涉及法律问题的病人?

答:(1) 对于自杀、他杀、交通事故、打架致伤或其他涉及法律问题的病人,首先应积极给予救治。

(2) 预检护士应立即通知医务处以及上报公安等有关部门。

(3) 病史书写准确清楚、实事求是,对医疗以外的问题不随意发表自己的看法。

(4) 须有两人整理病人的随身物品,并妥善保管。

(5) 留院观察的病人应由家属或其他相关人员陪同。

第二节　急诊急救护理技术

一、电动洗胃术

【目的】

1. 解毒:清除胃内毒物或刺激物,以减少毒物吸收。
2. 减轻胃黏膜水肿:将胃内潴留食物洗出,减轻其对胃黏膜的刺激,减轻胃黏膜水肿及炎症。
3. 手术或某些检查前的准备。

【操作流程图】

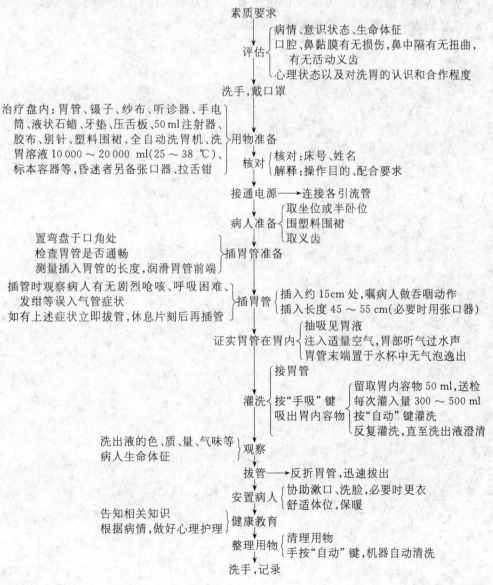

素质要求

评估
- 病情、意识状态、生命体征
- 口腔、鼻黏膜有无损伤,鼻中隔有无扭曲,有无活动义齿
- 心理状态以及对洗胃的认识和合作程度

洗手,戴口罩

用物准备:治疗盘内:胃管、镊子、纱布、听诊器、手电筒、液状石蜡、牙垫、压舌板、50 ml注射器、胶布、别针、塑料围裙、全自动洗胃机、洗胃溶液 10 000 ~ 20 000 ml(25 ~ 38 ℃)、标本容器等,昏迷者另备张口器、拉舌钳

核对
- 核对:床号、姓名
- 解释:操作目的、配合要求

接通电源——连接各引流管

病人准备
- 取坐位或半卧位
- 围塑料围裙
- 取义齿

插胃管准备
- 置弯盘于口角处
- 检查胃管是否通畅
- 测量插入胃管的长度,润滑胃管前端

插胃管
- 插入约15cm处,嘱病人做吞咽动作
- 插入长度 45 ~ 55 cm(必要时用张口器)
- 插管时观察病人有无剧烈呛咳、呼吸困难、发绀等误入气管症状
- 如有上述症状立即拔管,休息片刻后再插管

证实胃管在胃内
- 抽吸见胃液
- 注入适量空气,胃部听气过水声
- 胃管末端置于水杯中无气泡逸出

灌洗
- 接胃管
- 按"手吸"键
- 吸出胃内容物
- 留取胃内容物 50 ml,送检
- 每次灌入量 300 ~ 500 ml
- 按"自动"键灌洗
- 反复灌洗,直至洗出液澄清

观察
- 洗出液的色、质、量、气味等
- 病人生命体征

拔管——反折胃管,迅速拔出

安置病人
- 协助漱口、洗脸,必要时更衣
- 舒适体位,保暖

健康教育
- 告知相关知识
- 根据病情,做好心理护理

整理用物
- 清理用物
- 手按"自动"键,机器自动清洗

洗手,记录

【注意事项】

1. 急性中毒的病人,神志清醒者应首先采用口服催吐法,必要时进行胃管洗胃,以减少毒物的吸收。

2. 中毒物质不明时,先抽取胃内容物送检,以明确毒物性质。可先用温开水或生理盐水洗胃,毒物性质明确后,选用合适的洗胃液。

3. 灌洗时进水管必须始终在液平面以下。胃管接通后,不能直接按"自动"键,应先吸出胃内容物,否则因灌入量过多,导致胃扩张,毒物受压进入肠腔,加重毒物吸收。

4. 插管时,动作要轻、快,切勿损伤食管黏膜或误入气管。

5. 准确掌握洗胃禁忌证和适应证。

6. 洗胃过程中应随时观察病人的面色、意识、瞳孔变化、生命体征等,并做好记录。若出现血性液体,应立即停止洗胃。

7. 洗胃液每次灌入量以 300～500 ml 为宜,并保持灌入量与出水量平衡。

8. 注意病人的心理状态、合作程度及对康复的信心。

电动洗胃术评分标准

项　　　目		项目总分	要　　　求	标准分	得分	备注
素质要求		5	服装、鞋帽整洁	1		
			仪表大方,举止端庄	2		
			语言柔和恰当,态度和蔼可亲	2		
操作前准备		10	评估	3		
			洗手,戴口罩	4		
			备齐用物(配置好洗胃液),放置合理	3		
操作过程	核对	65	核对:姓名、床号	2		
			解释:操作目的、配合要求	2		
	接通电源		接通电源,连接各引流管	4		
	病人准备		坐位或半卧位(昏迷者取左侧卧位)	2		
			围塑料围裙	2		
			取义齿	2		
	插管		置弯盘于口角处	2		
			检查胃管是否通畅	2		
			测量插入胃管长度、润滑胃管前端	2		
			插入胃管手法正确	6		
			插入长度 45～55 cm	5		
			证实胃管在胃内,方法正确	6		
			固定胃管	4		
	连接胃管		将胃管与洗胃机胃管端口连接,紧密无漏气	2		
	灌洗		按"手吸"键,吸出胃内容物	4		
			按"自动"键灌洗	2		
			反复灌洗,直至洗出液澄清	4		
	观察		观察病情及洗出液的色、质、量、气味等	5		
	拔管		拔管方法正确(反折、迅速)	3		
	安置病人		协助病人漱口、洗脸,舒适体位,保暖	4		
健康教育		6	做好心理护理	3		
			告知相关知识	3		
操作后处理		6	整理床单位及用物	2		
			清洁、消毒洗胃机	2		
			洗手,记录	2		
熟练程度		8	动作轻巧、稳重、正确	8		
总　　分		100				

二、止血包扎（肢体）

【目的】

1. 包扎时施加压力,可起到止血作用。
2. 固定骨折、敷料等,保护和缩小创面,减少创面污染。
3. 减少渗血、渗液及预防水肿。
4. 扶托伤肢,减轻疼痛。

【操作流程图】

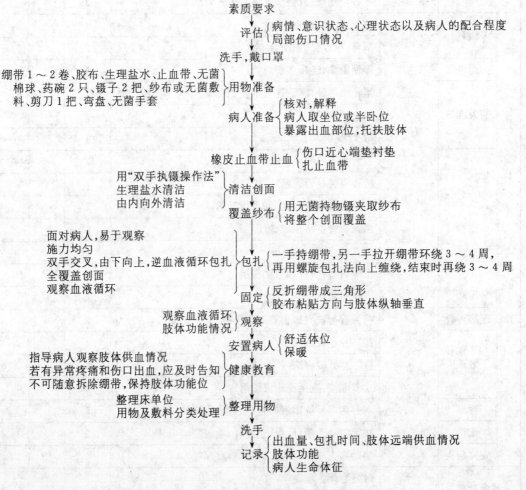

【注意事项】

1. 根据受伤部位,选择合适的包扎物及包扎方法。
2. 包扎前注意创面的清理和消毒,预防感染。
3. 注意止血带部位正确,包扎的松紧适宜,注意观察肢体末端的颜色和温度。
4. 包扎时应使病人处于舒适体位,四肢保持功能位。
5. 骨隆突处应加衬垫,固定绷带时应在肢体外侧面打结,避免在伤口处、摩擦处、受压处以及骨隆突处打结。

止血包扎(肢体)评分标准

项 目		项目总分	要 求	标准分	得分	备注
素质要求		5	服装、鞋帽整洁	1		
			仪表大方,举止端庄	2		
			语言柔和恰当,态度和蔼可亲	2		
操作前准备		10	评估	3		
			洗手,戴口罩	4		
			备齐用物,放置合理	3		
操作过程	病人准备	65	核对,解释	2		
			安置舒适体位,放置弯盘	2		
			暴露出血部位,托扶肢体	4		
	止血		止血带位置正确	4		
			衬垫平整	2		
	清洁创面		消毒液使用正确	3		
			清洁伤口周围皮肤,方法正确	5		
	覆盖纱布		夹取纱布方法正确	2		
			纱布覆盖伤口	2		
	包扎		一手持绷带,另一手拉开绷带	4		
			在原处环绕3~4周,折角	4		
			用螺旋包扎法向上缠绕	4		
			绷带全覆盖伤口及敷料	4		
			结束时环绕3~4周,施力均匀,出血处施加压力	6		
	固定		反折绷带成三角形	4		
			粘贴胶布,与肢体纵轴垂直	4		
	观察		口述:肢体远端供血良好,运动好,无发紫现象,病人一般情况好	5		
	安置病人		协助病人舒适体位	2		
			保暖	2		
健康教育		6	指导病人如何观察肢体供血状况	3		
			不可随意拆除绷带,保持肢体功能位	3		
操作后处理		6	整理、处理用物,方法正确	2		
			洗手	2		
			记录	2		
熟练程度		8	动作敏捷、稳重、正确	4		
			注意无菌操作原则	4		
总 分		100				

三、血氧饱和度监测

【目的】

监测病人机体组织缺氧状况。

【操作流程图】

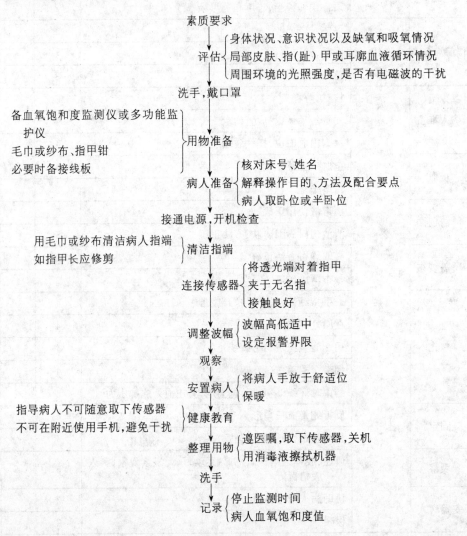

【注意事项】

1. 观察监测结果,发现异常及时报告医生处理。

2. 病人发生休克、体温过低、贫血以及使用血管活性药物、涂抹指(趾)甲油、灰指(趾)甲、周围光照太强或受电磁波干扰等均会影响监测结果。

3. 注意给病人保暖。

4. 对因循环不稳、病情变化大、糖尿病或动脉硬化而使搏动性血流明显减少的病人,应抽取动脉血进行血气分析加以对照,以确定血氧饱和度监测值的可靠程度。

5. 观察病人局部皮肤以及指(趾)甲血液循环情况,定时更换传感器位置。

血氧饱和度监测评分标准

项 目		项目总分	要 求	标准分	得分	备注
素质要求		5	服装、鞋帽整洁	1		
			仪表大方,举止端庄	2		
			语言柔和恰当,态度和蔼可亲	2		
操作前准备		13	评估	4		
			洗手	3		
			备齐用物,放置合理	6		
操作过程	核对	60	核对姓名、床号	4		
			做好解释工作	3		
	接通电源		接通电源,开机	5		
			检查机器功能完好	5		
	病人准备		取舒适体位	5		
			清洁指(趾)甲	6		
	连接传感器		正确安放传感器于指(趾)端,接触良好	10		
	调整		调整波幅,高低合适	8		
			设定报警界限	5		
	观察		观察病人一般情况	5		
	安置病人		协助病人手放于舒适位,保暖	4		
健康教育		8	告知病人不可随意取下传感器	4		
			不可在附近使用手机	4		
操作后处理		10	取下传感器,关机	2		
			整理、处理用物方法正确	2		
			洗手	2		
			记录	4		
熟练程度		4	动作轻巧、熟练、正确	4		
总 分		100				

四、胸外心脏按压

【目的】

恢复病人的自主呼吸和自主循环,抢救心脏骤停的病人。

【操作流程图】

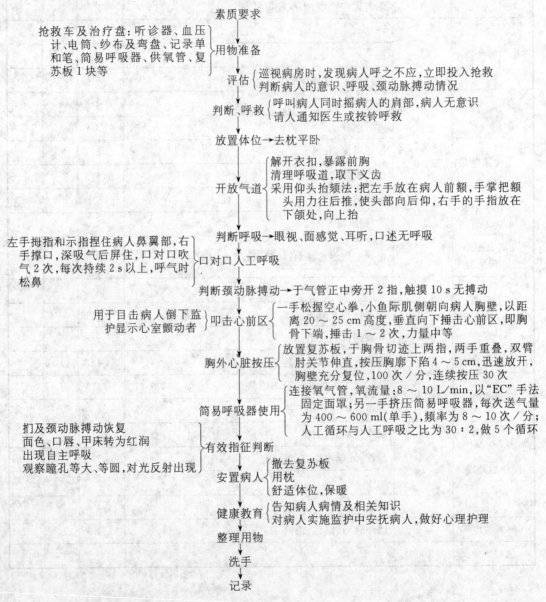

【注意事项】

1. 人工呼吸时,以胸廓抬起为有效。

2. 胸外心脏按压时,确保按压的频率和深度,每次按压后让胸廓有充分的回弹,以保证心脏有基本的回流,尽可能持续不间断按压。

3. 胸外心脏按压时,操作者的肩、肘、手腕在同一条线上,手掌根部不离开病人的胸壁。

胸外心脏按压评分标准

项 目		项目总分	要 求	标准分	得分	备注
素质要求		5	服装、鞋帽整洁	1		
			仪表大方,举止端庄	2		
			语言柔和恰当,态度和蔼可亲	2		
操作前准备		10	评估	4		
			备齐用物	6		
操作过程	核对		核对	2		
	判断意识呼救		判断意识	2		
			打铃呼救	2		
	放置体位		去枕平卧	4		
	开放气道		解开衣扣,暴露前胸	2		
			检查口腔,取下义齿	2		
			采用仰头抬颏法开放气道,手法正确	2		
	判断呼吸		眼视、面感觉、耳听,口述无呼吸	2		
	口对口人工呼吸		捏住鼻翼→撑口→深吸气→送气(见胸廓抬起)→松开鼻翼	6		
			重复一次,方法正确	6		
	判断心搏		触摸颈动脉搏动处 10 s	2		
	胸外心脏按压	63	放置复苏板	2		
			定位正确	2		
			两手重叠,掌根紧贴胸壁	2		
			按压胸廓下陷 4～5 cm	2		
			按压匀速,胸壁充分复位	2		
			按压频率 100 次/分,连续按压 30 次	2		
	简易呼吸器使用		连接氧气管,调节氧流量	3		
			固定面罩,手法正确	2		
			挤压球囊,手法正确	1		
			频率 8～10 次/分 要求:连续按压 30 次,送气 2 次,5 个循环	2		
	有效指征判断		扪及颈动脉搏动恢复	2		
			面色红润	1		
			出现自主呼吸	1		
			瞳孔对光反射恢复	2		
	安置病人		撤去复苏板	2		
			用枕,协助取舒适体位,保暖	3		
健康教育		8	安抚病人,做好心理护理	4		
			告知病人病情及相关知识	4		
操作后处理		6	整理用物	2		
			洗手,记录	4		
熟练程度		8	动作轻巧、熟练、正确	8		
总 分		100				

五、除颤

【目的】

纠正心律失常,终止心室颤动,抢救心跳骤停者。

【操作流程图】

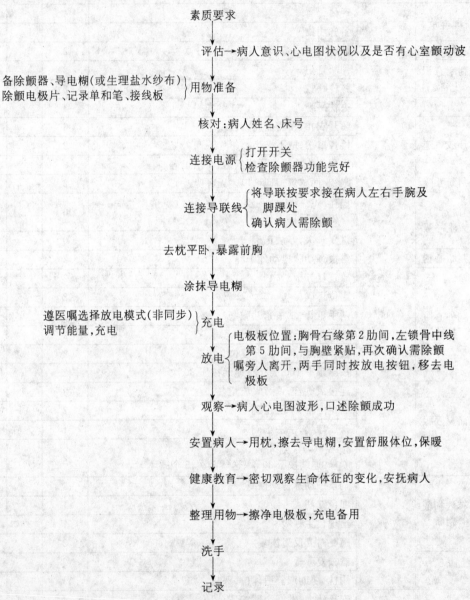

素质要求

评估→病人意识、心电图状况以及是否有心室颤动波

备除颤器、导电糊(或生理盐水纱布) $\left.\right\}$ 用物准备
除颤电极片、记录单和笔、接线板

核对:病人姓名、床号

连接电源 $\left\{\begin{array}{l}打开开关 \\ 检查除颤器功能完好\end{array}\right.$

连接导联线 $\left\{\begin{array}{l}将导联按要求接在病人左右手腕及 \\ \quad 脚踝处 \\ 确认病人需除颤\end{array}\right.$

去枕平卧,暴露前胸

涂抹导电糊

遵医嘱选择放电模式(非同步) $\left.\right\}$ 充电
调节能量,充电

放电 $\left\{\begin{array}{l}电极板位置:胸骨右缘第2肋间,左锁骨中线 \\ \quad 第5肋间,与胸壁紧贴,再次确认需除颤 \\ 嘱旁人离开,两手同时按放电按钮,移去电 \\ \quad 极板\end{array}\right.$

观察→病人心电图波形,口述除颤成功

安置病人→用枕,擦去导电糊,安置舒服体位,保暖

健康教育→密切观察生命体征的变化,安抚病人

整理用物→擦净电极板,充电备用

洗手

记录

【注意事项】

1. 电极板导电糊涂抹均匀,电极板紧贴皮肤,以免灼伤。
2. 放电时确认周围人员无直接或间接接触病人。
3. 两次除颤间隔期,应对病人实施胸外心脏按压术,维持病人的基本血液循环。
4. 禁忌电极板对空放电及电极板面对面放电。

除颤评分标准

项　目	项目总分	要　求	标准分	得分	备注
素质要求	5	服装、鞋帽整洁	1		
		仪表大方,举止端庄	2		
		语言柔和恰当,态度和蔼可亲	2		
操作前准备	10	评估	5		
		备齐用物	5		
操作过程	63	核对,解释	4		
		连接电源,打开开关	3		
		检查机器功能完好	3		
		正确连接导联线	4		
		确认病人需除颤	4		
		去枕平卧	2		
		暴露病人前胸	2		
		涂抹导电糊均匀、适量	4		
		遵医嘱选择放电模式	2		
		调节能量,充电	4		
		电极板放置位置正确	5		
		压力适当,紧贴皮肤	4		
		嘱旁人离开床边	4		
		再次确认需除颤	4		
		放电,方法正确	4		
		观察病人心电图波形	3		
		口述除颤成功	2		
		协助病人舒适体位	3		
		保暖	2		
健康教育	6	安抚病人	3		
		密切观察生命体征的变化	3		
操作后处理	8	整理、处理用物,方法正确	2		
		充电备用	2		
		洗手,记录	4		
熟练程度	8	动作轻巧、熟练、正确	8		
总　分	100				

第三节　急诊急救护理范例(急性一氧化碳中毒)

病人,男性,68岁。当日22时左右被家人发现昏倒在浴室,同时闻及室内有煤气味,立即开窗通风,并报120急救中心,送至医院。到院时病人处于昏迷状态,瞳孔对光反射迟钝,呼吸浅快,30次/分,心率124次/分,面色潮红,口唇呈樱桃红色。病人以往无高血压病史、糖尿病和脑血管意外史。

(一)护理评估

1. 简要护理体检

(1) 生命体征:T 37.1 ℃,P 124次/分,R 30次/分,BP 145/95 mmHg。

(2) 神志:神志不清,呼之不应,呈昏迷状态。

(3) 根据病情检查

心率:124次/分,心律不齐。

呼吸:呼吸浅快。

面色:潮红。

腹部:平软、对称、无压痛。

皮肤:多汗。

瞳孔:等圆,对光反射迟钝。

肺部听诊:两下肺闻及少许湿啰音。

(4) 重要的阳性体征及相关体征

口唇:呈樱桃红色。

颜面:潮红。

2. 主要的辅助检查

(1) 血碳氧血红蛋白测定:为40%。

(2) 心电图:ST-T改变,心房颤动,心率124次/分。

(3) 脑电图:可见低波幅、慢波增多。

3. 目前治疗情况

(1) 纠正脑组织缺氧,促进脑细胞代谢:给予高浓度、大流量面罩吸氧或鼻导管吸氧,8~10 L/min,清醒后改为间歇吸氧;静脉滴注细胞色素C(需做过敏试验),有利于提高血氧浓度;必要时给予高压氧治疗。

(2) 有呼吸抑制时,遵医嘱应用呼吸兴奋剂。

(3) 降低颅内压,减轻脑水肿:遵医嘱给予20%甘露醇250 ml,恢复清醒后停用,头部置冰帽。

(4) 促进脑细胞功能恢复:遵医嘱给予细胞活性剂和能量合剂三磷酸腺苷、辅酶A等。

(5) 维持水、电解质和酸碱平衡。

(6) 预防和控制感染:如呼吸道感染等。

4. 生活习惯

(1) 环境:安静。

(2) 饮食:清醒后半流质。

(3) 睡眠:好,每天 6～7 h。

(4) 排泄:大小便正常。

(5) 性格:开朗。

(6) 以往住院情况:无住院经历。

5. 心理反应

(1) 心理反应:病人清醒后心情稍有焦虑,希望得到救治。现给予住院环境的介绍,医护人员以和蔼的态度、深切的关怀、积极有效的治疗给予病人安全感和信心,能适应病区环境,积极配合治疗。

(2) 家属对护理的要求:希望医护人员多关心,讲解一些有关疾病方面的知识,增加病人康复的信心。

(二) 护理诊断

1. 气体交换功能受损:与血红蛋白变性失去携氧能力有关。

2. 意识障碍:与脑组织缺氧、神经损伤有关。

3. 自理缺陷:与病人去大脑皮质状态、锥体系神经损伤有关。

4. 有潜在皮肤完整性受损的危险:与病人意识障碍、活动受限有关。

5. 潜在并发症:呼吸道感染、脑水肿等。

6. 排尿异常:与去大脑皮质状态、锥体系神经损伤有关。

7. 知识缺乏:缺乏正确使用燃气热水器的知识。

(三) 护理目标

1. 缺氧症状纠正,重要脏器功能未发生严重损害。

2. 意识障碍无进一步加重或逐渐好转。

3. 生活自理或部分自理。

4. 皮肤完整性好,未发生破损。

5. 未发生并发症。

6. 排尿正常。

7. 掌握燃气热水器的正确使用方法和预防一氧化碳中毒的知识。

(四) 护理措施

1. 现场救护:立即打开门窗,将病人移至空气新鲜、通风良好的环境,平卧位,注意保暖。

2. 氧疗护理:面罩吸氧或鼻导管吸氧,8～10 L/min,清醒后间歇吸氧;有条件者应尽早采用高压氧舱治疗,轻度中毒者治疗 5～7 次,中度中毒者治疗 10～20 次,重度中毒者治疗 20～30 次。注意进舱前换上棉制品衣服,严禁将火种、易燃易爆物品等带入舱内。

3. 保持呼吸道通畅,及时清洁口、鼻腔分泌物。

4. 建立静脉通路,按医嘱给予药物治疗。

5. 严密观察病情,包括生命体征、神志、肤色、尿量、肝肾功能,注意有无呼吸、循环衰竭等早期症状出现,注意神经系统的变化,有无清醒后再次昏迷等,以尽早防治迟发性脑病。

6. 留置导尿,做好皮肤护理、导管护理和饮食护理,并注意保暖。

7. 安全护理:对意识障碍、抽搐的病人做好安全防护措施。

8. 对意识清醒者做好病人的心理护理。

9. 健康教育:告知病人一氧化碳中毒的预防知识和急救知识。

（五）护理评价

1. 病人缺氧症状得到纠正,未发生因缺氧而致的脏器功能严重损害。

2. 意识障碍减轻。

3. 日常生活能自理。

4. 皮肤完整性好,未发生破损。

5. 未发生呼吸道感染等并发症。

6. 排尿正常。

7. 病人能陈述预防一氧化碳中毒的预防知识和急救知识。

第九章 重症监护

第一节 重症监护理论

1. 何为 ICU?

答：ICU 是指重症监护病房(intensive care unit, ICU)，是重症医学学科的临床基地，它对因各种原因导致一个或多个器官与系统功能障碍危及生命或具有潜在高危因素的病人，及时提供系统的、高质量的医学监护、救治和护理技术，是医院集中监护和救治重症病人的专业科室。重症医学(critical care medicine, CCM)是研究危及生命的疾病状态的发生、发展规律及其诊治方法的临床医学学科。

2. ICU 有哪些规模要求?

答：ICU 的病床数量根据医院等级和实际收治病人的需要，一般以该 ICU 服务病床数或医院病床总数的 2%～8% 为宜。从运作角度考虑，每个 ICU 管理单元以 8～12 张床位为宜。ICU 开放式病床每床的占地面积为 15～18 m²；每个 ICU 最少配备一个单间病房，面积为 18～25 m²。辅助用房面积与病房面积之比应达到 1.5∶1。

3. ICU 有哪些环境要求?

答：ICU 地点设置要方便病人转运、检查和治疗，并考虑接近主要服务对象病区、手术室、影像学科、化验室和血库等。ICU 应具备良好的通风、采光条件，有条件者最好装配空气净化系统。医疗区域内温度应维持在(24±1.5)℃左右，湿度为 60%～70%。安装足够的感应式洗手设施和手部消毒装置。ICU 白天的噪声最好不要超过 45 dB，夜晚为 20 dB。地面覆盖物、墙壁和天花板应该尽量采用高吸音、不产尘、不积尘、耐腐蚀、防潮、防霉、防静电、容易清洁和符合防火要求的材料。有合理的医疗流向，包括人员流动和物流在内，最好通过不同的进出通道实现，以最大限度减少各种干扰和交叉感染。

4. ICU 有哪些人员要求?

答：ICU 医务人员应高度专业化，训练有素，具有团队精神。

ICU 专职医生必须掌握的专业技术包括：心肺脑复苏术、循环支持技术、呼吸支持技术、血液净化技术、感染控制技术、营养支持技术等。

ICU 护士应具有健康的身体、高度的敬业精神、高度的责任心、敏锐的观察力、敏捷的反应、良好的沟通技巧等基本素质，并掌握以下专科技能：急救复苏技术、气道护理技术、常用仪器的使用操作规程、注意事项、常见故障及故障排除方法等；对监护仪显示的异常心电图有一定的识别能力，能及时发现异常的呼吸、心率、心律变化，并做好相应的处理准备；了解呼吸机的工作状态及其设定的参数，了解呼吸机报警所提示的问题和解决方法；熟悉急救药物配药的计算与配制方法等；重视并做好基础护理及心理护理。

ICU 护士与床位比应达到 2.5～3∶1。

5. ICU 有哪些设备要求?

答:ICU 必须配置必要的监护和治疗设备,接收医院各科的重症病人。

每床配备以下设备:完善的功能设备带或功能架,提供电、氧气、压缩空气和负压吸引等功能支持;适合 ICU 使用的病床和防压疮床垫;床旁监护系统,进行心电图、血压、脉搏血氧饱和度、有创压力监测等基本生命体征监护;输液泵和微量注射泵以及一定数量的肠内营养输注泵,简易呼吸器(复苏呼吸气囊)。

每个 ICU 单元配备心电图机、血气分析仪、除颤仪、血液净化仪、连续性血流动力学与氧代谢监测设备、心肺复苏抢救装备车(车上备有喉镜、气管导管、各种接头、急救药品以及其他抢救用具等)、体外起搏器、纤维支气管镜、电子升降温设备等。根据实际需要,配备适当数量的呼吸机。为便于安全转运病人,每个 ICU 单元至少应配备便携式监护仪 1 台和便携式呼吸机 1 台。医院或 ICU 必须有足够的设备,随时为 ICU 提供床旁 B 超、X 线、生化和细菌学等检查。

6. ICU 的收治范围是什么?

答:(1) 急性、可逆、已经危及生命的器官功能不全,经过 ICU 的严密监护和加强治疗短期内可能得到康复的病人。

(2) 存在各种高危因素,具有潜在生命危险,经过 ICU 严密的监护和随时有效的治疗可能减少死亡风险的病人。

(3) 在慢性器官功能不全的基础上,出现急性加重且危及生命,经过 ICU 的严密监护和治疗可能恢复到原来状态的病人。

7. ICU 病人有哪些常见的监护项目?

答:病人在 ICU 中接受监护的内容很多,大致分成一般生命体征监测、血流动力学监测、心电图监测、呼吸功能监测、体温监测、脑功能监测、肾功能监测、动脉血气分析和酸碱度监测。常见的监测指标有:心电图、动脉血压、体温、脉搏血氧饱和度、中心静脉压、血常规、电解质、动脉血气分析、肝肾功能、肺毛细血管楔压、心排血量等 20 余项。临床上应根据病种和病情严重程度选择适宜的监测指标。

8. 简述体温监测的方法和意义。

体温监测分体表温度监测和中心温度监测。

体表温度可由腋下、腹股沟测得,可间接提示心排血量及全身血液灌流状态。但皮肤各部位温度差别很大,一般须测 12～16 个点,取其平均值才具有意义。由于很麻烦,而改用胸壁、上臂、大腿和小腿 4 个部位的温度,代入特定公式计算。事实上,临床观察发现大腿内侧皮肤温度和平均皮肤温度非常接近,因此常规将皮肤温度探头置于大腿内侧。

中心温度可通过体温表由口腔、耳膜或肛门测得,也可经传感器由咽喉部、食管下段、直肠测得。

连续监测体温,能为判断术后感染性发热及实施人工冬眠提供依据。连续监测平均体表温度和深部温度,通过其温差可判断末梢循环是否改善、休克是否纠正等临床情况。正常情况,温差应小于 2 ℃。

9. 何为无创性血流动力学监测? 有哪些项目?

答:无创性血流动力学的监测项目是应用对机体组织没有机械损伤的方法,经皮肤或黏膜等途径间接获取有关资料。方便、安全、病人易接受。主要项目包括心率、心电图、动脉压、心排血量和心功能等。

10. 何为有创性血流动力学监测？有哪些项目？

答：有创性血流动力学监测是指经体表插入各种导管或探头到心脏或大血管腔内，利用各种监测仪测定各项生理学参数。主要项目包括中心静脉压(CVP)、动脉压(ABP)、肺动脉压(PAP)和肺毛细血管压(PAWP)、心排血量等。

11. 简述无创血压和有创血压的监测方法和影响因素。

答：无创血压即无创动脉压，常用的是袖套测压和自动化无创动脉测压。前者用手法控制袖套充气，同时压迫周围动脉(肱动脉)间断测压。其影响因素有放置听诊器的位置、测量者听力、所测部位、病人体位及循环因素。后者采用特制气泵自动控制袖套充气，可按需定时测压，省时省力。

有创血压即有创动脉压(ABP)，是经皮肤穿刺动脉血管或切开皮肤将导管放置于周围动脉内，然后连接压力换能器，通过监护设备测得。是评定循环功能的重要指标，是反映心肌收缩和血管内容量适宜与否的依据。有创动脉压常采用桡动脉、股动脉、腋动脉、足背动脉、肱动脉、颈动脉等。其影响因素有测量方法、连接方式、连接部位、患肢血液循环情况以及零点定位的高低。

12. 简述有创动脉血压监测的护理要点。

答：(1) 连接管道和测压方法正确。

(2) 保持整个管道通畅，按医院常规定时肝素生理盐水冲洗或选择自动冲洗装置。

(3) 保持整个管道系统密闭，防止管道松动、漏液。

(4) 妥善固定，防止牵拉和脱落。

(5) 观察局部有无血肿、出血。

(6) 按医院常规定时更换测压装置及敷料。

(7) 拔管时需要加压包扎，并压迫止血，同时观察局部有无出血、血肿。

13. 简述测量中心静脉压(CVP)的定义、途径、零点定位及其监测意义。

答：中心静脉压是测定位于胸腔内的上、下腔静脉近右心房入口处压力。通过深静脉穿刺插管，如颈内静脉、锁骨下静脉、股静脉或外周静脉置管。置管后测压时的零点定位，采用病人平卧位，取腋中线平第4肋间隙，即右心房位置。

CVP 的正常值为 0.4～1.2 kPa(4～12 cmH$_2$O)，它的高低取决于心功能、血容量、静脉血管张力、胸膜腔内压、静脉血回流量和肺循环阻力等因素，并反映右心室对回心血量的排出能力。

14. 简述引起 CVP 变化的原因及处理措施。

答：引起 CVP 变化的原因及处理措施见表 9-1。

表 9-1 引起 CVP 变化的原因及处理措施

中心静脉压	动脉压	原因	处理措施
低	低	血容量不足	补充血容量
低	正常	心功能良好、血容量轻度不足	适当补充血容量
高	低	心功能差、心排血量减少	强心、供氧、利尿、纠正酸中毒,适当控制补液
高	正常	容量血管过度收缩,肺循环阻力增高	血管扩张剂扩张容量血管及肺血管
正常	低	心排血功能降低,容量血管过度收缩,血容量不足或已足	强心、补液试验,容量不足时适当补液

15. 有哪些因素影响 CVP 的测定?

答:置管位置、零点定位、测压通路、连接管路的通畅与密闭、胸腹腔压力大小、血管活性药物的使用以及神经、体液因素都会影响 CVP 测定的准确性。

16. 简述心电图监测的临床意义。

答:心电图主要反映心脏激动的电活动,对各种类型的心率失常具有独特的诊断价值。一些特征性的心电图改变还是诊断心肌梗死最可靠和常用的方法。

临床意义:①及时发现和识别心律失常;②发现心肌缺血和梗死;③监测电解质变化,如常见的低钾血症和低钙血症;④观察起搏器功能。

17. 简述深静脉穿刺置管的护理要点。

答:(1) 严格无菌操作,根据医院常规定时消毒插管处伤口和更换无菌敷料。

(2) 连续输液者每天更换输液器。

(3) 保持管道通畅,输液暂停时须用低浓度肝素封管,疑有堵管时选择回抽血栓,严禁强行冲管。

(4) 保持整个管道系统密闭,妥善固定,防止脱落、松动和牵拉。

(5) 观察穿刺部位有无红、肿、痛、热及分泌物,病人有无发热,有无输液外渗。

(6) 观察有无穿刺并发症,如穿刺处血肿、气胸、心包填塞、血胸、空气栓塞和感染。

(7) 拔管时要压迫止血,同时观察全身和局部情况。

18. 何为肺动脉压和肺毛细血管压监测? 包含哪些内容?

答:利用漂浮导管(Swan-Gane)经静脉如右颈内静脉、股静脉,插入上腔或下腔静脉,又通过右房、右室、肺动脉主干,直至肺小动脉,故称之为肺小动脉插管。通过该导管可以测得右房压(RAP)、右室压(RVP)、肺动脉收缩压(PASP)、肺动脉舒张压(PADP)、肺动脉平均压(PAP)、肺动脉楔压(PAWP)及肺毛细血管楔压(PCWP)。其中肺动脉压即肺动脉平均压(PAP)反映右心室阻力的高低,即右心室后负荷情况。肺毛细血管楔压(PCWP)间接反映左心房压力的高低。若心脏无气质性病变时,反映了左心室的前负荷。左心功能不全时有明显增高。

19. 呼吸功能有哪些基本监测?

答:主要指生命体征方面的指标:呼吸频率、呼吸运动、呼吸音、四肢末梢循环等。这些体征不需要特殊的仪器设备,只需借助如望、触、叩、听等物理手段获得。通过对这些指标变化的观察,可对病情作出基本判断。

20. 哪些指标可反映肺容量?

答:可反映肺容量的指标包括:潮气量(VT)、补吸气量(IRV)、补呼气量(ERV)、残气量(RV)、肺活量(VC)。其中最有指导意义的是潮气量和肺活量,这也是临床上机械通气时需要经常调整的参数。

21. 哪些指标可反映肺通气功能?

答:肺通气功能的测定主要是肺通气量的测定,是测定单位时间内进出肺的气体量。能反映肺通气功能的动态变化,比肺容量的测定意义更大。主要包括以下指标:每分通气量(V_E)、每分肺泡通气量(V_A)、最大通气量(MVV)、第 1 秒最大呼出率(FEV 1%)、通气储量百分比、时间肺活量(TVC)、用力肺活量(FVC)、生理无效腔量和潮气量之比(V_D/V_T)等。

22. 哪些指标可反映肺换气功能?

答:可反映肺换气功能的指标包括:通气/血流比例(V/Q)、肺泡动脉氧分压差(A_aDO_2)、氧合指数(PaO_2/FiO_2)。

23. 哪些指标可反映呼吸力学监测?

答:可反映呼吸力学的监测指标有:气道压、气道阻力、胸肺顺应性、呼吸功。

24. 有哪些血气分析指标?

答:血气分析指标有:pH值、动脉血氧分压(PaO_2)、脉搏血氧饱和度(SpO_2)、经皮氧分压($PtcO_2$)、动脉血二氧化碳分压($PaCO_2$)。

25. 简述血氧饱和度监测的方法和意义。

答:血氧饱和度监测分为脉搏血氧饱和度和动脉血氧饱和度。脉搏血氧饱和度(SPO_2)监测方便、无创、可靠,且又能通过监护仪持续监测,因而成为目前临床上常规监测血氧合功能的重要方法。动脉血氧饱和度(SaO_2)是通过动脉血分析获得,为有创的监测方法。

血氧饱和度监测是反映血液中的血红蛋白与氧结合的百分率,正常值为 95%～100%。连续监测可动态反映有无低氧血症,如通气不足、呼吸道梗阻、休克所致组织灌注不良、吸氧浓度过低等,从而及时发现危重病人的病情变化。

26. 影响脉搏血氧饱和度(SPO_2)监测准确性的因素有哪些?

答:脉压过低、休克时血压过低、心房颤动等心律失常影响外周血管灌注时,寒冷、指套佩戴错误、灰指甲、指甲油等情况也会影响其准确性。

27. 常用的肾功能监测项目有哪些?

答:反应肾小球滤过功能的有肾小球滤过率(GFR)、血尿素氮(BUN)和血肌酐(Cr);反映肾小管功能的有尿比重;反映肾血流量的有单位时间内流经肾脏的血浆量。

28. 常用的肝功能监测有哪些项目?

答:肝功能检查的内容和指标很多。但多数指标的特异性和敏感性不高,不宜以单一项目来评估肝功能。目前临床上多采用 Child-Paugh 分级标准来评估肝功能(表 9-2)。

表 9-2　肝脏功能 Child-Paugh 分级标准

项　目	A 级	B 级	C 级
胆红素($\mu mol/L$)	<39.33	39.33～51.3	>51.3
白蛋白(g/L)	>35	30～35	<30
腹水	无	控制	未控制
中枢神经异常表现	无	轻度	重度
营养状况	佳	良好	差
手术风险(死亡率)	低(<10%)	中等(30%)	高(<40%)

29. 常用的脑功能监测有哪些项目?

答:常用的脑功能监测项目有:颅内压监测、脑电图监测、脑血流图监测以及昏迷指数的计算。

30. 动脉血气分析和酸碱度监测有哪些项目?

答:动脉血气分析和酸碱度监测项目有:pH 值、动脉血氧分压(PaO_2)动脉血二氧化碳分压($PaCO_2$)、动脉血氧饱和度(SaO_2)、动脉血氧含量(CaO_2)、标准 HCO_3^-(SB)、实际

HCO_3^-(AB)、剩余碱(BE)、储备碱(BB)。

31. 何为机械通气?

答:利用机械装置辅助或取代病人的自主呼吸,称为机械通气。机械通气时所使用的机械装置也称为呼吸器。机械通气多是经气管插管或气管切开进行。

32. 何为简易人工呼吸器?

答:凡便于携往现场施行人工呼吸的呼吸器,都属于简易人工呼吸器,或称便携式人工呼吸器。各种人工呼吸器中,以口罩-呼吸囊人工呼吸器使用最为广泛。

33. 常用呼吸器与病人有哪些连接方式?

答:常用呼吸器与病人的连接方式有:无创面罩、鼻罩、喉罩、经口腔气管插管、经鼻腔气管插管和气管切开。

34. 简述判断气管插管位置的方法。

答:比对固定刻度:经口气管插管 21～23 cm,经鼻气管插管 23～25 cm。

胸部摄片:插管应在气管隆突上 2～3 cm。

纤维支气管镜:插管在气管隆突上 2～3 cm。

35. 机械通气时需观察哪些指标?

答:机械通气时须观察的指标有:病人胸廓活动度及双肺呼吸音、病人呼吸与呼吸机是否同步、气管套囊是否漏气、生命体征及呼吸机工作状态是否正常。

36. 简述常见的呼吸机报警原因及其处理方法。

答:常见的呼吸机报警原因有:高压报警、低压报警、呼吸机故障和气源不足报警。

(1)高压报警:痰液黏稠堵塞气道,须雾化、湿化、翻身、拍背和正确有效吸痰;管道扭曲折叠须妥善固定;人机对抗时须适当镇静和心理护理;呼吸机参数调节不合理时须重新设置调节。

(2)低压报警:最可能的原因为病人脱机或漏气。检查到气管套囊漏气时,需重新注气或更换套管;呼吸机管路脱落或漏气时应仔细衔接,必要时更换管道;如果为参数调节不合理,应重新调试。

(3)机器故障报警:应立即脱机,并进行人工辅助呼吸,视情形更换呼吸机。

(4)气源不足报警:常见原因包括空压机、机械故障、管道连接不好、人工气道漏气或氧气压力不足。须正确连接管道,相应调高氧气或压缩空气压力,必要时电话通知中心供气站。

37. 简述冬眠低温疗法的作用机制、适应证及禁忌证。

答:冬眠疗法是通过药物作用降低中枢神经的兴奋性,进而降低体温,减低新陈代谢,减少组织细胞耗氧,从而降低机体对剧烈病理刺激过度的应激反应,使机体处于冬眠状态(如类似过冬的青蛙等动物),为其原发病的治疗争取了时间。

冬眠低温疗法用于治疗严重的颅脑损伤伴中枢性高热、脑血管病变引起的脑缺氧、感染性休克高热期及心肺复苏后。但对于全身衰竭、休克原因不明、年老、婴幼儿及心血管疾病的病人,视为禁忌证。

38. 何为PICC?

答:PICC 全称为经外周中心静脉置管(peripherally inserted central catheter, PICC)。导管置入肘前的外周静脉,包括双上肢的贵要静脉、肘正中静脉和头静脉。导管末端最终停留在上腔静脉或锁骨下静脉,即中心静脉处。

39. 如何选择 PICC 静脉与穿刺部位?

答:在肘正中 10 cm 的范围内选择穿刺的最佳静脉。通常首选右侧穿刺。首选静脉为贵要静脉,其次为肘正中静脉和头静脉。贵要静脉比较粗大且通向中央静脉的路径较直;一般选择在肘下 2~3 cm 作为穿刺进针点。同时注意观察穿刺周围皮肤有无红肿、硬结、局部感染、皮肤病等,应避免在这些部位穿刺。

40. 如何选择 PICC 的留置导管?

答:在输液速度允许的情况下,应尽量选择最小、最细型号的 PICC 导管。对于某些使用特殊药物的病人,如外科营养支持、脂肪乳剂、高渗性液体、血制品或血浆制剂等,建议使用 4F 或 5F 的 PICC 管,这类导管可以作为常规抽血和输血使用。

41. PICC 留置时,如何做好常规护理?

(1) 每日观察:穿刺点周围皮肤有无发红、肿胀,有无渗出物,外露导管的长度,注意导管有无滑出或回缩。

(2) 每周更换导管穿刺处敷料。进行皮肤消毒时应由内向外呈螺旋式,消毒范围达直径 10 cm 以上,大于贴膜的尺寸;粘贴时将透明贴膜中央正对穿刺点,无张力粘贴,即用指腹轻轻按压整片透明贴膜,并轻捏贴膜下导管接头突出部位,使透明贴膜与皮肤和接头充分黏合。

(3) 每周冲洗导管 1 次。

(4) 置管肢体避免过度活动,禁止牵拉导管。

(5) 发现异常应及时处理。

第二节 重症监护技术

一、经外周中心静脉置管(PICC)的护理

【目的】

1. 为缺乏外周静脉通道病人建立一条较长期的静脉通道。
2. 需输注刺激性或腐蚀性药物,如化疗药。
3. 需输注高渗性或黏稠性液体,如全肠外营养(TPN)。
4. 需反复输血或血制品,或反复采血。
5. 需要使用输液泵或压力静脉注射。
6. 需要长期静脉治疗,如补液治疗或疼痛治疗。

【操作流程图】

素质要求

评估 { 病情、静脉条件、穿刺部位皮肤情况
导管型号

备齐用物 { PICC 穿刺包、皮肤消毒剂、无菌手套、胶布和透明贴膜、肝素生
理盐水、注射器、止血带、无菌治疗巾、无菌剪刀、PICC 管

核对,解释

选择穿刺点
测量导管置入长度 { 病人预穿刺侧手臂外展与身体成 90°,测量
自穿刺点至右胸锁关节,然后向下至第 3
肋间的距离

穿刺点的消毒 { 用乙醇及 3 遍碘伏消毒,以穿刺点为中心,上
下各 10 cm(直径 20 cm)进行皮肤消毒,待
干 2 min

建立无菌区 { 戴无菌手套
在穿刺手臂下、穿刺点上下 6 cm 处各铺 1 块
无菌治疗巾

预冲导管,撤出导丝 { 更换不含滑石粉的无菌手套
预冲导管,润滑亲水性导丝
预冲肝素帽,抽吸生理盐水备用
撤出导丝至比预计长度短 0.5～1 cm 处
按预计导管长度修剪导管(注意:不要剪到导丝,否则导丝将损坏导管)

插管 {
扎止血带,再次核对
静脉穿刺 { 以一手固定皮肤,另一手持针穿刺,进针角度为 15°～
30°。穿刺见回血后,将穿刺针与血管平行继续推进
1～2 mm,然后保持针芯位置,单独向前推进插管
鞘,避免由于推进钢针造成血管壁穿透
取出穿刺针 { 松开止血带,以左手示指固定插管鞘,中指
压住插管鞘末端处的血管,防止出血,从
插管鞘中撤出穿刺针
插入并推进导管 { 固定插管鞘,将导管自插管鞘内缓慢、匀速
地推进
退出插管鞘,抽出导丝 { 将导管置入预计长度,退出插管鞘
抽出导引钢丝
抽回血和冲管 { 用注射器抽吸至有回血,然后用 20 ml 生理
盐水以脉冲式冲管,连接肝素帽,最后正
压封管

用乙醇棉棒清除血迹,涂上皮肤保护剂

固定导管 ⎰ 将体外导管放置呈 S 状,并用脱敏胶带先将圆盘固定,在穿刺点上方放置一小块纱布吸收渗血,然后用透明贴膜覆盖。用第二条脱敏胶带在圆盘下交叉固定。第三条再固定圆盘(胶带固定采用高举平抬法)

再次确定导管位置,观察病人

告知病人放置 PICC 的目的、程序

健康教育 ⎰ 告知病人保持局部清洁干燥,不要擅自撕下贴膜。若贴膜卷曲、松动或潮湿时,及时请护士更换

告知病人必须到正规医院进行导管维护。导管每周冲洗 1 次,每周更换敷料 1 次

告知病人置管肢体避免过度活动,禁止牵拉导管

发现任何异常,应及时到医院处理

整理床单位,合理安置病人

清理用物

记录

【注意事项】

1. 穿刺前评估病人静脉情况,避免在瘢痕和静脉瓣处穿刺。

2. 穿刺时注意避免过深而损伤神经,避免错穿入动脉,避免损伤静脉内膜和外膜。

3. 有出血倾向时,穿刺后须进行加压止血。

4. 穿刺完毕应 X 线摄片,了解导管尖端位置。

5. 输入全血、血浆、蛋白等渗透压高的液体后,必须及时以等渗液体冲管,防止管腔堵塞。

6. 输入化疗药物等刺激性较强药物前后也应以无菌生理盐水冲管。

7. 严禁使用小口径注射器(小于 10 ml)加压冲管和高压注射泵推注,以防导管破裂。

8. 尽量避免在置管肢体测量血压。

经外周中心静脉置管(PICC)的护理评分标准

项　　目	项目总分	要　　　求	标准分	得分	备注
素质要求	5	服装、鞋帽整洁	1		
		仪表大方,举止端庄	2		
		语言柔和恰当,态度和蔼可亲	2		
操作前准备	15	评估	5		
		洗手,戴口罩	2		
		备齐用物,放置合理	4		
		核对,解释	4		
操作过程	55	穿刺点选择正确,导管长度测量准确	4		
		穿刺点皮肤消毒,范围准确	2		
		建立无菌区(打开无菌包、戴无菌手套、铺无菌巾)	4		
		更换无菌手套,抽吸生理盐水	4		
		预冲导管和肝素帽,润滑导丝	4		
		撤出导丝:长度正确,修剪导管方法正确,断面安全	6		
		扎止血带,再次核对	2		
		静脉穿刺方法正确、安全,一次成功	4		
		取出穿刺针方法正确,出血少	3		
		插入并推进导管,方法正确、安全	4		
		送导管至预计长度,退出插管鞘抽出导引钢丝	8		
		抽回血,脉冲式冲管,连接肝素帽,正压封管	4		
		清理穿刺点,固定导管	4		
		再次确定导管位置,核对、观察病人	2		
健康教育	10	告知病人放置PICC的目的与注意事项	5		
		告知病人定期进行导管维护,若有异常情况应及时到医院处理	5		
操作后处理	10	整理床单位,合理安置病人,记录	5		
		清理用物,按医院要求正确处理各类物品	5		
熟练程度	5	动作轻巧、准确、稳重、安全,无菌观念强	5		
总　　分	100				

二、监护仪的使用

【目的】

监护病人的生命体征:心律、心率、呼吸、血压、血氧饱和度等。

【操作流程图】

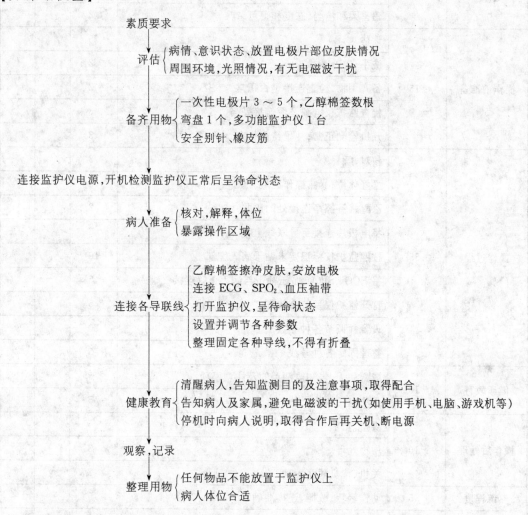

素质要求

评估
- 病情、意识状态、放置电极片部位皮肤情况
- 周围环境,光照情况,有无电磁波干扰

备齐用物
- 一次性电极片 3～5 个,乙醇棉签数根
- 弯盘 1 个,多功能监护仪 1 台
- 安全别针、橡皮筋

连接监护仪电源,开机检测监护仪正常后呈待命状态

病人准备
- 核对,解释,体位
- 暴露操作区域

连接各导联线
- 乙醇棉签擦净皮肤,安放电极
- 连接 ECG、SPO_2、血压袖带
- 打开监护仪,呈待命状态
- 设置并调节各种参数
- 整理固定各种导线,不得有折叠

健康教育
- 清醒病人,告知监测目的及注意事项,取得配合
- 告知病人及家属,避免电磁波的干扰(如使用手机、电脑、游戏机等)
- 停机时向病人说明,取得合作后再关机、断电源

观察,记录

整理用物
- 任何物品不能放置于监护仪上
- 病人体位合适

【注意事项】

1. 根据病情,协助病人取平卧或半卧位。
2. SPO_2、血压袖带放置位置正确,松紧合适(袖带与病人手臂间可容1～2指)。
3. 一般选择Ⅱ导联,然后根据病人情况及医嘱正确设置各参数监测范围。
4. 密切观察心电图波形,及时处理异常监测值,特别是红色报警或呈一直线。
5. 及时处理干扰和电极片脱落,如连接部位、体位、肢体温度、导联意外脱落。
6. 定时回顾该病人 24 h 心电监测情况。
7. 正确设定报警界限,不能关闭报警声音。
8. 定期观察病人粘贴电极片处皮肤,定时更换电极片和粘贴部位。

监护仪的使用评分标准

项　　目	项目总分	要　　求	标准分	得分	备注
素质要求	5	服装、鞋帽整洁	1		
		仪表大方,举止端庄	2		
		语言柔和恰当,态度和蔼可亲	2		
操作前准备	15	评估	5		
		洗手	2		
		备齐用物,检查连接是否正常	2		
		检查监护仪电源是否连接妥当	3		
		开机检测正常,并呈待命状态	3		
操作过程	55	核对,解释	3		
		摆好体位,暴露操作区域	2		
		乙醇棉签擦净连接处的皮肤	2		
		将电极片连接至导联线上	3		
		按照监护仪标识要求贴于病人胸部	10		
		将 ECG、SPO_2、血压袖带与病人正确连接	5		
		打开监护仪呈待命状态	5		
		设置并调节各种参数	20		
		整理固定各种导线	5		
健康教育	10	清醒病人,告知监测目的及注意事项	5		
		避免电磁波的干扰	5		
操作后处理	10	观察,记录	5		
		用物处理	3		
		关机、待机顺序正确	2		
熟练程度	5	动作轻巧、敏捷,连接准确	5		
总　　分	100				

三、呼吸机的使用

【目的】

1. 改善通气、换气功能,纠正缺氧或二氧化碳潴留。
2. 减少呼吸做功,降低心肺负荷。

【操作流程图】

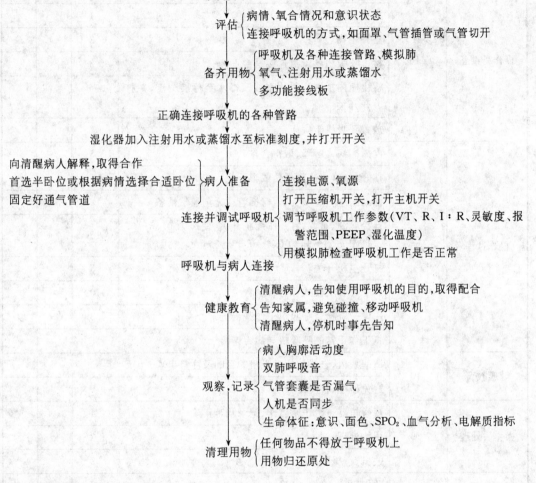

【注意事项】

1. 呼吸机管路连接正确。
2. 开关呼吸机顺序正确。
3. 开机检测无报警,参数调试合理。
4. 异常情况报警时应及时通知医生,无法处理的报警应立即使病人脱机,并给予吸氧或人工辅助通气,视情况更换呼吸机。
5. 医嘱停机应严格按停机顺序操作:①将呼吸机与病人脱离,继续吸氧;②先关主机,再关压缩机;③拔掉电源、气源连接处;④整理用物,消毒管道。
6. 若需较长时间连接面罩,可以使用透明贴膜,预防面罩所致压疮。

呼吸机的使用评分标准

项　目	项目总分	要　　求	标准分	得分	备注
素质要求	5	服装、鞋帽整洁	1		
		仪表大方,举止端庄	2		
		语言柔和恰当,态度和蔼可亲	2		
操作前准备	15	评估	5		
		洗手	1		
		备齐用物	2		
		检查呼吸机各管道连接是否正确	3		
		湿化瓶内加入注射用水或蒸馏水至标准刻度,并打开开关	3		
		放置呼吸机于病床合适位置	1		
操作过程	55	向清醒病人解释,取得合作	5		
		摆好体位(头高脚低位或半卧位)	5		
		协助医生气管切开、气管插管或无创通气准备	5		
		连接电源、氧源,打开压缩机开关,使压力 0.35～0.4 MPa,氧气压力 0.4～0.6 kg/cm^2	15		
		打开主机开关	5		
		调节呼吸机模式和各种参数	10		
		用模拟肺检查呼吸机工作是否正常	5		
		将工作正常的呼吸机与病人连接	5		
健康教育	10	清醒病人,告知使用呼吸机的目的及注意事项	5		
		避免碰撞、移动呼吸机	5		
操作后处理	10	观察机器是否正常工作,记录及时正确	4		
		用物处理	3		
		关机、待机顺序正确	3		
熟练程度	5	动作轻巧、敏捷、准确	2		
		操作顺序正确,机器工作正常	3		
总　　分	100				

【附1】 常用通气模式

1. 控制通气(CMV)

(1) 间歇正压通气(IPPV)+叹气样呼吸(sigh)。

(2) 呼气末负压通气(NEEP)。

2. 辅助通气(AMV)

(1) 辅助/控制通气(A/C)。

(2) 同步间歇指令通气(SIMV)。

(3) 间歇指令通气(IMV)。

(4) 呼气末正压通气(PEEP)。

(5) 持续气道正压通气(CPAP):自主呼吸状态下。

(6) 压力支持通气(PSV):自发吸气时给予压力支持。

(7) SIMV+PSV:使 SIMV 中的自主呼吸变成 PSV。

(8) 双水平气道正压通气(BIPAP):相当于 PSV+CPAP,吸气支持压力与 CPAP 水平都可调节,可与面罩连接。

3. 叹气样呼吸(sigh):潮气量自动翻倍,即每隔 50～100 次通气中有 1～2 次深度通气。

4. 手控呼吸(manual):手动呼吸 1 次,吸气时间由按住按钮的时间长短决定,最大 4 s,流量由指令通气量(V)决定。

5. 自主呼吸(SPONT):全部为自主呼吸。

(1) 潮气量(VT):平静呼吸时,每次吸入或呼出的气量。成人 400～500 ml 或 8～12 ml/kg。

(2) 每分通气量(VE):每分钟吸入或呼出肺的气体总量。正常为 6～10 L/min。VE=潮气量×呼吸频率。

(3) 肺泡通气量:(潮气量－无效腔气量)×呼吸频率。

【附2】 常用呼吸参数正常参考值(成人)

(1) 每分通气量(VE):6～10 L/min。

(2) 潮气量(VT):8～12 ml/kg。

(3) 呼吸频率(f):12～16 次/分。

(4) 吸呼比(I/E):1∶2～3。吸气时间:1.1～1.4 s。

(5) 气道压力:1.47～1.96 kPa(15～20 cmH$_2$O),吸气压－0.49～－1.47 kPa(－5～－15 cmH$_2$O),呼气压不大于 0.49 kPa(5 cmH$_2$O)。

(6) 吸入氧浓度(FiO$_2$):40%～60%。

(7) 湿化温度:吸入气体温度 35～37 ℃,相对湿度大于 70%。

(8) 气流量(气流速度):30～40 L/min。

(9) PEEP:0.49～0.98 kPa(5～10 cmH$_2$O)。

(10) 触发灵敏度:－0.098～－0.196 kPa(－1～－2 cmH$_2$O),压力触发－0.196 kPa(－2 cmH$_2$O),流量触发 3～5 L/min。

【附3】 呼吸机管道消毒

1. 方法:高压、熏蒸、浸泡。

2. 要求:常规消毒隔天 1 次或每周 2 次,终末消毒随时进行。

3．浸泡消毒操作过程

（1）取下呼吸机管道初步清洁后甩干，浸泡于2％戊二醛消毒液中1 h，取出用蒸馏水或冷开水冲洗后晾干备用。

（2）用0.1％爱尔施消毒液擦拭呼吸机表面。

（3）注意主机各部件及易损件、传感器的清洁消毒，空气滤网每天清洁1次。

4．其他消毒方法：用环氧乙烷、甲醛溶液熏蒸等。

四、输液泵（微量输注泵）的使用

【目的】

　　准确控制输液速度,使药物均匀、用量准确并安全地进入病人体内发生作用。

【操作流程图】

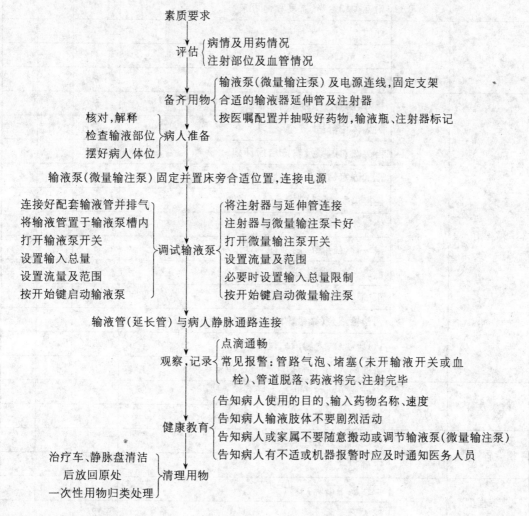

素质要求

评估 {
病情及用药情况
注射部位及血管情况
}

备齐用物 {
输液泵(微量输注泵)及电源连线,固定支架
合适的输液器延伸管及注射器
按医嘱配置并抽吸好药物,输液瓶、注射器标记
}

核对,解释
检查输液部位 → 病人准备
摆好病人体位

输液泵(微量输注泵)固定并置床旁合适位置,连接电源

连接好配套输液管并排气
将输液管置于输液泵槽内
打开输液泵开关
设置输入总量
设置流量及范围
按开始键启动输液泵
→ 调试输液泵 {
将注射器与延伸管连接
注射器与微量输注泵卡好
打开微量输注泵开关
设置流量及范围
必要时设置输入总量限制
按开始键启动微量输注泵
}

输液管(延长管)与病人静脉通路连接

观察,记录 {
点滴通畅
常见报警:管路气泡、堵塞(未开输液开关或血栓)、管道脱落、药液将完、注射完毕
}

健康教育 {
告知病人使用的目的、输入药物名称、速度
告知病人输液肢体不要剧烈活动
告知病人或家属不要随意搬动或调节输液泵(微量输注泵)
告知病人有不适或机器报警时应及时通知医务人员
}

治疗车、静脉盘清洁
后放回原处 → 清理用物
一次性用物归类处理

【注意事项】

1. 正确设定输液速度及其他参数,防止设定错误,延误治疗。

2. 注射器/输液袋上须注明药物名称、浓度、剂量、病人床号、姓名、时间及核对者。

3. 护士随时查看输液泵的工作状态,及时排除报警、故障,防止液体输入失控。

4. 注意观察穿刺部位皮肤情况,防止发生液体外渗,出现外渗应及时给予相应处理。

5. 常见报警原因有管路气泡、堵塞(未开输液开关或血栓)、管道脱落、药液将完、注射完毕等。所有报警均应立即查看,及时处理。

6. 使用中的输液泵(微量输注泵)必须保持报警系统的有效性。

7. 突然停电后须检查注射泵工作是否正常,输注速度是否准确。

输液泵(微量输注泵)的使用评分标准

项 目	项目总分	要 求	标准分	得分	备注
素 质	5	服装、鞋帽整洁	1		
		仪表大方,举止端庄	2		
		语言柔和恰当,态度和蔼可亲	2		
操作前	15	评估	5		
		洗手,戴口罩	4		
		备齐用物	6		
操作中	60	核对,解释	5		
		病人体位舒适、安全	5		
		再次核对医嘱及输液治疗计划	5		
		正确固定输液泵(微量输注泵)	5		
		连接电源,输液管置于输液泵槽内	5		
		输液泵与输液器(微量输注泵与注射器)安装正确	5		
		输液管(注射器连接管)气体排尽	5		
		消毒、连接、固定正确	5		
		正确设置输入总量、流量	5		
		调整输液泵(微量输注泵)启动运行	5		
		认真观察病人输液后反应	5		
		协助病人取舒适体位,整理床单位	5		
健康教育	10	告知病人使用的目的及注意事项	5		
		若有不适或报警时应及时通知医务人员	5		
操作后处理	5	处理用物方法正确	3		
		正确记录	2		
熟练程度	5	操作顺序正确、节力	3		
		病人无不适反应	2		
总 分	100				

五、中心静脉压(CVP)测定

【目的】

　　了解循环血容量,判断心功能及周围循环阻力,指导临床补液,评估治疗效果。

【操作流程图】

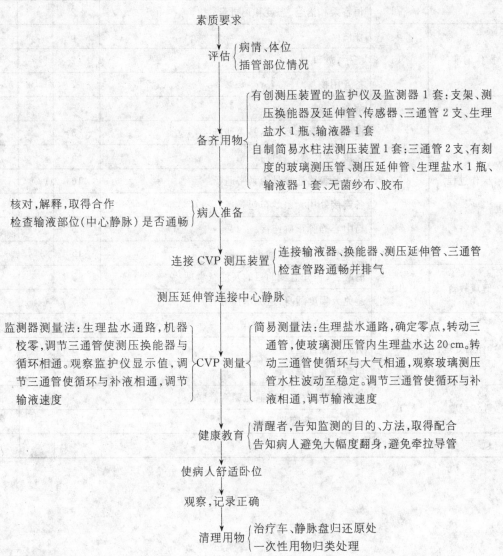

【注意事项】

　　1. 按无菌原则操作,管路密闭,24～48 h 更换 1 次。

　　2. 测压管零点必须与右心房中部在同一平面上,不同体位时须重新调整。

　　3. 中心静脉穿刺部位护理每天 1 次。

　　4. 排除各种影响因素。

　　5. 动态监测 CVP,并正确判断。

中心静脉压(CVP)测定评分标准

项　　目	项目总分	要　　　　求	标准分	得分	备注
素质要求	5	服装、鞋帽整洁	1		
		仪表大方,举止端庄	2		
		语言柔和恰当,态度和蔼可亲	2		
操作前准备	15	评估	6		
		洗手,戴口罩	2		
		备齐用物	7		
操作过程	50	解释,核对	5		
		检查中心静脉及管路是否通畅	5		
		连接CVP测压装置	5		
		检查各管路连接是否紧密通畅	10		
		各连接处用无菌纱布包裹	5		
		与中心静脉正确连接	5		
		测量CVP顺序正确	15		
健康教育	10	清醒者,告知监测的目的及注意事项	5		
		避免大幅度翻身,避免牵拉导管	5		
操作后处理	10	观察,记录正确	4		
		病人体位合适	3		
		用物处理正确	3		
熟练程度	10	动作轻巧、敏捷、准确,无菌观念强	5		
		顺序正确,各管路通畅	5		
总　　分	100				

六、气管插管(气管切开)术的护理

【目的】

保持气道通畅,便于清除气道分泌物。

【操作流程图】

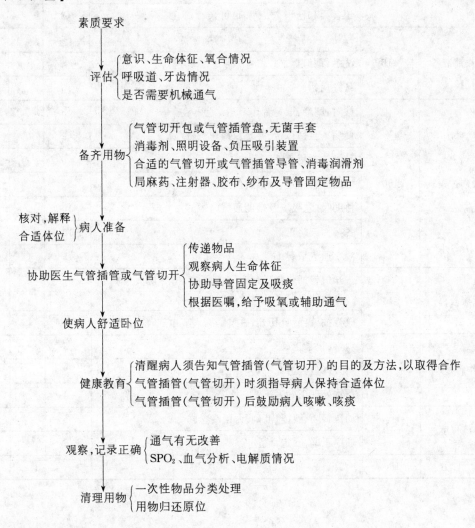

【注意事项】

1. 病人仰卧,肩和颈抬高,头后仰。

2. 正确固定气管插管或气管切开管。

3. 每日做好导管护理及口腔护理。

4. 监测通气及血气分析、电解质情况。

5. 注意观察气管插管或气管切开并发症。

6. 协助进行湿化、翻身、拍背,以利痰液排出。

7. 注意牙齿有无松动。

气管插管(气管切开)术的护理评分标准

项　目	项目总分	要　求	标准分	得分	备注
素质要求	5	服装、鞋帽整洁	1		
		仪表大方,举止端庄	2		
		语言柔和恰当,态度和蔼可亲	2		
操作前准备	15	评估	5		
		洗手,戴口罩	4		
		备齐用物	6		
操作过程	50	核对,解释,取得合作	5		
		使病人合适体位,并暴露操作部位	5		
		及时传递物品	5		
		协助导管固定,观察病人生命体征	10		
		协助吸痰、吸氧及辅助通气	10		
		各接头连接正确	10		
		观察通气情况	5		
健康教育	10	告知气管插管(气管切开)的目的,指导病人保持合适体位	5		
		气管插管(气管切开)后鼓励病人咳嗽、咳痰	5		
操作后处理	10	观察,记录正确	3		
		病人体位合适	3		
		用物处理正确	4		
熟练程度	10	动作轻巧、敏捷、准确,无菌观念强	5		
		顺序正确,固定合适	5		
总　分	100				

第三节　重症监护范例(急性心肌梗死)

病人,男性,54岁,公司经理。本次发病前2个月,曾2次在情绪激动时出现胸骨后剧烈疼痛,历时3~5 min,休息片刻即缓解。入院前5 h因情绪激动突感持续性心前区压榨样剧烈疼痛,向左臂放射,并伴有濒死感、恶心、呕吐、面色苍白、大汗淋漓,经休息和舌下含服硝酸甘油仍未缓解,临床诊断为"急性前壁心肌梗死",即收入监护病房。病人既往无高血压、糖尿病史,无过敏史,否认手术外伤史,否认家族性遗传病病史。

(一)护理评估

1. 简要护理体检

(1)生命体征:T 37.4 ℃,P 102次/分,R 24次/分,BP 90/60 mmHg。

(2)神志:清。

(3)体格检查

口腔:红润,无溃疡、出血点及真菌感染。

皮肤黏膜:面色苍白,皮肤湿冷,无皮疹、瘀点、瘀斑,双下肢无凹陷性水肿。

肺部:两肺呼吸音稍粗,未闻及干湿啰音。

心脏:心率102次/分,节律尚规则,偶闻期前收缩,各瓣膜区未闻及病理性杂音。

腹部:腹部平软,剑下按之不适,肝浊音界正常,肝、脾肋下未及,无移动性浊音。

重要阳性体征及相关体征(提出与本病有关的体征):面色苍白,皮肤湿冷,BP 90/60 mmHg,R 24次/分,心率102次/分,节律尚规则,偶闻期前收缩。

2. 主要辅助检查(提出与本病有关的实验室检查)

(1)血常规:白细胞计数 $1.0 \times 10^9/L$。

(2)肌酸激酶(CPK):1 012 U/L(正常参考值25~200 U/L)。

(3)谷草转氨酶(GOT):46 U/L(正常参考值4~45 U/L)。

(4)乳酸脱氢酶(LDH):202 U/L(正常参考值114~240 U/L)。

(5)心电图提示:V1~V5导联有Q波,S-T段呈弓背向上抬高,T波倒置。Ⅱ、Ⅲ、aVF导联S-T段水平型压低,偶见室性期前收缩。

3. 目前治疗情况

(1)加强监护,吸氧,限制水钠摄入。

(2)缓解疼痛:哌替啶、硝酸甘油。

(3)溶栓治疗:尿激酶(UK)。

(4)抗凝疗法:肝素、阿司匹林。

(5)极化液疗法:氯化钾+胰岛素+10%葡萄糖。

(6)其他:硝苯地平(心痛定)。

4. 生活习惯

(1)环境:安静。

(2)饮食:普食。

(3)睡眠:较差,每天6~7 h。

(4)排泄:大小便正常。

(5) 性格:较开朗。

(6) 以往住院情况:无。

5. 心理反应

(1) 对住院的心理反应:入院初病人心情紧张、焦虑、恐惧,与担心疾病预后有关,病人对疾病知识略有了解。

(2) 家属对护理的要求:希望医护人员多关心病人,尽力救治,并及时能与家属沟通,告知病情进展情况。

(二) 护理诊断

1. 疼痛:与心肌缺血、坏死有关。

2. 自理缺陷:与疼痛不适及需要休息有关。

3. 活动无耐力:与氧的供需失调、医嘱限制活动有关。

4. 有便秘的危险:与进食量少、活动少、不习惯床上排便有关。

5. 焦虑、恐惧:与剧烈疼痛伴濒死感有关。

6. 潜在并发症:心律失常、心力衰竭、心源性休克。

(三) 护理目标

1. 住院期间病人主诉疼痛减轻或消失。

2. 卧床期间日常能得到照料,促进身心休息。

3. 病人的活动耐力逐渐增加。

4. 病人保持排便通畅,不发生便秘。

5. 恐惧心理解除,焦虑减轻或消失。

6. 不出现并发症或并发症能被及时发现和处理。

(四) 护理措施

1. 一般护理:置 ICU 病房,保持病室清洁整齐,室内空气流畅,环境安静,减少探视,注意保暖。

(1) 制订合理的活动和休息计划,卧床休息,协助病人进食、洗漱及排便。如无并发症,24 h 内床上肢体活动,第 3 天室内走动,以后逐渐增加活动量,以不感到疲劳为限。

(2) 吸氧:根据病情间断或持续吸氧,以增加心肌氧的供应。

(3) 饮食护理:发作时禁食,入院第 2 天内给予半流质,3 天后改为软食,告知病人少吃多餐,以低热量、低脂肪、低胆固醇、低钠、易消化的食物为宜,多吃蔬菜、水果,不宜过饱。禁烟酒,避免浓茶、咖啡及过冷、过热、辛辣刺激食物。

(4) 保持大便通畅,禁止用力排便,以免增加心脏负担,增加心肌耗氧量。适当腹部按摩(按顺时针方向),促进肠蠕动,必要时应用缓泻剂。

2. 做好疼痛护理:询问病人疼痛及其伴随症状的变化情况,注意有无呼吸抑制,并密切观察血压、脉搏加快等不良反应。遵医嘱给予哌替啶、硝酸甘油等药物。烦躁不安时酌情使用地西泮。静脉滴注或用微量泵注射硝酸甘油时要严格控制速度,并注意观察血压和心率的变化。

3. 协助做好溶栓治疗的护理:在溶栓治疗时要注意,溶栓前询问病人有无活动性出血、消化性溃疡、脑血管病、近期手术、外伤史等溶栓禁忌证,检查血小板、出凝血时间和血型,配血。按医嘱准确配置并迅速输入溶栓药物。注意观察不良反应,用药后应询问胸痛有无缓解,并监测心肌酶、心电图及出凝血时间,以判断治疗效果,同时要观察有无发热、皮疹等过敏现象,皮肤黏膜、内脏有无出血,严重时应立即通知医生,停止治疗并立即处理。

4. 并发症的预防:做好心律失常的监测及护理。严密监测心电图、血压、呼吸、神志、出入量、末梢循环等情况,及时发现和控制心律失常,避免心力衰竭和心源性休克的发生。准确书写护理记录,备好各种急救药品和设备。

5. 做好心理护理,尽量陪伴在病人身旁,介绍监护室的环境、治疗方法。进行心理疏导,正确对待疾病。解释不良情绪对疾病的影响。对病人家属也应给予心理支持,及时了解他们的需求,并设法予以满足,如及时向家属通告病人的病情和治疗情况,解答家属的疑问等。

6. 健康教育:根据病人的情况做好健康教育,指导病人改变不良的生活方式,如给予饮食、运动、生活、用药等方面的指导,以及如何避免危险因素及发作时的自救等。

（五）护理评价

1. 病人疼痛缓解,舒适感增加。

2. 休息卧床期间的生活需要得到满足。

3. 生命体征稳定,能进行循序渐进的运动。

4. 病人排便正常,能说出预防便秘的方法。

5. 病人情绪稳定,并了解本病的相关知识。

6. 未发生心律失常,避免发生心力衰竭和心源性休克等并发症。

第十章 手术室护理

第一节 手术室护理理论

1. 简述手术室的设置位置及要求。

答:手术室应安排在医院内空气洁净的地方,靠近手术科室,以方便接送病人,并与病理科、放射科、中心化验室等相邻近,有专门电梯往返于手术室和血库之间。手术室内配备中心供气系统,包括氧气、二氧化碳、氧化亚氮,以及中心负压吸引,还应配备参观台、电教设备等。

2. 手术室房间与医院床位数、外科病床数的合理比例是多少?

答:医院内手术室房间数与医院总床数的比例为 1:50~60,与外科床位数的比例为 1:20。

3. 手术室要求的温度、湿度是多少?

答:温度 21~25 ℃,湿度 50%~60%。

4. 手术室的"三通道"是指什么?

答:工作人员通道、病人通道、污物通道。

5. 手术房间的面积、朝向有何要求?

答:面积:一般手术房间 25~30 m²,大手术房间 30~40 m²,体外循环手术房间 50~60 m²。

朝向:大多数手术房间都以朝北为佳。

6. 何谓手术室的 3 个区域?

答:非限制区、半限制区和限制区。非限制区设在外围,包括外走廊、接送病人区、更衣室、休息室、弃置物品存放区、污染物品清洗区等。半限制区在中间,包括办公室及附属工作间,如器械间、敷料准备间及通向限制区的走廊。限制区在内侧,包括手术间、刷手间、消毒物品贮藏间等。

7. 手术间是如何分类的?

答:无菌手术间:供各科无菌手术使用,设在最不受人干扰处。

相对无菌手术间:供胃肠等手术使用。

有菌手术间:供感染隔离手术使用。

8. 什么叫层流空气?

答:层流空气是指空气通过孔隙<0.2 μm 的高效过滤器,把微生物隔离在外的一种高度净化的空气。空气通过过滤形成一种细薄的气流,以均匀的速度向同一方向输送,使室内气流分布均匀,不产生涡流,能捕集微粒尘埃并通过回风口把其带出室外。空气持续向外流通,使室内维持正压,防止相邻房间的细菌侵入。层流分为垂直层流与水平层流两种。

9. 洗手的目的是什么?

答:清除手上的致病菌,以减少病菌的传播。洗手是预防院内感染最简单且重要的方法。

10. 刷手的目的是什么?

答:(1) 清除手上所有暂时性细菌。

(2) 降低固有性细菌至最低程度而达到几乎无菌的要求。

(3) 维持较长的抑菌作用。

11. 手术前洗手的顺序如何?

答:先用肥皂水刷洗,再用清水将手冲洗干净,然后用 20% 肥皂水刷手,共 3 min。顺序为指尖、手指、指缝、手心、手背、前臂,以螺旋形向上刷至肘上 10 cm,用流动水冲洗。冲洗时注意,手必须始终高于肘部,且须由手至肘部冲洗,不得来回冲洗,以防污水自肘部倒流。

12. 简述手术室免刷洗手法。

第一步:掌心相对,手指并拢相互摩擦,至少 10 个来回,以洗净掌心与指腹。

第二步:掌心相对,双手交叉,相互揉搓指缝、指蹼,至少 10 个来回。

第三步:将一手五指尖并拢在另一手的掌心处旋转揉搓,至少 10 圈,以洗净指尖和掌心,换手进行重复动作。

第四步:手心对手背,手指交叉沿指缝相互揉搓,至少 10 个来回,以洗净手背,换手进行重复动作。

第五步:一手握住另一手的大拇指旋转揉搓,至少 10 个来回,换手进行重复动作。

第六步:双手轻合空拳,相互合十揉搓,至少 10 个来回,以洗净指背。

第七步:一手旋转揉搓另一手的腕部、前臂、直至肘部,交替进行。

13. 洗手后如何用消毒液擦手?

(1) 用一次性纸巾或消毒毛巾按指尖、手部、腕部、前臂和上臂下 1/3 的顺序擦干。

(2) 取适量消毒剂按七步洗手法揉搓双手、前臂和上臂下 1/3,至消毒剂干燥。

(3) 再次取适量消毒剂揉搓双手加强一遍。

14. 简述穿无菌手术衣的方法。

答:(1) 从已打开的无菌衣物中取出一件无菌手术衣,取手术衣时手臂要伸直,以免衣物展开时碰到身上的衣物。

(2) 在手术间内较宽敞的空间,提起衣领的两角,抖开手术衣,将两手插入衣袖内,两臂向前伸直。

(3) 由巡回护士协助,从背后提拉手术衣的内侧,系好领口带。

(4) 术者双臂交叉提起腰带向后递,由巡回护士协助,反身将带系紧。

(5) 穿好手术衣以后,手应举在胸前。

15. 怎样戴无菌手套?

答:(1) 以左手持右手手套折叠口处(手套内面)。

(2) 右手伸入手套内,并以左手拉右手手套折叠口处的内面,将手套拉好(手腕部分仍维持折叠)。

(3) 已戴好手套的右手,伸入左手套腕部折叠处(手套外面)。

(4) 左手伸入手套内(手腕部仍维持折叠)。

(5) 将戴好手套的手,以拇指外的四指伸入手套折叠处(手套外面),将手套腕部折叠处翻上,以包住手术衣的袖口。

(6) 将戴好手套的双手合拢,举在胸前无菌区域范围内。

(7) 开始手术前,用无菌生理盐水冲洗手套。

16. 连台手术怎样更换手术衣及手套?

答:(1) 脱手术衣法

1) 他人帮助脱衣手术法:自己双手抱肘,由巡回护士将手术衣肩部向肘部翻转,然后再向手的方向扯脱,手套的腕部则随之翻转于手上。

2) 个人脱手术衣法:左手抓住手术衣右肩,自上拉下,使衣袖翻向外。以同法拉下手术衣左肩。脱下全部手术衣,使衣里外翻,以免手臂及刷手衣裤被手术衣外面污染。

(2) 脱手套法

1) 手套对手套脱下第一只手套:先用戴手套的手提取另一手的手套外面脱下手套,使其不触及皮肤。

2) 皮肤对皮肤脱下第二只手套:用已脱手套的拇指伸入另一戴手套的手掌部以下,并用其他各指协助,提起手套翻转脱下(注意手部皮肤不能接触手套的外面)。

17. 无菌物品存放室有什么要求?

答:(1) 除空气、地面等消毒要求外,无菌室由专人负责,限制无关人员出入,及时关闭门窗。

(2) 经灭菌合格的物品可送入无菌物品存放室,一次性医疗用品需拆除外包装方可送入。

(3) 无菌物品应清洁、无损,应注有物品名称、有效日期、签名及化学指示带(高危险性包内有化学指示卡)。

(4) 无菌物品需专橱放置,按灭菌日期依次排列,无过期包。一次性医疗用品与无菌包分橱放置。

(5) 无菌物品的专用橱应高于地面 20 cm,距墙 5 cm,距天花板 50 cm,以减少污染。橱内清洁无积灰。

18. 简述手术室空气采样的时间和高度。

答:采样时间:消毒处理后与进行医疗活动前期间,每月 1 次。

采样高度:与地面垂直高度 80～150 cm。

19. 简述手术室空气采样布点方法。

答:室内面积≤30 m²,设一条对角线,取 3 点即中心一点、两端各距墙 1 m 处取点;室内面积＞30 m²,设东、西、南、北、中 5 点,其中东、南、西、北点均距墙 1 m。

20. 手术室空气检查的原则是什么?

答:采样后必须尽快对样品进行相应指标的检测,送检时间不得超过 6 h。若样品保存于 0～4 ℃条件时,送检时间不得超过 24 h。

21. 手术室常用的灭菌方法有哪几种?

答:(1) 物理方法:高压蒸汽灭菌法、等离子低温灭菌法、放射线灭菌法。

(2) 化学方法:浸泡灭菌法、气体灭菌法。

22. 手术室常用的消毒方法有哪几种?

答:(1) 物理方法:紫外线消毒法、煮沸法。

(2) 化学方法:浸泡法(戊二醛、70%乙醇)、冲洗法(过氧化氢水溶液,俗称"双氧水")。

23. 高压蒸汽灭菌的原理是什么? 有效时间是多少?

答:(1) 高压蒸汽灭菌的原理:利用热力方法杀灭或清除传播媒体上的一切微生物。

(2) 有效时间:经压力蒸汽灭菌的物品,自灭菌日始有效期为 14 天(布包装)。每年 6 月 1 日～7 月 15 日(梅雨季节)有效期为 7 天(布包装)。

24. 何谓高压蒸汽灭菌工艺监测?

答:包括监测每锅的压力、温度、时间、灭菌物品、排气等情况,并详细记录,灭菌操作者签名。

25. 什么是过氧化氢等离子体低温灭菌系统?

本系统采用过氧化氢作为灭菌介质。在真空条件下,其气态分子利用特定的电磁电场形成等离子体。等离子体中含有大量的活性氧离子、高能自由基团等成分,极易与细菌、真菌、芽胞和病毒中的蛋白质和核酸物质发生氧化反应而变性,从而使各类微生物死亡,达到对各类器械灭菌的目的。

26. 简述系统等离子体灭菌器的作用原理。

(1) 活性基团的作用:等离子体中含有大量活性氧离子、高能自由基团等成分,极易与细菌、真菌、芽胞和病菌中的蛋白质和核酸发生氧化反应而变性,从而使各类微生物死亡。

(2) 高速粒子的击穿作用:在灭菌实验后通过电镜观察,经等离子体作用后的细菌菌体与病毒颗粒图像均呈现千疮百孔状,这是由具有高动能的电子和离子产生的蚀刻和击穿效应技术。

27. 简述 B-D 试验的目的与方法。

答:(1) 目的:对于预真空压力蒸汽灭菌锅,每日灭菌前应先做空锅 B-D 试验,目的是监测灭菌柜内有无冷空气存在。

(2) 方法:将 B-D 试验图置于 25 cm×30 cm×30 cm 试验包中央,试验包水平放于低层柜门近排气口处。常规灭菌处理后,试验图颜色均匀变成标准色,说明灭菌柜内无冷空气存在。

28. 何谓高压蒸汽灭菌化学监测?

答:每一手术包外均有化学指示胶带,作为物品是否经过灭菌处理的标志(由米白色变为深褐色);高危险性的包裹(指进入人体组织或无菌器官的医疗用品),包内中心放置化学指示卡,以监测物品的灭菌效果(包内化学指示卡由米白色变为黑色,表示达到灭菌条件)。

29. 何谓高压灭菌的生物监测?

答:利用嗜热脂肪杆菌芽胞作为生物指示剂(生物指示剂分为菌片和自含式 2 种),每月一次监测灭菌效果。

30. 何谓煮沸消毒方法?

答:为耐热、耐湿物品的最简单的消毒方法,一般微生物在 100 ℃水中煮沸 10～15 min,均可被杀死,但对细菌芽胞无效。一般用于金属类、玻璃类、橡皮类等物品的消毒。

31. 何谓环氧乙烷灭菌监测?

答:环氧乙烷灭菌监测有 2 种,即化学监测和生物监测。

(1) 化学监测:每一手术包外粘贴化学指示胶带,以示灭菌处理标志;手术包内置多参数化学指示卡,监测包内灭菌效果。

(2) 生物监测:灭菌物品中间置枯草杆菌黑色变种(ATCC9372)芽胞指示剂,监测灭菌效果,同时有不经灭菌处理的阳性对照管作比较。

32. 消毒与灭菌有何区别？衡量灭菌剂效力的标准是什么？

答:(1) 消毒:是用物理和化学方法,杀灭和清除外界环境中的病原微生物。

(2) 灭菌:是用物理和化学方法,清除并杀灭所有微生物(包括致病性和非致病性微生物、细菌的芽胞等)。

(3) 用于灭菌的化学药物称为灭菌剂。它必须具有能杀灭所有类型微生物的能力。由于细菌芽胞的抵抗能力强,所以一般都以能否杀灭芽胞作为衡量灭菌剂效力的标准。

33. 理想的化学消毒剂应具备哪些条件？

答:杀菌谱广,毒性低,性能稳定,又有利于长期保存,对物品无腐蚀性,不易受有机物及温度等理化因素的影响,使用浓度低,作用迅速,易溶于水,气味小,对人无刺激性,消毒后易于清除残留药物,且价格低廉。

34. 简述戊二醛的主要特性。

答:戊二醛杀菌谱广,可杀灭各类微生物,不腐蚀被消毒物品,刺激性小,杀菌效果受有机物影响小,穿透力强。是各种精密仪器、不耐热手术器械、内镜等的良好消毒剂。但对皮肤黏膜有刺激性。

35. 浸泡和煮沸消毒有哪些注意事项？

答:(1) 浸泡物品之前需将物品清洗干净并擦干。

(2) 关节要打开,有空腔的物品需灌满消毒液,物品必须浸入消毒液的液面下。

(3) 物品浸入和取出时不能碰到容器边缘。

(4) 从消毒液中取物品,应用无菌盐水冲洗。

(5) 煮沸消毒玻璃类物品,必须从冷水中放入;煮沸消毒橡胶类物品,必须水沸后放入。

(6) 必须计算好消毒时间,中途加入物品必须重新计算时间,煮沸消毒应从水沸后计时。

36. 如何对医务人员进行手指采样？其结果如何计算？

答:(1) 采样面积及方法:被检人5指并拢,将浸有无菌生理盐水采样液的棉拭子在双手指曲面从指根到指端来回涂擦各两次(一只手涂擦面积约 30 cm^2),并随之转动采样棉拭子,剪去手接触部位,将棉拭子放入装有 10 ml 采样液的试管内送检。采样面积按 cm^2 计算。

(2) 计算方法:手细菌菌落总数(cfu/cm^2)=培养皿上菌落的平均数×采样稀释倍数÷采样面积。

37. 怎样进行空气采样及其计算方法？

答:(1) 采样方法:用手指平提培养皿盖,将盖边缘斜搁培养皿边缘上,将 9 cm 直径普通培养琼脂平板放在采样点暴露 5 min 后送检培养。

(2) 计算方法:空气细菌菌落总数 (cfu/m^2) = 50 000 N ÷ (A×T)。式中,A 为平板面积(cm^2);T 为平板暴露时间(min); N 为平均菌落数(cfu/平皿)。

38. 无菌物品使用前有哪些注意事项？

答:(1) 使用前应检查灭菌有效期,如过期不能使用。

(2) 无菌包装打开前需彻底检查是否完整无损,如有怀疑不能使用,视为已污染,需重新灭菌才可使用。

(3) 无菌包装品打开或使用后,不可再封起贮存。

39. 无菌物品使用时保持无菌的原则是什么?

答:(1) 无菌物品不可接触非无菌物品。

(2) 无菌物品要安全,保持干燥。

(3) 手持未经消毒的物品不可越过无菌区,且无菌区的边缘应视为污染区。

(4) 无菌物品应尽量少暴露于空气中。

(5) 不可面对无菌物品咳嗽及交谈。

(6) 无菌物品的放置一定要保持在视线范围内(即腰以上,肩以下)。

(7) 应面对无菌区工作,不可在无菌区穿梭通过。

(8) 无菌暴露物放置后,不可再行移动。

(9) 无菌包掉到地上应视为污染。

(10) 若怀疑物品的无菌性时,则需将物品重新灭菌处理。

40. 一次性医用物品处理原则是什么?

答:消毒、毁形、废弃。

41. 简述手术室护士的主要职责。

答:(1) 以充分的准备和严谨的作风默契地配合手术医生。

(2) 严格遵守无菌操作原则,保护病人免受感染;协助并帮助病人缓解因手术和陌生环境产生的害怕和无助等,使病人有安全感,以保证手术的顺利进行。

42. 手术室的空气消毒有哪些方法?

答:(1) 一般消毒

1) 紫外线照射,$\geqslant 1.5 \text{ W/m}^3$,每次 30 min,每日 2 次。

2) 臭氧消毒。

3) 空气净化器。

(2) 特殊消毒:指肝炎消毒、结核消毒、艾滋病消毒等。采用紫外线照射,$\geqslant 1.5 \text{ W/m}^3$,每次 30 min,每日 2 次。

43. 简述特异性感染手术后(破伤风、气性坏疽等)手术室的处理。

答:(1) 破伤风感染手术:密闭手术间层流自净 6 h,开封后做空气培养,培养阴性后按常规处理后启用。

(2) 气性坏疽感染手术:密闭手术间层流自净 6 h,开封后做空气培养,培养 3 次阴性后按常规处理。

(3) 器械:用双倍浓度含氯消毒液浸泡 1 h,再煮沸 20 min 后按常规处理。使用一次性敷料,术后焚烧。

注:感染手术清洗时,护士要做好自我防护措施,需戴帽、戴口罩、戴手套、袖套、防护眼镜、围裙。

44. 怎样使用气囊止血带?

答:上肢 300 mmHg(0.04 MPa),下肢 600 mmHg(0.08 MPa),阻断动脉,时间 1 h,并每隔 1 h 放松 5~10 min。

45. 怎样寻找阑尾的标志? 阑尾手术中三棒有何用途?

答:(1) 阑尾标志:相当于右髂前上棘与脐孔连线的中、外 1/3 交界处。

(2) 三棒的用途:纯石炭酸有烧灼作用,70% 乙醇有中和作用,0.9% 生理盐水有清洁作用。

46. 为什么肠扭转需切除坏死肠壁时不要松解扭转的肠腔?

答:肠扭转时,扭转的肠管血运障碍,可发生缺血、缺氧、变性坏死,产生大量毒性产物,如此时松解扭转的肠壁,大量毒性产物可很快进入血液循环,引起全身毒性反应,严重时可发生中毒性休克。

47. 为什么肛门周围容易发生脓肿?

答:在直肠下端肛瓣有小隐窝,它像衣服口袋一样,开口朝上,粪便极易积存此处,造成引流不畅,导致炎症及形成脓肿。

48. 为什么大隐静脉结扎必须在高位?

答:因为大隐静脉是下肢行走在皮下的浅表静脉,有交通支与深静脉相通,上端在卵圆窝处进入股静脉,它有 3～5 个分支,所以一定要在其最高处即大约离股静脉 0.5 cm 处切断结扎,以免术后由于侧支吻合,使切断的大隐静脉依然沟通而导致病变复发。

49. 为什么处理骨折时尽量保留骨膜?

答:由于骨的表面包围一层致密结缔组织构成的骨膜,骨膜内有丰富的血管、神经和成骨细胞,对骨具有再生作用。

50. 手术常用的体位有哪些? 手术病人体位安置的原则是什么?

答:(1) 体位:平卧,俯卧位,颈伸仰卧位,侧卧位 30°、45°、60°、90°,膀胱截石位。

(2) 原则

1) 根据不同手术和手术者要求准备用物,要求齐全、安全。

2) 应维持正常的呼吸功能,确保循环系统完整无损,充分暴露手术野。

3) 放置体位过程中,应考虑保护肌肉和神经不受损伤。

4) 根据手术选择不同麻醉,放置易于观察、注射药物或输血输液方便的手术体位。

5) 视病人为一整体,重视病人的情绪与尊严,不过分暴露病人的身体。

51. 剖宫产手术时,擦过子宫腔的纱布为什么不能再使用?

答:清宫纱布应丢弃,以免引起子宫内膜移位及感染。缝合子宫前,需清点纱布和缝针。

52. 无菌台布应铺设多少层? 铺腹单的原则是什么?

答:(1) 无菌台布应铺设 4～6 层,垂台缘 33 cm。

(2) 铺腹单时红标记病人的头部,开口对准切口,垂直放下,先展开左右,再展开上下;铺上下时,一手压住腹单,一手包在无菌单内侧再拉开,不可上下左右再移动;铺腹单时注意无菌操作,无菌单盖住整个手术床,病人的头除外。

53. 各部位手术切口皮肤消毒范围及手术切口消毒的原则是什么?

答:(1) 乳房手术:内侧至对侧腋下前线,外侧过腋后线连同患侧上臂 1/3 及腋窝部,剃去腋毛。

(2) 胸侧壁切口手术:前后胸壁应超过中线 5 cm 以上 。

(3) 腹部手术:上至剑突,下至两大腿内侧 1/3,两侧至大腿中线。

(4) 会阴部及肛门手术:剃去阴毛,上至耻骨联合上缘,两侧至大腿内侧上 1/3、会阴部及肛门四周。

(5) 四肢手术:以切口为中心,周围 20 cm 以上,一般多为整个肢体备皮。

(6) 甲状腺手术:上至下唇缘,下至双乳头平线,两侧至斜方肌。

54. 使用局麻药时,加入肾上腺素的目的是什么? 但在何种手术时不能加入肾上腺素,为什么?

答:在局麻药中加入0.1‰肾上腺素,可以减少局麻药的吸收和毒性反应,适当延长麻醉作用时间。但在指(趾)端手术中不能加入肾上腺素,以免引起外周血管收缩,导致指(趾)端缺血、坏死。

55. 截石位及俯卧位放置有哪些注意事项?

答:(1) 截石位:病人仰卧于手术台上,两腿分开,放于支腿架上,臀部齐床边,两手放身体两侧。注意保暖,防止动脉、神经受压。

(2) 俯卧位:两臂曲放于头两侧,两腿伸直,胸下髋部放置俯卧架中间悬空,小腿下放一小枕头保持功能位,头向一侧。

56. 手术常用的小弯钳、中弯钳、蚊弯钳、卵圆钳有哪些用途?

答:小弯钳用于浅部止血;中弯钳用于深部止血和解剖组织等操作;蚊弯钳用于小血管、肠黏膜止血;卵圆钳用于皮肤消毒。

57. 医院微生物监测包括哪些内容?

答:医院微生物监测包括人和环境两个方面:对人的监测包括对工作人员和病人;对环境的监测,通常包括空气、地面、设备及器械等。

58. 如何做好标本管理?

答:手术取下的组织均要妥善保管,大标本放弯盘或标本盒内,小标本放纱布内,并用组织钳夹住保存。检查标本与填写的标本单是否一致,标本单上的病理号是否与标本容器上的病理号一致。

第二节　手术室护理技术

一、洗手、穿手术衣、戴无菌手套

【目的】

洗手:1. 去除指甲、手和手臂皮肤上的暂存菌及部分居留菌。

　　　2. 预防病人手术中遭到感染。

　　　3. 抑制微生物的快速再生。

穿手术衣、戴无菌手套:1. 防止手术人员身体与服装所带的微生物感染病人。

　　　　　　　　　　　2. 建立无菌屏障。

【操作流程图】

素质要求

↓

操作前准备
- 换手术室衣、裤、鞋
- 衣袖卷至肘上 20 cm
- 戴口罩、帽子,修剪指甲

↓

洗手
- 用肥皂水洗涤两手和前臂
- 用无菌刷子蘸消毒肥皂液,交替刷洗双手,从指尖、指缝、手掌、手背、腕、前臂至肘上 10 cm,洗双手时间为 3 min
- 流动水冲洗干净,用无菌纱布擦干,保持手高于肘部
- 用消毒小纱布蘸消毒擦手液(各医院自定)涂擦双手,从指尖到肘上 7 cm
- 消毒完毕,双手屈肘悬空,自然干燥,不可接触未消毒物品

↓

穿无菌手术衣
- 提起衣领两角,抖开,勿接触有菌区及物品
- 将手术衣向上向前轻掷,两手插入衣袖内,两臂前伸,让辅助者协助穿上
- 两臂交叉,提起腰带向后递送,由辅助者系结
- 双手保持在腰以上、胸前及视线范围内
- 双手不能接触衣服外面或其他物品

↓

戴无菌手套
- 选择合适尺寸,从手套袋内取出手套
- 左(右)手持翻折部(手套内面)戴入右(左)手
- 已戴好手套的手插入另一手套的翻折面(手套外面),戴另一手套
- 将两手套口紧扣于手术衣袖口外面
- 手套外面如有滑石粉,需用无菌生理盐水冲净

↓

清理用物,归还原处

【注意事项】

洗手：

1. 刷洗原则为先手后臂、先指后掌、先掌面后背侧，并注意指尖、指蹼、甲缘、甲沟的刷洗。

2. 冲洗原则为先手部、后前臂、再上臂，指尖始终处于最高位，肘部处于最低位，避免水逆流向手部。

3. 刷洗时动作规范，用力恰当，手部皮肤无破损。

4. 洗手刷应事先灭菌处理。

5. 洗手时应控制水流，以防水溅到洗手服上，若有潮湿，应及时更换。

6. 手部不佩戴戒指、手镯等饰物。

穿手术衣、戴无菌手套：

1. 穿无菌手术衣时应在拟建立的无菌区内，以免被污染。

2. 手术衣大小长短合适，要求无污染、无潮湿、无破损。

3. 拿取手术衣时只可触碰手术衣内面。

4. 已戴手套之手不可触及手套的内面，未戴手套之手不可触及手套的外面。

5. 穿戴好手术衣、手套后，双手置胸前，不可将双手置于腋下或上举过肩，下垂过腰，不得离开手术间，不触摸非无菌物品。

6. 手术衣如有血液及体液污染，应及时更换。

洗手、穿手术衣、戴无菌手套评分标准

项　目		项目总分	要　　求	标准分	得分	备注
素质要求		5	服装、鞋帽整洁	1		
			仪表大方,举止端庄	2		
			语言柔和恰当,态度和蔼可亲	2		
操作前准备		15	换手术室衣、裤、鞋	5		
			衣袖卷至肘上 20 cm	5		
			戴口罩、帽子	3		
			修剪指甲	2		
操作过程	洗手	30	肥皂水洗涤两手和前臂	5		
			用无菌刷子蘸消毒肥皂液,交替刷洗双手,从指尖、指缝、手掌、手背、腕、前臂至肘上 10 cm,洗双手时间为 3 min	10		
			流动水冲洗干净,用无菌纱布擦干,保持手高于肘部	5		
			消毒小纱布蘸消毒擦手液(各医院自定)涂擦双手,从指尖到肘上 7 cm	5		
			消毒完毕,双手屈肘悬空,自然干燥,不可接触未消毒物品	5		
	穿无菌手术衣	25	提起衣领两角,抖开,勿接触有菌区及物品	5		
			将手术衣向上向前轻掷,两手插入衣袖内,两臂前伸,让辅助者协助穿上	5		
			两臂交叉,提起腰带向后递送,由辅助者系结	5		
			双手保持在腰以上、胸前及视线范围内	5		
			双手不能接触衣服外面或其他物品	5		
	戴无菌手套	15	选择合适尺寸,从手套袋内取出手套	2		
			左(右)手持翻折部(手套内面)戴入右(左)手	5		
			已戴好手套的手插入另一手套的翻折面(手套外面),戴另一手套	5		
			两手套口紧扣于手术衣袖口外面	2		
			手套外面如有滑石粉,需用无菌生理盐水冲净	1		
操作后处理(按医院处理方式正确处理)		5	清理用物,归还原处	5		
熟练程度		5	动作轻巧,顺序正确	2		
			符合无菌操作原则	3		
总　　分		100				

二、铺手术器械台

【目的】

1. 建立无菌屏障，防止无菌手术器械及敷料再污染。
2. 加强手术器械管理，防止手术器械、敷料遗漏。

【操作流程图】

素质要求

操作前准备 ⎰ 环境准备
　　　　　　　 准备清洁、干燥、平整和合适的器械桌
　　　　　　　 洗手和巡回护士穿戴符合要求
　　　　　　　 备齐用物：无菌持物钳、手套、敷料包、无菌器械包、面盆及架子、
　　　　　　　　　　　　器械台、手术刀片、线团

操作过程 ⎰ 检查无菌包
　　　　　 巡回护士用手打开外层包布
　　　　　 巡回护士用无菌持物钳打开内层包布
　　　　　 检查包内指示带
　　　　　 洗手护士用刷洗好的手打开第三层包布
　　　　　 台面平整、无污染，布单下垂 30 cm
　　　　　 洗手护士穿好无菌手术衣和戴好无菌手套后，正确放置
　　　　　　敷料并清点，按要求分类放置手术器械并清点
　　　　　 装手术刀片 2 把，穿缝针 2 只

及时清理用物
保持无菌器械台清洁、整齐、有序

【注意事项】

1. 无菌包应在手术体位安置后打开。
2. 打开无菌包时，手与未消毒物品不能触及包内面，操作时不能跨越无菌区域。
3. 器械台布单要求平整，四层各边下缘平均下垂 30 cm 以上。
4. 手术器械台缘平面以下应视为有菌区，物品不可超过台缘，带无菌手套的双手不得扶持无菌台边缘。凡垂落台缘平面以下物品，必须重新更换。
5. 术中污染的器械、用物不能直接放回器械台面，应放于台面上固定的弯盘等容器内，避免污染其他无菌物品。
6. 洗手护士应及时清理无菌台上的器械及用物，以保持无菌器械台清洁、整齐、有序，保证及时供应手术人员所需的器械及物品。
7. 各类物品摆放有定数，传出、收回均应心中有数，关闭胸、腹腔（缝合伤口）前，必须清点器械、敷料、缝针，并记录和签名。

铺手术器械台评分标准

项　　目	项目总分	要　　求	标准分	得分	备注
素质要求	5	服装、鞋帽整洁	1		
		仪表大方,举止端庄	2		
		语言柔和恰当,态度和蔼可亲	2		
操作前准备	15	环境准备	5		
		器械桌准备	5		
		备齐用物	5		
操作过程	70	检查无菌包	5		
		巡回护士用手打开外层包布,方法正确	10		
		巡回护士用无菌持物钳打开内层包布,方法正确	10		
		检查包内指示带	5		
		洗手护士用手(已刷洗)打开第三层包布	10		
		台面平整、无污染,布单下垂 30 cm	5		
		洗手护士正确放置敷料并清点,按要求分类放置手术器械并清点(穿好无菌手术衣和戴好无菌手套后)	20		
		装手术刀片 2 把,穿缝针 2 只	5		
操作后处理 (按医院处理 方式正确处理)	5	及时清理用物	3		
		保持无菌器械台清洁、整齐、有序	2		
熟练程度	5	动作轻巧、顺序正确	2		
		符合无菌操作原则	3		
总　　分	100				

下篇　护理管理与社区护理

第十一章 护理管理

第一节 病区的组织行政管理

1. 何谓护理行政？

答：护理行政是指护理管理者(护士长、科护士长、护理部主任)应用领导与影响力对护理机构内的人、财、物、时间、信息进行最科学及最系统的分析与研究。它包括目标的设立、政策与方案的制订、护理标准的建立，以及应用领导与影响力来达到共同目标。

2. 简述护理管理的定义。

答：护理管理是使护理人员提供良好护理品质的工作过程。Gillies 认为护理管理过程应包括资料的收集、规划、组织、人事管理、领导与控制的功能。

世界卫生组织(WHO)对护理管理的定义为：护理管理是为了提高人们的健康水平，系统地利用护士的潜在能力和有关的其他人员或设备、环境，以及社会活动的过程。

3. 护理部包括哪些预算？

答：一般可分为人事预算、质量管理预算、教学预算和科研预算。

4. 护理部预算的目的是什么？

答：(1) 能有效地运用资源：预算主要是控制成本而非减少成本，目的是确保有限的财务及非财务资源能有效地运用，且能明确掌控收入与支出，以免造成失控状况及不敷成本。

(2) 提供管理绩效评价与考核的标准：预算可提供一个管理绩效评价与考核的标准，了解营运情况，减少营运成本，提升服务品质，追求最大利润。

(3) 提供管理功能：可作为管理者编制预算的参考资料。

(4) 提供沟通的功能：通过年度预算的编制，使所有主管及员工对组织计划和成果有充分的了解。

(5) 可作为决策前的基础：管理者可利用重要的分析资料作为决策的基础，有效地控制成本。

5. 中华护理学会的主要任务是什么？

答：(1) 团结全国广大护理人员，为繁荣和发展中国的护理事业，为促进护理学科出成果出人才，积极开展国内外学术交流和技术培训。

(2) 组织重点学术资料，向广大群众普及推广护理知识和技术。

(3) 开展对会员的健康教育，努力提高会员的知识水平。

(4) 对国家重要的护理技术政策和有关问题发挥咨询作用，积极提出合理化建议。

6. 某综合性医院现有床位数 500 张，试述此医院的护理管理组织机构。

答：护理管理组织系统是医院总系统中的一个分系统，在医院管理机构设置中，护理管理机构不但领导临床科室、手术室、门诊、供应室等护士工作，发挥指挥效能。同时还与后勤和医务管理机构相互协调，共同讨论医院内各系统的业务工作关系，根据医院不同规模和任务,设立不同的护理组织机构(图 11-1)。这些机构中的每一个人,随着医学模式的转变和医院功能的扩大,他们共同承担着完成医院的总目标。

图 11-1 护理管理组织机构

7. 李护士长为了搞好病房工作,她将病室管理中的财产管理交给王明负责,把对病人健康教育交给李红负责,把病史检查交给陈玲,并将这一决定告知病室全体护理人员。有人说她是偷懒,您认为如何?

答:她是运用了护理管理学中的授权方式。授权是指在不影响个人原来工作责任的情况下,将自己的某些责任改派给另一个人,并给予执行过程中所需要的职务上的权利。

8. 何谓 ABC 时间管理法?

答:为了提高时间的利用率,应该将各阶段的目标分为 A、B、C 3 个等级。A(always):为最优先(必须完成的)的目标。B(be):为较重要(很想完成的)目标。C(controlled):为较不重要(可暂时搁置)目标。使用 ABC 时间管理法,可以帮助管理者对紧急、重要的事件立即作出判断,提出处置措施,提高工作效率。

9. 您是骨科护士长,中午休息后,您遇到以下几件事情:①6 床输液部位肿胀,现在尚未结束上午的输液;②10 床家属晕倒在病房里;③7 号房间的厕所堵塞,粪便溢出;④15、18、20 床急诊病人新入院,尚未办理入院手续;⑤手术室来电,23 床急诊手术马上来接,但病人术前准备未做;⑥外科科护士长约您 14:30 讨论上周护理过失的处理方案。目前病房里除您之外,还有两名护士,其余护士都参加院外活动。请分析情景,您如何用 ABC 时间管理法处理这些事情。

答:A 事件为①、②、⑤,您可与其他两位护士分头处理。B 事件为③、④,处理完 A 事件者进行。C 事件为⑥,可与外科科护士长商量改期进行。

10.试述领导者与管理者的区别。

答:详见表 11-1。

表 11-1 领导者与管理者的区别

区 别 点	领 导 者	管 理 者
官方授权	有或没有	有
工作方式	冒险精神,创新	循规蹈矩
影 响 力	只要下属愿意遵从	特定的职权
目标	完成个人目标	完成组织目标

第二节　病区的业务技术管理

1. 目前常用的护理业务技术管理方法有哪些?

答:有分级管理法、目标管理法、PDCA 循环管理法。

2. 何谓"新业务、新技术"的概念?

答:新业务、新技术是医学科学领域各学科发展的重要标志之一,是指应用于临床的一系列新的检查、诊断、治疗和护理方法,以及新的医疗护理仪器的临床应用等。护理工作应紧密适应各相关学科的发展,加强护理新理论、新知识、新技术的研究管理,是提高医疗护理质量的重要保障。

3. 何谓信息? 为什么说信息是管理对象的五大要素之一?

答:信息泛指情报、消息、数据、指令、信号等相关知识,通常用声音、图像、文字、数据等方式表达。信息是事物的差异和传递形成的。信息也是一种能量,可以影响事物的变化,对社会产生巨大的创造力。一个部门的组织程度越高,它的信息量就越大。信息的管理是提高管理效能的重要部分,在整个管理过程中,信息是不可缺少的要素。所以说,信息是管理对象的要素之一。

4. 信息来源的可靠性有哪几个因素?

答:信息来源的可靠性由下列 4 个因素所决定:诚实、能力、热情、客观。有时信息来源可能并不同时具有 4 个因素,但只有信息接受者认为发送者具有即可,可以说信息来源的可靠性实际上是由接受者主观决定的。

5. 护理业务信息来源有哪些?

答:护理业务信息来源主要是护理业务活动、护理科研、护理教学及国内外护理情报。

6. 护理业务信息来源的渠道有哪些?

答:护理业务信息来源的渠道主要是日常工作的数据与资料、护理业务活动的核心内容、护理新知识、新技术以及与提高护理质量密切相关的医学知识等。

7. 护理管理信息来源有哪些?

答:护理管理信息来源主要包括对人及技术的管理,如人员编制、护理人员的档案、科室工作质量考评、考核标准、规章制度、护理人员培训计划及实际情况等。

8. 您认为促进创新的奖酬制度应具备哪些条件?

答:注意物质奖励与精神奖励的结合。

(1) 奖励的对象不仅包括成功以后的创造者,还应当包括那些成功以前,甚至是没有获得成功的努力者。如果奖励制度能促进每个成员都积极地去探索和创新,那么对组织发展有利的结果是必然会产生的。

(2) 奖励制度要既能促进内部的竞争,又能保证成员间的合作。

(3) 在奖励制度的设置上,可考虑多设集体奖,少设个人奖;多设单项奖,少设综合奖。在奖金的数额上,可考虑多设小奖,少设甚至不设大奖,给每个人都有成功的希望,避免"只有少数人才能成功的超级明星综合征",从而防止相互封锁和保密,破坏合作的现象。

9. 结合临床实际,请谈谈护理创新包括哪些基本内容?

答:(1) 目标创新:随着经济体制的进一步改革,护理人员不但要提高服务意识和质量,还需要提高经济意识,加强成本核算,研究病人的需求特点。因此,护理管理目标也要根据市场环境和变化趋势加以调整,每一次调整都是一种创新。

(2) 技术创新:护理用品的创新、护理技术的创新、护理模式的创新都是护理技术创新。

(3) 制度创新:企业制度主要包括产权制度、经营制度、管理制度,是从社会经济角度分析各成员间的关系。随着改革的进一步深入,制度创新的方向将是不断调整和优化企业所有者、经营者、劳动者三者之间的关系,使各个方面的权力和利益得到充分的体现,使组织各种成员的作用得到充分的发挥。

(4) 环境创新:环境创新不是指护理界为适应外界变化而调整内部结构或活动,而是指通过护理人员积极的创新活动去改造环境,去引导环境朝着有利于医院经营的方向变化。例如,通过护理人员的公关活动,影响政府政策的制定;通过护理技术创新,影响社会技术进步的方向等。总之,环境创新的主要内容是市场创新,是通过护理人员的各种活动去引导消费,创造需求。

10. 您是责任护士,请运用 5 个"W"和一个"H"原则,对糖尿病病人的出院拟定宣教计划。

答:5 个"W"是指 Who(由谁来做),When(何时做),Where(何地做),Why(为什么做),What(做什么)。一个"H"即为 How(如何做)。

(1) What:怎样的指导能让病人在健康出院之后得到自我照顾?如告诉病人有关糖尿病的知识、信念及出院注意事项等。

(2) Why:为何必须给予出院宣教?目的在于预防疾病变化及并发症的产生,降低病人再度入院的可能性,以不增加社会医疗保险成本,让病人学会健康的自我照顾,提高病人的生活质量。

(3) When:何时必须完成此项活动?在病人入院至出院前皆是适当时机,可制订计划表,包括内容、方式和时间等。

(4) Where:在哪里做较合适? 可选择病房、会议室或适当的教室等场所。

(5) Who:谁来做较合适? 可由糖尿病专科护理师、责任护师等对糖尿病专科护理有经验者负责。

(6) How:如何实施? 可先评估了解病人的健康需求,讲解糖尿病健康知识,加以示范练习与指导,并进行评价,对病人不了解的地方再进行重复教学与示范。

11. 何谓分级管理?

答:分级管理就是明确规定各级领导和各级护理人员的业务技术管理职责和权限,做到职责分明,事事有人管,保证各项护理业务技术顺利开展。

12. 为加强各级护理管理部门的业务技术管理,应建立哪些制度?

答:(1) 岗位责任制度,明确各级人员的职责。

(2) 护理业务学习、考核制度,促进人员素质提高。

(3) 护士长查房制度,提高护理质量。

(4) 主任护师查房制度,解决技术问题。

(5) 护理部技术信息交流会议制度,全面提高护理业务技术水平。

第三节　护理质量管理

1. 何谓质量?

答:狭义的质量概念是指产品质量,广义的质量除产品质量外,还包括过程质量和工作质量。也可以说,质量就是产品、过程及服务满足规定要求的优劣程度。

2. 何谓护理质量?

答:护理质量就是指护理工作表现及服务效果优劣程度,是在护理过程中形成的客观表现。

3. 何谓目标管理?

答:目标管理(management by objectives, MBO)是一种管理思想,也是一种管理方法。就是在组织内管理人员与下属在具体和特定的目标上达成协议,并写成书面文件,定期(如每月、每半年或每年)以共同指定的目标为依据来检查和评价目标达到情况的一种管理方法。

4. 目标管理的特点是什么?

答:(1) 参与管理的一种形式:目标的制定,不像传统管理是由上级制定,而是由上下级共同制订目标及目标的衡量方法。

(2) 自主管理的方法:将总体目标逐层分开,形成大小目标环环相扣,护理人员即了解上级目标,又明确个人的目标;不是按上级硬性规定的程序和方法行动,而是进行自主管理和自我控制,提高员工的工作积极性和创造性。

(3) 强调有效的反馈:通过检查、考核、定期评价,反馈信息,并在反馈中强调员工自我检查,以促使员工更好地发挥自身作用。

(4) 有目标特定性:是以目标为中心的管理方法,在一定的时间、空间内达到预期的效果。

5. 何谓医疗事故?

答:根据医疗事故处理条例规定:"医疗事故是指医疗机构及其医务人员在医疗活动中,违反医疗卫生管理法律、行政法规、部门规章和诊疗护理规范、常规、过失造成病人人身损害的事故"。

6. 根据对病人人身造成的损害,医疗事故分为几级?

答:分为 4 级。

一级医疗事故:造成病人死亡、重度残疾的。

二级医疗事故:造成病人中度残疾、器官组织损伤导致严重功能障碍的。

三级医疗事故:造成病人轻度残疾、器官组织损伤导致一般功能障碍的。

四级医疗事故:造成病人明显人身损害的其他后果的。

具体分级标准由国务院卫生行政部门制定。

7. 什么叫 PDCA 循环管理?

答:PDCA 循环管理也称戴明循环管理,是指全面质量管理保证体系运转的基本方式是以计划—实施—检查—处理的科学程序进行管理循环的。这个循环管理包括质量保证系统活动必须经历的 4 个阶段 8 个步骤,不停地周而复始地运转。PDCA 就是 Plan(计划)、Do

（执行）、Check（检查）、Action（处理）4个英文单词的第一个字母。

8. PDCA循环管理8个步骤的具体内容是什么?

答:见表11-2。

表11-2　PDCA循环管理的8个步骤

阶　　段	PDCA循环管理	8个步骤
第一阶段	计划	(1) 检查质量现状,找出存在问题
		(2) 查出产生质量问题的原因
		(3) 找出主要原因
		(4) 针对主要原因,制订具体实施计划
第二阶段	实施	(5) 贯彻和实施预定计划和措施
第三阶段	检查	(6) 检查预定目标执行情况
		(7) 总结经验教训
第四阶段	处理	(8) 遗留转入下一个管理循环

9. 对护理人员的质量评价主要从哪几个方面进行?

答:(1) 素质质量:要从政治素质、业务素质、职业素质3个方面综合评定。

(2) 行为质量:主要对护理服务的行为质量进行评价。

(3) 结果质量:主要对护理服务结果的评价,包括护理活动、服务效果的评定,对工作绩效的评定。

10. 护理质量管理三级结构是什么?

答:(1) 护理要素质量:包括组织保证、技术保证、制度保证、设备保证、时限保证。

(2) 护理环节质量:包括质量教育、继续教育、护理科研、标准化管理、病区管理。

(3) 护理终末质量:包括基础护理、病区管理、服务态度、专科护理质量、护理技术质量。

11. 临床护理服务评价有哪些程序?

答:(1) 制订质量评价标准:包括效率指标、管理指标、质量指标。

(2) 收集信息:建立汇报统计制度及质量检查制度。

(3) 纠正偏差:将执行结果与标准对照后,找出差距,对评价结果进行分析,提出改进措施。

第四节　人　员　管　理

1. 简述并解释护士长在基层护理扮演的角色。

答:护士长的角色可以归纳为以下几个方面。

(1) 领导者:影响力,鼓励士气。

(2) 联络者:建立和协调人际关系。

(3) 代表者:护士面前代表医院,医院面前代表护士。

(4) 监督者:控制的能力。

(5) 传达和宣传者。

(6) 护患代言人:维护下属护理人员及群众利益。

(7) 计划者。

(8) 冲突调解员。

(9) 资源调配者。

(10) 协商谈判者。

(11) 教育者。

(12) 变革者。

2. 目前我国医院内护理分工形式有哪几种?

答:(1) 职务分工:包括按行政管理职务。

(2) 按工作任务:有个案护理、功能制护理、小组护理、责任制护理、综合护理。

3. 请列出分权式、集权式和自我式排班的特点。

答:见表 11-3。

表 11-3   分权式、集权式和自我式排班的特点

排班方式	优　点	缺　点
分权式	充分了解自己所在部门的人力需求状况,有效排班	当本部门人力缺乏时,无法及时调配其他部门人力
集权式	掌握各部门全部人力,可根据工作需要灵活调配各部门人力	无从发挥部门内的人力,影响员工对工作的满意度
自我式	可激励护士的自主性与对工作的满意度,促进人际关系,提高凝聚力	

4. 随着历史的发展有关冲突的概念有所不同,请问有哪几种?

答:冲突是指群体内部个体与个体之间、个体与群体之间存在的互不相容、相互排斥的一种矛盾的表现形式。人们的观念有一逐渐转变的过程。

(1) 传统观念:所有冲突都是有害的,具有破坏性,应当避免。

(2) 人类关系学说:认为冲突是所有组织中自然发生的现象,是不可避免的,应该接受冲突的存在。

(3) 交互作用观点:这种观点不仅接受冲突的存在,而且认为冲突对组织生存是有利的。一定水平的冲突能使组织保持团体活力、自我反省力和创造力,冲突使人们认识到改革变化的必要性,使毫无生气的组织充满活力。

5. 冲突有哪些起因?

答:目标与兴趣不同、需要共同决策、资源分配尤其是资源不足、价值观不同、角色期望不同、沟通不足或不良、权利不平衡、对事物领悟认知不同、工作的高相关性与依赖性不同等。

6. 临床上有关人员编制的计算有哪几种方法?

答:(1) 按"编制原则"计算法。

(2) 按工作量和工时单位计算法。

(3) 按病人分类系统设计量表,量化病人所需护理等级和工作量,提供合理的人力分配。

7. 有哪些因素影响护理人员编配?

答:(1) 承担任务轻重和工作量的大小。

(2) 人员数量和质量因素。

(3) 人员比例和管理水平。

（4）社会因素和条件差异。

8. 排班的原则是什么?

答：(1) 以病人需要为中心,并遵循护理工作 24 h 不能间断的连续性,合理安排各班次的人力。

（2）掌握工作规律,合理排班,有利于医疗、护理、卫生员工作的互不干扰,避免重叠,提高工作效率。

（3）保持各班工作量基本均衡,根据工作量安排不同层次的护理人员,提供不同病人需要的护理时数,使病人得到及时正确的全面照顾。

（4）排班应备机动人员,以供紧急情况下随时调度或选择适宜病人的护理方式。

（5）掌握排班规律性,不任意更换其形式,做到相对固定、分工明确。

9. 排班的目标是什么?

答：(1) 以病人需要为基础,以达到护理目标为准则。

（2）根据需要安排每班次有能力的和足够人力的弹性人力配置。

（3）发挥个人的积极性,用最少的人力完成最多的工作。避免护理人员不足而造成的超负荷工作,更要防止工作人员过多造成工作效率不高的现象。

（4）对所有工作人员一视同仁,维护公平原则,尤其是夜班数和节假日的安排。

（5）合理排班,激励工作人员的专业技能发挥和对工作时数感到满意,并使护理人员了解病人对护理所需的排班机动性。

（6）在考虑病人需要的同时,尽可能照顾到护理人员的特殊需要。

10. 何谓群体的内聚力?

答：群体的内聚力是指群体成员与整个群体之间、群体成员本身相互之间的吸引程度。当这种吸引力达到一定程度,而且群体成员资格具有一定的价值时,称其为具有高内聚力的群体。

11. 护理人才培养与教育有哪些方法?

答：护理人才培养和教育的方法有：医院科室轮转、个人自学、工作实践培养、学术讲座、读书报告会、各种培训班、进修教育、学历教育。

12. 领导者影响力的来源有哪些?

答：影响力是领导者用以实现目标的手段。无论哪一级领导,都要为达到特定的目标,借助不同程度的影响力。

（1）法定影响力：这是自主管理体系中所规定的正式影响力。

（2）强制影响力：领导者通过精神、感情或物资上的威胁,强制他人服从的一种影响力。

（3）奖赏影响力：给予或取消他人报酬的影响力。

（4）专家影响力：个人知识也是一种影响力,这种影响力来源于个人所掌握的信息和拥有的专业特长。

（5）榜样的影响力。

（6）德高望重的影响力。

（7）背景的影响力。

13. 简述期望理论在护理管理中的作用。

答：期望是指一个人对于特定活动可能导致一个结果的信念。期望理论是美国心理学家弗鲁姆提出的,用公式表示:激励水平(M)＝期望值(E)×效价(V)×得到报酬的可能性(I)。从期望理论的观点看,护士的工作动机,即投入工作努力的大小,取决于护士获得期望结果可能性的大小。如果护士达到了工作目标,他们是否会得到应得的报酬,这种报酬是否能满足护士的个人需要。用期望理论指导激励,主要体现在以下几个方面。

(1) 强调期望行为:管理者有责任让所有的护士非常清楚地明白什么样的行为是组织所期望的行为,同时,应该让护士了解组织将按什么标准来评价他们的行为。如年度考核时,护理操作技术考试必须达到85分以上。

(2) 强调工作绩效与奖励的一致性:管理者应让护士认识到什么样的工作结果能得到奖励,使护士看到报酬与他们自己的工作绩效相联系,以调动工作积极性。

(3) 重视护士的个人效价:护士对报酬有不同的价值观。有人重视金钱、物质方面的奖励,但有人更重视领导的称赞和组织的认可等精神方面的鼓励。因此,管理者应重视护士对报酬反应的个人倾向性,最大限度满足护士所期待的需要。

14. 简述 X-Y 理论的主要观点及其在护理管理中的应用。

答:X-Y 理论是由美国社会心理学家麦克雷戈(Douglas Mc Gregor)在 1960 年出版的《企业中的人性方面》一书中提出。

(1) X 理论对人性的观点:①多数人天性懒惰,逃避工作;②多数人都是没有雄心大志,不愿承担责任,宁愿受人指挥;③多数人都是以自我为中心,不顾组织的目标,必须用强制、惩罚等方法迫使其达到组织目标而工作;④多数人工作都是为了满足基本的生理需要,只有金钱和地位才能刺激他们工作;⑤大多数人属于上属类型,少数人是"超人",他们能够负起管理的责任。基于这些观点,决定了 X 理论的管理方法以指挥和监督为主,在用金钱刺激工作积极性的同时,对于消极怠工者采取严厉的惩罚措施。

(2) Y 理论对人性的观点:①一般人都是勤奋的,只要环境有利,工作如同游戏或休闲一样自然;②强制和惩罚不是唯一方法,人们在执行任务中能够自我指导和自我控制;③在正常情况下,人们不仅会接受责任,而且会主动寻求责任;④人们有高度的想象力、智谋和创造力;⑤在现行条件下,人的潜力只利用了一部分。Y 理论认为,人们都是主动自觉的,所以管理的基本任务不是监督或惩罚,而应该是创造条件和方法,使人们的潜力能够充分发挥出来,在努力实现组织目标的同时,最好地实现个人目标。

在临床护理管理中,对不同工作情景、不同层次、不同性格类型、不同职称的护士应适当选择。对一些规范制度的执行,可采用 X 理论的监督管理;对提高护理业务素质、开展各种业务活动、提高病人满意度时,Y 理论较能发挥护士的自我能动作用。

15. 何谓团队合作?

答:1994 年,组织行为学权威、美国圣迭戈大学的管理学教授斯蒂芬·罗宾斯首次提出了"团队"的概念,即为了实现某一目标而由相互协作的个体所组成的正式群体。在随后的10 年里,关于"团队合作"的理念风靡全球。团队合作是一种为达到既定目标所显现出来的自愿合作和协同努力的精神。它可以调动团队成员的所有资源和才智,并且会自动地驱除所有不和谐和不公正现象,同时会给予那些诚心、大公无私的奉献者适当的回报。如果团队合作是出于自觉自愿时,它必将会产生一股强大而且持久的力量。

16. 医院服务理念是什么?

答:尊重病人,理解病人,持续提供超越病人期望的服务,做病人永远的伙伴,是医务人员一直坚持和倡导的医院服务理念。

5S 理念：“5S”是指微笑（smile）、迅速（speed）、诚实（sincerity）、灵巧（smart）、研究（study）5 个词语首写字母的缩写。5S 理念是最具代表性的服务文化创新,不仅具有人性化十足的时代特点,还具备相当的可操作性。

微笑:指适度的微笑。医务人员要对病人有体贴的心,才可能发出真正的微笑。微笑可以体现感谢的心与心灵上的宽容,笑容可以表现开朗、健康和体贴。

迅速:指动作迅速。它有两种意义:一种是物理的速度,即工作时尽量快些,不要让病人久等;二是演示上的速度。医务人员诚意十足的动作与体贴的心会引起病人满足感,使他们不觉得等待时间过长,以迅速的动作表现活力,不让病人等待是服务好坏的重要衡量标准。

诚实:医务人员如果心存尽心尽力为病人服务的诚意,病人一定能体会到。以真诚不虚伪的态度工作,是医务人员的重要基本心态与为人处世的基本原则。

灵巧:指精明、整洁、利落。以干净利落的方式来接待病人,以灵巧、敏捷、优雅的动作来完成操作,以灵活巧妙的工作态度来获得病人信赖。

研究:要时刻学习和熟练掌握专业知识,研究病人心理以及接待与应对的技巧。

第十二章 社区护理

第一节 社区护理理论

一、社区健康教育的基本知识

1. 社区健康教育的内容有哪些?

答:(1) 一般健康教育:即帮助学习者了解增强个人和人群健康的基本知识,如公共卫生、个人卫生、营养、计划生育、精神卫生等。

(2) 特殊健康教育:针对特殊人群常见的健康问题进行教育,如妇女保健、儿童保健、中老年保健、残疾人的自我保健等。

(3) 卫生管理法规的教育:帮助社区人群正确合理使用医疗卫生资源。

2. 为什么说健康教育是社区护士义不容辞的责任?

答:因为健康是人的基本权利,随着经济的发展,人民的健康意识在不断增强,而护士的职责是:保存生命、减轻病痛、促进康复、维持健康。随着现代护理模式的转变,护理工作的范围也在不断地拓宽,教育者已成为护理人员的重要角色之一,社区则是护理工作人员进行健康教育的最佳场所;另一方面,社区护士最深入基层、最了解居民的需求,因此最有能力及条件进行有效的健康教育。

3. 健康教育的效果如何评价?

答:健康教育的评价可从过程评价、近期效果评价、远期效果评价3个方面进行。

4. 谈谈社区健康促进的概念与意义。

答:社区健康促进是指以社区为范围、家庭为单位、居民为对象,促进建立健康信念,培养健康意识,广泛参与改变不良生活方式,改善社区卫生状况,提高群众健康水平。

5. 简述社区健康教育有何意义。

答:通过健康教育能培养人群对健康的责任感,促进医疗保健资源的有效利用,增进人群自我保健能力,提高医疗保健服务质量。

6. 开展社区健康教育工作的同时,如何增进社区居民健康方面的协同作用?

答:开展社区健康教育工作时,根据城市爱国卫生和环卫工作的任务和重点,调整、部署、健康教育的内容,使两者有机地结合在一起,互相促进,以充分发挥其在促进城市卫生文明建设、增进社区居民健康方面的协同作用。

7. 社区健康教育与医院健康教育有哪些区别?

答:见表12-1。

8. 社区健康教育有哪些形式?

答:社区健康教育的主要形式有语言教育形式、文字教育形式、形象教育形式和电化教育形式。

表 12-1　社区健康教育与医院健康教育的区别

比较项目	社区健康教育	医院健康教育
教育对象	社区所有的群体及居民	主要是病人
场所	社区	医院
内容	以预防保健为主	以患病后如何及早康复为主
教育对象的态度	社区群体中的病人较为主动、积极配合	住院病人中绝大部分人主动寻求、积极配合
时间	贯穿社区居民整个生命周期	病人住院期间
效果	远期效果更明显	短期效果明显

二、公共卫生的基本知识

1. 简述公共卫生措施的三级预防内容。

答:公共卫生措施在全体居民中按等级执行。第一级预防又称病因预防,包括针对整体人群和环境的措施。第二级预防即临床前期预防,即在疾病的临床前期做好早期发现、早期诊断、早期治疗的预防工作。第三级预防也称临床预防,即对已患某些疾病的病人采取及时的、有效的治疗措施,防止病情恶化,预防并发症和伤残。

2. 影响健康的环境因素主要分为哪两大类?

答:(1) 自然因素:是指围绕着人类社会的自然条件的组合,包括化学、物理、生物因素、气候条件、地理条件等。

(2) 社会因素:如社会制度、社会经济、文化教育、社会心理、行为生活方式、卫生服务等。

3. 请说出环境污染的特点。

答:(1) 广泛性:环境污染影响的地区广泛。

(2) 长期性:环境污染对人群健康影响的时间长。

(3) 复杂性:即进入环境中的各种各样的污染物,种类多、成分复杂,常同时综合作用于人体。

(4) 多样性:即污染物对人体的影响可以多种多样。

4. 评价群体健康状况的主要指标有哪些?

答:人口学指标、生长发育指标、疾病和伤残指标、社会心理卫生状况指标。

5. 抽样研究中为什么会产生抽样误差?

答:抽样研究中由于总体中存在着个体变异,所抽的样本只是总体中的一部分,因而样本统计量往往不等于总体参数,所以抽样中会产生抽样误差。抽样误差是不可避免的,但有一定的规律性。

6. 请写出研究设计的三大原则及其意义。

答:(1) 对照原则:能排除非研究因素对实验组与对照组研究结果的影响。

(2) 随机原则:即在抽取样本中要使总体中的个体都有同等被抽取的机会。

(3) 双盲:研究对象和观察检查者均不知道病人分组情况和接受治疗措施的具体内容,以减少两者主观因素对判断研究结果的影响。

7. 简述 ADL 评定 Kata 指数分级法的内容与方法。

答:(1) 内容:将 ADL 分为沐浴、衣着、如厕、转移、大小便控制、进食六大项。据此将功

能状态分为 7 级:

1 级:病人完全自理。

2 级:仅一项依赖。

3 级:仅沐浴和其余 5 项之一依赖。

4 级:沐浴、穿着和其余 4 项之一依赖。

5 级:沐浴、穿着、如厕和其余 3 项之一依赖。

6 级:前 4 项及其余 2 项之一依赖。

7 级:6 项动作个人均不能完成,全靠别人帮助。

(2) 方法

1) 直接观察:在病人生活的环境中进行,观察其实际生活的动作或让病人完成指定的动作,以评定其能力水平;在 ADL 能力评定环境中指令病人完成动作。

2) 间接评定:以询问病人或家属的方式进行。

8. 数据资料分析中一般什么情况下采用 t 检验方法? 并写出假设检验的基本步骤。

答:数据资料分析中 t 检验一般应用于计量资料、两个均数间差别的假设检验(显著性检验)。假设检验基本步骤为:①建立检验假设,确定检验水准;②选定 t 检验方法,计算统计量;③确定 P 值,作出统计推断。

9. 请说出行 X 列表资料卡方检验的校正方法。

答:(1) 增加样本含量。

(2) 将太小的理论数所在的实际数与相邻行或列的实际数合并。

(3) 删除理论数太小的行或列。

10. 假设检验中根据样本统计量作出的推断结论可能产生哪两种错误? 可采用何种方法减少这两种错误?

答:可能产生的两种错误是:①Ⅰ型错误:即拒绝了实际成立的检验假设;②Ⅱ型错误:即不拒绝实际上不成立的检验假设。可用增加样本含量的方法减少这两种错误。

三、社区护理的基本内容

1. 社区个人健康状况评价包括哪些内容?
答:有一般资料、生活状况及自理程度、体格检查、心理社会 4 个方面。

2. 如果评估一位老年人的健康状况,其焦点在哪里? 为什么?
答:焦点在功能状况的评估。功能状况是指从事日常生活活动的能力。日常生活是指为了达到独立生活而每天必须重复进行的最基本、最具有共性的活动。老年人因生理性的老化及其慢性病的影响,日常生活功能在不同程度上减退,独立生活能力下降,因此是老年健康评价的最重要领域。

3. 社区个人健康评价可参阅哪些资料?
答:户籍档案、病史、居民健康档案等。

4. 建立社区居民健康档案有何重要性?
答:(1) 有利于社区卫生服务系统的健全、策略的制订、社区各类人群保健制度的完善。通过对居民健康档案的统计与综合分析,可了解社区人口特征、社区经济特点;可得出社区的人口数、人口增长、人口分布、出生率、死亡率、性别、年龄分布、居民的经济水平、职业分布、失业率、教育程度、社区固有的文化习俗等情况;可掌握整个社区居民的健康水平;可统计社区死因顺位、疾病谱,以及与健康有关的其他行为、生活方式等。

(2) 有利于社区卫生服务工作的开展。建立以家庭为单位的居民健康档案,在社区卫生工作中可从个体所生活的家庭环境中找出影响健康的相关因素,有利于从生理、心理、家庭、社会各层面开展社区卫生服务。

5. 居民健康档案有哪些种类?

答:有核心部分、60 岁及以上老年人专项表、妇女专项表、0～6 岁儿童专项表、高血压专项表。

6. 建立居民健康档案的注意事项是什么?

答:(1) 广泛宣传居民健康档案建立的意义,唤起居民特别是家庭决策人物的健康保健意识,能主动参与居民健康档案的建立。

(2) 做充分的准备工作,争取居委会、户籍管理单位的支持。

(3) 有良好的服务态度和职业道德,守时、守信、守密,重视沟通技巧,注重业务水平的提高。

(4) 仔细、认真、规范地填写各项内容。

(5) 按要求及时整理文件,从法律意识的高度保管健康档案。

7. 何谓家庭健康护理?

答:家庭健康护理是以家庭为服务对象,以家庭护理理论为指导,以护理程序为工作方法,护士与家庭共同参与,确保家庭健康的一系列护理活动。

8. 家庭健康护理的目的是什么?

答:家庭健康护理的目的是促进和保护家庭健康,维护家庭稳定,预防家庭成员发生疾病,帮助家庭成员治疗、护理和适应疾病,以发挥家庭最大的健康潜能。

9. 社区老年人有哪些常见的健康问题?

答:(1) 慢性疾病:高血压、心脏病、动脉硬化、脑血管疾病、老年痴呆、关节炎、骨质疏松、糖尿病、老年性慢性支气管炎、肺气肿、恶性肿瘤。

(2) 安全问题:用药安全、摔跤。

(3) 心理及精神问题:焦虑、抑郁症、脑衰老综合征、离退休综合征、空巢综合征、老年痴呆等。

(4) 其他:因生理老化引起的便秘、腹泻、尿失禁、睡眠障碍、听力减退、视力减退。

10. 如何开展社区老年护理?

答:老年人生理功能的衰退程度有很大的个体差异,表现为生命活力、患病情况、生活自理能力的差异较大。因此开展社区老年人护理首先应进行健康评估,并登记注册,根据健康状况进行分类,制订相应的护理目标、护理措施。认真实施计划,最后作出护理评价。

11. 老年人运动应遵循哪些原则?

答:老年人运动应遵循的原则:①老年人应根据自己的年龄、体质、场地条件和兴趣来选择运动项目;②运动要循序渐进、持之以恒,动作由简单到复杂,不要急于求成;③运动时间以每天 1～2 次,每次 30 min 左右;④运动强度自我监测,以运动后心率作为衡量标准。运动后最宜心率(次/分)=170－年龄,运动后 3～5 min 之内恢复到运动前的水平表明运动强度适宜。

12. 如何预防儿童龋齿?

答:(1) 指导孕妇注意补充钙、磷。

(2) 乳牙萌出开始每天清洁口腔,婴幼儿睡前不吃奶瓶、甜食等。

(3) 坚持早晚两次正确刷牙。

(4) 改善易感牙齿,对排列不齐的牙齿应及时矫正。

13. 社区评估人口特征包括哪些内容?

答:社区全体人口数、出生率、性别及年龄分布、人口自然增长率、人口增长率、总抚养费、老年人口赡养费和14岁以下儿童抚养费、平均结婚年龄、人口分布、分娩及计划生育情况等。

14. 简述社区诊断步骤与病人诊断步骤的区别。

答:(1) 社区诊断步骤:文献考察、实地考察、调查、社区行为、诊断。

(2) 病人诊断步骤:询问病史、体格检查、资料分析、诊断。

15. 简述社区护理诊断的特点。

答:社区护理诊断的特点是把诊断的重点放在社区健康而不是个人。社区护理诊断的基础是社区评估资料的分析结果,推断性陈述为诊断提供了框架,有些直接形成了诊断的描述部分。

16. 社区评价的内容有哪些?

答:社区评价包括效果评价、效率评价、资源的利用、护士的业务执行情况的评价。

17. 简述家庭评估的原则。

答:(1) 评估重点放在整个家庭上。

(2) 持家庭的多种性和可变性观点进行评估。

(3) 评估家庭问题时掌握家庭的优点。

(4) 使家庭参与护理程序的整个过程。

(5) 收集资料要全面、完整,以便能正确判断。

18. 传统的家庭形式有哪些?

答:传统的家庭形式有3种:核心家庭(小家庭),通常称为三口之家;直系家庭,是指三代人住在一起的家庭,也是较常见的家庭;旁系家庭,又称联合家庭,是指两代以上同代夫妇及子女组成的家庭,通常是父母与几个已婚子女及孙子女居住在一起的家庭。

19. 举例谈谈社区护士应如何开展儿童保健工作。

答:社区护士为防止社区某群体儿童龋齿的发生,可按护理程序的方法开展儿童保健工作。

(1) 评估:首先评估某群体的儿童保护牙齿知识的知晓率、正确刷牙合格率、早晚两次刷牙行为形成率、龋齿发生率、家长及学校老师的态度与督促情况,然后把收集到的资料进行分类整理。

(2) 诊断:对收集到的资料进行分析,找出儿童在保护牙齿的态度、知识、行为上存在哪些问题,作出护理诊断,并找出相关因素。

(3) 计划:根据儿童的实际情况制订牙齿保健的护理目标,目标可有周目标、月目标。根据目标,制订相应的措施。措施包括促进儿童在牙齿保护方面的态度、知识、行为改变的实际内容、方式、时间、地点,并重视与家长、老师及其他社区保健工作者的合作与协调。

(4) 实施:按制订的目标与计划认真实施。实施过程中注意收集资料,不断完善牙齿的儿童保健计划。

(5) 评价:每次计划实施完毕,及时评价儿童在牙齿保护知识、行为、态度上的变化,护理措施的有效性等,为下一步工作的再评估提供依据。最终对总目标是否达到作出评价。

20. 我国儿童目前有哪些常见的健康问题?

答:(1) 儿童感染性疾病:如呼吸道感染、消化道感染、传染性疾病、寄生虫病。

(2) 儿童非感染性疾病及健康问题:如肥胖、营养不良、龋齿、近视。

(3) 儿童社会心理问题及疾病:如自闭症、多动症、儿童受虐待及忽视。

21. 妇女保健工作包括哪些内容?

答:(1) 调查研究妇女整个生命周期中各阶段的生殖生理变化规律、社会心理特点及保健要求。

(2) 调查分析与护理干预影响妇女健康的生活环境、社会环境等因素。

(3) 防治危害妇女健康的常见病。

(4) 建立、健全提高妇女健康水平的保障制度与管理水平。

22. 社区康复护理的目的是什么?

答:社区康复护理的开展是确保社区服务目标实现的重要措施之一。与一般护理的区别在于,康复护理的最终目的是使病、伤、残者的残余功能和能力得到恢复,最大限度地恢复其生活活动能力,以社会平等一员的资格重返社会。

23. 若遇社区中有 1 例急性一氧化碳中毒病人,请问如何急救?

答:迅速脱离中毒环境;呼吸、心跳停止者,进行人工呼吸、胸外按摩;纠正缺氧,中重度者转送有高压氧舱医院治疗;促进脑细胞功能的恢复,防止脑水肿。

24. 社区急救转院的原则是什么?

答:社区急救转院的原则是对危重病人经必要急救后,与急救中心联系送上级医院。如无救护车,需 1 人护送并注意保持病人呼吸道通畅,清理口腔,取出义齿,宽衣松带。避免病人受凉,抬送病人应将头部置于前方避免颠簸,搬动时务必使病人头、颈、躯干保持同一水平。

25. 社区临终关怀的目的是什么?

答:(1) 减轻病人的痛苦,控制症状,以病人及家属为护理的基本单位提供多学科的团队护理和连续照料。

(2) 让病人平静地面对死亡和接受死亡,让生命发挥出应有的效率与价值。

(3) 帮助家属缩短悲痛过程,减轻悲痛程度。

四、常见病的防治

1. 张先生,65 岁,患高血压病史 30 年。2 个月前脑卒中(中风)瘫痪,现在病情稳定,正在康复中。想了解脑卒中引起的主要危险因素和防治措施。

答:(1) 主要危险因素:高血压、高脂血症、糖尿病等。

(2) 防治措施

1) 合理饮食:低脂、低胆固醇,宜清淡、熟、软,多吃水果和蔬菜。

2) 控制体重:加强锻炼,控制总热量的摄入。

3) 戒烟酒:自觉进行戒烟限酒。

4）养成良好的生活习惯:保持心情愉快,注意适当休息,避免过度劳累,保持大便通畅,饮食不要过饱,衣服鞋帽宽松等。

5）积极治疗原发病:坚持正确用药,保持血压、血脂、血糖的稳定,定期进行随访检查。

6）已发生脑卒中有肢体功能障碍的病人,应在病情稳定后早期进行康复治疗。可先由旁人帮助推拿,以后逐渐恢复自主活动,争取自理生活,理疗、针灸可同时进行。

2. 李老伯,75 岁,近年来夜尿增多,尿后滴沥症状逐渐加重,前来咨询是否患有前列腺肥大,怎么办?

答:男性老年者有夜尿增多、排尿费力、尿后滴沥等症状,应首先考虑有前列腺肥大的可能。应做到以下几点:

(1) 少喝酒,冬天注意保暖。因喝酒、感冒等易导致前列腺充血、水肿,而加剧排尿困难。

(2) 一有尿意即排尿,不要延迟排尿,膀胱过度膨胀可导致急性尿潴留。

(3) 前列腺肥大可引起尿路梗阻,继发感染,严重者可发生肾盂积水,导致肾功能不全,所以应积极治疗。

(4) 前列腺肥大还容易和前列腺癌相混淆,所以有前列腺肥大症状的老年人,应及时到医院检查及治疗,以免延误病情。

(5) 忌用阿托品、山莨菪碱等药物,前列腺肥大的病人遇到有腹痛、胃痛等不适就医时,应主动告诉医生有前列腺肥大,以免应用此类药物。

3. 引起冠心病的主要危险因素有哪些? 如何加强自我保健?

答:(1) 引起冠心病的主要危险因素:高血压、高胆固醇、糖尿病、吸烟、酗酒、肥胖等。

(2) 自我保健措施

1）药物保健:常伴有胸闷等现象的病人可长期服用丹参片,预防心绞痛和血栓形成。

2）饮食保健:少吃动物脂肪和内脏,少吃甜食、冷饮,戒烟,多吃瘦肉、鱼禽、豆制品、蔬菜和水果。

3）心理保健:避免过度紧张和情绪激动,保持心理平衡。

4）运动保健:根据自身体力,从事适当的体力活动。

5）起居保健:看书、看电视时间不宜过长,室内通风良好,睡前不饮酒喝茶,保持充足睡眠。

4. 如何消除和减低痔疮发生的危险因素?

答:应经常吃一些高纤维素的食物如谷类、蔬菜、水果等;每天摄取 1 500～2 000 ml 水;经常参加一些活动和体育锻炼;养成良好的排便习惯,必要时用缓泻剂帮助;避免长时间的站立或坐,避免重体力劳动等导致腹内压增高的因素。

5. 胃癌的三级预防有哪些内容?

答:(1) 一级预防:降低危险因素,如不食霉变食物,少吃或不吃熏制、腌制、油炸的食品,不暴饮暴食,经常食用新鲜蔬菜和水果。心情开朗乐观,节制烟酒等。

(2) 二级预防:在胃癌高发区,40 岁以上的人群每 2～3 年普查 1 次;对高危因素的人群,应定期随访,以期做到早发现、早治疗。

(3) 三级预防:主要是调节情绪、增强体质、改善营养、提高生活质量。同时给予药物应用指导。定期检查和治疗,预防各种并发症的发生。

6. 何谓糖尿病的一级预防? 具体包括哪些内容?

答:一级预防是病因学预防,主要是通过采取各种社区干预措施,达到控制和消除病因,减少发病率的目的。糖尿病的病因预防主要是从该病的流行病特点着手,针对易患因素和易感人群进行预防。

具体内容:防治病毒感染,适当的体力活动,控制体重,保持良好的生活习惯和合理饮食,避免每天摄入过多的热量,进食富含纤维素的食品。

7. 王先生,75 岁,吸烟 50 年,慢性咳嗽、咳痰 30 余年,出院诊断慢性阻塞性肺部疾病(COPD)。如何指导其进行呼吸功能的锻炼?

答:根据病人的个体情况制订呼吸运动训练计划。指导病人进行腹式呼吸和缩唇式呼吸,能有效加强膈肌运动,提高通气量,较少耗氧量,改善呼吸功能,减轻呼吸困难,增加活动耐力。

(1) 腹式呼吸:取立位或坐位,一手放于腹部,另一手放于胸前,吸气时尽力挺腹,胸部不动,呼气时腹部内陷,尽量将气呼出,每分钟呼吸 7～8 次。如此反复训练,每次 10～20 min。

(2) 缩唇呼吸:用鼻吸气,用口呼气,呼气时口唇缩拢似吹口哨状,持续慢慢呼气同时收缩腹部,吸气与呼气之比为 1∶2 或 1∶3。

8. 病人,女性,60 岁,早上跑步锻炼时不慎足踝骨折。试问该例骨折是由骨质疏松症引起的吗? 为什么? 如何防治?

答:是的。

(1) 原因:骨质疏松症多发于老年人和绝经后的妇女,它是一种退行性病变。绝经后妇女因雌激素分泌减少,引起矿物质含量丢失速度加快;老年人由于机体老化,肠道吸收钙的功能逐渐减退,造成骨形成减少,骨形成与骨分解失去平衡。是骨折的主要原因。

(2) 预防方法

1) 改变生活方式,多吃富含钙及蛋白质的食物,如牛奶、豆制品及鱼、蛋、家禽、牛肉等。

2) 多晒太阳,促进活性维生素 D 形成,有利于钙质的吸收。

3) 适量运动,可以改善骨骼的血液供应,增加骨密度。

4) 忌烟、忌酒、忌咖啡。

5) 防止各种意外伤害,尤其是跌倒,以免造成骨折。

6) 在医生的指导下使用雌激素。

9. 如何指导 2 型糖尿病病人的社区自我保健?

答:在医生的指导下制定食谱和食量,保证按时进餐;学会自测尿糖和血糖,了解自己常服降糖药的基本知识和出现低血糖反应时及时处理的方法;定期到医院随访,不随意改变药物用量,防止低血糖反应;注意皮肤清洁,适当参加体育活动;禁烟限酒;随身备有写明姓名、地址、电话、就诊医院等信息的卡片。

10. 病人,女性,45 岁,向社区护士叙述:近来常不知原因面部潮红、出汗、头晕、月经失调,本次月经量多,持续 8 天。请问这些情况是否正常? 作为社区护士该如何指导她进行自我身心保健。

答:根据她的年龄按生理变化特点分析,其面部潮红、出汗的症状是绝经早期的表现,属于正常现象。

建议该女士做一次全身(包括妇科)检查。在排除全身及内外生殖器无器质性病变存在的情况下,诊治月经失调、出血过多引起的头晕贫血症状。

其次,要有更年期的自我保健意识、知识及行为。更年期的保健主要包括:做好自身心理调节,适应所面临的生理、心理变化及生活事件;合理安排生活,保持心情舒畅,加强营养;注意个人卫生,保持外阴清洁,防止感染;每半年或 1 年进行体检;防止更年期受孕,防止性功能减退。

11. 简述乳房自我检查的指导。

答:(1) 洗澡时:当皂水尚未洗去前,手在皮肤上滑动,检查乳房有无肿块、硬结或增厚。

(2) 镜子前:对着镜子,两手下垂和上举,检查乳房的轮廓大小和对称,有无肿块皮肤凹陷,有无乳头改变。

(3) 平卧时:在被检查的一侧乳房下垫一枕头,再将同侧手臂放在脑后,用手轻轻压在乳房皮肤上,以乳头为中心顺时针检查有无肿块和结节。

第二节　社区护理技术

一、个体健康状况的评价

【举例】

王先生,72 岁,吸烟 40 年,慢性咳嗽、咳痰 30 余年,医院诊断慢性阻塞性肺部疾病(COPD)。如何进行个体健康状况的评价?

【目的】

1. 评价王先生目前肺功能状态、全身健康状况。

2. 评价王先生呼吸功能锻炼、生活自理的能力。

3. 为开展社区护理干预,提高老年人的生活质量提供依据。

【操作流程图】

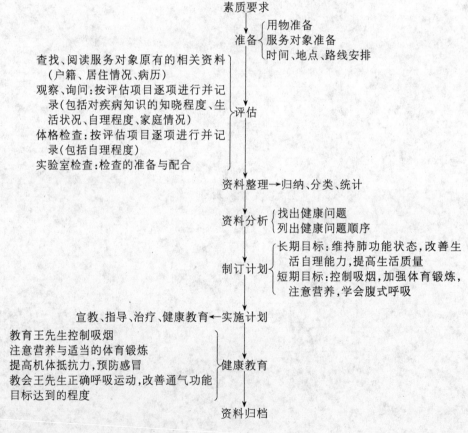

【注意事项】

1. 仔细查找、阅读王先生原有的相关资料。

2. 评估过程中注意关爱王先生,防止王先生着凉。

3. 评估资料完整无遗漏,评价正确。

个体健康状况的评价评分标准

项　　目	项目总分	要　　求	标准分	得分	备注
素质要求	5	服装、鞋帽整洁	1		
		仪表大方,举止端庄	2		
		语言柔和恰当,态度和蔼可亲	2		
操作前准备	10	备齐物品	3		
		联络有效	4		
		安排合理	3		
操作过程 评估	54	查找、阅读相关资料	5		
		观察、询问、记录评估项目	5		
		体格检查:操作规范,尊重服务对象	5		
		实验室检查:正确阅读检查报告	5		
资料收集		资料整理:归纳、分类、统计	8		
		资料分析:找出问题	4		
制订计划		长期目标:科学合理,正确	5		
		短期目标:针对性强,可操作	5		
实施计划		宣教内容通俗易懂	4		
		健康指导个性化	4		
		治疗措施正确	4		
健康教育	15	沟通有效,与服务对象配合好	5		
		介绍相关健康知识	10		
资料归档	10	记录规范、完整	5		
		资料数据化处理,正确归档	5		
熟练程度	6	流程清晰,资料齐全	3		
		应变能力强	3		
总　　分	100				

二、社区居民健康调查统计方法

【举例】

　　某社区卫生服务中心对本社区中老年人进行健康调查,特别是对 55 岁以上的女性和 60 岁以上的男性中老年人进行骨质疏松筛查。

【目的】

　　1. 了解社区中老年人原发性骨质疏松的发病状况。

　　2. 提高中老年人对骨质疏松症的认知能力,改善生活方式。

　　3. 为进行有效的中老年人预防骨质疏松护理干预提供依据。

【操作流程图】

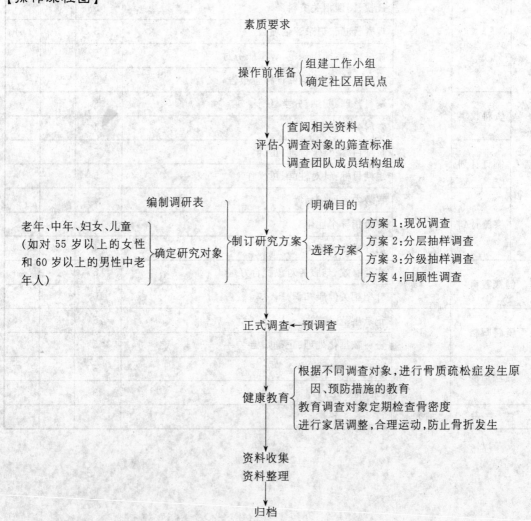

【注意事项】

　　1. 正确制订调查研究方案。

　　2. 注意沟通技巧,收集资料完整、正确。

　　3. 统计项目齐全、正确。

社区居民健康调查统计方法评分标准

项　　目	项目总分	要　　求	标准分	得分	备注
素质要求	5	服装、鞋帽整洁	1		
		仪表大方,举止端庄	2		
		语言柔和恰当,态度和蔼可亲	2		
操作前准备	8	组建工作小组	2		
		确定社区居民点	3		
		安排合理	3		
操作过程	评估	57	查阅相关资料	5		
			确定调查对象的筛选标准	10		
			确定调查团队人员	5		
	制订研究方案		明确目的,选择方案	5		
			编制调研表	5		
			确定研究对象(老年、中年、妇女、儿童)	5		
	确定调查方法		选择调查方案(1~4种)	5		
			预调查有效,能矫正偏差	5		
	实施调查		对象适宜	4		
			方案合理	4		
			方法正确	4		
健康教育	10	沟通有效	5		
		介绍相关健康知识	5		
资料归档	10	资料收集、整理、统计	5		
		资料数据化处理,正确归档	5		
熟练程度	10	流程清晰,选择对象合理	5		
		资料统计正确,结果有效	5		
总　　分	100				

三、建立社区居民健康档案

【举例】

　　某社区为完善社区卫生服务系统,以便对社区各类人群进行各项社区卫生服务,进行社区居民健康档案的建立。

【目的】

　　1. 了解社区人口特征、社区经济特点。

　　2. 掌握社区居民的健康水平。

　　3. 完善社区卫生服务系统。

【操作流程图】

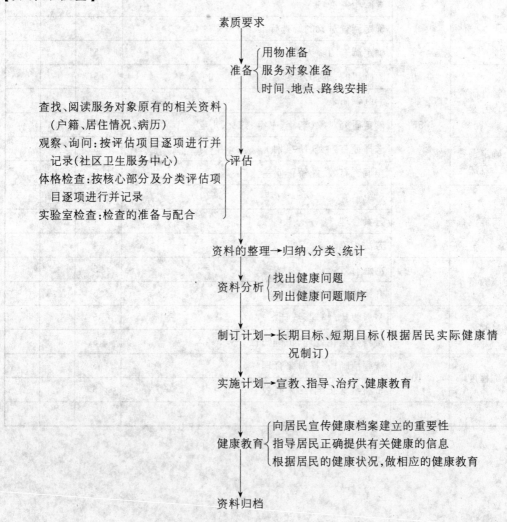

【注意事项】

　　1. 必须充分做好健康档案调查的准备工作。

　　2. 注意沟通技巧,收集内容完整、正确。

　　3. 统计项目齐全、正确。

建立社区居民健康档案评分标准

项　　目	项目总分	要　　求	标准分	得分	备注
素质要求	5	服装、鞋帽整洁	1		
		仪表大方,举止端庄	2		
		语言柔和恰当,态度和蔼可亲	2		
操作前准备	10	备齐物品	3		
		联络有效	4		
		安排合理	3		
操作过程	评估	查找、阅读相关资料	5		
		观察、询问、记录评估项目	5		
		体格检查:操作规范,尊重服务对象	5		
		实验室检查:正确阅读检查报告	5		
	资料收集 54	资料整理:归纳、分类、统计	8		
		资料分析:找出问题	4		
	制订计划	长期目标:科学合理,正确	5		
		短期目标:针对性强,可操作	5		
	实施计划	向群体提供健康档案建立的重要性	4		
		向群体提供有关健康的信息	4		
		实施针对性的健康教育	4		
健康教育	15	宣教内容通俗易懂,与群体沟通有效	5		
		向群体介绍相关健康知识	10		
资料归档	10	记录规范,完整	5		
		资料数据化处理,正确归档	5		
熟练程度	6	流程清晰,组织能力强	3		
		资料齐全,保存完好	3		
总　　分	100				

四、社区健康教育

【举例】

一位社区护士想帮助本社区一些糖尿病病人提高自我管理糖尿病的能力,如何进行健康教育?

【目的】

1. 提高糖尿病病人对糖尿病知识的知晓率。

2. 增强糖尿病病人自我管理糖尿病的能力。

【操作流程图】

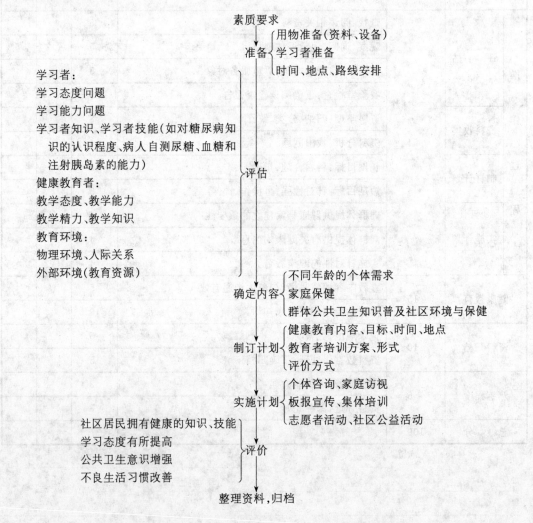

【注意事项】

1. 充分评估学习要求、学习者、教育环境、教育者的情况。

2. 正确选择健康教育的内容、时间、方法、场所。

3. 实施健康教育过程中注意及时评估学习者的情况,并做有效的调整。

4. 选择正确评价标准,及时做好评价工作。

社区健康教育评分标准

项 目	项目总分	要 求	标准分	得分	备注
素质要求	5	服装、鞋帽整洁	1		
		仪表大方,举止端庄	2		
		语言柔和恰当,态度和蔼可亲	2		
操作前准备	6	备齐物品	2		
		联络有效	2		
		安排合理	2		
操作过程	评估	73	正确评估学习者的学习需要	4		
			正确评估教育者的教学态度	4		
			正确评估教育的物理环境、人际关系	4		
			正确评估教育资源	4		
	确定教育内容		个体保健内容	5		
			家庭保健内容	5		
			群体保健内容	5		
	制订计划		健康教学内容	5		
			健康教学方法	5		
			健康教学评价	5		
	实施计划		个体咨询	5		
			集体培训、宣教	5		
			志愿者活动	5		
	评价		社区居民健康认知水平的提高	4		
			社区居民公共卫生意识增强	4		
			社区居民不良的生活习惯得到改善	4		
资料归档	10	记录规范、完整	5		
		资料数据化处理,正确归档	5		
熟练程度	6	流程清晰,资料齐全	3		
		应变能力强	3		
总 分	100				

五、社区保健服务(自我保健、特殊人群保健)

【举例】

　　某社区服务中心要在该社区内开展学龄儿童牙齿保健活动。

【目的】

　　1. 培养该社区学龄儿童养成爱刷牙的习惯。

　　2. 降低该社区学龄儿童龋齿的发病率。

【操作流程图】

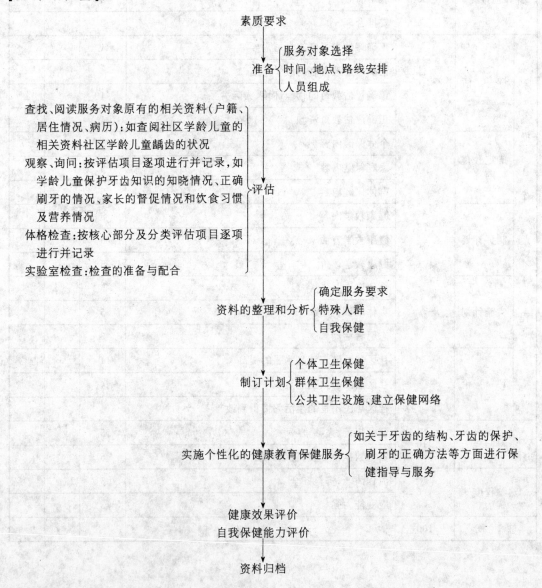

【注意事项】

　　1. 根据不同对象,选择有效的自我保健内容、方法。

　　2. 及时做好保健能力与效果的测评,鼓励儿童坚持牙齿保健活动。

社区保健服务(自我保健、特殊人群保健)评分标准

项 目	项目总分	要 求	标准分	得分	备注
素质要求	5	服装、鞋帽整洁	1		
		仪表大方,举止端庄	2		
		语言柔和恰当,态度和蔼可亲	2		
操作前准备	10	备齐物品	3		
		联络有效	4		
		安排合理	3		
操作过程	评估	60	查找、阅读相关资料	4		
			观察、询问、记录评估项目	4		
			体格检查:操作规范,尊重服务对象	4		
			实验室检查:正确阅读检查报告	4		
	资料收集		资料整理:归纳、分类、统计	8		
			资料分析:确定服务要求	4		
	制订计划		保健内容(个体、群体、公共卫生设施)	6		
			保健服务(个性化)	4		
	实施计划		个体保健指导	4		
			健康指导个性化	4		
			保健措施正确	4		
	评价		服务对象对保健认知的提高	5		
			服务对象掌握保健的方法	5		
健康教育	10	沟通有效,与服务对象配合好	5		
		介绍相关健康知识	5		
资料归档	10	记录规范、完整	5		
		资料数据化处理,正确归档	5		
熟练程度	5	教育内容具有针对性,方法正确	5		
总 分	100				

六、社区护理工作程序

【举例】

　　某社区要进行肺癌防治的护理工作,如何应用社区护理程序开展社区护理工作?

【目的】

　　1. 了解社区肺癌高危人群的状况。

　　2. 降低吸烟和不良环境对人群健康的直接和间接影响。

　　3. 通过三级预防措施达到社区人群肺癌的防治。

【操作流程图】

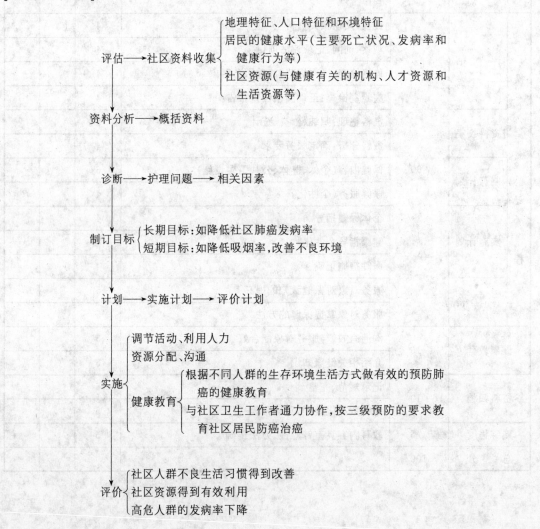

【注意事项】

　　1. 收集资料全面、正确。

　　2. 社区护理诊断以社区人群健康问题为主。

　　3. 目标具体,措施有效,评价及时。

社区护理工作程序评分标准

项 目	项目总分	要 求	标准分	得分	备注
素质要求	5	服装、鞋帽整洁	1		
		仪表大方,举止端庄	2		
		语言柔和恰当,态度和蔼可亲	2		
操作前准备	10	备齐物品	3		
		联络有效	4		
		安排合理	3		
操作过程 评估	70	社区环境,人口特征	5		
		居民的健康水平	5		
		社区资源	5		
资料收集		资料整理:归纳、分类、统计	6		
		资料分析:找出问题	6		
制订计划		长期目标:科学合理,正确	5		
		短期目标:针对性强,可操作	5		
实施计划		合理使用资源	6		
		群体性健康指导通俗易懂	6		
		健康教育措施正确	6		
评价		社区人群不良生活习惯得到改善	5		
		社区资源得到有效利用	5		
		高危人群的发病率下降	5		
资料归档	10	记录规范、完整	5		
		资料数据化处理,正确归档	5		
熟练程度	5	流程清晰,措施到位,资料完整	5		
总 分	100				

附录一 处方用拉丁文缩略语

aa (ana)	各,各等份
ac (ante cibos)	饭前,食前,餐前
ad (ad)	至
add (adde)	加
ad lib (ad libitum)	随意
ad us ext (ad usum externum)	外用
ad us int (ad usum internum)	内服
aeq (aequalis)	等量的
agit (agita)	振摇
am (ante meridiem)	午前
amp (ampulla)	安瓿
aq (aqua)	水
aur dext (auris dextra)	右耳
aur laev (auris laeva)	左耳
aurist (auristillae)	滴耳剂
bid (bis in die)	每日 2 次
cap (capiat)	服用
caps (capsulae)	胶囊,胶囊剂
cito (cito)	急,立即
cm (cras mane)	明晨
co (compositus, -a, -um)	复方
coch amp (cochleare amplum)	一大调羹
coch med (cochleare medium)	一中调羹
coch parv (cochleare parvum)	一小调羹
col (cola)	滤过
collut (collutorium)	漱口剂
collyr (collyrium)	洗眼剂
DS (Da, signa)	给予,标明用法
dtd (da tales doses)	给予等量
dil (dilutus, -a, -um)	稀的
div in p aeq (divide in partes aequalis)	分成等份
enem (enema)	灌肠剂,灌肠
et (et)	与
ext (extractum)	浸膏
filt (filtra, filtrum)	滤过,滤器
garg (gargarisma)	含漱剂
gtt (guttae)	滴,滴剂

hn	(hac nocte)	今晚
hs	(hora somni)	临睡时
ic	(inter cibos)	饭中,餐间
IH	(injectio hypodermica)	皮下注射
IC	(injectio intradermica)	皮内注射
IM	(injectio muscularis)	肌内注射
IV	(injectio venosa)	静脉注射
inhal	(inhalatio)	吸入剂
inj	(injectio)	注射剂
lin	(linimentum)	搽剂
lot	(lotio)	洗剂
m	(mane)	早晨
MDS	(misce, da, signa)	混合,给予,标明用法
Mf	(misce, fiat)	混合,制成
mist	(mistura)	合剂
n	(nocte)	晚间
nar	(naris)	鼻孔
neb	(nebula)	喷雾剂
No; N	(numero)	数量
ocul	(oculus)	眼
OD	(oculus dexter)	右眼
OL; OS	(oculus laevus; oculus sinistes)	左眼
OU	(oculi uterque)	双眼
omn d; od	(omni die)	每天
omn m; om	(omni mane)	每晨
omn n; on	(omni nocte)	每晚
omn m; oh	(omni hora)	每小时
paa	(parti affectae applicandus)	用于患部
past	(pasta)	糊剂
pc	(post cibos)	饭后
pig	(pigmentum)	涂剂
pil	(pilulae)	丸剂
pulv	(pulvis)	散剂
pm	(post meridiem)	下午
pro ocul	(pro oculis)	供眼用
prn	(pro re nata)	必要时
pro ureth	(pro urethra)	用于尿道
pro rect	(pro recto)	用于直肠(肛内用)
q	(quaque)	每

qd　(quaque die)　　　　　　　　　　　　　每日

qd alt；qod　(quaque die alterno)　　　　隔日

qh　(quaque hora)　　　　　　　　　　　每小时

qid　(quater in die)　　　　　　　　　　每日 4 次

q4 h　(quaque 4 hora)　　　　　　　　　每 4 h

qs　(quantum sufficiat)　　　　　　　　　适量

R；Rp　(Recipe)　　　　　　　　　　　取,取药,处方

Rept　(Repetatur)　　　　　　　　　　　重复前方

S；Sig　(Signa)　　　　　　　　　　　　标明用法

sos　(si opus sit)　　　　　　　　　　　需要时(限用 1 次)

ss　(semis)　　　　　　　　　　　　　　一半

stat　(statim)　　　　　　　　　　　　　立即

suppos　(suppositorium)　　　　　　　　栓剂

tab　(tabellae)　　　　　　　　　　　　片剂

tid；tds　(ter in die)　　　　　　　　　每日 3 次

tinct；tr　(tinctura)　　　　　　　　　　酊剂

ung　(unguentum)　　　　　　　　　　　软膏剂

u　(usus)　　　　　　　　　　　　　　　应用

u ext　(usus externus)　　　　　　　　　外用

附录二 各种物品消毒灭菌方法

一、化学消毒灭菌方法

种类	常用方法	浓度及时间		
		一般消毒	特殊消毒	灭菌
戊二醛	浸泡	2%, 30 min	2%, 60 min	2%, 10 h
过氧乙酸	浸泡	0.05%~0.1%(500~1 000 mg/L), 30 min	1%(10 000 mg/L), 5 min	1%(1 0000 mg/L), 30 min
	擦拭	同浸泡		
	喷洒	0.2%~0.4%(2 000~4 000 mg/L), 30 min		
乙醇	浸泡	75%, 30 min		
	擦拭	同浸泡		
含氯消毒剂	浸泡	500~1 000 mg/L, 30 min	2 000~5 000 mg/L, 60 min	
	擦拭	同浸泡		
	喷洒	1 000 mg/L, 30 min	2 000 mg/L, 60 min	
	干粉	10 000 mg/L 搅拌, 2~6 h		
含碘消毒剂	浸泡	500~1 000 mg/L, 30 min		
	擦拭	2 500~5 000 mg/L, 3 min		
	冲洗	250 mg/L, 3~5 min		
过氧化氢	浸泡	3%, 30 min		
	擦拭	同浸泡		
二溴海因	浸泡	250~500 mg/L, 30 min	1 000~2 000 mg/L, 30 min	
	擦拭	同浸泡		
	喷洒	500~1 000 mg/L, 30 min	1 000~2 000 mg/L, 60 min	
二氧化氯	浸泡	100~250 mg/L, 30 min	500~1 000 mg/L, 30 min	
	擦拭	同浸泡		
	喷洒	500 mg/L, 30 min	1 000 mg/L, 60 min	
胍类	擦拭	5 000 mg/L, 2 min		
	冲洗	500~1 000 mg/L		
酸性氧化电位水	流动浸泡	pH 值 2.7 以下, 有效氯 25~50 mg/L, 3~10 min	pH 值 2.7 以下, 有效氯 25~50 mg/L, 15 min	

备注:(1) 用擦拭法消毒皮肤均需擦拭 2 遍。

(2) 其他卫生行政部门批准的消毒剂按使用说明。

二、常用物品消毒灭菌方法

（一）污物

消毒对象	一般消毒	特殊消毒	灭菌	备注
患者吐泻物、分泌物和其他体液（如粪、尿、呕吐物、痰液、血液等）	1. 液体：加 1/5 量的干漂白粉搅匀后加盖作用 2 h 倒入化粪池 2. 固体：2 倍量 10%～20% 漂白粉乳液搅匀后加盖作用 2 h 倒入化粪池	同一般消毒		
化验室剩余标本、病理标本、手术胶体、垃圾、死者衣物、废弃容器等	1. 焚毁 2. 100 ml 加漂白粉 5 g 或二氯异氰尿酸钠 2 g 搅匀后作用 2～4 h 3. 2 倍量 10%～20% 漂白粉乳液搅匀后作用 2～4 h 4. 压力蒸汽消毒	1. 焚毁 2. 100 ml 加漂白粉 5 g 或二氯异氰尿酸钠 2 g 搅匀后作用 6 h 3. 2 倍量 10%～20% 漂白粉乳液搅匀后加盖作用 6 h 4. 压力蒸汽消毒		废弃物品应放入指定容器中封闭运送并进行无害化处理
一次性注射器和输液、输血器材	1. 焚烧 2. 1 000 mg/L 有效氯、有效溴消毒液浸泡 60 min	1. 焚烧 2. 2 000 mg/L 有效氯、有效溴消毒液浸泡 60 min		1. 凡接触血液的注射器、输液、输血器使用后按特殊消毒方法处理 2. 集中消毒毁形，须有专用密闭容器和专用密闭运货车，锐利物品须置于硬质有盖容器内

（二）空气

消毒对象	一般消毒	特殊消毒	灭菌	备注
空气	1. 紫外线照射 30 min 2. 0.5%～1% 过氧乙酸（1 g/m³）熏蒸 2 h 3. 过氧化氢复方空气消毒剂 50 mg/m³ 喷雾作用 30 min 4. 臭氧消毒 30 min 5. 空气净化器	同一般消毒		空气净化器必须具备高效除尘、灭菌、大风量的作用

（三）皮肤

消毒对象	一般消毒	特殊消毒	灭菌	备注
卫生手、外科手	1. 醇类和胍类复配的手消毒液涂擦或搓擦 2 min 2. 5 000 mg/L 有效碘溶液涂擦或搓擦 2 min 3. 75% 乙醇涂擦或搓擦 2 min 4. 氧化电位水	1. 醇类和胍类复配的手消毒液涂擦或搓擦 5 min 2. 5 000 mg/L 有效碘溶液涂擦或搓擦 5 min 3. 75% 乙醇涂擦或搓擦 5 min 4. 氧化电位水		外科洗手具体操作均按手术室操作规范
注射部位、手术切口	1. 氯己定碘溶液涂擦 2 min 2. 5 000 mg/L 有效碘溶液涂擦 2 min 3. 2% 碘酊涂擦 1 min 后用 75% 乙醇脱碘	同一般消毒，作用时间 3～5 min		婴儿可用 75% 乙醇涂擦局部

（四）衣被类

消毒对象	一般消毒	特殊消毒	灭菌	备　注
衣服、被褥、玩具、尿布、口罩、帽子	1. 煮沸 20 min 2. 250～500 mg/L 有效氯消毒剂浸泡 30 min 3. 15％过氧乙酸 7 ml/m³ 熏蒸 1～2 h 4. 环氧乙烷消毒 5. 低温蒸汽甲醛气体消毒 6. 高压蒸汽消毒 7. 紫外线照射 30 min	1. 煮沸 30 min 2. 2 000 mg/L 有效氯消毒剂浸泡 30～60 min 3. 环氧乙烷消毒 4. 低温蒸汽甲醛气体消毒 5. 15％过氧乙酸 20 ml/m³ 熏蒸 1～2 h 6. 高压蒸汽消毒		1. 新生儿、婴儿衣被单独洗涤,烘干存放。婴儿室重复使用尿布须经高压蒸汽消毒 2. 血透病人床单一人一用,妇科检查衬垫做到一人一巾 3. 传染病门诊及病房、血透室、化验室、血库的工作人员和病人衣被类均须消毒后送洗衣房
皮毛、羽毛	1. 环氧乙烷消毒 2. 低温蒸汽甲醛气体消毒	同一般消毒		污染有炭疽杆菌芽孢的物品按传染病疫源地消毒常规方法进行

（五）纸张类

消毒对象	一般消毒	特殊消毒	灭菌	备　注
化验单、钱币、书报、信件、饭菜票、包装纸等	1. 低温蒸汽甲醛气体消毒 2. 环氧乙烷消毒 3. 15％过氧乙酸 7 ml/m³ 熏蒸 1～2 h 4. 焚烧	1. 低温蒸汽甲醛气体消毒 2. 环氧乙烷消毒 3. 15％过氧乙酸 20 ml/m³ 熏蒸 1～2 h 4. 焚烧		物品应分开摊放不要扎紧

（六）餐饮具

消毒对象	一般消毒	特殊消毒	灭菌	备　注
食具、饮具、奶具等	1. 煮沸 15 min 2. 流通蒸汽消毒 20 min(温度 100 ℃) 3. 1 000 mg/L 过氧乙酸溶液浸泡 15 min 4. 250～500 mg/L 有效氯、有效溴消毒剂浸泡 30 min	1. 煮沸 30 min 2. 流通蒸汽消毒 30 min(温度 100 ℃) 3. 5 000 mg/L 过氧乙酸溶液浸泡 30～60 min 4. 1 000 mg/L 有效氯、有效溴消毒剂浸泡 30～60 min		
配膳室台面、专用揩布等	1. 250～500 mg/L 有效氯、有效碘、有效溴消毒液揩擦或浸泡 30 min 2. 1 000 mg/L 过氧乙酸消毒液浸泡 30 min	1. 1 000 mg/L 有效氯、有效碘、有效溴消毒液揩擦或浸泡 30～60 min 2. 5 000 mg/L 过氧乙酸消毒液浸泡 30～60 min		

（七）环境物体表面

消毒对象	一般消毒	特殊消毒	灭菌	备　注
房屋(厕所)地面、墙面、台面、家具、运送病人和物品的工具	1. 250～500 mg/L 有效氯、有效溴消毒剂揩擦或喷洒作用 30 min 2. 紫外线照射 30 min	1. 1 000～2 000 mg/L 有效氯、有效溴消毒液揩擦或喷洒作用 30～60 min 2. 2 000～4 000 mg/L 过氧乙酸溶液揩擦或喷洒作用 30～60 min		1. 喷雾消毒时要求物品表面均匀湿透 2. 墙面一般喷至 2～2.5 m 高即可 3. 地面污染时即刻消毒

消毒对象	一般消毒	特殊消毒	灭菌	备 注
清洁用具（拖把、畚箕、抹布）	250～500 mg/L 有效氯、有效溴消毒液浸泡 30 min	1 000～2 000 mg/L 有效氯、有效溴消毒液浸泡30～60 min		1. 配膳室、病室、治疗室、污洗室拖把标记明显,严格区分使用,每周消毒 2. 桌布专用,床旁桌布一桌一巾 3. 特殊消毒采用消毒→清洗→消毒
床刷(套巾)	1. 250～500 mg/L 有效氯、有效溴消毒液浸泡30 min 2. 1 000 mg/L 过氧乙酸消毒液浸泡 30 min 3. 焚烧	1. 1 000～2 000 mg/L 有效氯、有效溴、有效碘消毒液浸泡 30～60 min 2. 5 000 mg/L 过氧乙酸消毒液浸泡 30～60 min 3. 焚烧		
盛装吐泻物的容器、痰盂、痰杯、便器	1. 500～1 000 mg/L 有效氯、有效溴消毒剂浸泡 30 min 2. 煮沸 20 min	1 000 mg/L 有效氯、有效溴消毒剂浸泡 30 min 2. 煮沸 30 min		
尸体、接尸车、停尸车	1. 1 000 mg/L 有效氯、有效溴消毒剂喷雾或揩擦作用 30 min 2. 1 000 mg/L 过氧乙酸消毒液喷雾或揩擦作用 30 min	1. 2 000 mg/L 有效氯、有效溴消毒剂喷雾或揩擦作用 30～60 min 2. 2 000 mg/L 过氧乙酸溶液喷雾或揩擦作用 30 min		1. 喷雾时要求物品表面均匀湿透 2. 因传染病死亡的尸体、接尸车、停尸车按传染病疫源地消毒常规消毒

(八) 医疗用品

消毒对象	一般消毒	特殊消毒	灭菌	备 注
氧气湿化瓶、雾化器贮水器	500 mg/L 有效氯、有效溴消毒液浸泡 30 min	1 000～2 000 mg/L 有效氯、有效溴消毒液浸泡 30～60 min		1. 湿化瓶(含内芯)输氧管每周消毒 2. 每个病人用毕即作消毒处理,晾干备用 3. 间歇吸氧者输氧管每人一套
体温表	1. 75% 乙醇浸泡 30 min 2. 2 000 mg/L 有效氯、有效溴消毒剂浸泡 30 min 3. 5 000 mg/L 过氧乙酸溶液浸泡 30 min	同一般消毒		1. 消毒三步法: 1) 浸泡消毒 5 min 取出清洗,揩干甩下 2) 浸泡消毒 30 min 3) 冷开水冲洗揩干备用或乙醇浸泡备用 2. 肛表与口表应分别放入不同的容器内消毒 3. 消毒液每日更换 4. 盛器、离心机每周总消毒至少 1 次
试管、玻璃片等玻璃器材,注射或抽血止血带	1. 1 000 mg/L 有效氯消毒剂浸泡 4 h 2. 煮沸 30 min	同一般消毒	1. 压力蒸汽灭菌 2. 干热灭菌	中心抽血室(化验室)、肝炎门诊、肝炎病房抽血用止血带一人一带,止血带经消毒→清洗后晾干备用

消毒对象	一般消毒	特殊消毒	灭菌	备注
血压计、热水袋、冰袋、听诊器等一般诊疗用品或各类仪器表面	1. 75％乙醇擦拭 2. 1 000 mg/L 过氧乙酸溶液揩擦 3. 500～1 000 mg/L 有效氯、有效溴消毒剂揩擦 4. 环氧乙烷消毒 5. 低温蒸汽甲醛气体消毒	1. 5 000 mg/L 过氧乙酸溶液揩擦 2. 2 000 mg/L 有效氯、有效溴消毒剂揩擦 3. 环氧乙烷消毒 4. 低温蒸汽甲醛气体消毒		血压计臂带等治疗用品保持清洁，金属仪器尽量采用腐蚀性小的消毒剂擦拭
吸引器、引流瓶（袋）、胃肠减压器等	500～1 000 mg/L 有效氯、有效溴消毒剂浸泡30 min	1 000～2 000 mg/L 有效氯、有效溴消毒剂浸泡 30～60 min	1. 压力蒸汽灭菌 2. 环氧乙烷灭菌	重复使用时需经特殊消毒方法处理或灭菌后使用
导尿管、肛管、吸引管	1. 500～1 000 mg/L 有效氯、有效溴消毒剂浸泡 30 min 2. 煮沸 20 min	1. 2 000 mg/L 有效氯、有效溴消毒剂浸泡 30～60 min 2. 煮沸 30 min	1. 环氧乙烷灭菌 2. 压力蒸汽灭菌	1. 气道吸引，每吸引一次更换一根吸引管 2. 重复使用时需经特殊消毒方法处理或灭菌后使用
人工呼吸机螺纹管	1. 2％戊二醛消毒液浸泡 30 min 2. 500～1 000 mg/L 有效氯、有效溴消毒剂浸泡 30 min 3. 低温蒸汽甲醛气体消毒	1. 2％戊二醛消毒液浸泡 60 min 2. 2 000 mg/L 有效氯、有效溴消毒剂浸泡 30～60 min 3. 低温蒸汽甲醛气体消毒	环氧乙烷灭菌	浸泡后清洗晾干后使用
扩阴器、扩鼻器、压舌板等检查器材	1. 500～1 000 mg/L 有效氯、有效溴消毒液浸泡 30 min 2. 1 000 mg/L 过氧乙酸溶液浸泡 30 min 3. 煮沸 20 min	1. 2 000 mg/L 有效氯、有效溴消毒液浸泡 30～60 min 2. 5 000 mg/L 过氧乙酸溶液浸泡 30 min 3. 煮沸 30 min	1. 压力蒸汽灭菌 2. 干热灭菌 3. 环氧乙烷灭菌	重复使用时需经特殊消毒方法处理或灭菌后使用
穿刺、换药器械、手术器械和用品、节育器材、敷料、活检钳、人工器官等医疗用品	1. 2％戊二醛消毒液浸泡 60 min 2. 2 000 mg/L 有效氯、有效溴消毒剂浸泡 30～60 min	同一般消毒	1. 压力蒸汽灭菌 2. 环氧乙烷灭菌 3. 2％戊二醛消毒液浸泡 10 h	
透析器材	1. 2％戊二醛消毒液浸泡 60 min 2. 2 000 mg/L 有效氯消毒剂浸泡 30～60 min	同一般消毒	1. 环氧乙烷灭菌 2. 2％戊二醛消毒液浸泡 10 h	透析器、管一人专用

消毒对象	一般消毒	特殊消毒	灭菌	备 注
内镜	1. 2%戊二醛消毒液浸泡 30 min 2. 酸性电位水 3. 医疗器械专用消毒剂按使用说明	1. 2%戊二醛消毒液浸泡 60 min 2. 酸性电位水 3. 医疗器械专用消毒剂按使用说明	1. 2%戊二醛消毒液浸泡 10 h 2. 环氧乙烷灭菌 3. 压力蒸汽灭菌	1. 内镜使用前后均需做消毒或灭菌处理 2. 连续使用的内镜在使用间歇时应做再次消毒(胃、肠镜 10 min,支气管镜 20 min) 3. 浸泡消毒的高危性器械、内镜使用前须用无菌水充分冲洗 4. 特殊感染者应专镜专用,并与一般病人的内镜分开消毒
针灸针、针灸盒、口腔器械、镶牙模具、车头、车针等	1. 2%戊二醛消毒液浸泡 60 min 2. 2 000 mg/L 有效氯消毒剂浸泡 30～60 min 3. 煮沸消毒 30 min	同一般消毒	1. 压力蒸汽灭菌 2. 干热灭菌 3. 2%戊二醛消毒液浸泡 10 h	1. 耐热的口腔器械清洗后首选压力蒸汽或干热灭菌方法 2. 车针、车头一人一用一消毒 3. 针灸针、盒清洗后应进行压力蒸汽或干热灭菌
无菌持物钳	1. 2%戊二醛消毒液 2. 500 mg/L 二氧化氯 3. 卫生行政部门批准的专用消毒液按说明使用		压力蒸汽灭菌	1. 2%戊二醛浸泡消毒的持物钳连同盛器应每周1～2 次更换灭菌 2. 500 mg/L 二氧化氯浸泡液每天更换 3. 手术室放于盛器中的灭菌持物钳有效期与该手术时间同步,一般不超过 4～6 h

注:(1) 特殊消毒应先消毒→清洗→再消毒或灭菌。

(2) 进入人体组织或无菌器官的医疗用品必须灭菌;接触皮肤黏膜的器具和用品必须消毒。

(3) 血透器械、内镜消毒方法参照上海市质控中心制订的相关消毒要求。

主要参考资料

[1] 李小寒.基础护理学.北京:人民卫生出版社,2006

[2] 余剑珍.基础护理技术.第2版.北京:科学出版社,2007

[3] 范秀珍.内科护理.北京:人民卫生出版社,2006

[4] 李秋萍.内科护理.第2版.北京:人民卫生出版社,2006

[5] 陆再英.内科学.第7版.北京:人民卫生出版社,2008

[6] 曹伟新.外科护理学.第4版.北京:科学出版社,2006

[7] 顾沛.外科护理学.北京:科学出版社,2001

[8] 吴在德.外科学.第7版.北京:人民卫生出版社,2008

[9] 夏海鸥.妇产科护理学.第2版.北京:人民卫生出版社,2006

[10] 郑修霞.妇产科护理学.第4版.北京:人民卫生出版社,2006

[11] 朱念琼.儿科护理学.北京:人民卫生出版社,2001

[12] 范玲.儿科护理学.北京:人民卫生出版社,2006

[13] 席淑新.眼耳鼻咽喉口腔科护理学.第2版.北京:人民卫生出版社,2006

[14] 田勇泉.耳鼻咽喉科学.第6版.北京:人民卫生出版社,2004

[15] 惠延年.眼科学.第6版.北京:人民卫生出版社,2004

[16] 周秀华.急救护理学.北京:科学技术出版社,2004

[17] 李树东.急救护理技术.北京:人民卫生出版社,2008

[18] 张伟英.实用重症监护护理.上海:上海科学技术出版社,2005

[19] 刘旭平.重症监护技术.北京:人民卫生出版社,2008

[20] 钱箐健.实用手术室护理.上海:上海科学技术出版社,2005

[21] 余剑珍.护理管理学基础.北京:科学出版社,2004

[22] 李春玉.社区护理学.第2版.北京:人民卫生出版社,2006

[23] 钱晓路.2008年版国家护士执业考试与护理专业初级(士)资格考试——考点精编.北京:人民卫生出版社,2008

[24] 夏泉源.临床护理.北京:人民卫生出版社,2002

[25] 戴宝珍.护理常规.上海:上海科学技术出版社,1999

图书在版编目(CIP)数据

临床护理教程/钱晓路,余剑珍主编. —2 版. —上海:复旦大学出版社,2009.2
ISBN 978-7-309-06386-8

Ⅰ. 临… Ⅱ. ①钱…②余… Ⅲ. 护理学-教材 Ⅳ. R47

中国版本图书馆 CIP 数据核字(2008)第 184389 号

临床护理教程(第二版)

钱晓路 余剑珍 主编

出版发行 **复旦大學**出版社 上海市国权路 579 号 邮编 200433
86-21-65642857(门市零售)
86-21-65100562(团体订购) 86-21-65109143(外埠邮购)
fupnet@ fudanpress.com http://www.fudanpress.com

责任编辑	宫建平
出 品 人	贺圣遂

印 刷	上海第二教育学院印刷厂
开 本	787×1092 1/16
印 张	27.25
字 数	663 千
版 次	2009 年 2 月第二版第一次印刷
印 数	1—5 100
书 号	ISBN 978-7-309-06386-8/R · 1062
定 价	52.00 元